NIEOD
NALE
ZIONA

REMIGIUSZ

MRÓZ

NIEOD NALE ZIONA

FILIA

Wydanie I, Poznań 2018

Projekt okładki: © Mariusz Banachowicz
Zdjęcie na okładce: © Philip Lord/Arcangel

Redakcja i korekta:
Gabriela Niemiec
Mirosław Krzyszkowski

Skład i łamanie:
MELES-DESIGN

ISBN: 978-83-8075-385-3

Wydawnictwo Filia
ul. Kleeberga 2
61-615 Poznań
wydawnictwofilia.pl
kontakt@wydawnictwofilia.pl

Seria: FILIA Mroczna Strona
mrocznastrona.pl
Redaktor prowadzący serii: Adrian Tomczyk

Druk i oprawa: Abedik SA

Dla tych, którzy wiedzą, że milczenie to najgłośniejszy krzyk

Na świecie są dwa rodzaje mężczyzn –
ci, którzy stają w obronie praw kobiet, i tchórze.
Wybór należy do ciebie.

Abaida Mahmood

ROZDZIAŁ 1

1

Gdybym oświadczył jej się chwilę wcześniej, nigdy by do tego nie doszło. Nie napadnięto by nas, ja nie trafiłbym do szpitala, a ona nie znikłaby na zawsze z mojego życia.

Wystarczyłoby trzydzieści sekund, może nawet mniej. Czasem jednak tylko tyle trzeba, by jeden moment zniszczył całe życie. I by to, co z niego pozostało, stało się wyłącznie próbą zapomnienia.

Mnie się ta próba nie udała. Bez końca obracałem tamto zdarzenie w głowie i rozważałem, co by było, gdybyśmy wypili o jedno piwo mniej, wyszli z pubu wcześniej lub chwilę krócej palili nad rzeką.

Psychologowie nazywają to myśleniem kontrfaktycznym, polegającym na tworzeniu alternatywnych scenariuszy zdarzeń, które już miały miejsce. Nie jest to ani zjawisko rzadkie, ani całkowicie negatywne – pozwala przecież w przyszłości uniknąć tych samych błędów, nieraz podnosi na duchu i daje poczucie kontroli nad własnym losem.

W moim wypadku efekty były jednak dokładnie odwrotne. Popadłem przez to w jeszcze bardziej depresyjny stan, zwiększyło się moje poczucie winy i braku jakiegokolwiek wpływu na otaczający mnie świat.

Wciąż powtarzałem sobie, że wystarczyło, żebym wyciągnął ten pierścionek choćby kilka sekund wcześniej.

Ale nie zrobiłem tego. Każdy, nawet najmniejszy krok tamtego pechowego dnia, każda, nawet najbardziej błaha decyzja doprowadziły do tego, co się wydarzyło.

Sobotni wieczór przed dziesięciu laty zaczął się zwyczajnie. Wybraliśmy się z Ewą do Highlandera, naszego ulubionego pubu na opolskim Starym Mieście. Znajdował się w niewielkiej uliczce, tuż przy rzece.

Byliśmy jego stałymi bywalcami na długo, zanim mogliśmy legalnie pić alkohol. Równie często przesiadywaliśmy wtedy na Loży Szyderców – miejscu na brzegu Młynówki, do którego schodziło się wąskimi schodkami za pubem. Nie wiem, kto wpadł na tę nazwę. Wysprejowano ją na niewielkim murku dobrą dekadę wcześniej i szybko się przyjęła.

Kiedy zeszliśmy na dół, Ewa już coś przeczuwała. Nie miało to jednak nic wspólnego z grupą mężczyzn, którzy właśnie dopijali piwo w Highlanderze. Znała mnie doskonale i od początku wieczoru musiała widzieć moje zdenerwowanie.

Byliśmy ze sobą, właściwie od kiedy pamiętaliśmy. Okoliczności zeswatały nas już w latach osiemdziesiątych, kiedy oboje biegaliśmy po osiedlowych podwórkach przy Spychalskiego na Zaodrzu, beztroscy i nieświadomi tego, co przyniesie życie.

Szybko staliśmy się nierozłączni. Chodziliśmy do tej samej klasy w podstawówce, pierwszy raz pocałowaliśmy się w wieku dziesięciu lat na schodach prowadzących do szatni. Na początku liceum, na wycieczce szkolnej, po raz pierwszy się ze sobą przespaliśmy. Przed studiami wszyscy wieszczyli nam szybki koniec – Ewa poszła na polibudę, ja na uniwerek. Według znajomych mieliśmy paść ofiarami naszej dotychczasowej nierozłączności, ale stało się zupełnie inaczej.

Wynajęliśmy mieszkanie, zaczęliśmy planować wspólną przyszłość. Naturalne wydawało mi się, że niebawem się oświadczę. I może akurat tamtego dnia Ewa wiedziała, że to zrobię.

Wybrałem Lożę Szyderców, bo było to chyba jedyne miejsce w Opolu, gdzie spędziliśmy tak dużo czasu. Wypaliliśmy tam kilotony nikotyny, wypiliśmy hektolitry tanich winiaków i po raz pierwszy paliliśmy skręty.

Kiedyś w tym miejscu nie było nic romantycznego. Stanowiło zaśmiecony kawałek brzegu, chowający się pod rachityczną koroną osamotnionego starego drzewa. Kiedy się oświadczałem, było już jednak inaczej – miejsce stało się częścią opolskiej Wenecji, na nowo zagospodarowanego nabrzeża, z którego najbardziej wyróżniał się ciąg kolorowo oświetlonych budynków, niemal dotykających wody.

Loża Szyderców była odpowiednia. A przynajmniej tak mi się wydawało.

Przyklęknąłem na jedno kolano i zapewne poczułbym się jak ostatni imbecyl, gdyby nie to, że wypiłem odpowiednio dużo. Ewa teatralnie uniosła dłoń do ust, uświadamiając mi tym gestem, że doskonale wiedziała, co się szykuje.

Wsunąłem pierścionek na jej palec, pocałowaliśmy się, mocno przytuliliśmy, a potem przez moment trwaliśmy w milczeniu. Byliśmy ze sobą na tyle blisko, że cisza była jak spoiwo związku, a nie budulec dzielącej ludzi przepaści.

Oboje byliśmy upojeni szczęściem, czuliśmy się błogo i beztrosko. Objąłem Ewę, a potem ruszyliśmy schodkami w kierunku pubu i niewielkiego parkingu. Moment przed tym, jak minęliśmy drzwi Highlandera, z knajpy wyszło pięciu gości. Mocno wstawionych, głośnych i popychających się nawzajem.

Nie wzbudzili naszego niepokoju, bo właściwie wpisywali się w nocny krajobraz opolskiej sobotniej nocy na rynku. Po chwili jednak to się zmieniło.

Jeden z nich wbił wzrok w Ewę i ucichł zupełnie. Sprawiał wrażenie, jakby nagle znalazł się w oku cyklonu. Kumple szturchali go, krzyczeli coś do niego, ale on trwał w bezruchu, patrząc na moją narzeczoną.

– O kurwa… – powiedział.

Wciąż wracam myślami do tamtej chwili, do tamtego wzroku i głosu tego człowieka. Są dla mnie tak samo mętne jak wtedy, kiedy mocniej objąłem Ewę i nieco przyspieszyłem.

Ten, który się odezwał, zastąpił nam drogę. Kumple popatrzyli na niego niepewnie, a potem ustawili się obok.

– Coś nie tak? – rzuciła Ewa.

Teraz wiem, że to ja powinienem wtedy coś powiedzieć. Skierować ich uwagę na siebie, może dzięki temu wydarzenia potoczyłyby się inaczej.

A może nie.

– No – odparł tylko jeden z nich.

Pozostali ucichli i spoważnieli, wszyscy nagle skupili wzrok na Ewie, a ja rozejrzałem się nerwowo. W okolicy nikogo nie było. Kawałek dalej, na rynku, moglibyśmy liczyć na przechodniów. Przy rzece jednak było pusto.

Ewa mruknęła „sorry" i próbowała przejść, ale żaden z mężczyzn nawet nie drgnął. Zatrzymaliśmy się bliżej nich, a ja miałem wrażenie, że serce zaraz wyskoczy mi z piersi.

– O co chodzi? – zapytałem.

– O to, że zostawiliście coś na dole – odparł najbardziej postawny z nich, wskazując na schody.

Pozostali nie byli umięśnieni, ale nie miało to żadnego znaczenia. Ich było pięciu, ja byłem jeden. Nawet gdybym na co dzień walczył w MMA, nie dałbym im rady.

Uświadomił mi to już pierwszy cios, który niemal rzucił mnie na ziemię. Był niechlujny, typowo uliczny, ale na tyle niespodziewany, że prawie nokautujący.

Wyprowadził go ten przypakowany. Słyszałem, że Ewa coś krzyknęła, ale tak głośno zahuczało mi w głowie, że nie potrafiłem rozpoznać słów. Złapali nas za fraki i popchnęli ku Loży Szyderców.

Zanim się zorientowałem, byliśmy już z powrotem nad rzeką. Starałem się wyrwać, ale jeden z nich mnie przytrzymał, a drugi po raz kolejny mi przywalił. Poprawił jeszcze trzy lub cztery razy. Upadłem na ziemię obok drzewa, pod którym kiedyś wypaliliśmy pierwszego jointa.

Nie czułem metalicznego posmaku w ustach, choć krew wylewała się z nich niemal strumieniem. Obraz przed oczami miałem zamglony, mimo to wyraźnie widziałem, jak rzucają Ewę na ziemię kawałek dalej.

Mówili coś, śmiali się, Ewa krzyczała. Do dziś nie potrafię wyłowić z pamięci jej słów.

Próbowałem wstać, ale szybko sprowadzili mnie z powrotem na ziemię. Wystarczyło jedno dobrze wymierzone uderzenie. Kiedy upadłem, natychmiast zacząłem czołgać się w kierunku narzeczonej.

Już się nią zajmowali. Jeden z nich zerwał z niej bluzkę, drugi zaczął mocno ściskać piersi. Krzyczałem bezgłośnie, a przynajmniej tak mi się wydawało, kiedy nadaremnie starałem się do niej zbliżyć.

W pewnym momencie dostrzegli moje żałosne próby. Oberwałem kopniakiem w głowę, na moment zrobiło mi się ciemno przed oczami. Kiedy na powrót mogłem cokolwiek zobaczyć, jeden z nich ściągał Ewie spodnie.

Świat stał się nierealny. Zduszony czymś ciężkim, tak jak krzyk mojej narzeczonej, kiedy jeden z napastników zasłonił jej usta. Odgrażałem się, kląłem, a potem błagałem ich, żeby przestali. Kiedy nie pozostało mi nic innego, zacząłem prosić Boga, żeby zainterweniował. Obiecywałem mu wszystko, byleby ocalił Ewę.

Potem zobaczyłem jej czerwoną koronkową bieliznę, którą kupiła jakiś czas temu. Mówiła, że na specjalną okazję.

Rycząc ze śmiechu, agresorzy zerwali z niej majtki. Pierwszy z nich zrzucił spodnie i położył się na Ewie. Inny stał za mną, unosząc mi głowę, bym musiał oglądać, co się dzieje.

Przy każdej próbie wyrwania się obrywałem w tył głowy. Krzyczałem, wciąż rozpaczliwie starając się dostać do narzeczonej. Ryłem dłońmi w ziemi, ale zanim gwałciciel skończył, nie zbliżyłem się nawet o pół metra.

Potem położył się na niej kolejny. Napierał mocno, jakby chciał ją zmiażdżyć. Słyszałem jej pisk i płacz, widziałem, jak stara się odepchnąć napastników. Nie miała żadnych szans.

Udało mi się trochę zbliżyć, zanim pozostali znów zwrócili na mnie uwagę. Jeden z nich podszedł do mnie, powiedział coś, a potem uniósł nogę. Zanim opuścił na mnie ciężki but, spojrzałem jeszcze na Ewę. Wyraz cierpienia, bólu i upokorzenia na jej twarzy wryły mi się w pamięć, bo był to ostatni raz, kiedy ją widziałem.

Przynajmniej do czasu, aż dziesięć lat później trafiłem na jej zdjęcie na Facebooku.

2

Nigdy nie ustalono, kim byli napastnicy. Nie odnaleziono ani ich, ani mojej narzeczonej. Ślad po niej zaginął, podobnie jak po życiu, które planowałem mieć.

Nie chodziło tylko o to, że wiodłem je bez Ewy. Zmieniło się ono także w każdej innej kwestii.

Po maturze mogłem z powodzeniem aplikować na ekonomię do Wrocławia, Poznania lub Krakowa, właściwie na każdej uczelni przyjęliby mnie z otwartymi rękoma. Wybrałem opolski uniwerek i tutejsze zarządzanie tylko dlatego, by zostać na miejscu z Ewą. Upierała się, że nie chce opuścić miasta.

Nie musiała długo mnie przekonywać. Liczyła się tylko ona, a dobre wyniki w nauce i tak miały sprawić, że będę mógł spodziewać się w Opolu dobrze płatnej pracy. Może nie porywającej, ale pozwalającej na godne życie. Więcej nie było mi trzeba.

Studiów jednak nie skończyłem. Po tamtej pechowej nocy nigdy nie wróciłem do siebie.

Przez pierwsze miesiące chodziłem na wysokich obrotach, gorączkowo starając się odnaleźć jakikolwiek ślad po narzeczonej. Wykorzystałem wszystkie możliwości, sprawdziłem każdy trop, zaangażowałem wszystkie służby, organizacje i stowarzyszenia, które mogły w jakikolwiek sposób pomóc.

I nic.

Zupełnie jakby Ewa wpadła w czarną dziurę. Ci, którzy nas zaatakowali, najwyraźniej byli w Opolu tylko przejazdem. Początkowo byłem przekonany, że pochodzili z którejś z podmiejskich wsi, ale po kilku miesiącach także i to musiałem wykluczyć. Przez ten czas ktoś z pewnością by ich rozpoznał.

Tymczasem pozostawali anonimowi. A ich twarze, niewyraźne i niepokojące, zdawały się istnieć tylko w mojej pamięci.

Po tych kilku intensywnych miesiącach zupełnie opadłem z sił.

Zrezygnowałem z nauki, na jakiś czas zaszyłem się w naszym mieszkaniu i większość czasu spędzałem na coraz głębszym zanurzaniu się w letargicznym bagnie. Piłem coraz więcej i coraz mniej interesowałem się światem zewnętrznym.

Po pewnym czasie liczyło się tylko to, żeby otworzyć piwo i w jakiś sposób zabić czas. Najczęściej robiłem to za pomocą gier. *Dead Space*, *Left 4 Dead*, *GTA IV* i *Fallout 3* zastępowały mi rzeczywistość.

I może dzięki nim jakoś przetrwałem. Przy czym „jakoś" to słowo klucz.

Zanim się zorientowałem, było już za późno, żeby wrócić do planów, które kiedyś miałem. Na uczelni musiałbym powtarzać zbyt wiele, w CV musiałbym nakłamać, a dodatkowo byłbym zmuszony zrezygnować ze wszystkiego, co trzymało mnie przy życiu przez tyle miesięcy.

Mniej więcej rok po tym, co stało się na Loży Szyderców, wróciłem w to miejsce. Zatrudniłem się w Highlanderze jako barman, przepracowałem tam sporo czasu. Na tyle dużo, by poznać każdą rysę na ladzie i wszystkich klientów.

Oprawcy Ewy nigdy nie wrócili. A ja nie wiedziałem nawet, czy kiedykolwiek naprawdę na to liczyłem.

Przenosiłem się z knajpy do knajpy, nigdzie nie zagrzewając miejsca, nie nawiązując z nikim bliższych relacji. W mieście, w którym mieszka sto dwadzieścia tysięcy ludzi, każdy przynajmniej mnie kojarzył. Nikogo nie zaskoczyło, że stałem się dziwakiem.

I mimo że minęło niemal dziesięć lat, nadal nim byłem, kiedy dostałem pracę w nowo otwartej restauracji na rynku, niedaleko pomnika, który nazywaliśmy Babą na Byku. SpiceX serwowała dania kuchni indyjskiej, a ja zatrudniłem się tam jako kelner. Była to jedyna knajpa tego typu w Opolu, w dodatku dobrze zlokalizowana, więc pensja i napiwki wystarczały mi na opłacenie mieszkania, alkohol i szerokopasmowy internet. Na nic więcej w zasadzie nie wydawałem.

W trakcie chudszych lat pomagał mi Adam Blicki, którego od podstawówki nazywaliśmy Blitz – i którego jako jedynego mogłem określić mianem przyjaciela. Przynajmniej w pewnym sensie. Nie wychodziliśmy nigdzie razem, ja nie bywałem u niego, on też nigdy mnie nie odwiedzał. Spasował po kilkunastu próbach, podczas których udawałem, że nie ma mnie w domu.

Przychodził za to regularnie do wszystkich lokali, w których pracowałem, jakby były jego ulubionymi. Trwało to już niemal dziesięć lat i chyba odpowiadało nam obydwu.

Zazwyczaj zjawiał się z dobrymi wieściami, jakby za punkt honoru postawił sobie ustawiczne próby podniesienia mnie na duchu. Tego dnia było jednak inaczej. Wszedł do SpiceX z laptopem pod pachą, rozejrzał się, a potem przywołał mnie nerwowym ruchem.

– Werner! – krzyknął, siadając przy stoliku obok okna.

Podszedłem niespiesznie, bo najczęściej ekscytował się rzeczami, obok których ja przechodziłem obojętnie. Stanąłem przy stoliku i otworzyłem usta, ale nie dał mi się odezwać.

– Musisz to zobaczyć – rzucił, otwierając laptopa. – Siadaj.

Był wczesny ranek, w restauracji znajdował się tylko jeden klient, któremu chwilę wcześniej podałem mango lassi. Nie musiałem się przejmować, że za pogawędki ze znajomym dostanie mi się potem od szefa. Usiadłem obok Blitza i wbiłem wzrok w monitor.

– Nie powiesz mi, że to nie ona – wypalił Adam.

– O czym ty mówisz?

– Spójrz – polecił, mierząc prosto w laptopa.

System wybudził się z uśpienia, a na ekranie pokazał się post z Facebooka. Zdjęcie było lekko poruszone, ale nie na tyle, bym miał trudności z rozpoznaniem, kto na nim jest.

Miałem wrażenie, jakby powietrze wokół mnie się naelektryzowało, zapowiadając burzę. Ale nie grzmiało gdzieś w oddali – gromy pojawiły się tuż nade mną.

Ewa.

Zmieniła się tak, jak ludzie zmieniają się przez dziesięć lat. Zmarszczki mimiczne jej się uwydatniły, nieznacznie przytyła, przefarbowała trochę włosy, być może zrobiła korektę nosa, ale nie miałem wątpliwości, że patrzę na jej zdjęcie.

– Jak… – urwałem, nie mogąc wydusić nic więcej.

Blitz, którego nazywaliśmy także Blitzer lub Blitzkrieg, zazwyczaj reagował na wszystko błyskawicznie, jakby przezwisko go do tego obligowało. Tym razem jednak popadł w zupełny marazm, nie potrafiąc mi odpowiedzieć.

Ja zaś miałem wrażenie, jakby świat stawał się coraz bardziej nierealny. Zupełnie jak dziesięć lat wcześniej na brzegu Młynówki. Próbowałem przełknąć ślinę, ale wydawało mi się, że w gardle mam jedynie suchą watę.

– Jak to możliwe? – wydusiłem w końcu.

– Nie wiem.

– Co to za fanpage?

Pytanie było chyba symptomatyczne dla naszych czasów. Kiedyś zacząłbym od wypytywania Blitzera, jak trafił na zdjęcie, gdzie zostało zrobione i tak dalej. Teraz nie musiałem tego robić, bo odpowiedź przyjaciela właściwie mogła powiedzieć mi wszystko.

– Spotted: Wrocław.

Potrząsnąłem głową i dopiero teraz dotarło do mnie, że to się dzieje naprawdę. Złapałem się za kark i rozejrzałem nerwowo. Czułem się jak zwierzyna w ciemnej, nieprzeniknionej głuszy, ku której nadciąga cały zastęp myśliwych.

– To naprawdę ona, Werner.

Zmusiłem się do zdawkowego skinienia głową.

– I była niecałe sto kilometrów stąd.

Znów pochyliłem się nad laptopem, biorąc się w garść. Po latach poszukiwań w końcu miałem jakiś trop. Pojawił się cień nadziei na to, że wreszcie uzyskam odpowiedzi na wszystkie pytania, które kołatały mi się w głowie od dekady.

Co spotkało ją po gwałcie? Dlaczego znikła bez śladu? Co się z nią działo przez ten cały czas? Znała napastników?

Wszystkie dylematy, niewiadome i nierozstrzygnięte kwestie wróciły jak echo salwy artyleryjskiej, która zrównała z ziemią cały mój świat.

Spojrzałem na zdjęcie. Przedstawiało Ewę podczas jakiegoś koncertu na świeżym powietrzu. Był późny wieczór, ale scena mieniła się feerią szalonych, w pewien sposób paranoidalnych barw.

Nie patrzyła w obiektyw, być może nie wiedziała nawet, że ktoś uwiecznił ją na zdjęciu. Była roześmiana, unosiła jedną rękę w kierunku sceny. Obok niej stał mężczyzna w bluzie, trzymał ją za ramię, jakby chciał zwrócić na siebie uwagę lub przyciągnąć ją do siebie. Nie widać było jego twarzy, stał tyłem. Na szarej bluzie z kapturem znajdowało się logo Foo Fighters, bomba ze skrzydłami i napis „There is nothing left to lose".

Foo Fighters. Ulubiona kapela Blitza, której słuchał od dziewięćdziesiątego piątego, kiedy inni chcieli zaimponować rówieśnikom znajomością *Scyzoryka* Liroya, a skrycie zasłuchiwali się w soundtracku do *Toy Story*.

– To… – zacząłem niepewnie, wskazując na bluzę. – To ich koncert? Byłeś tam?

– Byłem.

– Do kurwy nędzy, Blitz! Widziałeś ją?

Miałem ochotę złapać go za ramiona i potrząsnąć, ale w porę się powstrzymałem. Serce waliło mi jak młotem, a fala gorąca rozpływała się po moim ciele. Umysł na przemian zdawał się rozumieć, co się dzieje, i tracić kontakt z rzeczywistością.

– Nie – odparł Blitzer. – Zobaczyłem ją dopiero na tym zdjęciu, pół godziny temu, kiedy…

– Jak na nie trafiłeś? I kto je zrobił? – wpadłem mu w słowo, uświadamiając sobie, że jeśli nie powściągnę emocji, wystrzelę z siebie całą kanonadę kolejnych pytań. Zamknąłem oczy, wyprostowałem się i przez moment trwałem w bezruchu.

– Jak dasz mi dojść do słowa, wszystko ci powiem.

– Mów – rzuciłem.

– Ten koncert był wczoraj, Foo Fighters grali na Stadionie Miejskim.

– Wczoraj?!

– Spokojnie…

Nabrałem powietrza i przytrzymałem je w płucach.

– Nie mówiłeś mi, że się wybierasz.

– Bo nie gadamy o takich rzeczach – odparł i wzruszył ramionami. – Ty masz to w dupie, a ja nie czuję potrzeby, żeby się tym dzielić. Podobnie jak tym, kiedy spotkam dobrą kunę.

Tylko Blitzer mógł określać kobietę w ten sposób. Normalnie jakoś bym to skwitował, ale teraz nawet nie przeszło mi to przez myśl.

– A tak było i tym razem – dodał, nie odrywając wzroku od zdjęcia. – Niestety spłoszyłem dziewczę, znikło mi gdzieś w tłumie, więc z samego rana zacząłem jej szukać. I tak trafiłem na to spotted… i na to zdjęcie.

Teraz obaj wpatrywaliśmy się w nie jak w ołtarz. W przeciwieństwie do mężczyzny w bluzie Ewa miała na sobie T-shirt innego zespołu. Widać było tylko kawałek nazwy, Gutierrez Y Angelo. Nazwa albumu lub singla brzmiała *Better days*. Nic mi to nie mówiło.

Milczenie się przeciągało, a ja nie zauważyłem, że jedyny klient w lokalu wypił już mango lassi i rozglądał się zniecierpliwiony.

– Może… – zacząłem niepewnie. – Może za szybko uznałem, że to ona.

– Co?

– To przecież niemożliwe. Po dziesięciu latach miałaby się pojawić tak nagle?

– A jak inaczej?

Pytanie było dobre jak każde inne. Może dałem się ponieść nadziei i pochopnie przyjąłem, że to Ewa. A może nie. Może to naprawdę była ona.

– Chryste… – jęknąłem, a potem potrząsnąłem głową. – Wygląda na szczęśliwą – dodałem.

– Jest na koncercie Foo Fighters.

– Ale…

– Zakładałeś, że przez dziesięć lat ktoś trzyma ją zamkniętą w piwnicy?

– Nie wiem, co zakładałem.

Bardziej prawdziwej rzeczy nie mógłbym powiedzieć. Teorii było zbyt wiele – część ułożyłem sam, część przejąłem od dziennikarzy i anonimowych internautów komentujących wpisy pod corocznymi przypomnieniami na lokalnych portalach, że Ewa wciąż się nie odnalazła.

Artykuły pojawiały się zawsze, pokazywano przy nich zdjęcie i zaznaczano, że najbardziej prawdopodobny scenariusz sprowadza się do tego, że dziewczyna wpadła do rzeki. Ciała jednak nigdy nie znaleziono, podkreślali autorzy publikacji.

Kilka razy zdarzało się, że ktoś chciał wywołać sensację. Raz przeczytałem nawet nagłówek: „NOWE FAKTY W SPRAWIE. DAMIAN WERNER PRZESŁUCHANY”.

Rzeczywiście, mniej więcej w połowie biegu przedawnienia zostałem przesłuchany, ale jako świadek. Jeden z dochodzeniowców chciał się upewnić, czy sprawę słusznie umorzono ze względu na brak dowodów.

Tym był ten „nowy fakt" z nagłówka. Zwykłą kaczką dziennikarską – w przeciwieństwie do tego, co miałem przed sobą teraz.

– Ktoś jej szuka? – zapytałem.

– Facet, który wrzucił zdjęcie. Phil Braddy.

Spojrzałem na miniaturkę zdjęcia i treść posta.

– Amerykanin?

– Brytyjczyk – odparł Blitzer. – Najwyraźniej pofatygował się na koncert z Londynu. I spodobała mu się przypadkowo spotkana dziewczyna. Pisze, że zamienili kilka zdań, pośmiali się, a on potem odszedł na moment do znajomych. Kiedy wrócił, już jej nie było. Teraz stara się ją znaleźć.

Od razu pomyślałem, że muszę do niego napisać. Dowiedzieć się, co powiedziała Ewa, zupełnie jakby miało to jakiekolwiek znaczenie.

– Wysłałem mu wiadomość przed wyjściem z domu – dodał Blitz.

Skinąłem głową z wdzięcznością. Klient siedzący kawałek dalej chrząknął znacząco, ale go zignorowałem.

– Ktoś odpisał? – spytałem.

– Kilkanaście osób. Co jak co, ale to zdjęcie się wyróżnia.

Blitzkrieg miał rację. Lekko rozmyte stroboskopy w tle, duża impreza i ostrość ustawiona na roześmianą, ładną dziewczynę. Fotografia musiała przyciągać wzrok wszystkich przeglądających profil.

– Ktoś napisał coś konkretnego? – odezwałem się niepewnie.

– Nie. Same bzdurne komentarze, których nie chcesz czytać.

Nie chciałem, ale z pewnością przeczytam, kiedy tylko wrócę do domu. Wcześniej jednak musiałem odwiedzić inne miejsce. Naoglądałem się zbyt wielu filmów i seriali, by nie wiedzieć, że podstawowym błędem w takiej sytuacji jest zwlekanie z poinformowaniem organów ścigania.

Podziękowałem Blitzowi, a potem poszedłem na zaplecze, zadzwoniłem do szefa i oznajmiłem, że coś mnie bierze. Praca w gastronomii miała tę niewątpliwą zaletę, że właściciele knajp traktowali takie doniesienia poważnie. Szczególnie ci, którym zależało, by klienci jeszcze kiedyś do nich wrócili.

Zmienniczka pojawiła się dość szybko, ale zdążyłem jeszcze podać mężczyźnie w lokalu papadam, cienki placek z mąki z ciecierzycy, i przyjrzeć się zdjęciu Ewy na tyle dokładnie, by poznać każdy szczegół.

Kiedy zjawiłem się w komendzie miejskiej przy Powolnego, na dobrą sprawę mogłem już opisać przyjmującemu mnie funkcjonariuszowi całą fotografię z pamięci. Ale nie musiałem. Weszliśmy na odpowiedni profil, a potem pokazałem mu zdjęcie. Przyglądał mu się długo, marszcząc czoło.

Podkomisarz Prokocki prowadził tę sprawę dziesięć lat temu. Spodziewałem się, że zobaczę w jego oczach błysk, który sprawi, że w końcu sam uwierzę w to, co widzę.

Policjant jednak sprawiał wrażenie, jakbym pokazał mu wizerunek anonimowej osoby.

– To normalne – odezwał się w końcu.

– Co?

– Że szuka pan w innych kobietach zaginionej narzeczonej.

Otworzyłem usta, ale nie zdołałem niczego z siebie wydusić. Kategoryczność w jego głosie zupełnie zbiła mnie z tropu. Prokocki oderwał wzrok od monitora, nabrał głęboko tchu i popatrzył na mnie ze współczuciem.

– Od tamtej pory nie związał się z pan z nikim, prawda? – zapytał.

– Nie, nie związałem. Ale co to ma do rzeczy?

– Wciąż jej panu brakuje, więc to naturalne, że...

– Chyba pan żartuje.

– Takie rzeczy się zdarzają.

Wymierzyłem palcem w monitor, jakbym miał kogoś oskarżać.

– Widzi pan to samo co ja?

– Widzę dziewczynę podobną do Ewy, panie Werner. To wszystko.

Przestąpiłem z nogi na nogę i rozejrzałem się bezradnie, jakby nagle mógł zjawić się tutaj ktoś, kto mi pomoże.

– Przecież to ona, do cholery – rzuciłem. – Nie widzi pan?

Znów zrobił wdech.

– Niestety nie mogę się z panem zgodzić – powiedział urzędowym tonem. – Owszem, jest pewne podobieństwo, ale...

– Wiem, jak wygląda moja narzeczona.

Podniósł się powoli, jakby bał się, że inaczej mnie urazi. Położył mi rękę na ramieniu, a potem zaczął powoli tłumaczyć, że wiedziałem, jak wyglądała dziesięć lat temu, i umysł płata mi teraz figle. Ciągnął przez kilka minut, a ja z każdym kolejnym zdaniem słuchałem go z coraz mniejszą uwagą.

Jego daleko idąca pewność, zdecydowanie w głosie i brak jakiejkolwiek gotowości do przyznania, że to choćby może być ona, podziałały na mnie niepokojąco.

– Oczywiście to sprawdzimy – zapewnił, prowadząc mnie do wyjścia. – Proszę nie mieć co do tego żadnych wątpliwości.

Owszem, wątpliwości nie miałem. Ale co do tego, że coś jest tutaj bardzo nie w porządku.

3

Byłem pewien, że powrót do domu przyniesie mi chociaż częściowe ukojenie. Działo się tak codziennie, kiedy zamykałem za sobą drzwi, a potem przekręcałem trzy porządne zamki.

Jeśli nie musiałem już nigdzie wychodzić, towarzyszyło mi wtedy niemalże poczucie upojenia. Jeśli jednak z jakiegoś powodu czekało mnie później wyjście, czułem niepokój i podenerwowanie.

Tego dnia moje cztery kąty miały podziałać na mnie uspokajająco. Stało się jednak inaczej – poczułem się jak obcy we własnym mieszkaniu. Wypełniłem je dźwiękami Rainbow, bo w przeciwieństwie do Blitza lubiłem raczej te kapele, których już od dawna nie było słychać.

Ręce mi się trzęsły, czułem się, jakbym miał gorączkę. Dopiero wtedy uświadomiłem sobie, jak bardzo jestem spocony. Chłodny T-shirt przylgnął mi do pleców, a po gorącej fali oblewającej ciało nie było śladu. Stając przed lustrem, niemal nie rozpoznałem swojego odbicia. Byłem trupio blady, a cienie pod oczami stały się jeszcze bardziej wydatne.

Fryzura, którą i tak zazwyczaj miałem w nieładzie, przywodziła na myśl plątaninę kabli.

Opłukałem twarz zimną wodą, a potem otworzyłem piwo i usiadłem przed pecetem, którego własnoręcznie złożyłem, zaoszczędzając dzięki temu kilka stów. Odpaliłem najnowszą odsłonę *Elder Scrolls*, po czym sięgnąłem po telefon – tylko po to, żeby go wyłączyć.

Musiałem zniknąć ze świata. Teraz, póki jeszcze kompletnie nie zwariowałem. Nie było sensu katować się, odświeżając ten sam post na Facebooku lub czekając, aż Phil Braddy odpisze.

Czekałem dziesięć lat. Mogłem poczekać jeszcze trochę, ale musiałem się uspokoić.

Blitzer jednak nie dał mi okazji. Ledwo podniosłem smartfon, roześmiana twarz mojego przyjaciela pojawiła się na wyświetlaczu, a z głośnika popłynęły dźwięki standardowego dzwonka. Zdjęcie Blitz zrobił sobie sam, lata temu, kiedy jeszcze pracowałem w Highlanderze.

Tak, byłem jedną z tych osób, które przy zmianie telefonu przenoszą wszystkie zdjęcia na nowy. Teraz nie wiązało się to z większymi trudnościami, ale kiedyś przejście z pierwszego sony ericssona z aparatem na nową nokię było dość problematyczne.

Zatrzymałem *Elder Scrolls* i przesunąłem palcem po ekranie.

– Nie dzwonisz w dobrym momencie – powitałem go.

– Widziałeś? – rzucił nerwowo i odkaszlnął. – Nie, nie widziałeś, inaczej nie zacząłbyś rozmowy w ten sposób.

– Czy co widziałem?

– Nowy post na spotted.

Szybko wyłączyłem grę, jakby od prędkości, z jaką to zrobię, zależało moje życie. Włączyłem przeglądarkę i szybko odświeżyłem stronę. Rzeczywiście, pojawił się nowy wpis od Phila Braddy'ego.

„Może dzięki temu zdjęciu ktoś ją pozna" – napisał po angielsku i dołączył link do poprzedniego posta.

Patrzyłem na fotografię, ale zdawało mi się, jakbym spozierał wprost w portal prowadzący do alternatywnej rzeczywistości. Znałem to zdjęcie doskonale. Było dla mnie wyjątkowe.

– Jesteś tam? – spytał Blitzer.

Próbowałem coś z siebie wydusić, ale nie potrafiłem.

– Werner!

– Je... jestem.

– To na tysiąc procent ona – ocenił. – Zresztą stoi chyba gdzieś na Krakowskiej, niedaleko Baby na Byku. I jest o dobre kilka lat młodsza.

– O dziesięć... – jęknąłem.

– Co?

– Sam zrobiłem to zdjęcie.

– Jak to? Kiedy? Gdzie?

– Na kilka dni przed tym, jak zaginęła, ale... Blitzkrieg...

– No?

– Nigdy nikomu go nie pokazywałem. Nigdy go nie wrzucałem do sieci, nigdy nawet nikomu nie mówiłem, że je mam...

– Co? Dlaczego?

– Nie wiem – odparłem, gorączkowo pocierając głowę. – Chyba chciałem mieć coś tylko dla siebie, coś wyłącznie mojego, bo...

– Mniejsza z tym – uciął. – Skąd Brytol ma to zdjęcie?

– Nie mam pojęcia.

Nie potrafiłem wyobrazić sobie scenariusza, dzięki któremu Phil Braddy miałby zdobyć zdjęcie. To zdjęcie. Moje zdjęcie.

Wszystkie możliwe wyjaśnienia były na wskroś absurdalne. Nawet jeśli rozmawiał z Ewą dłużej, niż wynikało to z pierwszego posta, ona sama nie miała tej fotografii. Nie zdążyłem jej nawet pokazać tego ujęcia, a sam przypomniałem sobie o nim, dopiero kiedy zaginęła.

Sięgnąłem po piwo i opróżniłem je jednym haustem. Od gazu zakotłowało mi się w brzuchu.

Zrozumiałem, że tego dnia dostałem o wiele więcej niż tylko mętny trop. Fakt, że Braddy miał tę fotografię, dowodził, że musi być jakoś zamieszany w sprawę.

– Odpisał ci? – zapytałem.

– Tak.

Przeszły mnie ciarki.

– Zaraz po tym, jak wrzucił fotkę.

– I?

– Utrzymuje, że naprawdę jej nie zna, nigdy wcześniej ani później jej nie widział i po prostu chciałby nawiązać z nią kontakt. Dopytywał, czy ja ją znam.

– Napisz mu, że…

Urwałem, dochodząc do wniosku, że nie powinienem dłużej polegać wyłącznie na Blitzu. Wyświetliłem profil Phila Braddy'ego i zerknąłem na twarz, którą już doskonale znałem od patrzenia na nią przez długie godziny. Potem wysłałem mu wiadomość.

„Znam dziewczynę, której szukasz. Skąd masz to drugie zdjęcie?"

Blitzkrieg mówił coś do słuchawki, ale jego głos zdawał się niknąć gdzieś na linii. Wpatrywałem się w ekran komputera, czując, jak robi mi się coraz bardziej gorąco. W końcu zaświeciła się niebieska ikonka po prawej stronie wysłanej przeze mnie wiadomości. Braddy ją przeczytał. Nie pokazała się jednak informacja, by pisał odpowiedź.

Odsunąłem nieco krzesło, pochyliłem się i zacząłem uderzać dłońmi o uda. Wpatrując się w monitor, miałem wrażenie, jakbym rzucał wyzwanie.

Wyzwanie, na które nie doczekałem się odpowiedzi.

– Nie odpisuje – powiedziałem.

– Hę? – mruknął Blitzer. – Napisałeś do niego?

– Tak, ale...

– Miałeś mi to zostawić.

Nie pamiętałem, żebyśmy kiedykolwiek się tak umawiali, ale może Blitzer przyjął, że skoro to od niego wszystko się zaczęło, spoczywa na nim jakaś dziejowa odpowiedzialność za doprowadzenie sprawy do końca.

– Nadal nie odpisuje – powiedziałem. – Chociaż przeczytał wiadomość.

– Poczekaj chwilę.

– Niczego innego nie robię, Blitz – odbąknąłem. – Na dobrą sprawę od dziesięciu lat.

Każda sekunda zdawała się biec coraz wolniej, a ja traciłem cierpliwość. Czułem, że mam odpowiedzi na wyciągnięcie ręki. Wystarczyło tylko przycisnąć tego człowieka.

– Cała ta akcja z poszukiwaniem dziewczyny z koncertu to bzdura – zauważyłem. – Tu chodzi o coś innego.

– O co?

– Nie wiem. Ale zamierzam się dowiedzieć.

– Sam?

– Z twoją pomocą – odparłem, szybko dochodząc do wniosku, że to bodaj najmilsza rzecz, jaką kiedykolwiek mu powiedziałem. Właściwie po raz pierwszy potraktowałem go tak, jak powinienem. Jak przyjaciela, na którym mogę polegać.

– Wiadomo, że z moją. Ale to może nie wystarczyć.

– Z samego rana pójdę na komendę.

– Jeszcze nie byłeś?

– Byłem, ale odesłali mnie z kwitkiem.

Kiedy streściłem mu rozmowę z podkomisarzem Prokockim, długo milczał. Ja wciąż wlepiałem wzrok w monitor, jakbym dzięki temu mógł zmusić Phila Braddy'ego do zdradzenia czegokolwiek.

Skrzynka odbiorcza była jednak pusta. Stało się jasne, że nie zamierza mi odpisywać. Milczał też w konwersacji z Blitzem. Poszedłem po kolejne piwo, wiedząc już, że dzisiaj podejmę kilka złych decyzji, po których jutro rano obudzę się z mocnym bólem głowy.

– W ogóle nie zainteresował się sprawą? – odezwał się w końcu Blitzer.

– Nie tylko nie zainteresował, ale próbował ją zbyć.

– Dziwne.

– Na początku też tak pomyślałem.

– A później zmieniłeś zdanie?

– Mhm – potwierdziłem. – Każdego dnia w Polsce ginie bez śladu jakieś pięćdziesiąt osób. Prokocki pewnie codziennie dostaje donosy o cudownym pojawieniu się którejś z nich.

– Ale widział zdjęcie. Musiał ją poznać, przecież szukał jej przez długie miesiące.

– Może rozpoznał – przyznałem. – I po prostu nie chciał robić mi nadziei.

Było to najwygodniejsze tłumaczenie, które usprawiedliwiało bagatelizowanie nowego dowodu. Inne wersje, które rozważałem, sprowadzały się do wyjątkowo chmurnych scenariuszy.

Wszystko to nie miało już jednak znaczenia. Teraz, kiedy w internecie pojawiło się to samo zdjęcie, które miałem w pamięci telefonu, mogłem posłużyć się niezaprzeczalnym dowodem.

Prokocki skorzysta z okazji, póki pora. Póki nie doszło jeszcze do przedawnienia. Będzie chciał zamknąć sprawę, która z pewnością figuruje w jego aktach jako niedokończone dochodzenie.

I może nie tylko w aktach. Może mimo tego, że sprawiał wrażenie, jakby bagatelizował doniesienie, w rzeczywistości od razu rzucił się w wir pracy. Mogłem to sobie wyobrazić, choć wymagało to otwarcia jeszcze dwóch zielonych puszek z płynną postacią optymizmu.

Zgodnie z moimi przypuszczeniami obudziłem się skacowany. Zasnąłem na kanapie, laptop stał otwarty na stoliku obok. Odpowiedzi od Braddy'ego nadal nie było. Ignorował też Blitzera.

Wziąłem szybki prysznic, właściwie tylko po to, by na komendzie nie sprawiać wrażenia, jakbym pomylił ją z izbą wytrzeźwień.

Na spotkanie z Prokockim musiałem trochę poczekać, ale nie spodziewałem się, że przyjmie mnie od razu. Zapewne przypuszczał, że przyszedłem go bezpodstawnie nękać.

Kiedy w końcu zaprosił mnie do gabinetu, pokazałem mu kolejne zdjęcie, a potem post na Facebooku. Użytkownicy powoli zaczynali okazywać solidarność z Brytyjczykiem poszukującym Polki – zidentyfikowali miejsce w Opolu, poinformowali go, że to niedaleko Wrocławia i że najprawdopodobniej właśnie tam powinien jej szukać. Nikt jednak Ewy nie rozpoznał.

Prokocki również nie.

– To ona? – spytał z rezerwą.

Potrzebowałem kilku chwil, żeby przejść do porządku nad tym, że naprawdę zadał mi to pytanie. Potrząsnąłem głową, a potem zacząłem mu znów tłumaczyć, że sam zrobiłem tę fotografię. W końcu pokazałem mu ją w telefonie.

Długo się jej przypatrywał, a potem spojrzał na mnie, jakbym był kryminalistą, a nie osobą szukającą zaginionej narzeczonej.

– Pił pan coś rano?

Pytanie było retoryczne. Miałem przyspieszony oddech, gabinet podkomisarza z pewnością wypełnił się gorzelniczym zapachem już moment po tym, jak zająłem miejsce przy biurku.

– A jakie to ma znaczenie? – rzuciłem.

– Żadne. To pańskie życie.

– Raczej jego namiastka – odparłem pod nosem, a potem wskazałem na wyświetlacz telefonu. – Bo tylko tyle z niego zostało po jej zniknięciu. Rozumie pan?

– Oczywiście, że…

– I widzi pan chyba, że to identyczna fotografia?

– To nie ulega wątpliwości.

– Więc skąd ta rezerwa?

Westchnął głęboko.

– To tylko zawodowa powściągliwość. Proszę zrozumieć, że trochę podobnych spraw już rozpracowywałem.

Milczałem, obawiając się, że w przeciwnym wypadku powiem coś, czego będę później żałować.

– Może pan polegać na moim doświadczeniu.

– Polegam – zadeklarowałem, chociaż na tym etapie nie miałem do niego już żadnego zaufania.

– W takim razie proszę zostawić to nam. Obiecuję panu, że zrobimy, co w naszej mocy, żeby wyjaśnić wszystkie okoliczności.

– Nie wątpię w to.

Czekałem na coś więcej. Deklarację, że zaraz skontaktują się z Brytyjczykami, postarają się o namierzenie Phila Braddy'ego, cokolwiek. Tymczasem Prokocki podniósł się zza biurka i wyciągnął do mnie rękę.

Pomyślałem, że w ten sposób chce mnie pożegnać, ale było tak tylko połowicznie.

– Obawiam się, że będzie musiał pan zostawić u nas telefon.

– Słucham?

– Może się okazać ważnym materiałem dowodowym.

– Ale…

– Panie Werner, proszę mi zaufać, naprawdę. Zrobimy wszystko, żeby odnaleźć pana narzeczoną.

Spojrzałem na komórkę i odniosłem wrażenie, jakbym miał pożegnać się z czymś znacznie mi bliższym niż tylko telefon. Wprawdzie nie korzystałem z niego zbyt często, nie miałem ku temu powodu, ale było na nim jej zdjęcie. Moja jedyna kopia.

– Wolałbym…

– Chce pan ją odnaleźć? – przerwał mi podkomisarz.

Skinąłem głową.

– W takim razie proszę się zdać na nas. Wiemy, co robimy.

Trwał z wyciągniętą ręką, dopóki nie oddałem mu komórki. Być może zastanowiłbym się dwa razy, gdybym nie był tak mocno skacowany. I gdyby wszystko, co się działo, nie wpędzało mnie w poczucie kompletnej dezorientacji.

– Więc wznowicie postępowanie? – zapytałem, kiedy poprowadził mnie w kierunku drzwi.

– Jeśli tylko nowy materiał na to pozwoli, oczywiście.

– Jeśli?

– Będziemy w kontakcie – zapewnił mnie Prokocki.

Nie pomyślałem o tym, że będzie to dość trudne, jako że właśnie zabrał mi telefon.

Ale nie była to jedyna rzecz, jaką tego dnia straciłem.

Wróciłem do domu z myślą, żeby jak najszybciej ściągnąć zdjęcie z Facebooka. Musiałem je mieć, w pewien sposób było dla mnie ważniejsze niż wspomnienia związane z Ewą.

Fotografia jednak znikła. Podobnie jak poprzedni post.

I konto Phila Braddy'ego.

4

Przed południem w Opolu niełatwo było znaleźć otwartą knajpę, w której można dobrze zjeść. SpiceX należała jednak do wyjątków. Szef otwierał rankiem, działaliśmy do dwunastej, potem na chwilę zamykał i popołudniem znów ruszaliśmy na pełnych obrotach.

W krajach śródziemnomorskich czy w samych Indiach być może taki model się sprawdzał. U nas musiał prędzej czy później doprowadzić od bankructwa, ale nie zamierzałem dzielić się tym przemyśleniem z właścicielem.

Blitzer zjawił się przed jedenastą, znów niosąc laptopa. Wyglądał niewiele lepiej ode mnie, najwyraźniej też mało spał. Musiał przysnąć dopiero rankiem, bo kiedy rozmawiałem z nim przez Skype'a po wizycie na komendzie, odniosłem wrażenie, jakbym go obudził. Streściłem mu wtedy wszystko, co powinien wiedzieć.

Czułem się dziwnie, dzieląc się z kimś tym, co działo się w moim życiu. I przez to uświadomiłem sobie, że przez dekadę było ono zamknięte dla świata zewnętrznego. Nawet kiedy odwiedzałem rodziców w ich niewielkim mieszkaniu przy Grottgera, rozmawialiśmy właściwie o wszystkim innym, tylko nie o tym, co się u mnie działo.

Blitz usiadł przy tym samym stoliku co ostatnio, a potem przywołał mnie ruchem ręki.

– To mi się nadal w głowie nie mieści – powiedział. – Posty po prostu przepadły.

– Pisałeś do admina?

– Zaraz po naszej rozmowie.

Tym razem musiałem się zdać na niego. Najchętniej wziąłbym urlop na żądanie, nie tylko dlatego, że potwornie mnie suszyło, ale wiedziałem, że będę mieć potem problemy u szefa. A nie mogłem sobie pozwolić, by teraz znikło moje jedyne źródło utrzymania. Przypuszczałem, że będę potrzebował pieniędzy.

– Odpowiedzieli, że żadnych wpisów nie usuwali – dodał Blitzkrieg. – I niby w internecie nic nie ginie, ale nie znalazłem po nich żadnego śladu.

– Tak jak po Braddym.

– No – potwierdził zamyślony Blitz, obracając kartę dań na stole.

Po chwili zamarł, a potem powoli przeniósł na mnie wzrok. Nie musiał nic mówić, żebyśmy obaj doszli do wniosku, jak mętna może okazać się cała sprawa.

Co jakiś czas w mediach pojawiały się doniesienia o policjantach, których grzechy wychodziły na jaw dopiero po latach. Niedawno kilku zostało oskarżonych za uchybienia w sprawie zabójstwa młodej dziewczyny sprzed kilkunastu lat. Postawiono im zarzuty niedopełnienia i przekroczenia uprawnień, a w dodatku utrudniania śledztwa.

Przez lata celowo mylili tropy i ukrywali prawdę. Brali udział w kilkuosobowej konspiracji, wzajemnie kryjąc siebie i sprawców. Czy tak było także w przypadku Ewy? Czy może zaczynałem tworzyć teorie spiskowe?

Ale nawet jeśli założyłbym, że policja maczała w tym palce, to w jaki sposób usunięto z Facebooka wszystkie ślady? I to tak szybko?

I skąd Braddy miał moje zdjęcie?

Pytania się mnożyły, ale byłem przekonany, że odnajdę odpowiedzi. Musiałem tylko trafić na coś konkretnego. Coś, dzięki czemu wejdę na dobry tor.

– Mówiłem ci, że moja pomoc nie wystarczy – odezwał się Blitzer.

– Mówiłeś. I widzisz, do czego to doprowadziło.

– Nie miałem wtedy na myśli policji.

– A co?

– Biuro detektywistyczne.

Spojrzałem na niego z niedowierzaniem. Takie firmy kojarzyły mi się albo z tanimi teatrzykami medialnymi, albo ze szpiegowaniem współmałżonków.

– Takie z prawdziwego zdarzenia – dodał Blitz, obracając ku mnie laptopa.

Rozejrzałem się, niepewny, czy nie zjawił się jakiś klient, a potem pochyliłem się nad stołem. Trochę wbrew sobie zacząłem czytać opis firmy, która przedstawiała się jako Reimann Investigations.

– Właściciel był oficerem operacyjnym służb – odezwał się Blitzer. – Agencja ma ministerialną licencję na działalność detektywistyczną, jest w państwowym wykazie. Wszystko sprawdziłem.

Przebiegłem wzrokiem ogólne informacje zgromadzone na stronie.

– Należą też do WAPI.

– Do czego?

– Do Światowego Stowarzyszenia Profesjonalnych Detektywów – wyjaśnił. – Oprócz tego są członkiem WAD, które zrzesza agencje z całego świata od tysiąc dziewięćset dwudziestego piątego roku. To nie byle jakie certyfikaty.

Pochyliłem się jeszcze bardziej i wyświetliłem cennik, głównie po to, by zorientować się, czym konkretnie się zajmują.

Stawka godzinowa wynosiła sto złotych, a za cały ośmiogodzinny dzień pracy proponowali tysiąc sto. Przeprowadzenie wywiadu gospodarczego było nieco droższe, ustalanie miejsca pobytu świadków – tańsze. Reimann Investigations świadczyli też usługi dla kancelarii prawnych, prowadzili śledztwa gospodarcze, ustalali lokalizację mienia i oczywiście zajmowali się poszukiwaniem osób zaginionych.

Ta ostatnia pozycja w cenniku miała najwyższą stawkę. Ceny zaczynały się od czterech tysięcy siedmiuset złotych.

– Zobacz zespół – poradził Blitz.

Otworzyłem kolejną podstronę, na której znajdowały się informacje o siedzibie firmy i pracujących w niej ludziach.

– Rewal? – zapytałem. – To nad morzem, jakieś sześćset kilometrów stąd, Blitzkrieg.

– Nieistotne.

– Może dla kogoś, kto ma kasę. Mnie nie stać na opłacanie dojazdów.

– Oni pracują głównie zdalnie.

Przysunąłem sobie krzesło i usiadłem przed laptopem.

– To już nie te czasy, że detektyw musi biegać za kimś z obiektywem teleskopowym i nie spuszczać z niego oka – ciągnął Blitzer. – Wystarczy, że wie, jak robić to samo w internecie. A ci ludzie najwyraźniej wiedzą.

Przejrzałem listę zatrudnionych osób. Nie było ich wiele, wszystkie z oczywistych przyczyn miały zasłonięte twarze. Właścicielem był Robert Reimann, były oficer Służby Celnej. Dostał szereg wyróżnień, wygrał kilka plebiscytów na Człowieka Roku całego województwa. Głównym dochodzeniowcem była jego żona, Kasandra Reimann, co w pewien sposób dodawało firmie wiarygodności. Jeśli ktoś robiłby przekręty, pewnie nie angażowałby do tego rodziny. A może było to jedynie złudzenie.

Zespół składał się jeszcze z kilku osób. Jedna z nich to absolwent AGH, druga – Politechniki Łódzkiej, trzecia skończyła Technische Universität Kaiserslautern. Wszyscy mogli pochwalić się doświadczeniem w branży IT, ale szczegółów nie podano.

– Wygląda nieźle – powiedziałem. – Ale…

– Potrzebujesz takich ludzi, Werner.

– Może – przyznałem. – Ale potrzebuję też pieniędzy, żeby ich zatrudnić.

– Pożyczę ci trochę.

– A ja oddam ci z czego?

– Jakoś się dogadamy – rzucił i machnął ręką. – Teraz istotne jest to, żeby szybko dojść prawdy, zanim zatrą ślady.

Uniosłem brwi z niedowierzaniem i popatrzyłem na niego.

– Kto konkretnie?

– Nie wiem – odparł. – I to jest w tym wszystkim chyba najgorsze.

W pierwszej chwili byłem gotów się z nim zgodzić, ale zaraz potem pomyślałem, że najgorsze jest co innego. Sam fakt, że ktoś rzeczywiście zataił przede mną prawdę.

Nie, nie ktoś. Ona to zrobiła.

A teraz albo Ewa, albo ludzie, którzy ją skrzywdzili, robili wszystko, żebym nie odkrył, co się naprawdę wydarzyło po tamtej feralnej nocy.

– W porządku – powiedziałem.

Blitz zmarszczył czoło, przyglądając mi się.

– Jeśli ręczysz za Reimannów, biorę ich.

– Wyglądają na dwójkę konkretnych zawodników – odparł bez wahania Blitzkrieg. – Zrobiłem mały *research* środowiskowy.

– To znaczy?

– Wyguglałem ich.

– To nie *research*, tylko wirtualny odpowiednik rozejrzenia się.

– Nie bagatelizuj mocy tego narzędzia. Niektórzy dzięki niemu żyją.

– Nie bagatelizuję – odparłem.

– Choćby informatycy. W dziewięćdziesięciu dziewięciu przypadkach ich przewaga nad zwykłymi śmiertelnikami sprowadza się do tego, że potrafią szybko przeglądać wyniki w Google'u.

Blitz jeszcze przez moment rozwodził się nad historyczną doniosłością spółki stworzonej przez dwóch doktorantów Stanforda. Wyłączyłem się mniej więcej wtedy, kiedy twierdził, że niedziałająca wyszukiwarka jest jedynym, uniwersalnym i niezaprzeczalnym dowodem, że internet w naszym komputerze nie działa. I że dotarliśmy do takiego momentu w historii, kiedy trudno nam uwierzyć, że Page i Brin stworzyli Google… nie korzystając z jego pomocy.

Podczas gdy Blitzer nadawał jak najęty, być może w ten sposób radząc sobie z emocjami, ja przeglądałem kolejne certyfikaty i dowody na to, że w Reimann Investigations rzeczywiście znają się na swojej robocie.

Na powrót zacząłem słuchać przyjaciela, dopiero kiedy doszedł do konkretów.

– Zresztą przejrzyj wyniki sam – mruknął, widząc mój brak zainteresowania. – Na Pomorzu to nie są anonimowi ludzie. Dają sporo na działalność charytatywną, wspierają lokalne biznesy i utrzymują dwa schroniska dla zwierząt.

– Brzmi podejrzanie.

Blitz wywrócił oczami.

– Jeśli podejrzani są dla ciebie ci, którzy pomagają, to nie chcę wiedzieć, jak wygląda świat z twojej perspektywy.

– Jak miejsce, które kilku skurwieli chce za wszelką cenę zniszczyć.

– To właściwie nie tak źle.

– Nie – przyznałem, wzruszając ramionami. – Tyle że wszyscy inni przyglądają im się z ciekawością i czekają na rozwój wypadków, zamiast ich powstrzymać.

– To już bardziej do ciebie pasuje.

– Mhm – mruknąłem, nie mając zamiaru zagłębiać się jeszcze bardziej w opadający mnie pesymizm. – Czegoś jeszcze dowiedziałeś się na temat Reimannów?

– Tylko tego, że anonimowo wspierają jakieś pozarządowe organizacje.

– Tak anonimowo, że mi o tym mówisz.

Blitzer westchnął, jakby uwierała go myśl, że traktuję go jak adwokata diabła.

– Dotarli do tego jacyś lokalni dziennikarze, to niepotwierdzone informacje.

– Tak czy inaczej, brzmi podejrzanie – powtórzyłem i podniosłem rękę, powstrzymując go przed zaoponowaniem. – Mam na myśli to, że najwyraźniej dorobili się małej fortuny, a...

– Ano, dorobili się – potwierdził.

– Na działalności detektywistycznej?

– Nie, Robert Reimann odszedł ze służby, bo odziedziczył lokalny konglomerat, na który składa się kilka przystani, lokali gastronomicznych i gospodarstw agroturystycznych. Jego żona też miała firmę, dynamicznie rozwijającą się na rynku deweloperskim.

Blitzkrieg rzeczywiście dobrze się przygotował. Dawał mi potencjalne rozwiązanie mojego problemu na tacy. W dodatku proponował, że sam za nie zapłaci.

Uznałem, że nie powinienem dłużej się wahać.

– Okej – powiedziałem. – Jeśli jesteś gotów mi pożyczyć, spróbujmy.

– Świetnie. Tym bardziej że już ustaliłem z nimi ryczałt.

– Co takiego?

– Obgadałem już sprawę kosztów z Kasandrą. Wyjątkowo miła kuna.

– Nie wątpię.

Wyobraziłem sobie typową bizneswoman, wyniosłą żonę bogatego lokalnego potentata. Mimo że według Blitza cenili sobie prywatność i rzadko pokazywali się publicznie, przypuszczałem, że wyglądają jak hollywoodzka para.

– Płatność będzie z góry, bo potrafią mniej więcej oszacować, ile wysiłku będzie kosztowało przeprowadzenie tego śledztwa.

– I? Ile sobie życzą?

Blitzer zbył temat machnięciem ręki, ale przypuszczałem, że cena jest znacznie wyższa niż ta, która figurowała na stronie.

– Musisz wiedzieć, że oni nie biorą wszystkich spraw jak leci.

– Tylko te medialne?

– Nie. Nie robią show, mówiłem ci.

Czy rzeczywiście działali w cieniu? Właściwie z PR-owego punktu widzenia była to odpowiednia strategia dla firmy, która powinna cechować się pewną enigmatycznością. Może rzeczywiście stanowili antytezę wszystkich tych detektywów, których na co dzień widywałem w telewizji.

Tych, do których zwracali się głównie desperaci. Westchnąłem i uświadomiłem sobie, że jestem jednym z nich. Dowodziło to, w jak opłakanej sytuacji się znalazłem. Ale jeśli policja nie chciała mi pomóc, a dowody znikały szybciej, niż się pojawiały, co mi pozostało?

– Mam jeden warunek – zastrzegł Blitz.

– Jaki?

– Wpadasz dziś wieczorem.

– Co? Gdzie?

– Kurwa, Werner… Tak się mówi, jak się kogoś zaprasza do siebie – jęknął. – Naprawdę niespecjalnie dobrze radzisz sobie w kontaktach towarzyskich, co?

Nie musiałem odpowiadać na to pytanie. Jeszcze dziesięć lat temu nie różniłem się niczym od przeciętnego absolwenta jakiejkolwiek uczelni – pięć lat studiów upłynęło mi w dużej mierze na imprezowaniu i nie miałem żadnych zaległości, jeśli chodziło o relacje międzyludzkie.

Teraz jednak dotarłem już do takiego punktu, w którym odrzucałem nawet wirtualne rozgrywki w multiplayerze. Sięgałem wyłącznie po gry z trybem jednoosobowym.

– Wpadniesz, napijemy się piwa, wszystko obgadamy.

– Dzisiaj? W sumie planowałem…

– Co? – przerwał mi. – Samemu zalać się w trupa?

Mimo że kac wciąż mi doskwierał, rzeczywiście taki pomysł pojawił się w mojej głowie.

Ostatecznie nie miałem innego wyjścia, jak przystać na propozycję Blitzera. Uznałem zresztą, że może dobrze mi to zrobi. I że może wspólnymi siłami ułożymy wszystko w spójną całość.

Zalaliśmy się w sztok.

Przez pierwszą godzinę lub dwie rzeczywiście piliśmy piwo, ale było to tylko niewinne preludium do sięgnięcia po mocniejsze alkohole, które Blitz miał w lodówce. Największą trucizną okazał się gin z tonikiem, ale przypuszczam, że przy takiej miksturze, jaką uwarzyliśmy w naszych żołądkach, moglibyśmy dobić się nawet piwem bezalkoholowym.

Obudziłem się, czując się całkiem nieźle, więc wniosek nasuwał się sam – byłem jeszcze pijany, najgorsze miało dopiero nadejść.

Zwlokłem się z łóżka w pokoju gościnnym i wszedłem do salonu. W pokoju panował obraz jak po apokalipsie. Powiodłem wzrokiem po pustych butelkach, puszkach, otwartych paczkach chipsów i przepełnionych popielniczkach. Zrobiło mi się słabo.

Jak przez mgłę przypomniałem sobie, że po pierwszym czy drugim piwie skontaktowaliśmy się z Reimann Investigations. Niepokoiły mnie trochę ich metody, bo zakładały pełną konspirację. By porozmawiać z osobą zajmującą się naszą sprawą, musieliśmy otrzymać esemesem jednorazowy kod dostępu, a potem wprowadzić go razem z loginem i hasłem na dedykowanej witrynie. Nie miała domeny, jedynie adres IP, w dodatku zapewniono nas, że nie jest indeksowana w żadnej wyszukiwarce.

Odniosłem wrażenie, że to wszystko marketingowe zabiegi, mające sprawić, że klient dyletant poczuje się, jakby miał do czynienia z prawdziwymi specjalistami w dziedzinie IT. Być może nawet z grupą hakerów, którzy nie mogą się ujawnić.

Przekazaliśmy RI najważniejsze informacje, a potem ustaliliśmy porę rozmowy następnego dnia i zajęliśmy się na dobre degustowaniem każdego trunku, który Blitz miał w mieszkaniu.

Może nawet w pewnym momencie wyszliśmy do monopolowego po więcej, nie byłem pewien. Teraz, kiedy oceniałem rozmiar panującego w salonie chaosu, wydawało mi się, że musieliśmy zrobić hurtowe zakupy w Makro.

Zabrałem swoje rzeczy, a potem zatoczyłem się w kierunku wyjścia. Nie miałem zamiaru budzić Blitzera – za całe jego zaangażowanie w sprawę należało mu się chociaż tyle, żeby mógł się wyspać.

Kiedy dotarłem do drzwi prowadzących na klatkę schodową, zobaczyłem, że są uchylone.

Poczułem niepokój, ale otumaniony umysł natychmiast podsunął mi myśl, że po powrocie ze sklepu w nocy najwyraźniej byliśmy zbyt pijani, by je zamknąć.

Przełknąłem smakującą jak alkohol, gęstą ślinę i się odwróciłem. Po chwilowym zawahaniu ruszyłem w stronę sypialni Blitzera. Lekko kręciło mi się w głowie, kiedy otwierałem drzwi.

Było to jednak niczym z porównaniu z uczuciem, które uderzyło mnie, gdy tylko zobaczyłem Blizta.

Leżał na łóżku na wznak, jedna ręka opadała na podłogę. Pościel była we krwi, a Blitzer patrzył pustymi, otwartymi oczami na sufit. Usta miał otwarte nienaturalnie szeroko, jakby zastygł na nich makabryczny krzyk.

Nie wiem, jak długo trwałem w bezruchu.

W końcu się otrząsnąłem i potykając się, dopadłem do łóżka. Natychmiast przyłożyłem palce do tętnicy szyjnej, ale był to jedynie odruch. Wiedziałem, że nie ma sensu sprawdzać, czy przyjaciel żyje.

5

Długo zastanawiałam się nad tym, komu przydzielić sprawę dziewczyny z Opola. W grę wchodziły właściwie dwie osoby, reszta była zajęta innymi projektami. Z Robertem nie zamierzałam tego konsultować – traktował Reimann Investigations jako działalność poboczną. Początkowo było to dla niego hobby, teraz stało się jednym z wielu dawnych zainteresowań, o których zdawał się nawet nie pamiętać.

Ostatecznie postawiłam na Jolę Klizę, absolwentkę uniwersytetu w Kaiserslautern, którą przyjęliśmy do pracy właściwie tylko dlatego, że mogła pochwalić się tym konkretnym wpisem w CV.

Była chudą, wyraźnie zakompleksioną dziewczyną, ale nie zahukaną – sprawiała wrażenie raczej obcesowej. Wiedziałam jednak, że wynika to z braku komfortu, a nie wstrętnej natury. Kiedy ją przyjmowaliśmy, Robert nie zawiesił na niej wzroku nawet na moment, a należał do mężczyzn, którzy potrafią docenić kobiecą urodę.

Spotkałyśmy się w jednym z należących do Roberta lokali przy Grunwaldzkiej w Pobierowie. W szczycie sezonu Baltic Pipe przeżywała systematyczne oblężenie, ale o tej porze roku często korzystałam z niewielkiej kawiarni, by załatwiać sprawy związane z agencją.

Wbrew temu, co sądzili klienci, nie mieliśmy siedziby. W Krajowym Rejestrze Sądowym znalazł się wprawdzie adres naszego domu na nabrzeżu, ale wynikało to tylko z urzędowej konieczności.

Wydawało mi się to rozsądne, skoro działaliśmy w dużej mierze w internecie. Nasz zespół składał się z osób takich jak

Kliza, poruszających się po nim jak najlepsi windsurferzy po obu stronach rewalskiego cypla.

Przekazałam jej wszystkie niezbędne informacje, a Jola jeszcze tego samego wieczoru nawiązała kontakt z klientem. Był nim formalnie Adam Blicki, ale uzgadniając warunki, podkreślił, że jako mocodawcę mamy traktować Damiana Wernera.

Kliza po raz pierwszy spóźniła się na spotkanie. Przypuszczałam, że spędziła całą noc na zbieraniu informacji. Kiedy przyjmowaliśmy ją do pracy, spodziewaliśmy się wzbogacić o kompetentną researcherkę, tymczasem w pakiecie dostaliśmy oddaną pracoholiczkę. Z naszego punktu widzenia lepiej być nie mogło.

– Kasandra, strasznie cię przepraszam – powiedziała cicho Jola, siadając przy stoliku.

Nalegałam, żeby nasi pracownicy mówili mi po imieniu. Robert też na to przystał, choć wiedziałam, że zrobił to niechętnie. Wyszłam jednak z założenia, że skoro i tak większość naszych rozmów odbywa się przez komunikatory internetowe, panowanie i paniowanie sobie nie ma sensu.

– Nie przejmuj się – odparłam, podając jej menu.

Potrząsnęła przecząco głową, a potem poprawiła nierozczesane włosy.

– Chyba nie chcesz, żebym piła sama? – spytałam, wskazując na kieliszek prosecco.

– Jest dopiero po dwunastej.

– Tym bardziej powinnaś mi towarzyszyć.

Powiodłam wzrokiem po sali utrzymanej w industrialnym klimacie, skinęłam na kelnera, a potem wskazałam kieliszek. Tyle informacji w zupełności mu wystarczało.

Nie piłam dużo, przynajmniej nie naraz. Popijałam jednak prosecco małymi łyczkami przez cały dzień od dobrych siedmiu lat. Zaczęło się zaraz po ciąży, kiedy urodziłam Wojtka i musiałam odbić sobie długi okres abstynencji.

Nie zastanawiałam się nad tym, czy jestem uzależniona. Tak samo jak nie robili tego starożytni Grecy czy Rzymianie, dla których zainaugurowanie dnia lampką wina było tak powszechne jak dla nas robienie tego za pomocą filiżanki kawy. Kultywowałam antyczne zwyczaje.

– Dzięki, ale mam trochę roboty – odparła Jola, sięgając po tablet.

Położyła go na stole i włączyła. Płaciliśmy jej wystarczająco, by kupiła sobie najnowszy model iPada, ale twierdziła, że woli sprzęt, który może szybko zrootować i dopasować do swoich potrzeb.

– Dałaś mi ciekawą sprawę – dodała Kliza.

– Najwyraźniej – odparłam z lekkim uśmiechem.

Podniosła wzrok i ściągnęła brwi. Opuchnięte powieki jeszcze bardziej się uwydatniły.

– Ewidentnie dzisiaj nie pospałaś – zauważyłam.

– Nie każdy może wyglądać tak jak ty.

– Dzięki Bogu – odparłam, podnosząc kieliszek. – Inaczej mielibyśmy tu zatrzęsienie snobistycznych, nowobogackich damulek, które lansują się na arystokratki.

Jola otworzyła usta, ale zanim zdążyła odpowiedzieć, kelner postawił przede mną wino musujące.

– Nie to miałam na myśli – zastrzegła.

– W porządku, mam do siebie duży dystans. Wszystko to zasługa prosecco.

– Ale chyba… chyba tak siebie nie postrzegasz?

Wzruszyłam ramionami, a Kliza się rozejrzała.

– Dla wielu jesteś… bo ja wiem, prawie ikoną. A już na pewno wzorem do naśladowania.

– W kwestii polowania na bogatych mężów?

– Raczej w kwestii stylu, elegancji i klasy.

Uśmiechnęłam się, bo jej nieporadność towarzyska uniemożliwiała wyłapywanie nawet tych najbardziej oczywistych żartów.

– Na podwyżkę nie licz – powiedziałam. – Chyba że usłyszę jeszcze kilka takich komplementów.

– Postaram się o coś lepszego – odparła, wskazując na tablet.

Obie spoważniałyśmy, uznając, że czas najwyższy przejść do rzeczy.

– Staraj się, staraj, bo sprawa może być głośna.

– Myślałam, że nie zależy nam na rozgłosie.

– Nie w sensie samej działalności. Ale jej rezultaty to już zupełnie inna sprawa.

Odsunęłam kieliszek i skrzyżowałam dłonie na stole. Siedziałam prosto jak struna. Drogi żakiet i jasnoniebieska koszula niemal w stu procentach z bawełny i tak układałyby się dobrze, ale po latach ćwiczeń przyjmowałam taką pozycję bezwiednie.

– Co ustaliłaś? – zapytałam.

– Że początkowo podejrzewano chłopaka.

– Damiana Wernera?

Skinęła głową.

– I że wstępne ustalenia mówiły o zabójstwie.

– Ale zwłok nie odnaleziono?

– Nie, chociaż śledczy przypuszczali, że chłopak wrzucił je do rzeki. Przeszukano koryto, ale zrobiono to wiele dni po tym, jak Werner zgłosił zaginięcie. Do tego czasu ciało mogło znaleźć się już w zupełnie innym miejscu.

– Dlaczego go podejrzewali?

Wydawało mi się, że to zasadne pytanie, mimo że służby zazwyczaj w pierwszej kolejności interesowały się bliskimi. To oni w osiemdziesięciu procentach przypadków okazywali się sprawcami. Popełniali niezaplanowane, powodowane emocjami zbrodnie, a statystyki policyjne dowodziły, że prawda najczęściej wychodziła na jaw już po czterdziestu ośmiu godzinach.

Oczywiście byli i tacy, którzy przez dwadzieścia lat chowali ciało małżonka w piwnicy, a wszystkim wokół wmawiali, że dana osoba zaginęła lub wyjechała.

– Nikt nie widział tej rzekomej sprzeczki przed pubem – odezwała się Kliza.

– A więc obrażenia Werner miałby zadać sobie sam?

– Przyjęli, że narzeczona mogła próbować się bronić.

– To dość pokrętna wersja – oceniłam. – Naprawdę przyjmowali ją jako realną ewentualność?

– Tak.

– Chłopak się oświadcza, potem gwałci narzeczoną, zabija ją i wrzuca do rzeki? Mają wyobraźnię.

– Albo doświadczenie.

Celna uwaga, skwitowałam w duchu. Z pewnością z nie takimi rzeczami spotkali się śledczy.

– Więc nie było żadnych świadków? – zapytałam.

– Żadnych. Klienci wspominali jedynie o grupie mężczyzn, którzy wyszli z pubu mniej więcej o tej porze, którą wskazał Werner. Ale wszystko inne opierało się na jego zeznaniach, więc… – urwała i wzruszyła ramionami.

– A materiał DNA?

– Pobrano ze stolika, przy którym siedzieli mężczyźni. Sprawdzono, ale nie było żadnych trafień w systemie.

– A ten z miejsca zdarzenia? Z tego… Zgromadzenia Kpiarzy?

– Z Loży Szyderców – sprostowała, a ja skinęłam głową. – Tam mieli prawdziwą zupę mitochondrialną. Tyle materiału, że obsłużyliby wszystkie laboratoria w Polsce.

– Ślady spermy?

– Nie znaleziono.

– Pot? Inne wydzieliny?

– Wszystkiego pod dostatkiem – odparła Jola, wciąż nie odrywając wzroku od tabletu. – Ale to rzekomo dość uczęszczane miejsce w Opolu, przynajmniej wtedy. Teraz jest tam ogródek pobliskiego pubu, większość przestrzeni zrewitalizowano.

Nabrałam głęboko tchu, a potem opróżniłam kieliszek i zamówiłam Joli bezalkoholowego drinka. Kelner był na każde skinienie, przysłuchiwał się rozmowie i nie odrywał od nas wzroku.

– Zapisy z monitoringu? – rzuciłam.

– Nie było tam wtedy żadnego. Najbliższy znajdował się kilkaset metrów dalej, ale nie zarejestrował w tamtym czasie żadnej grupy mężczyzn. Ci, którzy się przewinęli, zostali zidentyfikowani i przesłuchani. Nie byli tamtej nocy w okolicach Młynówki.

– Czego?

– To stare koryto Odry – wyjaśniła Kliza i machnęła ręką. – Zresztą nieważne.

– Nie ma tam jakichś śluz?

– Są. Po obu stronach.

– Więc…

– Jeśli chłopak wrzucił ciało do wody, z pewnością zatrzymało się na którejś, ale do czasu rozpoczęcia poszukiwań kilkakrotnie je otwierano. Musisz pamiętać, że najpierw traktowali to jako zaginięcie, dopiero potem uznali, że trzeba szukać zwłok.

– Ale ostatecznie wyeliminowali naszego klienta jako podejrzanego?

– Formalnie tak.

– A nieformalnie?

– Wygląda na to, że funkcjonariusz prowadzący, Tomasz Prokocki, obecnie w stopniu podkomisarza, do końca nie był pewien, czy to dobra decyzja.

– Bo?

– Werner wydawał mu się podejrzany. Więcej szczegółów na pewno jest w raporcie, ale nie mam do niego dostępu.

– Jeszcze nie.

Kliza zrozumiała niezbyt zawoalowaną aluzję i skinęła głową. Wiedziałam, że jest w stanie dotrzeć do każdej informacji, o ile da się jej wystarczająco dużo czasu. I o ile nie musi wchodzić przy tym w interakcje z innymi ludźmi.

Mnóstwo czasu zajęło mi sprawienie, że czuła się w moim towarzystwie na tyle komfortowo, by mogła mówić pełnymi zdaniami. Nie potrafiłam wyobrazić sobie, jak pokonywała podobne trudności w Kaiserslautern. A może nie pokonywała. Może zamykała się w pokoju, zatracała w nauce i stąd później tak imponujące wyniki akademickie.

Słuchałam jej relacji jeszcze przez dobre pół godziny.

Żaden z dowodów nie wskazywał na Damiana Wernera, więc w końcu uznano, że narzeczony nie miał z tym nic wspólnego. Wydawało się, że dotarcie do tej konkluzji zajęło policji więcej czasu, niżby to wynikało z czystej logiki.

Podzieliłam się tą myślą z Jolą, a ona w odpowiedzi wydęła usta.

– Chyba po prostu byli skrupulatni, przynajmniej jeśli chodziło o niego – zauważyła. – Mnie w każdym razie podejrzane wydaje się coś innego.

– Co?

– Ściągnęli ślady biologiczne z jego ciała i ubrań. Na twarzy miał zresztą też ślady traseologiczne, co pokazuje, jak potraktowali go napastnicy.

Uniosłam brwi.

– Mam na myśli odciski butów.

– Tak, wiem, czym zajmuje się traseologia – odparłam z lekkim uśmiechem i sięgnęłam po prosecco. – Co w tym podejrzanego?

– To, że śledczy nie dopasowali odcisków do śladów z pubu. Mogli stworzyć spójny profil, przy odrobinie szczęścia łącznie ze śladami cheiloskopijnymi i odciskami palców z kufli.

Tym razem nie zająknęła się o tym, że te pierwsze dotyczą czerwieni wargowej.

– Mogli mieć znacznie więcej. Z jakiegoś powodu jednak się nie pofatygowali.

– Ktoś w policji chciał coś ukryć?

– Może.

Przez moment obydwie milczałyśmy. Kelner wciąż przypatrywał się nam, jakby nie był pracownikiem Baltic Pipe, ale służącym w arystokratycznym dworku. Widziałam, że przez to Jola czuje się niekomfortowo, ale nie mogłam nic poradzić.

Robert wydawał personelowi polecenia, których nawet ja nie mogłam uchylić.

– Więc dziewczyna znika dziesięć lat temu, a potem nagle pojawia się na koncercie, gdzie przypadkiem jest znajomy Wernera – podsumowałam.

– Nie tyle znajomy, ile najlepszy przyjaciel. Jedyny, z tego co udało mi się ustalić.

– W dodatku w sieci pojawia się zdjęcie, które Werner miał tylko na telefonie.

– Mhm – potwierdziła Kliza.

– I ostatecznie, jak tylko zaczynają grzebać w sprawie, wszystko przepada jak kamień w wodę, razem z kontem tego, który zamieścił fotografie.

Jola skrzywiła się, jakby ta ostatnia uwaga wiązała się dla niej z czymś nieprzyjemnym.

– Gorzej niż kamień – powiedziała. – Bo kamień pod wodą bym namierzyła. A tego Braddy'ego nie jestem w stanie znaleźć.

Był to bodaj pierwszy raz, kiedy usłyszałam z jej ust taką deklarację. Zawsze twierdziła, że jeśli nic w przyrodzie nie ginie, to w internecie tym bardziej. Ślad zostawia każdy, nawet największy wirtuoz w zacieraniu wirtualnych tropów.

Milczałam, czekając, aż rozwinie. Kliza jednak najwyraźniej nie miała takiego zamiaru.

– Mówiłaś, że łatwiej się ukryć na pustyni niż w internecie – odezwałam się. – Musiałaś trafić na jakiś ślad.

– Trafiłam – odparła i westchnęła ciężko. – Google zarchiwizował te wpisy, ale dostałam tylko… powidok obecności Phila Braddy'ego na Facebooku. Sprawdzić mogłam jedynie IP, a to pozwoliło mi ustalić tylko tyle, że używał TOR-a.

The Onion Router. Wielowarstwowa sieć pozwalająca szyfrować ruch w internecie. Dzięki niej przed organami ścigania skutecznie ukrywało się więcej osób niż dżihadystów w afgańskich jaskiniach w okresie prosperity Al-Kaidy.

– Routerów było niepoważnie dużo – ciągnęła Jola. – Większość znajdowała się w Wielkiej Brytanii. I możliwe, że jeden z nich także na komputerze Braddy'ego. Nie ustalę tego teraz.

– Więc przed wrzuceniem zdjęcia zadał sobie trochę trudu – skwitowałam.

– Z pewnością więcej niż przeciętny spotter.

Widziałam błysk w jej oczach i nie dziwiłam się, że sprawa nie pozwoliła jej zasnąć. Na jej miejscu zapewne też całą noc spędziłabym na próbach odkrycia choćby rąbka tajemnicy.

– Okej – rzuciłam, dając do zrozumienia, że wiem wszystko, co mnie interesuje. – Co teraz zamierzasz?

– Pójdę tropem drugiego zdjęcia. Skoro było tylko na smartfonie Wernera, muszę sprawdzić, czy ktoś miał do niego dostęp.

– Może ten przyjaciel?

– Wygląda teraz na głównego podejrzanego – przyznała. – Tym bardziej że przecież był we Wrocławiu. I trafił na zdjęcie na profilu spotted.

– A jednak to on opłacił nasz rachunek.

– Mógł to zrobić tylko po to, żeby podtrzymać pozory.

Zawiesiłam wzrok za oknem i przez moment milczałam. Puste ulice, które za kilka miesięcy wypełnią się nieskończonym strumieniem turystów, działały na mnie kojąco.

– Podstawowe pytanie brzmi: czy to naprawdę może być ona? – mruknęłam.

– Wszystko na to wskazuje.

– Nie miała żadnej zaginionej siostry bliźniaczki? Sobowtóra?

– Ani tego, ani klona czy swojej innej wersji z alternatywnej rzeczywistości.

– W takim razie co się z nią działo przez te wszystkie lata? I dlaczego znikła? – zapytałam, kręcąc głową. – Ktoś przetrzymywał ją wbrew woli?

Jola spojrzała na mnie niepewnie, jakby zastanawiała się, czy te pytania zadaję sobie, czy jej.

– Na zdjęciu z koncertu nie wygląda, jakby ktoś ją do czegokolwiek zmuszał.

– Może to tylko pozory.

– Może – przyznała Kliza. – Ten mężczyzna stojący tyłem z pewnością przyjaźnie nie wygląda.

Możliwości było wiele. Poleciłam Joli jak najszybciej zawęzić ich krąg, po czym wstałam od stolika. Zauważyłam, że Robert podjechał pod Baltic Pipe swoim srebrnym bmw serii 4. Gran coupé wyróżniało się na drodze i trudno było go nie dostrzec – choć i z zamkniętymi oczami wiedziałabym, że to mąż podjechał. Wybiła umówiona pora, a on nigdy się nie spóźniał.

Pożegnałam Klizę, rzucając jeszcze na odchodnym, by zdecydowała się na prosecco na koszt firmy. Potem wsiadłam do samochodu. Pachniało w nim nowością, mimo że auto miało już ponad rok.

Popatrzyłam na Roberta, kiedy ten posłał długie spojrzenie stojącemu przy szybie kelnerowi. Pracownik skinął mu głową, po czym się oddalił.

Mąż odchrząknął.

– Posłuchaj, Kas…

– Nie ma o czym mówić – zapewniłam go. – Co było wczoraj, minęło.

– Jesteś pewna?

Byłam pewna, ale czegoś zupełnie innego. To, co zrobił Robert, będzie miało przemożne konsekwencje. Zniszczy jego życie, a moje zupełnie zmieni, choć jeszcze nie zdawał sobie z tego sprawy.

Uznawszy, że cisza z mojej strony jest wystarczającą odpowiedzią, zawrócił i ruszył w stronę naszej willi na nabrzeżu.

– Jak spotkanie? – zapytał.

– Kliza jest właściwą osobą.

Pokiwał głową w milczeniu, wpatrując się w drogę przed nami. Potem zerknął na mnie w sposób, który znałam aż za dobrze.

– Na Boga, Robert… – jęknęłam. – Nic jej nie powiedziałam. O co mnie podejrzewasz?

Nie odezwał się.

6

Do mieszkania rodziców przy Grottgera wpadłem spocony, zmachany i kompletnie zdezorientowany. Na dobrą sprawę nie wiedziałem nawet, co robię – być może zadziałał jakiś biologiczny mechanizm, który w kryzysowej sytuacji kazał szukać pomocy u rodziców.

Nie miałem wątpliwości, że zastanę ich w mieszkaniu. Był wprawdzie środek tygodnia, ale od kilku lat oboje byli na emeryturze. Większość czasu spędzali na ponownym czytaniu tych wszystkich książek, które już dobrze znali. Rzadko udawało mi się namówić ich na coś nowego.

Drzwi otworzyła matka, ale nie zdążyła nawet się odezwać, bo od razu minąłem ją w progu i wpadłem do środka. Nie umknął mi wyraz przerażenia, który przebiegł przez jej twarz.

– Damian? – zapytała trzęsącym się głosem. – Co się stało?

Ciężko oddychając, zatrzasnąłem za sobą drzwi i oparłem się o nie plecami. Odgiąłem głowę i zamknąłem oczy.

Dobre pytanie, pomyślałem.

Co się stało?

Zanim uciekłem z mieszkania Blitza, zauważyłem w sypialni zakrwawiony nóż. Ranę na ciele dostrzegłem tylko jedną, tuż pod żebrami. Krew, która pokrywała niemal całe łóżko, sugerowała, że Blitzer dogorywał jakiś czas, być może szukając ratunku. Lub szarpiąc się z napastnikiem i walcząc o swoje życie.

Wzdrygnąłem się.

To nie mógł być przypadek. Co do tego nie miałem żadnych wątpliwości.

Wyglądało na to, że z mieszkania nic cennego nie znikło, w dodatku Blitz nie miał żadnych wrogów. Był powszechnie lubiany, nikomu nigdy nie podpadł, a kobiety, z którymi sypiał i które szybko porzucał, nie wiedziały nawet, gdzie mieszka.

Zamordował go ten, kto stał za zaginięciem Ewy.

– Co się stało? – powtórzyła matka.

Otworzyłem oczy i spojrzałem na nią w momencie, w którym ojciec wyszedł z pokoju, marszcząc czoło.

– Synu? – odezwał się swoim tubalnym, niskim głosem.

Zawsze zwracał się do mnie w ten sposób, chyba nigdy nie użył mojego imienia. Początkowo był to jego osobisty protest przeciwko temu, że matka wybrała imię Damian, które bynajmniej mu nie odpowiadało. Potem weszło mu to w nawyk.

Oboje byli dobrotliwymi, porządnymi ludźmi – i mówiłbym tak o nich, nawet gdyby mnie nie wychowali. Czasem zdawało mi się, że pojęcie czystego zła, tak dobrze rozumiane przez wielu, jest dla nich zupełną abstrakcją.

Tym trudniej było mi opisać, co się wydarzyło.

Potrzebowałem dobrej godziny, by to z siebie wydusić. Siedzieliśmy w niewielkim, wypełnionym gratami salonie – i teoretycznie rzecz biorąc, piliśmy herbatę. W praktyce kubki stały na stole, a napoje zdążyły zupełnie ostygnąć, zanim zrobiliśmy pierwszy łyk.

Na początku rodzice nie dowierzali, potem weszli w fazę zaprzeczenia. Ostatecznie jednak przyjęli to, co się stało, szybciej, niż na ich miejscu zrobiłoby to wiele innych osób. Wiedziałem, z czego to wynika. Byliśmy oswojeni i obyci z tragedią. Po zaginięciu Ewy staliśmy się gotowi na wszystko.

Była dla nich jak córka, a szczególnie zbliżyli się po tym, jak jej rodzice zginęli w wypadku samochodowym niecały rok przed atakiem nad Młynówką. Wcześniej w ich relacjach wyczuwało się dystans, może dlatego, że matka i ojciec niespecjalnie dogadywali się z moimi niedoszłymi teściami. Pochodzili z różnych światów – moi rodzice wychowali się w prostych, robotniczych rodzinach, nigdy nie cieszyli się wielkim dostatkiem. Tamtym zaś właściwie się przelewało.

Los wydarł matce i ojcu Ewę akurat wtedy, kiedy stała się im najbliższa. Byłem przekonany, że przez to zdarzenie wszyscy staliśmy się zahartowani, ale ledwo skończyłem wszystko relacjonować, przekonałem się, że w przypadku jednego z nas wcale tak nie jest. Zebrało mi się na wymioty.

– Jesteś cały blady – odezwała się matka.

Czy mogłem spodziewać się innego komentarza? Patrzyła na mnie z głębokim niepokojem, podczas gdy ojciec wbijał puste spojrzenie w ścianę. Przez kilka chwil trwaliśmy w milczeniu.

– Jezus Maria... – jęknęła, potrząsnęła głową, a potem gwałtownie się podniosła. – Poczekaj, zrobię ci coś do jedzenia. Przecież... nic nie jadłeś, prawda?

– Tak, ale...

Poszła do kuchni, a ja wymieniłem się z ojcem krótkim, ale znaczącym spojrzeniem. Obaj powoli zdawaliśmy sobie sprawę z tego, w jak opłakanej sytuacji się znalazłem.

– Zawiadomiłeś policję? – spytał.

Pokręciłem głową.

– Może powinieneś. Lepiej, żeby dowiedzieli się tego od ciebie.

– Co to da?

– Zrobi lepsze wrażenie.

– Wrażenie jest jednoznaczne – odparowałem. – Wszędzie tam są moje odciski palców.

– Właśnie o tym mówię, synu. Musisz jak najszybciej udowodnić, że nie miałeś z tym nic wspólnego.

Dzięki traumie, która od lat była dla nas wyłącznie ciężarem, teraz rozumowaliśmy na chłodno. Mimo to nie potrafiłem ułożyć scenariusza, który mógłby okazać się dla mnie korzystny.

– Cudów nie zdziałam – odparłem, osuwając się na fotelu. – Poza tym ktoś na pewno zaalarmował służby. Może nawet pobierają już odciski palców. Jeszcze dzisiaj sprawdzą je w bazie, a potem po mnie przyjdą.

– Nie wiesz tego.

– Nie?

Prychnąłem, chyba z bezsilności. Zamknąłem oczy i odgiąłem głowę do tyłu, przez moment mając wrażenie, że to wszystko jest tylko jakąś poalkoholową iluzją.

– Widziałeś tam nóż, prawda?

– Tak, chyba tak.

Pamiętałem wszystko jak przez mgłę, ale nie łudziłem się, że długo tak pozostanie. Stanie się dokładnie tak jak w przypadku wspomnień znad Młynówki. Początkowo będą mętne, częściowo nieosiągalne, jakby przysłonięte kurtyną bezpieczeństwa. Potem, poprzez koszmary i powracające z odmętów pamięci obrazy, się wyostrzą. I w końcu staną się wyraźne jak teraźniejszość.

– Nie ma na nim twoich odcisków palców – dodał ojciec. – To wystarczy.

– Powiedzą, że mogłem założyć rękawiczki.

– A były tam gdzieś?

– Tato…

– To wszystko zasadne pytania.

Pokręciłem bezradnie głową.

– Dla ciebie, ale nie dla policji – odparłem stanowczo. – Oni przyjmą, że rękawiczki zabrałem za sobą, a potem po prostu się ich pozbyłem.

Ledwo to powiedziałem, uświadomiłem sobie, że opuszczenie mieszkania było najgorszym, co mogłem zrobić. Powinienem zostać na miejscu i natychmiast poinformować organy ścigania. A potem czekać, niczego nie ruszając.

Z kuchni doszły nas zapachy smażonych jajek. Matka robiła najlepszą jajecznicę na świecie, ale w tej chwili na samą myśl o jedzeniu robiło mi się słabo.

Pochyliłem się i schowałem twarz w dłoniach.

Co tu się działo, do cholery? Kto i dlaczego miałby zabić Blitzera? I to w taki sposób, by wszystko wskazywało...

Urwałem tok myśli, nagle czując falę gorąca. Dłonie natychmiast stały się wilgotne, a nudności jeszcze większe. Powoli opuściłem ręce, patrząc na ojca pustym wzrokiem.

– Co się stało? – spytał.

– Ten nóż...

Ojciec uniósł brwi, a podłużne zmarszczki na jego czole zdawały się zbliżyć do linii przerzedzonych siwych włosów.

– O kurwa... – jęknąłem.

– Co się dzieje, synu?

– Używałem tego noża wieczorem – odparłem, pocierając nerwowo kark. – Otwierałem nim jakieś wino, rozcinałem tę folię na gwincie...

– Jesteś pewien, że to ten sam nóż?

Skinąłem głową. Nie byłem pewien na sto procent, ale wydawało się to logiczne. Zabójca wszedł do mieszkania, zobaczył nóż leżący na blacie w kuchni i postanowił go użyć. Blitz nie mógł stawiać dużego oporu, był tak samo wstawiony jak ja. Może nawet bardziej.

Mimowolnie wyobraziłem sobie, jak wybudza się z pijackiego snu tylko po to, by za moment umrzeć. Wzdrygnąłem się.

Nie odzywaliśmy się z ojcem przez jakiś czas. Udało nam się wyrwać z marazmu, dopiero kiedy do pokoju weszła matka z jajecznicą. Podała nam talerze, ale musiała wiedzieć, że śniadanie podzieli los nadal nieupitej herbaty. Potrzebowała jednak świadomości, że coś zrobiła, w jakiś sposób starała się o nas zadbać.

Usiadła na kanapie obok ojca i popatrzyła na mnie z głęboką troską.

– Co zrobimy? – zapytała.

– Na razie nic – odparłem.

Obawiałem się, że ojciec zacznie przekonywać mnie, bym jednak skontaktował się z policją, ale się nie odezwał. Dopiero po chwili zrozumiałem, że swoje obiekcje postanowił przekazać mi w inny sposób.

Świdrował mnie wzrokiem, który dobrze znałem.

– To nie ma sensu – burknąłem.

– Nic nie mówię, synu.

– Nie musisz. Widzę, że nadal upierasz się przy policji.

– Nie upieram się.

– To dobrze – odparłem nieco zbyt ostro, ale emocje zaczynały brać górę. – Bo widzisz chyba, że jestem wrabiany. I że ktokolwiek za tym wszystkim stoi, w jakiś sposób wpływa na mundurowych.

Westchnął, a matka uciekła wzrokiem. Była to dla nich stara śpiewka, którą powtarzałem przez jakiś czas po zaginięciu Ewy. Przeszedłem wtedy przez wszystkie stadia depresji, obwiniając każdego, o kim mogłem pomyśleć.

Przez jakiś czas forsowałem wersję, że to śledczy tuszują dowody i są zamieszani w to, co się stało. W pewnym momencie wpadłem nawet na pomysł, że napastnicy byli funkcjonariuszami po służbie, którzy postanowili się zabawić.

Ostatecznie odrzuciłem teorie spiskowe i wszelkie inne absurdalne scenariusze, ale teraz musiałem znów wziąć je pod uwagę. Na tym etapie wszystko było możliwe.

– To już nie są czasy Polski Ludowej – odezwał się ojciec. – Teraz mają sprzęt, mają technologię... ustalą, co tam się naprawdę stało.

Stało się to, że ja żyłem, a Blitz nie.

Powód mógł być tylko jeden. Zabójcy chodziło nie tylko o usunięcie mojego przyjaciela, nie tylko o wysłanie sygnału, ale też o obarczenie mnie odpowiedzialnością. Ale dlaczego? Nie łatwiej byłoby zabić również mnie?

Zrobiło mi się jeszcze bardziej gorąco, gdy pomyślałem o tym, jak blisko śmierci byłem. Wystarczyła chwila. Decyzja jednego człowieka.

– Zobaczą tylko dowody, które wskazują na mnie – odparłem pod nosem. – Ktokolwiek to zrobił, zadbał o to.

Zanim którekolwiek zdążyło odpowiedzieć, rozległ się dźwięk, który sprawił, że wszyscy się wzdrygnęliśmy. Dopiero po chwili uświadomiłem sobie, że to komórka Blitza. Musiałem w popłochu, bezwiednie zabrać ją z mieszkania, by mieć jakiś kontakt ze światem. Wyjąłem smartfon z kieszeni i zobaczyłem jedną nieprzeczytaną wiadomość.

Automat ze strony Reimann Investigations wysłał kod dostępu. Machinalnie odłożyłem telefon na oparcie fotela, ale zaraz potem zmarszczyłem czoło i wbiłem wzrok w gasnący wyświetlacz.

Podniosłem się i ruszyłem do swojego dawnego pokoju, który służył teraz ojcu za gabinet. Jakiś czas temu oddałem rodzicom mój stary komputer, bo upierali się, że chcą iść z duchem czasu i korzystać ze wszystkich dobrodziejstw, jakie oferuje internet. Nieco leciwy pecet nie najlepiej się do tego nadawał, ale rodzice nie dali się nakłonić do kupna nowego komputera.

W jednej z szafek był też stary asus, mój pierwszy laptop, który właściwie równie dobrze mógłby stanąć w muzeum. Z dwojga złego lepiej było skorzystać z peceta.

Włączyłem sprzęt, zalogowałem się na stronie i wprowadziłem kod.

Pojawiło się niewielkie okienko i lista, na której znajdowało się jedynie dwóch użytkowników. Identyfikowały nas wyłącznie ciągi przypadkowych cyfr i znaków. Skrypt, który działał na stronie, miał być obwarowany porządnymi zabezpieczeniami, ale nie wiedziałem, na ile to prawda, a na ile zwykłe marketingowe zachęty, które pracownicy RI serwowali Blitzerowi, by ten zdecydował się na skorzystanie z ich usług.

Zapewniali, że wszystkie informacje są automatycznie szyfrowane wojskowym protokołem AES-256 CTR. I że dzieje się to jeszcze przed wysłaniem danych z komputera nadawcy, a więc na serwer trafia już wersja zakodowana – niemożliwa do odczytania bez kodu, który miałem wcześniej dostawać esemesem.

Dodatkowym zabezpieczeniem miało być to, że wiadomości były przechowywane na dyskach Reimann Investigations tylko przez dziesięć sekund.

Spojrzałem na czarny ekran i czekałem. W końcu pojawiło się pytanie:

[xc97it] Wszystko w porządku?

Nie musiałem długo zastanawiać się nad odpowiedzią.

[w0p6z1] Nie. Nic nie jest w porządku.
[xc97it] Rozmawiam z Wernerem, prawda?

[w0p6z1] Tak. Kim jesteś?
[xc97it] Jola.

Obserwowałem, jak linijki tekstu pojawiają się, a zaraz potem znikają. Imię nic mi nie mówiło. Na dobrą sprawę nie wiedziałem nawet, czy po drugiej stronie rzeczywiście znajduje się jakaś dziewczyna.

[xc97it] Rozmawialiśmy wczoraj.
[w0p6z1] Niewiele pamiętam.

Nastąpiła długa pauza, przynajmniej z mojego punktu widzenia. Miałem wrażenie, że minęło nie kilkanaście sekund, ale minut, zanim pojawiła się kolejna wiadomość.

[xc97it] Co tam się stało?

Teraz przypomniałem sobie, że osoba, z którą wczoraj się kontaktowaliśmy, przedstawiła się jako Jola Kliza. To ona miała zajmować się sprawą Ewy, a Blitz twierdził, że lepiej nie mogliśmy trafić – głównie dlatego, że wyobrażał sobie Klizę jako długonogą blondynkę o ciele przypominającym klepsydrę.

Powiodłem wzrokiem po pokoju, dostrzegając, że rodzice zostawili tu sporo rzeczy z mojego dzieciństwa. Kilka upominków od Ewy, które dostałem chyba jeszcze w podstawówce. Między innymi figurki Spider-Mana, na punkcie którego swego czasu miałem hopla. Do tego stopnia, że Ewa mówiła do mnie tak jak Mary Jane do Petera Parkera. Tygrysie. Normalnie byłoby to nieco obciachowe, ale przy całym moim uwielbieniu dla Spider-Mana wyłącznie mnie cieszyło.

Była tu też tabliczka, którą w liceum razem z Blitzerem ściągnęliśmy z jakiegoś znaku drogowego.

Dopiero teraz poczułem ciężar tego, co się stało. Wiedziałem jednak, że na żałobę będzie jeszcze czas. Teraz musiałem postarać się, by w jednej chwili wszystko się nie zawaliło.

Może byłem paranoikiem, ale wydawało mi się, że mogę dopowiedzieć sobie, co stanie się w przeciwnym wypadku. Policja szybko mnie ujmie, prokuratura postawi zarzuty. Trafię do aresztu śledczego, gdzie będę czekać aż do procesu. Potem wyślą mnie prosto do zakładu karnego.

Nie będzie mowy o odkryciu jakiegokolwiek tropu Ewy. Nigdy jej nie odnajdę. Po raz kolejny przepadnie na zawsze.

Patrzyłem pustym wzrokiem na monitor, odpływając myślami coraz dalej. Ocknąłem się, dopiero kiedy ponownie pojawiło się to samo pytanie.

[xc97it] Co tam się stało?

Uznając, że w tej chwili Jola to jedyna osoba, która może mi pomóc, opisałem jej to, co pamiętałem. Nie zagłębiałem się w szczegóły, stwierdziłem, że nie są teraz najważniejsze. Po chwili tekst znikł, a ja znów wpatrywałem się w puste, czarne okienko. Biały kursor zdawał się migać na nim niepokojąco.

[xc97it] Masz coś do pisania?

Sięgnąłem do jednej z szuflad po bloczek żółtych kartek samoprzylepnych. Po chwili zapisałem na nich numer, który pojawił się na ekranie.

[xc97it] Kup pre-paid i jakiś używany telefon w komisie. Potem wyślij pod numer, który Ci podałam, esemesa o treści „b4lt1cp1p1".

Wszystko zanotowałem.

[w0p6z1] Co potem?

[xc97it] Poprowadzę cię dalej, ale na razie musisz pozbyć się telefonu.

[w0p6z1] Chcesz, żebym uciekał?

Kursor znów mrugał jak złe ślepie zwierzęcia w ciemności. Przełknąłem ślinę.

W końcu pojawiła się odpowiedź.

[xc97it] Tak.

Potem nagle zostałem wylogowany, a okienko się zamknęło. Siedziałem w osłupieniu przez chwilę, zanim zrozumiałem, że Kliza mogła dotrzeć do informacji, których ja nie miałem.

Może wiedziała więcej niż ja.

Miałem kilka wyjść, ale wszystkie były mniej więcej tak samo beznadziejne. W końcu wybrałem to, które spośród nich wydawało się najlepsze. Uznałem, że skoro Blitz z jakiegoś powodu zaufał tej dziewczynie, być może ja też powinienem.

Nie pomyślałem, że to przez nią mógł zginąć.

7

W domu czekały na mnie bukiety białych irysów. Po jednym w każdym pokoju, co w sumie dawało całkiem pokaźną liczbę. Robert doskonale wiedział, że to moje ulubione kwiaty, kupował mi je przy każdej okazji. Cieszyło mnie to, choć dostrzegałam w tym pewien absurd, w końcu biel oznaczała niewinność.

A nią mój mąż nie mógł się pochwalić.

Po drodze jeszcze kilkakrotnie upewniał się, że nie mam do niego żalu, a ja powtarzałam jak katarynka, że nie. Kiedy weszliśmy do przestronnego holu, bacznie obserwował moją reakcję. Zrobiłam więc wszystko, żeby utwierdzić go w przekonaniu, że przeprosiny nie są potrzebne.

Objęliśmy się, pocałowaliśmy, a potem zaprowadził mnie za rękę do jadalni. Znajdowała się na parterze, od północnej strony. Od południa mieliśmy las, ale z okien salonu rozciągał się widok na bezkres Bałtyku. Willa umiejscowiona była na niewielkiej skarpie, dzięki czemu bez trudu można było spoglądać na odległy horyzont. Przy dobrej pogodzie widać było zarysy gigantycznych statków na otwartym morzu, które z tej perspektywy wydawały się jedynie małymi punkcikami na tle nieba.

Jedzenie było już gotowe. Korzystaliśmy z aplikacji Amica IN, która pozwalała zdalnie sterować większością sprzętu AGD. Robert wstawił jedzenie do piekarnika przed wyjazdem, a po drodze do domu włączył podgrzewanie.

Podał mi kaczkę po wietnamsku. Wiedziałam, że brakuje mu gotowania – była to jedna z jego pasji, na której rozwijanie nie miał już czasu.

Pikantny smak i wyraźne nuty anyżu mnie nie zaskoczyły, Robert zawsze przyrządzał to danie podobnie. Właściwie nie dziwiło mnie nic, co robił. Wszystko stanowiło stały element znanego nam obojgu schematu.

– O czym rozmawiałaś z Jolą? – spytał, nalewając nam nowozelandzkiego pinot noir. Twierdził, że żadne inne wino nie współgra tak dobrze z kaczką.

– Tylko o sprawie.

– Nie wspominałaś o…

– Już ci mówiłam, że nie.

Napełnił mi kieliszek do jednej trzeciej, a potem usiadł naprzeciwko mnie.

– Jednej rzeczy nie powiedziałem – odezwał się.

– Jakiej?

– Przepraszam.

Spojrzałam na niego i westchnęłam. Rzeczywiście, do tej pory upewniał się tylko, czy nie mam mu niczego za złe, na przeprosiny się nie zdecydował. Prędzej czy później je sformułuje, jak zawsze. Najpierw jednak musiał przygotować sobie grunt.

Był to taniec, który oboje decydowaliśmy się wykonywać, by nasza miłość przetrwała. Białe irysy, gotowanie specjalnie dla mnie, usługiwanie mi, jakbym była królową, a on sługą. Wszystko to było piękną złudą.

I działo się tylko za dnia.

– Nie ma za co – powiedziałam.

Spuścił wzrok, sprawiając wrażenie głęboko zażenowanego. Czy naprawdę tak było? Nie wiem. Mimo że poznaliśmy się na studiach, niemal od razu się w sobie zakochując, wydawało mi się, że do końca nigdy nie poznałam swojego męża.

– Spróbuj wina – powiedział.

– Piłam przed chwilą prosecco, nie chcę mieszać.

Nie nalegał, a ja nie musiałam dodawać więcej. Zdawał sobie sprawę, że gdybym teraz się wstawiła, później miałabym do siebie pretensje – do zmierzchu było jeszcze sporo czasu, a ja miałam jeszcze sporo białego musującego wina do wypicia.

Każdy HFA, *high-functioning alcoholic*, doskonale zdawał sobie sprawę z tego, że aby móc pić, musi zachowywać pewną miarę. Klucz tkwił w tym, żeby pod żadnym pozorem jej nie przekraczać.

Robert zjadł kawałek kaczki, a potem powoli złożył sztućce. Wciąż nie podnosił wzroku.

– To się nigdy więcej nie powtórzy – powiedział.

– Wiem, że nie.

– Za dużo wypiłem, Kas. Kompletnie mi odwaliło.

– Mówiłam ci już, że…

– Że nie ma się czym przejmować, tak – uciął, kręcąc głową. – Ale to nieprawda.

Podniósł się i podszedłszy do mnie, przykucnął przy krześle. Wziął moją dłoń i długo patrzył mi w oczy. Widziałam w nich żal, wstyd i głęboki smutek. Nie były to udawane uczucia, rzeczywiście nim targały.

Był człowiekiem pełnym sprzeczności, może tak samo jak ja.

– Nie możemy tak po prostu przejść nad tym do porządku – powiedział.

– Daj spokój.

– Uderzyłem cię, Kas.

Nie pierwszy i nie ostatni raz, pomyślałam.

W dodatku każdy kolejny przypadek zdawał się coraz gorszy. Nie, nie zdawał się. Był coraz gorszy. Zaczęło się niewinnie, o ile jakakolwiek przemoc może tak się zacząć.

Którejś nocy Robert obrzucił mnie stekiem wyzwisk za to, że nie dopilnowałam błahej sprawy związanej z jednym z plażowych lokali. Była to bzdura, nawet nie pamiętam, czego dotyczyła.

Początkowo ranił tylko słowami, ale pewnego razu posunął się dalej. Spoliczkował mnie, a potem popchnął. Szybko się ocknął, jakby wyrywając z letargu – przepraszał, wręcz błagał o wybaczenie i zapewniał, że to się nigdy nie powtórzy.

Wtedy mu wierzyłam, bo chciałam wierzyć. Czułam się upokorzona, słaba i zagrożona, ale wciąż był jedynym człowiekiem, na którym mogłam polegać. Nie zrozumie tego nikt, kto nie doświadczył przemocy ze strony ukochanej osoby. To coś wymykającego się racjonalizmowi i logice.

Nie minęło wiele czasu, a uderzył pięścią. Zdarzało mu się krzyczeć, a ja modliłam się tylko o dwie rzeczy: by nie posunął się jeszcze dalej i by Wojtek niczego nie słyszał. W pierwszej kwestii moje prośby pozostały bez odpowiedzi, w drugiej udało mi się chyba wybłagać kogoś na górze, by pomógł.

Wczorajszej nocy Robert przeholował. Szarpał mnie za włosy, krzyczał prosto w twarz, a potem kilka razy uderzył mnie w podbrzusze. Postanowiłam wtedy, że nie będę dłużej tego znosić. Dziś miał być ten dzień, który będę wspominać jako pierwszy krok ku nowemu życiu.

Dlatego Robert dopytywał, co robiłam i z kim rozmawiałam. I dlatego polecił jednemu z pracowników, by miał na mnie oko. Zdawał sobie sprawę, że przekroczył kolejną granicę, a ja nie pozwolę, by jeszcze raz kiedykolwiek się do niej choćby zbliżył.

Spojrzałam na bukiety białych irysów. Oszukiwałam się, że nadal uwielbiam te kwiaty. Tak naprawdę od jakiegoś czasu ich nienawidziłam. Stanowiły namacalny dowód tego, w jak beznadziejnej sytuacji się znalazłam.

– Nie zostawiajmy tak tego – powiedział cicho.

– Co masz na myśli?

– Zrób obdukcję…

– Co takiego?

– Zawiozę cię do Kamienia Pomorskiego, pójdziemy do szpitala i…

– Zwariowałeś?

– Będziesz miała dowód.

Odsunęłam krzesło i obróciłam się do niego. Pochylił się i położył głowę na moich udach. Trwał tak przez jakiś czas w milczeniu, a ja delikatnie gładziłam go po włosach.

Chciał mieć nad sobą wiszący miecz Damoklesa? Dowód na to, co mi zrobił?

Nie mogło chodzić o nic innego. Przypuszczałam nawet, że jego motywacje są szczere. Widziałam, że próbował się zmienić, kilkakrotnie nawet udało mu się powściągnąć, zanim doszło do rękoczynów.

Były to jednak tylko wyjątki potwierdzające regułę.

– Myślisz, że to coś zmieni? – zapytałam.

– Będę wiedział, że w każdej chwili możesz…

– Co? Pójść na policję?

Podniósł głowę. Miał szkliste oczy i w najmniejszym stopniu nie przypominał osoby, która wczoraj wydzierała się na mnie, szarpała mną i biła bez pamięci.

– Miałabym pozwolić, żeby wpakowali cię do więzienia? – dodałam. – Żeby Wojtek został bez ojca? I żebyśmy musieli radzić sobie bez ciebie?

– Nie mów tak.

– Ale to prawda, Robert. Jak ty sobie to wyobrażasz?

Od kiedy pamiętam, byliśmy wobec siebie bezpośredni. Wydawało mi się, że w każdym innym związku sytuacja wyglądałaby diametralnie inaczej. Kobieta albo by odeszła, albo przemoc stałaby się tematem tabu.

U nas takie nie istniały. Rozmawialiśmy o wszystkim, nie mydliliśmy sobie nigdy oczu. Właściwie nigdy się nie okłamywaliśmy... jeśli nie liczyć tego, że przemilczał fakt posiadania drugiej, brutalnej natury.

Przysunął się bliżej, a potem objął mnie w pasie.

– Jak możesz być z takim skurwielem? – spytał.

– Nie wiem – odparłam i zmusiłam się do uśmiechu.

– Na twoim miejscu porysowałbym mu chociaż to jebane megalomańskie coupé.

– Mam zamiar potraktować je w nocy sprejem.

– Dobry wybór.

Kiedy znów na mnie spojrzał, pocałowałam go, przyciskając mocno dłonie do jego policzków. Znów naszła mnie refleksja, że różnimy się od innych par, które w takiej sytuacji zapewne udałyby się prosto do sypialni.

My jednak rzadko ze sobą sypialiśmy. Od kiedy zaczęła się przemoc, coraz rzadziej. Miałam nawet wrażenie, że Robert zaspokaja się seksualnie, kiedy mnie okłada.

Zawsze robił to kierowany dzikimi, nieokiełznanymi emocjami. Zwierzęcym zewem, którego nie potrafił powstrzymać. Ale jednocześnie bił tak, by nie zostawiać śladów.

To niepokoiło mnie najbardziej, bo kazało mi sądzić, że gdzieś w tym wszystkim kryje się chłodne rozumowanie.

Zamknęłam oczy i skupiłam się na dotyku jego ust. Na Boga, czy naprawdę tyle wystarczyło, bym straciła rezon? Jeszcze kilka godzin temu byłam pewna, że nie dam za wygraną. Że nie pozwolę dłużej sobą pomiatać.

Przecież z takim przekonaniem wsiadałam do bmw, kiedy po mnie przyjechał.

Jak niewiele było trzeba, bym zmieniła zdanie? I czy rzeczywiście je zmieniłam? Nie potrafiłam odpowiedzieć sobie na te pytania. Wiedziałam jedynie, że miłość to najniebezpieczniejsza toksyna, jaką stworzyła natura.

Robert wrócił na swoje miejsce i pociągnął duży łyk wina. Spojrzał niepewnie na kaczkę.

– Albo mi nie wyszła, albo czuję do siebie takie obrzydzenie, że przekłada się na smak.

– Albo jedno i drugie.

– Możesz mieć rację – odparł, odsuwając talerz.

Był blady niemal jak Jola Kliza, która na świeżym powietrzu bywała chyba tylko po to, by przemieścić się z jednego budynku do drugiego. Cerę miała niemal trupią, a czarne, długie do lędźwi włosy tylko to uwydatniały. Zawsze zdawała się mieć lekko pochyloną głowę, przez co opadały jej na policzki.

Zastanawiałam się, czy poczyniła jakiekolwiek postępy w sprawie Ewy. Był to dobry tok myśli, by oderwać się nieco od tego, co działo się w nocy. Postanowiłam podzielić się tym z Robertem.

– Mówiłam ci o tej zaginionej dziewczynie, prawda?

Odstawił kieliszek i przez moment przypatrywał mi się uważnie, jakby zastanawiał się, czy zmiana tematu to dobry pomysł.

– Tylko tyle, że została zgwałcona nad rzeką, a potem ślad po niej się urwał. I po napastnikach też.

– Aż do czasu pojawienia się zdjęć.

– No tak. To było w Opolu?

Potwierdziłam ruchem głowy.

– Chyba coś o tym słyszałem. Dawno do tego doszło?

– Dziesięć lat temu.

– I naprawdę sądzicie, że po takim czasie się znalazła?

– Na to wygląda. Ale jednocześnie ktoś dba o to, żeby trop znów się urwał.

– Może ona sama? – spytał Robert, a ja zabrałam się do kaczki. – Może nie chce zostać odnaleziona?

– Trudno powiedzieć – odparłam, przeżuwając niewielki kawałek. Danie było zbyt ostre jak na moje kubki smakowe, ale nie zamierzałam o tym wspominać. W końcu zrobił je w ramach przeprosin, a przyrządzenie pochłonęło sporo czasu, którego Robertowi nieustannie brakowało.

– Może po gwałcie postanowiła zacząć wszystko od nowa – zauważył.

– I tak po prostu zostawiłaby narzeczonego? Wątpię.

– Rozmawialiście z rodziną? Znajomymi? Może ktoś coś wie, może ktoś utrzymywał z nią kontakt?

– Rodziny nie ma – powiedziałam, uznając, że jednak napiję się wina. – Rodzice zginęli w wypadku samochodowym niecały rok przed tym, jak doszło do gwałtu.

– Pechowa passa.

– Życie – odparłam i wzruszyłam ramionami.

Nie ciągnęliśmy tematu, bo widziałam, że Robert nie jest nim przesadnie zainteresowany. Kiedy zakładaliśmy Reimann Investigations, był pochłonięty tym, co możemy osiągnąć. Zachowywał się jak mały chłopiec, który wreszcie dostał upragnioną zabawkę. Z czasem jednak jego entuzjazm zmalał.

Mój zresztą też. Zgłaszali się do nas głównie ludzie zamierzający szpiegować współmałżonków albo odnaleźć dłużników, którzy nagle zniknęli z pieniędzmi. Czekaliśmy na takie sprawy jak ta związana z zaginięciem Ewy. Wydawało mi się, że w Robercie odżyje wtedy wcześniejsza werwa, ale najwyraźniej się pomyliłam.

Zjedliśmy, nie poruszając żadnej kwestii, która miałaby dla nas istotne znaczenie. Kiedy wstawałam od stołu, lekko zakręciło mi się w głowie. Prosecco i czerwone wino nie stanowiły dobrego połączenia, szczególnie jeśli od tego pierwszego zaczynało się dzień.

I jeśli zamierzało się także na nim skończyć.

Bywały dni, kiedy łudziłam się, że tak się nie stanie. Ale ten z pewnością do nich nie należał. Zrozumiałam to dobitnie, kiedy przyszedł esemes od Joli.

Robert zbierał się już do wyjścia, miał odebrać Wojtka ze szkoły. Nie podobało mi się, że podjeżdża pod podstawówkę swoim bmw, tworzyło to przepaść między naszym synem a innymi uczniami. I znając zdolność dzieci do przytyków, przypuszczałam, że folgują sobie nie tylko na przerwach.

Opróżniona do połowy butelka wina też budziła mój sprzeciw, ale jedynie wewnętrzny. Wiedziałam, że nie ma sensu protestować, Robert i tak wsiądzie za kierownicę – a jedynym, do czego mogły doprowadzić moje obiekcje, była kolejna kłótnia.

Policji nie musiał się obawiać. Nawet gdyby zatrzymali go stróże prawa, prędzej wystawiliby mandat sobie niż jemu. Formalnie gmina Rewal miała wójta, a każda z miejscowości wchodzących w jej skład – sołtysa, ale realnie rządzili tutaj ludzie tacy jak Robert. Lokalni potentaci w branży turystyczno-gastronomicznej, którzy utrzymywali niejedną rodzinę.

– Coś nie tak? – zapytał Robert, wstając od stołu.

Podniosłam wzrok znad komórki.

– Dostałam esemesa od Klizy.

– Co pisze? Jakieś postępy?

– Raczej problemy – odparłam ciężko. – Twierdzi, że musi ze mną jak najszybciej porozmawiać, bo sytuacja się skomplikowała.

– Podrzucić cię do Baltic Pipe?

– Nie, załatwię to przez telefon.

Pozbierał naczynia, a potem opłukał je z grubsza i włożył do zmywarki. Tłumaczyłam mu jak chłop krowie na miedzy, żeby tego nie robił, bo detergent nie ma wtedy w co wnikać i krąży po zmywarce bez celu, ale zbywał to milczeniem.

Pocałował mnie na pożegnanie, mimo że miał wrócić za niewiele ponad kwadrans. Potem usłyszałam cichy pomruk silnika bmw.

Nabrałam głęboko tchu i wybrałam numer Joli. Odebrała od razu, jakby tylko czekała na telefon.

– Blicki nie żyje – wypaliła.

Z pewnością nie należała do osób owijających w bawełnę. Zbiła mnie z tropu i przez moment nie wiedziałam, co odpowiedzieć. Nic nie wydawało się właściwe.

– Został znaleziony martwy w swoim mieszkaniu – dodała pozbawionym emocji tonem prezenterki telewizyjnej.

Podniosłam się i podeszłam do lodówki. Wyglądało na to, że dziś wypadał dzień, w którym miałam uchybić świętym zasadom HFA.

– Wiadomo coś więcej? – zapytałam.

– Oficjalnie policja nie podaje żadnych szczegółów. Zasłaniają się tym, co zawsze, czyli dobrem postępowania.

– A nieoficjalnie?

– Wygląda na to, że nocował u niego Werner.

Zamarłam z kieliszkiem w ręku.

– Nie chcesz chyba powiedzieć, że...

– Nie – wpadła mi w słowo. – Po co miałby targnąć się na jego życie?

Pociągnęłam łyk i poczułam się nieco lepiej.

– To bez sensu – kontynuowała Kliza. – Blicki nie tylko był jego jedynym przyjacielem, ale też jedyną osobą, która gotowa była mu pomóc. Poza tym Werner jest na tyle rozgarnięty, by zaplanować coś bardziej wymyślnego.

– Więc ktoś próbuje go wrobić?

– W najgorszym wypadku tak. W najlepszym to tylko zbieg okoliczności.

Nie wierzyłam w przypadki. Uznawałam to za puste określenie, którego używamy, kiedy nie znamy przyczyny danego zdarzenia.

– Tak czy inaczej, na miejscu jest z pewnością wystarczająco dużo jego śladów biologicznych, żeby postawili mu zarzuty.

– Jesteś pewna? – spytałam.

– Na sto procent nie, wszystkie informacje mam z drugiej ręki. Ale pewne jest, że potraktują go jako głównego podejrzanego.

– W takim razie trzeba go…

– Ukryć, wiem – ucięła. – Już się tym zajęłam.

Zmarszczyłam brwi. W takim razie po co do mnie dzwoniła? Owszem, wielokrotnie mówiłam jej, że chcę być na bieżąco z prowadzonymi sprawami, ale tylko, jeśli były jakieś istotne kwestie do rozstrzygnięcia. W tym przypadku sama podjęła decyzję.

Odstawiłam kieliszek na kuchenny blat i przysiadłam na skraju, wyglądając przez duże, przeszklone okna na wybrzeże.

– Upewnij się, że tego nie zrobił – poleciłam. – Nie chcę później czarnego PR-u.

– Tak zrobię – zapewniła Jola. – Ale najpierw muszę dopilnować, żeby go nie przymknęli, bo stracimy bezpowrotnie kontakt.

– Mhm – mruknęłam. – To oczywiste, ale przecież nie po to do mnie dzwonisz.

– Nie, nie po to.

– Więc o co chodzi?

– Przejrzałam jeszcze raz wszystkie materiały.

W jej głosie była wyraźna, niemal dziecięca ekscytacja. A także jakaś niewypowiedziana obietnica.

– Ta dziewczyna próbowała przekazać wiadomość – dodała.

– Co takiego? – wypaliłam. – Jaką wiadomość? Komu?

Pytania zabrzmiały w mojej głowie jak salwy armatnie.

– Tego jeszcze nie wiem – odparła Kliza. – Ale mam zamiar się dowiedzieć.

8

Komórkę kupiłem w pierwszym napotkanym komisie, a kartę SIM kawałek dalej, w przydrożnym kiosku. Nie miałem zamiaru tracić czasu, od razu wysłałem wiadomość pod numer wskazany przez dziewczynę z Reimann Investigations.

Oddzwoniła niemal natychmiast.

– W porządku – rzuciła. – Teraz możemy spokojnie rozmawiać.

– Do spokoju mi trochę brakuje.

– Nic dziwnego.

Potarłem nerwowo włosy, rozglądając się. Miałem wrażenie, że każdy z przechodniów oblepia mnie wzrokiem. Wszyscy zdawali się wiedzieć, że znalazłem się na celowniku policji.

– Jak to się stało? – wybełkotałem. – Jak do tego doszło?

– Wszystko z czasem ustalimy, ale teraz…

– Nie – przerwałem jej. – Muszę wiedzieć, co się dzieje. Kto to zrobił? Dlaczego?

Przechodzący obok mężczyzna spojrzał na mnie podejrzliwie, oskarżycielsko. Minąwszy go, obejrzałem się przez ramię, ale zobaczyłem tylko jego oddalające się plecy. Popadałem w paranoję, ale na dobrą sprawę powinienem się tego spodziewać.

– Dlaczego ktoś miałby go zabić? – nie dawałem za wygraną.

– Wszystkiego się dowiemy.

– Kto przeciwko mnie działa? Policja?

– Werner, posłuchaj mnie przez chwilę…

– Czego oni chcą?

– Werner!

Potrząsnąłem głową i się ocknąłem. W gruncie rzeczy obcy mi głos Joli Klizy sprowadził mnie na ziemię, pewnie dlatego, że zabrzmiał, jakby należał do kogoś, kto mnie zna. Uświadomiło mi to, w jak nieciekawym położeniu się znalazłem. Jedyna osoba, której mogłem zaufać, była kompletną nieznajomą.

– Musisz się ogarnąć – dodała. – Ustalimy, co się stało, ale na razie najważniejsze jest, żebyś został na wolności.

Pokiwałem głową jak w transie.

– Jesteś tam?

– Jestem.

– W tej chwili nikt formalnie cię nie ściga, więc musisz zrobić z tego użytek.

– Formalnie...

– Mam na myśli, że nie złamiesz prawa, nawet jeśli dasz nogę za granicę – powiedziała stanowczo, ale jednocześnie z pewną nieśmiałością w głosie. – Nie wszczęto przeciwko tobie żadnego postępowania, nie ma żadnego nakazu. Cieszysz się taką samą wolnością jak każdy inny obywatel. I trzeba to wykorzystać.

– Chcesz, żebym wyjechał z kraju?

– Nie. Ale znacznie więcej zrobię dla ciebie, jeśli będziesz na Pomorzu.

Zatrzymałem się na moście Piastowskim i powiodłem wzrokiem po stalowych łukach. Chodzono po nich tak często, że władze miasta zmuszone były zamontować komiczne ostrzeżenie, że przejście górą jest wzbronione.

Stanąłem po prawej stronie i oparłem się o barierki. Popatrzyłem w kierunku dwóch hoteli na Pasiece – niewielkiej wysepce, którą otaczały wody Odry i Młynówki. Loża Szyderców znajdowała się po drugiej stronie.

– Nigdzie się nie wybieram – powiedziałem.

– To niezbyt mądre, biorąc pod uwagę…

– Nie mam zamiaru robić mądrych rzeczy – odparłem pod nosem. – Gdyby było inaczej, dawno zgłosiłbym się na policję.

– Nie brzmi to jak rozsądne rozwiązanie, Wern.

– Wern?

– Pasuje – bąknęła.

– Albo Damian, albo Werner. Nie rób ze mnie Werna.

Zawiesiłem wzrok na bulwarach ciągnących się od amfiteatru. Zazdrościłem wszystkim tym ludziom, którzy beztrosko się nimi przechadzali. Nie czuli ciężaru przeszłości, który ja nosiłem na barkach. Nie znajdowali się w tak beznadziejnej teraźniejszości. I nie mieli przed sobą tak mętnej, niepokojącej przyszłości.

Zastanawiałem się, czy jeszcze cokolwiek ode mnie zależy. Bez względu na to, kto stał za tym, co się działo, zdawał się gotów na wszystko. Jeśli potrzebowałem potwierdzenia, wystarczyło, że zamknąłem powieki. Przed oczami nadal miałem obraz zakrwawionego ciała Blitza.

– Może jednak powinienem to zrobić… – mruknąłem.

– Co?

– Zgłosić się na policję.

– W żadnym wypadku. To nigdy nie jest dobry pomysł, a w tej sytuacji szczególnie.

– Właściwie dlaczego nie? – spytałem, odwracając się. Oparłem się plecami o barierkę. – Może popadamy w paranoję? Może służby nie mają z tym nic wspólnego?

– Chcesz to sprawdzić na własnej skórze?

– Dlaczego nie? – odparłem z rosnącą pewnością w głosie. Tylko w głosie. – Może na posterunku będę bezpieczny, w końcu jest tam monitoring, są ludzie i…

– I już nie w takich sytuacjach dochodziło do tragedii, Wern.

– Werner.

– Mówię tylko, że powinieneś zachować ostrożność. A póki nikt cię formalnie nie ściga, masz prawo swobodnego przemieszczania się.

– Prawo tylko teoretyczne – odpowiedziałem, opuszczając głowę. – Uciekłem z miejsca przestępstwa. Pierwsze, co powinienem zrobić, to stawić się na komendzie.

– Byłeś w szoku.

– Który w końcu minął – odparowałem przez niemal zaciśnięte usta. – Jeśli ta sprawa trafi do sądu, mój wyjazd z miasta będzie co najmniej podejrzany.

– Nie szkodzi.

Prychnąłem, bo pewność siebie tej dziewczyny zdawała się przeczyć wszelkiej logice. Ale może nie powinienem się dziwić – agencje detektywistyczne rzadko żyły w komitywie z policją.

– A skoro mowa o szoku – podjęła Kliza. – Pozbyłeś się telefonu?

– Nie.

– Po co w ogóle zabierałeś go z mieszkania Blickiego?

– Nie wiem.

Przez moment milczała, ale doskonale wiedziałem, co chce mi przekazać. Musiałem wyrzucić jedyną rzecz, która została mi po przyjacielu. Prędzej czy później komórka Blitza stanie się dla mnie obciążeniem.

Nabrałem głęboko tchu, a potem obróciłem się i uważając, by nikt tego nie zauważył, wrzuciłem telefon do Odry. Natychmiast znikł w mętnej wodzie.

– Wiem, że nie chcesz tego słyszeć, ale musisz...

– Załatwione – przerwałem Joli.

– To dobrze.

Kliza znów przez moment się nie odzywała. Przypuszczałem, że niełatwo jej milczeć w sytuacji, kiedy cisza była najbardziej wymownym potwierdzeniem ogromu moich problemów. Zapewne gorączkowo zastanawiała się nad tym, jak ją przełamać. W końcu wybrała najgorzej, jak mogła.

– Nikomu w tej chwili nie możesz ufać.

– Dzięki – odparłem. – Właśnie coś takiego potrzebowałem usłyszeć.

Westchnęła, a ja ruszyłem przed siebie.

– Jeśli nie zamierzasz tu przyjeżdżać, przynajmniej zostań poza radarem.

– Jak?

– We wszystkim ci pomożemy – zapewniła. – Wynajmę ci zaraz pokój w jakimś motelu na przedmieściach. Macie tam coś takiego?

Uniosłem błagalnie wzrok.

– Nie mam z czego opłacić nawet najtańszego zajazdu.

– Tym się na razie nie przejmuj.

– A kto za to zapłaci? Wy? Nagle przekształciliście się w firmę pożyczkową?

Wiedziałem, że w końcu muszę spuścić z tonu i dać spokój tej podejrzliwości. Może i miałem powody, by w pełni nie wierzyć nikomu, ale ludziom, na których polegał Blitzer, powinienem okazać choć namiastkę ufności.

– Zainteresowałam twoją sprawą samą Kasandrę – odezwała się Jola, jakby to miało mi cokolwiek tłumaczyć.

– Kogo?

– Szefową RI.

– Myślałem, że to Robert Reimann jest właścicielem.

– Tak, ale dawno przestał się interesować agencją. Wszystko zależy teraz od jego żony, a ja się postaram, że będzie żyła tą sprawą nie mniej niż ty. Zresztą już jest zaangażowana, a w miarę jak dochodzenie będzie postępowało, wsiąknie jeszcze bardziej.

– Chyba nie na tyle, żeby opłacać moje noclegi.

– Spokojnie. Ci ludzie nie muszą liczyć każdego grosza.

Albo sugerowała, że ma zamiar ich delikatnie naciąć, albo to ja z zasady spodziewałem się po innych takich rzeczy.

Idąc w kierunku starówki, znów minąłem przechodniów, którzy zdawali się skupiać wyłącznie na mnie. Dopiero teraz uświadomiłem sobie, że to nie żadna złuda. Ale też nic podejrzanego – sam bowiem ściągałem ich uwagę, rozglądając się, jakbym się zgubił.

Zrobiłem głęboki wdech, starając się uspokoić.

– Dlaczego mi pomagasz? – zapytałem.

– Bo wynajął mnie do tego twój kumpel, który nie żyje.

Nie odpowiadałem.

– To niewystarczająco dobry powód? – zapytała. – Czy może uraziła cię bezpośredniość?

Sam nie wiedziałem, na które z tych pytań mógłbym udzielić pozytywnej odpowiedzi.

– Po prostu wydaje mi się to dziwne.

– Chcę się dowiedzieć, dlaczego zginął – odparła. – I chcę pomóc ci znaleźć narzeczoną.

– Złoty człowiek z ciebie.

– To moja robota. A rachunek został już opłacony.

Nie miałem zamiaru dłużej tego ciągnąć. Z Jolą Klizą najwyraźniej coś było nie w porządku. W najlepszym wypadku miała osobliwe zainteresowania, w najgorszym – tkwiło w jej umyśle coś psychopatycznego.

– Jak tylko ustalimy, co stało się z Ewą, dowiemy się wszystkiego innego – dodała.

W tamtej chwili nie byłem tego taki pewien.

– Zacznijmy od zdjęcia, które miałeś na telefonie – ciągnęła. – Możesz opisać mi każdy szczegół?

– Oczywiście, że mogę. Znam każdy piksel.

Krążąc bez celu po śródmieściu, opisywałem jej wszystkie szczegóły, a ona raz po raz mruczała coś pod nosem. Nie miałem pojęcia, do czego potrzebne jej te informacje. Jeśli chciała odnaleźć zdjęcie, należało raczej ugryźć to od strony technologicznej i uzyskać zdalny dostęp do mojej komórki, zamkniętej w jakimś sejfie na komendzie.

– Dobra, przejdźmy do drugiej fotki. Tej z Wrocławia.

Ją pamiętałem nieco gorzej, ale wpatrywałem się w nią odpowiednio długo, by najważniejsze rzeczy natychmiast przywołać z pamięci.

– Facet stojący tyłem miał bluzę Foo Fighters z napisem „There is nothing left to lose". Była na niej też bomba ze skrzydłami, chyba ich logo albo okładka płyty, nie jestem pewien.

– A Ewa? Była podobnie ubrana?

– Niezupełnie. Miała T-shirt z innym napisem.

– Jakim?

– Coś z dobrymi dniami.

– Konkretnie, Wern. Potrzebuję konkretów.

Przez chwilę się zastanawiałem.

– „The better days" – powiedziałem.

– Jesteś pewien?

– Tak.

– Nie brzmisz, jakbyś był.

Miała rację, nie byłem. Nazwę zespołu widziałem wtedy po raz pierwszy, skojarzyła mi się z jakąś indierockową, undergroundową kapelą.

Zatrzymałem się na tyłach niewysokiego bloku i oparłem plecami o ścianę. Dopiero teraz uświadomiłem sobie, że krążyłem po mieście jak we śnie. Nie wiedziałem nawet, gdzie dokładnie się znajduję. Prawdopodobnie gdzieś w okolicy Andersa i Waryńskiego.

– Może bez „the" – powiedziałem. – Samo „Better days".

Słyszałem, jak Jola stuka palcami w klawiaturę.

– Z wykrzyknikiem czy bez?

– Bez.

– Więc to nie album *The Bruisers*. Szkoda, grają niezły punk.

Oparłem głowę o ścianę i poczułem, że ćmi mnie w skroniach. Adrenalina powoli opadała, choć być może nie powinna. Sprawiło to, że kac zaczynał akcentować swoją obecność.

– Jakie to ma znaczenie? – zapytałem.

– Może żadne, a może jakieś – odparła dyplomatycznie Kliza. – Pamiętasz nazwę zespołu?

– Nie.

– Ale to nie byli Foo Fighters?

– Nie, na pewno nie. To była jakaś hiszpańska kapela.

– Jaka?

– Przecież mówię ci, że…

– Skup się, to naprawdę może być ważne.

– Bo?

– Bo zazwyczaj na koncert przychodzisz w ciuchach zespołu, który jest na scenie, prawda?

Miała rację, ale nie przykładałem do tego wielkiej wagi. Ewa nigdy nie przepadała za Foo Fighters, twierdziła, że grają dla niej zbyt chaotycznie. Pamiętałem o tym doskonale, bo Blitzer nieraz starał się nas przekonać, że powinniśmy zainteresować się ich nowym albumem.

Sięgnąłem do pamięci, starając się wyłowić wzór na koszulce. Sprawiał wrażenie raczej amatorskiego bohomazu niż profesjonalnie wykonanej okładki jakiegoś albumu. Może dlatego od razu pomyślałem o indierockowych zespołach.

– Więc? – ponagliła mnie Jola. – Jak ten zespół się nazywał?

Potarłem skronie, starając się skojarzyć jakiś element z innym, naprowadzić się na właściwy trop lub znaleźć choćby jeden szczegół, który sprawi, że kliknie mi jakaś zapadka w umyśle. W końcu coś mi zaświtało.

– Czekaj… – mruknąłem. – To kojarzyło mi się z tym piłkarzem, który zakładał maskę Spider-Mana.

– Co proszę?

– Był taki argentyński zawodnik, który po strzeleniu gola zakładał tę maskę i udawał, że strzela pajęczyną z nadgarstków.

Kliza milczała.

– Swojego czasu miałem hopla na punkcie Spider-Mana.

– Aha.

– Ewa dzielnie to znosiła, mimo że sama w dzieciństwie chyba nie była na niczym tak zafiksowana. Może z wyjątkiem archeologii. Szczególnie interesowały ją początki osadnictwa na ziemiach polskich.

Jola chrząknęła cicho.

– Każdy ma jakieś zboczenie – dodałem.

Nadal nie odpowiadała, a mi przeszło przez myśl, że może nie przez przypadek na koszulce pojawiła się kapela, której nazwa kojarzyła mi się z ulubioną postacią komiksową.

Nie, to musiał być przypadek. Doszukiwałem się ukrytego znaczenia tam, gdzie go nie było.

A może nie?

– Sprawdź to w…

– Właśnie wyguglałam – ucięła Jola. – Ten piłkarz to Jonás Gutiérrez.

Pstryknąłem palcami.

– Gutiérrez – powiedziałem. – Taki napis był na koszulce.

Moja rozmówczyni znów zamilkła, a ja miałem tego serdecznie dosyć. O ile wcześniej mogłem potraktować to jako komentarz do fascynacji Człowiekiem Pająkiem, o tyle teraz wydawało mi się to niepokojące.

– Jesteś tam? – zapytałem.

– T-tak…

Głos miała słaby, jakby nagle opuściły ją wszystkie siły. Mogłem wyobrazić sobie, jak pobladła.

– Coś nie w porządku?

– Ta nazwa… – jęknęła. – To była Natalia Gutierrez Y Angelo?

– Możliwe.

– Boże…

– O co chodzi?

Nie odpowiadała.

– Halo! – krzyknąłem, poirytowany. – Co się dzieje?

– Więcej, niż mógłbyś przypuszczać.

9

Nie przemyślałam tego.

Kiedy Kliza zapytała, czy może przyjechać do willi, zamiast przekazywać mi wszystko przez telefon, od razu się zgodziłam. Nie wzięłam pod uwagę, że tym samym zdenerwuję Roberta. Nie lubił, kiedy podejmowałam takie decyzje bez konsultacji z nim.

Dla innych par byłaby to prozaiczna kwestia. Znajomi mogli przecież wpaść nawet bez zapowiedzi. U nas było jednak inaczej. Jeśli kogoś podejmowaliśmy, wszystko musiało być ustalone kilka dni wcześniej. Robert musiał się przygotować – i dać mi czas, bym przygotowała dom.

Przyjechali z Wojtkiem jeszcze przed Klizą, więc miałam okazję zachować przynajmniej minimum pozorów, że mąż ma cokolwiek do powiedzenia.

Wojtek rzucił plecak na podłogę w przedpokoju, a potem od razu ruszył w kierunku swojego pokoju.

– A ty dokąd? – spytałam, stając w progu salonu.

Zatrzymał się i zmierzył mnie wzrokiem.

– Cześć, mamo.

– Cześć, szkodniku.

Podszedł i mnie uściskał. Był jeszcze w takim wieku, kiedy robił to bez zażenowania, ale doskonale zdawałam sobie sprawę, że to kwestia jeszcze trzech, może czterech lat. Wystarczy, że kiedyś dam mu buziaka pod szkołą, jego koledzy to zobaczą, a potem skwitują drwinami. Tego dnia wróci do domu ze zwieszoną głową i skończą się wszelkie czułości.

Zmierzwiłam mu włosy i chciałam powiedzieć, żeby zabrał plecak, ale Robert już go podnosił. Był świetnym ojcem, właściwie najlepszym, jakiego mogłabym sobie wymarzyć dla Wojtka. Może brakowało mu trochę perspektywicznego myślenia, kiedy podjeżdżał pod podstawówkę bmw, ale w każdym innym względzie był niemal idealny.

To, czego brakowało mu jako mężowi, nadrabiał jako ojciec. I może dlatego początkowo godziłam się na to, co mi robił. Potem stało się to powszednością. Przeżywaniu tych trudnych chwil nie towarzyszyła żadna refleksja.

A nawet jeśli, to znikała tak szybko jak mój upór po ostatniej aferze.

– Co w szkole? – spytałam.

Młody zerknął w kierunku pokoju. Doskonale zdawałam sobie sprawę, że marzy już tylko o tym, by siąść przy laptopie. Mimo że w szkole na pewno cały czas miał dostęp do sieci dzięki smartfonowi, a w samochodzie od razu włączył tablet.

– Nic ciekawego – odparł.

Z nim też miałam codzienny taniec do wykonania. Zaczynało się od „nic ciekawego", ale stopniowo wyciągałam z niego szczegóły. Tego dnia jednak nie mogłam sobie na to pozwolić. Przepuściłam go do pokoju, a potem posłałam zdawkowy uśmiech Robertowi, kiedy stawiał plecak za progiem.

Nadal patrzył na mnie z pewną obawą, zupełnie jakby spodziewał się, że jego wczorajsze przekroczenie kolejnej granicy sprowadzi na niego ogień piekielny. I że to ja wywołam płomienie.

Zbliżyłam się i wzięłam go za rękę.

– Kliza trafiła na coś istotnego – powiedziałam cicho. – Najwyraźniej ta dziewczyna wysłała jakąś wiadomość.

– Wiadomość?

– Jola nie chciała przez telefon podać szczegółów. Chce pogadać twarzą w twarz.

– To może jednak podrzucę cię do Baltic Pipe.

– Powiedziałam, że może przyjechać tutaj – odparłam szybko. – To nie zajmie dużo czasu, usiądziemy w moim gabinecie na piętrze.

Właściwie nie było to pełnoprawne piętro, ale jedynie poddasze użytkowe. Pokój był jednak dość przestronny, a ja uwielbiałam skosy. Było to moje sanktuarium, w którym czułam się najlepiej.

Początkowo nie wiedziałam, dlaczego tak jest, ale potem zrozumiałam, że było to jedno z niewielu pomieszczeń w willi, gdzie Robert prawie nigdy nie wchodził. I jedno z tych, w których nigdy mnie nie uderzył.

Jeszcze.

Odsunęłam tę myśl, choć widząc jego spojrzenie, przyszło mi to z trudem.

– Tutaj? – spytał, a potem zacisnął usta.

Pokręcił głową, odwrócił się i wszedł do kuchni. Milczał, nerwowo pociągając za drzwiczki lodówki. Znów pokręcił głową. Niemal fizycznie odczuwałam, jak narasta w nim złość.

Widziałam też, ile sił kosztuje go, by ją powstrzymać.

Wyciągnął wino i nalał sobie do kieliszka. Opróżnił go dwoma szybkimi łykami.

– Ile razy będziemy to przerabiać? – odezwał się.

– Zapytała, a ja po prostu...

– Przecież wiesz, że nie lubię niespodziewanych gości.

– Wiem, ale to tylko służbowa sprawa. Załatwimy to szybko u mnie w gabinecie.

– Nie mogłyście spotkać się w Balticu?

W końcu się odwrócił. Widziałam, jak pretensje jedna po drugiej rozpalają się w jego oczach.

– Co ci tam nie odpowiada?

– Nic, ale nie chciałam cię fatygować.

– To żadna fatyga. Z pewnością mniejsza niż znoszenie tutaj obcej osoby.

– To twoja pracownica, Robert.

Zrobił krok w moim kierunku tak zdecydowanie, że mimo woli się cofnęłam. Zazwyczaj była to zapowiedź tego, że zaraz zacznie się rozróba. Tym razem jednak w porę się powstrzymał.

– Nie będzie tutaj nawet wchodzić – powiedziałam, rozglądając się po połączonym z kuchnią salonie. – Od razu pójdziemy na górę.

Nie odzywał się. Wbijał we mnie wzrok jeszcze przez chwilę, a ja obawiałam się, że za moment straci kontrolę. Uderzy mnie, a potem nie będzie już odwrotu. Ostatecznie nie martwiło mnie to, że dojdzie do rękoczynów, ale to, że będę zmuszona odwołać spotkanie. Może sam to zrobi, wykręcając numer Klizy i informując ją, że źle się poczułam. Przerabialiśmy podobne scenariusze już nieraz.

Zanim jednak zrobił kolejny krok w moim kierunku, rozległo się buczenie informujące, że ktoś stanął przy bramie. Patrzyliśmy na siebie w milczeniu.

– Mogę ją odprawić – powiedziałam niepewnie.

– Teraz? – prychnął. – I co jej powiesz?

– Nie muszę się przecież przed nią tłumaczyć.

– Nie – odparł chłodno. – Niech wejdzie.

Sam otworzył bramkę, a potem zajął miejsce na końcu kanapy, tak by nie było go widać z korytarza. Siedział w milczeniu, kiedy wraz z Jolą szłyśmy na piętro.

Przypuszczałam, że Kliza zachowa się dokładnie tak jak każdy inny gość, który odwiedza nas po raz pierwszy. Rozglądaniu się nie było końca. Podobnie jak komplementom i wyrazom zachwytu. Jednych urzekał widok z salonu, gdzie niemal cała ściana była przeszklona. Dla innych imponujące okazywały się regały z książkami, którymi zastawiliśmy całą klatkę schodową.

Jola przeszła jednak do mojego gabinetu, jakby niczego nie dostrzegała. Odezwała się dopiero w środku, siadając przy niewielkim stoliku pod dużymi oknami dachowymi. Oprócz niego stały tu moje biurko, kilka krzeseł i niewielkie witryny z książkami.

Oparła łokcie na blacie i potarła nerwowo twarz, zostawiając na policzkach czerwone ślady. Potem popatrzyła na mnie w sposób, który sprawił, że przez moment przypominała mi widmo.

– To jest jakieś nieprawdopodobieństwo – oznajmiła. – Kompletnie popieprzona sprawa.

Usiadłam obok niej.

– Co odkryłaś?

– Właściwie nie ja, tylko sam Wern.

Uniosłam brwi.

– To znaczy Werner – dodała pod nosem, a potem machnęła ręką. – Na dobrą sprawę dotarliśmy do tego wspólnymi siłami. Ale to Ewa wszystko zainicjowała.

– Co konkretnie?

Jola poprawiła się na krześle i odchrząknęła.

– Na tym zdjęciu, które niestety ktoś zaiwanił z profilu spotted, Ewa była w koszulce, która niewiele miała wspólnego z Foo Fighters.

– Hm? – mruknęłam.

– To był ich koncert. A ona miała T-shirt z inną kapelą.

– I co z tego?

– Tylko tyle, że przykuło to moją uwagę. Wern pogrzebał w pamięci, ja trochę mu pomogłam i ustaliliśmy, że na koszulce byli Natalia Gutierrez Y Angelo.

– Nie kojarzę.

– *Better days*? – podsunęła.

– Wciąż nic mi to nie mówi.

– A powinno, bo to była głośna sprawa.

Spojrzałam na nią lekko poirytowana, bo obawiałam się, że zanim przejdzie do rzeczy, Robert zapuka do drzwi, przeprosi Jolę i oznajmi, że z jakiegoś powodu musimy wyjść. Na chwilę okiełznał emocje, ale znałam swojego męża wystarczająco dobrze, by wiedzieć, że to nie potrwa długo.

– Słyszałaś na pewno o FARC – podjęła Kliza.

– Słyszałam. Jakiś czas temu zawarli kontrowersyjny pokój z rządem w Kolumbii.

Kojarzyłam tę rewolucyjną partyzantkę tylko dlatego, że swojego czasu w mediach wyjątkowo głośno było o pokoju ustanowionym w dwa tysiące szesnastym roku po pięciu dekadach krwawej wojny domowej. Straciło w niej życie ponad dwieście tysięcy ludzi, a pięć milionów było zmuszonych do przesiedleń. Główny budowniczy porozumienia, Santos, dostał Pokojową Nagrodę Nobla, ale nie dlatego sprawa zapadła mi w pamięć.

Kolumbijczycy mieli bowiem w referendum zatwierdzić pokój, ale odrzucili go niewielką większością głosów. Nie godzili się na to, że niektóre zbrodnie w ramach układu miały pozostać bez kary.

Ich podejście było nieracjonalne, ale z jakiegoś powodu mi się podobało.

– Świetnie – rzuciła Jola. – W takim razie wystarczy, że powiem ci o najważniejszych rzeczach.

Ponagliłam ją ruchem ręki, wciąż niepewnie patrząc w stronę drzwi.

– W dwa tysiące dziesiątym kolumbijskie siły specjalne urządzały serię nalotów na obozy FARC – powiedziała Kliza, prostując się. – W jednym z nich zamierzano odbić zakładników, którzy byli tam przetrzymywani przez niemal dziesięć lat. Wcześniej konieczne było jednak przekazanie im wiadomości.

– Dlaczego?

– Bo FARC miał prostą politykę zniechęcania rządu do odbijania zakładników. Strzelali do nich, jak tylko zachodziło podejrzenie, że mogą zostać odbici.

– Rozumiem.

– Dowodzący akcją pułkownik Espejo miał więc problem: jak przekazać tym ludziom, że nadciąga pomoc i że mają przygotować się do ucieczki? Od dziesięciu lat nie było z nimi kontaktu, a każda publicznie nadana, nawet zaszyfrowana informacja szybko zostałaby rozpoznana przez partyzantów.

Pokiwałam głową, licząc na to, że Kliza przyspieszy.

– Wojskowy postanowił zatrudnić Juana Carlosa Ortiza, specjalistę od marketingu, który miał opracować innowacyjną metodę pozwalającą na przemycenie wiadomości.

– I na co wpadł?

– Na kod Morse'a.

– To niezbyt innowacyjne.

– Partyzanci go za dobrze nie znali – ciągnęła niezrażona Kliza. – Przetrzymywani wojskowi za to jak najbardziej. Ortiz wyszedł z założenia, że rozpoznają go natychmiast.

– To wciąż…

– Nie mogli oczywiście nadać go bezpośrednio. Bojówkarze z FARC nie musieli umieć go rozszyfrować, by wiedzieć, że ktoś nadaje wiadomość i coś się szykuje. Zresztą problemem było też to, jak sprawić, by taki sygnał w ogóle dotarł do zakładników. Byli przetrzymywani w dżungli, z dala od cywilizacji. Ortiz wymyślił więc, żeby zakodować go w piosence, którą potem będą puszczać w kółko w największych rozgłośniach radiowych.

Zmarszczyłam czoło.

– Wynajęli więc dwójkę artystów i cały zespół kompozytorów, by stworzyć odpowiednią melodię. Okazało się to dość proste, a w refrenie zakodowano składający się z dwudziestu słów przekaz. Całość brzmiała jak typowy popowy hit, z elektronicznymi wstawkami, które w istocie były kodem Morse'a.

– Nieźle.

– Nadawano piosenkę przede wszystkim w okolicach dżungli, szacowało się, że usłyszało ją około trzech milionów odbiorców. Ale tylko ci, którzy powinni, rozpoznali zakodowaną wiadomość. Odbicie zakładników się powiodło.

– Ale jaki to ma związek z Ewą?

– Taki, że tych dwoje nieznanych artystów, którzy dotychczas pracowali jedynie przy dżinglach radiowych, nazywało się Natalia Gutierrez Y Angelo. A piosenka, w której był zakodowany przekaz, miała tytuł…

– *Better days*.

Jola zaczesała włosy do tyłu, wyraz satysfakcji pojawił się na jej twarzy. Bodaj po raz pierwszy widziałam ją tak zadowoloną.

– Nie było żadnych dodatkowych nagrań, żadnych komercyjnych wydań, a tym bardziej żadnych T-shirtów – dodała. – Fakt, że Ewa miała taką koszulkę na koncercie, to wiadomość.

– Jaka?

– Że jest wciąż przetrzymywana wbrew swojej woli.

Wstałam od biurka i przeszłam po gabinecie. Na moment zatrzymałam się przed dużymi oknami dachowymi i spoglądałam na chmury wolno sunące po niebie. Potem odwróciłam się do Klizy.

– To by znaczyło, że ci ludzie po gwałcie nad rzeką ją porwali – zauważyłam.

Jola kiwnęła głową.

– I że przez dziesięć lat ta dziewczyna przechodziła niebywały horror.

– Niestety – przyznała Kliza. – Ale nie mam wątpliwości, że koszulka to wołanie o pomoc. Nieprzypadkowo Ewa pojawiła się akurat na tym koncercie. Miała pewność, że będzie tam Blitzer.

– Tak sądzisz?

– Wiedziała, że ma niemal obsesję na punkcie Foo Fighters. Nie przegapiłby takiego wydarzenia, szczególnie że odbywało się niedaleko Opola.

Przysiadłam na komodzie i potarłam w zamyśleniu szyję.

– Ale na zdjęciu miała się podobno dobrze bawić – zauważyłam.

– Według Werna tak wyglądała.

– To nie pasuje do wersji z przetrzymywaniem siłą.

– Może kazali jej udawać.

– Może – przyznałam. – Ale dlaczego w ogóle mieliby puszczać ją na ten koncert? To bez sensu.

– Wręcz przeciwnie.

Spojrzałam na Klizę pytająco.

– W wielu przypadkach porwań dziewczyny są od czasu do czasu wypuszczane, choć dobrze pilnowane. Kidnaperom chodzi o to, żeby zakładnik po latach odosobnienia poczuł się przytłoczony zewnętrznym światem. By zobaczył, jak obcy mu się stał. I by chętnie wrócił do miejsca przetrzymywania.

– I twoim zdaniem ich przechytrzyła.

Jola znów poprawiła włosy. Tym razem ruchy były już znajome, nerwowe, niemal neurotyczne.

– Musiała przygotowywać się do tego od dawna – powiedziała. – Samo zamówienie koszulki nie mogło być łatwe. Ale widocznie gdziekolwiek ją trzymają, ma trochę swobody. Na tyle, by przekazać wołanie o pomoc.

Patrzyłyśmy na siebie, jakbyśmy chciały zrozumieć wszystkie implikacje i jednocześnie się przed nimi wzbraniały.

– Dziesięć lat… – jęknęłam.

– Wiem, okropne.

– Co musiało się z nią dziać przez ten czas?

Kliza wzruszyła ramionami, ale nie było w tym geście ani trochę obojętności.

– Po gwałcie zostawili Werna na brzegu, a ją musieli władować do samochodu i gdzieś wywieźć. Prawdopodobnie znęcali się nad nią, pewnie długo robili z nią to, co nad Młynówką. Dopóki jej nie złamali. Dopóki nie zagwarantowali sobie jej uległości.

Zamilkłyśmy na moment. Był stanowczo zbyt długi. Nawet kilka sekund wystarczyłoby, byśmy obie pogrążyły się w przybijającej świadomości tego, co to wszystko oznaczało.

Chciałam się odezwać i zapytać, czy Klizie udało się ustalić, jak brzmi wiadomość od Ewy – i czy w ogóle coś więcej możemy ustalić – ale rozległo się pukanie do drzwi. Nie czekając na odpowiedź, Robert wszedł do środka. Uśmiechnął się dobrotliwie i przepraszająco.

Wiedziałam, co zaraz powie. A jakby na potwierdzenie tego spojrzał wymownie na zegarek.

– Przepraszam, że przeszkadzam, ale będziemy zbierać się do wyjścia – oznajmił. – Mamy spotkanie, na które nie możemy się spóźnić.

Kliza podniosła się, jakby krzesło zaczęło ją palić.

– Oczywiście, to ja przepraszam, panie Reimann.

– Nie ma problemu.

– Posłuchaj, Robert... – zaczęłam.

– Naprawdę zaraz się spóźnimy – odparł i przyjął wyraz twarzy, który świadczył o tym, z jak ciężkim sercem jest zmuszony wyprosić Jolę.

Był świetnym aktorem. A ja wiedziałam, że tej nocy nie zaliczę do spokojnych.

10

Starałem się wyciągnąć z pamięci każdy najmniejszy szczegół tej przeklętej koszulki. Każdy detal ujęcia, ułożenie ciała Ewy, jej wyraz twarzy, cokolwiek, co mogłoby okazać się pomocne.

Coś z pewnością było. Po tym, co powiedziała mi Kliza, nie miałem wątpliwości, że to nie tylko wołanie o pomoc, ale także coś więcej. Zakodowana wiadomość, a może nawet wskazówka, gdzie szukać Ewy.

Pamięć jednak mnie zawodziła. Z pewnością nie pomagał ból głowy, zmęczenie i wciąż powracające obrazy zakrwawionej pościeli w mieszkaniu Blitza. W dodatku nadal ciążyła mi świadomość tego, że jestem poszukiwany. Jeśli jeszcze nie formalnie, to faktycznie już na pewno. Pierwszy lepszy policjant, który by mnie rozpoznał, już nie spuściłby mnie z oczu.

Wiedziałem, że muszę odpocząć, choć trochę odświeżyć umysł i pozwolić mu działać.

Kliza zadzwoniła pod godzinie, może półtorej po naszej ostatniej rozmowie.

– Gdzie jesteś? – zapytała.

– Z powrotem na Zaodrzu.

– Powinieneś opuścić miasto. Jak najszybciej.

– Taki mam zamiar, ale…

– Wiesz, gdzie są Chrząstowice?

– Mhm – potwierdziłem.

– Jest tam jakiś hotel, przy drodze na Częstochowę.

– Znam go.

Mało kto go nie znał. Pod Opolem były dwa duże kompleksy tenisowe, jeden w Chrząstowicach, drugi w Zawadzie.

I powstały jeszcze w czasach, kiedy nikt w Polsce nie znał nazwiska Agnieszki Radwańskiej.

– Zatrzymasz się tam na jakiś czas – powiedziała Kliza. – Pokoi jest sporo, więc nikt nie powinien zwrócić na ciebie uwagi. Poza tym wygląda mi to na przydrożny motel, musi przewijać się tam sporo anonimowych ludzi.

– Niezupełnie – zaoponowałem. – To, że jest przy przelotówce, nie znaczy...

– Mniejsza z tym.

Uniosłem wzrok i opuściłem nieco telefon.

– Musisz cały czas wpadać mi w słowo? – zapytałem.

– Chcę szybko załatwić, co ważne.

– W takim razie zastanów się nad innym miejscem, bo w tym hotelu jest restauracja, do której często przyjeżdżają ludzie z miasta.

Jola mruknęła pod nosem coś niezrozumiałego. Przypuszczałem, że przekleństwo.

– Można poruszać się po hotelu bez wchodzenia do restauracji?

– Tak, ale...

– W takim razie szybko się zameldujesz i nie będziesz się tam pokazywał.

Nie miałem siły protestować. Zresztą może miała rację. Tak czy inaczej, potrzebowałem miejsca, w którym będę mógł na spokojnie zastanowić się nad tym, co jeszcze znajdowało się na zdjęciu. Klnąłem w duchu, myśląc, że wciąż bym je miał, gdybyśmy nie zaalarmowali porywaczy Ewy.

Jednej rzeczy jednak nie rozumiałem.

– Wern? Jesteś?

Zrezygnowałem już z prób poprawiania jej.

– Zastanawiam się nad czymś.

– Nie zastanawiaj się, tylko działaj.

– To twoje motto?

– Nie, ale może powinno się stać twoim.

Zamilkłem, wodząc wzrokiem za przejeżdżającymi samochodami. Paranoiczne poczucie chyba ustępowało, bo odniosłem wrażenie, że nikt nie zwraca na mnie uwagi.

– Kim jest Phil Braddy? – zapytałem.

Kliza nie odpowiadała.

– Po której stronie stoi? I jaki ma w tym wszystkim interes?

Kiedy cisza po drugiej stronie się przeciągała, odchrząknąłem znacząco.

– Co mam ci powiedzieć? – odburknęła Jola.

– Cokolwiek.

– Ustaliłam tylko tyle, że po usunięciu konta nie założył go na nowo. Nie ma po nim żadnego śladu.

Wzdrygnąłem się na myśl, że mógł go spotkać taki sam los jak Blitzera. Nie, to było niemożliwe. Ktokolwiek porwał Ewę, nie miał tak dużych możliwości, by dosięgnąć kogoś w Wielkiej Brytanii.

Miałem nadzieję, że się nie mylę.

– Dojedziesz do tego hotelu komunikacją miejską?

Potrząsnąłem głową, jakbym przebudził się ze złego snu.

– Autobusy zatrzymują się przy ogródkach działkowych.

– Nic mi to nie mówi.

– Stamtąd dojdę piechotą.

– Bylebyś nie rzucał się w oczy.

– Nie będę – zapewniłem ją, odnosząc wrażenie, że znalazłem się w obcym, surrealistycznym świecie. Tak naprawdę nie miałem pojęcia, jak się w nim odnajdę. Ani czy rzeczywiście uda mi się nie rzucać w oczy.

Ruszyłem w kierunku najbliższego przystanku autobusowego, myśląc o niepewnej przyszłości, która mnie czekała.

– Co dalej? – zapytałem.

– Przyjadę po ciebie.

Właściwie niczego to nie rozwiązywało, ale w jakiś sposób podniosło mnie na duchu.

– Zostaniesz przez jakiś czas u mnie, ukryjesz się.

– Jesteś pewna?

– Inaczej bym ci tego nie proponowała. Potem się zastanowimy, co robić dalej.

– Wolałbym zastanowić się teraz – odbąknąłem. – Nie mamy zdjęcia, nie mamy żadnego tropu. Tylko informację, że Ewa potrzebuje pomocy. I skoro ci ludzie usunęli wszystko z Facebooka, najwyraźniej połapali się w sytuacji. Rozumiesz, co to może oznaczać?

Przypuszczałem, że w tym wypadku jej milczenie nie wynikało z niewiedzy.

– Przetrwała dziesięć lat, przetrwa jeszcze trochę – powiedziała po chwili Kliza. – Najwyraźniej potrafi o siebie zadbać.

Co do tego nie miałem wątpliwości. Ale nie chciałem nawet myśleć o tym, co będzie musiała zrobić, by zapewnić sobie bezpieczeństwo. Porywacze musieli być wściekli, kiedy dowiedzieli się, że próbowała się ze mną skontaktować.

Dopiero teraz dotarło do mnie, że tak naprawdę było. Po dekadzie Ewie w końcu udało się coś mi przekazać. Żyła. Próbowała działać, walczyła o swoją wolność. To było najważniejsze.

– Potrzebuje naszej pomocy – odezwałem się, dochodząc do przystanku. – I to jak najszybciej.

– Zrobimy, co trzeba, Wern.

– Czyli?

– Przeanalizujemy wszystko na spokojnie. Odpoczniesz trochę i przypomnisz sobie szczegóły tamtego zdjęcia.

– Nawet jeśli, to nie wszystkie. Potrzebujemy czegoś więcej.

Przesunąłem palcem po rozkładzie jazdy, szukając siedemnastki. Wiedziałem, że rusza z pętli przy Dambonia i dociera do działek na Częstochowskiej. Stamtąd do hotelu będę miał jakieś pięć, może sześć kilometrów.

Ale nie byłem przekonany, czy to właściwy kierunek.

– Co sugerujesz? – zapytała Jola.

– Że wrócę do mieszkania Blitza.

– Zwariowałeś?

– Może zrobił jakiś zrzut ekranu, może gdzieś na jego laptopie jest coś, co…

– Zdecydowanie zwariowałeś – wpadła mi w słowo Kliza. – Nie dość, że policja od razu cię przydybie, to jeszcze niczego nie znajdziesz. Nie widzisz, jak skrupulatni są ci ludzie?

Nie miałem zamiaru się z nią spierać, w głębi ducha wiedząc, że ma rację. Może nawet oczekiwałem, że obali ten pomysł.

– Rób, co mówię, Wern. Wyjdziesz na tym dobrze.

– Na niczym nie wyjdę już dobrze.

Spojrzałem na zegarek. Do odjazdu autobusu został mi mniej więcej kwadrans. Usiadłem pod wiatą i zwiesiłem głowę.

– A najgorzej na bierności – dodałem. – Dlatego zamierzam działać.

– Jak?

– Wykorzystam ten profil spotted. Ale nie będę poszukiwać konkretnej osoby, tylko zdjęć z tamtego koncertu.

Jola westchnęła prosto do słuchawki.

– Przejrzałam wszystkie, jakie były w necie – powiedziała ciężko. – Na żadnym z nich nie widać Ewy. Albo zadbali o to, by je usunąć, albo uważali, żeby nikt jej nie uwiecznił. A ten jeden wypadek mógł być ich potknięciem.

– Bo zwracali uwagę głównie na obiektywy aparatów, a nie na smartfony?

– Tak przypuszczam.

– A więc może być więcej zdjęć, tyle że nikt ich nie opublikował.

Nie musiała potwierdzać, tyle było oczywiste. Takie wydarzenia ludzie dokumentowali przecież już nie w pamięci, ale w telefonach komórkowych. Nie patrzyli na główne atrakcje, ale na ekrany smartfonów, na których je rejestrowali.

– To nie jest dobry pomysł, Wern.

– Na lepszy nie wpadniemy.

– Możesz sprowadzić kłopoty nie tylko na siebie, ale i na nią. Jeśli porywacze zobaczą, że szukasz kolejnych zdjęć, pogorszysz jej sytuację.

– Dlaczego? – odparowałem. – Założą, że po prostu desperacko poszukuję czegokolwiek, co może mi pomóc.

Chciałem tak myśleć. Chciałem wyobrażać sobie ich jako grupę kilku tępych kidnaperów, którzy z profesjonalistami nie mieli wiele wspólnego. Wiedziałem jednak, że staram się oszukać samego siebie.

– To jedyna szansa – powiedziałem.

Kiedy autobus zatrzymywał się przy przystanku, a w powietrzu rozniósł się smród spalin, miałem wrażenie, że przynajmniej częściowo przekonałem Klizę. Nie wiedziałem jednak, czy siebie także.

Ryzykowałem nieco, prosząc ojca, żeby spotkał się ze mną na jednym z przystanków, na których zatrzymywała się siedemnastka. Potrzebowałem jednak laptopa i w tej sytuacji nawet mój stary asus musiał wystarczyć.

Nie miałbym jak się skontaktować z ojcem, gdyby nie to, że ten nie zmienił numeru, od kiedy kupił pierwszy telefon – a było to jeszcze w czasach, gdy na wszelki wypadek numery się zapamiętywało. Teraz nowe wprowadzałem do pamięci telefonu i natychmiast wyrzucałem z głowy.

Niewielką torbę z laptopem ojciec przekazał mi w drzwiach, kiedy mijali nas wysiadający na przystanku pasażerowie.

– Matka dorzuciła trochę jedzenia – powiedział.

Po raz pierwszy od długiego czasu nie musiałem zmuszać się do uśmiechu. Spojrzeliśmy na siebie, nie wymieniając już ani słowa więcej. Kiedy drzwi się zamknęły, widziałem, jak ojciec odprowadza wzrokiem odjeżdżający autobus.

Miałem wrażenie, jakbym cofnął się w czasie do lat dzieciństwa, kiedy wyjeżdżałem na kolonie czy zielone szkoły. Obawiałem się jednak, że analogia jest niewłaściwa. Wtedy opuszczałem miasto z poczuciem, że niebawem wrócę. Teraz mogłem mieć pewność, że tak się nie stanie.

Zameldowałem się w hotelu i wydawało mi się, że nikt nie zwrócił na mnie uwagi. Torba z laptopem właściwie mogła okazać się pomocna także do stworzenia choćby namiastki pozorów, że jestem w podróży.

W pokoju otworzyłem wysłużony sprzęt i spojrzałem na klawisze, które były najbardziej powycierane. W, A, S, D. Oczywiście, obowiązkowy widok na komputerze każdego gracza.

Uruchomienie wi-fi zajęło mi trochę czasu, a sprzęt działał, jakby miał zaraz wyzionąć ducha. W końcu jednak udało mi się założyć nowe konto na Facebooku, wgrać pierwsze lepsze zdjęcie profilowe, a potem dodać nawet kilka przypadkowych osób jako znajomych.

Dopiero wtedy umysł wskoczył na odpowiednie tory i uświadomiłem sobie, że nie muszę korzystać z profilu spotted. Znacznie lepiej będzie zamieścić prośbę o udostępnianie zdjęć na polskim fanpage'u Foo Fighters. Jeśli porywacze byli profesjonalistami, monitorowali także to miejsce, ale uznałem, że w ten sposób będę mieć większą szansę trafienia na Ewę.

Odświeżałem stronę średnio co kilkanaście sekund, licząc na to, że zdarzy się cud i ktoś od razu zareaguje. Nie precyzowałem swojej prośby – napisałem tylko, że poszukuję zdjęć z koncertu. Przeszło mi przez głowę, że dzięki temu być może przechytrzę porywaczy. Szybko jednak odsunąłem tę myśl. Udowodnili już, że są wyjątkowo czujni.

Po godzinie pojawiły się pierwsze fotografie. Głównie z komórki, oznaczono na nich znajomych, jakby była to dobra okazja, by powspominać niedawne wrażenia.

Przeglądałem je leniwie, nie spodziewając się, że gdziekolwiek zobaczę Ewę. Od dziesięciu lat szczęście mi nie dopisywało, nie miałem powodu sądzić, że w tej kwestii cokolwiek się zmieni.

I nie zmieniło się. Spędziłem cały wieczór na próbach wyłowienia Ewy z tłumu, ale na próżno. Przysypiałem już, kiedy nagle rozległ się głośny, ale krótki dźwięk. W pierwszej chwili byłem zdezorientowany, nie wiedziałem, skąd pochodzi. Potem uświadomiłem sobie, że to nowa komórka informuje mnie o przyjściu esemesa.

Sięgnąłem po telefon bez entuzjazmu. Kliza z pewnością by zadzwoniła, a ojcu przekazałem, by nie kontaktował się ze mną pod tym numerem w żaden sposób, bo może napytać biedy zarówno sobie, jak i mnie.

A mimo to wiadomość pochodziła właśnie od niego.

„Włącz telewizję".

Więcej nie napisał, więc nie miałem pojęcia, czego się spodziewać. Rozejrzałem się za pilotem, a potem zrobiłem to, co sugerował ojciec. Na Jedynce, Dwójce i czołowych stacjach komercyjnych nie znalazłem niczego, co mogłoby mnie zainteresować.

Dopiero po przeskoczeniu na TVN24 zrozumiałem, w czym rzecz.

„W Opolu po 10 latach odnaleziono ciało zaginionej dziewczyny" – brzmiała wiadomość na żółtym pasku informacyjnym.

11

Wiedziałam, że do zachodu słońca jestem bezpieczna. Prowadziłam właściwie dwa oddzielne życia – to pierwsze, za dnia, dzieliłam z troskliwym, opiekuńczym i romantycznym mężem. To drugie, które rozpoczynało się nocą, spędzałam z zupełnie innym człowiekiem.

Pomogłam Wojtkowi w uporaniu się z zadaniem domowym, potem udało mi się przeczytać jeszcze kilka stron ostatniej powieści Stephena Kinga. Ceniłam go, ale nie za to, że potrafił zasiać w czytelniku strach – tego w rzeczywistości miałam zbyt wiele. King przyciągał mnie do siebie tym, jak portretował i jak obnażał te najmroczniejsze, drzemiące w ludzkiej psychice demony. Czytając o nich, miałam wrażenie, jakby amerykański pisarz doskonale poznał i zrozumiał moje życie.

Tej nocy wiedziałam jednak, że nie poczytam za długo. Utwierdziłam się w tym przekonaniu, już kiedy Robert wszedł do sypialni i zamknął za sobą drzwi. Zrobił to zbyt powoli, zbyt spokojnie. Jakby chciał teatralnie okazać swoje opanowanie.

Potem odwrócił się do mnie i posłał mi długie spojrzenie.

Czy walczył ze swoimi własnymi demonami? Próbował jeszcze oszukać samego siebie, że zdoła powściągnąć emocje? Bił się z myślami? Zrobił wszystko, co mógł, żeby nie dać się temu, co znajdowało się w mrokach jego psychiki?

Nie wiedziałam. Z pewnością stwarzał takie wrażenie, ale trudno było przesądzić, czy to tylko fasada, czy może powidoki prawdziwej walki, jaką toczył.

– Naprawdę musiałaś? – zapytał.

Nie odzywałam się. Nauczyłam się już, że to najlepsze rozwiązanie. Jeśli zaczynałam przepraszać, tylko go nakręcałam. Czuł się coraz bardziej panem sytuacji. Panem mnie.

Jeżeli decydowałam się na odwrotne podejście i próbowałam stawić mu opór, początkowo był nieco zbity z tropu, ale ostatecznie bił mocniej i dłużej.

– Nie mogłaś poczekać do jutra, żeby się z nią spotkać?

Podszedł bliżej, wsuwając ręce do kieszeni jeansów. Zupełnie jakby dzięki temu pięści miały nie pójść w ruch.

– Pytam cię o coś.

– To była nagląca sprawa.

– Tak?

Stanął przy łóżku, a ja zamknęłam książkę i odłożyłam ją na stolik. Absurd tej sytuacji polegał na tym, że doskonale wiedziałam, co się zaraz stanie, a zarazem miałam nadzieję, że w ostatniej chwili coś się zmieni.

Nie powinnam się łudzić. Ale co ranek Robert kazał mi sądzić, że jeśli jeszcze kiedykolwiek dojdzie do podobnej sytuacji, powstrzyma się w porę. Sam chyba w to wierzył, przez co ja także miałam nadzieję.

– Spierdoliłaś mi cały wieczór – rzucił.

– Naprawdę musiałyśmy porozmawiać.

– Są telefony, jest internet, do kurwy nędzy, przecież jest tyle sposobów, żeby się skontaktować – syknął. – Ale nie, musiałaś tu ją wpuścić. I zjebać mi humor.

Pokręcił głową i prychnął, jakbym rzeczywiście zawiniła, a on już nie miał siły, by to znosić.

Wiedziałam doskonale, jakie uczucia nim targały, opisywał mi je dokładnie przez lata. Jeśli działo się coś, co wykraczało choćby trochę poza przyjęty przez niego plan, stawał się roztrzęsiony i obsesyjnie o tym myślał. Przez kilka godzin obracał to w głowie i nakręcał się coraz bardziej.

Tak musiało też być w tym wypadku.

Spojrzał na mnie z czystą nienawiścią w oczach i trwał przez moment w bezruchu. W końcu gwałtownie poderwał kołdrę, przeklął pod nosem i położył się obok mnie na wznak. Skrzyżował ręce pod głową.

Nie tego się spodziewałam.

Może tej nocy rzeczywiście będzie inaczej, pomyślałam.

– Wypierdolę ją na zbity pysk.

– Robert…

– Nie, to koniec. Wylatuje z RI.

– Niedawno wyrzuciłeś Glazura, nie stać nas na kolejne zwolnienia.

Wbijał wzrok w sufit, a ja byłam mu za to wdzięczna. Wiedziałam, że jeśli na mnie spojrzy, poczuję jeszcze większą niechęć niż przed momentem

Glazur musiał pożegnać się z Reimann Investigations także przeze mnie. Spotkałam się z nim o jeden raz za dużo w Baltic Pipe. Rozmowa była służbowa, podobnie jak kilka wcześniejszych, ale ta ostatnia różniła się od nich tym, że zapomniałam powiedzieć o niej Robertowi.

Tyle wystarczyło, by następnego dnia Robert go wyrzucił. Dlatego musiałam potraktować słowa męża poważnie. Był zdolny do tego, żeby z samego rana zadzwonić do działu kadr i polecić im rozwiązanie umowy z Jolą Klizą.

– Mam to w dupie – wymamrotał. – I tak jest nieprzydatna.

– Prowadzi ważną sprawę…

– Chuj tam ważną – uciął.

Przez moment leżał w bezruchu. Potem znowu prychnął cicho, jakby chciał zasugerować, że nie ma o czym ze mną rozmawiać. Złapał za kołdrę, pociągnął ją i obrócił się na bok, tyłem do mnie.

Odetchnęłam.

– Wyłącz światło.

Bez słowa to zrobiłam, a potem ostrożnie ułożyłam się na plecach. Miałam wrażenie, że stąpam po wyjątkowo cienkim lodzie. Słyszałam, jak pęka gdzieś w oddali, ale najważniejsze było to, że się nie załamał.

Leżałam przez kwadrans, słuchając jego niespokojnego oddechu. Wiedziałam, że nie zasnął, emocje nadal w nim buzowały.

Miałam jednak nadzieję, że je opanuje.

Złudną nadzieję.

W pewnym momencie zerwał się z łóżka, poszedł do łazienki i trzasnął drzwiami. Po chwili usłyszałam, że odkręcił kran. Wyobrażałam sobie, że patrzy na siebie w lustrze, raz po raz ochlapując twarz zimną wodą. I że walczy ze swoimi demonami.

Kiedy wyszedł, od razu zrozumiałam, że nawet jeśli tak było, przegrał tę walkę.

– Nie dość, że nie mogę się, kurwa, na niczym skupić przez cały wieczór, to jeszcze przez ciebie nie zasnę pół nocy – powiedział, podchodząc do mnie. – Dlaczego musisz taka być, co?

– Robert…

Uniósł rękę, a potem uderzył mnie otwartą dłonią w twarz. Zamrugałam i odwróciłam głowę. Była to jedyna reakcja, na jaką sobie pozwoliłam.

Złapał mnie za górę od piżamy i wyciągnął z łóżka. Cisnął mną na podłogę i zanim zdążyłam się ruszyć, już był obok.

– Robert…

– Zamknij się.

– Pamiętasz, co mi mówiłeś? – zapytałam, czym prędzej próbując się podnieść.

Być może lepiej zrobiłabym, gdybym pozostała w bezruchu, ale potrzeba ucieczki była silniejsza od racjonalności. Natychmiast mnie złapał i przygniótł do podłogi.

– Pamiętam, kurwa, pamiętam – powiedział. – A ty pamiętasz, że całymi dniami haruję jak wół? Zapierdalam, jak mogę, żebyście mieli wszystko, czego wam potrzeba?

Potrząsnął mną, a ja uderzyłam głową o podłogę.

– I czego wymagam w zamian, co? Tak wiele?

Otworzyłam usta, ale znów uderzył mnie otwartą dłonią.

– Pytam!

– Robert…

– Chcę tylko trochę spokoju wieczorem, kilku jebanych godzin! – krzyknął, potrząsając mną coraz mocniej.

Wiedziałam, że przekroczył już w swoim umyśle granicę. Dalej będzie tylko gorzej.

I było.

Tak jak zazwyczaj, Robert wykrzykiwał kolejne pytania, obarczał mnie winą za wszystkie, nawet najbardziej absurdalne rzeczy. Zupełnie jakby z jego punktu widzenia jeden drobny niuans okazał się zarzewiem wszystkich niepowodzeń i spraw, które nie poszły po jego myśli.

Układał całe scenariusze, przeplatając je kolejnymi, coraz mocniejszymi uderzeniami. Ciągnął mną po sypialni, uderzał pięścią w brzuch, potem rzucał na podłogę i kopał.

Mówił o tym, jak wizyta Klizy zaburzyła mu cały plan dnia. O tym, że przez to nie będzie mógł się wyspać. Że jutro będzie rozkojarzony i negocjacje biznesowe nie pójdą tak, jak powinny. Że będziemy przez to stratni, może nawet będziemy musieli ograniczyć wydatki.

Rozwijał swoje wizje bez końca, a każdy kolejny element zdawał się drewienkiem dokładanym do ogniska rozbudzonego przez te najrealniejsze upiory, o których pisywał King.

Taki ciąg trwał zazwyczaj kilka godzin. Czasem dwie, czasem nawet sześć. Ciężko to znosiłam i nie mogłam potem zmrużyć oka, mimo że cykle kończyły się zawsze tak samo – jego płaczem, skruchą, próbami zadośćuczynienia.

Najczęściej uderzał potem samego siebie, raz stłukł lustro w łazience. Kiedy emocje z niego schodziły, kiedy krzepły jako siniaki i rozcięcia na moim ciele, zmieniał się w zupełnie innego człowieka.

Tak było też w tym wypadku. Po tym, jak zostawił mnie na podłodze, splamioną i upokorzoną, znikł w łazience. Przez chwilę w całej willi zdawała się panować wyłącznie cisza. Potem usłyszałam przekleństwa, dźwięki okładania się. W końcu płacz.

Jak zawsze, wolałam nie oceniać obrażeń. Bałam się dotykać językiem zębów, stawać przed lustrem czy choćby się poruszyć. Wydawało mi się, że jeśli drgnę, uświadomię sobie, w jak wielu miejscach mnie zranił.

I nie chodziło o fizyczne rany.

Wrócił po kilku minutach. Nie podnosił wzroku, pociągał nosem i raz po raz uderzał się otwartą dłonią w skroń. Przykląkł przy mnie, błagając o wybaczenie, a potem podniósł mnie i pomógł położyć się w łóżku. Schował twarz na moich udach, a ja poczułam łzy wsiąkające w spodnie od piżamy.

Adrenalina opadała, a jej miejsce zajmował ból.

Przeleżałam do rana w dziwnym marazmie, który jednocześnie wydawał mi się naturalny i znajomy. Odgradzałam się od wszystkich tych myśli, jakie powinny pojawić się w mojej głowie. Byłam bezrefleksyjna. I może tylko dzięki temu udało mi się przetrwać tak długo.

Rankiem mogłam odnieść wrażenie, że leżę obok zupełnie innej osoby. Robert był na poły zażenowany, na poły wściekły. Zupełnie jakby to ktoś inny wyrządził mi krzywdę, a on za wszelką cenę zamierzał go ukarać.

Przyniósł mi śniadanie, potem długo dopytywał, jak się czuję. Znów pojawiły się błagalne prośby o wybaczenie i obietnice, że następnym razem prędzej odetnie sobie rękę, niż ją na mnie podniesie.

Podda się terapii.

Będzie na noc zamykał się w innym pokoju.

Kupi mi broń.

Wersje różniły się zazwyczaj w zależności od tego, na jak wiele pozwolił sobie nocą. Tym razem był gotów obiecać mi wszystko. I najgorsze było to, że w jego oczach widziałam głębokie przekonanie, iż nie są to propozycje bez pokrycia.

Mogłam je zrealizować.

Wiedziałam jednak, że nasza relacja jest jak ul pełen pszczół, a dobrobyt rodziny przypomina mrowisko – wystarczyło lekko włożyć w nie kij, a doszłoby do tragedii. Pewne rzeczy musiały pozostać za zamkniętymi drzwiami.

Około dziesiątej piłam prosecco w salonie, wyglądając na wybrzeże. Robert odwiózł Wojtka do szkoły, zostałam w domu sama. Oceniłam rozmiar cielesnych obrażeń, tych psychicznych wolałam nie analizować.

Nie było najgorzej, przynajmniej wizualnie. Kilka siniaków, które bez trudu zamaskuję. Miałam przecież odpowiednie doświadczenie. Martwił mnie jedynie nieustępujący ból brzucha, zupełnie jakby coś w trzewiach mi pękło.

Wino musujące pomogło, jak zawsze. Sięgnęłam po etui z tabletem, rozłożyłam je na stole jak podpórkę, a potem zaczęłam przeglądać wiadomości. Zdążyłam przeczytać kilka artykułów, nim rozległ się dzwonek telefonu.

Kliza.

– Tak? – odezwałam się.

– Widziałaś? – spytała bez zbędnych ceregieli.

– Co widziałam?

– Wejdź na jakikolwiek portal z lokalnymi newsami.

Z początku założyłam, że chodzi o Rewal, ale szybko uświadomiłam sobie, że nie. Jola żyła teraz w innym świecie. Sprawa Ewy kształtowała jej rzeczywistość. Weszłam na opolski serwis „Gazety Wyborczej" i zupełnie zdębiałam.

Czułam, jak krew odpływa mi z twarzy. Naraz przestałam myśleć o wczorajszej nocy, bólu brzucha i tym, że powinnam coś zrobić, zanim mój mąż posunie się o krok dalej.

– To niemożliwe... – jęknęłam.

– A jednak stoi jak byk.

– Kiedy to zobaczyłaś?

– Nad ranem.

– I dopiero teraz do mnie dzwonisz?

– A co by dało, gdybym zadzwoniła wcześniej? Dziewczyna nie żyje, jest już za późno na cokolwiek. Poza tym nawarstwiło się kilka problemów.

Nie dopytywałam, o jakie kłopoty chodzi, bo mój umysł skupiał się wyłącznie na Ewie. Potrząsnęłam głową.

– Są pewni, że to jej ciało?

– Potwierdzili to badaniem DNA – odparła Jola. – Nie mają żadnych wątpliwości, że to dziewczyna, której szukaliśmy. I którą wpędziliśmy do grobu.

– Posłuchaj, to nie…

– Taka jest prawda – przerwała mi Kliza. – Gdybyśmy nie zaczęli grzebać w tej sprawie, Ewa nadal by żyła.

Opróżniłam kieliszek prosecco, dostrzegając, że trzęsie mi się ręka. Wsunęłam ją pod ramię, zupełnie jakby ktoś mógł dostrzec tę nerwową reakcję.

– To nie my zainicjowaliśmy kontakt – zauważyłam.

– Właśnie to sobie będziesz wmawiać, żeby nie czuć się winną?

– Nie mamy powodów, by tak się czuć. Werner także nie.

– To twoje zdanie.

Powiodłam wzrokiem za butelką. Nie powinnam dolewać sobie od razu kolejnej porcji, ale może w taki dzień wyjątek był dopuszczalny? Nie, powiedziałam sobie w duchu. Jeśli raz sobie na to pozwolę, z HFA stanę się zwykłą alkoholiczką. Wpadnę w wir, a ostatecznie będę musiała przestać pić.

Było to absurdalne, prawda? Potrafiłam kontrolować się tylko dzięki strachowi przed tym, że w przeciwnym wypadku będę musiała na zawsze pożegnać się z alkoholem. Przerażenie przed wyjściem z nałogu trzymało go w ryzach.

Sprzeczność. Jedna z wielu w moim przypadku.

– Zakończyliśmy jej życie – dodała po chwili Jola.

Nie dziwiłam się, że używa eufemizmu. O ile łatwiej było sięgnąć po niego, zamiast mówić „zabiliśmy ją".

– Jakiekolwiek by to życie było – mruknęła.

– Może nie miało z prawdziwym życiem wiele wspólnego.

– Może nie – przyznała Kliza. – Ale mogliśmy ją uratować, była jakaś szansa.

– Niekoniecznie. Trop przecież się urwał.

– Oszukujesz się – odparła cicho. – Ale to twój wybór.

– Mówię tylko, jak to wygląda z mojej perspektywy.

– Z niej nie widać wielu rzeczy.

Miałam wrażenie, że to niepotrzebny przytyk wobec poziomu życia, jaki wiedliśmy z Robertem. Wiedziałam, że w oczach innych byliśmy wręcz idealną parą, mieszkającą w wymarzonej willi nad morzem, mającą kilka luksusowych samochodów w garażu i zdrowe dziecko, z którego mogliśmy być oboje dumni. Bywaliśmy na zamkniętych, ekskluzywnych imprezach, cieszyliśmy się dobrą reputacją, a przyszłość rysowała się przed nami jedynie w kolorowych barwach.

Piękna laurka. Tyle że rysowana krwią, przemocą, nienawiścią i obłudą.

Ale nie o to chodziło Klizie. Byłam przeczulona, spodziewałam się zewsząd krytyki naszego stylu życia. Tymczasem w tym wypadku mowa była o zupełnie innej perspektywie.

– Mam na myśli to, że nie wiesz wszystkiego – dodała po chwili milczenia Jola.

– To znaczy?

– Wern przed chwilą się ze mną skontaktował.

– I?

Poruszyłam się nerwowo, bo w jej głosie było coś, co kazało mi sądzić, że doszło do jakiegoś przełomu. Tylko czy miało to teraz jakiekolwiek znaczenie?

– Zdążył mi przekazać, że znalazł coś istotnego na jednym ze zdjęć. Brzmiał jak pijany, ale...

– Co konkretnie znalazł?

– Nie dowiedziałam się.

– Dlaczego nie?

Westchnęła głośno.

– Jak mówiłam, mamy tu swoje problemy... – bąknęła. – I to dość poważne.

– To znaczy? – spytałam, nieco poirytowana tym, że muszę wyciągać od niej informacje niemal siłą. Powinnam się do tego przyzwyczaić, ale z drugiej strony ona także mogłaby nieco zmienić zachowanie.

– Szef działu kadr przerwał mi rozmowę z Wernem – wyjaśniła. – I powiedział, że musi ze mną porozmawiać.

Wiedziałam, co zaraz usłyszę.

– Przekazał mi, że jestem zwolniona. Ze skutkiem natychmiastowym.

Podniosłam się z krzesła, szurając nim po bejcowanej drewnianej podłodze. Nogi zostawiły wyraźne ślady na impregnacie.

Wyciągnęłam z lodówki butelkę prosecco i postawiłam ją na blacie. Potem zaklęłam pod nosem i schowałam ją z powrotem.

Zanim pojawiła się skrucha, Robert musiał w nocy obudzić kogoś z działu kadr i polecić mu wyrzucenie Klizy. Właściwie powinnam się tego spodziewać. Na kilka chwil przerywał bicie, oddalał się, a ja byłam zbyt oszołomiona, by wiedzieć, co wtedy robił.

– W sumie nie mogę się dziwić – dodała Jola.

– Co? – wypaliłam.

– Ledwo zaczęłam szukać dziewczyny, a znaleziono jej zwłoki.

– Nie, nie w tym rzecz. Nie przejmuj się tym, wszystko odkręcę.

– Nie ma czego.

– Kliza, to zupełnie nie tak.

– Mam to gdzieś – odparła. – Dobrze się stało.

Pewność w jej głosie kazała mi sądzić, że nie ma sensu z nią polemizować. Przynajmniej nie teraz. Z jej punktu widzenia kontynuowanie pracy w Reimann Investigations było najgorszym, na co mogłaby się zdecydować.

Musiałam dać jej czas, by ochłonęła. A sobie, bym przekonała Roberta do wycofania się ze swojej decyzji.

Czy było to możliwe?

Znałam go na tyle dobrze, by mieć pewność, że nie. Mimo to łudziłam się, że ten jeden jedyny raz zmieni zdanie.

– Wysyłam ci esemesem jego numer – dodała. – A na mailu masz instrukcje logowania na poziom admina w aplikacji kontaktowej RI. Przekaż to kolejnej osobie albo sama skorzystaj, mnie to już nie obchodzi.

– Nie możesz tak po prostu…

– Co? – weszła mi w słowo. – Ewa nie żyje, została odnaleziona. Na tym moja praca by się kończyła, nawet gdybym nie pożegnała się z firmą. Nie jesteśmy od pocieszania wdowców.

Zanim zdążyłam cokolwiek odpowiedzieć, rozłączyła się. To tyle, jeśli chodziło o współpracę z najlepszą pracownicą, jaką kiedykolwiek zatrudniliśmy.

Odczekałam godzinę, a potem napełniłam kieliszek. Piłam małymi łyczkami, choć przychodziło mi to z ogromnym trudem. Usiadłszy przed komputerem w gabinecie na piętrze, zaplotłam ręce na karku i przez jakiś czas trwałam w bezruchu.

Potem uznałam, że najwyższa pora zabrać się do roboty. Sprawa nie była zakończona.

Werner dotarł do czegoś nowego. Musiałam wiedzieć, co to było.

A jednocześnie musiałam uważać, żeby nie zrobić niczego, co mogłoby zdenerwować męża. Wiedziałam doskonale, że zwolnienie Klizy było równoznaczne z tym, że Robert nie życzy sobie, by Reimann Investigations zajmowało się sprawą Ewy.

Teraz miałam przeciwko sobie także jego.

To uświadamiało mi, jaki naprawdę był mój wpływ na firmę. I przypominało, jak niewielką miałam swobodę. Wiedziałam, że Robert na bieżąco sprawdza moje bilingi, skrupulatnie analizując każde wykonane połączenie. Przypuszczałam też, że będąc w pracy, korzysta z domowego monitoringu, by wiedzieć, co robię.

Zalogowałam się na platformę, która pozwalała na kontakt z klientami, a potem wysłałam do Wernera jednorazowy kod. Właściwie dochodziło do tego tylko wówczas, kiedy to klient się logował, ale uznałam, że to dobry sposób, by ściągnąć Damiana na ten osobliwy chat.

Nie miałam zamiaru bawić się w przesadną anonimowość. Połączenia i tak były szyfrowane, a wiadomości od razu kasowane. Zmieniłam więc z konta admina kilka ustawień, między innymi wprowadzając nazwy użytkowników.

Uznałam, że dzięki temu Werner poczuje, że po drugiej stronie jest realna osoba.

Długo się nie logował, a ja czekałam w napięciu, zastanawiając się, czy dobrze robię. Miałam wrażenie, jakbym dopuszczała się zdrady wobec Roberta. Nie, może nie dopuszczała się, ale z pewnością ją rozważała.

Jakbym na wyjeździe w hotelowym barze poznała faceta, który okazał się świetnym towarzyszem. Niby nie było to nic zdrożnego, ale przecież wiadomo, do czego może prowadzić.

Kiedy Werner w końcu się zjawił, zawiesiłam ręce nad klawiaturą. Zastanawiałam się, co napisać, ale nie miałam dobrego pomysłu.

Na monitorze pojawiło się pytanie:

[Wern] Kasandra?

Nie byłam pewna, ile powinnam mu wyjaśnić.

[Wern] Właścicielka RI?
[Kasandra] Tak.
[Wern] Co z Klizą?
[Kasandra] Musiała zająć się czymś innym. Skomplikowana sprawa.

Przez chwilę nie odpisywał.

[Wern] Musi wrócić.

[Kasandra] Na razie nie ma takiej możliwości, ale zrobię, co mogę.

Wiadomości znikały jedna po drugiej, a kursor mrugał, czekając, aż któreś z nas coś napisze. Oparłam łokcie na biurku i wbiłam wzrok w monitor. Damian najwyraźniej nie był pewien, czy może mi zaufać. Z jednej strony miał do czynienia z obcą osobą, z drugiej używał jednak bezpiecznej platformy. I kontaktował się z tą samą firmą, która do tej pory jako jedyna wyciągnęła do niego pomocną dłoń.

[Kasandra] Kliza przekazała mi, że coś odkryłeś.

Wydawało mi się, że czekam na odpowiedź wyjątkowo długo.

[Wern] Odkryłem. Więcej, niż sądziłem.
[Kasandra] To znaczy?
[Wern] Ona żyje.
[Kasandra] Co takiego?
[Wern] Wiem, jak to brzmi. Ale mam dowód.

Bezwiednie sięgnęłam po kieliszek.

[Kasandra] Jesteś tego pewien?
[Wern] Tak.

Pokiwałam głową w zamyśleniu, zupełnie jakby mógł to zobaczyć. Zastanawiałam się, czy pisać, że przecież znaleziono ciało. Ale nie było sensu. Doskonale o tym wiedział.

[Wern] Wiem, co myślisz. Że narzeczony nie może pogodzić się ze stratą, szuka jakichś absurdalnych wytłumaczeń i chwyta się nawet najbardziej niepoważnej nadziei. Ale musisz mi uwierzyć.

Nabrałam głęboko tchu, nadal nie wiedząc, jak powinnam zareagować. Zaprzeczenie mogłoby go zrazić. Zbyt szybkie zawierzenie mu byłoby równie nieroztropne. Ostatecznie uznałam, że najlepiej poczekać, aż Damian napisze coś jeszcze.

Po chwili pojawiła się kolejna linijka.

[Wern] Ona żyje. I mam na to dowód.

ROZDZIAŁ 2

1

Nie łudziłem się nawet, że właścicielka Reimann Investigations uwierzy mi na słowo. Przypuszczałem jednak, że agencji zależeć będzie na wypełnieniu swoich zobowiązań – i dzięki temu Kasandra mnie nie spławi. Blitzer zapłacił przecież ryczałtem, pieniądze mieli już na koncie. Ale być może bardziej od nich zależało im na dobrym marketingu. Rozgoryczony, zawiedziony klient z pewnością stanowiłby niepotrzebne PR-owe ryzyko.

Nasza pierwsza rozmowa na RIC trwała dobre pół godziny. Nie skomentowałem tego, że Kasandra wprowadziła mi nick „Wern". Nie pytałem też o rozwinięcie skrótu, którego w pewnym momencie użyła. Przypuszczałem, że „C" w RIC to po prostu *chat*. Niezbyt wyszukane.

Trochę czasu zajęło jej przekonanie mnie, żebym nie liczył na powrót Klizy. Zapewniała, że zrobi wszystko, by Jola wróciła, ale szanse na to miały być marginalne. Brzmiało to tak, jakby Kliza sama podjęła decyzję, w co trudno było mi uwierzyć.

Ale właściwie nie znałem dziewczyny. Po informacji o odnalezieniu zwłok mogła uznać, że jej robota została zakończona, i pójść dalej.

Do tej wersji nie pasowało jednak to, że teraz kontaktowała się ze mną sama Kasandra. Wprawdzie Kliza starała się zainteresować ją moją sprawą, ale nie spodziewałem się, że będzie to miało jakiekolwiek znaczenie. Pamiętałem, co o Reimannach mówił Blitz. Byli bogaci, szczęśliwi, szanowani i z pewnością nieustannie zajęci – albo pomnażaniem majątku, albo wydawaniem go.

Istniało jednak najwyraźniej jakieś drugie dno, skoro Kasandra osobiście miała zamiar mi pomóc. Zadeklarowała to otwarcie, mimo że prawdopodobnie nie wierzyła w moje zapewnienia, że Ewa żyje.

Tym bardziej że nie przedstawiłem żadnego dowodu. Wbrew temu, co twierdziłem, nie miałem go.

Tak naprawdę nie byłem do końca przekonany, czy w ogóle istnieje. Niczego na tym etapie nie byłem już pewien. Policyjne oświadczenie brzmiało wiarygodnie, ale wiedziałem, że nie powinienem ufać nikomu.

Prawie nikomu. Ale przypomniał mi o tym dopiero telefon ojca. Odebrałem z pewnym wahaniem, bo jeżeli zaczęto już formalnie mnie ścigać, rodzice z pewnością byli na celowniku.

Wątpiłem, by ktokolwiek podsłuchiwał rozmowy, ale za jakiś czas śledczy dotrą do bilingów, dzięki którym trafią na mój trop. Mogłem narobić problemów matce i ojcu, a Bóg wiedział, że mieli ich wystarczająco dużo.

Mimo to odebrałem. Potrzebowałem usłyszeć znajomy głos, poza tym ostatnia rozmowa i tak została już zarejestrowana. Ojciec zapytał od razu, gdzie jestem. W pierwszej chwili uznałem, że musiał zwariować, by w ogóle próbować się tego dowiedzieć.

Potem pomyślałem, że muszę skończyć z tym szaleństwem. Pogrążałem się w paranoi, sądząc, że ścigają mnie ludzie, którym zależy na tym, żeby Ewa nie została odnaleziona. A przecież jeśli tak było, to powinni dać mi spokój. Teraz, kiedy rzekomo odnaleziono ciało, nie było powodu, by wciąż mnie prześladowali.

Nie potrafiłem zebrać myśli. Nie wiedziałem, co jest prawdą, a co nie. Co jest logiczną, mającą ręce i nogi hipotezą, a co majakami zmęczonego umysłu. Kolejna nieprzespana noc z pewnością nie pomogła.

Powiedziałem ojcu, gdzie jestem. Potrzebowałem go, potrzebowałem matki. Byli jedynymi ludźmi, na których mogłem liczyć, a wiedziałem, że nie poradzę sobie z tym wszystkim sam.

Kierowały mną też kwestie zupełnie praktyczne. Jeśli zamierzałem wreszcie odnaleźć odpowiedzi na niedające mi spokoju pytania, niezbędne były mi dwie rzeczy – samochód i pieniądze.

Rodzice zjawili się niecałą godzinę później. Spotkaliśmy się na tyłach hotelu, potem poprowadziłem ich do pokoju. Zamknąłem drzwi i oparłem się o nie plecami.

– Jadłeś coś? – zapytała matka.

Potrząsnąłem przecząco głową, a potem wyjrzałem za okno.

– Nie chcę zabrzmieć jak paranoik, ale sprawdzaliście, czy nikt za wami nie jedzie? – spytałem.

– Tak – zapewnił ojciec.

Osunąłem się na podłogę, a potem nerwowo zmierzwiłem włosy. Zanim zjawili się rodzice, poukładałem sobie wszystko w głowie. Ostatecznie uznałem, że mogę polegać tylko na jednej rzeczy – mojej własnej intuicji.

A ta podsuwała mi tylko jeden możliwy scenariusz.

– Wszystko będzie dobrze – odezwała się matka.

– Wiem.

– Teraz, kiedy ją wreszcie odnaleźli, będziemy mogli…

– To nie ona – zaoponowałem.

Spojrzeli na mnie z niepokojem. Znałem ten wzrok, pojawiał się zawsze, kiedy brała mnie grypa czy inna choroba i nadchodziły pierwsze objawy.

– Jestem pewien, że to nie ona.

– Ale, synu…

– Wiem, co podali do publicznej wiadomości – uparłem się. – Ale to wszystko tylko element gry, którą prowadzą. Dlaczego mieliby ją zabijać? Teraz, po tylu latach?

Wiedziałem, co odpowiedzą, więc ich uprzedziłem.

– Fakt, że jej szukam, niczego nie zmienia. Robię to przecież, od kiedy zaginęła.

Popatrzyli na siebie.

– Nie zbliżyłem się nawet do odnalezienia jej, nie mieli powodu, by czuć niepokój. Zresztą po wszystkim, co zrobili, nie wyglądają mi na takich, którzy by się czegokolwiek lub kogokolwiek bali.

Rodzice przysiedli na łóżku, wciąż się nie odzywając. Nie dziwiłem się, na nich miejscu też prawdopodobnie uznałbym, że najlepiej będzie milczeć. Podciągnąłem nogi i oparłem ręce na kolanach.

– Gdzie ją rzekomo znaleziono? – zapytałem.

– Nie wiesz? – odparł ojciec.

Mimo że powinienem, nie wczytywałem się w najświeższe doniesienia medialne. Może popełniałem błąd, bo roztropnie byłoby poznać każdy element ich planu i przekonać się, jak bardzo byli zdeterminowani. Ale stanowiło to w pewnym sensie formę kontestacji rzeczywistości. Buntu wobec tego, co się działo.

– Nad rzeką – powiedziała matka. – Gdzieś na Bolko.

Niewielka wyspa w środku miasta była enklawą spacerowiczów, rowerzystów, biegaczy i kajakarzy. I zapewne całej rzeszy ludzi szukających innych rozrywek, od opróżniającej puszki z piwem młodzieży aż po emerytów wylegujących się na kocach.

Niemonitorowanego terenu było odpowiednio dużo, by zostawić tam zwłoki. Lub by upozorować ich odnalezienie w miejscu, gdzie nikt nie mógł potwierdzić, czy w istocie jakiekolwiek ciało się tam znalazło.

– Po co mieliby porzucić zwłoki akurat tam? – zapytałem.

Słowo, którego użyłem, zdawało się sprawić rodzicom niemal fizyczny ból. Wzbraniałem się jednak, by używać imienia Ewy. Jeśli jakieś ciało się odnalazło, nie miało z nią nic wspólnego.

– Gdyby to była ona, ukryliby ją w miejscu, gdzie nikt nigdy by jej nie znalazł – dodałem. – To wszystko bez sensu.

– Może chcieli, by poszukiwania się zakończyły – zauważył ojciec. – Może czuli, że się do nich zbliżasz.

– W jaki sposób?

Popatrzył na mnie, jakby chciał powiedzieć: tego nie wiemy i najprawdopodobniej nigdy się nie dowiemy. Nie musiał jednak się odzywać, bym zdał sobie z tego sprawę.

– Potwierdzili jej tożsamość, synu – odezwał się po chwili.

– Mhm – mruknąłem bez przekonania. – I to dość szybko.

– Teraz badania DNA wykonują błyskawicznie. Szczególnie jeśli mają już materiał do porównania.

– Ale nie aż tak błyskawicznie.

Uciekłem wzrokiem, bo nie mogłem znieść troski, którą widziałem na twarzach rodziców. Byli przekonani nie tylko co do tego, że życie od lat daje mi w kość – ale że robię to także ja sam. Przypuszczali pewnie, że będę teraz pogrążał się w zaprzeczeniu, aż dotrę do granicy szaleństwa.

Podniosłem się i przesunąłem ręką po koszulce. Doszedłem do wniosku, że jeśli nie dla swojego, to dla ich dobra muszę przyjąć odpowiednią maskę. Usiadłem przy niewielkim stoliku pod ścianą i sięgnąłem do torby, którą przyniosła matka.

Uśmiechnąłem się blado, widząc pojemniki na jedzenie, w których niegdyś zabierałem śniadanie do szkoły.

– Jest jakaś z nutellą? – zapytałem, wyciągając kanapkę.

Matka odpowiedziała mi równie przemęczonym uśmiechem.

– Badanie materiału genetycznego trwa dłużej, nawet gdy chodzi o sprawy wagi państwowej – dodałem. – Niemożliwe, żeby tak szybko je przeprowadzili.

– Nie podano, kiedy dokładnie znaleziono ciało – zaznaczył ojciec. – Mogło minąć już trochę czasu.

– Nie wydaje mi się.

– To normalne, że masz nadzieję – wtrąciła matka. – Ale musisz przecież wiedzieć, że takich informacji się nie upublicznia, jeśli nie ma pewności…

– Jedyna pewność, jaką mam, sprowadza się do tego, że coś w tej sprawie jest nie w porządku.

Wiedziałem, że zaczynam brzmieć jak szaleniec, ale nie miało to żadnego znaczenia. Przynajmniej dla mnie. Przypuszczałem, że niepokój rodziców rósł z każdą chwilą.

– Podali, jak miała zginąć? – spytałem z pełnymi ustami.

– Mówi się tylko o prawdopodobnej przyczynie.

– To znaczy?

– Że utonęła.

– Tak po prostu?

Pytanie było nie na miejscu, w dodatku nie istniał dobry sposób, w jaki ojciec mógłby na nie odpowiedzieć. Poruszył się nerwowo, a matka położyła mu dłoń na kolanie, jakby to miało go uspokoić.

– Mam na myśli to, że po dziesięciu latach porywacze ot tak wrzucili ją do Odry czy jakiegoś bajora na Bolko? – dodałem. – To absurdalne.

– Nikt nie twierdzi, że tak się stało. Mogli ją ogłuszyć, a potem…

– Nie – powiedziałem stanowczo i schowałem kanapkę do pojemnika.

– Skąd ta pewność, synu? Odkryłeś coś?

– Więcej, niż się spodziewałem.

Oboje unieśli brwi niemal w tym samym momencie. Zgodna reakcja występowała nie tylko przy tej okazji, często kopiowali swoje zachowania, choć żadne z nich nie zdawało sobie z tego sprawy. Spędzili jednak tyle lat razem, że symbioza była widoczna na pierwszy rzut oka.

Pomyślałem gorzko o tym, że wraz z Ewą byliśmy na najlepszej drodze, by móc za jakiś czas powiedzieć to samo o sobie.

– Znalazł się ktoś, kto zrobił jej zdjęcie na tamtym koncercie – powiedziałem.

– Kto?

– Nie wiem, jakiś przypadkowy człowiek. Trafiłem na nie w internecie.

Nie miałem zamiaru zagłębiać się w szczegóły, a oni nie dopytywali. Mimo szumnych zapowiedzi, że będą korzystać z sieci na moim starym komputerze, doskonale wiedziałem, że ani razu nawet nie spróbowali. Internet działał na nich jak płachta na byka.

A dla mnie okazał się zbawieniem.

– Ledwo zmieściła się w kadrze – dodałem. – Twarzy nie widać, ale kawałek koszulki jak najbardziej.

– I co w związku z tym?

– Była na niej wiadomość dla mnie.

– Jaka wiadomość? – spytał ojciec z niedowierzaniem.

W jego głosie wyczułem wyraźne powątpiewanie, ale nie mogłem się dziwić. Opowiedziałem im z grubsza o tym, co przekazała mi Kliza. Oboje sprawiali wrażenie, jakby potrzebowali czasu, by się z tym oswoić.

– Ewa zadała sobie gigantyczny trud, żeby to przygotować – podkreśliłem. – I zachowała najwyższą ostrożność.

Matka odchrząknęła.

– I dlatego uważasz, że…

– Że porywacze się nie połapali – dokończyłem za nią. – I że Ewa wciąż żyje. Czeka na moją pomoc.

– Ale nie masz żadnego dowodu – zauważył ojciec.

– Nie.

Milczenie, które zaległo w hotelowym pokoju, mogło właściwie oznaczać wszystko. Uznałem, że lepiej podjąć temat, zanim w głowach rodziców wykiełkują nowe wątpliwości. Nie wiedziałem, dlaczego odczuwałem potrzebę, by ich przekonać. Może niezbędna była mi ich akceptacja, by pójść dalej tropem, który odnalazłem.

– Czekając na was, porównałem rysunek na koszulce z oryginałem, który krążył w internecie.

– A jakiś krążył? – zapytał z rezerwą ojciec. – Mówiłeś, że ten zespół był fikcyjny.

– Był. Nie mieli logo, nie istniała też okładka płyty. Ale pojawił się rysunek, pewnie na użytek któregoś z artykułów opisujących sprawę, który szybko rozszedł się po sieci. Właśnie jego użyła Ewa do zaprojektowania koszulki.

Otworzyłem laptopa, a potem wyświetliłem obrazek. Przedstawiał stary odbiornik radiowy stojący na stole w namiocie. Nad nim unosiły się czerwone i niebieskie opary. Kreska była delikatna, brakowało ostrych kątów. Oryginał pokazywał postacie stojące przed ogrodzeniem, przywodzące na myśl więźniów w obozie karnym. Nie wszystkie zmieściły się na koszulce – Ewa zapewne nie chciała alarmować porywaczy zamieszczaniem symboli, które mogłyby wydać im się znaczące.

Obróciłem komputer w stronę rodziców, a potem wskazałem na obrazek.

– Jedna rzecz odróżniała ten rysunek od projektu Ewy – podjąłem. – U niej pojawiła się dodatkowa, niewielka, ale wyraźna chmurka. Z prawej strony miała kontur i wypełnienie, z lewej słupki korektora.

Spojrzeli na mnie nierozumiejącym wzrokiem.

– To te kolumny, które zmieniają wysokość w rytm muzyki – odparłem dla porządku. – *Equalizer.*

– Ach…

– I tak nic wam to nie mówi.

Tym razem wiedziałem doskonale, co oznacza cisza.

– Ale dla mnie było to znaczące.

– W jaki sposób? – spytał ojciec.

– To dość znane logo. SoundClouda.

– Czego?

– Serwisu, na którym możesz za darmo udostępniać innym muzykę i inne nagrania. Ktoś oczywiście zamieścił tam kawałek *Better days*, w dodatku zamiast okładki jest rysunek, który wam pokazywałem.

Przynajmniej przy jednym z plików, dodałem w duchu. Była też kopia, pozornie ta sama wersja. Różniła się jednak jednym niewielkim szczegółem. W prawym górnym rogu miniaturki było niewielkie, niemal niedostrzegalne logo SoundClouda.

Kiedy je zobaczyłem, zrozumiałem, że mam kontakt z Ewą. Po dekadzie milczenia w końcu usłyszałem jej głos. Był niewyraźny, gubił się gdzieś w szumie wszystkich zdarzeń, ale się pojawił.

Musiałem się tylko dowiedzieć, co mówi.

Pliki w serwisie mogli zamieszczać tylko zarejestrowani użytkownicy, więc od razu wbiłem wzrok w nick uploadera. „PaulFrancis". Nic mi to nie mówiło. Nic oprócz tego, że taką nazwę użytkownika wybrała Ewa, kiedy ładowała plik do serwisu.

Długo nie mogłem oswoić się z tą świadomością. Dotarłem do czegoś, co wykonała własnoręcznie. Oczywiście przybrało to nie fizyczną, ale jedynie wirtualną formę. Ale jakie miało to znaczenie? Nienamacalne środki na koncie bankowym były równie realne jak banknoty w portfelu.

Powiodłem wzrokiem po korektorze, który służył jako wizualizacja odtwarzacza na SoundCloudzie. Wiedziałem, że skoro Ewa wybrała *Better days*, wiadomość czekała na mnie w samej piosence.

Zrobiła dokładnie to samo co Espejo i Ortiz. Tyle że zamiast transmitować swoją wiadomość na antenach radiowych, zamieściła ją w internecie.

Kiedy nakreśliłem sytuację rodzicom, nie byłem przekonany, czy kilka typowo internetowych neologizmów nie zbiło ich z pantałyku. Najwyraźniej jednak nie, bo oboje skinęli głowami, nie dopytując o nic.

– Więc wskazała ci to konkretne nagranie… – mruknął ojciec.

– Tak.

– Przesłuchałeś je?

– Oczywiście. I pewnie nie zdziwi was, że między zwrotkami jest inny kod Morse'a.

Znów pozwoliłem sobie na uśmiech. Tym razem nie był ani trochę wymuszony.

– Jak brzmi wiadomość?

– Webster.

Nie mogli wiedzieć, do czego się odnosi. Na dobrą sprawę nikt nie mógł.

Poza mną.

2

Ten dzień był inny niż wszystkie. Po raz pierwszy od długiego czasu nie obawiałam się nadejścia wieczoru – wyczekiwałam go. Wiedziałam, że zamknę się wtedy w gabinecie na piętrze, zaloguję na RIC i dowiem, co udało się ustalić Wernerowi.

Zapewniał, że trafił na coś, co dowodziło, że Ewa żyje, ale nie przedstawił konkretów. Nie zdążył, bo musiałam szybko zakończyć rozmowę, słysząc, że Robert wrócił do domu.

Nie miał normowanych godzin pracy. To, co robił, nie wymagało od niego systematycznego pojawiania się w biurze. Głównie dlatego, że jego rzeczywista działalność nie miała wiele wspólnego z pozorami, które utrzymywał dla mieszkańców Rewala i okolic.

Nasze życie było fasadą. Zarówno pod względem osobistym, jak i zawodowym.

Wszedł do salonu z kwiatami, czego mogłam się spodziewać. Tym razem zdecydował się na niewielkiego, niezbyt okazałego irysa w doniczce. Powiedział, że sam będzie o niego dbał, że zrobi wszystko, by rozkwitał, i że będzie go pielęgnował. Nie była to zbyt adekwatna analogia do naszego związku – właściwsze byłyby rachityczne badyle.

Postanowiłam skorzystać ze skruchy, która zdawała się przytłaczać Roberta. Kiedy w końcu przestał przepraszać i obiecywać, że się zmieni, przywołałam temat zwolnienia Klizy. Wydawało mi się, że nie mogłam wybrać lepszego momentu, ale się pomyliłam.

Gdy tylko zakwestionowałam jego decyzję, twarz jakby mu zakrzepła, a wzrok stał się na wskroś chłodny.

– Nie – powiedział tylko.

Stanowczość w jego głosie i nagła zmiana zachowania kazały mi nie podejmować więcej prób, przynajmniej nie teraz. Po raz kolejny przekonałam się, że mimo iż to kobiety są postrzegane jako delikatne, nie ma nic bardziej wrażliwego od męskiego ego.

Ale nie miało to znaczenia. Kliza w tej sytuacji i tak nie byłaby gotowa wrócić. Nie uwierzyłaby, że Ewa żyje, nawet gdyby Wernerowi udało się zdobyć twardy dowód.

Popijałam prosecco, czekając na wieczór. Przeszło mi przez myśl, że lepiej byłoby, gdybym zachowała trzeźwy umysł, ale przez lata próbowałam tego kilka razy i nigdy nie kończyło się to dobrze.

Wiktor Osiatyński, prawdopodobnie najbardziej znany z imienia i nazwiska anonimowy alkoholik w Polsce, powiedział kiedyś, że kiedy trzeźwiał, przestawał poznawać człowieka, którym się stawał. Mnie towarzyszyło podobne uczucie.

Kwestionowałam nie tylko wszystkie podjęte decyzje, ale także sensowność całego mojego życia. Może nawet więcej, mojego jestestwa. Jedyną kotwicą był Wojtek, to dzięki niemu nie porwał mnie sztorm.

Najlepszym rozwiązaniem było pozostawanie na spokojnych wodach. A wino mi w tym pomagało.

Spędziliśmy z Robertem kilka godzin na kanapie w salonie, oglądając odcinek za odcinkiem serialu *Fortitude*. Była to mroczna, kryminalna opowieść z dalekiej, skutej lodem północy. Starczy powiedzieć, że nie podniosła mnie na duchu. A jednak czerpałam z niej jakąś wynaturzoną, absurdalną i autodestrukcyjną przyjemność. Lubiłam być otoczona smutkiem. Zrozumiałam to już jakiś czas temu.

Kiedy skończyliśmy, Robert usiadł przy laptopie i zaczął załatwiać sprawy, które wymagały jego bezpośredniego udziału. Było ich coraz mniej. Delegował kolejne zadania swoim podwładnym, dzięki czemu miał coraz więcej czasu dla mnie i Wojtka.

Za dnia mnie to cieszyło. Miałam wtedy przy sobie męża, który oglądał ze mną moje ulubione seriale, przyrządzał mi przysmaki rodem z najlepszych restauracji i traktował mnie, jakbym była całym jego światem.

Nocami za to wolałabym, by czasu miał jak najmniej.

Funkcjonowaliśmy w ten sposób od wielu lat. Przywykłam do określonej harmonii dnia.

Teraz jednak to się zmieniło. Nerwowo wyczekiwałam pory, kiedy będę mogła zamknąć się w gabinecie. Nie, nie zamknąć się. Robert nie lubił, kiedy to robiłam, wolał, żebym zostawiała uchylone drzwi.

Nie przeszkadzało mi to. Z Wernerem i tak miałam zamiar kontaktować się za pomocą RIC, które jawiło mi się teraz jako moje własne wirtualne sanktuarium.

Zalogowałam się i wysłałam Damianowi wiadomość z kodem aktywacyjnym. Zjawił się już po chwili, a pierwsza wiadomość wyskoczyła niemal natychmiast, jakby czekał z palcami na klawiaturze.

[Wern] W końcu.

Fakt, że nie tylko ja nerwowo wyczekiwałam rozmowy, wiązał się z przyjemnym uczuciem. Dopiero po chwili upomniałam się, że w przypadku Wernera powodem jest zupełnie co innego niż u mnie.

[Wern] Nie mogłaś zjawić się wcześniej?
[Kasandra] Nie.

Uznałam, że najlepiej będzie, jeśli nie zacznę zagłębiać się w szczegóły. Damian nie miał być moim spowiednikiem, ale dystrakcją. Nie, czymś więcej. Kimś więcej. Osobą, która relacjonując mi swoje odkrycia, będzie wyrywała mnie z koszmaru codzienności, w jakim żyłam.

[Wern] Udało ci się przekonać Klizę?
[Kasandra] Niestety nie.

Czułam, że moje „niestety" odbierze jako nieszczere, więc szybko dodałam:

[Kasandra] Próbowałam różnymi sposobami, ale nic z tego. Wyjeżdża z miasta, ma zamiar zająć się czymś zupełnie innym.
[Wern] Kurwa mać.
[Kasandra] Dostaniesz ode mnie taką pomoc, jakiej potrzebujesz, Wern.

Przez moment nie odpisywał, a ja miałam wrażenie, że każda sekunda rozciąga się w nieskończoność. Zerknęłam w kierunku drzwi, nasłuchując. Ciche stukanie klawiszy z dołu dowodziło, że Robert siedzi jeszcze przed laptopem.

Nie miałam wiele czasu. Ale planowałam dobrze go wykorzystać.

Zanim zdążyłam napisać wiadomość, on wysłał swoją:

[Wern] Werner.

Uniosłam brwi.

[Wern] Nie Wern. To brzmi, jakbym odbywał niezwykłe podróże.
[Kasandra] W pewnym sensie tak jest.
[Wern] Tak bym tego nie nazwał. Wygląda mi to raczej na ciąg niekończących się tragedii.

Pokiwałam głową, bo rozumiałam to aż za dobrze.

[Kasandra] Czego potrzebujesz?
[Wern] Zdolności wysyłania esemesów wstecz w czasie. Napisałbym samemu sobie, że zasyfiony brzeg rzeki to niedobre miejsce na oświadczyny. I żebym kupił akcje Netflixa, jak tylko wejdzie na rynek.

Uśmiechnęłam się lekko, doceniając, że stara się wprowadzić jakiś pozytywny akcent do rozmowy, która z założenia nie mogła mieć z takimi rzeczami wiele wspólnego.

[Wern] I może jeszcze ewentualnie, że Brazylia przegra z Niemcami w finale mistrzostw świata w 2014 roku siedem do jednego. Zbiłbym na tym fortunę u bukmacherów.

Nie wiedziałam, co odpisać. W końcu zdecydowałam się na najgorsze wyjście z możliwych.

[Kasandra] :)

Emotikon szczęśliwie szybko znikł, choć jedynie z ekranu. Przypuszczałam, że głupi znaczek może w istocie być dla Damiana bardziej wieloznaczny od większości enigmatycznych słów.

Pocieszyłam się myślą, że starożytni Egipcjanie też posługiwali się hieroglifami, i napiłam się prosecco.

[Kasandra] Potrzebujesz czegoś poza tym?

[Wern] Na razie nie. Matka przywiozła mi kanapki.

Przez moment zastanawiałam się, czy to nie kolejna próba żartu. Pewnie tak było, więc tym razem postanowiłam nic nie odpowiadać.

[Wern] Ale niedługo mogę czegoś potrzebować.

[Kasandra] Czego?

[Wern] Dowiesz się w swoim czasie.

Nie ufał mi? Cóż, nie mogłam się dziwić. Nie dość, że z jego perspektywy wyskoczyłam jak diabeł z pudełka, to jeszcze moje zdawkowe odpowiedzi mogły uchodzić za przejaw rezerwy, a może nawet niechęci.

[Kasandra] Wolałabym dowiedzieć się teraz.

[Wern] Too bad.

Postukałam paznokciami o kieliszek, a potem się napiłam. Mimo mojej małomówności rozmowa zdawała się w pewien sposób przyjemna dla obu stron. A może tylko chciałam, żeby tak było.

[Kasandra] Okej. W takim razie przejdźmy do tego, co udało ci się ustalić.

[Wern] Przede wszystkim to, że użytkownik, który załadował plik audio, to PaulFrancis.

[Kasandra] To jakieś nawiązanie do papieży?

[Wern] Nie. Do czegoś innego.

[Kasandra] Czego?

Przez chwilę nie odpowiadał.

[Wern] Właściwie nigdy bym o tym nie pomyślał, gdyby nie wiadomość zakodowana w melodii piosenki.

Zebrałam włosy i odgarnęłam je do tyłu. Potem przechyliłam lekko głowę, wpatrując się w monitor. Miałam wrażenie, że na twarzy pojawiły mi się wypieki. Gdyby Robert teraz wszedł do gabinetu, z pewnością nie omieszkałby sprawdzić, co wywołuje we mnie tyle emocji.

Nie miałam wątpliwości, że byłaby to ostatnia rozmowa, jaką odbyłam z Wernerem.

Musiałam być ostrożna.

[Kasandra] Jak brzmiała ta wiadomość?

[Wern] Webster.

[Kasandra] Nic mi to nie mówi. A przynajmniej nic konkretnego.

[Wern] Bo Tobie ani nikomu innemu nie ma nic mówić. Tylko mnie. W połączeniu z PaulFrancis daje jasną wskazówkę, czego mam szukać.

[Kasandra] To znaczy?

Zaczęłam nerwowo obracać kieliszek na blacie.

[Wern] Trzymam cię trochę w niepewności, co?

[Kasandra] Trochę.

[Wern] Ale ty mnie też. Co do ciebie samej.

[Kasandra] Nie rozumiem.

[Wern] Na dobrą sprawę nie wiem, czy nie drwisz sobie z tego wszystkiego razem z paczką dobrych koleżanek. Mogę sobie wyobrazić, jak zaśmiewacie się w głos.

Prychnęłam cicho, jakby mógł to usłyszeć. Ja i paczka dobrych koleżanek.

Kiedy ostatnim razem Robert pozwolił mi na spotkanie w gronie samych kobiet, żałowałam tego przez trzy kolejne noce. Wracał do tego nieustannie, roztaczając absurdalne wizje, jak rzekomo go obgadywałyśmy, jak planowałam go zostawić, jak moje znajome szukały dla mnie nowego faceta i tak dalej.

Po tym nigdy więcej nie spotkałam się z nimi sama. A jeśli cokolwiek z Robertem organizowaliśmy, zawsze były to imprezy dla par.

Położyłam dłonie na klawiaturze i przez moment się zastanawiałam. W końcu uznałam, że najlepiej będzie, jeśli zachowam pełen profesjonalizm.

[Kasandra] PaulFrancis. Webster. Co to znaczy?

[Wern] Nie interesowałaś się w młodości Spider-Manem, prawda?

[Kasandra] Nie.

[Wern] A tak się składa, że ja tak. I Ewa dobrze o tym wie.

Czas teraźniejszy. Damian naprawdę wierzył, że ona żyje.

[Kasandra] Więc o co chodzi?

[Wern] O amerykańskiego tekściarza, którzy stworzył kultową piosenkę o Pajęczaku. Gdybym ci zanucił, pewnie od razu byś skojarzyła. Choć tylko dlatego, że pojawiła się w czterech filmach. W jedynce, tej Sama Raimiego, w wersji oryginalnej. W dwójce wykonuje ją Michael Bublé, a w trójce grają ją podczas wielkiej fety na ulicach. Jest też w remake'u z Andrew Garfieldem, w którym Peter ma taki dzwonek.

Patrzyłam na ekran z niedowierzaniem.

[Kasandra] I co to oznacza?

[Wern] Że wiem, gdzie szukać kolejnych wskazówek.

[Kasandra] Nie trzymaj mnie więc w niepewności.

[Wern] Wystarczyło, że wpisałem na SoundCloundzie „Spider-Man theme", a potem znalazłem odpowiedni plik.

Otworzyłam nową zakładkę i zrobiłam to, o czym pisał. Wyświetliło się mnóstwo wyników. Była wersja oryginalna, oczywiście powielona niezliczoną ilość razy, a do tego covery, wesoła twórczość fanów Spider-Mana i wiele innych plików, mniej lub bardziej związanych z kultowym kawałkiem Webstera.

[Kasandra] Trochę tego jest.

[Wern] Ale jeśli wiesz, na co zwrócić uwagę, nie ma to znaczenia.

[Kasandra] A Ty wiedziałeś?

[Wern] Oczywiście. Inaczej Ewa nie zostawiałaby mi tej wiadomości.

[Kasandra] Więc który plik otworzyć?

[Wern] Ten, który zamieścił użytkownik o nicku Tygrys.

[Kasandra] Tygrys?

[Wern] Tak czasem do mnie mówiła.

[Kasandra] Nie brzmi to najlepiej.

[Wern] To taki... taki nasz zwyczaj. Zupełnie jak wyścigi, kto pierwszy skończy zmieniać pościel. Albo jak wygłupy w Ikei, kiedy... bawiliśmy się w dom. Lub jak budowanie fortu do oglądania filmów, z foteli i koców.

[Kasandra] Fortu?

[Wern] To było dawno. Chodziło o zabudowanie telewizora, tak żeby było jak w kinie. Zresztą nieważne.

Uśmiechnęłam się lekko i pokiwałam głową.

[Kasandra] W tym kawałku też była wiadomość nadana kodem Morse'a?

[Wern] Tak.

Mogłam wyobrazić sobie, jaką przyjemność sprawiało mu dawkowanie mi informacji. Znów popatrzyłam niepewnie w kierunku drzwi. Tym razem nie usłyszałam żadnych dźwięków z dołu i poczułam niepokój.

[Kasandra] Jaka?

[Wern] Pewien adres bit.ly.

[Kasandra] Co to jest?

[Wern] Skracacz URL.

Nie odpisywałam przez moment.

[Wern] Serwis, który przekłada długie adresy stron internetowych na krótkie, łatwe do przekazania.
[Kasandra] Dokąd prowadził?
[Wern] Do witryny, która wygląda jak kopia SoundClouda. Problem polega na tym, że jest zablokowana.
[Kasandra] Jak?
[Wern] Trzeba wprowadzić hasło.
[Kasandra] I nie znasz go?
[Wern] Jeszcze nie.

Znów skinęłam głową, jakby mógł to zobaczyć.

[Wern] I nie wiem, co tam na mnie czeka. Ale jedno jest pewne.
[Kasandra] Co?
[Wern] Że podchody się skończyły. Ewa ma dla mnie konkretną wiadomość.

3

Kasandra Reimann była właściwie taka, jak ją sobie wyobrażałem. Enigmatyczna, małomówna, chłodna. Może nawet obojętna. Ale właśnie ta obojętność sprawiała, że jej osoba wydawała się w pewien sposób przyciągająca.

I pomyśleć, że cały ten obraz potrafiłem złożyć z liter pojawiających się na ekranie. Choć czy rzeczywiście było to takie dziwne? Od kiedy zaczęto czytać pierwsze książki, ludzie tworzyli obrazy ze słów.

Blitzer nie był mistrzem złotych myśli, ale raz zdarzyło mu się powiedzieć coś mądrego. Muzyka rzeźbi rzeczywistość. Niewiele było bardziej trafnych sformułowań. A słowa podobnie rzeźbią obrazy ludzi. Język zresztą jest przecież narzędziem kontroli umysłu – trzeba tylko umieć odpowiednio go używać.

Kasandra z pewnością umiała. Była oszczędna, trzymała dystans, momentami sprawiała wrażenie, jakby niespecjalnie interesowało ją to, o czym piszemy.

A może przesadzałem? Może stworzyłem w umyśle wizję potężnej, przebiegłej i bezwzględnej kobiety, żeby mieć poczucie, że w mojej drużynie grają tylko najlepsi zawodnicy?

Nie miałem zamiaru w to wnikać. Liczył się trop, który odnalazłem.

Byłem pewien, że po wprowadzeniu hasła zobaczę wiadomość od Ewy. I że ona wciąż żyje. Będąc narzeczonym, takie rzeczy się po prostu wie. Nawet jeśli od oświadczyn minęło dziesięć lat.

Ale o jakie hasło mogło chodzić?

Musiało być to coś, co znałem tylko ja. Ewa miała pewność, że po zobaczeniu zdjęcia z koncertu Foo Fighters, po odkryciu *Better Days* i odnalezieniu odpowiedniego pliku z czołówką *Spider-Mana* tylko ja trafię na tę stronę. Teraz potrzebowała pewności, że tylko ja będę mógł otworzyć drzwi.

Podrapałem się po głowie, zastanawiając się, jak brzmi hasło. Z pewnością nie mogło przewinąć się w żadnej ze wskazówek. To wiązałoby się z ryzykiem, że wpadnie na nie ktoś jeszcze. Ewa potrzebowała innej weryfikacji. Odpowiednika jednorazowego kodu esemesowego, który mógł dotrzeć tylko do jednej osoby.

Krążyłem po pokoju, starając się wpaść na to, co mogłoby to być. Problem nie polegał na tym, że nie miałem pomysłu. Przeciwnie, stanowczo zbyt wiele pojawiło się ich w mojej głowie.

Historia naszego związku była tak bogata, że mogłem wyłowić z niej właściwie wszystko. Wygłupy w Ikei czy ściganie się, kto pierwszy założy poszewkę, były tylko kroplami w morzu.

Stanąłem przy oknie i wyjrzałem na zewnątrz. Samochód rodziców stał na strzeżonym hotelowym parkingu. Zostawili mi go, a do miasta wrócili autobusem. Stara skoda felicia wyglądała jak zabytek, ale jeździła. W dodatku na gaz, co znacznie ułatwi mi zadanie, biorąc pod uwagę ograniczone środki.

Musiałem tylko dowiedzieć się, dokąd jechać.

Oparłem się o okiennicę i głęboko zamyśliłem. Do głowy przychodziły mi przypadkowe słowa i płynęły wezbranym strumieniem. W końcu uznałem, że któreś musi być właściwe.

Może zwyczajna, prymitywna metoda prób i błędów w tym wypadku sprawdzi się najlepiej, pomyślałem.

Usiadłem przed wysłużonym asusem i wprowadziłem pierwsze słowo. AMZBGMAN.

Był to jeden z kodów do gry ze Spider-Manem. Jedynej, do której udało mi się przekonać Ewę. Grała jednak tylko pod warunkiem, że wprowadziłem tego cheata. Sprawiał, że sterowany przez gracza bohater zmieniał się w Bag Mana – postać z workiem na głowie zamiast maski. Wydawało mi się, że to hasło dobre jak każde inne. Od czegoś przecież musiałem zacząć.

Na ekranie pojawiły się gwiazdki, a kiedy nacisnąłem enter, poczułem, że serce wali mi jak młotem.

Strona się przeładowała.

Pojawił się czarny ekran, a na nim biała trupia czaszka.

Po chwili pod nią zamrugała informacja, która sprawiła, że znieruchomiałem.

„1/3".

Nie musiałem długo się zastanawiać, by dojść do wniosku, że właśnie zmarnowałem jedną z trzech prób. Metoda, którą miałem zamiar przyjąć, dłużej nie wchodziła w grę. Zakląłem pod nosem, upominając się, że powinienem był się tego spodziewać. Cały proces Ewa przygotowała tak skrupulatnie, że musiała zadbać też o tego typu zabezpieczenie.

Nie miałem wątpliwości, że przy trzeciej nieudanej próbie strona bezpowrotnie przepadnie. Musiała mieć wbudowany *kill switch*, jakiś system autodestrukcji.

Podniosłem się z krzesła i znów podszedłem do okna. Zupełnie jakbym mógł w ten sposób uciec przed świadomością tego, co właśnie zrozumiałem.

Miałem dwie próby.

Mogłem pomylić się jeszcze tylko raz.

Obserwowałem ludzi przyjeżdżających do restauracji, na korty do tenisa i badmintona i zazdrościłem im życia, które wiedli. Największym zmartwieniem było dla nich zapewne to, że do weekendu pozostało więcej czasu, niżby chcieli.

Przeszło mi przez myśl, że w obecnej sytuacji przynajmniej tym nie muszę się martwić. Właściciel SpiceX z pewnością już mnie przekreślił, nie mogąc się ze mną skontaktować.

Koniec z podawaniem kurczaka, który bezapelacyjnie królował w menu. Mój przełożony twierdził, że wszystkie dania z drobiu są absolutnie wyjątkowe, bo kura to jedyne zwierzę, które spożywamy zarówno przed jej narodzinami, jak i po jej śmierci.

Było w tym coś poetyckiego, ale nijak nie pomagało mi w rozwiązaniu mojego problemu. Westchnąłem, starając się sprowadzić myśli z powrotem na dobry tor.

Zacząłem krążyć po pokoju, drapiąc się po karku. Nie mogłem wpaść na nic konkretnego.

W końcu zatrzymałem się przed laptoptem i spojrzałem na monitor.

Zupełnie zdębiałem. Na ekranie nie było już czaszki, jej miejsce zajął cyfrowy zegar. Nie wiedziałem, kiedy zaczęło się odliczanie, ale w tej chwili do jego końca pozostało niecałe osiem minut.

Cezura czasowa. Ewa zadbała o to, by ograniczone były zarówno liczba prób, jak i czas, który osoba wchodząca na stronę miała na zastanowienie.

Miałem wrażenie, jakby coś odmierzało sekundy do mojego końca. Z trudem przełknąłem ślinę, nie odrywając wzroku od licznika. Usiadłem przy stole i potrząsnąłem głową. Czas wziąć się w garść.

Zamiast jednak zastanawiać się nad hasłem, zacząłem myśleć o tym, jak obejść zabezpieczenia. Zmieniając adres IP i MAC, mogłem przecież wejść na witrynę jeszcze raz. Wyzerować nie tylko licznik, ale także próby.

Nie, to nie mogło działać w ten sposób.

A jednocześnie strona nie mogła przecież w ten sposób zachowywać się przy każdym użytkowniku internetu, który przypadkowo by na nią trafił. Pierwsza lepsza zbłąkana dusza położyłaby cały plan Ewy.

Tyle że witryna z pewnością nie była indeksowana, a jej adres był tak skomplikowany, że nie dałoby się trafić na niego przypadkiem. Jedynym sposobem było odnalezienie linku zaszyfrowanego kodem Morse'a w kawałku Paula Francisa Webstera.

To wszystko było przeznaczone jedynie dla mnie.

Otarłem czoło, dopiero teraz uświadamiając sobie, że zrobiło mi się gorąco. Zegar nadal zabierał mi cenne sekundy, a ja czułem się, jakby z każdą kolejną ktoś wydzierał część mnie.

Nagle jednak sytuacja pogorszyła się jeszcze bardziej.

Kiedy do końca odliczania zostało niewiele ponad sześć minut, biała czaszka drgnęła. Na ekranie pojawił się długi sznur, a na nim całe mnóstwo igieł. Trupie usta się otworzyły, a rząd ostrych przedmiotów zaczął znikać gdzieś w ich czeluści.

Zegar przyspieszył. Odliczanie od pięciu w dół mogło potrwać nie dłużej niż kilka sekund.

Rzuciłem się do klawiatury, uświadamiając sobie, że lepiej wpisać cokolwiek, niż pozwolić, by mechanizm sam uznał drugą próbę za niepowodzenie.

Zawahałem się jednak. I tyle wystarczyło, by czas dobiegł końca.

„2/3" – pojawiło się na czarnym ekranie.

Czaszka znikła, a razem z nią sznur z igłami. Znów pojawił się cyfrowy zegar, tym razem odliczał od piętnastu minut w dół. Przypuszczałem, że podobnie jak poprzednio, tak i teraz na końcu przyspieszy.

Zastygłem w bezruchu, jakby najmniejsze drgnienie miało sprawić, że czas zacznie uciekać jeszcze szybciej. Nie ocierałem kropel potu, które zaczynałem czuć na karku.

To, co widziałem, nie mogło być przypadkowe. Stanowiło wskazówkę. Podpowiedź przeznaczoną tylko dla mnie.

Otrząsnąłem się.

Linka z igłami. Z czym mi się to kojarzyło?

Nie, nie sama linka. Chodziło o połykanie jej wraz z tymi ostrymi przedmiotami.

W końcu mnie olśniło. Harry Houdini. Był to jeden z jego najsłynniejszych numerów. Na długim sznurze umieszczał od pięćdziesięciu do stu igieł, a potem połykał całość i pokazywał publiczności puste usta. Potem sięgał ręką niby do gardła i wyciągał z niego to, co wcześniej w nim znikło.

Wiedziałem o tym, bo dwa ostatnie filmy, na których byliśmy z Ewą, rozbudziły w nas zainteresowanie iluzjami. W styczniu dwa tysiące siódmego oglądaliśmy *Prestiż* z Hugh Jackmanem i Christianem Bale'em. W marcu byliśmy na *Iluzjoniście* z Edwardem Nortonem.

Potem na YouTubie oglądaliśmy programy dokumentalne o iluzjach. Harry Houdini pojawiał się oczywiście najczęściej, a sztuczka z igłami była jedną z tych, która robiła największe wrażenie.

Wbrew pozorom nie należała jednak do niebezpiecznych. Houdini zazwyczaj narażał zdrowie, a nawet życie podczas wykonywania swoich numerów, ale nie w tym wypadku. Przed występem ukrywał pod wargami linkę ze stępionymi igłami, te ostre zaś wpuszczał do rękawa czy za kołnierz, nie pamiętałem dokładnie. Potem wystarczyło tylko, że przykrył kawałek stępionych, kiedy pokazywał puste usta publiczności.

Harry Houdini.

Było coś adekwatnego w tym, że to akurat jego wybrała Ewa. Wiedziała, że od razu połapię się, w czym rzecz. I jakie jest hasło.

Spojrzałem na odliczanie. Teraz nie miało już żadnego znaczenia. Doskonale wiedziałem, że nawet gdyby zegar przyspieszył, zdążyłbym wpisać odpowiednie słowo.

Wszystko zaczęło się od muzyki. Od koncertu Foo Fighters.

Wszystko związane było z muzyką.

I kończyło się na muzyce.

Uśmiechnąłem się, kręcąc głową. Doceniałem ogromny trud, jaki Ewa sobie zadała. A szczególnie to, że znalazła spoiwo, które pozwoliło wszystkim elementom połączyć się w jedną całość.

Najwyraźniej miała zadatki na kobiecą, współczesną wersję Houdiniego. Ale czy to także chciała mi przekazać, decydując się na takie odwołanie? Czy było to coś więcej, poza samymi wskazówkami? Sugestia, że to ona podjęła decyzję, by tamtego dnia nad rzeką na zawsze zniknąć?

Nie chciałem tego roztrząsać. Tym bardziej że odpowiedzi czekały na mnie na stronie.

Wróciłem myślami do Harry'ego Houdiniego. Zasłynął nie tylko jako mistrz iluzji, ale także jako osoba obalająca mity. Szczególnie czule potraktował temat wywoływania duchów. Wykorzystywał swoją wiedzę, by podczas seansów spirytystycznych ujawniać triki, których osoby podające się za medium używały do przyzywania dusz z zaświatów.

Narobił sobie przez to sporo wrogów, stracił nawet sympatię samego Arthura Conan Doyle'a. Jednocześnie sam nie był przekonany co do tego, czy kontakt na tej płaszczyźnie rzeczywiście jest czymś niemożliwym.

Przeciwnie, uznawał, że jeśli ktokolwiek będzie w stanie go nawiązać, to jedynie on.

Ostatecznie zawarł z żoną umowę. Sprowadzała się do tego, że jeśli Houdini po śmierci odnajdzie sposób, by się z nią skomunikować…

Urwałem na moment tok myśli. Starałem się odsunąć od siebie świadomość tego, jak wiele analogii w tej chwili pojawiło się między tamtymi dwojgiem a mną i Ewą.

Ale będzie jeszcze czas na roztrząsanie innych ukrytych przekazów, teraz liczył się tylko jeden.

Wróciłem myślami do Houdiniego.

Ustalił ze swoją żoną, Bess, że ta po jego śmierci odwiedzi wszystkie osoby, które mogły w rzeczywistości okazać się medium. I robiła to przez dziesięć lat, uczestnicząc w kolejnych seansach spirytystycznych.

Umowa polegała na tym, że jeśli kontakt naprawdę zostanie nawiązany, Harry przekaże Bess hasło, które znali tylko oni. Miało brzmieć: „Rosabelle, uwierz".

Rosabelle była ich ulubioną piosenką. Bess śpiewała mu ją, kiedy poznali się na Coney Island.

Skinąłem głową, wprowadziłem je do pola, gdzie mrugał biały kursor, a potem nacisnąłem enter.

Zegar znikł. Strona się przeładowała.

4

Wiedziałam, że wybrzmienie dźwięku klawiszy z dołu jest sygnałem, bym szybko zakończyła rozmowę z Wernerem. Zamknęłam RIC, niezadowolona, że tego wieczoru nie poznam już odpowiedzi na nurtujące mnie pytania.

Będę musiała poczekać aż do jutra. Mogłabym spróbować skontaktować się z Damianem w trakcie dnia, ale nawet jeśli Robert nie korzystał z monitoringu w domu, to z pewnością o wszystkim doniosłaby mu któraś z pracujących u nas osób.

Czasem odnosiłam wrażenie, że mamy ludzi do wszystkiego. Do sprzątania, zajmowania się ogrodem, prania, suszenia czy w końcu zapewniania nam bezpieczeństwa. Większość pochodziła ze Wschodu, w Polsce pewnie przebywała bez wizy. Plus był taki, że praca, którą im dawaliśmy, była znacznie lepiej płatna od jakiejkolwiek, którą udałoby im się zdobyć legalnie.

Minus sprowadzał się do tego, że czułam się nieustannie inwigilowana. Przynajmniej za dnia.

Nocą wydawało się, że jesteśmy sami w domu. Właściwie sami na całym świecie.

Zeszłam na parter i zastałam Roberta w kuchni. Stał przed otwartą szufladą ze sztućcami i kręcił głową.

– Tyle razy cię, kurwa, prosiłem.

Zatrzymałam się między salonem a kuchnią.

– Czy naprawdę tak trudno kłaść moje noże po prawej, a twoje po lewej?

Zdawałam sobie sprawę, że to dla niego powód dobry jak każdy inny, by się wściec. Mieliśmy oddzielne zestawy sztućców. Moje pochodziły głównie z supermarketów, on swoje kupował w internecie. Zestawy Gerlacha, które wybierał, kosztowały prawie tysiąc złotych, ale wydawał te pieniądze lekką ręką.

Z taką samą łatwością przychodziło mu podnoszenie jej na mnie.

Kiedy się obrócił, nie mogło ulegać wątpliwości, że zaraz tak się stanie.

– Dlaczego nie możesz po prostu zrobić tego, o co proszę?

Nie odzywałam się. Nie spuściłam wzroku.

Trwałam w bezruchu, starając się patrzeć na niego bez emocji. Myślałam o tym, że tej nocy nie będzie źle. Przetrwam godzinę, może dwie, a potem wszystko się skończy. Rano się obudzę, napiję się prosecco, jakoś przetrzymam do wieczora. Wtedy dowiem się, co zdołał ustalić Werner.

– Przecież to takie, kurwa, nieskomplikowane.

Robert zbliżył się szybkim, zdecydowanym krokiem. Zanim zdążyłam zareagować, złapał mnie za kołnierz i pociągnął w stronę kuchni. Rzucił mną o blat jak workiem śmieci. Chwycił za kark, a potem przeciągnął kawałek w kierunku wysuniętej szuflady.

– Zobacz! – wyrzucił z siebie. – Po prawej moje, po lewej twoje, kurwa mać!

Uniósł mi lekko głowę i przez moment obawiałam się, że zaraz uderzy nią o rzędy równo ułożonych sztućców.

Zamiast tego obrócił mnie jednak, przycisnął jedną ręką do wiszącej szafki, a drugą sięgnął po nóż. Jeden ze swoich, marki Gerlach. Był wykonany ze stali nierdzewnej, miał lustrzany połysk.

Zbliżył mi ostrze do twarzy, jakby miał zamiar wydłubać mi oko.

– Teraz widzisz? Teraz poznajesz, który jest mój?

– Robert…

– Zamknij, kurwa, ryj!

Wypuścił mnie, ale nawet się nie poruszyłam. Wiedziałam, że próba ucieczki nie skończy się dobrze. Robert zamachnął się i uderzył mnie otwartą dłonią. Potem znów złapał za bluzkę, potrząsnął mną i wymierzył we mnie nóż.

– Muszę ci coś zrobić, żebyś sobie to w końcu wbiła do swojego durnego łba?

– Nie.

– A jednak powtarzam ci to od... kurwa, od kiedy pamiętam! A ty wciąż to robisz. Wciąż masz to wszystko w dupie.

Rzucił nóż do szuflady, złapał mnie oburącz, a potem potrząsnął tak mocno, że uderzyłam głową o szafkę. Robił tak przez jakiś czas, wykrzykując coś pod moim adresem. Większości słów nie rozumiałam, niknęły w szumie, który powodowały uderzenia.

Modliłam się nie o to, by przestał, ale by Wojtek niczego nie słyszał. I by nigdy niczego podobnego z rąk Roberta nie doświadczył.

Był to główny powód, dla którego to wszystko znosiłam. Miałam głębokie przekonanie, że w jakiś sposób chronię syna. Że wszystkie ciosy, które Robert mi wymierza, równie dobrze mogłyby dosięgnąć Wojtka.

Wydawało mi się, że godząc się na to, poświęcam się dla syna.

– Kiedyś cię zajebię, rozumiesz?!

Cisnął mną na podłogę, potem z impetem zasunął szufladę. Pochylił się, podniósł mnie i zaciągnął do sypialni.

Kiedy zamykał za sobą drzwi, wiedziałam już, że męka nie potrwa godziny czy dwóch. Musiałam nastawić się na znacznie więcej.

Festiwal brutalności trwał do czwartej nad ranem.

Potem przemoc zamieniła się w żal. Terror w błagalne, żałosne apele o wybaczenie. I o pomoc.

Rankiem oceniłam rozmiar szkód i po raz kolejny nie mogłam opędzić się od wrażenia, że staję się coraz większą profesjonalistką w maskowaniu obrażeń. A jednocześnie, że wymaga to coraz więcej pracy.

Robert czekał na mnie ze śniadaniem, czytał gazetę na iPadzie. Przy stole siedział Wojtek, też przeglądając coś w internecie. Raz po raz wymieniali się jakimiś uwagami i wszystko to wyglądało jak typowe śniadanie kochającej się, szczęśliwej rodziny.

Stanęłam przed szufladą ze sztućcami i na moment zamknęłam oczy. Potem zmusiłam się do uśmiechu. Był przeznaczony tylko dla mnie. Już dawno odkryłam, że nawet tak prozaiczna rzecz potrafi sprawić, że znacznie łatwiej utrzymuje się potem pozory.

Odsunęłam szufladę i zobaczyłam, że nie ma w niej ani jednego noża czy widelca z zestawu Gerlacha. Odwróciłam się i uniosłam brwi. Robert uciekł wzrokiem.

– Wyrzuciłem je – powiedział. – Zdecydowanie lepsze są te twoje.

– Moje kosztowały niecałe pięćdziesiątych złotych.

– I dobrze. To tylko sztućce, po co wydawać na nie więcej?

Pokręciłam głową. Nie podobało mi się to – i bynajmniej nie chodziło o wyrzucenie niemal tysiąca złotych w błoto. Chciałam mieć tutaj te sztućce. Chciałam, żeby przypominały mu za dnia o tym, w kogo zmienia się nocą.

– Gdzie one są?

– Wyrzuciłem je.

Otworzyłam kosz, ale sztućców nie znalazłam. Zamknęłam drzwiczki nieco zbyt mocno, przez co Wojtek niepewnie uniósł wzrok. Posłałam mu ciepły uśmiech i odpuściłam. Nie było sensu kruszyć kopii o kilka kawałków stali.

Zresztą prędzej czy później porządny zestaw wróci. Tak jak wracało wszystko inne.

Usiadłam przy stole i zaczęłam jeść domową granolę, którą przygotował Robert. Wiedziałam, że niespecjalnie lubi takie śniadania. Zrobił ją dla mnie, jakby mogło to zatrzeć bolesne wspomnienie tego, co działo się jeszcze kilka godzin temu.

Spojrzałam na wydatne cienie pod oczami męża. Spał dłużej ode mnie, po swoim własnym *katharsis* zawsze w końcu odpływał. Nie mógł jednak zakamuflować tego, co ja bez trudu potrafiłam ukryć.

Zamknął futerał z iPadem i popatrzył na mnie.

Ktoś kiedyś powiedział, że miłość to nic innego jak zdolność rozpoznania samego siebie w oczach drugiej osoby. Ja widziałam jednak w oczach męża zupełnie obcego, niepodobnego do mnie człowieka.

– Zastanawiam się nad Reimann Investigations – rzucił.

– To znaczy?

– Albo musimy przyjąć kogoś na miejsce Glazura i Klizy, albo rozważyć, czy w ogóle potrzebny nam ten biznes.

– Oczywiście, że potrzebny.

– Do czego?

– Wiesz, że prowadzę kilka spraw.

Z trudem przełknęłam kawałki pestek słonecznika i migdałów. Oczami wyobraźni zobaczyłam, jak tracę jedyną rzecz, która potrafiła wyrwać mnie z tej rzeczywistości.

Niewiele było trzeba, by Robert mi ją odebrał. Robił to już niejednokrotnie.

Zazwyczaj co jakiś czas dawał mi trochę swobody, na przykład godząc się, bym zaadaptowała dla siebie gabinet na poddaszu lub przejęła stery w RI. Mijało jednak trochę czasu, a on zmieniał zdanie. Dochodził do wniosku, że za bardzo się uniezależniam, zupełnie jakby w jakiś sposób mogło mu to zagrozić.

Był to głośny podźwięk paranoi, która go nie opuszczała. Cały czas był przekonany, że podjęcie przeze mnie tego czy innego zajęcia sprawi, że się od niego oddalę. Najgorzej było podczas ciąży.

Ale nie chciałam do tego wracać. Najważniejsze było to, że po narodzinach Wojtka traktował naszego syna jak spoiwo, a nie osobę, która nas dzieli.

– Sprawa tej dziewczyny z Opola jest zakończona – powiedział. – A pozostałe zamkniesz szybko.

– Ale…

– Macie teraz kilka wywiadów gospodarczych do domknięcia i jedną sesję zdjęciową.

Sesjami zdjęciowymi określaliśmy najgorsze zadania, które otrzymywało RI – śledzenie małżonków i gromadzenie przedrozwodowych brudów.

– Prowadzimy jeszcze…

– Weryfikację jakiegoś tam kandydata do zarządu – przerwał mi. – Wiem.

Oczywiście wiedział o wszystkim. Był pasjonatem kontroli. Nie, kimś więcej. Fanatykiem. Był jak bezlitosny dyktator, który postrzegał obce terytoria wyłącznie jako swoje przyszłe dominium.

– To wszystko da się zamknąć w tydzień, najwyżej dwa. Potem moglibyśmy zastanowić się nad zlikwidowaniem firmy.

Zastanawiałam się, jak odpowiedzieć, żeby nie rozpętać burzy przy Wojtku.

– RI nie przynosi dochodów – dodał Robert.

Nie była to prawda, ale nie mogłam się na ten temat zająknąć. Wiedziałam, czym skończyłoby się kwestionowanie słów męża. Wprawdzie za dnia nie podniósłby na mnie ręki, chyba że szłabym w zaparte, ale Wojtek z pewnością wyczułby wrogość. Dzieci widziały znacznie więcej, niż ich rodzice byli gotowi przyznać.

– Ale nie generuje też wielkich kosztów – powiedziałam.

– Wielkich może nie…

– Zastanów się jeszcze.

– Dobrze – zapewnił mnie i się uśmiechnął.

Chwilę później ucałowałam syna w policzek i klepnęłam go w plecy. Wciąż towarzyszyło mi nieodparte poczucie, że jesteśmy w przededniu tego momentu, kiedy Wojtek uzna, że najwyższa pora skończyć z takimi czułościami.

Odprowadziłam ich wzrokiem, a potem wyciągnęłam schłodzone prosecco i usiadłam sama przy stole. Na zewnątrz krzątał się Ukrainiec, który dbał o trawnik. Zerkał na mnie raz po raz, zapewne z polecenia Roberta.

Nalałam sobie, ale się nie napiłam. Przez jakiś czas siedziałam bez ruchu przy stole, patrząc przed siebie, jakby na przestrzał.

Robert zamknie Reimann Investigations. Nie mogłam nic w tej sprawie zrobić. Podobnie jak w każdym innym przypadku, kiedy podjął jakąś decyzję, klamka od razu zapadła. Nikt ani nic nie mogło przekonać go, by zmienił zdanie.

Miałam ograniczoną ilość czasu. I musiałam zrobić z niego użytek.

Zabrałam kieliszek i poszłam na górę. Jeśli monitoring był włączony lub pracownicy rzeczywiście mieli na mnie oko,

Robert od razu zainteresuje się, dlaczego w trakcie dnia spędzam czas w gabinecie. Ale w tej sytuacji musiałam zaryzykować.

Wysłałam Wernerowi esemesa z kodem aktywacyjnym, a potem czekałam.

W końcu się pojawił. I od razu docenił nick, który mu tym razem ustawiłam.

[J.Verne] Widzę, że humor Ci dzisiaj dopisuje.
[Kas] Wyjątkowo.
[J.Verne] I ewidentnie lubisz skróty imion.
[Kas] Każdy ma jakieś zboczenie.
[J.Verne] Każdy ma też swój własny plan, dopóki nie dostanie po ryju.

Uniosłam brwi. Nie mógł wiedzieć, jak niefortunnie trafił z tą nieprzesadnie złotą myślą.

[J.Verne] To Mike Tyson. I właściwie miał rację, z jednym wyjątkiem. Ewa swój plan zabezpieczyła na każdy możliwy sposób. I przygotowała się na każdą ewentualność.
[Kas] Odgadłeś hasło?
[J.Verne] Przy ostatniej próbie. Okazało się, że mam tylko trzy.

Napiłam się i od razu zrobiło mi się lepiej. Nie wiedziałam, czy to przez alkohol, czy dzięki temu, że Damianowi udało się trafić na coś konkretnego.

[J.Verne] Houdini byłby z niej dumny.
[Kas] Co takiego?
[J.Verne] Z Ewy. Wywinęła taki numer, że…

Urwał, a jego wiadomość po chwili znikła.

[J.Verne] Mniejsza z tym. Ważne jest to, że się ze mną skontaktowała.

Natychmiast dopadłam do klawiatury.

[Kas] Co? Jak?

Pisałam bez zastanowienia, gorączkowo. Gdybym miała chwilę, by się zastanowić, zapewne zdecydowałabym się na nieco zgrabniejszą odpowiedź.

[J.Verne] Po zalogowaniu się trafiłem na inną stronę. Początkowo myślałem, że ta sama tylko się odświeżyła, ale nie. Przekierowało mnie gdzie indziej.
[Kas] Gdzie?
[J.Verne] Do deep webu, rzecz jasna.
[Kas] To znaczy?

Kursor przez moment mrugał na czarnym ekranie. Odpowiedź nie nadchodziła. Przez głowę przeszedł mi korowód czarnych myśli, najwyraźniej wcześniejszy optymizm był wyjątkowo kruchy.

Bez trudu mogłam wyobrazić sobie, jak ktoś wpada na trop Damiana. Lokalizuje go w podopolskim hotelu, a potem wysyła ludzi, by się nim zajęli. Dokładnie tak, jak było w przypadku jego przyjaciela.

Wzdrygnęłam się. Nie tylko ja znajdowałam się w nieciekawej sytuacji. Mnie i Wernera łączyła jedna rzecz – realne zagrożenie życia. W jego przypadku mogło nadejść ze strony obcych osób, w moim nie.

Jedna i druga groźba była jednak realna.

W końcu na monitorze pojawiła się odpowiedź.

[J.Verne] Jak Ty się uchowałaś?

[Kas] Nie śledzę nowinek technologicznych na bieżąco. Mam życie.

[J.Verne] Deep web to nie żadna nowinka.

[Kas] A jednak musiałeś wyguglać to i owo, stąd ta przerwa w odpowiedzi.

[J.Verne] Przerwę zarządził pęcherz.

[Kas] Wątpię. Nie poszłoby ci tak szybko.

[J.Verne] Skąd wiesz, że nie siedzę na toalecie z laptopem na kolanach?

Uśmiechnęłam się i pokręciłam głową.

[Kas] Nie wiem.

[J.Verne] I na tym polega piękno komunikacji internetowej.

Nie, polegało na tym, że Robert nie mógł mi w niej przeszkodzić. Przynajmniej nie w tej chwili. Zerknęłam na otwarte drzwi, obawiając się, że niebawem usłyszę, jak otwierają się te wejściowe.

[Kas] Czym jest ten deep web?

Miałam wrażenie, że Kliza często z niego korzystała. Kiedyś tłumaczyła mi nawet, na czym polega.

[J.Verne] Głęboką siecią.

[Kas] Tak, tyle rozumiem.

[J.Verne] Żeby zrozumieć więcej, musisz wiedzieć, że z poziomu swojej przeglądarki masz dostęp do jakichś czterech procent całego internetu.

Zaczął tłumaczyć, że indeksowanych jest około czterech i pół miliarda stron. Cała reszta pozostaje pod powierzchnią, nie da się do niej dotrzeć bez precyzyjnej wiedzy, gdzie się skierować.

Na deep web składały się i te legalne, i nielegalne rzeczy. Od rządowych dokumentów przechowywanych na bezpiecznych serwerach, przez zwykłe strony, do których nie prowadzą żadne odnośniki, aż po czarny rynek, na którym można było kupić wszystko. I znaleźć wszystko.

Ten ostatni poziom Wern nazwał darknetem.

[J. Verne] Jest tam wszystko. Możesz kupić kilka kont na Netfliksie, ale też broń, podrobiony amerykański paszport czy narkotyki. Wszelkiej pornografii masz ile dusza zapragnie, a dodatkowo możesz komunikować się tam bezpiecznie, bez obaw, że ktokolwiek trafi na twój trop.

[Kas] Tak jak przez RIC.

[J.Verne] Nie, my nie korzystamy z TOR-a. Choć oczywiście jesteśmy w deep webie… tyle że nie w darknecie.

[Kas] Mniejsza z tym.

[J.Verne] Chodzi właściwie tylko o to, że w tym miejscu nikt przypadkowy nie trafia na daną stronę. Ani nikt niepożądany. Ewa mogła być pewna, że tylko ja dotrę do tego, co dla mnie zostawiła.

[Kas] A co zostawiła?

[J.Verne] Pliki MP3.

Zabębniłam nerwowo palcami o blat. Ile czasu jeszcze miałam? Robert nie musiał jechać do biura, zapewne po odwiezieniu Wojtka do szkoły przyjedzie do domu. Nie, po drodze zatrzyma się jeszcze, by kupić kwiaty. A kwiaciarki będą miały już zapewne przygotowane bukiety.

Niemal się zaśmiałam, myśląc o tym, jak musi wyglądać to z ich perspektywy. Bez wątpienia brały Roberta za wyjątkowo kochającego męża, który dba o żonę bardziej niż niejeden mężczyzna o kochankę.

[Kas] Co jest w tych plikach?

[J.Verne] Wszystko.

[Kas] To znaczy? Wystarczy tej tajemniczości, Wern.

[J.Verne] Wybacz. Uczę się jej od ciebie.

Przez moment zastanawiałam się, czy to nie odpowiednia chwila, by stać się bardziej wylewną. Uznałam, że nie. Nie miało znaczenia, jak Damian mnie odbiera.

[Kas] Więc?

[J.Verne] Pliki są nagraniami. Ewa zostawiła je dla mnie.

[Kas] Ale co na nich jest?

[J.Verne] Wszystko. Naprawdę.

Zaklęłam pod nosem.

[Kas] Nie mam wiele czasu.

[J.Verne] To niedobrze, bo nagrania trochę trwają. I Ewa opisuje w nich, co się z nią działo. Każdego dnia. Od momentu, kiedy straciłem przytomność na brzegu rzeki.

Serce zabiło mi szybciej. Poczułam, że krew zaczyna krążyć w żyłach ze zdwojoną prędkością, zupełnie jakby mój organizm do tej chwili działał jedynie na pół gwizdka. Sięgnęłam po kieliszek i opróżniłam go jednym haustem. Bąbelki nagromadziły się w gardle.

Położyłam ręce na klawiaturze i nabrałam głęboko tchu. Zanim zdążyłam cokolwiek odpisać, usłyszałam otwierane na dole drzwi.

5

Spodziewałem się niekończącej się fali pytań. Pusty ekran i migający kursor zdawały się jednak sugerować, że Kasandra nie zamierza o nic pytać. Pomyślałem, że czeka, aż podeślę jej link do pierwszego nagrania, ale zanim zdążyłem w ogóle o tym wspomnieć, RIC się wyłączył.

Spojrzałem niepewnie na starego laptopa, jakby to on mógł zawinić. Ale wina nie leżała po mojej stronie. To Kas się rozłączyła, a system automatycznie wyrzucił wszystkich, którzy znajdowali się na stronie.

Musiałem przyznać, że los zapewnił mi raczej dziwną sojuszniczkę. Nie rozumiałem jej, ale może nie musiałem, by skorzystać z jej pomocy. Problem polegał na tym, że nie miałem teraz jak się z nią skontaktować.

Przypuszczałem jednak, że prędzej czy później dostanę kolejnego esemesa z jednorazowym kodem. Musiałem tylko uzbroić się w cierpliwość.

Zamknąłem zakładkę z RIC i znów spojrzałem na niemal pustą witrynę.

Była schowana gdzieś pod internetową powierzchnią, przez cały ten czas czekając właśnie na mnie. Ukrywała się w mroku, ale była w zasięgu – wystarczyło tylko oświetlić prowadzącą do niej drogę.

Na białym tle pojawiła się pajęczyna ze słupków equalizera. Przywodziła na myśl tę, która znajdowała się na kostiumie mojego ulubionego bohatera komiksowego. Na tym jednak pozytywne akcenty się kończyły.

Po przesłuchaniu pierwszego pliku dostrzegłem bowiem, że pajęczyna jest także przenośnią. Życia Ewy. Życia, którego nie znałem, które przede mną skrzętnie ukrywała.

Pierwszy plik zatytułowany był *Zanim cię poznałam*. Kiedy naciskałem doskonale każdemu znaną ikonę „play", czułem się, jakbym przekraczał granicę między snami a rzeczywistością.

Ewa wracała do mojego życia.

Tyle że nie była tą samą osobą, z którą spędziłem jego większość. Przeciwnie, dopiero teraz zdawała się odkrywać przede mną swoją prawdziwą twarz. Odsłaniała się, ukazując mi wszystkie sekrety, które miała.

A wreszcie także to, co stało się z nią po tamtej pechowej nocy na Loży Szyderców.

Słupki ułożone w pajęczynę drgnęły. Potem z głośników popłynął głos, który zdawał się dochodzić z zaświatów.

Zanim cię poznałam

Wydawało ci się, że znasz mnie od zawsze? Mnie też.

Patrząc w lustro, widziałam tę samą osobę, co na co dzień ty. Ale żadne z nas nie miało świadomości, że to tylko odbicie.

Wiem, że powinnam powiedzieć ci o wszystkim, zanim było za późno. Ale skąd miałam wiedzieć, kiedy ten moment nadejdzie? Myślałam, że mamy wiele czasu. Byłam pewna, że czekają nas szczęśliwe chwile, nie chciałam ich psuć.

Łudziłam się, że jesteśmy bezpieczni. Wiele osób, którym ufałam, zapewniało mnie, że tak jest.

Odłożyłam więc wyjawienie ci prawdy na później. Na nieokreślone później. To było jak odwlekana wizyta u lekarza, kiedy w głębi ducha wiesz już, że cierpisz na jakąś ciężką chorobę, ale nie chcesz słyszeć potwierdzenia diagnozy.

Kiedy się oświadczyłeś, wiedziałam, że nie mogę już dłużej zwlekać. Zasługiwałeś na to, żeby dowiedzieć się wszystkiego, zanim weźmiemy ślub. Powinieneś wiedzieć, w co dokładnie się pakujesz.

Ale stało się to, co się stało.

Przeżyłam, choć po tamtym wieczorze nigdy nie przypominałam już nawet swojego odbicia w lustrze. Minęły lata, zanim zdecydowałam się to dla ciebie nagrać. Potrzebuję jednak twojej pomocy, Tygrysie. I wiem, że jeśli na kogokolwiek mogę liczyć, to tylko na ciebie.

Dowiesz się wszystkiego po kolei. Wiem, że chciałbyś od razu otrzymać odpowiedzi na wszystkie pytania, ale zanim ci ich udzielę, musisz mnie zrozumieć. Musisz poznać tę historię od samego początku.

Inaczej nigdy nie zrozumiesz, dlaczego podjęłam taką, a nie inną decyzję. Dlaczego znikłam z twojego życia. I dlaczego przez tyle lat nie miałeś ode mnie żadnego sygnału.

Zacznę od początku.

Szukasz paska przewijania?

Mój player nie ma takiej funkcjonalności, przykro mi. Samego pliku też nie ściągniesz na dysk, zadbałam o to. Musisz wysłuchać tej opowieści na moich warunkach. Bo to moje życie, które chcę ci opowiedzieć.

Posłuchaj więc…

Moi rodzice nigdy nie dogadywali się z twoimi, nie było to dla nas żadną tajemnicą. Zazwyczaj zbywaliśmy to śmiechem, żartowaliśmy sobie na ich temat i snuliśmy absurdalne scenariusze ich pojednania. A jeśli już przyszło do poważnej rozmowy, wszystko składaliśmy na karb tego, że pochodzili z dwóch różnych światów.

Moi rodzice co rok czy dwa wymieniali samochód na najnowszy model którejś z najbardziej snobistycznych marek. Twoi mogli pozwolić sobie na skodę felicię i na dobrą sprawę nie marzyli chyba nawet o niczym innym.

Logiczne wydawało się, że będą dogadywać się z trudnością. Ale powód nie był taki, jak sądziłeś. Nie chodziło o pieniądze, karierę czy nawet priorytety.

Chodziło o to, że twoi rodzice to dobrzy ludzie.

Moi do nich nie należeli.

Owszem, dbali o mnie, zapewniali mi wszystko, czego potrzebowałam, a jednocześnie nie pozwalali na zbyt wiele przepychu. Sami zresztą też byli powściągliwi, choć może trudno ci w to uwierzyć.

Mieli odpowiednio dużo pieniędzy, by zmieniać samochody nie co kilkanaście miesięcy, ale dni.

Myślałeś, że mój ojciec prowadził zwykłą kancelarię prawną? Błąd. Zapewniał obsługę i dwudziestoczterogodzinną pomoc tym, którzy płacili najwięcej. Nie miał żadnych barier moralnych i jak na prawdziwego prawnika przystało, miał prawo w głębokim poważaniu.

Po latach wydaje mi się nawet, że sam szukał klientów, którzy działali nielegalnie. Wiedział, że to tam pieniędzy jest najwięcej. A cała jego egzystencja sprowadzała się właśnie do ich gromadzenia.

Był świetnym potwierdzeniem zasady, że im więcej rzeczy posiadasz, tym więcej ich potrzebujesz. Zarabianie stało się jego obsesją, mimo że nie mógł swobodnie wydawać w obawie przed przykuciem uwagi skarbówki. Gdyby moja mama miała inny system wartości, być może w pewnym momencie by go przyhamowała.

Ale nie miała. Pod tym względem byli dla siebie stworzeni. Oboje napędzała niezdrowa potrzeba akumulacji pieniędzy. Oboje zapominali o tym, że pieniądze w najlepszym przypadku są jedynie narzędziem do osiągania celu, a nie celem samym w sobie. Byli przekonani, że bogactwo to stan, w którym stać cię na kupienie wszystkiego. A nie stan, kiedy posiadasz rzeczy, których kupić nie można.

Przez wiele lat podzielałam ich sposób pojmowania świata. W końcu byłam ich córką. Nie wiedziałeś o tym, bo skrzętnie to przed tobą ukrywałam, ale w rzeczywistości wciąż towarzyszył mi głęboki niepokój, że idąc drogą, którą sobie wybraliśmy, w końcu znajdziemy się w miejscu, gdzie zabraknie nam pieniędzy.

Momentami była to obsesyjna obawa.

Ale potem coś sobie uświadomiłam. Mianowicie to, że mój największy strach sprowadza się do czegoś zupełnie innego – tego, że zobaczysz mnie taką, jaką ja siebie widziałam.

To przypomniało mi, że jesteś najważniejszy. I że muszę zacząć nad sobą pracować.

Robiłam, co mogłam, żeby odrzucić wychowanie oparte na miłości do pieniądza, a nie do drugiej osoby. I w końcu mi się udało. Dzięki tobie, bo pokazałeś mi, co jest naprawdę ważne.

Szkoda, że moi rodzice nigdy nie trafili na takiego człowieka.

Może zapobiegłoby to tragedii, która rozegrała się na niecały rok przed tym, jak mi się oświadczyłeś.

Wypadek samochodowy? Nie, ich śmierć nie miała nic wspólnego z wypadkiem. Ani z przypadkiem. Zostali zamordowani.

Opowiem ci o tym w następnym nagraniu. Teraz musisz wiedzieć tylko tyle, że wszystko zaczęło się właśnie od śmierci moich rodziców. Napędziło to spiralę zdarzeń, w którą wpadłam. I w którą wpędziłam także ciebie.

Jestem winna tak samo jak oni.

Chciałam dobrze, ale zamiast tego sprowadziłam na nas wyłącznie smutek i cierpienie. Chcę, żebyś zrozumiał, dlaczego tak się stało. Chcę, żebyś wiedział, w jakiej rodzinie dorastałam. W jak szemranym towarzystwie obracali się moi rodzice. I z jakimi ludźmi sama miałam przez nich styczność.

Wychowałam się w zupełnie innych warunkach niż ty. Popełniałam przez to błędy, które przed tobą ukrywałam, wiedząc, że nie powinnam tego robić. Wstrząs nadszedł dopiero wtedy, kiedy zginęli moi rodzice.

Zastanów się nad tym wszystkim.

A potem, kiedy będziesz gotowy, pojedź do Wrocławia.

W miejscu, gdzie pierwszy raz upiłeś się tak, że musiałam cię prowadzić, czeka na ciebie pendrive z kolejnym nagraniem. Jest zabezpieczony hasłem, tym samym, które otworzyło ci te drzwi.

Przepraszam, że musisz czekać. Ale muszę mieć pewność, że te nagrania trafią do twoich rąk. Tylko fizyczna weryfikacja, tylko twoja obecność w tym miejscu może dać mi poczucie, że tak się stanie.

I kto wie? Może gdzieś tam mnie znajdziesz.

Nagranie się skończyło, a ja uświadomiłem sobie, że po raz kolejny wstrzymałem oddech. Nic z tego, co usłyszałem, nie miało sensu. Ewa wprawdzie zawsze żyła dostatnio, ale nigdy nie powiedziałbym, że pławiła się w luksusie.

Jeśli jednak jej ojciec rzeczywiście obawiał się niepotrzebnego zainteresowania ze strony służb, wydawało się to logiczne.

Rozmasowałem skronie, starając się odsunąć od siebie wszystko to, co usłyszałem. Słuchając nagrania, mogłem odnieść wrażenie, że Ewa jest niedaleko. Czeka na mnie, nic jej nie jest.

Ale nie wiedziałem, kiedy nagrała wiadomość. Nie wiedziałem, co działo się z nią później.

I w końcu nie wiedziałem, czy odnalezione przez policję ciało naprawdę należy do kogoś innego.

Teraz, kiedy wspomniała o niejasnych związkach ze światem przestępczym, właściwie mogłem spodziewać się wszystkiego. I mój umęczony umysł skwapliwie z tego skorzystał, tworząc najbardziej pesymistyczne, ponure scenariusze.

Postanowiłem, że od razu ruszę w drogę, zupełnie jakbym mógł zostawić za sobą wszystkie wątpliwości i obawy. Spakowałem laptopa, a potem stanąłem przy oknie i zerknąłem na zegarek. Ojciec powinien już tu być. Miał przywieźć mi trochę ubrań, torbę podróżną i gotówkę. Przypuszczałem, że może minąć sporo czasu, nim wrócę do Opola, musiałem być przygotowany.

Po ojcu nie było jednak śladu. Wzbudziło to we mnie niepokój, bo rzadko się spóźniał, nawet jeśli był umówiony na niewiele znaczące spotkanie.

Ślina zgęstniała mi w gardle, kiedy pomyślałem o tym, że ktoś mógł zorientować się, iż trafiłem na kolejny trop.

Nie, to było niemożliwe. Ktokolwiek stał za tym wszystkim, nie mógł się dowiedzieć o moich odkryciach w wirtualnym świecie. Ewa zadbała o to, by wszystko pozostało poza zasięgiem przypadkowych ludzi. Ukryła nas w deep webie.

Oparłem się o framugę i zawiesiłem wzrok na widocznych w oddali polach. Myślałem o tym, co może dziać się z moją narzeczoną. I czy wciąż mogę określać ją w taki sposób.

Ta myśl była jak katalizator wyjątkowo niebezpiecznej reakcji chemicznej. Właściwie wyzwoliła eksplozję termonuklearną w moim umyśle. Kolejne pytania pojawiły się jak grzyb atomowy, przesłaniając mi racjonalność.

Co się stało po gwałcie? Dlaczego Ewa znikła na tak wiele lat?

Kim był Phil Braddy? Co sprawiło, że Blitzer musiał zginąć? Kto go zamordował?

Co ukrywała przede mną Ewa, kiedy byliśmy razem?

Czułem się jak narkoman, któremu po długim odwyku ktoś wydarł z rąk narkotyk na moment przed upragnionym zażyciem.

Chaos w umyśle przełożył się też na sferę cielesną. Uświadomiłem sobie, że ręce zaczęły mi się trząść. Na moment opuściłem powieki, zrobiłem głęboki wdech i potarłem skronie. Kiedy na powrót otworzyłem oczy, zobaczyłem taksówkę zatrzymującą się na hotelowym parkingu.

Ojciec zapłacił kierowcy i chyba poprosił go, żeby poczekał. Wysiadł z auta, a ja odwróciłem się i sięgnąłem po torbę. Byłem gotowy do drogi. Zanim jednak otworzyłem drzwi, zerknąłem jeszcze przez okno.

Wtedy zobaczyłem czarnego opla vectrę parkującego kawałek dalej. Nie znałem wprawdzie numerów rejestracyjnych nieoznakowanych samochodów policyjnych jak co poniektórzy, ale wiedziałem, że funkcjonariusze często poruszają się tym modelem.

Przez moment przypatrywałem się dwóm mężczyznom w środku. Nie wysiadali z samochodu. I całą uwagę skupiali na moim ojcu.

Zrozumiałem, że mam problem.

6

Jadłam w milczeniu, głównie dlatego, że Robert i Wojtek zajęci byli wspólnym rozwiązywaniem zadania domowego. Zdolnościami matematycznymi nigdy nie mogłam się pochwalić, więc nie ingerowałam w ich wysiłki.

Szkoła przesadzała z pozalekcyjnymi obowiązkami, a jeśli potrzebowałam jakiegoś potwierdzenia tego wniosku, wystarczyło, że spojrzałam na męża i syna. Nawet przy obiedzie musieli tracić na to czas.

Badania dowodziły, że poświęcanie siedemdziesięciu minut dziennie na zadania domowe jest destrukcyjne dla psychiki dziecka. Inne ustalenia naukowców potwierdzały, że taka aktywność prowadzi do chronicznych stanów depresyjnych.

Najbardziej przemawiało do mnie jednak to, co mówił Harris Cooper z Uniwersytetu Duke'a, guru badań nad zadaniami domowymi. Dowiódł, że nie istnieją żadne dowody potwierdzające, by taka forma edukacji wpływała pozytywnie na uczniów.

A mimo to trzymaliśmy się jej, jakby od tego zależało, czy nasze dzieci wchłoną odpowiednią ilość wiedzy. Popatrzyłam na Wojtka i starałam się skupić na nim, nie na Robercie.

Moje myśli jednak uciekały. I od zadań domowych, i od tego, jak wpływają na mojego syna. Biegły w kierunku tego, jaki wpływ ma na niego ojciec.

Czy Wojtek jako dorosły stanie się taki jak on? Czy gdzieś głęboko w nim tkwiło to zło, które tak dobrze znałam? I czy miało się w pewnym momencie uaktywnić?

Napiłam się prosecco, jakbym dzięki temu miała znaleźć odpowiedzi. Odstawiwszy kieliszek, zobaczyłam, że włączył się wyświetlacz mojego smartfona. Wcześniej wyciszyłam dzwonki i wyłączyłam wibracje, nie chciałam, żeby ktokolwiek przerywał nam podczas obiadu.

Zresztą nie spodziewałam się żadnego telefonu.

A już szczególnie nie od Klizy.

Zmarszczyłam brwi, a potem sięgnęłam po telefon. Wstałam od stołu, patrząc kontrolnie na męża. Był tak pochłonięty zadaniem, że ledwo zauważył, kiedy się oddaliłam.

– A więc jednak zmieniłaś zdanie? – powitałam Jolę.

– Nie. Ale to nie znaczy, że mam wszystko w dupie.

Stanęłam przed przeszklonymi drzwiami tarasowymi i wyjrzałam w stronę morza. Niebo zaciągnęło się chmurami, nie zanosiło się tego dnia na poprawę pogody. Wiał mocny wiatr, a widoczne w oddali spienione fale napełniały mnie niepokojem.

Właściwie byłam zadowolona z odpowiedzi Klizy. Gdyby oznajmiła mi, że po przemyśleniu sprawy zamierza wrócić do Reimann Investigations, stanęłabym przed trudnym wyborem. Próbować ocalić firmę i zaangażować z powrotem Jolę, rozsierdzając męża? Czy nie narażać mu się i pozwolić, by zrealizował swoje plany?

Szczęśliwie nie musiałam szukać odpowiedzi. W głębi ducha być może i tak ją znałam.

– Więc po co dzwonisz? – zapytałam.

– Jak wiesz, kontaktowałam się z lokalsami.

– Lokalsami?

– Kilkoma osobami z Opola, które dostarczały mi informacji.

– Mówisz o nich jak o członkach jakiegoś afrykańskiego plemienia.

– Jak zwał, tak zwał – odparła pod nosem. – Dla mnie wszyscy są obcy.

Uśmiechnęłam się lekko, ale się nie odezwałam.

– Jeden z nich przed momentem do mnie dzwonił – powiedziała.

– Kto?

– MOZI.

– Co proszę?

– Moje Osobiste Źródło Informacji.

– Kliza…

– Nie mogę zdradzać, z kim współpracuję – zastrzegła. – Szczególnie teraz, kiedy możesz chcieć wykorzystać te kontakty.

Zabrzmiało to po części infantylnie, a po części wrogo, ale właściwie się nie dziwiłam. Zdążyłam poznać trochę Klizę i wiedziałam, że nie łapie wielu niuansów międzyludzkich, które pozwalały na utrzymywanie dobrych relacji z innymi.

– Chodzi o MOZI-ego z komendy wojewódzkiej, tyle mogę ci zdradzić.

– Jakiegoś policjanta?

– Nie. Oni za mną nie przepadają.

– Mniejsza z tym – ucięłam. – Dowiedziałaś się czegoś w sprawie Ewy?

– Niezupełnie. Chodzi o Werna.

– A konkretnie?

– Nie wszczęli przeciwko niemu postępowania.

Obejrzałam się przez ramię na męża. Nadal zdawał się pochłonięty rachunkami, ale doskonale zdawałam sobie sprawę z tego, że nie uronił żadnego z wypowiadanych przeze mnie słów.

Maniak kontroli jednak nawet na mnie nie zerknął.

– To chyba dobra wiadomość – powiedziałam.

– Tak by można sądzić... – odparła bez przekonania Jola. – Ale w takim razie zastanawiające jest to, że mundurowi go szukają. I to dość gorączkowo, jeśli wierzyć mojemu MOZI-emu.

– Dlaczego?

– Nie wiem. On też tego nie wie.

– Może chcą po prostu, żeby Werner złożył wyjaśnienia?

– Według MOZI-ego to tak nie wygląda. Policjanci zachowują się raczej, jakby na niego polowali. Z tym że poza prawem.

– Poza prawem?

– No – potwierdziła i odkaszlnęła. – Formalnie nie prowadzą przeciwko niemu postępowania, ale zachowują się, jakby się toczyło. Nic ci to nie mówi?

– W takich sprawach staram się nie gdybać.

Jola na moment zamilkła, a ja wbiłam wzrok w ciemne chmury. Przesłaniały całe niebo, nikły dopiero na horyzoncie.

– W takim razie w tej będziesz miała zadanie ułatwione.

– Tak?

– Bo niedługo zabraknie ci okazji do gdybania – dodała Kliza. – Jadą po niego.

– Co takiego?

– Znaleźli go w tym podmiejskim hotelu. Najwyraźniej popełnił podstawowy błąd uciekiniera. Skontaktował się z kimś ze swojego środowiska.

Zaklęłam w duchu.

– Zadzwoń do niego – rzuciłam bez namysłu.

Będę musiała tłumaczyć się z tego wszystkiego wieczorem, zrelacjonować Robertowi każdy szczegół. I z pewnością nie doprowadzi to do niczego dobrego. Zarówno jeśli chodziło o mnie, jak i prowadzenie dalej tej sprawy przez Reimann Investigations.

– Musisz go ostrzec – dodałam mimo to.

– Zwariowałaś?

– Jeśli teraz go zamkną…

– To co?

Nie miała pojęcia o odkryciach Damiana. Nie wiedziała, jak blisko przełomu się znalazł. A ja nie miałam ani czasu, ani prawa, by jej o tym mówić.

– Wiem, że masz do mnie ograniczone zaufanie – powiedziałam.

– To w sumie niedomówienie.

– Odsuń to na bok, przynajmniej na chwilę. Nie chodzi o mnie, tylko o niego.

Mimo że stałam tyłem do stołu, odniosłam nieodparte wrażenie, że Robert w końcu podniósł wzrok.

– Zaufaj mi ten jeden raz. I po prostu daj mu znać.

– Nie.

– Kliza, to nie są żarty.

– Wiem – przyznała. – I właśnie dlatego się z nim nie skontaktuję. Jeśli go zatrzymają, sprawdzą telefon i zobaczą, że próbowałam... jak to się formalnie nazywa? Utrudniać funkcjonowanie wymiaru sprawiedliwości?

Miałam ochotę uderzyć otwartą dłonią w szybę.

– Nie mogę sobie na to pozwolić – dodała. – Nie teraz, kiedy potrzebuję czystego CV.

Zanim zdążyłam cokolwiek odpowiedzieć, rozłączyła się. Najwyraźniej uznała, że to ostatnie zdanie stanowiło dostatecznie wymowne pożegnanie. I może tak było.

Musiałam jednak docenić, że w ogóle przekazała mi informację. Problem polegał na tym, jak sprawić, by dotarła w porę do Werna. Miałam wrażenie, że najmniejszy ruch z mojej strony przykuje zbyt daleko idące zainteresowanie Roberta.

Z telefonu skorzystać nie mogłam, zresztą nie znałam nawet numeru Damiana – znajdował się jedynie w automatycznym systemie RIC. Jedyne, co mogłam, to zalogować się na konto administratora RIC i wysłać kod aktywacyjny. A potem czekać, aż Wern się zjawi. O ile w ogóle zdążyłby to zrobić.

Musiałam zaryzykować.

Dolałam sobie prosecco, a potem stanęłam za Wojtkiem i Robertem. Nachyliłam się między nimi, kładąc dłoń na plecach męża. Grunt to zachować pozory. A w tym miałam wieloletnie doświadczenie.

Rzuciłam kilka luźnych uwag, podkreślając, że to wszystko dla mnie czarna magia, a potem pocałowałam Roberta i powoli się oddaliłam. Najważniejsze było niewykonywanie nerwowych ruchów. Zupełnie jakbym balansowała na linie. Towarzyszyła mi jednak niepokojąca świadomość tego, jak głęboką przepaść mam pod sobą.

Weszłam do gabinetu i dopadłam do komputera. Wprowadziłam odpowiedni adres, login i hasło, a potem czym prędzej wysłałam kod aktywacyjny do Wernera. Czekałam nerwowo, stukając palcami w blat.

Odrywałam wzrok od monitora i patrzyłam na otwarte drzwi. Potem znów przenosiłam go na ekran. Wydawało mi się, że trwa to w nieskończoność.

Damian wciąż się nie pojawiał. Ciche głosy z dołu sugerowały, że mam jeszcze trochę czasu. Ale niewiele. Dzięki temu, że zachowałam spokój, Robert nie zainteresował się od razu tym, co robię – była to jednak kwestia najwyżej kilku minut.

Wern w końcu się zjawił. Odetchnęłam.

Przynajmniej na moment.

[Werner] Nie mam wiele czasu. Policja tu jest.

– Kurwa mać… – mruknęłam.

Już miałam odpisać, kiedy usłyszałam dźwięk zbliżających się kroków. Zaklęłam jeszcze raz, ale tym razem znacznie ciszej.

Robert wchodził po ostatnim schodku.

[Kasandra] Uciekaj.

Nic więcej nie zdążyłam napisać. Wyłączyłam RIC, a potem uśmiechnęłam się do stojącego w progu męża.

7

Trzasnąłem klapą laptopa i na powrót schowałem go do torby. Przypuszczałem, że Kasandra chciała mnie ostrzec, ale się spóźniła. Właściwie zabrakło kilku minut, a przy odrobinie szczęścia być może udałoby mi się uciec.

Teraz było już jednak za późno.

– Synu? – zapytał z niepokojem ojciec.

Musiał być zdziwiony moim zachowaniem. Kiedy tylko wszedł do pokoju, zatrzasnąłem za nim drzwi, ale zanim zdążyłem cokolwiek wytłumaczyć, przyszedł esemes z kodem aktywacyjnym.

– Co się dzieje? – dodał.

– Jechali za tobą tajniacy.

Pokręcił stanowczo głową.

– Nikt za mną nie jechał. Upewniałem się.

Nie miałem zamiaru tego roztrząsać. O ile jeszcze przed momentem mogłem mieć wątpliwości, bo dwóch mężczyzn zostało w samochodzie, zamiast pójść za moim ojcem, o tyle teraz dzięki Kasandrze zyskałem pewność.

Wskazałem na laptopa.

– Właśnie to potwierdziłem.

Ojciec nagle pobladł i odwrócił się do okna. Chciał coś powiedzieć, być może brnąć w zaprzeczenie, a być może przeprosić. Nie dałem mu jednak okazji ani do jednego, ani do drugiego.

– Teraz to nieważne – powiedziałem. – Muszę jak najszybciej stąd zniknąć, zanim przyślą posiłki.

Spojrzał na mnie z niedowierzaniem.

– Wiem, jak to brzmi – kontynuowałem. – Ale w tej sprawie chodzi o znacznie więcej, niż sądziliśmy.

– Z pewnością nikt nie będzie organizował obławy, synu.

– Nie, obławy nie. Ale kilku policjantów z pewnością zaraz się tu stawi.

– W mediach nic o tobie nie mówili.

– Tym gorzej – odparłem cicho. – Dzięki temu mogą więcej.

– Kto?

– Policja, szemrane typy… nie wiem. Ale odpowiedzi czekają na mnie na pendrivie we Wrocławiu.

– Gdzie?

– Nieważne. Muszę się dostać do samochodu, tak żeby mnie nie zauważyli.

Pokręcił głową. Tyle wystarczyło, bym utwierdził się w przekonaniu, że to zwyczajnie niemożliwe. Nigdy nie udało mi się uciec nawet przed kontrolerem w MZK, co dopiero przed policją.

Nigdy nawet nie miałem ku temu okazji. Nie było sensu łudzić się, że pierwsza próba nie będzie również ostatnią.

Co mi pozostało? Cóż, miałem trochę rzeczy na przebranie i gotówkę. Ostatecznie mogłem poradzić sobie bez samochodu.

Musiałem tylko niezauważenie opuścić hotel. Jeśli ci policjanci byli tutaj po raz pierwszy, mogli nie wiedzieć, że z holu da się wyjść zarówno od frontu, jak i z tyłu kompleksu, gdzie znajdował się basen, a kawałek dalej korty tenisowe i las.

Podjechali sami, nikogo więcej tu nie było. A może tak mi się tylko wydawało? Może tak miało mi się wydawać?

– Co zamierzasz? – zapytał ojciec.

– Nie wiem.

– Może powinieneś z nimi…

– Omówić kwestię dobrowolnego poddania się karze? – wpadłem mu w słowo, podchodząc do okna. – O niczym innym raczej nie będą chcieli ze mną rozmawiać.

Ojciec na własnej skórze doświadczył trudów PRL-u. Wydawało mi się, że kto jak kto, ale on wykaże przynajmniej ograniczone zaufanie do organów państwa.

Zerknąłem na policjantów. Wciąż siedzieli w samochodzie, sprawiając wrażenie, jakby na kogoś czekali. Przez moment miałem irracjonalną nadzieję, że z głównego wejścia wybiegnie jakiś dzieciak z torbą tenisową i popędzi do czarnego opla.

Nic takiego jednak się nie stało. Ci dwaj czekali na mnie. Albo na swoich towarzyszy, którzy z pewnością już byli w drodze.

Musiałem podjąć decyzję.

– Wyjdę tyłem – powiedziałem.

Ojciec stanął obok i wyjrzał przez okno.

– Jesteś pewien, że to dobry pomysł?

– Jestem pewien, że nie. Ale co innego mogę zrobić?

Obrócił się do mnie.

– Może w takim razie jakoś ci pomogę.

– Nie – odparłem natychmiast. – Tylko im pokażesz, że coś jest nie tak. Zostań w pokoju.

Właściwie mógłbym skorzystać na małej dywersji, ale nie chciałem, by ojciec ryzykował. I tak zrobił już zbyt wiele. Nie wiedziałem, co spotka jego i matkę, kiedy pojadę do Wrocławia.

Jeśli pojadę.

Jeszcze przez moment przypatrywałem się funkcjonariuszom. Miałem nadzieję, że popełnili najpowszechniejszy policyjny grzech – nie docenili przeciwnika. Że mieli mnie za zupełnego amatora, który nie zorientuje się nawet, iż są na miejscu.

Właściwie przesadnie by się nie pomylili.

Podniosłem torbę, a potem uściskałem ojca, chyba po raz pierwszy od dobrych piętnastu lat. Zapewniłem go, że będę na siebie uważać, choć na dobrą sprawę niewiele już ode mnie zależało.

Potem ruszyłem korytarzem w kierunku tylnego wyjścia. Las, który rozciągał się za kompleksem, znałem tylko z grubsza. Jeździłem tutaj kiedyś na rowerze, ale doskonale zdawałem sobie sprawę z tego, że nawet mieszkańcy okolicznych wiosek potrafią zgubić się w gęstwinie.

Miało to swoje plusy i minusy. Przy odrobinie szczęścia mogło sprawić, że uda mi się uciec. Po drugiej stronie lasu mieściły się Niwki, a kawałek dalej Turawa, lokalny magnes na wszystkich, którzy w lecie lubili spędzać czas nad wodą.

Byłem przekonany, że gdzieś tam trafię na pociąg jadący do Wrocławia.

Musiałem tylko wydostać się z hotelu.

Zatrzymałem się przed wyjściem, a potem wychyliłem lekko głowę i się rozejrzałem. Nie zauważyłem, by ktokolwiek pilnował tylnego wyjścia. Można było przejść stąd do budynku pływalni lub bezpośrednio na tyły restauracji.

Teren był ogrodzony, co stanowiło pewien problem. Jak większość Opolan grałem tutaj kiedyś w tenisa. I piłka raz czy dwa śmignęła nad siatką, spadając po drugiej stronie. Wiedziałem, że muszę przejść wzdłuż ściany lasu, by minąć ogrodzenie.

Wyszedłem z budynku, wciąż bacznie się rozglądając. Z parkingu byłem widoczny tylko przez moment, kiedy przemykałem między hotelem a pływalnią. Kiedy zatrzymałem się przy jej ścianie, odetchnąłem. Nikt mnie nie dostrzegł. I nikt na mnie nie czekał.

A przynajmniej tak wydawało mi się jeszcze przez chwilę.

Kiedy się odwróciłem w stronę lasu, usłyszałem nieznajomy męski, chrapliwy głos:

– Tylko spokojnie, Werner.

Wbiłem wzrok w stojącego kilka metrów dalej umundurowanego policjanta.

A więc jednak nie mieli mnie za kompletnego żółtodzioba.

Zamarłem, nie wiedząc, co począć. Funkcjonariusz trzymał dłoń na odpiętej kaburze z pistoletem. Patrzył na mnie z niewypowiedzianym ostrzeżeniem w oczach, a ja poczułem uderzenie gorąca.

Nie mogłem wpaść na żadne rozwiązanie tej sytuacji. Nie było sensu próbować ucieczki. Łapówka? Nie miałem przy sobie choćby połowy kwoty, którą musiałbym dać temu człowiekowi. Desperacki atak? Nawet gdybym był zaprawiony w mordobiciu, policjant z pewnością zdążyłby wyciągnąć broń.

Patrzył na mnie badawczo, niepewnie, jakby spodziewał się, że zrobię coś nieroztropnego. Miał ku temu wszelkie powody. Od początku tej sprawy nie zachowywałem się racjonalnie.

– Żadnych nerwowych ruchów – powiedział.

Ślina stężała mi w gardle, nie mogłem jej przełknąć. Stałem jak rażony piorunem, nie potrafiąc się poruszyć. Dopiero teraz uświadomiłem sobie, że to naprawdę koniec. Trafię do niewielkiego pokoju bez okien, zostanę przesłuchany, a potem umieszczony w areszcie śledczym.

Gdyby nie to, że zbiegłem z miasta, zapewne mógłbym odpowiadać z wolnej stopy. Ale w tej sytuacji policja wystąpi o tymczasowe aresztowanie. A sąd nie będzie potrzebował wiele czasu do namysłu.

Sytuacja była jasna. Wszystkie dowody świadczyły na moją niekorzyść, a potwierdziłem to, zaszywając się w podmiejskim hotelu.

Zrobiłem więc jedyne, co mogłem. Postawiłem torbę na ziemi i uniosłem otwarte dłonie.

– To wszystko nieporozumienie – powiedziałem.

Mężczyzna drgnął i rozejrzał się nerwowo. Nie byłem specjalistą od stopni policyjnych, ale dwie skośne kreski na naramienniku zapewne nie oznaczały zbyt wysokiej rangi. Mimo to funkcjonariusz sprawiał wrażenie, jakby był starym wyjadaczem.

Spojrzał na torbę, a potem na mnie.

– Podnieś to – odezwał się.

Przez moment miałem wrażenie, że się przesłyszałem. Potem zrozumiałem, że coś jest bardzo nie w porządku. Policjant nie sięgnął do radia, nie zaalarmował swoich towarzyszy, że próbuję zbiec.

– Podnieś to i uciekaj.

Nie wiedziałem, co odpowiedzieć ani tym bardziej jak zareagować. Agresywny ton głosu jasno dawał do zrozumienia, że jeśli tylko zrobię to, co polecił policjant, ten sięgnie po broń.

– Nie mam zamiaru – odezwałem się. – Zrobię wszystko, co…

– Nie rozumiesz.

Podszedł o krok, znów się rozejrzał.

– Musisz stąd spierdalać. W tej chwili.

– Co takiego? – wypaliłem.

– Mój dowódca jest z drugiej strony, zaraz się tu zjawi.

Popatrzył nerwowo w kierunku lasu.

– No już, kurwa! Opuść te ręce i w długą!

– Ale…

– Nie masz dużo czasu – uciął, zbliżając się jeszcze bardziej. Dopiero teraz uświadomiłem sobie, że zdjął dłoń z pistoletu.

– Nie rozumiem, co…

– Wszystko zrozumiesz w swoim czasie, Werner – syknął funkcjonariusz. – Na razie musisz się stąd zabierać.

Otworzyłem usta, chcąc powiedzieć, że nie wiem nawet, gdzie miałbym uciekać, ale policjant najwyraźniej mnie przejrzał.

– Najbliższe stacje kolejowe są w Dębskiej i Chrząstowicach. Wiesz gdzie?

Popatrzyłem na jego imiennik z nazwiskiem. J. Falkow. Cokolwiek się tu działo, przypuszczałem, że powinienem to zapamiętać.

– Tak, chyba wiem – wydukałem. – Ale zamierzałem raczej…

– Co? Iść w drugą stronę i zgubić ogon w lesie?

Pokręcił głową i właściwie tyle mi wystarczyło, bym uznał, że mój pomysł nie był najlepszy. Pamiętałem, że przez lasy turawskie biegły jakieś tory, ale być może nieopodal nie było żadnej stacji. Może rzeczywiście powinienem skierować się do którejś z tych po drugiej stronie.

Ale jakim cudem w ogóle miałem taki wybór?

Spojrzałem na Falkowa, a ten nerwowym ruchem wskazał mi kierunek.

– Uciekaj, Werner. Póki jeszcze możesz.

Nie miałem zamiaru tak po prostu odpuszczać. Nie, kiedy trafiłem na człowieka, który najwyraźniej miał z tym wszystkim, co się działo, jakiś związek. Wiedziałem, że czas nagli, ale nie stać mnie było na to, żeby zrezygnować z takiej okazji.

– Najpierw wytłumacz mi, co tu się dzieje. I kim jesteś?

– Nie ma czasu.

– Trudno.

– Albo teraz się stąd zwiniesz, albo…

Urwał, kiedy z oddali doszło nas ciche nawoływanie.

– To mój przełożony – powiedział Falkow. – Wiesz, co się stanie, kiedy tu przyjdzie?

– Nie obchodzi mnie to. Chcę wiedzieć, co to wszystko znaczy, do kurwy nędzy. Kto zabił Blitzera? Co z Ewą?

Funkcjonariusz zaklął pod nosem i zmarszczył czoło. Posłał mi wrogie, niemal nienawistne spojrzenie.

– Powiedziałem ci, że wszystkiego się dowiesz.

– Nie mam zamiaru czekać.

Znów rozległo się wołanie. Wiedziałem, że Falkow będzie musiał w końcu odpowiedzieć, by nie wzbudzać podejrzeń. I zrobił to, sygnalizując przełożonemu, gdzie się znajduje.

Zrobiło mi się gorąco. Dopiero teraz uświadomiłem sobie, że jestem o krok od wpadki.

– Musisz znikać.

Miał rację. Przepuszczałem wprawdzie okazję, by dowiedzieć się czegoś konkretnego, ale wciąż zachowywałem szansę, żeby odsłuchać nagranie, które czekało na mnie we Wrocławiu.

Nie mogłem dłużej zwlekać.

Złapałem za torbę, a potem się odwróciłem.

– Nie ufaj nikomu – dodał Falkow, kiedy odchodziłem.

Zatrzymałem się i obejrzałem na niego.

– Nikomu – powtórzył.

8

Wieczór przyniósł wytchnienie, jakby wraz z nim nadeszła fala chłodu po wyjątkowo parnym dniu. Usiadłam przed komputerem w gabinecie, wiedząc, że zaraz Werner wciągnie mnie do swojego świata. I że przestanę myśleć o rzeczywistości, w której funkcjonowałam na co dzień.

Sprawdzałam newsy z lokalnych portali opolskich. Wiedziałam, że nie został ujęty. Żaden serwis nawet nie zająknął się na jego temat, a z pewnością o jakiejkolwiek akcji policyjnej byłoby do tej pory głośno.

Kiedyś można by ją ukryć. Teraz każdy był reporterem i ktoś niechybnie zarejestrowałby komórką całe zdarzenie. Być może policja sama by się pochwaliła. Zabójstwo Blickiego odbiło się głośnym echem w miejscowych mediach i komenda wojewódzka z pewnością chciała jak najszybciej przedstawić jakieś konkrety.

Wernowi w jakiś sposób udało się uciec. Byłam tego pewna.

Nie, nie byłam. Pragnęłam jednak, by tak rzeczywiście się stało.

Szczególnie po tym, ile wysiłku kosztowało mnie przekonanie Roberta, że nie robiłam niczego niewłaściwego, siedząc o niewyznaczonej porze w swoim gabinecie. Nie pamiętałam dokładnie, co mówiłam Klizie przez telefon, nie wiedziałam też, jak wiele usłyszał. Niełatwo było dopasować do tego bajkę, którą by kupił.

Ostatecznie jednak mi się udało. Przekonałam męża, że rozmowa nie miała nic wspólnego z prowadzoną sprawą. Przeciwnie, wiązała się z poprzednią, nad którą pracował

Glazur – komputerowy spec wyrzucony jakiś czas temu przez Roberta z RI.

W moim scenariuszu na Glazurze chciał zemścić się mąż kobiety, która zleciła nam zbieranie przedrozwodowych brudów. Trochę kręciłam, ale wytłumaczyłam się tym, że czuję się odpowiedzialna. W końcu gdybyśmy go nie zwolnili, korzystałby z naszej pełnej ochrony. Kto jak kto, ale nasi pracownicy nie musieli się niczego obawiać.

Wynikało to z drugiej, tej mniej oficjalnej działalności Roberta. Często mieszał jeden świat z drugim, zazwyczaj z pożytkiem dla obydwu. Czasem zdarzało się, że prowadziło to do komplikacji, ale na przestrzeni lat były to tylko wyjątki potwierdzające regułę.

Ostatecznie zaproponowałam, żebyśmy zadzwonili do Klizy i zweryfikowali, czy mówię prawdę. Robert był skłonny to zrobić, ale wiedziałam, że tylko mnie sprawdza. Nie miał zamiaru kontaktować się ani z nią, ani z kimkolwiek innym.

Byłam bezpieczna. Przynajmniej na razie.

Usiadłszy przed komputerem z kieliszkiem musującego wina, wysłałam esemesa z kodem aktywacyjnym. Czułam, że robi mi się coraz cieplej, i to nie za sprawą alkoholu. Nerwowo czekałam, aż upragniona linijka tekstu pojawi się na ekranie. Aż przeniosę się gdzie indziej. Słowa miały moc, naprawdę kształtowały rzeczywistość. Szczególnie że świat, w którym żyłam, był w nie ubogi. Dominowały w nim pięści.

Zakołysałam się lekko w przód i w tył, napiłam się. Zaczęłam obracać kieliszek na blacie i dopiero teraz uświadomiłam sobie, że zachowuję się jak narkoman na głodzie. Czyżbym tak szybko popadła w nowe uzależnienie?

Zanim zdążyłam odpowiedzieć sobie na to pytanie, Damian zalogował się na RIC. Odetchnęłam, zyskując pewność, że udało mu się wywinąć.

[Wern] To już chyba stała pora?
[Kas] Tak.
[Wern] Kiedy ją ustaliliśmy?
[Kas] Przy pierwszej rozmowie.
[Wern] Nie pamiętam, żeby ktokolwiek mnie pytał.
[Kas] Bo nie miałeś nic do gadania.

Podobnie jak ja, dodałam w duchu. Robert był bardzo precyzyjny w określaniu, kiedy mogłam korzystać z komputera na górze, kiedy oglądać z nim seriale i kiedy wychodzić na taras.

Zawsze uważałam, że mamy bogatszy język od Anglików czy Amerykanów, ale w przypadku określenia *control freak* to oni wiedli prym. Brzmiało znacznie wymowniej od naszego maniaka, fanatyka czy pasjonata kontroli. Żadne z tych słów nie oddawało sedna. Nie zbliżało się nawet do *clou* problemu, którym był fakt, że osoba określana tym terminem jest w istocie szalona.

[Wern] Tak czy inaczej, powinienem się chyba cieszyć, że uwzględniasz mnie w swoim codziennym rozkładzie dnia.
[Kas] Może.
[Wern] Bo jesteś pewnie jak wszyscy ci, którzy prowadzą własną firmę. Pracujesz dwadzieścia cztery godziny na dobę. Pewnie nawet teraz siedzisz w żakiecie i spódnicy w jakimś biurze o przeszklonych ścianach.

[Kas] Skąd pewność, że nie siedzę w łazience z laptopem na kolanach?

Czekałam na okazję, żeby to napisać. Wbiłam wzrok w ekran, ale odpowiedź nie nadchodziła. Przypuszczałam jednak, że Damian przynajmniej lekko się uśmiechnął, widząc, że się odgryzłam.

Dopiero po chwili pojawiła się kolejna wiadomość.

[Wern] Dziękuję.

[Kas] Za tę wizję?

[Wern] Nie, za cynk. Gdyby nie to, nie miałbym pewności, że naprawdę mam przesrane.

[Kas] A masz?

[Wern] Nawet nie wiesz, jak bardzo.

Machinalnie się napiłam. Ruch był naturalny, nieuświadomiony. Pociąganie kolejnych łyków było dla mnie tak normalne jak oddychanie.

[Kas] Jak udało ci się uciec?

[Wern] Dzięki sprytowi, przebiegłości i błyskowi geniuszu.

[Kas] Czyli miałeś farta?

[Wern] Niezupełnie. Ktoś mi pomógł.

[Kas] Kto?

Odpowiedź nie nadchodziła zbyt długo, bym mogła to zignorować. Albo coś było nie w porządku, albo Werner zastanawiał się, czy może mi zaufać.

Po chwili musiałam uznać, że nie doczekam się już odpowiedzi.

Zastanawiałam się nad tym, kto mógł wyciągnąć do niego pomocną dłoń. Informacje zgromadzone przez Klizę na jego temat dawały obraz człowieka, który właściwie może liczyć wyłącznie na siebie.

W pewnym momencie zawinął się w kokon samotnej egzystencji, czy raczej jej namiastki. Po stracie Ewy nie dopuszczał do siebie nikogo, od wszystkich się oddalił. I trudno było mi pomyśleć o kimkolwiek, kto w sytuacji kryzysu zaufałby mu na tyle, by działać przeciwko policji.

Jeszcze przez chwilę patrzyłam na pusty ekran.

[Kas] Jesteś?
[Wern] Tak.
[Kas] Pytałam, kto ci pomógł.
[Wern] Sam nie wiem.
[Kas] Nie rozumiem.
[Wern] To normalne dla takich ludzi jak ty.

Uniosłam brwi.

[Kas] Co to ma znaczyć?
[Wern] Że wychowałaś się w bogatej rodzinie, wystartowałaś w życiu z save'em z ukończoną w stu procentach grą. Pozostali z nas musieli przechodzić ją od początku.

Niespecjalnie wiedziałam, do czego zmierza. Czekałam na więcej, znów jednak nie odpowiadał.

[Kas] Zmierzasz do czegoś konkretnego?

[Wern] Tylko do tego, że pewnych rzeczy nie zrozumiesz.

[Kas] A więc zmieniasz temat?

[Wern] Właściwie tak.

Zaklęłam pod nosem.

[Kas] Jeśli masz komuś zaufać, to wyłącznie mnie, Werner. Wiesz o tym, prawda?

[Wern] Dałaś mi nick „Wern". Po czymś takim nie oczekuj zaufania.

[Kas] Mówię poważnie.

[Wern] Ja też.

Pokręciłam głową. Najwyraźniej nie było szansy, bym dowiedziała się, kto postanowił mu pomóc. Przez moment namyślałam się nad tym, czy istnieje inny sposób, by to ustalić. Mogłam skorzystać z pracowników RI, ale Robert z pewnością by się tym zainteresował.

Dowiem się prędzej czy później, uznałam w duchu. Teraz pora przejść do konkretów.

[Kas] Gdzie jesteś?

[Wern] W drodze do Wrocławia.

[Kas] I piszesz na laptopie? Nie słyszałeś, że co czwarty wypadek w Polsce spowodowany jest wysyłaniem esemesów?

[Wern] Nie esesmesuję przecież.

[Kas] No tak.

[Wern] Poza tym jadę pociągiem. Obecnie całkiem niezłym, z wi-fi i bez ludzi wpieprzających jajka na miękko. Wcześniej

musiałem odpokutować swoje w regionalnych. Ostro tam dawało.
[Kas] Po co jedziesz do Wrocławia?
[Wern] Czekają tam na mnie odpowiedzi.

Nachyliłam się w stronę monitora.

[Kas] I co zrobisz, kiedy je poznasz?
[Wern] Znajdę osobę, która je dla mnie zostawiła.
[Kas] Wciąż zakładasz, że ona żyje.
[Wern] Ty też.
[Kas] Skąd ta pewność?
[Wern] Inaczej byś mi nie pomagała. Uznałabyś, że sprawa jest zakończona, a Reimann Investigations wypełniło zlecenie.
[Kas] Podejrzewasz mnie o wyłącznie zawodowe pobudki.
[Wern] A masz jakieś inne?
[Kas] Może to moje nowe hobby?
[Wern] Może. A może po prostu mnie polubiłaś.
[Kas] Nie szłabym tak daleko.

Dopiero po chwili uświadomiłam sobie, że uśmiecham się do białych literek pojawiających się i znikających na czarnym ekranie. Poczułam się jak pierwszoklasistka, którą w końcu zainteresował się chłopak z ostatniej klasy.

[Wern] Muszę kończyć. Dam znać, jak tylko będę wiedzieć coś więcej.
[Kas] W porządku. Uważaj na siebie.
[Wern] Jasne.

Po tym, jak się wylogował, siedziałam jeszcze przez chwilę w bezruchu. Zastanawiałam się nad swoimi pobudkami, a potem nad jego motywacjami. Właściwie na tym etapie mnie nie potrzebował. Może ten, kto mu pomógł, poradził nawet, żeby trzymał się ode mnie z daleka.

Nie miałam dobrej opinii. Publiczna wersja Kasandry Reimann w niczym nie przypominała tej, którą znali Wojtek i Robert. Dla zewnętrznego świata byłam zimną snobką, po której wszystko spływa i która wpłaca środki na cele charytatywne tylko po to, by ocieplić nieco wizerunek.

Mogłam wyobrazić sobie, że ktoś zamieszany w sprawę zaginięcia Ewy dotarł do informacji, że Reimann Investigations prowadziło poszukiwania. I mógł ostrzec Damiana, by trzymał się od nas z daleka.

Nabrałam głęboko tchu i sięgnęłam po telefon. Uznałam, że czas najwyższy samej się czegoś dowiedzieć.

Jola odebrała po drugim sygnale.

– Widzę – rzuciła.

– Co widzisz?

– To, co dzieje się w opolskich mediach.

Nie miałam pojęcia, co ma na myśli. Szybko wyświetliłam jeden z lokalnych portali i spojrzałam na stronę główną. Policja podała oficjalny komunikat w sprawie ciała, które rzekomo znaleziono na wyspie Bolko. Wykluczono udział osób trzecich.

Ewa miała popełnić samobójstwo, zażywając mieszankę substancji powodujących zatrzymanie akcji serca. W szczegóły się nie zagłębiano, ale rzecznik lokalnej policji nie pozostawiał wątpliwości, że kwalifikacja prawna jest jasna. Ofiara sama odebrała sobie życie.

– Ale po twoim zdziwieniu zgaduję, że nie dlatego dzwonisz – odezwała się Kliza.

– Nie – przyznałam.

– To dobrze. Bo nie chcę o tym gadać.

Nie dziwiłam się jej. I zastanawiałam się, czy Werner już przeczytał doniesienia. Jeśli tak, zapewne nic nie zmienią – uzna po prostu, że to kolejna spreparowana, niemająca nic wspólnego z prawdą informacja.

– Potrzebuję dojścia do twojego MOZI-ego w komendzie – powiedziałam.

– Nie ma mowy.

– Nikomu nie…

– Nie obchodzi mnie, że zachowasz to dla siebie. Nie ujawniam takich rzeczy i koniec.

Zacisnęłam usta i poczułam, jak wzbiera we mnie gniew. Być może nadszedł moment, bym pokazała się z tej strony, którą widział – i chciał widzieć – cały zewnętrzny świat.

– W takim razie pomożesz mi inaczej – oznajmiłam. – Zadzwonisz do tego człowieka i dowiesz się, jakim cudem Wernerowi udało się wymknąć policjantom sprzed nosa.

Kliza się nie odzywała.

– I nie dasz mu spokoju, dopóki tego nie ustalisz – dodałam, jakbym nadal była jej przełożoną. – Jasne?

Odchrząknęła niepewnie.

– Już to zrobiłam – oświadczyła.

– Tym lepiej.

– Ale MOZI nie ma pojęcia, jak to się stało. Twierdzi, że wszystkie wyjścia były obstawione. Przesłuchali starego Wernera, ale ten twierdzi, że z synem się nie widział. Że kiedy przyjechał do hotelu, już go nie zastał.

Przesunęłam dłonią po włosach, odgarniając grzywkę na bok. Zmrużyłam oczy.

– Co tam się stało, Kliza?

– Nie wiem – odparła.

Milczałyśmy, nie znajdując niczego, co mogłybyśmy powiedzieć. Zadawanie sobie kolejnych pytań wydawało się bezcelowe i przygnębiające.

– Wiem za to, że wszystko, co w tej sprawie zdążyliśmy odkryć, to tylko wierzchołek góry lodowej – dodała. – To jest bardziej skomplikowane, niż myślałyśmy.

9

Nie ufaj nikomu. To krótkie zdanie odbijało mi się echem w głowie, kiedy wychodziłem z pociągu na wrocławskim dworcu. Znów miałem wrażenie, że wszyscy mi się przypatrują, przez co słowa Falkowa rozbrzmiewały jeszcze głośniej.

Może miał rację, może nie. Musiałem brać jednak pod uwagę, że wyciągnął mnie z beznadziejnej sytuacji. Czy mogły kierować nim jakieś ukryte motywacje? Możliwe.

Przypuszczałem, że niebawem wszystkiego się dowiem. Idąc w stronę rynku, myślałem o tym, co podała niedawno opolska policja. Komunikat potwierdzał, że funkcjonariusze byli zamieszani w sprawę.

Osoba, której ciało odnaleziono, nie mogła mieć nic wspólnego z Ewą. Samobójstwo nie wchodziło w grę, nie miałoby żadnego sensu. Jeszcze ileś lat temu mógłbym wmawiać sobie, że po prostu dokonano złej kwalifikacji, ale teraz oszukanie techników kryminalistycznych graniczyło z cudem.

Nikt nie zmanipulował śledczych. To oni sami byli w to zamieszani, a zmowa na dobrą sprawę mogła obejmować więcej osób, niż dotychczas przypuszczałem. Fakt, że upozorowano samobójstwo jakiejś Bogu ducha winnej dziewczyny, zdawał się to potwierdzać.

Na plac Solny szedłem niecałe pół godziny. Wiedziałem doskonale, że muszę kierować się do pubu Guinness. To o nim wspominała Ewa. To z niego wyprowadzała mnie, kiedy zataczałem się, jakbym wrócił z kilkuletniej misji na orbicie okołoziemskiej i utracił zdolność funkcjonowania w ziemskiej grawitacji. Znajdowałem się w stanie nieważkości.

Wszedłem do pubu, który przez wyspiarski klimat przywodził na myśl Highlandera. W pewnym sensie historia zataczała więc koło, choć nie przypuszczałem, by Ewa celowo zdecydowała się na taką symbolikę.

Powitałem jednego z pracowników uśmiechem, a potem podszedłem do baru. Zastanawiałem się, jak zacząć rozmowę. Wybrałem chyba najlepszą z możliwości, po prostu sięgając po menu.

Powiodłem wzrokiem po nazwach drinków. Blitzer czułby się tu jak w niebie. Come As You Are, Du Hast, Ace Of Spades, Highway To Hell…

– Zielone piwo poproszę – powiedziałem.

– Jakie?

– Obojętnie.

Barman nalał mi beczkowego leżajska, wymieszał z zielonym sokiem i postawił przede mną oszroniony kufel. Nie miałem zamiaru pić całego, chciałem zachować trzeźwy umysł. Po jednym łyku zmieniłem jednak zdanie.

Przypatrywałem się mężczyźnie, kiedy odbierał zamówienia od innych klientów. Zastanawiałem się, czy to jego Ewa wybrała, by przekazał mi pendrive'a. A jeśli tak, to dlaczego akurat jego?

Nie, z pewnością pracowało tu zbyt wiele osób, bym trafił akurat na tę, z którą dogadała się moja narzeczona.

Odchrząknąłem, ściągając na siebie uwagę kelnera. Spojrzał na mnie, potem na kufel i odwrócił wzrok, uznając, że chrząknięcie nie było znaczące. Kiedy je powtórzyłem, zmienił zdanie i podszedł do mnie.

– Właściwie nie przyszedłem tu na piwo.

– W takim razie polecam Shepherd's pie. Zapiekankę pasterską z jagnięciną.

– Na jedzenie też nie wpadłem.

Uniósł pytająco brwi.

– Podobno ktoś zostawił tutaj pendrive'a, którego mam odebrać.

Mimo że z głośników sączyła się muzyka, miałem wrażenie, jakby nagle wszystkie dźwięki ustały. Patrzyłem na kelnera, a on na mnie. Mierzyliśmy się wzrokiem, jakbyśmy szykowali się do konfrontacji.

– Pan Damian? – zapytał w końcu.

Ciepła fala przemknęła mi po plecach.

– Tak.

– Nie spieszyło się panu.

Uznałem, że muszę podjąć tę grę.

– Nie mogłem szybciej się pojawić.

– No, ale pendrive jest cały i zdrowy. I czeka na pana.

– Świetnie.

Barman na moment odszedł. Stanął po drugiej stronie baru, pochylił się i sięgnął pod ladę. Kilka osób niecierpliwiło się, chcąc złożyć zamówienie, a ja przypomniałem sobie, jak podczas pracy w Highlanderze irytowali mnie ci wszyscy klienci, którzy w weekendowe wieczory podchodzili do mnie tylko po to, by poprosić o podładowanie smartfona. Bo sytuacja awaryjna, bo zaraz padnie. Kilku klientów tymczasem czekało na swoje drinki. Zazwyczaj niezbyt cierpliwie.

Teraz ja byłem jednym z natrętów. I nie miałem zamiaru szybko dawać za wygraną.

Barman wrócił z pendrive'em przypominającym symbol pająka z kostiumu Spider-Mana. Nie mogłem powstrzymać lekkiego uśmiechu.

– Aż takie to ważne? – zapytał mężczyzna, widząc moją reakcję.

Położył urządzenie na blacie, a ja wbiłem w nie wzrok. Bałem się wziąć je do ręki, jakbym mógł przez to wymazać to, co się na nim znajdowało. Podniosłem wzrok.

– Bardzo ważne.

Nie skomentował, co kazało mi sądzić, że nie podpięli go do komputera i nie odkryli, że jego otwarcie wymaga hasła. Dobra decyzja. Pendrive mógł przecież okazać się siedliskiem wirusów.

Barman chciał się oddalić, ale przytrzymałem go wzrokiem.

– Kto go zostawił? – zapytałem.

– Jakiś mężczyzna.

– Mężczyzna?

Poczułem się jak idiota, powtarzając po rozmówcy, ale ten skinął głową, jakby był przyzwyczajony do obcowania z ludźmi w nie najlepszej kondycji umysłowej.

– Jak wyglądał? – zapytałem.

– Nie wiem, nie było mnie tu wtedy.

– To jakiś stały klient?

– Nie, chyba nigdy więcej tu nie zawitał. Pewnie odebrałby wtedy pendrive'a sam, prawda? A teraz przepraszam, ale…

– Nie zajmę wiele czasu – wpadłem mu w słowo niemal błagalnym tonem.

Popatrzył na niecierpliwiących się klientów, a ja doszedłem do wniosku, że muszę powołać się na solidarność zawodową. Musiałem tylko uwiarygodnić się jako kolega po fachu. I doskonale wiedziałem, jak to zrobić.

– Wybacz, że nie jestem jednym z tych, którzy zamawiają czystą wódkę w dużej szklance bez lodu i do tego tylko wodę mineralną – dodałem.

Zmarszczył czoło.

– Też byłem barmanem – powiedziałem. – I takie combo zawsze oznaczało, że przyszedł alkoholik, który od lat nie pił i tej nocy w końcu uległ. I który przez całą noc będzie w ciszy opróżniał obydwie szklanki, nie zawracając mi dupy.

Mężczyzna lekko się uśmiechnął, najwyraźniej doceniając, że właściwie przedstawiłem mu się jako jeden z upierdliwców.

– Poczekaj moment – powiedział, a potem odszedł i przyjął zamówienia od paru osób.

Wbiłem wzrok w pendrive'a. Chciałem podłączyć go już do laptopa, wprowadzić hasło i wysłuchać, co Ewa miała mi do powiedzenia. Nie mogłem jednak przepuścić okazji, by dowiedzieć się czegoś o tym, kto zostawił dla mnie urządzenie.

Barman po chwili wrócił. Oparł się o blat i popatrzył na mnie podejrzliwie.

– O co chodzi z tym USB? – odezwał się.

– Dobre pytanie.

Wyglądał na nieco zmieszanego, więc szybko się uśmiechnąłem i zbyłem temat machnięciem ręki.

– To wiadomość od pewnej dziewczyny – wyjaśniłem. – Problem polega na tym, że nie wiem, kto go dla mnie zostawił.

– Trochę to dziwne.

– Ale niegroźne. Na dobrą sprawę to tylko niewinna zabawa.

Nie mogłem być dalszy od prawdy, wydawało mi się jednak, że barman tego nie dostrzegł. I szczęśliwie postanowił nie wnikać, zapewne mając cały czas świadomość, że może pozwolić sobie jedynie na chwilę rozmowy.

– Chcę zyskać trochę przewagi – dodałem. – Stąd pytanie o tego, kto to zostawił.

– Aha.

– Jak wyglądał?

– Nie wiem, nie widziałem go.

Rozejrzałem się za innymi pracownikami, ale wszyscy krzątali się gdzieś między lożami zajmowanymi przez roześmianych, wstawionych młodych ludzi. Wrocław z pewnością stanowił najbardziej akademickie miasto w Polsce. Jeśli ktoś chciał się o tym przekonać, wystarczyło w weekendowy wieczór wejść do któregokolwiek z pubów.

– Nie pracuje dziś ta osoba, której zostawiono USB?

– Nie – odparł barman.

– A mógłbyś dać mi do niej kontakt?

– Słuchaj…

– To naprawdę ważne. Zabawa zabawą, ale naprawdę zależy mi na tej dziewczynie.

Westchnął głęboko.

– No, nie wiem.

– Ogromnie byś mi pomógł.

Zastanawiał się przez chwilę, ale ostatecznie się zgodził. Z pewnością tylko dlatego, że chodziło o innego barmana, nie barmankę. Numer do kobiety zyskać byłoby znacznie trudniej.

Podziękowałem mu, a potem pociągnąłem łyk zielonego piwa. Czułem lekki posmak czegoś syntetycznego, ale może tylko mi się wydawało. Potem położyłem na stole banknot dwudziestozłotowy.

– Dzięki – powtórzyłem, chowając do kieszeni pendrive'a i kartkę z numerem.

– Nie ma sprawy.

– Powiedz mi jeszcze tylko… kiedy ten facet to zostawił?

Barman namyślał się przez chwilę, drapiąc się za uchem i krzywiąc, jakby wyłowienie tego z pamięci graniczyło z cudem. Nie dziwiłem się. W takich miejscach przewijało się tyle osób, dochodziło do tylu zdarzeń, słyszało się o tylu sprawach, że wszystko się mieszało.

A mimo to bywali tacy, którzy przychodząc raz na kwartał, prosili „to, co zawsze" i oczekiwali, że obsługa będzie pamiętała.

– Nie wiem – powiedział w końcu. – Tydzień, może dwa temu.

Z trudem przełknąłem ślinę. Kogokolwiek wysłała Ewa, zrobiła to stosunkowo niedawno. Odniosłem złudne wrażenie, jakbym zbliżył się do niej na wyciągnięcie ręki.

A może nie było tak złudne, jak mi się wydało.

Cofnąłem się w okolice Renomy i zacząłem rozglądać za hotelem. Przy Podwalu trafiłem na miejsce z obiecującą nazwą. Incepcja okazała się niewielkim hostelem i oferowała wszystko, czego potrzebowałem.

Zamknąłem się w niewielkim pokoju, który metrażowo biła na głowę przeciętna studencka kawalerka, a potem ułożyłem się na łóżku z laptopem na kolanach. Wpiąłem pendrive'a do portu i nabrałem głęboko tchu.

Pojawiło się okienko do wpisania hasła. Wprowadziłem „Rosabelle".

Potem odniosłem wrażenie, że odsłoniło się przede mną coś, co równie dobrze mogło stanowić największą tajemnicę wszechświata. Patrzyłem na plik AAC, w którym czekały na mnie odpowiedzi.

Nosił nazwę *Foliowe torebki pod zlewozmywakiem.*

Musiałem chwilę się nagimnastykować, by go otworzyć na starym sprzęcie. W końcu jednak mi się udało. I z głośników laptopa dobiegł głos Ewy.

Foliowe torebki pod zlewozmywakiem

Część dzieci po latach może powiedzieć, że jedyną rzeczą, jaką nauczyli ich rodzice, jest gromadzenie i przechowywanie foliowych torebek pod zlewozmywakiem w kuchni. Zazdroszczę tym, których to dotyczy.

Moi rodzice nauczyli mnie wielu rzeczy. Rzeczy, których nie chciałabym umieć.

Dzięki nim dowiedziałam się, jak obchodzić prawo, żeby nie płacić podatków. Jak uruchomić małe piramidy finansowe, by ukryć pochodzenie środków finansowych, i czym różnią się one od schematu Ponziego. Dowiedziałam się, jak zacierać ślady, jak prać brudne pieniądze, jak wykorzystywać państwo, by wyłudzać ogromne zwroty VAT...

Mogłabym wymieniać tak jeszcze długo.

Uczyli mnie tych rzeczy bez względu na to, jak reagowałam. A musisz wiedzieć, że od kiedy zaczęliśmy planować własną przyszłość, dawałam im jasno do zrozumienia, jak mam zamiar spędzić resztę życia. Z tobą, z dala od tego wszystkiego, czym oni się zajmowali.

Ale w końcu ich grzechy stały się moimi. Cień ich działalności padł na mnie. I na ciebie niestety również, choć robiłam wszystko, co mogłam, żeby tak się nie stało.

Odcięłam się od nich na długo przed wypadkiem.

Określam to zdarzenie w ten sposób, ale jak już wiesz, nie miało nic wspólnego z niefortunnym zrządzeniem losu. Było zaplanowane, przeprowadzone z zimną krwią, a potem zamiecione pod dywan.

Zanim jednak do niego doszło, powiedziałam ojcu, że nie mam zamiaru przejmować po nim kancelarii. Nie chciałam mieć nic wspólnego nie tylko z nią, ale także z moimi rodzicami. Wciąż liczyło się dla mnie jednak to, byśmy zachowywali jako takie pozory.

Dla ciebie, dla twoich rodziców. Może poniekąd dla mnie samej. Nie wiem, czym się kierowałam. Może tym, że pielęgnowałam tę fasadę przez całe życie, więc nie wyobrażałam sobie, by pewnego dnia po prostu runęła.

Chciałam, żebyśmy byli inni niż moi rodzice. Chciałam, żebyśmy mieli normalny, szczęśliwy związek. Żebyśmy doczekali się dzieci, cieszyli się w życiu spokojem, statecznością, komfortem...

Nie wiem, dlaczego łudziłam się, że to możliwe.

Może dlatego, że moi rodzice w końcu otrzeźwieli. Stało się to jednak za późno, by mogli cokolwiek zmienić.

Mój ojciec pracował dla zorganizowanej grupy przestępczej, która działała przede wszystkim na Dolnym Śląsku. Na jej czele stał człowiek o ksywie Kajman. Całkiem odpowiedniej, bo przywodził na myśl potężnego gada.

Płacił kancelarii niemało, w dodatku tylko niewielka część była opodatkowana. Przez lata ojciec nie miał powodów, by narzekać. Zarabiał więcej, niż mógłby wydać, właściwie nie miał styczności ze środowiskiem, w jakim obracał się Kajman, a łapówki płacone kilku urzędnikom gwarantowały bezpieczeństwo.

Przynajmniej tak się im wszystkim wydawało.

Jestem przekonana, że gdyby CBA nie wpadło na ten trop, mój ojciec do dziś robiłby to samo co w czasach świetności Kajmana. Ja nadal byłabym w Opolu, do zdarzenia nad Młynówką nigdy by nie doszło i do tej pory użeralibyśmy się już pewnie z gromadką dzieci.

Ale po kolei.

Agenci Centralnego Biura Antykorupcyjnego trafili na ślad łapówki tylko dlatego, że jeden z urzędników zaczął szarżować. Pracował na niezbyt prestiżowym stanowisku w urzędzie skarbowym, zarabiał niewiele ponad średnią krajową, a mimo to o kilka razy za dużo pozwolił sobie na zakup rzeczy, na które nie powinno było go stać.

Wzbudziło to typowo ludzką zazdrość współpracowników. A ona w końcu doprowadziła do podejrzliwości. Wystarczył donos jednego nieprzychylnego znajomego z pracy, a CBA zainteresowało się urzędnikiem.

Urządzono chyba nie do końca legalną prowokację. Tak mętną, że biedak nie wiedział, kto w istocie składa mu propozycję korupcyjną. Kiedy zgodził się przymknąć oko na niewielką nieprawidłowość i przyjął za to prezent w postaci kilku tysięcy, agenci się ujawnili.

Facet szybko pękł. Wskazał palcem wprost na Kajmana, skądinąd osobę dobrze znaną służbom. Przeanalizowano wszystkie punkty styczne między urzędnikiem a Kajmanem i trafiono na kancelarię prawną, która pomagała zarówno jednemu, jak i drugiemu.

Nie muszę chyba ci mówić, że należała do mojego ojca.

Agenci CBA mogli zapukać do niego nad ranem i wyciągnąć go z domu siłą. Nie zależało im jednak na płotkach, chcieli dostać tego, który wrzuca do wody zanętę. Mogli to zrobić, przyciskając ojca, ale byli już na etapie postępowania, kiedy nie stać ich było na jakiekolwiek uchybienia proceduralne.

Musieli działać zgodnie z prawem. I wespół z Centralnym Biurem Śledczym Policji, bo sprawa okazała się znacznie szerzej zakrojona, niż początkowo sądzili. Z niewinnego przewinienia urzędniczego przerodziła się w poważną operację przeciwko zorganizowanej przestępczości.

Zgłosili się więc do ojca z propozycją nie do odrzucenia. Poinformowali go, że prowadzą postępowanie przeciwko Kajmanowi i mają wystarczająco dużo dowodów, by obciążyć także jego.

Wiedział, co to oznacza. Miał nie tylko pójść za kratki, ale także stracić wszystko, co przez lata wypracował. Bez względu na to, czy pochodziło z legalnych, czy nielegalnych źródeł.

Nie zastanawiał się długo nad tym, czy zmienić front. Przy drugim czy trzecim spotkaniu zgodził się pójść na współpracę. Prawnikom zamieszanym w przeróżne afery zawsze opłacało się przedstawiać takie propozycje. Byli odpowiednio rozeznani w przepisach i procedurach, by wiedzieć, kiedy należy opuścić tonący okręt.

Tyle że ktoś zauważył ojca przygotowującego sobie szalupę ratunkową. Przypuszczam, że w szeregach policji Kajman miał wtykę, ale mogę się mylić. Równie dobrze to ojciec mógł sam podłożyć sobie nogę – ot, choćby przerzucając coraz więcej środków na zagraniczne konta, by zachować choć ułamek nielegalnych przychodów.

Tak czy inaczej, Kajman o wszystkim się dowiedział. I szybko zrobił to, co potrafił najlepiej.

Jaki był rezultat? Doskonale wiesz, bo byłeś na pogrzebie. Bo pocieszałeś mnie długimi tygodniami, pomogłeś mi przetrwać ten trudny okres. Nie byłam tak blisko z moimi rodzicami jak ty ze swoimi. Ale wciąż byli to moi rodzice.

W dodatku zdawałam sobie sprawę z tego, co się tak naprawdę wydarzyło. I czułam, że niebezpieczeństwo może grozić zarówno mnie, jak i tobie. A mimo to nie mogłam niczym się z tobą podzielić.

Znam cię, wiem doskonale, co byś powiedział i do czego byś mnie namawiał. Nie pozwoliłbyś, żeby prawda została zamieciona pod dywan.

A może teraz byś pozwolił?

Jesteś już innym człowiekiem, życie mocno dało ci w kość. Głównie przeze mnie, zdaję sobie z tego sprawę. Moja wina nie ulega żadnej wątpliwości, a to nagranie nie jest próbą rozgrzeszenia.

Chcę tylko, żebyś zrozumiał.

Wspomniałam już, że moi rodzice nauczyli mnie znacznie większej liczby rzeczy niż tylko przezornego chowania torebek pod zlewem. I właśnie to sprawiło, że rozpoczęły się wszystkie moje problemy. Twoje także.

Wiedziałam o wszystkim. Miałam pełną wiedzę na temat tego, co robił mój ojciec.

Zarzekałam się, że nigdy nie zrobię z niej użytku. Upierałam się, że nie chcę mieć z jego działalnością nic wspólnego. Obiecywałam sobie, że nie pozwolę, by cokolwiek na nas wpłynęło.

Połowicznie dotrzymałam słowa. Niestety tylko połowicznie.

Myślisz, że domyślasz się końca tej opowieści?

Zastanów się jeszcze raz. Gdyby wszystko było takie oczywiste, nie zadawałabym sobie tyle trudu.

Ale o tym dowiesz się z następnego nagrania. Zaufaj mi, mam dobry powód, by nie mówić ci teraz więcej. Bądź cierpliwy jeszcze przez chwilę.

Nagranie czeka na ciebie w innym miejscu. Tam, gdzie ja nie miałam zamiaru wchodzić, a dla ciebie był to obowiązkowy punkt programu.

Niedaleko miejsca, do którego wyciągnął nas Blitzer.

Pamiętasz pewnie, że nie zdezerterowałam ani nie zapadłam w komę. I pomknęłam jak Lux-Torpeda razem z wami. Ty też się pospiesz, bo równo za dwanaście godzin czekający na ciebie plik zniknie.

Nagranie się skończyło, a ja siedziałem w bezruchu. Byłem tak zdezorientowany, że mój umysł miał problem z połączeniem wskazówek, które wyłożyła przede mną Ewa. Nie wiem, ile czasu minęło, zanim odpowiednie trybiki zaczęły działać w mojej głowie.

Spojrzałem na zegarek i szybko zapamiętałem, kiedy minie dwunastogodzinna cezura wyznaczona przez Ewę.

Nie, to absurdalne, uznałem. Nie miałaby żadnego sposobu, by wiedzieć, kiedy odtworzę to nagranie. Kolejne nie zniknie, będzie czekało na mnie w miejscu, gdzie je zostawiła.

Ale dlaczego w takim razie tak powiedziała?

Mimo że najwyraźniej ukrywała przede mną właściwie całe swoje prawdziwe życie, ufałem jej. Upływ lat nie miał żadnego znaczenia, moje uczucie nadal było tak samo mocne. Może nawet bardziej. I przekładało się na to, że bezgranicznie wierzyłem jej słowom.

Bo czy miałaby jakikolwiek cel w oszukiwaniu mnie? Po tym wszystkim? I całym trudzie, jaki zadała sobie z nagraniami?

Musiałem uznać, że nie. I że naprawdę mam dwanaście godzin, by odnaleźć kolejny plik. Plik, dzięki któremu uzyskam odpowiedzi na pytania nękające mnie od dekady.

10

Słusznie przypuszczałam, że Robert sprawdzi moje bilingi. Potwierdził to podczas kolacji, nie zważając na obecność naszego syna. Wojtek tym razem nie miał zadania domowego i całą uwagę dzielił między nas a nuggetsy z ciecierzycy w tempurze. Zajadałby się nimi na okrągło, gdyby nie to, że Robert przygotowywał je właściwie tylko od wielkiego dzwonu.

Mąż patrzył na mnie uważnie, od kiedy usiedliśmy do stołu. Dla zewnętrznego obserwatora wyglądałoby to z pewnością niegroźnie. Zupełnie jakby szef kuchni bacznie przyglądał się, czy przyrządzone przez niego danie smakuje zebranym. Dla mnie jednak ten wzrok był zapowiedzią kolejnej nieprzespanej nocy.

– Sporo ostatnio rozmawiasz z Klizą – rzucił niby mimochodem.

Tyle mi wystarczyło, bym wiedziała, że skontrolował połączenia. Podziękowałam sobie w duchu za przezorność. Gdyby nie ona, prędzej czy później pozwoliłabym sobie na telefon do Wernera i teraz miałabym znacznie większy kłopot.

– Mimo że już u nas nie pracuje – dodał.

Skinęłam głową, udając, że temat jest zupełnie nieistotny, i skupiając się na nuggetsach.

– Zaprzyjaźniłyście się?

– Niespecjalnie.

– To skąd tyle tych telefonów?

– Mówiłam ci, że pomagamy trochę Glazurowi.

– No tak, tak…

Mimo że w każdym naszym słowie kryło się drugie dno, używaliśmy ciepłego, przyjaznego tonu. Nie wiedziałam, czy jesteśmy dzięki temu w stanie oszukać własne dziecko i stworzyć wrażenie, że funkcjonuje w zwykłej, szczęśliwej rodzinie.

Było w tym coś niewłaściwego, ale z drugiej strony również… satysfakcjonującego. To także traktowałam jako poświęcenie z mojej strony. Byłam gotowa znieść znacznie większe upodlenie, byleby ta patologia nie odbiła się negatywnie na Wojtku.

– Ale sprawdziłem, co z Glazurem – odezwał się Robert.

Podniosłam na moment wzrok.

– Mówiłaś, że groził mu mąż kobiety, dla której zbieraliśmy kompromitujące go materiały?

Ten eufemizm nie oddawał w najmniejszym stopniu tego, co staraliśmy się uzyskać w tego typu przedrozwodowych sprawach. Gromadziliśmy najgorszy brud, jaki udało nam się wygrzebać.

W tym wypadku akurat nie było go wiele. To nasza klientka prowadziła znacznie bogatsze życie pozamałżeńskie, choć jej partner też nie był bez winy. Ta jak zawsze leżała gdzieś pośrodku.

Może w przypadku moim i Roberta też tak było? Może stopniowo pozwalając mu na coraz więcej, doprowadziłam do sytuacji, w której obecnie się znajdowałam?

Wolałam nie szukać odpowiedzi na te pytania. Szczególnie teraz, kiedy mąż wciąż nie odrywał ode mnie oskarżycielskiego spojrzenia.

– Tak mówiłaś? – ciągnął. – Czy coś przekręciłem?

– Nie, tak było.

– Ale Glazura nie ma w mieście.

„Sprawdziłem", powinien dodać. Nie zrobił tego jedynie ze względu na to, że dla Wojtka mogłoby to zabrzmieć niepokojąco.

– Uznałyśmy, że najlepiej będzie, jeśli wyjedzie.

– Dokąd?

– Nie wiem, Kliza się tym zajęła.

Brnęłam w niebezpiecznym kierunku, wchodząc na niepewny grunt. Po telefonie Joli przygotowałam sobie wymówkę, ale nic ponadto. Nie było to dobrze zaplanowane kłamstwo, które mogło zadziałać jak bufor bezpieczeństwa. Przeciwnie.

– Sprawdziłem też tego męża – dodał Robert.

– I?

– Nie wygląda mi na takiego, który mógłby zaszkodzić Glazurowi.

Znów eufemizm. Robert radził sobie z nimi równie dobrze jak z formułowaniem brutalnych, werbalnych ciosów, kiedy zamykały się za nami drzwi sypialni.

– Cóż... – zaczęłam, starając się skupić na jedzeniu. – Wiesz, jaki jest Glazur. Boi się wszystkiego.

– Nie wiem, nie znam go.

– To strachliwy chłopak, a poza tym...

– Chętnie bym go poznał.

– Tak?

– Może poczułby się lepiej, gdybyś go zaprosiła.

Było to ostatnie, czego Robert by sobie życzył. Teraz wiedziałam już, że w każdym kolejnym słowie kryje się niewypowiedziana groźba. Pod warstwą pozorów prowadziliśmy zupełnie inną rozmowę.

– Nie wiem, czy to dobry pomysł – powiedziałam. – W końcu go zwolniliśmy.

– Może masz rację.

Na tym się skończyło. Przynajmniej jeśli chodziło o pielęgnowanie fasady.

Kiedy parę godzin później Wojtek zasnął, a ja leżałam już w łóżku z książką, wiedziałam, że dopiero teraz będę musiała zmierzyć się z prawdziwymi zarzutami. Przygotowałam się, jak mogłam. Założyłam podomkę, którą Robert lubił najbardziej. Skropiłam się jego ulubionymi perfumami po wewnętrznej stronie ud i między piersiami. Ułożyłam włosy tak, jak zawsze sobie tego życzył. Nie miałam jednak złudzeń, że na wiele się to zda.

Robert wszedł do sypialni wściekły. Trzasnął drzwiami, nie bacząc na to, czy obudzi syna.

Był wyraźnie wstawiony. Bardziej niż zwykle.

Nie wiem, ile czasu spędził na próbach przekonania samego siebie, że tym razem uda mu się powściągnąć emocje. Z pewnością podjął starania, ale przypuszczam, że im dłużej pił, tym gorzej mu szło.

Bez słowa zrzucił kołdrę na podłogę, a potem gwałtownym ruchem ręki kazał mi się podnieść. Nie odzywał się.

Wstałam niepewnie, a potem zrobiłam krok w stronę ściany. Znajdowaliśmy się po przeciwnych stronach łóżka, jak zawodnicy na ringu.

Jeszcze dwa, może trzy lata temu w takiej sytuacji rozważałabym sposoby, dzięki którym mogłabym się ratować. Od tamtej pory minęło jednak wiele czasu. Wiele siniaków, zadrapań i stłuczeń pojawiło się na moim ciele. A każde jedno utwierdzało mnie w przekonaniu, że nie mogę zrobić absolutnie nic, co sprawi, że Robert nie wpadnie w furię.

Trwał w milczeniu jeszcze tylko przez chwilę.

– Myślisz, że możesz mnie ot tak sobie, kurwa, oszukać?

– Nie.

– I wydaje ci się, że możesz kłamać mi prosto w oczy?

– Robert…

– Za kogo ty mnie masz? Co? Za jakiegoś pierdolonego idiotę?

– To wszystko nie tak.

Mogłam zaprzeczać. Mogłam próbować go ugłaskać. Mogłam błagać, obsypywać go komplementami, wyrazami miłości i zupełnego oddania. Ale jedynym rezultatem byłoby odwleczenie nieuniknionego.

– Zdradzasz mnie, ty suko?

– Nigdy bym…

– Z kim?! – ryknął, obchodząc łóżko.

– Nigdy bym cię nie zdradziła.

Słowa wydobywały się z moich ust samoistnie. Co z tego, że miałam świadomość ich bezużyteczności? Spadając w przepaść, człowiek stara się złapać za cokolwiek, mimo że wie, jak daremny to wysiłek.

– Niewiarygodne, że myślałaś… – urwał i zaśmiał się. – No, naprawdę, kurwa mać. Jak mogłaś w ogóle pomyśleć, że cokolwiek przede mną ukryjesz? Ochujałaś już zupełnie. Ale koniec z tym, rozumiesz? Raz na zawsze zapamiętasz sobie, że przede mną nigdy nie będziesz mieć żadnych tajemnic. Że każdego, kurwa, oszukasz, nawet siebie. Ale nie mnie, ty jebana wywłoko.

Spodziewałam się, że teraz nadejdzie pierwszy cios otwartą dłonią. Zazwyczaj był niepewny, jakby Robert starał się wybadać, na ile może sobie pozwolić. Potem stopniowo się rozkręcał.

Tej nocy było jednak inaczej.

Zanim zdążyłam się zorientować, zamachnął się nogą i kopnął mnie w kolano. Padłam na podłogę z głuchym jękiem i automatycznie zasłoniłam twarz. Robert złapał mnie za ramiona i rzucił na środek pokoju. Niedbale, jak bagażowi na lotnisku, którzy przerzucają torby podróżnych.

Natychmiast do mnie doskoczył, kopnął w żebra, a potem poprawił, tłukąc nogą w miednicę. Nie miałam czasu zareagować. Nawet gdybym chciała coś powiedzieć lub chwycić jego stopę, nie było na to czasu. Razy były szybkie, zdecydowane, opętańcze.

Skoczył na mnie, a potem uderzył dłonią w twarz.

– Ty kurwo...

Okładał mnie przez przerażająco długą chwilę. Miałam wrażenie, że nie przestanie, a zaraz w ruch pójdą pięści. Zrozumiałam, że to jeden z tych wypadków, kiedy zupełnie traci nad sobą kontrolę.

Zazwyczaj choć trochę się pilnował. Był w tym względzie taki jak ja, kiedy piłam. Wiedziałam, że jeśli przesadzę, efekty sprawią, że będę zmuszona przestać. On także musiał uważać. Starał się nie wyrządzać mi szkód, które byłyby nie do zamaskowania.

Zazwyczaj.

Tym razem jednak złapał mnie za gardło i zacisnął mocno ręce. Poczułam, że nie mogę złapać oddechu ani przełknąć śliny.

– Jak śmiałaś...

Próbowałam się odezwać, ale bezskutecznie.

– Zawszona suko, jak śmiałaś?! Po tym wszystkim, co dla ciebie zrobiłem?!

Miałam wrażenie, że zaciska dłonie jeszcze mocniej. Były potężne jak imadło, a ja czułam się krucha i bezbronna. Mimo to zaczęłam się bronić. Podziałało to na niego w jedyny możliwy sposób – dolało oliwy do płonącego w nim ognia szaleństwa.

– Zawsze musisz wszystko spierdolić! Nie tylko moje życie, ale całej naszej rodziny!

Zarzuty pojawiały się za każdym razem, takie czy inne. Obarczał mnie winą nie tylko ze wszystkie swoje niepowodzenia, ale także potknięcia Wojtka czy rzeczy zupełnie od nas niezależne.

W takich chwilach stawałam się w jego oczach źródłem wszelkiego zła.

Przerażała mnie ta myśl. Kazała mi bowiem sądzić, że Robert jest gotów usunąć mnie z równania, które tworzył, by bilans był dodatni.

Zaciskające się na szyi dłonie zdawały się to potwierdzać.

Dusiłam się, mając świadomość, że jest coraz gorzej. Nigdy jeszcze nie zbliżył się tak bardzo do tego, czego najbardziej się obawiałam.

Nie chodziło o sam fakt, że mnie zabije. Nie, to momentami postrzegałam jako jedyny sposób na uwolnienie się z tego koszmaru. Druzgocąca była dla mnie świadomość tego, co stanie się z Wojtkiem, jeśli mnie zabraknie.

Nie miałam wątpliwości, że całą przemoc Robert skieruje na niego. Może nie od razu, ale ostatecznie tak się właśnie stanie.

Zdwoiłam wysiłki, żeby się wyswobodzić, ale to tylko pogorszyło moją sytuację. Zaciskał palce coraz mocniej, potrząsając mną i coś krzycząc. Krew przestawała dopływać mi do mózgu, nie rozumiałam już poszczególnych słów.

Kiedy poczułam, że powieki robią mi się ciężkie, kilkakrotnie uderzył moją głową o podłogę, jakby w absurdalny sposób starał się mnie ocucić.

Na moment przed tym, jak odpłynęłam, w końcu puścił.

Czas jakby się zatrzymał. Panicznie nabrałam tchu i próbowałam się odwrócić, ale Robert wciąż mnie przytrzymywał. Trwał w bezruchu. Dopiero moment później potrząsnął głową, zerwał się na równe nogi i wybiegł z sypialni.

Spojrzałam na otwarte drzwi z obawą, że zobaczę stojącego w progu syna. Że głośne dźwięki go zbudziły i kazały mu sprawdzić, co się dzieje.

Nikogo jednak nie dostrzegłam. Odetchnęłam w duchu, jakby to, że Wojtek pozostał niczego nieświadomy, było rzeczywiście najważniejszą rzeczą.

Podniosłam się obolała.

Wszystko, co działo się później, było intensywniejszą wersją zwykłej skruchy Roberta. Płakał dłużej niż zazwyczaj. Zapowiadał, że z samego rana pójdzie na policję. Doniesie na siebie, poprosi o założenie niebieskiej karty.

Obietnicom, zapewnieniom i przeprosinom nie było końca.

Nie chciał spać tej nocy ze mną. Twierdził, że na to nie zasługuje. Zawinął się w koc w salonie. Jeszcze przez jakiś czas słyszałam, jak robi sobie wyrzuty, pociąga nosem, klnie. Potem w końcu zasnął.

A ja przeszłam cicho do gabinetu na piętrze.

Włączyłam komputer i wysłałam aktywacyjnego esemesa do Wernera. Nie wiedziałam, czy ma włączone dzwonki, czy znajduje się w miejscu z dostępem do internetu i czy o tej porze nie zignoruje mojego sygnału.

Pojawił się już po niecałej minucie.

Kiedy zobaczyłam adres IP, a potem ustawiłam mu nick, poczułam się, jakbym pociągnęła spory łyk prosecco. Zrobiło mi się lżej na sercu.

[Damian] Nie masz spania?

[Kasandra] Ciężka noc.

[Damian] Nie tylko u ciebie.

[Kasandra] Dowiedziałeś się czegoś?

[Damian] Właściwie więcej, niż chciałbym wiedzieć. I nie jestem pewien, czy chcę tę wiedzę pogłębiać.

Przesunęłam dłonią po szyi i poczułam ostry ból w boku.

[Kasandra] Przypuszczam, że tylko tak mówisz.

[Damian] Przypuszczam, że masz rację.

Przez chwilę się zastanawiałam.

[Kasandra] Mogę ci jakoś pomóc?

[Damian] Na razie nie.

Przełknięcie śliny znów przyszło mi z trudem, tym razem jednak przyczyna była zupełnie inna niż podczas zajścia z Robertem. Uświadomiłam sobie, dlaczego pytam. I do czego zmierzam.

Planowałam przekroczyć granicę, przed którą ostatnio zawróciłam.

[Kasandra] W takim razie być może ty pomożesz mnie.

[Damian] W jaki sposób?

Wciągnęłam powietrze nosem i przez moment wpatrywałam się w otwarte drzwi do gabinetu.

[Damian] Jesteś?

[Kasandra] Tak.

[Damian] Wszystko w porządku?

[Kasandra] Bynajmniej. Ale z twoją pomocą to się może zmienić.

Wbijałam wzrok w monitor i nerwowo czekałam na odpowiedź. W końcu nadeszła.

[Damian] Możesz na mnie liczyć.

Tego potrzebowałam. Tak naprawdę tylko tyle było mi niezbędne, bym w końcu podjęła decyzję, że czas najwyższy działać. Werner był jedyną osobą, która mogła mi pomóc. Pochodzącą z zewnątrz, niezwiązaną z biznesem ani pieniędzmi Roberta. Anonimową. Zupełnie nieznaną mojemu mężowi. W dodatku Damian znalazł się poza prawem, był gotów na wszystko.

I prędzej czy później sam będzie potrzebował pomocy. W najgorszym wypadku potraktuje wsparcie mnie jako element handlu wymiennego.

Dzięki niemu zrobię to, co powinnam uczynić już dawno. Wyzwolę się.

11

Empatię straciłem wiele lat temu. Zupełnie zobojętniałem na ludzkie krzywdy i troski, przegapiając chyba nawet moment, w którym do tego doszło. Mimo to zgodziłem się pomóc Kasandrze Reimann – bo było to w moim najlepszym interesie.

Do teraz interesowała się moją sprawą wyłącznie dlatego, że stanowiło to jej nowobogacki kaprys. Może nawet swoiste hobby. Teraz jednak miałem szansę, by to zmienić.

Nie wiedziałem, czego dokładnie będzie ode mnie wymagała, ale byłem pewien jednego – czegokolwiek chciała, stanie się to dla mnie cenną walutą. Walutą, którą spożytkuję, kiedy znajdę Ewę.

Wiedziałem bowiem, że będziemy potrzebować pomocy. Ktokolwiek stał za jej zniknięciem i tym, co działo się później, dysponował nieporównywalnie większymi środkami niż ja. Posiadanie sojuszniczki w postaci Kasandry Reimann mogło okazać się na wagę złota.

Przespałem dwie godziny, nim ruszyłem w drogę. Zapewne opuściłbym Wrocław od razu, gdyby nie fakt, że musiałem czekać na nocny pociąg. Nie miałem wielkich nadziei na to, że uda mi się zasnąć, ale najwyraźniej organizm był bardziej wycieńczony, niż sądziłem.

Do Ostrowa Wielkopolskiego pojechałem Intercity, tam musiałem poczekać kilka godzin na dworcu, ale do upłynięcia terminu Ewy miałem jeszcze mnóstwo czasu. Podróż regionalnym z Ostrowa do Witaszyc zabrał mi trzydzieści minut.

Byłem absolutnie pewny, że udałem się we właściwe miejsce.

Ewa twierdziła, że znajduje się niedaleko miejscowości, do której wyciągnął nas Blitzer. To mogło oznaczać kilka punktów na mapie Polski, ale w tym wypadku chodziło o Jarocin. A konkretnie o rockowy festiwal, który się tam odbywał. Niechętnie braliśmy udział w jakichkolwiek koncertach, ale raz daliśmy się przekonać. I nie żałowaliśmy.

Wiedziałem od razu, że to dobry strzał, bo związek z występem Foo Fighters był oczywisty. Ewa zaplanowała to tak, by wszystko zaczęło się od koncertu i skończyło na koncercie. W dodatku wspominała, że nie zdezerterowała. Nie wpadła w komę. I pomknęła z nami jak Lux-Torpeda. To utwierdziło mnie w przekonaniu, że chodzi o Jarocin, grali tam bowiem wtedy zarówno Dezerter, Coma, jak i Luxtorpeda.

Ale samym celem było inne miejsce. To, do którego nie zamierzała wchodzić – to, które było dla mnie obowiązkowym punktem programu.

Mogło chodzić tylko o jedno. Przed koncertem mieliśmy trochę czasu do zagospodarowania, Blitzer szybko więc sprawdził, co ciekawego można w okolicy zrobić. Kiedy wpadł na trop Muzeum Gwiezdnych Wojen w Pałacu Witaszyce, nie miałem zamiaru odpuszczać.

Darth Maul w skali 1 : 1? Ogromny Jar Jar Binks, któremu mogłem spojrzeć w oczy i nawtykać? Nic nie mogło mnie powstrzymać przed złożeniem tam wizyty.

O ile Ewa tolerowała moją fascynację *Spider-Manem*, o tyle trudno było jej zrozumieć, co widzę w *Gwiezdnych wojnach*. Nigdy nie udało mi się namówić jej na obejrzenie więcej niż kilkunastu minut *Nowej nadziei*. Z trylogią prequeli nawet nie próbowałem. A J.J. Abrams zatrząsł kinematografią o wiele później.

Wiedziałem więc, gdzie się kierować.

Nie wiedziałem zaś, co czeka na mnie w muzeum. I jakim cudem miałoby to zniknąć po dwunastu godzinach od odsłuchania przeze mnie drugiej wiadomości, którą zostawiła mi Ewa.

Kolejne wątpliwości pojawiły się zaraz po tym, jak za dziesięć złotych kupiłem bilet. Stanąłem przed miniaturowymi replikami szturmowców, zastanawiając się, co dalej, kiedy podszedł do mnie mężczyzna koło trzydziestki. Miał wyraźną bliznę pod lewym okiem, ale bynajmniej nie przywodził na myśl zakapiora. Przeciwnie.

Początkowo sądziłem, że to pracownik, ale rozglądał się z podobną ciekawością jak ja. Oprócz nas w muzeum nie było nikogo więcej i na dobrą sprawę nie stanowiło to chyba odstępstwa od normy.

Przyglądałem się turyście stanowczo zbyt długo. W końcu odwzajemnił spojrzenie.

– Coś nie tak? – zapytał niepewnie.

– Nie, po prostu na kogoś czekam. A przynajmniej tak mi się wydaje.

Jego wzrok stał się jeszcze bardziej podejrzliwy. Nie miałem pewności, czy rzeczywiście mam się z kimś spotkać, ale wydawało mi się to logiczne. Jak inaczej Ewa miałaby przekazać mi kolejny plik?

Nie ryzykowałaby ukrycia go w płaszczu Obi-Wana czy jakimkolwiek innym miejscu, bo nie miałaby sposobu, by wiedzieć, jak długo zajmie mi dotarcie do Witaszyc. Z tego samego powodu jednak nie zdołałaby wysłać kogoś, by się ze mną spotkał.

A mimo to po chwili odniosłem nieodparte wrażenie, że stojący obok mnie mężczyzna jest tutaj właśnie dlatego, że poprosiła go o to Ewa.

– Wydaje mi się, że to na ciebie czekam – odezwałem się.

Zabrzmiałem jak szaleniec, ale nie miałem zamiaru się tym przejmować. Patrzyłem na turystę, niepewny, jak się zachowa. Jego wyraz twarzy się nie zmienił, co właściwie mogło oznaczać wszystko.

Przyszło mi na myśl, że równie dobrze mogłem w taki sposób zagadnąć kogoś z obsługi. Skoro miałem robić z siebie idiotę, mogłem od tego zacząć.

– Co masz na myśli? – zapytał mężczyzna.

Nie był zdziwiony. Sprawiał raczej wrażenie osoby, która chce upewnić się, czy nie doszło do pomyłki. A może widziałem to, co chciałem? Tak bardzo zależało mi na kolejnej części nagrania, że umysł mógł mnie oszukiwać.

Tak czy inaczej, nie miałem wyjścia. Ani tym bardziej nic do stracenia.

– Że Ewa dała ci coś dla mnie – powiedziałem.

– Co konkretnie?

Poczułem mrowienie na karku. Ta odpowiedź jednoznacznie sugerowała, że jednak się nie pomyliłem. Obróciłem się do mężczyzny i znów posłałem mu długie spojrzenie.

– Przypuszczam, że pendrive'a.

– I nie mylisz się.

Uniosłem brwi, nie mogąc się odezwać.

– Ale zanim mnie o cokolwiek zapytasz, musisz wiedzieć, że przekazanie ci tego to jedyne, na co się zgodziłem.

– Rozumiem.

– Na nic więcej nie licz.

Skinąłem głową.

– Żadnych pytań, żadnego drążenia, nic z tych rzeczy. I tak o niczym nie wiem.

– Jasne – potwierdziłem.

Nie miałem jednak najmniejszego zamiaru mu odpuszczać. Uznałem, że kiedy tylko da mi USB, przycisnę go i wyduszę z niego wszystko, co chciałem wiedzieć.

Kim jest? Skąd zna Ewę? Jakim sposobem dowiedział się, że będę tutaj właśnie teraz?

Na to ostatnie pytanie być może znałem odpowiedź. Podłączenie pendrive'a we Wrocławiu mogło sprawić, że na dysk przeniósł się jakiś robak. Oprogramowanie mogło być zaprojektowane tak, by mój laptop wysłał sygnał w odpowiednie miejsce. Wystarczyłby krótki ping pod właściwy adres IP, nic więcej.

Mężczyzna przekazał mi kolejnego przypominającego pająka pendrive'a, a ja szybko zamknąłem go w dłoni jak najcenniejszą relikwię. Schowawszy go do kieszeni, mogłem przystąpić do dzieła.

– Skąd znasz Ewę? – zapytałem.

Nie odpowiedział i się odwrócił. Zanim jednak ruszył w stronę wyjścia, złapałem go za przegub ręki. Nie wyglądał na zaskoczonego. Czyżby Ewa przygotowała go na to, że tak łatwo nie dam za wygraną?

Posłał mi wrogie spojrzenie, a potem zerknął na moją dłoń.

– Mówiłem: żadnych pytań.

– Gówno mnie obchodzi, co mówiłeś – odparłem, zaciskając mocniej rękę.

Myślałem, że ją odtrąci, a w jego oczach pojawi się wyraźna agresja, ale się pomyliłem. Mężczyzna wciąż nie sprawiał wrażenia konfliktowego, choć w tej chwili byłoby to całkowicie uzasadnione.

– Puść – rzucił.

Miałem ochotę się roześmiać. Jeśli orientował się w mojej sprawie choć trochę, powinien wiedzieć, że nie odpuszczę, dopóki nie otrzymam od niego jakichś odpowiedzi.

Istniała oczywiście możliwość, że nic na temat zaginięcia nie wie. Ale wciąż mógł mi wyjaśnić kilka kwestii – kim jest, skąd zna moją narzeczoną i dlaczego zaufała mu do tego stopnia, by przekazać pendrive'a.

– Puszczaj, człowieku…

– Nie ma mowy.

Próbował się wyszarpać, ale nie pozwoliłem mu na to. Przeszło mi przez myśl, że jeśli dojdzie między nami do rękoczynów, właściwie nie sposób będzie stwierdzić, kto mógłby okazać się górą. Żaden z nas nie był specjalnie umięśniony.

Ale ja miałem jeden mocny atut.

Byłem zdesperowany.

– Więc co? – zapytał, nerwowo się rozglądając. – Masz zamiar mnie, kurwa, torturować?

– Po prostu chcę wiedzieć, kim…

– Nic nie wiem, rozumiesz?

– Coś z pewnością wiesz. Inaczej by cię tu nie było.

– Miałem tylko dać ci tego flasha, to wszystko.

– Tak? A skąd wiedziałeś, kiedy się tu pojawić?

– Dostałem wiadomość.

– Jaką? Od kogo? – zapytałem przez niemal zaciśnięte usta. – W jaki sposób? No? Coś jednak wiesz.

Dopiero teraz w jego oczach dostrzegłem głęboki niepokój. Rozejrzał się, a potem lekko otworzył usta. Zorientowałem się, że zobaczył kogoś za moimi plecami. Odwróciłem się z irracjonalną, kretyńską nadzieją, że ujrzę Ewę. Że zaplanowała to wszystko tak, byśmy spotkali się tu i teraz. By tutaj to wszystko się skończyło.

Zamiast niej jednak zobaczyłem pracownika muzeum, który przyglądał się nam z niepokojem. Dopiero po chwili uświadomiłem sobie, że nadal trzymam za przegub mojego rozmówcę.

Zanim jednak zdążyłem podjąć próbę beznadziejnego tłumaczenia, mężczyzna skorzystał z chwili mojej nieuwagi i się wyrwał. Natychmiast skierował się w stronę wyjścia, a ja ruszyłem za nim.

– Moment – rzucił pracownik, zastępując mi drogę.

Posłaniec Ewy obejrzał się jeszcze przez ramię, a potem wybiegł na korytarz.

Nie miałem zamiaru tłumaczyć zatrzymującemu mnie mężczyźnie, że najlepiej będzie, jeśli mnie przepuści. Odepchnąłem go i popędziłem za uciekającym. Wypadłem na zewnątrz, rozglądając się na wszystkie strony.

Posłaniec był już przy bramie wjazdowej na teren przypałacowy. Pobiegłem za nim, niepewny, czy go dogonię. Nie wyglądał na wysportowanego, był jednak szczuplejszy ode mnie. Być może nie ćwiczył regularnie, ale cieszył się wyraźnie lepszą formą niż ja.

Pognałem za nim w kierunku niewielkiego skweru po drugiej stronie ulicy, ale w ostatniej chwili skręcił i znikł za jednym z poniemieckich, podniszczonych budynków. Kiedy znalazłem się za winklem, zrozumiałem, że go zgubiłem. Zatrzymałem się na moment – moment w zupełności wystarczający, by mężczyzna odbiegł dostatecznie daleko. Nawet gdybym go wypatrzył, już bym go nie dogonił.

Zgiąłem się i oparłem ręce na kolanach. Powinienem od czasu do czasu, zamiast kilku meczów w Fifie, wybrać się na jeden krótki bieg. Może wtedy dopadłbym tego człowieka, dowiedział się, kim jest i dlaczego pomaga Ewie.

Musieli dobrze się znać, a ona z pewnością mu ufała. Nie był przypadkowym posłańcem, któremu zapłaciła, by pojawił się w określonym miejscu i czasie. Musieli być blisko. Inaczej mężczyzna nie zadałby sobie tyle trudu, by dostarczyć mi wiadomość. Musiał przecież zdawać sobie sprawę, że będę próbował coś z niego wyciągnąć.

Ale tak naprawdę jak daleko byłem gotów się posunąć? Nie wiedziałem. Być może powinienem być wdzięczny losowi za to, że nie miałem okazji się przekonać. I zaufać Ewie, tak jak robiłem to wcześniej.

Tak jak wtedy, gdy byliśmy razem.

Tyle że teraz to zaufanie zdawało się zbyt daleko idące. Żyłem z osobą, która ukrywała przede mną istotne fakty ze swojego życia. Która wychowała się w przestępczej rodzinie. I to jednej z tych najgorszych, w których nosi się garnitury i krawaty zamiast pałek i kastetów.

Zamknąłem oczy i przez moment trwałem w bezruchu. Potem otarłem pot z czoła i się wyprostowałem.

Nie pozostało mi nic innego, jak wynająć gdzieś pokój, zasiąść w nim z laptopem i odsłuchać wiadomość, którą Ewa dla mnie przygotowała. Być może ostatnią.

Wyboru co do lokalizacji właściwie nie miałem. O ile dobrze się orientowałem, był tu tylko jeden obiekt, w którym mogłem spędzić noc. Hotel znajdował się w Pałacu, z którego przed momentem wybiegłem.

Licząc na to, że nie trafię na pracownika muzeum, który widział mnie i mężczyznę z blizną, poszedłem do recepcji. Zapłaciłem niewiele ponad stówę za jednoosobowy pokój, który miał wszystko, czego było mi potrzeba – łazienkę i dostęp do wi-fi.

Usiadłem przed niewielkim biurkiem pod ścianą, a potem otworzyłem laptopa. Kiedy wpiąłem flash disc do portu USB, rozległ się sygnał świadczący o tym, że dostałem esemesa. Nie miałem teraz czasu na Kasandrę. Czegokolwiek chciała, musiało poczekać.

Wprowadziłem to samo hasło, które otwierało mi wszystkie inne drzwi, a potem spojrzałem na samotny plik AAC w folderze. Ewa nazwała go *Nad grobem tych, którzy pokazali*.

Nad grobem tych, którzy pokazali

Najwięcej łez wylewamy nie nad grobami tych, których najlepiej poznaliśmy, ale tych, którzy sprawili, że mogliśmy lepiej poznać samych siebie. Tych, którzy pokazali nam, kim naprawdę jesteśmy.

Dlatego tak bardzo brakuje nam muzyków i pisarzy, kiedy odchodzą. Jedni i drudzy dają nam wgląd w nasze własne dusze. Ale nie dotyczy to przecież tylko osób znanych i cenionych. W moim przypadku odnosiło się do rodziców – mimo że wcale nie miałam z nimi modelowych relacji.

Ich śmierć sprawiła, że poznałam samą siebie.

Dokonałam przewartościowania wszystkich założeń, które stanowiły fundament mojej egzystencji. Może z jednym wyjątkiem. Ciebie. Ty zawsze byłeś oparciem, dzięki któremu trzymało się w moim życiu wszystko inne.

Pamiętaj o tym, kiedy będziesz oceniał moje wybory. Bo podejmowałam je właśnie dlatego, że dałeś mi tak mocny grunt, na którym mogłam ustać. Przynajmniej przez pewien czas.

Po wypadku moich rodziców od razu stało się jasne, co w istocie się wydarzyło, choć policja i prokuratura nie wychylały się z tą informacją. To normalna procedura w takiej sytuacji, trwało w końcu postępowanie przeciwko ludziom, którzy odpowiadali za zamach.

Ja jednak nie tylko sama wiedziałam, co się wydarzyło, ale otrzymałam także potwierdzenie od służb.

Spotkał się ze mną świeżo upieczony oficer prowadzący dochodzenie, Tomasz Prokocki. Przedstawił, co miało miejsce, i nie zostawił żadnych wątpliwości co do tego, kto był zamieszany w sprawę.

Wyrok na moich rodziców wydał Kajman. Wiedział, że przez mojego ojca straci wszystko, przy czym wolność była dla niego chyba jedną z mniej istotnych rzeczy. W więzieniu kontynuowałby swoją działalność – ale tylko pod warunkiem, że zdołałby ocalić swoją organizację. A nie było na to szans. Ojciec wiedział za dużo i miał dokumenty pozwalające na skazanie większości członków tej przestępczej grupy.

Znikły oczywiście zaraz po tym, jak doszło do wypadku. Rodzice mieli rzekomo przewozić je w samochodzie, który, jak wiesz, zajął się ogniem po zderzeniu. Była to oczywista bzdura, ale nie miało to dla Prokockiego wielkiego znaczenia.

Wiedział bowiem, że jest ktoś, kto miał wgląd w cały materiał. Ktoś, kto był dobrze obeznany w całym procederze, który organizowała kancelaria. Ktoś, kto mógł zeznawać w sądzie i pogrążyć nie tylko Kajmana, ale także jego współpracowników. Tą osobą byłam oczywiście ja.

Było także coś, o czym Prokocki nie wiedział.

Ojciec nauczył mnie nie tylko, gdzie chować torebki foliowe, ale także gdzie szukać materiałów, które pomogą mi w sytuacji kryzysowej.

Wykonał kopie najważniejszych dokumentów, zabezpieczył się. I przekazał mi wszystko, co musiałam wiedzieć, gdyby kiedyś doszło do szantażu, porwania czy innej próby zastraszenia jego lub matki.

Nie uwzględnił, że Kajman pójdzie dalej i zdecyduje się usunąć problem w najprostszy sposób.

Tomasz Prokocki podchodził mnie kilkakrotnie. Zaczął się kontaktować jeszcze za życia rodziców, starając się mnie przekonać, że moje zeznania mogą rzucić nieco światła na to, co działo się w kancelarii.

Może wiedział o moich złych relacjach z rodzicami i razem z prokuraturą chciał zbudować przeciwko nim alternatywną linię oskarżenia, a może po prostu uznał, że dobrze mieć kogoś w odwodzie.

Tak czy owak, stanowczo odmawiałam. Skupiałam się na nas, na naszej przyszłości. Nadal nie chciałam mieć nic wspólnego ani z ojcem, ani z organami ścigania, ani ze światkiem przestępczym.

Prokocki namawiał mnie wiele razy, twierdząc, że dzięki temu prokurator spojrzy jeszcze przychylniej na moją rodzinę. Była w tym niezbyt zawoalowana sugestia, że sprawa dotyczy także mnie bezpośrednio.

Upierałam się jednak, że o niczym nie wiem, i w końcu spławiłam go raz a dobrze, ostrzegając, że nęka niewinną osobę i że złożę na niego doniesienie do przełożonych. Wątpię, żeby specjalnie się tym przejął, ale przynajmniej odpuścił.

Na jakiś czas.

Ponownie uaktywnił się po śmierci rodziców. Uznał pewnie, że to wszystko zmienia i będę chciała wziąć odwet na tych, którzy upozorowali wypadek.

Od razu dałam mu do zrozumienia, że to niczego nie zmienia, bo nic nie wiem. Przez pewien czas sama byłam przekonana, że teraz powinnam tym bardziej trzymać się od sprawy z daleka. Wydawało mi się, że skoro i tak nic nie przywróci życia rodzicom, nie jestem zobligowana, by cokolwiek robić.

Nie brałam pod uwagę wszystkich tych osób, które mogą podzielić ich los. Ani tych, którym Kajman i jego ludzie wcześniej odebrali życie. Nie mieli żadnych skrupułów, jak się później dowiedziałam. Wykorzystywali dziewczyny z Ukrainy, porywali dzieci, wymuszali okupy, niszczyli lokalne biznesy, rozbijali rodziny… właściwie nie było niczego, czym by się brzydzili.

Zajęło mi jednak trochę czasu zrozumienie, że mogę to zmienić. Śmierć rodziców naprawdę sprawiła, że poznałam samą siebie.

Zmieniłam się, ale jedynie wewnątrz. Nie zauważyłeś niczego, bo skrzętnie ukrywałam to pod płaszczem żałoby. Przypuszczam, że jeśli przyłapałeś mnie na głębokim zamyśleniu lub niepokojeniu się bez wyraźnego powodu, składałeś to na karb tego, że straciłam rodziców.

W rzeczywistości jednak planowałam już, co zrobię. Raz, chyba po seansie Iluzjonisty, *niemal ci o wszystkim powiedziałam. Siedzieliśmy wtedy w Masce, piliśmy piwo, ty jadłeś piętrowego tosta z kurczakiem. Ja nie pamiętam, co zamówiłam. Myślami byłam daleko.*

Decyzję już podjęłam, ale wciąż zastanawiam się, kiedy opowiedzieć ci o wszystkim, co przed tobą ukrywałam. Prędzej czy później musiało do tego dojść. Nie miałam zostać przecież anonimowym informatorem, ale zeznawać w sądowym procesie. Nie sposób byłoby tego przed tobą ukryć, prawda?

A mimo to nigdy się o tym nie dowiedziałeś.

I z pewnością zastanawiasz się teraz, jak to możliwe. Nie zeznawałam? Zrezygnowałam w ostatniej chwili?

Wszystkiego się dowiesz. Pora na to już dawno minęła, ale mam nadzieję, że nie jest jeszcze za późno.

Kiedy w końcu spotkałam się z Prokockim i oznajmiłam mu, że chcę pomóc w ujęciu Kajmana i jego grupy, wszystko się zmieniło. Początkowo policjant sądził, że przedstawię mu wprawdzie mocne, ale nie niepodważalne dowody. Że nie będą mogły równać się z tymi, które zgromadził mój ojciec.

Wyjawiłam mu jednak, że mam wszystko, czego potrzebował do skazania. Kopie każdego dokumentu, który rzekomo spłonął we wraku samochodu.

Nie muszę ci chyba mówić, że Prokocki był wniebowzięty. Sprawiał wrażenie, jakby zagrał w Lotto tylko po to, by pokazać komuś, jak bzdurny jest to pomysł, a potem nagle wygrał w największej kumulacji.

Zaczęło się żmudne przygotowywanie aktu oskarżenia. Przekazałam Prokockiemu wszystkie materiały, a on razem z prokuratorami zaczął je analizować.

Wiedzieli, że trafili na żyłę złota – i to nawet bogatszą, niż się spodziewali. Materiały dotyczyły bowiem nie tylko samej organizacji Kajmana, ale także ludzi, którzy nie znajdowali się w jej szeregach, a mimo to od czasu do czasu z nią współpracowali.

Przy odrobinie szczęścia śledczy mogli rozpracować kilka szajek. W najgorszym wypadku – skazać Kajmana i jego gang, a wobec pozostałych wszcząć postępowanie.

Szybko stało się jasne, że to wiąże się z szeregiem kłopotów dla mnie. Wszyscy zrozumieliśmy, że nie minie wiele czasu, a gros osób zorientuje się, na jakiej podstawie doszło do skazania.

Gdyby chodziło tylko o środowisko Kajmana, problem byłby znacznie mniejszy. Ci ludzie trafiliby za kratki i nie mogliby mi zagrozić. A w razie czego mogłam liczyć na pomoc policji.

W takiej sytuacji jednak fala uderzeniowa była zbyt duża. Pojawiły się przypuszczenia graniczące z pewnością, że ktoś w końcu trafi na mój ślad.

W dodatku Prokocki ustalił, że szemrane typy od Kajmana pojawiły się na pogrzebie moich rodziców. I że od tamtej pory ktoś miał mnie na oku. Ciebie również. Przestępcy nie wiedzieli, czy byliśmy zaangażowani w proceder mojego ojca, ale musieli założyć najgorszą wersję.

Przez jakiś czas ciągnął się za nami ogon, ale pozory, które stwarzałam przez wzgląd na ciebie, sprawiły, że nabierali się na nie także inni. W tym śledzący nas ludzie.

W końcu odpuszczono. Według Prokockiego zagrożenie jednak wciąż istniało – i z perspektywy czasu trudno się dziwić jego ocenie. Nikt wprawdzie nie pozwoliłby sobie na upozorowanie kolejnego wypadku, byłoby to zbyt podejrzane, ale istniało przecież wiele sposobów, by mnie uciszyć. Jednym z nich było porwanie.

Ale czy do tego doszło? Nie.

Stało się coś znacznie gorszego. Do dziś nie wiem dokładnie, w jaki sposób. Niestety Prokocki także nie, co oznacza, że nawet po dziesięciu latach niebezpieczeństwo jest wciąż realne.

Dlatego tak kluczowe jest, żebyś na siebie uważał.

Musisz pozostawać w ruchu, Tygrysie.

Nie umieszczam kolejnych nagrań w innych miejscach po to, by sprawiać ci trudność. Przeciwnie, to mój sposób, by o ciebie zadbać. Najlepsza ucieczka polega na tym, byś przenosił się do miejsc, których normalnie byś nie wybrał.

Dzięki temu nikt nie wie, gdzie cię szukać.

Nikt oprócz mnie.

Kolejne nagranie jest tym ostatnim, obiecuję. Dowiesz się z niego, co się ze mną stało. Czeka na ciebie w innym miejscu i tym razem także po dwunastu godzinach zniknie. Mam nadzieję, że to rozumiesz. Gdybym nie kazała ci zmieniać miejsca pobytu, nigdy byś tego nie zrobił. Szukałbyś mnie, a być może zaszyłbyś się gdzieś, gdzie twoim zdaniem byłoby bezpiecznie.

Nie byłoby, tyle mogę ci powiedzieć. Nigdzie nie jest. I nie mam wątpliwości, że ktoś podąża twoim tropem, w taki czy inny sposób.

Zaufaj mi więc ten ostatni raz i pojedź tam, gdzie nie dotarliśmy.

Kiedy nagranie dobiegło końca, trwałem w bezruchu, wstrzymując oddech. Dopiero po chwili wypuściłem ze świstem powietrze. Niczego więcej Ewa już nie powiedziała. Brzmiało to zdecydowanie zbyt lakonicznie.

„Pojedź tam, gdzie nie dotarliśmy"?

Nie miałem pojęcia, o co mogło chodzić.

12

Tym razem musiałam uzbroić się w cierpliwość. Po wysłaniu pierwszego esemesa z kodem czekałam na Wernera na próżno. Ponowiłam próbę godzinę później, korzystając z nieobecności Roberta.

Od rana zapewniał mnie, że zrobi wszystko, co trzeba. Że już nigdy nie podniesie na mnie ręki i dobrowolnie zgłosi się na policję. Musiałam sama powstrzymywać go przed tym, by tego nie zrobił.

Ale wszystko to było jedynie teatrem.

Czy mu wierzyłam? Nie, oczywiście, że nie.

Kiedyś było inaczej, bo okoliczności różniły się od obecnych. To, co ze mną robił, postępowało stopniowo, a nie wybuchło pewnego dnia jak niespodziewany ładunek. Narastało, z roku na rok przybierając coraz groźniejszą formę.

Znaki powinnam dostrzegać od samego początku, ale byłam zaślepiona miłością.

Już od pierwszej randki wiedziałam jednak, że mam do czynienia z nadopiekuńczym facetem. Cały czas upewniał się, czy nie dolać mi wina, odsuwał mi krzesło, pytał, czy wszystko smakuje, czy nie chcę czegoś jeszcze i czy wszystko jest w porządku.

Ale na takie rzeczy nie zwraca się uwagi, bo to przecież miłe akcenty.

Potem pojawiają się jednak kolejne symptomy. Robert chodził ze mną na wszystkie spotkania ze znajomymi. I podczas nich zawsze zabiegał o to, by być w centrum uwagi. Nie, więcej, chciał kontrolować rozmowy, nadawać im ton, podsuwać tematy. Jeśli zaczynaliśmy dyskutować o czymś, co go nie interesowało, zawsze znajdował sposób, by zejść na inny, odpowiadający mu temat.

To on wybierał produkty, z którymi wychodziliśmy z supermarketów. To on podejmował decyzje, gdzie spędzimy wakacje. To on zawsze prowadził samochód, nigdy nie pozwalał mi usiąść za kółkiem.

Control freak.

Dostrzegłam, że ma obsesję na punkcie kontroli, znacznie później niż moi znajomi. Ale zazwyczaj tak to działa, kiedy uczucie robi swoje i rozmydla ogląd rzeczywistości. A ja Roberta kochałam. Nie mogę temu zaprzeczać.

Właściwie ta świadomość daje mi pewien komfort, dzięki niej mogę sama się rozgrzeszyć. W końcu miłość to narkotyk. Ale jeśli tak, to ludzie łączą się w pary dlatego, że są ćpunami.

Moje uzależnienie minęło już dawno. Fazę odstawienia też zakończyłam lata temu. Teraz po prostu odsiadywałam wyrok za to, co zrobiłam.

Ale nie miałam zamiaru tego dłużej znosić.

Po godzinie od wysłania esemesa weszłam do gabinetu. Byłam cała obolała, pokonanie każdego pojedynczego stopnia wiązało się z dużym wysiłkiem. Wiedziałam, że mimo szumnych zapowiedzi Roberta monitoring w domu jest włączony, a jeden z pracowników na zewnątrz cały czas ma na mnie oko.

Mój mąż pilnował, czy aby na pewno nie mam zamiaru na niego donieść.

Nie planowałam tego. Zamierzałam zrobić coś znacznie bardziej dotkliwego.

Wchodząc po schodach, posłałam pracownikowi krzątającemu się na zewnątrz odpowiednio długie spojrzenie. To jego obecność miałam zamiar wykorzystać jako powód, dla którego zniknęłam w gabinecie.

Powiem Robertowi, że przyglądał mi się zbyt uważnie. I bałam się, że zobaczy ślady po biciu. Oprócz tego czułam wyraźny dyskomfort, chciałam zostać sama.

Każdego innego dnia z pewnością to by nie wystarczyło. Po wczorajszym okładaniu jednak katalog moich praw znacznie się rozszerzył. Przynajmniej na pewien czas.

Wysłałam kolejny kod i włączyłam RIC. Czekałam, zastanawiając się, dlaczego Wern się nie pojawia. Najprostsze wytłumaczenie było takie, że nie miał dostępu do internetu. Równie dobrze jednak mogło okazać się, że dopadli go ludzie, którym wcześniej się wymknął.

Po chwili pomyślałam jeszcze o innej opcji, być może jeszcze bardziej niepokojącej. Damian mógł uznać, że nie warto mi pomagać. Mogłam go spłoszyć, prosząc o wsparcie.

Może dokonał chłodnej kalkulacji i stwierdził, że na tej transakcji więcej straci, niż zyska.

W końcu jednak się pojawił, a ja odetchnęłam.

Rozmawialiśmy przez moment o rzeczach zupełnie nieistotnych, jakbyśmy oboje potrzebowali tego, by się rozkręcić. Zauważyłam, że jest to już pewna tradycja. Może szukaliśmy dystansu wobec tego, co naprawdę ważne?

W pewnym momencie Damian na dłużej zamilkł.

[Kas] Żyjesz?

[Werner] Głównie udaję. Ale grunt to utrzymywać dobre pozory.

Przyznałam mu w duchu rację. Nawet nie wiedział, jak bardzo trafił w sedno.

[Werner] Tyle że przed kimś muszę w końcu z nich zrezygnować.

[Kas] Co masz na myśli?

Znów chwila milczenia.

[Werner] Jest parę rzeczy, o których chciałbym ci powiedzieć.
[Kas] Śmiało.

Zaczął powoli i niepewnie, linijka po linijce. Relacjonował mi wszystko, co go spotkało w ostatnim czasie, tym razem niczego nie pomijając. Na początku byłam zaskoczona, potem coraz mniej. Stopniowo pozwalał mi zrozumieć, dlaczego w końcu podjął decyzję, by mi o wszystkim powiedzieć.

[Werner] Jak widzisz, mam problem.
[Kas] Nawet niejeden.
[Werner] W dodatku przed momentem dzwoniłem do tego barmana z Wrocławia.

Zawiesiłam wzrok na ekranie, namyślając się.

[Werner] Do tego, którego nie zastałem w Guinnessie. Tego, któremu ktoś zostawił pendrive'a.
[Kas] Tak, domyśliłam się. Nie odebrał?
[Werner] Odebrał.
[Kas] Więc czemu to kolejny problem?
[Werner] Bo opisał mi klienta, który zostawił mu tego pająka. I rysopis pasował do mężczyzny, którego spotkałem w muzeum. Też miał wyraźną bliznę pod okiem. Ewa musi naprawdę mu ufać.

Pokręciłam głową z niedowierzaniem.

[Kas] To zazdrość?
[Werner] Raczej niepokój, bo najwyraźniej nie miała dużego pola manewru w doborze współpracowników. Ten nie sprawia wrażenia kogoś, na kim można polegać.
[Kas] Ale swoją obecnością potwierdza, że Ewa żyje.
[Werner] Tak sądzisz?
[Kas] Oczywiście. Masz rację, zakładając, że musieli być ze sobą blisko. Inaczej nigdy by mu nie zaufała do tego stopnia. Gdyby nie żyła, ten człowiek by o tym wiedział. I nie kontynuowałby swojej... misji.
[Werner] Może masz rację.
[Kas] Na pewno mam.

Zabębniłam palcami o blat biurka, odrywając na moment dłonie od klawiatury. Zastanawiałam się, czy to dobry moment, by ostatecznie rozwiać pewne wątpliwości. W końcu uznałam, że tak.

[Kas] Dlaczego akurat mnie o tym wszystkim mówisz? Szczególnie po tym, jak J. Falkow kazał ci nie ufać nikomu?
[Werner] Bo jesteś poza kręgiem podejrzeń.
[Kas] Dzięki.
[Werner] Zasadniczo to nie komplement, tylko stwierdzenie faktu. Wszyscy inni, których znam, są w jakiś sposób związani z Ewą, miastem czy choćby regionem. A nie wiedząc, kto jest moim przeciwnikiem, nie mogę wiedzieć, kogo się wystrzegać. Oprócz ciebie.
[Kas] To jednak jakieś wotum zaufania.
[Werner] Może. Tak czy inaczej, potrzebuję twojej pomocy, a ty mojej.

Mimo że był dość wylewny, odniosłam wrażenie, że nie mówi mi całej prawdy.

[Werner] Ale najpierw muszę ustalić, o jakie miejsce chodzi w nagraniu.
[Kas] Jak ona to określiła? Tam, gdzie nie dotarliśmy?
[Werner] Mhm.
[Kas] I nie masz najmniejszego pojęcia, co to mogłoby znaczyć?
[Werner] Nie.
[Kas] Ale zdajesz sobie sprawę, że zapewne chodzi o coś najbardziej oczywistego? Coś, co powinno od razu przyjść ci do głowy?
[Werner] Nie pomagasz. Czuję presję.
[Kas] Zastanów się.
[Werner] Zastanawiam się nieustannie.
[Kas] Więc może to jednak złe podejście. Spróbuj podejść do tego bezrefleksyjnie.
[Werner] O, w tym jestem mistrzem. To może pomóc.

Najwyraźniej jednak nie pomagało, bo Damian zamilkł. Wbijałam wzrok w migający kursor i zastanawiałam się, czy to przypadkiem nie dobry moment, by urządzić małą burzę mózgów.

[Kas] Zepsuł się wam kiedyś samochód po drodze na wakacje? Albo coś w tym stylu?
[Werner] Nie.
[Kas] Może nie weszliście na jakiś szczyt, bo nagle rozpętała się burza?

[Werner] Też nie.

[Kas] Więc może chodzi o jakąś metaforę?

Znów przez chwilę nie odpisywał. Potem pojawiła się krótka informacja, która sprawiła, że się uśmiechnęłam.

[Werner] Chyba wiem, co miała na myśli.

[Kas] Brawo. O co chodzi?

[Werner] O jedynego hopla Ewy, który mógł choćby zbliżyć się do mojego pierdolca względem Spider-Mana.

[Kas] Nie bardzo rozumiem.

[Werner] Fascynowały ją początki osadnictwa na ziemiach polskich.

[Kas] Naprawdę?

[Werner] Każdy ma jakieś skrzywienie. To akurat było dość pociągające.

[Kas] Nie wyobrażam sobie, żeby mogło być, ale w porządku. I co w związku z tym?

[Werner] Kiedy byliśmy w Jarocinie, Ewa naciskała, żebyśmy skorzystali z okazji i podjechali do Biskupina.

[Kas] To chyba niezbyt blisko.

[Werner] Jeśli przyjechałabyś do Wielkopolski z Opola, to jednak dość blisko. I tak mieliśmy już kawał drogi za sobą, a w Biskupinie jest cały ten archeologiczny bajzel. Jakaś prehistoryczna osada, wioska wczesnopiastowska, chaty, mosty, mury obronne… A w sezonie robią tam rekonstrukcje.

[Kas] Więc chciała jechać, ale nie daliście się z Blickim namówić.

[Werner] Za nic w świecie. Obiecałem jej jednak, że kiedyś się tam wybierzemy.

[Kas] Tyle że nigdy tam nie dotarliście.
[Werner] Zgadza się.

Pokiwałam głową i machinalnie sięgnęłam po kieliszek prosecco. Dopiero teraz uświadomiłam sobie, że jestem kompletnie nieprzygotowana. Po raz pierwszy od długiego czasu – właściwie od kiedy pamiętałam – wyleciało mi z głowy, by nalać sobie ulubionego wina.

Ta myśl raczej nie powinna mnie zmartwić, ale podziałała na mnie przygnębiająco. Uświadamiała mi bowiem, jak naturalne stało się dla mnie picie.

Kiedy ostatnim razem byłam trzeźwa?

Nie, nie było sensu się nad tym zastanawiać. Nie w mojej sytuacji. Potrzebowałam każdego narzędzia, które pomogłoby mi przetrwać. Jeszcze przez jakiś czas, zanim z pomocą Wernera wyrwę się z tego piekła.

[Kas] W takim razie wiesz, gdzie musisz się skierować po ostatnie nagranie.
[Werner] Wiem.
[Kas] Daleko masz?
[Werner] Nie wiem.

Szybko otworzyłam Mapy Google i wpisałam trasę. Gdyby Damian miał na podorędziu samochód i nieco się pospieszył, zapewne byłby na miejscu w półtorej godziny. W linii prostej od Biskupina dzieliło go niecałe sto kilometrów. Z pociągami mogło być jednak różnie.

[Werner] Wiem za to, że kiedy tam dotrę, będę miał wszystkie odpowiedzi.

[Kas] Jesteś tego pewien?
[Werner] Absolutnie. Obiecała mi to.

Znów skinęłam głową, jakby mógł to zobaczyć.

[Werner] A wtedy będę potrzebował twojej pomocy.
[Kas] Ach.
[Werner] Co to miało znaczyć?
[Kas] Że teraz rozumiem, dlaczego mi o wszystkim powiedziałeś. Bezinteresowności było w tym tyle, ile słodyczy w papryczkach jalapeño.
[Werner] Hmm…
[Kas] Teraz ty idziesz w enigmatyczność?
[Werner] Możesz wierzyć mi na słowo, że się uśmiecham.
[Kas] W takim razie nic nie stoi na przeszkodzie, żebyś użył emotki, zamiast mi o tym pisać.
[Werner] No, nie wiem. W jakiś sposób wydaje się to tutaj niewłaściwe. Przez ten czarny ekran i migający kursor mam wrażenie, jakbyśmy korzystali z jakiegoś komunikatora tekstowego. Albo z pozbawionego skryptu BitchX.
[Kas] Nie wiem, o czym mowa.
[Werner] Mniejsza z tym. Wróćmy do tego, że ostatnim razem, jak sprawdzałem, umówiliśmy się na handel wymienny.
[Kas] Tak było.

Uznałam, że najwyższa pora przejść do rzeczy. Jeśli Damian miał mi pomóc, musiałam działać.

[Werner] O bezinteresowności nie może być więc mowy. Coś za coś.
[Kas] Byle nie oko za oko.

[Werner] Byle nie.

[Kas] Zabierajmy się więc do roboty, Wern. Masz jakiś bank w okolicy?

[Werner] W Witaszycach? Chyba żartujesz.

Szybko sprawdziłam, czy rzeczywiście nie było tam żadnej placówki. Okazało się, że jedyną jest oddział Banku Spółdzielczego. Niespecjalnie mi to odpowiadało.

[Kas] W takim razie pojedź do Jarocina. Tam masz kilka miejsc do wyboru. Założysz konto, a potem przyślesz mi wszystkie dane.

[Werner] Dane do czego?

[Kas] Do przelewu, rzecz jasna.

Nie odpisywał, a ja pomyślałam, że czego jak czego, ale pieniędzy się nie spodziewał. Z mojej perspektywy wydatek finansowy nie wiązał się tak naprawdę z żadnym kosztem. Ponosiłam znacznie większe, zupełnie innego rodzaju.

[Kas] Zrobimy kilka przelewów. Za jeden z nich kupisz samochód w komisie, a po tym, jak zdobędziesz ostatnie nagranie, przyjedziesz na Pomorze.

[Werner] Po ciebie?

[Kas] Po mnie i po mojego syna.

Znów przez kilka chwil nie miałam żadnej odpowiedzi. Potem Damian napisał, że chyba muszę powiedzieć mu nieco więcej. I tak też zrobiłam.

13

Założenie konta nie trwało długo, ale przypuszczałem, że na razie na niewiele mi się zda, skoro i tak musiałem czekać na kartę do bankomatu. Według Kasandry kluczowe jednak było, żebym otworzył je teraz, będąc jeszcze w Jarocinie. Dzięki temu miałem zmylić trop.

Czy ktoś w istocie mnie ścigał? Przypuszczałem, że tak. Jeśli nie policja, to z pewnością ludzie, o których spodziewałem się usłyszeć nieco więcej w następnym nagraniu Ewy.

Koniec końców zrobiłem tak, jak poleciła mi Kas, a potem udałem się do Biskupina. Wiedziałem, że kolejny pendrive w kształcie pająka czeka na mnie w muzeum, ale trudno było wytypować konkretne miejsce, w którym Ewa go ukryła.

Musiała wybrać takie, o którym najłatwiej będzie mi pomyśleć. Problem polegał na tym, że nigdy tu nie dotarliśmy, a ja niespecjalnie orientowałem się, co mogłoby zainteresować ją najbardziej.

Minąłem drewniane ogrodzenie i rozglądając się, wszedłem na teren Muzeum Archeologicznego. W oddali zobaczyłem grupę młodych ludzi z przewodnikiem, po prawej znajdował się spłachetek pokrytej trawą ziemi, oznaczony wymowną tabliczką „Bagno".

Może tam powinienem rozpocząć poszukiwania. Byłoby to adekwatną analogią do sytuacji, w której się znajdowałem.

Ruszyłem dalej po wyłożonej deskami ścieżce. Kręciłem się przez jakiś czas po muzeum, szukając czegokolwiek, co wyzwoliłoby jakieś skojarzenie. Zwiedziłem wioskę wczesnopiastowską, przypuszczając, że to właśnie ten okres historyczny z jakichś przyczyn najbardziej zaciekawiłby Ewę.

Potem wszedłem do pawilonu muzealnego. Gdybyśmy przyjechali tutaj po festiwalu w Jarocinie, zapewne na tym etapie cierpiałbym już niewyobrażalne męki. Nie byłem typem zwiedzacza muzeów. O ile ktokolwiek może nim być.

Właściwie zainteresowały mnie tylko szkielety zwierząt – naczynia, ozdoby i narzędzia nie przykuwały mojej uwagi nawet w minimalnym stopniu. Powoli traciłem nadzieję, kiedy dostrzegłem pracownika muzeum. Uznałem, że nie zaszkodzi zasięgnąć języka.

Chłopak był nieco zdziwiony, kiedy zadałem mu moje pytanie.

– Szuka pan czegoś… związanego z pająkami?

– Mhm – potwierdziłem. – Choćby luźno.

– W jakim sensie?

– Nie wiem.

Popatrzył na mnie jak na idiotę. I właściwie było to całkowicie uzasadnione.

– Może być też pajęczyna albo… – Urwałem i pokręciłem głową. – Nie macie tu niczego takiego?

– Związanego z pająkami?

– Już raz się pan upewniał.

– Tylko że…

– Nieważne – uciąłem i machnąłem ręką.

Skierowałem się w stronę kolejnych eksponatów, choć sądziłem, że miniaturowa replika osady z czasów łużyckich niespecjalnie mi się przyda. Dopiero po chwili zorientowałem się, że pracownik wodzi za mną wzrokiem.

Oprócz wyraźnego poczucia, że spotkał kretyna, w jego spojrzeniu było jednak coś więcej.

– Dlaczego pan o to pyta? – zagaił, podchodząc do mnie.

– Bo coś tu dla mnie zostawiono.

– Pendrive'a w kształcie pająka?

Drgnąłem nerwowo. A zatem Ewa zostawiła tu dla mnie USB. Poczułem nieprzyjemne ciarki na plecach, kiedy uświadomiłem sobie, że ktoś znalazł dysk i zabrał go z miejsca, w którym miał na mnie czekać.

Posłałem chłopakowi długie spojrzenie.

– Tak, chodzi o pendrive'a – potwierdziłem. – Znaleźli go może państwo?

Potaknął, a potem wskazał na jedną z makiet. Nie mogłem z tej odległości dostrzec, co napisano przy gablocie, ale przypuszczałem, że i tak nic by mi to nie powiedziało. Choć powinno. Najwyraźniej Ewa próbowała nakierować mnie właśnie na tę miniaturę.

– Znaleźliśmy to w czasowej wystawie o...

– Mniejsza o szczegóły – uciąłem, wychodząc z założenia, że Ewa miała przesadzone zaufanie do mojej pamięci.

Nie wiedziałem nawet, jaka tematyka interesowała ją najbardziej. Prawdopodobnie kiedyś mi o tym mówiła, ale nie przykładałem do tego wielkiej wagi. Niewielu pewnie znalazłoby się takich, którzy mogliby w podobnej sytuacji powiedzieć co innego.

– Macie to USB? – rzuciłem.

– Tak, jest w kasie. Myśleliśmy, że ktoś je zgubił i...

– Dziękuję – uciąłem, a potem odwróciłem się i ruszyłem w stronę wyjścia.

Czułem na sobie zdezorientowany wzrok chłopaka, ale nie byłem świadomy, że powodem jego zmieszania było coś innego.

– Ktoś już o nie pytał – odezwał się.

Zatrzymałem się w półkroku.

– Co takiego?

– Jakiś facet koło trzydziestki. Chudy, wysoki i...

– Miał bliznę?

Chłopak pokiwał głową, marszcząc czoło.

– Pod lewym okiem – powiedział.

Poczułem się, jakbym szedł ciemną uliczką w opuszczonym mieście i nagle dostrzegł kogoś kątem oka. Im dłużej myślałem o tym, że posłaniec Ewy był tu przede mną, tym większy niepokój mnie ogarniał.

– Kiedy tu był? – zapytałem.

– Dziś rano.

Rozejrzałem się, jakby istniała szansa, że jeszcze gdzieś go zobaczę.

– Zadał to samo pytanie co pan, ale kiedy powiedziałem mu, że USB czeka w kasie, po prostu odszedł.

Zamrugałem nerwowo oczami.

– Nie, moment – dodał pracownik muzeum. – Chciał jeszcze wiedzieć, czy ktoś inny nie pytał o pendrive'a.

Podrapałem się po głowie w zamyśleniu. Może nie miałem się czym przejmować – mężczyzna z blizną pojawił się tutaj, by sprawdzić, czy trafiłem już na odpowiedni trop. Chciał się jedynie upewnić, że wszystko idzie po myśli Ewy.

A przynajmniej taką miałem nadzieję.

Podziękowałem chłopakowi, po czym szybkim krokiem skierowałem się do kasy. Odebrałem USB bez problemu, przepraszając za kłopot. Przez chwilę dwie miłe kasjerki zapewniały mnie, że to żaden problem i każdemu zdarza się czegoś zapomnieć.

– Gdzie w okolicy znajdę jakiś hotel? – zapytałem.

– Hotel, hotel... – zamyśliła się jedna z nich.

– Może być jakiekolwiek miejsce na nocleg.

– Ach. To najbliżej będzie w Przystani Biskupińskiej, ale nie wiem, czy tam przypadkiem nie wynajmują tylko grupom.

– Mają pokoje jednoosobowe – zauważyła druga z pracownic.

– To może pan spróbować. A jakby nie było możliwości, to w Przystani Weneckiej na pewno się będzie dało.

Jeszcze raz podziękowałem, a potem opuściłem teren muzeum. Pendrive'a trzymałem w kieszeni, zaciskając go w pocącej się dłoni. Miałem w ręce rozwiązanie wszystkich spraw, które nie dawały mi spokoju. Dosłownie.

Wystarczyło tylko podpiąć urządzenie do laptopa i posłuchać, co Ewa ma mi do powiedzenia. Zrobiłbym to od razu, choćby siedząc pod palisadą muzeum, ale wyeksploatowana bateria starego asusa pozwalała tylko na chwilę pracy.

Dojście do Przystani Biskupińskiej zajęło mi nieco ponad kwadrans. Na miejscu okazało się, że nie będzie problemu z noclegiem. Za jedną noc ze śniadaniem miałem zapłacić pięć dych. Byłem w stanie to przełknąć, szczególnie że po uaktywnieniu konta Kasandra miała zrobić pokaźny przelew.

Nie wiedziałem, na ile przedstawiona przez nią wersja jest zgodna z prawdą. Po wszystkim, co na jej temat powiedzieli mi Blitzer i Kliza, spodziewałem się raczej, że w małżeństwie Reimannów to ona jest górą.

Najwyraźniej jednak było inaczej. Pod płaszczykiem sukcesów i bogactwa tych dwoje skrywało patologię, która już dawno powinna wyjść na jaw. O ile oczywiście Kas mówiła prawdę.

Tak czy inaczej, nie miałem wyjścia. Jeśli chciałem, by Kasandra pomogła mi finansowo, kiedy znajdę Ewę, musiałem najpierw pomóc jej. I zamierzałem to zrobić, jak tylko dowiem się, gdzie szukać mojej narzeczonej.

Zamknąłem się w pokoju, podłączyłem laptopa do prądu i usiadłem na łóżku. Kiedy system w końcu się włączył, sprawdziłem dla porządku wi-fi. Sieć działała bez zarzutu, a ja odetchnąłem. Potrzebowałem dostępu, by wieczorem uzgodnić z Kasandrą szczegóły.

Tymczasem jednak mogłem w końcu zająć się tym, co było najważniejsze.

Zanim wyłączyłem przeglądarkę, dostrzegłem jednak, że odświeżyła się strona główna NSI. Ściągnąłem brwi, bo wydawało mi się, że gdzieś wśród najnowszych newsów przewinęła mi się nazwa mojego miasta rodzinnego.

I rzeczywiście tak było.

Artykuł nie mieścił się w głównym segmencie, ale w jednym z bocznych, w których wyświetlano najświeższe doniesienia z lokalnych oddziałów NSI. Ten zatytułowany był *Nowe fakty w sprawie zabójstwa w Opolu*.

Spojrzałem na pendrive'a, a potem na ekran. Przez moment się zastanawiałem, a potem wbrew samemu sobie kliknąłem w link. Zgodnie z moimi przypuszczeniami chodziło o Blitza.

NSI donosił, że zidentyfikowano osobę, która prawdopodobnie odpowiada za zabójstwo. Policja prowadzi poszukiwania, ale dochodzeniowcy przypuszczają, że podejrzany opuścił już miasto.

Poniżej zamieszczono zdjęcie.

Moje zdjęcie.

Podane były wszystkie istotne dane, sporządzono oględny rysopis i zaznaczono, że jestem poszukiwany za zabójstwo.

Wlepiałem wzrok w monitor z niedowierzaniem. Z jakiegoś powodu sądziłem, że ktokolwiek za to wszystko odpowiada, nie posunie się tak daleko.

Zaschło mi w gardle, kiedy zrozumiałem, że ci ludzie muszą być naprawdę zdesperowani. A to oznaczało, że zbliżyłem się do rozwiązania sprawy. Znacznie bardziej, niż mógłbym spodziewać się tego jeszcze kilka dni temu.

Zerknąłem na pendrive'a i opadł mnie blady strach. Nie dlatego, że rozpoczęło się polowanie na mnie w całym kraju. I nie ze względu na to, że mogłem trafić do więzienia. Powód był inny. Obawiałem się, że nie zdążę poznać historii mojej zaginionej narzeczonej.

Ktoś w każdej chwili mógł poinformować organy ścigania, gdzie jestem.

Widziało mnie sporo ludzi. Na szczęście w wielu różnych miejscach, co z pewnością zmyli trop. Ewa o to zadbała, przeganiając mnie z jednego miasta do drugiego.

Problem sprowadzał się do pracowników tutejszego muzeum. Chłopak w pawilonie być może zbyt dokładnie mi się nie przyjrzał, ale dwie uprzejme kobiety w kasie biletowej z pewnością mnie zapamiętały.

Nie opuszczało mnie poczucie bezpośredniego, bliskiego zagrożenia. Zupełnie jakby śledczy nie tylko wpadli już na mój trop, ale czekali na korytarzu. Serce waliło mi jak młotem i potrzebowałem chwili, by się uspokoić.

W końcu opanowałem drżenie rąk. Przez moment zastanawiałem się, co powinienem zrobić. Chciałem już sprawdzić nagranie, właściwie niczego nie pragnąłem w tej chwili bardziej. Może jednak rozsądniej było czym prędzej się stąd zabierać? Zatrzeć ślad, póki jeszcze mogłem to zrobić?

Pewnie tak.

Ale od dawna nie kierowałem się tym, co rozsądne. Wpiąłem więc USB w kształcie pająka do portu w laptopie, a potem podsunąłem się do wezgłowia. Wbijając wzrok w trzymany na kolanach komputer, przesunąłem palcem po touchpadzie.

Plik nazywał się *Lody w upalny dzień*. Kliknąłem w niego dwa razy, myśląc o tym, że niewinna nazwa z jakiegoś powodu wzbudza we mnie niepokój. Nabrałem głęboko tchu i się wyprostowałem.

Byłem gotowy, by poznać historię, która czekała na mnie przez dziesięć lat. Historię Ewy.

Lody w upalny dzień

Dzień, w którym dałam się przekonać, by zeznawać przeciwko Kajmanowi i jego organizacji, nie był najgorszym w moim życiu. Ale z pewnością jednym z nich. Popełniłam ogromny błąd, a na swoje usprawiedliwienie mam jedynie to, że towarzyszyło mi głębokie przekonanie, że wypełniam wolę ojca.

Nie, to zupełnie nie tak, Tygrysie.

Chcę myśleć, że o to chodziło, ale rzecz sprowadzała się do czegoś całkowicie innego. Kierowała mną czysta chęć zemsty. Chciałam pomścić rodziców, a jedyny sposób, w jaki mogłam to osiągnąć, polegał na przekazaniu wszystkich materiałów policji i zajęciu miejsca dla świadków w sali sądowej.

Zgodziłam się na to i zaczęłam zeznawać, jeszcze zanim wszyscy zrozumieliśmy, jak daleko ta sprawa może zajść. Z każdym kolejnym odkrywanym dowodem okazywało się, że krąg osób zamieszanych w działalność Kajmana jest coraz szerszy.

Ale nie to stanowiło główny problem. Ten polegał na tym, że części tych ludzi śledczy nie potrafili zidentyfikować. Przewijali się w nagrywanych rozmowach, figurowali jako wydmuszki w dokumentach, ale prowadzące do nich tropy były tak mętne, że pozostawali na wolności nawet po tym, jak zaczęto rozbijać gang.

Mój pozornie prosty plan odegrania się na Kajmanie zaczynał się komplikować. Wręcz obracać przeciwko mnie.

Wiesz, że zemsta jest słodka, prawda? I że jest to danie, które najlepiej smakuje na zimno? Oczywiście, że wiesz. Nie trzeba czytać Maria Puzo ani oglądać Ojca chrzestnego, *by znać to określenie. Ostatecznie to nic innego jak opis lodów, prawda? I to wyjątkowo adekwatny, szczególnie kiedy jemy je w gorący, letni dzień.*

Początkowo przynoszą wytchnienie, wprowadzają w niemal euforyczny stan. Koniec końców jednak nie dość, że tuczą i są niespecjalnie zdrowe, to jeszcze niszczą szkliwo. Próchnica mojego życia rozpoczęła się o wiele wcześniej, ale to właśnie ta ostatnia porcja lodów była decydująca.

W procesie sąd z urzędu przydzielił mi status świadka incognito. Każdy z uczestników postępowania wiedział, że jeśli moje dane wyciekną, poniosę dotkliwe konsekwencje. I nie tylko ja – ty także byłeś zagrożony.

Być może nawet bardziej ode mnie, bo to właśnie ciebie zaatakowaliby ludzie Kajmana, by wymusić na mnie wycofanie się ze składania zeznań. Ale nikt nigdy do ciebie nie dotarł, zadbałam o to.

Nie oznacza to, że członkowie gangu mnie nie szukali. Wręcz przeciwnie. Im dłużej trwał proces, im więcej osób zatrzymywano, tym bardziej zwiększano wysiłki, by zidentyfikować anonimowego świadka, który pogrążał całą ekipę.

Były to jeszcze czasy, kiedy przestępcom opłacało się iść na koronnego. W tej chwili dochodzi do tego rzadko, bo zorientowali się, jak bardzo jest to dla nich problematyczne. Muszą zmienić całe swoje życie, a w zamian dostają od państwa ochłapy. Nie relokuje się ich do ekskluzywnych willi, nie zapewnia wystawnego życia. Przeciwnie, najczęściej mogą liczyć jedynie na namiastkę tego, które znali.

Powinno gwarantować się im lepsze warunki, by zachęcić do wsypywania innych przestępców, ale państwu najwyraźniej szkoda na to pieniędzy. I wszyscy na tym cierpimy.

Zmierzam do tego, że oni i tak mogą liczyć na całkiem sporo – przynajmniej w porównaniu do osób takich jak ja, świadków incognito. Kiedy zeznawałam, nie przysługiwała mi ani specjalna ochrona, ani żadna gwarancja, że w razie czego policja się mną zajmie.

Zmienili to parę lat temu, w dwa tysiące piętnastym roku. Weszła wtedy ustawa, dzięki której teraz świadek pod ochroną może liczyć nawet na dwudziestoczterogodzinną obecność policjanta, ale nie tylko. Państwo oferuje zmianę miejsca pobytu, a nawet pomoc finansową na zaspokajanie podstawowych potrzeb życiowych i mieszkaniowych. Nie są to kokosy, ale coraz więcej zagrożonych osób decyduje się na skorzystanie z takiej możliwości.

Ja jej nie miałam, przynajmniej nie w takim zakresie.

Szybko stało się jasne, że ludzie Kajmana w końcu mnie dopadną. Ustalili, że nie pojawił się żaden świadek koronny z ich środowiska, pozostało im więc sprawdzenie wszystkich tych ludzi z zewnątrz, z którymi organizacja przez lata współpracowała.

Trafiono w końcu na mój trop. Było to już pod koniec procesu, o którym nie miałeś pojęcia. I który położył się cieniem na całym naszym życiu.

Kiedy na mnie trafili, nie mieli zamiaru długo zwlekać.

Tych kilku facetów z Highlandera przyjechało z Dolnego Śląska, Kajman musiał uznać, że tak będzie najlepiej. Byli w Opolu po raz pierwszy i mieli już nigdy tu nie wracać.

Gdyby ci ludzie wiedzieli, jak wiele wniosłam do sprawy i jak bardzo policji na mnie zależy, być może zastanowiliby się dwa razy, zanim zaatakowali nas przed Lożą Szyderców. Nie zdawali sobie jednak sprawy z tego, jak cenna jestem dla organów ścigania. Nie byli świadomi, ile tak naprawdę wiem.

Przypuszczali jedynie, że to ja sypię. I w takiej sytuacji najlepszym rozwiązaniem wydawało im się to, by porządnie mnie zastraszyć. Raz a dobrze pokazać, kto tu rządzi. Kto jest górą, a kto nic nieznaczącym pionkiem w grze wielkich graczy.

Jak lepiej upodlić kobietę niż poprzez gwałt na oczach narzeczonego? Być może zadawali sobie to pytanie, śmiejąc się przy piwie i obserwując nas. Wyobrażam sobie, że ich zwyrodniałe umysły ożywiły się, kiedy zrozumieli, że trafili akurat na dzień, kiedy postanowiłeś się oświadczyć.

Gwałt i pobicie miały być ostrzeżeniami.

Ale stały się czymś więcej. Przedefiniowały nasze życie, uczyniły z nas dwójkę zupełnie innych ludzi.

Nawet po tych wszystkich latach obrazy znad Młynówki czasem do mnie wracają. Staram się przykrywać je w pamięci, czym tylko mogę. Próbowałam wielu leków, ale ostatecznie potwierdziłam, że najlepiej sprawdzają się te, na które nie dostaniesz recepty.

Wiem, że to jak ucieczka z płonącego budynku prosto do lodowatej wody, z której już nie wyjdziesz, ale wciąż to jakiś ratunek. Nawet jeśli sprawia, że tylko odwlekam nieuniknione.

Gwałcili mnie bez końca, przynajmniej takie miałam wrażenie. Na początku towarzyszył mi niewyobrażalny ból, choć nie był chyba spowodowany tym, co działo się z moim ciałem. Chodziło o coś więcej. O mnie. Zniszczyli całą mnie w okamgnieniu.

Nie chcę o tym mówić, a ty nie powinieneś chcieć o tym słuchać. Nie mam wątpliwości, że obracałeś to wszystko w głowie przez ostatnią dekadę.

Zresztą byłeś tam, widziałeś, co się działo. Osoba, którą wtedy byłeś, została przez nich zniszczona już w pierwszych chwilach.

Widziałam, jak o mnie walczyłeś, jak ze wszystkich sił starałeś się ich powstrzymać. I nie wiem, czy bardziej bolesna była świadomość tego, co ze mną robią, czy tego, że nie możesz w żaden sposób mi pomóc.

W pewnym momencie straciłeś przytomność. Ja poniekąd także. Oczy miałam wprawdzie otwarte, patrzyłam na nocne niebo, ale nie znajdowałam się już w swoim ciele. Uderzali w nie jak w pustą kukłę, sapiąc przy tym głośno, ściskając piersi, pośladki, a potem zaciskając dłonie na mojej szyi.

Ten, który zaczął, na koniec wrócił. Kiedy znów się we mnie wdzierał, niczego już nie czułam. Miałam wrażenie, że nie przypominam już człowieka, ale zwłoki.

Po tym, jak skończyli, ostrzegli mnie, żebym więcej nie wspominała ani o Kajmanie, ani o jego organizacji. Mieli się zjawić ponownie, gdybym miała wątpliwości, czy powinnam zrobić, jak mówią.

Dodali coś jeszcze, ale nie mogłam skupić się na tyle, by usłyszeć co. Zapewne były to kolejne żałosne groźby.

We mnie tymczasem powoli zaczynały narastać moje własne. Pod ich adresem.

Jeszcze nie do końca sobie to uświadamiałam, ale z perspektywy czasu wiem, że to wtedy podjęłam decyzję. Miałam zamiar zrobić wszystko, by poszli siedzieć.

Nie wiem, ile czasu minęło, zanim naciągnęłam spodnie, a potem przyczołgałam się do ciebie. Próbowałam cię obudzić, ale nie odzyskiwałeś przytomności. Sprawdziłam puls i odetchnęłam, po czym sięgnęłam po telefon.

Chciałam zadzwonić po karetkę, ale się zawahałam.

W okamgnieniu zrozumiałam, że jeśli postąpię tak jak każdy inny w tej sytuacji, wszystko potoczy się wedle powszechnie znanego scenariusza. Policja będzie starała się zapewnić mi bezpieczeństwo, gwałciciele zostaną w końcu ujęci i skazani, a my do końca życia będziemy tkwić w poczuciu, że ktoś w każdej chwili może nas zaatakować.

Nie mogłam na to pozwolić. Nie zasługiwałeś na to.

Zamiast na pogotowie zadzwoniłam do Prokockiego. Kiedy powiedziałam mu, co się stało, chciał natychmiast przysłać chyba wszystkie służby w okolicy. Powstrzymałam go w porę.

Co więcej, przekonałam go, że musimy skorzystać z tej okazji. Była idealna, by stworzyć zupełnie nowy scenariusz. Taki, który pozwalał skończyć to wszystko raz na zawsze.

Postanowiłam zniknąć. Z pomocą policji rozpocząć nowe życie, przyjmując nową tożsamość i pozorując swoje własne zaginięcie. Tylko to mogło sprawić, że ludzie Kajmana zostawią mnie w spokoju. Mnie i ciebie.

Nie zamierzałam spędzać w ukryciu dziesięciu lat. Przeciwnie, byłam przekonana, że to rozwiązanie najwyżej na kilkanaście miesięcy. Wiedziałam, że sprawię ci ogromny ból, ale nie było innego wyjścia.

Kierowało mną coś jeszcze, Tygrysie. Coś, do czego długo nie chciałam się przed sobą przyznać.

Powiedziałabym, że czułam wstyd, ale byłoby to niedopowiedzenie. Towarzyszyło mi poczucie upodlenia, zbrukania…

właściwie trudno znaleźć odpowiednie słowo, które oddawałoby to, jak czułam się w swoim ciele.

Najchętniej zdarłabym je z siebie. Dokonała jakiegoś rodzaju oczyszczenia duszy, a potem rozpoczęła nowe życie w ciele zupełnie innym. Zohydzili mi samą siebie, sprawili, że nie było dla mnie na świecie nic równie obrzydliwego jak moje odbicie w lustrze.

Wiedziałam jednak, że to minie. A jeśli nie, to przynajmniej stanie się czymś, co potrafię wytrzymać.

W pierwszych chwilach nie mogłam jednak znieść myśli, że mógłbyś na mnie spojrzeć. Nie sposób tego wytłumaczyć, a zapewne także nie sposób zrozumieć, jeśli samemu się tego nie przeżyło. I dlatego nikt nigdy nie powinien przez to przechodzić.

Sądziłam, że te kilkanaście miesięcy rozłąki uratuje nasz związek. Że dzięki temu, kiedy ponownie się spotkamy, zaczniemy budować nasze życie na nowo, zamiast przyglądać się jego stopniowemu rozkładowi.

To przekonanie było złudne, ale tylko utwierdzało mnie w tym, co zamierzałam zrobić. Kierowała mną chęć zapewnienia nam bezpieczeństwa. I wymierzenia zemsty.

Teraz już nie tylko za moich rodziców, ale także za mnie.

Musiałam mieć pewność, że ci ludzie poniosą najbardziej dotkliwe konsekwencje.

Przedstawiłam swój plan Prokockiemu, kiedy dotarł na miejsce. Nie wezwał pogotowia ani posiłków, wiedział doskonale, jak wiele jest na szali. Wsadzając Kajmana i jego ludzi do więzienia, rozbijaliśmy nie tylko cały gang, ale ratowaliśmy życie wielu osobom.

To nie był najgorszy dzień w moim życiu, ale najbardziej upalny. A lody, które dostałam na ochłodę, dały mi jedynie chwilowe wytchnienie. Potem zaczęły się schody.

Dlaczego nie wróciłam po kilkunastu miesiącach?

Jeśli sprawdziłeś, co stało się z Kajmanem, zapewne wiesz, że został skazany. Odsiaduje teraz wyrok w Strzelcach Opolskich, razem z większością swoich ludzi. Niestety nie ze wszystkimi.

Prokocki przygotował dla mnie nowe życie, zupełnie jakbym była świadkiem koronnym. Nie jestem pewna, jak formalnie to załatwił, ale o całej sprawie wiedziało tylko parę osób. Mogłam je policzyć na palcach jednej ręki.

Przypuszczam, że ministerstwo na to przystało, politycy zawsze chętnie zgadzają się na wszystko, jeśli na szali jest dobra narracja medialna. A w tym wypadku tak było. Rozbicie gangu Kajmana odbiło się szerokim echem nie tylko na Dolnym Śląsku i Opolszczyźnie. Stworzenie nowej tożsamości jednej dziewczynie nie było dla państwa wielkim kosztem.

Szczególnie że miała być to tylko doraźna pomoc.

Okazało się to jednak bardziej skomplikowane, niż wszyscy sądziliśmy. Właściwie powinniśmy się tego spodziewać, biorąc pod uwagę, jak długo Kajmanowi udawało się działać bezkarnie.

Powinno być dla nas jasne, że ma kogoś w policji.

Przekonaliśmy się o tym jednak dopiero wtedy, gdy pojawiły się problemy z zatrzymaniami. Ktoś zawczasu poinformował kilku najwyżej postawionych ludzi w organizacji Kajmana, dzięki czemu nie tylko uniknęli aresztu, ale zdołali zbiec z kraju.

Część z nich do dzisiaj pozostaje nieuchwytna.

I nigdy nie wykryto, kto w szeregach policji informował przestępców. Jedno było jednak pewne – jeśli ten człowiek kiedykolwiek dotrze do informacji na mój temat, nie odpuści. Natychmiast zrozumie, że to ja byłam gwoździem do trumny Kajmana. I zrobi wszystko, by mnie odnaleźć.

Ostatecznie mój scenariusz z tymczasowego stał się permanentny.

A ja miałam pozostać nieodnaleziona.

Zatrzymałem na moment nagranie i wbiłem wzrok w okno. Na myśl przyszedł mi policjant, który pomógł mi uciec w Chrząstowicach. Ten, który sugerował, bym nie ufał nikomu. Czy on mógł być wtyką Kajmana? Nie, to nie miałoby sensu. Po tym, co usłyszałem, musiałem przewartościować moje podejście do opolskich policjantów.

Najwyraźniej staliśmy po jednej stronie. A w takim układzie J. Falkow mógł być zaufanym człowiekiem Prokockiego. Może w ten sposób komisarz starał się mi pomóc.

Ale skoro tak, to dlaczego mnie teraz ścigano?

Potrząsnąłem głową, uznając, że kolejne odpowiedzi czekają na mnie w dalszej części nagrania. Nie zostało mi już wiele do odsłuchania, co wydawało się dziwne, bo Ewa z pewnością miała mi znacznie więcej do powiedzenia.

Ale może chciała to zrobić na żywo? Może zaraz miałem usłyszeć instrukcje, które pozwolą mi w końcu ją odnaleźć? Przypuszczałem, że tak. I była to myśl tyle krzepiąca, ile przerażająca.

Kogo właściwie spotkam? Narzeczoną, którą dobrze znałem, czy osobę, w którą po dziesięciu latach się zmieniła? A jeśli tę pierwszą, to czy w ogóle mogłem nadal myśleć, że naprawdę ją znałem?

Pytań było zbyt wiele. Odpowiedzi na szczęście miałem na wyciągnięcie ręki. Tyle że w każdej chwili ktoś mógł przeszkodzić mi w sięgnięciu po nie.

Zerknąłem na drzwi, zastanawiając się, ile mam jeszcze czasu, zanim ktoś wpadnie na mój trop. Zakładając, że informacja o zabójstwie Blitza nie zelektryzowała tutejszej opinii publicznej, być może wystarczająco, by poznać finał historii mojej narzeczonej.

Kliknąłem „play".

Zaszyłam się w Wielkopolsce, choć gdyby to zależało ode mnie, pewnie zdecydowałabym się na góry. Wiesz, że tam mi najbliżej. Ale może właśnie dlatego decyzja została podjęta za mnie, chodziło przecież o to, by nikt mnie nigdy nie znalazł.

I nikomu nigdy się to nie udało.

Dlaczego więc słuchasz teraz tego nagrania? Co sprawiło, że cała machina poszła w ruch?

Nie co, ale kto.

To ja podjęłam tę decyzję. Kiedy się spotkamy, wytłumaczę ci, dlaczego tak się stało. Teraz powinieneś wiedzieć jedynie tyle, że nie pojawiłam się we Wrocławiu bez powodu. Doskonale zdawałam sobie sprawę z tego, że Blitzer nie przegapi koncertu swojej ulubionej kapeli. Mimo że nigdy nie żywiłam do Foo Fighters wielkiej sympatii, to właśnie oni okazali się zespołem, który swoją muzyką zmienił moje życie.

Wizytą na tamtym koncercie wprawiłam wszystko w ruch. Kolejne kostki domina zaczęły się przewracać.

Wydawało mi się, że większość z nich sama ustawiłam, ale nie do końca tak było. Zrobiłam wszystko, by ludzie Kajmana nie dowiedzieli się o tym, co się dzieje. Na tym etapie domyślasz się już pewnie, że doszło do pewnych komplikacji.

Konsekwencje moich działań nie są jednak tak oczywiste, jak mógłbyś sądzić. Ale wszystko ci wyjaśnię, kiedy się spotkamy.

Jesteś na to gotowy, Tygrysie?

Jeśli tak, to będę na ciebie czekać. W miejscu, które poznasz tylko ty. I w czasie znanym tylko tobie.

Czekałem na ciąg dalszy. Informacji było stanowczo zbyt mało, bym mógł ustalić, co Ewa ma na myśli. Patrzyłem z niepokojem na suwak, który wskazywał, że do końca nagrania pozostały trzy sekundy.

– No, już – powiedziałem. – Dodaj coś jeszcze.

Miałem wrażenie, że czas się zatrzymał.

Upłynęła kolejna sekunda.

– Dawaj – rzuciłem błagalnie.

Nagranie się skończyło, nie było nic więcej. Siedziałem osłupiały, czułem się, jakby Ewa wymierzyła mi policzek. Miejsce, które poznam tylko ja? Czas znany tylko mi? Co to miało znaczyć?

Z niczym mi się nie kojarzyło. Absolutnie z niczym.

W dodatku było tak ogólne, że trudno było mi wyobrazić sobie, bym mógł wpaść na cokolwiek. Zastygłem w bezruchu, gorączkowo zastanawiając się nad tym, czy czegoś nie przegapiłem.

W końcu potrząsnąłem głową i uznałem, że najlepiej będzie, jeśli odsłucham nagranie od początku. Nie myślałem już o tym, że czas nagli i powinienem jak najszybciej opuścić okolice Biskupina.

Chciałem otworzyć plik, ale po tym, jak dwukrotnie na niego kliknąłem, okienko z zawartością pendrive'a znikło. Zakląłem w duchu, nie łudząc się nawet, że mógł to być przypadek. Ewa zadbała o to, żeby plik był jednorazowego użytku.

Odłożyłem laptopa na bok i wstałem z łóżka. Zacząłem krążyć po niewielkim pokoju, szukając rozwiązania.

Nic nie przychodziło mi do głowy. Zatrzymałem się przy oknie i zawiesiłem wzrok w oddali, starając się na moment wyłączyć. Najlepsze pomysły pojawiają się w głowie, kiedy nie próbuje się jej przymusić do myślenia.

Ale do tego potrzeba było odpowiednich warunków.

Spokoju.

O nim nie mogło być mowy, kiedy zobaczyłem dwóch policjantów stojących przed budynkiem i rozmawiających z pracownikiem restauracji. Ten gorączkowo drapał się po głowie, a po chwili wskazał wprost na moje okno.

14

Z założeniem kont nie miałam żadnych problemów. Właściwie zaczęłabym przelewać środki z rachunku firmowego już jakiś czas temu, gdybym tylko miała gdzie. Wiedziałam jednak, że Robert natychmiast zauważyłby, gdybym założyła rachunek na swoje nazwisko. I nie skończyłoby się to dla mnie najlepiej.

Jednocześnie nie miałam nikogo, komu mogłabym zaufać na tyle, by powierzyć mu swój fundusz ratunkowy. Tak go nazwałam, choć na dobrą sprawę był on czymś znacznie bardziej doniosłym.

Wszystkie zlecone przeze mnie przelewy miały zapewnić mi i Wojtkowi dostatnie życie przez wiele lat. Z dala od Roberta. Z dala od horroru, który w tej chwili musiałam znosić tylko ja, ale który za jakiś czas mógł dotyczyć także mojego dziecka.

Nie mogłam na to pozwolić.

Wiedziałam, że Wernerowi mogę zaufać. Nie wynikało to jednak z wiary w jego nieskazitelny charakter czy w to, że nigdy nie sprzeniewierzyłby złotówki. Spodziewałam się, że gdyby sytuacja go do tego zmusiła, byłby gotów wydać zgromadzone przeze mnie środki.

Potrzebował jednak mojej pomocy nie mniej niż ja jego.

Zastanawiałam się, jak radzi sobie z odkrywaniem kolejnych poszlak, które na niego czekały. Raz po raz w ciągu dnia wysyłałam esemesa z kodem aktywacyjnym, a potem robiłam wszystko, by niepostrzeżenie dostać się do gabinetu.

Damian jednak ani razu nie pojawił się na RIC. Pod wieczór zaczęłam niepokoić się coraz bardziej. Śledziłam sytuację na bieżąco i wiedziałam, że wysłano za nim list gończy. Wątpiłam jednak, by policja tak szybko trafiła na jego ślad. Interesowano się nim głównie w południowej części kraju, on zaś obecnie przebywał gdzieś między Bydgoszczą a Poznaniem. Powinien być bezpieczny, przynajmniej przez jakiś czas.

Konto bankowe, którego miał użyć, by kupić używany samochód, było już aktywne. Mimo to nikt nie pobrał z niego pieniędzy w żadnej placówce. Wczesnym wieczorem czułam już głęboki niepokój.

Uświadomiłam sobie, jak niewiele brakuje, by cały mój plan spalił na panewce. Opierał się właściwie na jednej osobie.

Tuż przed tym, jak Robert wrócił do domu, ustawiłam alert na RIC i zeszłam na dół. System miał poinformować mnie, kiedy dojdzie do próby logowania. Bez kodu aktywacyjnego zakończy się to niepowodzeniem, ale nie miało to żadnego znaczenia. Ważne, bym wiedziała, że Damian próbuje się skontaktować.

Nie zdecydowałam się wcześniej na podobne rozwiązanie, bo wiązało się ze zbyt dużym ryzykiem. Powiadomienie esemesowe w nieodpowiednim momencie mogłoby przykuć uwagę Roberta. Nie, nie mogłoby. Z całą pewnością by przykuło. Nie dałby spokoju, dopóki nie dowiedziałby się, od kogo dostałam wiadomość.

A ja nie mogłam pozwolić sobie na błąd. Nie w takiej chwili.

Czekając na przyjście męża, powkładałam naczynia do zmywarki i uprzątnęłam w kuchni. Robert nie chciał widzieć nieporządku, gdy wracał po całym dniu do domu. Rzadko zdarzało się, by musiał tak długo przebywać „w pracy", ale od czasu do czasu nie miał innego wyjścia.

Był wtedy poirytowany, wyżywał się nie tylko na mnie, ale też na wszystkich swoich podwładnych. Czasem także na przypadkowych ludziach. Zupełnie jakby fakt, że nie miał mnie na oku, nie pozwalał mu normalnie funkcjonować.

Wiązało się to dla mnie z jeszcze gorszą perspektywą wieczornych scysji. Na szczęście nie dochodziło do tego często, bo zazwyczaj to Robert decydował, kiedy i z kim się spotyka.

Czasem jednak musiał uzupełnić zapasy tego, co sprzedawał. Tego, co zapewniało nam wysoki standard życia. A w końcu tego, dzięki czemu mogłam dokonać szeregu przelewów na mój fundusz ratunkowy.

Gdybym zrobiła to, używając wyłącznie legalnych źródeł, zapewne Robert odkryłby to od razu. Dzięki temu jednak, że środki pochodziły z działalności przestępczej, mogłam być spokojna. Minie kilka dni, nim mój mąż odkryje, że podebrałam jego ciężko zarobione, brudne pieniądze.

Pojawiały się one na kontach bankowych Roberta za sprawą szarainy.

Nie opatentował wprawdzie tego terminu w żadnym urzędzie, ale nie było to konieczne, by większość dilerów w Polsce wiedziała, kto ma wyłączne prawo dystrybucji tego narkotyku.

Szaraina. Brzmiało to niegroźnie, może nawet nieco infantylnie. I właśnie do takiego efektu dążył Robert.

W Stanach narkotyk ten nazywano nieco inaczej. *Grey death*. Szara śmierć.

Pewnie pomagało to w marketingu, a być może na ulicy nazywano opioidową mieszankę w jeszcze inny, nieznany osobom z zewnątrz sposób. Nie zagłębiałam się w temat, zresztą nie wiedziałam nawet, czy wyłącznie tym handlował Robert. Przypuszczalnie nie.

Szaraina nie miała stałego składu. Różniła się w zależności od tego, ile klient był gotów zapłacić. W podstawowej wersji stanowiła mieszaninę fentanylu i karfentanylu, z domieszką heroiny. Efekt, jaki występował po zażyciu, był kilka razy mocniejszy od tego, który można było osiągnąć za pomocą samego kompotu. A koszty po stronie producenta były znacznie niższe.

W USA szara śmierć zbierała już żniwo. Lekarze alarmowali, że do szpitali trafia coraz więcej osób po przedawkowaniu mieszanki. Było o to rzekomo znacznie łatwiej niż w przypadku innych narkotyków.

Nie dziwiło mnie to, biorąc pod uwagę, że karfentanyl był używany do usypiania słoni. W dodatku odnosiłam wrażenie, że do każdej kolejnej partii wytwórcy coraz chętniej wsypują co popadnie. Liczyło się jedynie to, by szaraina osiągała odpowiedni wygląd i klient był w stanie rozpoznać, co kupuje.

Efekt zmieszania poszczególnych składników niespecjalnie kogokolwiek interesował. Roberta także nie. Dla niego liczyło się tylko to, by sprzedawcy rozliczyli się z nim w terminie.

Był lokalnym potentatem, a w dodatku przez lata budował swój publiczny image w taki sposób, by mieć szereg biznesów, dzięki którym mógł systematycznie prać brudne pieniądze. Od pewnego czasu wszystko napędzało się samoistnie i działało jak dobrze naoliwiona machina.

Najbardziej wzbogaciliśmy się na nieruchomościach, choć nie miało to nic wspólnego z legalnym obrotem. Doświadczenie Roberta z pracy w Służbie Celnej było na wagę złota, a jego pomysł był bardzo prosty – kilka należących do niego firm oferowało niskooprocentowane pożyczki, pod warunkiem zabezpieczenia ich nieruchomościami. Klientów dobierano tak, by mieć pewność, że nie spłacą zaciągniętych zobowiązań. Ich domy lub mieszkania przejmowano potem za bezcen, a sprzedawano za krocie.

Podobnych wydmuszek było na pęczki, a Reimann Investigations stanowiło jedną z nich. Nie przynosiło wielkich wpływów, ale pozwalało zalegalizować część dochodów ze sprzedaży szarej śmierci.

Nie czułam się komfortowo z myślą, że teraz to ja użyję tych pieniędzy, by rozpocząć z Wojtkiem nowe życie, ale nie miałam wyboru. Zresztą klamka już zapadła. Pieniądze znalazły się na odpowiednich kontach, założonych na nazwisko Damiana.

Teraz musiałam tylko sprawić, by w odpowiednim momencie wszystko wypłacił.

Potem mogłam uciekać.

Powtarzałam sobie to w myśli, starając się podnieść na duchu. Potrzebowałam tego, by jakoś przetrwać ten wieczór. Kiedy Robert wszedł do domu, wiedziałam już, że będzie źle.

Głównie dlatego, że nie usłyszałam naszego syna.

Robert zajrzał do kuchni i posłał mi lekki uśmiech. Odpowiedziałam tym samym, a potem podeszłam do niego i go pocałowałam.

– Gdzie Wojtek? – zapytałam.

– Śpi u kolegi.

Uniosłam pytająco brwi, starając się nie okazać pretensji.

– Nic o tym nie wiedziałam.

– Wymyślili to w szkole.

– Mogłeś…

– Co? – żachnął się. – Zadzwonić i spytać cię o zdanie? A co to za wielka sprawa? Zapytał mnie, jak go odbierałem, a ja się zgodziłem. Nie muszę chyba wszystkiego z tobą konsultować, prawda?

Otworzyłam usta, ale nie dał mi okazji, żebym się odezwała.

– To tylko jedna noc u kolegi – dodał. – O co masz pretensje?

– Nie mam.

– A patrzysz na mnie, jakbym ci, kurwa, zabił matkę.

– Po prostu…

– Co? – syknął, zbliżając się do mnie.

Nawet nie ściągnął marynarki. Ledwo zdążył odstawić teczkę, a już był gotów mnie okładać. Ta noc będzie inna niż wszystkie. Już teraz to rozumiałam.

Jeszcze parę godzin temu wydawało mi się, że jestem o krok od ucieczki. Werner był na tropie Ewy, ja zabezpieczyłam środki finansowe. Wystarczyło, by się tutaj pojawił, a razem z Wojtkiem mogliśmy zniknąć.

Nie zostawiłabym żadnych śladów. Żadnych.

A Robert nigdy nie trafiłby na trop Wernera. Z jego perspektywy byłby to anonimowy, przypadkowy facet, z którym nic mnie nie wiązało. Nigdy nie połapałby się, że to on pomógł mi wyrwać się z tego piekła.

I dzięki temu nigdy nie byłby w stanie zmusić mnie, bym do niego wróciła.

Tymczasem teraz Damian przepadł jak kamień w wodę, a mnie czekały przejścia, które…

Nie, nie powinnam używać eufemizmów, przynajmniej nie w myślach. Czekały mnie tortury. Musiałam powiedzieć to sobie wprost.

Tortury, których mogłam nie przeżyć. Widziałam to w oczach męża, kiedy wlepiał we mnie wzrok. Był wściekły, miał pretensje, czuł potrzebę wyładowania wszystkich tych emocji, które narastały w nim przez cały dzień.

– O co ci chodzi, do kurwy nędzy? – zapytał. – Nie mogę sam zdecydować, czy mój syn śpi poza domem, czy nie?

– Chodzi tylko o…

– O co? – przerwał, łapiąc mnie za przegub.

Udałam, że nawet tego nie odnotowałam. Gdybym choćby spojrzała na jego dłoń albo jęknęła z bólu, zdenerwowałby się jeszcze bardziej. Odebrałby to jako kolejne nieuzasadnione pretensje.

– Nie ma piżamy – powiedziałam cicho.

Czułam się żałośnie. Ale jeśli kiedykolwiek miałam dobry powód, by być spolegliwą, to właśnie tej nocy. Musiałam przetrwać ją w jak najlepszym stanie, by być gotową na przyjazd Wernera.

– Szczoteczki ani…

– Ja pierdolę – uciął Robert, puszczając mnie. Rozłożył ręce. – Jesteś po prostu niewiarygodna. Nie może raz spać w jebanych majtkach? Albo nie umyć zębów? Słyszysz w ogóle, co ty mówisz?

Uderzył mnie w twarz, nie dając czasu na jakąkolwiek reakcję. Potem spojrzał na swoją dłoń, jakby należała do kogoś innego. Zmieszał się, cofnął o krok.

Sam był chyba zaskoczony tym, że zaczął tak wcześnie.

Dopiero po chwili uświadomiłam sobie, że to nie tak. Spojrzał kontrolnie na przeszklone drzwi tarasowe, a ja zrozumiałam, że jego obawy wynikały z tego, że któryś z pracowników mógł nas zobaczyć.

Na zewnątrz nikogo jednak nie było. Jeśli ktoś przypadkowo zauważył cios, który wymierzył mi mąż, natychmiast się oddalił, nie chcąc robić sobie problemów. Było to w naszym domu powszechne podejście.

Tajemnicą poliszynela było to, co się tu działo. Mimo to żaden z pracowników nie miał na tyle odwagi, by zareagować. Czy mogłam im się dziwić? Nie. Doskonale wiedzieli, dla kogo pracują, w dodatku część z nich przebywała w kraju nielegalnie. Mieli na utrzymaniu rodziny, brakowało im alternatyw. Nie miałam im za złe, że przymykają oko.

Znajomych, którzy mogliby zaalarmować policję, nie mieliśmy. Na tym etapie utrzymywaliśmy kontakty już tylko z ludźmi, którzy współpracowali z moim mężem. Kto jak kto, ale oni potrafili dochować tajemnicy.

Nie było nikogo, kto mógłby mi pomóc. Nikogo, oprócz Wernera.

Robert zrzucił marynarkę, a potem usiadł przy stole. Przez moment milczał, a ja jak zwykle łudziłam się, że może tym razem na tym się skończy. Kiedy jednak mąż podniósł wzrok, wiedziałam już, że nie powinnam na to liczyć.

– Czasem zastanawiam się, jak z tobą wytrzymuję – rzucił.

Milczałam.

– Nie dość, że mam zapierdol poza domem, to potem wracam i…

Urwał, pokręcił głową, a potem westchnął głęboko. Nie wiedziałam, czy ten teatr odstawia dla siebie, czy dla mnie.

Ilekroć to robił, sprawiał wrażenie, jakby coś przeskakiwało w jego głowie.

– Powinnaś mnie wspierać.

– Wspieram.

– Gówno prawda. Zamiast mi pomagać, ulżyć, zdjąć ze mnie ten cały pierdolony ciężar, zachowujesz się, jakbyś za cel stawiała sobie dobicie mnie.

Rozejrzał się, pocierając nerwowo po karku.

– Gdzie jest jakieś, kurwa, jedzenie?

– Myślałam, że sam…

– Co? – uciął. – Że po całym dniu będę jeszcze gotować?

– Możemy coś zamówić.

– Zamów sobie lepiej, kurwa, trumnę… – mruknął pod nosem.

W jego przekonaniu nie było to nic innego jak zwyczajny żart, ale dla mnie zabrzmiało jak realna groźba, którą akurat tego wieczoru powinnam potraktować wyjątkowo poważnie. Zachowywał się inaczej niż zwykle.

W dodatku wiedział, co się święci. Inaczej nie wysłałby Wojtka do kolegi.

Zazwyczaj wydawał się zaskoczony tym, jak szybko sytuacja eskalowała. Zupełnie jakby rzeczywiście wierzył, że ten jeden raz uda mu się powstrzymać. Dziś jednak tak nie było. Dziś z góry założył, że sobie pofolguje.

Może uznał, że tylko w ten sposób poradzi sobie z napięciem? Może w końcu zmierzył się z tym, jakim naprawdę był człowiekiem?

Nie miało to żadnego znaczenia. Liczyło się to, że tej nocy był gotów na wszystko.

Rozejrzałam się za czymś, czym mogłabym się obronić. Wiedziałam, że noże czy inne ostre przedmioty nie wchodzą w grę. Mogłabym wyrządzić mu poważną szkodę, a to skończyłoby się tragicznie zarówno dla mnie, jak i Wojtka. Współpracownicy Roberta by o to zadbali.

– Coś ci nie pasuje? – bąknął.

– Nie...

– To co się tak rozglądasz?

– Zastanawiam się, co mogłabym ci ugotować.

– Może trzeba było pomyśleć o tym wcześniej? Żeby chociaż raz przywitać wracającego do domu męża tak jak należy? Co? Nie wydaje ci się, że na to zasługuję?

Podniósł się i spojrzał na mnie z góry.

– Za to wszystko, co dla ciebie robię, to minimum, które...

Urwał i pokręcił głową.

– Inne żony tak się nie zachowują.

Inne żony nie mają takich mężów, dodałam w duchu. A nawet jeśli, to udaje im się rozładować całe to napięcie w łóżku. Ja nie miałam na to najmniejszych szans. W ciągu wszystkich tych lat małżeństwa spaliśmy ze sobą raptem kilka razy.

Robert nie potrzebował seksu, zaspokajał się w zupełnie inny sposób. Czasem wydawało mi się nawet, że nigdy go nie pociągałam. Fakt, że w ogóle zaszłam z nim w ciążę, wydawał się nie do pojęcia.

Początkowo jego aseksualność stanowiła utrapienie. Ostatecznie jednak była dla mnie błogosławieństwem. Bez trudu mogłam wyobrazić sobie, co by było, gdyby oprócz bicia dochodziło do innych form fizycznego znęcania się.

– Wstawaj – rzucił Robert.

Zrobiłam to, nie widząc sensu w protestowaniu.

Zanim zdążyłam cokolwiek powiedzieć, nagle złapał mnie za kołnierz i szarpnął. Zaciągnął mnie na środek kuchni, ignorując moje prośby, a potem jedną ręką przytrzymał mi głowę nad zlewem. Drugą sięgnął do jednej z szafek i gwałtownie otworzył drzwiczki.

Wyjął garnek, rzucił go do zlewozmywaka, a potem puścił wodę.

– Zobaczysz, jak się, kurwa, gotuje.

– Robert…

– Może coś zapamiętasz.

– Posłuchaj mnie, proszę…

– Nie, nie. To ty będziesz słuchać, leniwa suko. I nauczysz się, że zamiast żłopać swoje jebane prosecco przez cały dzień, od czasu do czasu mogłabyś zadbać o swojego męża.

Kiedy woda zaczęła wylewać się z dużego garnka, poczułam nagłe szarpnięcie. Zanim zorientowałam się, co robi mój mąż, woda już wypełniła mi usta. Poczułam, jak uderzam szyją o brzeg garnka.

Robert docisnął mocniej. Próbowałam się wyrwać, ale bezskutecznie. Był znacznie silniejszy, nie miałam szans w takim starciu. Poczułam, że brakuje mi oddechu, i zaczęłam rzucać się jak opętana.

Uścisk jednak nie malał.

Niewiele brakowało, bym się zachłysnęła. W ostatniej chwili Robert podniósł moją głowę, spojrzał na mnie, parsknął, a potem uderzył mnie otwartą dłonią w policzek. Mamrotał coś o tym, że wyglądam jak najgorsza wywłoka.

Zdążyłam jedynie kaszlnąć, zanim rzucił mną na podłogę. Uderzyłam głową o twardą posadzkę, zaszumiało mi w uszach.

Robert natychmiast do mnie doskoczył, złapał za gardło i zacisnął na nim dłonie.

Poczułam najpierw ostry ból, który uświadamiał mi, że zraniłam się o kant garnka. Potem tępy, rozchodzący się po klatce piersiowej. Znów zaczynało brakować mi tchu. Robert potrząsał mną, cedząc jakieś przekleństwa. Nie docierały do mnie.

W pewnym momencie puścił, a ja natychmiast odwróciłam się na bok, zanosząc kaszlem. Na chwilę znikł mi z pola widzenia, ale zaraz wrócił, trzymając nóż. Pochylił się nade mną i przyłożył mi ostrze do gardła.

Zestaw Gerlacha wrócił. Tak jak się spodziewałam.

Robert mówił coś o nauczeniu mnie patroszenia. Starałam się nie słuchać, wiedząc, że te wszystkie słowa mają taką samą wartość jak te, które usłyszę później, kiedy będzie przepraszał.

O ile do tego dojdzie. Miałam powody obawiać się, że tym razem będzie inaczej. A Robert po chwili dał mi kolejny.

Złapał mnie za głowę jedną ręką, zasłaniając oczy, jakby nie mógł znieść mojego spojrzenia. Uścisk był mocny. Miałam wrażenie, jakby na skroniach zaciskały mi się szczęki imadła.

Robert przesunął ostrzem po mojej szyi. Poczułam rozdzierający ból, jęknęłam głośno.

– Zamknij się! – ryknął.

Próbowałam go z siebie zrzucić, ale bezskutecznie.

– Uspokój się, bo cię zajebię! Rozumiesz, suko?!

Odrzucił nóż na bok, ale krzyczał coraz głośniej, pluł na mnie i zaczął okładać mnie pięściami. Przeszła mi przez głowę niejasna myśl, że czekał na ten moment. Moment, w którym straci kontrolę i będzie mógł zupełnie poddać się swoim pierwotnym instynktom.

Miałam wrażenie, że ciosom nie będzie końca. Robert uderzał mocno w moje piersi, czego nigdy wcześniej nie robił. Ból był nie do zniesienia. Potrząsał mną bez pamięci, jakby chciał wygnać ze mnie jakiegoś demona. Raz po raz uderzałam potylicą o posadzkę, mając nadzieję, że za moment wreszcie stracę przytomność.

Prędzej czy później musiało do tego dojść. Wolałam, by stało się to szybciej.

W pewnym momencie Robert nagle przerwał. Spojrzałam mu w oczy, szukając dobrze znanej, żałosnej skruchy, ale nawet na nią nie było w nich miejsca. Wciąż był wściekły. Zrozumiałam, że to tylko przerywnik.

Mąż zmęczył się znęcaniem nade mną. Musiał dać sobie chwilę oddechu.

Podszedł do lodówki, wyciągnął z niej butelkę prosecco, a potem mamrocząc pod nosem, zamachnął się i rozbił ją na podłodze obok mnie. Poczułam, jak chłodne krople padają mi na policzki. Ostre kawałki szkła rozsypały się na posadzce.

Usłyszałam charakterystyczny syk, kiedy Robert otwierał butelkę piwa. Obrócił się w kierunku morza, a ja uznałam, że muszę skorzystać z okazji. Zaczęłam czołgać się ku schodom, nie zważając na kawałki szkła.

Nie czułam nawet, że ranię sobie ręce i zostawiam za sobą krwawe ślady. Wiedziałam, że muszę dostać się do gabinetu, zanim będzie za późno.

Robert nadal stał odwrócony tyłem. Mówił do siebie, raz po raz pociągając z butelki.

Byłam przekonana, że nie zainteresuje się mną, nim jej nie opróżni. Biorąc pod uwagę, jak szybko pił, nie miałam wiele czasu. Kiedy udało mi się dotrzeć do schodów, złapałam za poręcz i się podniosłam.

Kilka pierwszych stopni pokonałam z trudem, kręciło mi się w głowie. Potem poszło mi nieco lepiej. Na piętrze musiałam przytrzymać się ściany, by się nie przewrócić. Kątem oka dostrzegłam czerwone ślady, które zostawiałam.

Weszłam do gabinetu i natychmiast wysłałam kod aktywacyjny do Wernera. Musiałam ściągnąć go tutaj natychmiast, nie było już czasu do stracenia. Potrzebowałam pomocy w tej chwili.

Z dołu doszedł mnie krzyk. Wściekły jak ryczenie rannego zwierzęcia. Potem usłyszałam, jak Robert wbiega po schodach.

– Proszę... – jęknęłam, patrząc na mrugający na czarnym tle kursor.

15

Komórka po raz kolejny zawibrowała mi w kieszeni. Nie miałem wątpliwości, kto stara się ze mną skontaktować, numer znały przecież tylko dwie osoby. A ojciec nie zwykł pisać esemesów.

Nie musiałem sięgać po telefon, by wiedzieć, że to kolejny kod aktywacyjny. Na razie jednak nie miałem jak z niego skorzystać. Zresztą w tej chwili nie to było najważniejsze.

Jechałem krajową jedenastką w kierunku Piły, chyba po raz pierwszy w życiu dostosowując prędkość nie tylko do warunków drogowych, ale także do ograniczeń. Sprawę ułatwiał fakt, że poruszałem się starym peugeotem 206, którego jednolitrowy silnik nie pozwalał na szarżowanie.

Kupiłem go w Żninie, niedaleko Biskupina. Zaraz po tym, jak w popłochu opuściłem hotelowy pokój. Nie miałem czasu zabrać ze sobą niczego poza komórką i pieniędzmi. Zostawiłem nawet laptopa, choć gdybym miał chwilę na zastanowienie, być może postąpiłbym inaczej.

Wtedy jednak liczyło się dla mnie tylko to, że na pendrivie i tak nie ma już interesującego mnie pliku – i to, że musiałem jak najszybciej uciekać. Kiedy policjant i pracownik ruszyli w kierunku mojego pokoju, mnie już w nim nie było.

W tamtym momencie pędziłem po podwórzu w kierunku bramy wjazdowej. Przeskoczyłem przez nią, a potem skręciłem w prawo i pobiegłem przed siebie. Nie wiedziałem, dokąd zmierzam, ale cel nie miał znaczenia.

Minąłem szkołę podstawową z czerwonej cegły, która przywodziła na myśl upiorne budynki z najlepszych horrorów, a potem pognałem wzdłuż podobnie wyglądających, nieco zapuszczonych domów jednorodzinnych.

Opuściłem Biskupin, idąc niewielką asfaltową drogą między polami i nie wiedząc nawet, gdzie zajdę. Ostatecznie trafiłem do wsi Gogółkowo i dopiero tam rozeznałem się nieco w okolicy.

Najbliższe placówki bankowe i komis samochodowy znajdowały się w Żninie. Nie zastanawiałem się długo, czy to właściwy kierunek. Dotarłem tam po półtoragodzinnym marszu.

Załatwienie formalności trochę mi zajęło i obawiałem się, że policja zdążyła już ruszyć moim śladem. Wprawdzie nie mogli się spodziewać, w którą stronę się skieruję, ale wystarczyło jedno zbyt długie spojrzenie, by ktoś po drodze mnie rozpoznał i skontaktował się z najbliższym komisariatem.

Im mniejsza jednak wieś, tym bardziej byłem bezpieczny. Ludzie w takich miejscach interesowali się wyłącznie sobą i swoimi sprawami. Niespecjalnie obchodziło ich, że w całym kraju poszukiwany jest listem gończym pewien rzekomy zabójca.

Dzięki temu teraz mogłem spokojnie kierować się w stronę Piły. Miasto planowałem ominąć szerokim łukiem, nie miałem zamiaru niepotrzebnie ryzykować. Byłem na ostatniej prostej, Ewa musiała być gdzieś niedaleko.

Na chwilę wprawdzie opuściłem Wielkopolskę, udając się do Żnina, ale teraz byłem z powrotem w jej rejonie. Nie wiedziałem, gdzie konkretnie się znajduje, ale z pewnością na terytorium województwa.

Może właśnie w Pile? Nie, było to tylko pobożne myślenie. Nie zostawiła mi żadnych wskazówek. Wiedziałem jedynie tyle, że chodzi o jakieś miejsce w Wielkopolsce.

Miejsce, które poznam tylko ja.

Wciąż nie miałem pojęcia, co ma to znaczyć. Ani dlaczego tylko ja miałbym znać czas spotkania. Wydawało się to kompletnie bez sensu, nie kojarzyło się z żadnym wydarzeniem związanym z naszym życiem.

Myślałem o tym zbyt intensywnie, by do czegokolwiek konkretnego dojść. Przekładałem to już nawet na angielski, starałem się dopasować do jakiejś piosenki. Wszystko nadaremno. Gdybym miał dostęp do Google'a, być może udałoby mi się znaleźć jakiś związek, ale byłem zdany wyłącznie na siebie.

Nawet gdybym zatrzymał się w McDonaldzie, zaszył gdzieś w kącie i chciał skorzystać z wi-fi, nie miałem jak. Kupiony w komisie telefon pochodził jeszcze z czasów, kiedy urządzenia te produkowano wyłącznie po to, by z nich dzwonić.

Wyjąłem komórkę i zerknąłem na wyświetlacz. Nie pomyliłem się co do tego, że to Kasandra starała się ze mną skontaktować. Już któryś raz tego dnia. Przeszło mi przez myśl, że może stało się coś, o czym powinienem wiedzieć.

Jakaś zmiana planów?

Cóż, jeśli wszystko pójdzie po mojej myśli, za jakiś czas będę miał okazję ją o to zapytać.

Kas przekazała mi swój adres, kiedy porozumieliśmy się co do warunków naszej współpracy. Miałem zjawić się w Rewalu po tym, jak znajdę ostatnią wskazówkę – a przy odrobinie szczęścia po tym, jak odnajdę także samą Ewę. Sytuacja jednak się zmieniła.

Potrzebowałem pomocy Kasandry już teraz. Bez niej trudno byłoby mi odkryć, co znaczyły pokrętne słowa mojej narzeczonej. Potrzebowałem miejsca, w którym mogłem spokojnie się zastanowić, bez nieustannego oglądania się przez ramię. A ponad wszystko niezbędny był mi komputer z dostępem do internetu.

Wiedziałem, że do nikogo innego nie mogę się zgłosić. Kasandra była moim jedynym ratunkiem.

A czy ja rzeczywiście mogłem nim być dla niej? Tak twierdziła, kiedy opowiadała mi o horrorze, jaki musi znosić od lat. Nie chciałem znać szczegółów, w zupełności wystarczało mi to, że mąż się nad nią znęcał. I że wraz z synem w końcu zamierzała się od niego uwolnić.

Pomógłbym jej pewnie, nawet gdyby nie była to transakcja wymienna.

A może tylko chciałem tak myśleć. Może w rzeczywistości zabrakłoby mi empatii i skupiłbym się wyłącznie na tym, by rozwiązywać swoje problemy.

Tak czy inaczej, potrzebowaliśmy się nawzajem. Tyle było jasne.

Jeszcze raz spojrzałem na telefon, a potem odłożyłem go do schowka i nieco przyspieszyłem. Poruszanie się po polskich drogach z przepisową prędkością było właściwie bardziej podejrzane niż jej przekraczanie.

Od Rewala według moich obliczeń dzieliło mnie jeszcze ponad dwieście kilometrów. Miałem nadzieję, że dotrę na miejsce za nieco ponad trzy godziny, o ile po drodze nie natrafię na żadne roboty. I o ile Kasandra nie wysyłała mi tych esemesów, by poinformować mnie, że zmieniła zdanie.

16

Robert wpadł do gabinetu pogrążony w dzikim szale. Widziałam w jego oczach, że człowiek, za którego wyszłam, zupełnie usunął się w cień. Zastąpił go ktoś inny. Ten obcy mężczyzna zaczął się wydzierać, obrażać mnie, grozić i zrzucać z półek wszystkie moje książki.

Zanim wyciągnął mnie na korytarz, zdążyłam spojrzeć jeszcze na RIC. Po Wernerze nadal nie było śladu. Obawiałam się, że policja trafiła na jego trop i że został zatrzymany. Innego wytłumaczenia właściwie nie było.

Wiele oddałabym, by sprawdzić lokalne doniesienia z Wielkopolski i Opolszczyzny. Jeśli miałam tej nocy zostać zakatowana przez własnego męża, chciałam wiedzieć chociaż, czy Damian trafił na trop swojej Ewy.

Robert okładał mnie przez dobrą godzinę, co chwilę przestając, jakby chciał dać mi nadzieję, że to już koniec, a potem zgnieść ją jak robaka. Formułował wobec mnie każdy możliwy zarzut, a kolejne ciosy były coraz mocniejsze.

Nakręcał się, widząc, że jest ze mną coraz gorzej. Czuł się panem życia i śmierci, upajał świadomością, że wszystko, co się ze mną stanie, zależy wyłącznie od niego. Był daleko od poczucia skruchy, ale nie miałam wątpliwości, że w końcu się do niego zbliży.

Modliłam się tylko o to, by nie stało się to zbyt późno.

Podczas jednej z przerw byłam już tak obolała, jakby potrącił mnie samochód. Wiedziałam, że nie mam co myśleć o maskowaniu ran. Komplikowało to plan mojej ucieczki, bo poraniona kobieta od razu będzie przykuwała uwagę wszystkich wokół.

A ja musiałam zbiec niezauważenie.

Odsunęłam od siebie te myśli, patrząc na Roberta stojącego przed jednym z regałów. Opierał się o półkę i nabierał łapczywie tchu, jakby właśnie przebiegł sprintem krótki odcinek. Jego ramiona unosiły się i opadały.

Czy w ogóle mogłam wciąż się łudzić, że uda mi się uciec? Że to wszystko nie skończy się tu i teraz? Mąż zdawał się coraz bardziej wściekły. Na tym etapie zazwyczaj widziałam już pierwsze oznaki świadczące o tym, że emocje opadają. Ale nie tym razem.

Odwrócił się i spojrzał na mnie z pogardą. Podszedł, a potem zamachnął się i kopnął mnie w żebra. Zawyłam, kuląc się. Nie wiedziałam już, czy większy ból sprawiają mi kolejne ciosy, czy obrażenia, które dotychczas odniosłam.

– Robert…

– Zamknij ryj! – krzyknął, a potem kopnął znowu.

– Zobacz… zobacz, co robisz…

Dukałam tak cicho, że nie wiedziałam, czy mnie słyszy. Mimo że brakowało mi już sił, podniosłam rękę i wskazałam na korytarz. Odwrócił się na moment i popatrzył na krwawe zacieki na ścianach.

Skrzywił się i trącił mnie nogą jak bezpańskiego kundla.

– Co ja robię? – syknął. – To ty ufajdałaś cały ten pierdolony dom!

Położył mi nogę na piersiach i przycisnął mocno. Miałam wrażenie, że zaraz usłyszę, jak pęka mi któreś żebro. Robert zdawał się przenosić na mnie cały ciężar ciała.

– W domu… – wydyszałam – jest pełno… krwi…

Spojrzał na mnie z wściekłością i pretensją.

– Pomyśl, co się… stanie…

– Kiedy co? Zadzwonisz na policję? Proszę bardzo, dzwoń.

Podniósł nogę, a potem sięgnął do kieszeni po telefon. Zamknął go w pięści, jednocześnie zaciskając usta. Potem cisnął nim we mnie. Komórka trafiła prosto w oko, ból był okropny. Poczułam, jakbym miała nigdy więcej nie podnieść powieki.

Pozwoliłam sobie jednak tylko na ciche jęknięcie.

– Wojtek…

– Co Wojtek? Będziesz teraz zasłaniać się dzieckiem, wywłoko pierdolona?

– Zobaczy…

– Zobaczy tylko, jak chowają cię, kurwa, do piachu – odparł Robert, a potem złapał za moją bluzkę.

Pociągnął mnie w kierunku korytarza, rozrywając szwy. Dwa pierwsze guziki puściły od razu, pozostałe jeszcze się trzymały. Robert ciągnął mnie po podłodze, a potem po schodach. Robił to tak, bym po drodze potłukła się jak najbardziej. Głowa uderzała mi o schodki, a by było to bardziej dotkliwe, lekko unosił mnie przy każdym kolejnym.

Kiedy wróciliśmy na dół, znów byłam półprzytomna.

Myślałam tylko o jednym. Nieistotne było to, co się ze mną stanie. Przestało martwić mnie, czy Robert w porę się powstrzyma. Skupiałam się wyłącznie na tym, że ostatecznie znajdę się w takim stanie, że nie zdołam uprzątnąć krwawych zacieków i całego bałaganu. Wojtek zobaczy efekty tego, co się działo.

Odsunęłam od siebie tę absurdalną myśl.

Powinnam skupić się na tym, co tu i teraz. Spróbować się ratować. Nie poprzez fizyczny opór, na to było już za późno. Musiałam próbować sprytem, używając słów jako narzędzi mogących rozmontować szaleństwo mojego męża.

– Ty brudna pizdo… – syknął, przeciągając mnie ku salonowi.

Huczało mi w głowie, ale nie na tyle głośno, bym nie słyszała jego słów. Każde kolejne potwierdzało, że Robert jest gotowy na wszystko.

– Wiedziałaś, że tak to się skończy.

Ponownie rzucił mną jak workiem śmieci. Przetoczyłam się kawałek i zatrzymałam na przeszklonych drzwiach werandy. Wyjrzałam na zewnątrz. Mimo że nie padał deszcz, miałam wrażenie, jakbym patrzyła przez pokryte kroplami szkło.

– Długo na to pracowałaś, szmato…

Kopnął mnie w plecy. Wygięłam się w łuk, nie wiedząc już nawet, skąd emanuje ból. Robert złapał mnie za ramię, obrócił do siebie, a potem uderzył pięścią w twarz. Zrobił to z nienawiścią i brutalnością kogoś, kto po latach powstrzymywania się w końcu dał upust swoim najgorszym emocjom.

Może właśnie to się teraz działo.

– Robert… nie możesz…

– Czego nie mogę?

– Narobisz…

– Przestań tak dukać, do kurwy nędzy!

Zupełnie stracił kontrolę. Zaczął okładać mnie po żebrach, jakbym była workiem treningowym. Tłukł bez pamięci. Raz, drugi, trzeci, czwarty. Wydawało mi się, że się zawahał, ale szybko uświadomiłam sobie, że to tylko rezultat złudnej nadziei. Nadziei na to, że jakiś pierwiastek człowieczeństwa się w nim ostał.

– Zabijesz… mnie… – zdołałam powiedzieć.

Nie słyszał. Nie zwrócił uwagi nawet na to, że zaczęłam zanosić się krwawym kaszlem. Czerwone rozbryzgi pojawiły się na jego białej koszuli, na podwiniętych, zwężanych rękawach. Mięśnie napinały się przy każdym uderzeniu, widziałam jego bicepsy i czułam je w każdym ciosie.

W pewnym momencie przestał bić, potrząsnął głową, a potem chwycił mnie za uda. Szarpnął na boki, rozkładając mi nogi. Nie wiedziałam już, co się ze mną dzieje. Ledwo odnotowywałam, co robił.

Krzyczał, że kurwię się pod jego nieobecność. Że przyjmowałam tutaj przypadkowych sukinsynów z ulicy. Że kiedy w końcu zatrudnił ludzi do pilnowania, bym się nie puszczała, zaczęłam robić to z nimi.

Rozszerzył moje nogi jeszcze bardziej, a potem uderzył wprost między nie. Cios był potężny, ale nawet gdyby Robert użył połowy siły, odebrałoby mi dech. Miałam wrażenie, że opadł mnie całkowity paraliż. Ból, który rozszedł mi się między nogami, zdawał się wnikać w trzewia.

Nie byłam w stanie wydusić z siebie choćby jednego słowa. Robert podniósł mnie, wziął zamach, a potem cisnął mną jak lalką prosto w tarasowe drzwi. Zdążyłam zasłonić kawałek twarzy, zanim rozbiłam szybę.

Nie wypadłam na zewnątrz, mąż trzymał mnie mocno. Gdyby tego nie zrobił, któryś kawałek szkła z pewnością wbiłby mi się w szyję.

Żałowałam, że tak się nie stało. Teraz wiedziałam doskonale, co Edgar Allan Poe miał na myśli, gdy pisał o *the imp of the perverse*. O duchu przekory. Przemożnym uczuciu, że musisz postąpić wbrew sobie. Zachować się wbrew logice.

Zabij mnie, powtarzałam w duchu.

Zabij mnie.

Wiedziałam, że zostawię syna na pastwę tego szaleństwa. Wiedziałam, że Robert nie poniesie żadnych konsekwencji. Że moja śmierć będzie zupełnie bezsensowna. I że po niej nic na mnie nie czeka. Wyłącznie pustka.

Mimo to wciąż powtarzałam bezgłośnie swój apel.

Zabij mnie.

Robert nie potrzebował jednak przyzwolenia ani próśb. Złapał mnie za rękę, zaciskając palce na przegubie. Przeciągnął mnie na środek salonu, a potem puścił. Dłoń opadła mi bezwładnie na podłogę.

Poszedł po piwo do lodówki, a ja zdołałam jedynie odwrócić głowę. Mój wzrok padł na irysa w doniczce. Zapomniałam o nim całkowicie, nie podlewałam go, a roślina do tej pory prawie uschła.

Zamknęłam oczy.

Leżałam zupełnie bezsilna, nie potrafiłam zmusić się do tego, by podjąć próbę ucieczki. Momentami traciłam świadomość, nie wiedziałam, jak wiele czasu minęło, odkąd mąż zaczął mnie okładać.

Kiedy wrócił, by dokończyć dzieło, stanął nade mną w rozkroku. Zupełnie jakby prowokował mnie, bym podjęła ostatnią, beznadziejną próbę ratunku. Zrobiłabym to, gdybym tylko miała siłę podnieść rękę.

Nie wiedziałam, czy pokonał mnie fizycznie, czy psychicznie. Na tym etapie nie potrafiłam już pojąć, z czego wynika moja bezsilność.

Odpływałam, świat stawał się coraz mniej realnym miejscem. Do tego stopnia, że kiedy spojrzałam w stronę rozbitych drzwi, wydawało mi się, że dostrzegam jakąś postać.

Dopiero po chwili uświadomiłam sobie, że ktoś naprawdę tam stoi.

I nie był to przypadkowy przechodzień.

Rozpoznałam Wernera. Nie miałam wątpliwości, że to właśnie on. Jednocześnie nie mogłam w to uwierzyć, zaczęłam dopuszczać możliwość, że umysł jednak płata mi figle.

Przemknęło mi przez głowę, że jeśli Damian naprawdę tutaj jest, musi natychmiast uciekać. Nie da rady Robertowi. Zanim mój mąż stworzył sobie image poważnego biznesmena, zaprawił się w ulicznych mordobiciach. Należał do ludzi, którzy chodzili do klubów po to, by szukać zaczepki.

Nie wiem, co w ten sposób chciał osiągnąć. Być może zamierzał udowodnić, że mimo wychowywania się w dobrej rodzinie potrafił o siebie zadbać na ulicy. A było tak między innymi dzięki godzinom spędzanym na siłowni.

Damian nie mógł się z nim równać w uczciwej walce.

Zamrugałam niepewnie, mając nadzieję, że kiedy otworzę oczy, postać na werandzie rozmyje się w mroku.

Mrok. Na Boga, ile czasu minęło, od kiedy Robert zaczął się nade mną znęcać? Dopiero teraz zaczynało dochodzić do mnie, że całkiem sporo. Mój umysł powoli wracał do normalnego stanu, paraliż ustępował.

Nie mogłam tego samego powiedzieć o moim ciele. Właściwie wydawało się nie należeć już do mnie.

Robert uderzył w brzuch, potem poprawił, tłukąc nieco wyżej. Zabrakło mi tchu.

– Hej! – rozległ się krzyk.

Mąż nagle zamarł, a ja poznałam ten głos. Należał do Wernera.

Naprawdę tu był.

I naprawdę powinien czym prędzej uciekać.

17

Nie było czasu do zastanowienia. Kiedy podjechałem pod willę i usłyszałem krzyki, wiedziałem już, że to nie skończy się dobrze. Zaszedłem od tyłu i miałem zamiar rozeznać się w sytuacji, kiedy rozległ się dźwięk tłuczonego szkła.

To, co zobaczyłem, przeszło moje najśmielsze obawy.

Wprawdzie Kasandra zarysowała mi swoją opłakaną sytuację, ale nie mówiła nigdy, że mąż znęcał się nad nią w takim stopniu. Określanie tego torturami stanowiło niedomówienie. I przypuszczałem, że w żadnym słowniku nie znalazłbym adekwatnego terminu.

Moją pierwszą myślą było, by zadzwonić na policję. Z oczywistych względów natychmiast ją odsunąłem.

Kiedy mężczyzna odwrócił się do mnie tyłem, uświadomiłem sobie, że mam szansę. Mogłem go zaskoczyć, a przy odrobinie szczęścia obezwładnić. Wystarczyło znaleźć coś dostatecznie ciężkiego i przywalić mu w tył głowy.

Wtedy zaczął ją bić, a ja zrobiłem najgorszą rzecz, na jaką mogłem się zdecydować. Pozbawiłem się elementu zaskoczenia.

– Hej! – krzyknąłem.

Zamarł, ale tylko na moment. Potem nagle wyprostował się i spojrzał na mnie, jakbym wyrósł z podziemi. Dyszał ciężko, a w jego oczach widziałem czyste szaleństwo.

Zrobił krok w moją stronę, a ja mimo woli się cofnąłem. Szkło zachrzęściło pod podeszwami.

– Coś ty, kurwa, za jeden? – odezwał się.

Zrobiłem jeszcze jeden, niewielki krok do tyłu. Sam ledwo to sobie uświadamiałem i miałem nadzieję, że umknęło to Reimannowi. Kiedy się zbliżył, zrozumiałem, że tak nie jest – i że każdy centymetr ma znaczenie.

– Przechodziłem plażą i usłyszałem...

– Dźwięk tłuczonego szkła?

– Tak.

– Nic się nie stało – oznajmił stanowczo Robert.

Dopiero teraz zrozumiałem, że zbliżając się do mnie, nie próbuje pokazać, kto tu rządzi. Chciał sprawić, że oddalę się od rozbitych drzwi. Od leżącej na podłodze Kasandry, którą dostrzegłem kątem oka.

Teraz nie miałem szans na nią spojrzeć, Reimann zasłaniał mi widok. Wcześniej wydawało mi się jednak, że dostrzegłem krew. Sporo krwi. W półmroku niełatwo było stwierdzić, w jakim stanie jest Kas. A kiedy odsunęliśmy się od domu, stało się to niemożliwe.

Stojący przede mną mężczyzna nagle lekko się uśmiechnął. W pierwszej chwili nie mogłem pojąć, co próbuje przez to osiągnąć. Potem dotarło do mnie, że nie wie, jak długo tam stałem. Nie wie, co widziałem – i chce ratować sytuację.

– Dzięki za zainteresowanie – powiedział. – Ale naprawdę nic się nie stało.

Zerknąłem w stronę rozbitej szyby, a Reimann wzruszył ramionami.

– Stawialiśmy z żoną nowy regał – wyjaśnił. – Ikea naprawdę powinna przysyłać pracowników do skręcania takich rzeczy.

W okolicy nie było żadnej Ikei, ale nie miało to znaczenia. Robert składał mi jasną propozycję – przymknij oko na to, co mogłeś zauważyć, a wszystko będzie w porządku.

Z trudem przełknąłem ślinę, przyglądając się mu. Jak daleko był gotów się posunąć?

I co ja sam byłem w stanie zrobić? Jego szerokie barki i wyraźnie widoczne mięśnie nie pozostawiały wątpliwości, że w starciu z nim nie mam wielkich szans. W dodatku nie miałem niczego, czego mógłbym użyć jako broni. Kiedy tylko usłyszałem dźwięk tłuczonego szkła, wybiegłem z samochodu, jakby się paliło, nie myśląc nawet o tym, że do poradzenia sobie z tym ogniem będę potrzebować nawet nie gaśnicy, ale całego zastępu straży pożarnej.

– Ale jeszcze raz dzięki za zainteresowanie – dodał Reimann. – Gdyby ludzie na co dzień nie przechodzili obojętnie obok takich spraw, może byłoby na świecie trochę mniej tragedii.

– Może.

Znów lekko się uśmiechnął. Starałem się spojrzeć mu przez ramię, ale wnętrze willi ginęło w mroku.

– Skąd szedłeś? – zapytał.

Nie rozeznawałem się zbyt dobrze w okolicy i potrzebowałem chwili na zastanowienie. Chwili, która sprawiła, że podejrzliwość Roberta tylko się wzmogła.

– Z Pobierowa – rzuciłem, przypominając sobie nazwę jednej z miejscowości wchodzących w skład Rewala.

– Urlop?

– Taa – odparłem najbardziej nonszalancko, jak potrafiłem.

– Na długo zostajesz?

– Niewiele ponad tydzień.

– Hotel czy pensjonat?

– Pensjonat. Całkiem niedaleko.

Na szczęście nie pytał, o który chodzi. W razie czego byłem gotów rzucić nazwę jakiegokolwiek gatunku morskich ptaków. W okolicy z pewnością roiło się od Albatrosów czy Kormoranów.

– Przyjechałeś sam?

– Tak. Muszę złapać trochę oddechu... odpocząć od rodziny.

– Zrozumiałe.

Posłał mi porozumiewawcze spojrzenie, a ja zastanawiałem się, czy pyta dlatego, że chce podtrzymać pozory normalnej, niewinnej konwersacji, czy może stara się wybadać, czy ktoś mógłby zauważyć moje zniknięcie.

– Czasem wieczorami przechadzam się tam i z powrotem – dodałem.

– Nie dziwię się, tereny aż zachęcają.

– To prawda.

– Ale uważaj, wchodząc na prywatny teren.

– Nie wiedziałem, że…

– No tak, powinniśmy postawić jakieś ogrodzenie – przyznał, jakby to rzeczywiście on zawinił. – Ale nie chcemy psuć sobie widoku.

– Całkiem słusznie.

– Na plaży jest zresztą tabliczka. Pewnie w tej ciemnicy jej nie zauważyłeś.

Pokiwałem głową, czując, jak ślina coraz bardziej gęstnieje mi w gardle. Było w tej rozmowie coś wybitnie niepokojącego. Jakby każde zdanie, każde słowo skrywały niewypowiedziane groźby.

Wziąłem się w garść. Powinienem sprawdzić, co z Kasandrą, postarać się jakoś jej pomóc.

Ale jak to zrobić? Mogłem się oddalić, a potem zadzwonić na policję – właściwie wydawało się to jedynym możliwym rozwiązaniem. Tyle że byłoby tragiczne w skutkach nie tylko dla mnie.

– Na pewno wszystko okej? – zapytałem. – Może mógłbym jakoś pomóc?

– Chłopie… – mruknął Reimann i parsknął. – Nie masz co robić po nocach?

– Właściwie nie.

– W takim razie dam ci namiar na dobrą knajpę w Pobierowie. Baltic Pipe.

– Ciekawa nazwa.

– Nie tylko nazwa. Cały wystrój nawiązuje do klimatów industrialnych, spodoba ci się. Za dnia to kawiarnia, ale wieczorami właściwie koktajlbar. Powiedz, że przysłał cię Robert Reimann.

– To da mi darmową kolejkę?

Roześmiał się, jakbym naprawdę powiedział coś zabawnego. Poczułem, że robi mi się gorąco, mimo że temperatura po zachodzie słońca była wyjątkowo niska.

– Co najmniej jedną – oświadczył. – Zaraz zresztą zadzwonię i cię zapowiem. Może nawet uda mi się wpaść, jak tylko z żoną trochę posprzątamy.

Zrobiłem krok w prawo i zerknąłem w stronę domu. Rozmówca natychmiast wykonał taki sam ruch, a uśmiech nagle znikł z jego twarzy.

– Z nią wszystko w porządku?

– Tak, tak. Poharatała sobie dłoń, ale nic groźnego się nie stało.

Przez chwilę milczeliśmy, patrząc na siebie.

To koniec, pomyślałem. Czas gry pozorów dobiegł końca. Albo teraz zrobię, co trzeba, albo za moment inicjatywę przejmie Reimann. Przestał już badać grunt.

– No – rzucił. – W każdym razie jeszcze raz dzięki.

Trzeci raz. Jaśniejszego sygnału, bym się oddalił, nie mógł już wysłać. Skinąłem głową, jakbym go odebrał i poszedł po rozum do głowy, a potem odwróciłem się w kierunku, który wskazał mi wzrokiem.

– Baltic Pipe? – upewniłem się.

– Aha.

– Wpadnę na pewno.

Ruszyłem przed siebie, wciąż nie mając pomysłu na to, co powinienem zrobić. Do cholery, tak doświadczona przez życie osoba powinna posiąść choćby zdolność szybkiego decydowania w trudnych sytuacjach. A mimo to nadal czułem się, jakbym był sparaliżowany.

W dodatku popełniłem duży błąd, kiedy zacząłem oddalać się od Reimanna. Obróciłem głowę w kierunku rozbitych drzwi i dostrzegłem Kasandrę leżącą w plamie krwi. Zatrzymałem się jak rażony piorunem – i choć sekundę później ruszyłem dalej, tyle wystarczyło, by Robert zrozumiał, że widziałem zbyt dużo.

Natychmiast znalazł się obok mnie, robiąc szeroki zamach. Zaciśnięta pięść wylądowała prosto na mojej skroni. Uderzenie odbiło mi się echem w uszach, poczułem impuls bólu przechodzący przez głowę.

Straciłbym równowagę, gdyby nie to, że Reimann złapał mnie za fraki. Automatycznie uniosłem dłonie, starając się chronić głowę. Był to kolejny błąd. Robert skorzystał z tego, że nie wyprowadziłem kontry. Zamachnął się i uderzył w grdykę.

Cios nie był mocny, ale wystarczyło, że napastnik dobrze wymierzył. Zabrakło mi tchu, a rozdzierający ból sprawił, że zupełnie straciłem kontrolę nad tym, co się dzieje.

Upadłem na ziemię, starając się osłonić. Wtedy nadszedł kopniak. Reimann nie celował w żadne konkretne miejsce, zdawał się po prostu dawać upust swojej złości. Oberwałem w głowę, a kolejny cios padł gdzieś na tors.

Potem poczułem, jak Reimann mnie podnosi.

– Niczego nie widziałeś, rozumiesz?

– T-tak...

Czułem się żałośnie. Jechałem tutaj z myślą, że stanowię odsiecz. Miałem pomóc Kasandrze wyrwać się z koszmaru, w którym od lat żyła. Miałem okazać się jej wybawieniem.

Tymczasem jedyne, co zrobiłem, to podjęcie absurdalnej, tragikomicznej rozmowy z jej mężem.

Reimann uderzył mnie w brzuch, a ja zgiąłem się wpół, zanosząc kaszlem. Po ciosie w gardło miałem wrażenie, jakby coś się rozerwało. W ustach czułem metaliczny posmak, który działał na mnie bardziej paraliżująco niż jakikolwiek ból. Przypominał mi bowiem to, co wydarzyło się nad Młynówką. To tam ostatnim razem czułem w ustach krew.

– Zawiadomisz kogoś, to cię zajebię, rozumiesz?

Trudno było mi nabrać tchu, co dopiero się odezwać. Wiedziałem jednak, że by uniknąć kolejnych ciosów, muszę coś z siebie wydusić.

– Człowieku, co ty...

– Rozumiesz?!

– Tak – odparłem niepewnie.

– Gdzie mieszkasz?

Milczałem.

– Mów!

Nie czekając na odpowiedź, uderzył prosto w zęby. Zrobił to od dołu i przypuszczałem, że poranił sobie knykcie. Ja zaś poczułem, jak górne jedynki drgnęły. Dziąsła zdawały się natychmiast spuchnąć.

– Gdzie?!

– W Alba... w Albatrosie.

– Który pokój?

– Numer... piętnaście...

Reimann splunął na bok, a potem mną potrząsnął.

– Jak się nazywasz, skurwielu?

Wahałem się o moment za długo, przez co Reimann zrozumiał, że coś jest nie w porządku. Powinienem odpowiedzieć od razu, ale zachowałem na tyle rozsądku, by nie podawać swojego prawdziwego imienia czy nazwiska. Robert z pewnością znał klientów RI, skojarzyłby mnie bez trudu. I od razu uświadomiłby sobie, że moja obecność tu nie jest przypadkowa.

– Tomasz... Prokocki... – wydukałem.

– Po chuj kłamiesz? – syknął. – Myślisz, że tego nie sprawdzę?

Przywalił mi po raz kolejny, tym razem nieco słabiej, z lewej. Ten cios podziałał na mnie jak gong zapowiadający następną rundę bokserskiego pojedynku. Gong, który budzi słaniającego się zawodnika.

Wyrwałem mu się, a potem sam wyprowadziłem nieporadne uderzenie. Trafiłem go w głowę prawym sierpowym, ale atak nie przyniósł żadnego skutku. Reimann natychmiast się otrząsnął, złapał mnie za rękę i ją wykręcił. Kiedy mnie odwracał, zamachnąłem się drugą ręką. Trafiłem łokciem w podbródek, a przeciwnik wydał z siebie ciche stęknięcie.

Nie udało mi się przejąć inicjatywy, ale poczułem, że mogę się bronić. Zawdzięczałem to głównie temu, że Robert był zaskoczony moim oporem.

Zdołałem przywalić jeszcze raz, zanim spadł na mnie grad ciosów.

Reimann był zaprawiony w bijatykach – i szybko mi to udowodnił. Okładał mnie raz za razem, a ja wymachiwałem rękoma w beznadziejnych próbach obrony. Każdy jego cios sięgał celu, moje w większości były chybione.

W końcu zatoczyłem się w tył, czując, że tracę kontrolę nad własnym ciałem. Kiedy Reimann kopnął mnie w kolano, nie byłem w stanie dłużej utrzymać równowagi. Bezwładnie przewróciłem się na ziemię.

Kolejne uderzenie spadło z góry jak młot. Napastnik trafił mnie w nos, a ja usłyszałem, jak coś gruchnęło. Ból rozszedł się gdzieś za oczami i był tak przemożny, że zdawał się paraliżować końcówki nerwów.

Kilka kolejnych ciosów sprawiło, że znów balansowałem na granicy omdlenia. Czułem, jak krew wypływa mi z nozdrzy już nie ciurkiem, ale strumieniem. Wlewała się do ust, do gardła. Każde kolejne kaszlnięcie przychodziło mi z coraz większym trudem.

Miałem wrażenie, że zaraz się udławię. I że z mojej twarzy za moment zostanie jedynie krwawa miazga.

Mimo to Reimann nie przestawał. Bił bez opamiętania, jakby coś go opętało. Krzyczał coś, ale nie rozumiałem co. Jego głos nie przebijał się przez szum, który rozbrzmiewał ogłuszająco.

Zrozumiałem, że to koniec.

Po wszystkich trudnościach, z którymi udało mi się uporać. Po całej tej drodze, którą przebyłem. Tu i teraz wszystko się kończyło.

Nie dowiem się, czy Ewa naprawdę na mnie czeka. Nie przekonam się, co działo się z nią przez cały ten czas, kiedy się ukrywała. Nie zrozumiem do końca wszystkiego, co chciała mi powiedzieć.

Myśli przestawały układać mi się w głowie. Rozbijały się w drobny mak, a ja nie rozumiałem już, co się dzieje. Okładający mnie mężczyzna stał się obcy, niemal anonimowy. Powód, dla którego mnie bił, gdzieś mi umknął.

Opadło mnie poczucie zupełnej dezorientacji, nierealności sytuacji. Absurdu.

Może tak to zawsze wygląda przed śmiercią?

Odpływałem. Wydawało mi się, że zbliżam się do miejsca, z którego nie będzie już powrotu.

Traciłem świadomość. I wtedy Reimann nagle przestał.

Było to jak niespodziewany przebłysk słońca w trakcie ponurej, szalonej nawałnicy. Czas jakby się zatrzymał. Poczucie nierealności sytuacji się wzmogło. Tylko jedna myśl ułożyła mi się w głowie.

Zabił mnie.

Przestał, bo osiągnął to, co zamierzał, a ja właśnie straciłem życie.

Zdołałem otworzyć zalane krwią oko. Zobaczyłem nad sobą ciężko dyszącego Reimanna.

Unosił zaciśniętą pięść, szykując się do ostatniego uderzenia. Uderzenia, które miało sprawić, że już nigdy więcej nie otworzę oczu.

18

Kawałek szkła wszedł w kark mojego męża jak nóż w masło.

Robert zamarł z uniesioną pięścią, nie wydając z siebie najmniejszego dźwięku. Nie tego się spodziewałam. Obawiałam się, że jeden cios nie wystarczy. Że Robert odwróci się, wytrąci mi rozbitą szybę z dłoni, będzie się bronił.

Obawie tej towarzyszyła także nadzieja.

Nadzieja na to, że będzie długo się męczył, wykrwawiał i cierpiał, zanim umrze. Tymczasem stało się to natychmiast. Ledwo przeczołgałam się na zewnątrz, zmobilizowałam wszystkie siły, by się podnieść, było już po wszystkim.

Wystarczyło, że kawałek szkła znalazł się w jego ciele.

Zdołałam przytrzymać go przez moment i sprawić, że nie upadł prosto na Wernera. Osunął się tuż obok, a mnie natychmiast opuściły siły. Uświadomiłam sobie, jak niewiele brakowało, by stało się to chwilę wcześniej.

I jak niewiele dzieliło Wernera od śmierci.

Podciągnęłam się w jego stronę. Na dobrą sprawę nie byłam pewna, czy się nie spóźniłam. Widziałam, co działo się na zewnątrz, próbowałam doczołgać się tutaj jak najszybciej, ale pokonanie każdego metra wiązało się z nieludzkim wysiłkiem.

W dodatku cały czas miałam wrażenie, że Robert za moment się odwróci i mnie zobaczy.

Ale tak się nie stało. Zaskoczyłam go, to ja byłam górą. Miałam tylko nadzieję, że w ostatniej sekundzie życia zrozumiał, co się zdarzyło. I kto wymierzył mu sprawiedliwość.

Do mnie jeszcze to nie docierało. Kątem oka widziałam Roberta leżącego twarzą w piasku, nieporuszającego się, ale w głębi ducha obawiałam się, że za moment otrzepie się i wstanie. A potem zacznie robić to wszystko, za co go znienawidziłam.

Skupiłam wzrok na Damianie, a potem złapałam go za przegub ręki. Starałam się wyczuć puls, ale nadal byłam jak sparaliżowana, trudno mi było cokolwiek stwierdzić.

– Wern…

Wydawało mi się, że słyszę płytki oddech, ale nie miałam pewności. Poczułam na całym ciele nieprzyjemny chłód i przeszło mi przez myśl, że jednak się spóźniłam. Niewiele, ale jednak.

Otarłam mu krew z twarzy, ale on nawet nie drgnął. Jeśli jeszcze żył, znajdował się już na granicy. Za moment miał ją przekroczyć.

Wiedziałam, co muszę zrobić.

Zasługiwał w końcu na to, by usłyszeć, co chciałam powiedzieć mu przez te wszystkie dni.

Nabrałam głęboko tchu. Nie tak to wszystko miało wyglądać. Nie tak miało się skończyć.

Pochyliłam się nad nim, pocałowałam go w usta. Potem uniosłam się lekko.

– Tygrysie… – powiedziałam.

Drgnął nerwowo, jakby ktoś przyłożył mu elektrody do klatki piersiowej i uruchomił defibrylator. Otworzył oczy i spojrzał na mnie z niedowierzaniem.

Nie spodziewałam się, że odnajdzie w sobie na tyle sił, by się odezwać. A jednak mu się to udało.

– Ewa? – zapytał.

ROZDZIAŁ 3

1

Momenty przebudzenia były jak błyskawice rozświetlające niebo. Niczym fotograf polujący na idealne ujęcie próbowałem je uchwycić, ale znikały równie szybko, jak się pojawiały.

Byłem przytomny tylko przez krótkie chwile. Obrazy migały mi przed oczami, a ja robiłem wszystko, by ułożyć z nich logiczną całość.

Ewy nie mogło tutaj być.

A jednak pochylała się nade mną, przykładała mi dłoń do policzka i pytała, czy jestem w stanie się podnieść. Nie zdążyłem odpowiedzieć, ogarnęła mnie ciemność. Kiedy znów otworzyłem oczy, znajdowałem się w salonie.

Potem ocknąłem się na moment na kanapie.

Zobaczyłem pokiereszowaną twarz Ewy, nie rozumiejąc, co się dzieje i jak to możliwe, że tutaj jest. Mój umysł odmawiał pojęcia tego, co było zupełnie oczywiste.

Ani razu nie widziałem Kasandry Reimann.

Nigdy nie słyszałem jej głosu.

Kontaktowała się ze mną wyłącznie przez RIC, upierając się, że to jedyny bezpieczny sposób. I biorąc pod uwagę Sodomę i Gomorę, w które zamieniła się willa Reimanna, musiałem uznać, że miała rację.

Ale jeśli to naprawdę Ewa, to dlaczego nie powiedziała mi od razu? Po co to wszystko?

I jak to możliwe, że skończyła jako żona Roberta Reimanna?

Czy nikt jej przez lata nie rozpoznał? Występowała przecież publicznie, udzielała się…

Nie, nie udzielała, poprawiłem się w duchu. Owszem, przeznaczała spore środki na działalność charytatywną i wspierała lokalne inicjatywy, ale nie uczestniczyła w wystawnych bankietach, nigdy nie pławiła się w blasku fleszy.

Na Boga, to naprawdę była ona.

Za każdym kolejnym razem, gdy udało mi się ocknąć, rozumiałem to lepiej. Pytań jednak zdawało się coraz więcej, a odpowiedzi – żadnych. To wszystko nie miało najmniejszego sensu.

Po co pojawiła się na tym koncercie? I dlaczego później przeganiała mnie po całym kraju?

Zaraz, pomyślałem. Wcale nie po całym. Przeciwnie, prowadziła mnie z południa na północ. Sprawiła, że małymi krokami cały czas zbliżałem się do Rewala.

Kiedy w końcu ocknąłem się na dobre, siedziała na skraju kanapy, wbijając pusty wzrok w czerń za oknem. Czerń, która chowała ciało Reimanna. Wzdrygnąłem się na tę myśl, uzmysławiając sobie, że Ewa naprawdę odebrała mu życie.

Patrzyłem na nią w milczeniu, nie wiedząc, co powiedzieć. Zmieniła się, wyglądała nieco inaczej. Do tego stopnia, że nasi starzy znajomi być może nie poznaliby jej, gdyby minęła ich na ulicy.

Zapewne taki był jej cel. Od lat musiała robić wszystko, by nie przypominać samej siebie. Głos też jej się zmienił. On być może najbardziej. Jedynie oczy pozostały takie same, choć gdzieś głęboko w nich było coś, co ściskało mi serce.

– Ewa…

Potrząsnęła głową i spojrzała na mnie.

– Nie ruszaj się, masz pęknięte żebra.

Przez ostatnią dekadę wyobrażałem sobie nasze upragnione spotkanie. Nie takich słów spodziewałem się usłyszeć na początek.

– Obandażowałam ci klatkę piersiową, ale musisz uważać.

– Jak…

– Wszystko ci wyjaśnię.

Mimo jej poleceń starałem się podciągnąć. Natychmiast mnie powstrzymała, kładąc mi delikatnie dłoń na ramieniu. Patrzyliśmy na siebie przez moment, oboje starając się powiedzieć sobie więcej, niż mogły wyrazić słowa.

Dopiero teraz uświadomiłem sobie, dlaczego tak szybko i łatwo nawiązaliśmy dobry kontakt na RIC. Mimo że nawet się nie widzieliśmy, konwersowaliśmy ze sobą jak dwójka starych znajomych. Rozmowy się kleiły, a my bez trudu rozumieliśmy swoje żarty. Od początku była między nami jakaś chemia – co powinno dać mi do myślenia, biorąc pod uwagę, że cała znajomość sprowadzała się na dobrą sprawę do chatu.

Ewa cofnęła rękę, przesuwając nią po mojej dłoni. Nawet bez wszystkich obrażeń, które widać było gołym okiem, wyglądała jak cień człowieka. Krwawe ślady i pierwsze siniaki odcinały się wyraźnie na bladej cerze. Cienie pod oczami tworzyły niemal upiorne wrażenie, a pęknięte żyłki w oczach sprawiły, że część białka pokryła czerwień.

Ewa odwróciła głowę i znów wbiła spojrzenie w nieprzenikniony mrok. Miałem wrażenie, jakbym stracił ją gdzieś w nocnej toni. Nie dziesięć lat temu, teraz. Jakby przed chwilą zostawiła gdzieś tam prawdziwą siebie.

Zwiesiła głowę i przez moment się nie poruszała. Nie chciałem nawet myśleć o tym, co musi czuć. Nie wiedziałem, czy pierwszy cios był śmiertelny, nie miałem pojęcia, czy siłowała się z Reimannem, czy walczyła o życie… czy zrobiła to, co zrobiła, z zimną krwią.

W końcu udało mi się podciągnąć do oparcia. Zasyczałem z bólu, ale Ewa mnie nie zestrofowała.

– Dlaczego… – wydukałem. – Po co to wszystko?

– Wyjaśnię ci to niedługo.

Oboje właściwie szeptaliśmy. Nie dlatego, że ktoś mógłby nas usłyszeć. Żadne z nas nie miało siły mówić.

– Teraz musimy uciekać, Tygrysie.

– Uciekać?

Chciałem zapytać przed kim, skoro Robert leży martwy przed domem. W porę jednak ugryzłem się w język.

– Będą nas ścigać.

– Kto? Ci ludzie, przed którymi się ukrywasz? Ci od Kajmana?

– Oni też.

– Też? Kto jeszcze?

– Podwładni Roberta – odparła, nadal nie podnosząc głowy. – I jego współpracownicy. Ktoś zajmie jego miejsce i pierwsze, co będzie chciał zrobić, to…

Urwała i pokręciła głową. Sprawiło jej to wyraźny ból.

– Wszystko zaczyna się na nowo… – powiedziała przybita. W końcu podniosła wzrok i na moment na mnie spojrzała. – Będę przechodzić wszystko od początku, Wern.

– Nie będziesz.

Nie wiedziałem wszystkiego, ale doskonale rozumiałem, co ma na myśli.

– Tym razem masz mnie. Razem damy sobie radę.

Uśmiechnęła się blado.

– Musi być naprawdę źle, jeśli rzucasz takimi banałami.

– Jestem w tym mistrzem.

– To prawda…

Obróciłem się i spuściłem nogi na podłogę. Spowodowało to ostry, przejmujący ból, starałem się jednak nie dać tego po sobie poznać. Skrzywiłem się lekko, ale nie oddawało to w najmniejszym stopniu tego, jak dotkliwe były moje obrażenia.

Pieprzony Reimann rzeczywiście musiał mi złamać kilka żeber. Nie mogłem zrobić wdechu bez uczucia, że coś rozrywa mi od środka klatkę piersiową. Najmniejszy ruch powodował to samo.

– Musimy pojechać po Wojtka – odezwała się Ewa. – Zabierzemy go i natychmiast wyjedziemy.

Popatrzyłem w stronę rozbitych szyb.

– A co z nim?

– Zostawimy go tak.

– Jesteś pewna? Nie lepiej byłoby…

– Nie – ucięła, a potem się podniosła. Zachwiała się, a ja machinalnie ją podtrzymałem.

Miała rację, powinniśmy jak najszybciej stąd uciekać. Ale jak mieliśmy to zrobić w takim stanie? Oboje ledwo trzymaliśmy się na nogach, zrobienie choćby kilku kroków wydawało się zbyt dużym wysiłkiem.

– Nie pozbędziemy się ciała – dodała. – Prędzej czy później i tak je znajdą, a my stracimy tylko cenny czas.

– Moglibyśmy wypłynąć z nim kawałek w morze.

– A zdołasz wiosłować?

– Nie – odparłem bez wahania.

Chciałem zapytać, czy w okolicy nie ma czegoś z napędem, ale w porę dotarło do mnie, że gdyby tak było, Ewa dobrze by o tym wiedziała. Całe mnóstwo innych, ważniejszych pytań kołatało mi się w głowie. Postanowiłem skupić się jednak na tym, co tu i teraz. Będziemy mieć jeszcze czas, by mi wszystko opowiedziała.

Wstałem z kanapy, a potem ruszyliśmy na zewnątrz, wzajemnie się podpierając.

– Jak zamierzasz go odebrać? – zapytałem.

Popatrzyła na mnie nierozumiejącym wzrokiem.

– Twojego syna – powiedziałem. – Śpi u kogoś, tak?

– Tak – potwierdziła. – U kolegi.

– Więc zjawisz się w takim stanie i po prostu go zabierzesz?

– Jakoś sobie poradzimy.

Fakt, że użyła liczby mnogiej, podziałał na mnie krzepiąco. Poczułem przypływ sił, ale był jedynie złudą. Sekundę lub dwie później na powrót miałem trudności z utrzymaniem równowagi.

Wsiedliśmy do peugeota. Ja od strony pasażera, Ewa zajęła miejsce za kółkiem. Przekręciła kluczyk w stacyjce.

– Nie zabierasz niczego? – zapytałem.

– Nie. Mam wszystko, czego potrzebuję.

Trudno było przesądzić, czy ma na myśli mnie, czy pieniądze, które ulokowała na rachunkach założonych na moje nazwisko. W przypadku Ewy, którą niegdyś znałem, zapewne pierwsza opcja byłaby słuszna. Nie wiedziałem jednak, na ile kobieta siedząca obok odpowiada tamtej osobie.

Ruszyliśmy w kierunku drogi łączącej przybrzeżne miejscowości. W głowie rozbrzmiewało mi echo słów Ewy, które musiała wypowiedzieć podczas jednego z momentów, kiedy odzyskiwałem świadomość.

Nie tak to miało wyglądać.

Tak powiedziała, nieobecnym i jakby nieswoim głosem. Przypuszczałem, że zakładała wiele scenariuszy naszego spotkania, ale nie taki. Nie dopuszczała możliwości, że ktokolwiek zginie. Zaprojektowała wszystko tak, byśmy znikli bez śladu – i bez ciągnącego się za nami cienia.

Zaparkowaliśmy pod jednym z domów w samym Rewalu.

– Poczekaj tutaj – poleciła Ewa, a potem wyszła z auta, nie czekając na odpowiedź.

Obserwowałem, jak podchodzi do drzwi wejściowych, a potem naciska na dzwonek. Zerknąłem na zegarek. Było już po północy, młody z pewnością spał. Pewnie tak samo jak reszta domowników. Od strony ulicy nie paliło się żadne światło.

Po chwili pojawiło się w jednym z okien. Moment później drzwi się otworzyły, a w progu stanęła zaspana kobieta w średnim wieku.

Przyglądałem się Ewie, zupełnie ignorując właścicielkę domu. Patrzyłem na moją zaginioną narzeczoną. I niebawem miałem zobaczyć, jak weźmie w ramiona swojego syna.

Co stanie się później? Czy naprawdę mogliśmy łudzić się, że uda nam się uciec? A jeśli nawet, to co dalej? Zostaniemy szczęśliwą rodziną, a ja będę robił za nowego ojca?

Jezu Chryste, powinienem przestać snuć takie myśli. Wszystko po kolei.

Najpierw bezpiecznie opuścimy tę okolicę, potem będziemy zastanawiać się nad tym, co robić. Ewa zresztą musiała mieć jakiś plan. Biorąc pod uwagę wszystko, co zrealizowała w ramach tego szalonego przedsięwzięcia, powinienem spodziewać się, że jest gotowa na każdą ewentualność.

Zamrugałem, starając się dostrzec reakcję gospodyni. Ta wycofała się wyraźnie zmieszana i znikła w holu. Ewa obejrzała się przez ramię i skinęła do mnie głową. Wszystko było w porządku.

Może kobieta wybudzona w środku nocy nie dostrzegła ran. A może Ewa sprzedała jej jakąś zgrabną historię.

Tak czy inaczej, Wojtek po chwili pojawił się w progu. Ziewnął przeciągle, a Ewa wzięła go za rękę i poprowadziła w stronę samochodu. Kiedy usiadł z tyłu i zapiął pas, zdał sobie sprawę z mojej obecności.

– Mamo, kto to?

Odpowiedź na to pytanie była równie skomplikowana jak na wszystkie te, które nie dawały mi spokoju. Nie miałem ochoty teraz się z nim mierzyć.

– Werner – powiedziałem, z trudem się obracając.

Kiedy chłopiec potrząsnął moją ręką na powitanie, ból przeszył górne partie mojego ciała.

Ewa wycofała z podjazdu, a potem skręciła w lewo. Pojechaliśmy drogą numer sto dwa w kierunku Trzebiatowa.

Zmierzaliśmy w stronę nowego życia. Nikt nas nie zatrzymał, nikt za nami nie jechał. Dopiero teraz zrozumiałem, że uzyskanie odpowiedzi jest tylko kwestią czasu. Że w końcu udało nam się osiągnąć to, na co Ewa musiała pracować od lat.

Poczekaliśmy, aż Wojtek zaśnie. Nie trwało to długo, młody był wyraźnie rozespany. Gdzieś w okolicach Kołobrzegu ułożył się wygodnie na tylnym siedzeniu. A my odetchnęliśmy z ulgą.

– Zacznę od początku... – odezwała się Ewa.

2

Czułam się dziwnie, jakbym zaczęła funkcjonować w zupełnie innym, obcym świecie. Bez pytania kogokolwiek o zdanie mogłam zatrzymać samochód na stacji benzynowej, a potem kupić to, na co miałam ochotę. Mogłam skręcić w jakikolwiek zjazd z głównej drogi, obrać dowolny kierunek. Mogłam przełączyć na taką stację radiową, jaką lubiłam najbardziej. Wszystko zależało ode mnie. Nikt nie patrzył mi przez ramię na to, co robię.

W pierwszej chwili nie potrafiłam się odnaleźć. Byłam jak zagubiony więzień, wypuszczony na wolność po kilku dekadach spędzonych za kratami.

Świadomość tego, w jaki sposób się wydostałam, niemal mnie paraliżowała. Przed oczami nadal miałam zamglony obraz kawałka szkła wbijającego się w szyję Roberta. Kiedy ten powidok wracał, odnosiłam wrażenie, jakbym przyglądała się tej scenie z oddali.

Widziałam, jak życie natychmiast uleciało z mojego męża. Przypatrywałam się samej sobie, chwytającej ciało i wraz z nim osuwającej się obok Wernera.

Spojrzałam na niego. Opierał się łokciem o szybę, patrząc przed siebie pustym wzrokiem. Wiedziałam, że próbuje poukładać sobie wszystko w głowie – ale równie pewna byłam tego, że mu się to nie uda.

Nie bez mojej pomocy.

Zorientował się, że na niego patrzę, i posłał mi blady, przelotny uśmiech. Znikł tak szybko, jak się pojawił, zapewne z powodu bólu. Twarz miał spuchniętą, posiniaczoną. Obawiałam się, że wystraszy Wojtka – że oboje to zrobimy – ale mój syn w półmroku najwyraźniej nie dostrzegł ran. Teraz spał spokojnie na tylnym siedzeniu.

– Więc? – ponaglił mnie cicho Damian.

– Zastanawiam się, od którego momentu zacząć…

– Mhm.

– Masz jakąś propozycję?

– Zacznij od tego, na czym skończyłaś w ostatnim nagraniu. Od lodów w upalny dzień. – Posłał mi długie spojrzenie, a ja zacisnęłam ręce na kierownicy. – Swoją drogą, niespecjalnie mi się ten ostatni tytuł spodobał.

– Chciałam na finiszu wstrzyknąć w ciebie trochę optymizmu.

– Nie udało ci się – odbąknął półgłosem. – Może dlatego, że zostawiłaś mnie na końcu z niczym.

– Z niczym?

– Ta ostatnia wskazówka nic mi nie mówiła. Nadal nic nie mówi.

Spojrzał przed siebie, mrużąc oczy, jakby starał się wyłowić coś z nocnego mroku. Droga była pusta, z naprzeciwka dawno nie nadjechał żaden samochód.

– Miejsce, które miałem poznać tylko ja? I czas, o którym miałem wiedzieć? – jęknął. – Co to wszystko miało znaczyć?

– Niewiele.

– Tego sam się domyśliłem.

Zerknęłam w tylne lusterko. Wojtek spał twardo, najwyraźniej nie brakowało mu wrażeń w ciągu dnia. Zresztą rozmawialiśmy na tyle cicho, że nie powinnam martwić się jego obudzeniem. Nabrałam głęboko tchu.

– Miałam na myśli tylko to, że niebawem się z tobą skontaktuję, Tygrysie – odparłam szeptem. – Podam ci miejsce i czas spotkania. I tylko ty będziesz je znał. To wszystko.

– I jak zamierzałaś to zrobić?

– Przez RIC.

– Zamierzałaś mi o wszystkim powiedzieć? Ot tak?

– Nie ot tak – zaoponowałam stanowczo. – Przygotowywałam cię do tego od długiego czasu, prawda?

Milczał, co stanowiło chyba najbardziej bolesną odpowiedź. Wiedziałam, że kiedy przyjdzie co do czego, będę musiała zmierzyć się z jego pretensjami. Ale była to cena, którą byłam gotowa zapłacić.

– Po co to wszystko? – spytał w końcu.

– Wszystko ci wyjaśnię.

– Więc zacznij teraz.

– Wolałabym…

– Co? – wpadł mi w słowo. – Zatrzymać się w motelu i pogadać przy lampce wina? To nie jest rozmowa, którą można odwlekać.

Miał rację, choć wiele oddałabym choćby za możliwość zwilżenia ust prosecco. Miałam wrażenie, że po tym wszystkim, co się stało, alkohol przestał działać. Adrenalina podkręciła mój metabolizm, zupełnie wytrzeźwiałam.

Zapewne w rzeczywistości tak nie było. Wedle wszelkiego prawdopodobieństwa nie powinnam prowadzić jeszcze przez dobrych kilka godzin. Ale ewentualne zatrzymanie przez policję i tak zakończyłoby się tragicznie.

Gdyby jakikolwiek mundurowy rzucił na nas okiem, nie odpuściłby, zanim by nie ustalił, co się nam przydarzyło.

– Zaszyłaś się w Wielkopolsce – mruknął Werner. – Na tym skończyło się ostatnie nagranie.

– Tak.

– Kiedy to było?

– Niedługo po tym, jak zeznawałam przeciwko Kajmanowi.

– Wpadli na twój trop?

– Nie, ale… – urwałam, wzdychając głęboko. – Cały czas miałam wrażenie, że dzieli mnie od tego tylko jeden niefortunny krok.

Damian pokiwał głową, zapewne w duchu przyznając mi rację.

– Czułam, że wisi nade mną niebezpieczeństwo, Tygrysie. Nieustannie.

– Rozumiem.

– I widmo tego, co się stało.

Werner milczał. Na firmamencie jego życia też przesuwały się dokładnie te same ciemne chmury. Nie musiałam dodawać nic więcej, by wiedział, że tamte sceny wynurzały się nie tylko z jego pamięci.

Mimo to postanowiłam wspomnieć o czymś, co musiało zostać powiedziane.

– To zdeterminowało wszystkie moje decyzje.

Opuścił łokieć i osunął się na fotelu. Zerknął na mnie.

– Co masz na myśli?

– To, że całe moje życie widziałam przez pryzmat tamtych wydarzeń. I strachu, który się z nimi wiązał. Rozumiesz?

– Oczywiście, że tak...

– Wszystko, co robiłam, było tym powodowane. Każda najmniejsza decyzja była kalkulacją.

– Opartą na czym?

– Na tym, żeby zapewnić sobie bezpieczeństwo. Potrzebowałam tego, inaczej bym zwariowała. Może nawet tak się stało.

Miałam nadzieję, że uśmiechnie się i potwierdzi, że rzeczywiście musiałam oszaleć, by porwać się na taki plan. Damian jednak milczał.

– Zaczęłam studia z psychologii w biznesie – kontynuowałam.

– Skończyłaś je?

– Tak.

– Ja wypadłem z obiegu. Nie zrobiłem magisterki.

– Wiem. Starałam się śledzić, co się z tobą dzieje.

– I ani razu nie próbowałaś się skontaktować? Dać mi znać, że żyjesz? Że wszystko z tobą w porządku i że nic ci nie grozi?

– Myślałam, że...

– Że co?

Wojtek poruszył się nerwowo na tylnym siedzeniu, a ja uświadomiłam sobie, że oboje podnieśliśmy głos. Werner wykonał przepraszający gest dłońmi i znów zapatrzył się przed siebie.

– Myślałam, że to zrozumiałeś po nagraniach – podjęłam. – Po to je dla ciebie przygotowałam, Wern.

– W takim razie przyniosły skutek odwrotny do zamierzonego, bo po nich mam mętlik większy niż wcześniej.

Przez moment się nie odzywaliśmy. Nie musieliśmy, bym wiedziała, że mimo tych deklaracji Damian wszystko zrozumiał. Potrzebował jednak usłyszeć pewne rzeczy z moich ust. A ja się nie dziwiłam.

– Żyłam w poczuciu nieustannego zagrożenia – powtórzyłam. – I wiedziałam, że ludzie Kajmana wciąż mnie ścigają. A co więcej, że ciebie też obserwują. Jeden nierozsądny krok z mojej strony mógłby wszystko pogrzebać.

Werner potarł nerwowo skronie i syknął cicho z bólu.

– Czekaj... – mruknął. – Bo jeśli dobrze rozumiem, pomyliłem się w ocenie sytuacji.

Tym razem ja nie wiedziałam, co ma na myśli.

– To nie policja była moim przeciwnikiem – dodał.

– Nie.

– Lata temu nie doszło do żadnych nadużyć, żadnego uchybienia obowiązkom, niczego nie zatuszowano ani nie zamieciono pod dywan. Żaden z policjantów nie zawinił i żaden nie miał nic wspólnego z twoim zaginięciem.

Czekał, aż potwierdzę, ale nie mogłam tego zrobić.

– Czy źle myślę? – zapytał.

– Dobrze. Ale jest jeszcze coś.

– Co?

– W policji jest człowiek, który pracował dla Kajmana. To dzięki niemu w ogóle się o mnie dowiedzieli. I przypuszczam, że kret do dzisiaj nosi mundur. Może nawet awansował. Dlatego nie mogłam ryzykować, Tygrysie. Skontaktowanie się bezpośrednio z tobą lub Prokockim byłoby tragiczne w skutkach.

Chciałam ciągnąć dalej, ale zauważyłam, że Damian marszczy czoło.

– Co jest?

– Chyba wiem, kto jest tym kretem. Mówi ci coś nazwisko Falkow?

– Nie.

– To dzięki niemu udało mi się uciec spod hotelu w Chrząstowicach – wyjaśnił Wern, a potem ze świstem wypuścił powietrze. – Dodał przy tym, żebym nikomu nie ufał.

To miało sens, skwitowałam w duchu.

– Ale co dzięki temu zyskiwał? – dodał Damian. – Przecież…

Kiedy zamilkł, wiedziałam, że poukładał to sobie w logiczną całość.

– No tak – mruknął. – Ci ludzie dowiedzieli się, co próbujesz zrobić.

– Tak.

– I wiedzieli, że najlepszym sposobem, by cię znaleźć, jest podążanie moim śladem. Wiedzieli, że w końcu doprowadzę ich do ciebie. Dlatego mi pomogli.

Skinęłam głową, a Wern obrócił się w moją stronę. Wreszcie spojrzał na mnie tak, jak powinien. Ze współczuciem, bez pretensji. Wreszcie przyjął do wiadomości, że przez cały ten czas czułam oddech ludzi Kajmana na plecach.

– Wszystko w porządku? – zapytał.

– Tak… to znaczy… – zrobiłam pauzę i potrząsnęłam głową. Poczułam ból w karku. – Sama nie wiem… trudno mi słuchać o tym, że byłeś tak blisko tych ludzi.

Zastanawiał się, co odpowiedzieć.

– To już przeszłość – odparł w końcu. – Zostawiliśmy ich za sobą, a ty o to zadbałaś, prowadząc mnie nad morze. Nawet jeśli trafili w pewnym momencie na mój trop, zgubili go po drodze.

Zerknęłam na wskaźnik poziomu paliwa. Niebawem powinniśmy się zatrzymać, nie było sensu ryzykować, że benzyna skończy się nam gdzieś między jedną a drugą stacją. Tyle że nawet tak prozaiczna czynność będzie niełatwa w wykonaniu. Oboje wyglądaliśmy, jakby wypuszczono nas z klatki z dzikimi zwierzętami.

Zrozumiałam, że przed nami długa droga. Gdziekolwiek się kierowaliśmy, musieliśmy być gotowi na niełatwą przeprawę.

Nagle poczułam, że Damian położył dłoń na mojej ręce. Uświadomiłam sobie, że trzymałam ją na drążku skrzyni biegów. Spojrzałam na Wernera, ale zaraz przeniosłam wzrok z powrotem na drogę.

– Poradzimy sobie – powiedział.

– Wiem.

W oddali pojawiły się oślepiające światła samochodu. Kierowca poniewczasie zorientował się, że ktoś nadjeżdża z naprzeciwka i za późno wyłączył długie. Kiedy nas mijał, mimo woli spojrzałam prosto w reflektory samochodu i przez moment nic nie widziałam.

– Chcę o wszystkim usłyszeć – odezwał się cicho Damian. – O tym, co się z tobą działo, o twoim planie, o każdym posunięciu, każdym etapie i…

– Daj mi chwilę – odparłam, zmuszając się do uśmiechu. – Muszę zebrać myśli.

– Zbierałaś je chyba przez ostatnie dziesięć lat – zauważył z przekąsem, który od razu doceniłam. – I widzisz, co z tego wynikło.

– Więc mam po prostu nadawać jak najęta, bez ładu i składu?

– Później wszystko uporządkujemy – zadeklarował. – Teraz chcę po prostu wiedzieć, dlaczego się na to wszystko zdecydowałaś.

3

Znałem Ewę na tyle dobrze, by wiedzieć, że nie uda mi się przeforsować swojego zdania. Przynajmniej nie do końca. Ostatecznie osiągnęliśmy konsens, który sprowadzał się do tego, że zatrzymamy się na noc gdzieś w okolicach Słupska i tam Ewa wypełni wszystkie luki w swojej opowieści.

Po drodze musieliśmy zatankować, choć żadne z nas nie miało dobrego pomysłu, jak zrobić to bez wzbudzania podejrzeń. W końcu jednak oboje doszliśmy do wniosku, że wyjście jest tylko jedno.

Musieliśmy uczynić z tego niewinną zabawę. Zajechawszy na jedną z większych stacji benzynowych przy krajowej szóstce, obudziliśmy Wojtka. Ja zalałem do baku, a on miał dostarczyć pracownikowi stacji pieniądze, pozorując odgrywanie roli dorosłego. Mężczyzna za ladą wprawdzie posłał mi długie spojrzenie, ale z oddali nie mógł wypatrzeć ran na twarzy. Uniosłem rękę i skinąłem do niego porozumiewawczo, a on przyjął pieniądze od młodego.

Odetchnęliśmy, jadąc dalej w kierunku Słupska.

Powtórzyliśmy podobny scenariusz, kiedy płaciliśmy za pokój w przydrożnym motelu, a potem z ulgą zamknęliśmy się w środku. Samochód zaparkowaliśmy na tyłach, choć na dobrą sprawę nikt nie miał prawa go poszukiwać. Był to niepowiązany z Reimannami, właściwie przypadkowy pojazd.

Podobnie było ze mną. Z tego punktu widzenia byłem dla Ewy i Wojtka idealnym ratunkiem. Problem polegał na tym, że istniała także inna perspektywa. Ta, która sprowadzała się do faktu, że policja poszukiwała mnie za zabójstwo Blitzera.

Nadal nie rozumiałem, dlaczego musiał zginąć. Ani kto targnął się na jego życie.

Przypuszczałem jednak, że wszystkiego się dowiem. Tu i teraz, w motelowym pokoju na obrzeżach Słupska. To miejsce i ten czas miałem zapamiętać jako jedne z najważniejszych w moim życiu.

Wojtek zasnął błyskawicznie. Zazdrościłem mu, myśląc o tym, że sam z pewnością nie wyśpię się przez kilka najbliższych dni. Ewa tym bardziej nie. Nawet kiedy uporamy się z przeszłością, będziemy musieli zmierzyć się z upiorami teraźniejszości. A one zdawały się jeszcze bardziej potworne od tych, które oboje dobrze znaliśmy.

Usiedliśmy przy niewielkim stoliku w największym pokoju. Z minibaru Ewa wyciągnęła dla mnie małego żywca, a dla siebie dwie buteleczki wódki. Zrobiła sobie drinka i zamknąwszy oczy, pociągnęła łyk.

Przeszło mi przez myśl, że przypatruję się jej, jakby była narkomanem zażywającym działkę. Odsunąłem tę myśl. To zwykły drink, nie bardziej groźny od mojego piwa.

Ewa szybko jednak rozpoznała znaczenie mojego wzroku.

– Biorąc wszystko pod uwagę, to mój najmniejszy problem – zauważyła.

– Nie miałem zamiaru nic mówić.

– Nie musiałeś.

Uśmiechnęliśmy się lekko.

– Ostatnim razem byłam trzeźwa prawdopodobnie w dniu, kiedy poszliśmy do Haja.

– Mhm – mruknąłem. – Wedle moich kalkulacji to daje jakieś dziesięć lat w stanie nieważkości.

– U ciebie było inaczej?

– Nie wiem. Większość tego czasu widzę jak przez mgłę.

– Potraktuję to jako najwymowniejszą odpowiedź.

Pokiwałem głową i upiłem łyk piwa. Nie mogłem się dziwić, że piła dzień w dzień. Nawet bez bagażu doświadczeń, który ze sobą nosiła, życie z takim człowiekiem jak Robert Reimann usprawiedliwiało znacznie gorsze przewinienia wobec samej siebie.

Nie chciałem o tym myśleć. A mimo to wiedziałem, że od tego nie ucieknę. Miałem niebawem poznać każdy szczegół z jej życia, dowiedzieć się o wszystkim, co działo się z nią od momentu, w którym na nagraniach skończyła swoją opowieść.

– Więc zadekowałaś się w Wielkopolsce, zaczęłaś studia z psychologii biznesu…

– I poznałam na nich Roberta.

– Przypuszczam, że nie wspominasz tego jako najlepszego, co cię w życiu spotkało.

Rzuciłem uwagę zupełnie bezmyślnie. Niepotrzebnie starałem się nadać lekki ton rozmowie, która właściwie powinna być prowadzona grobowymi głosami. Upomniałem się w duchu, by tego więcej nie robić.

Spodziewałem się, że Ewa skwituje to milczeniem, ale odchrząknęła znacząco.

– Staram się w ogóle tego nie wspominać – odezwała się. – Ale w tamtym momencie była to jedna z tych rzeczy, która wynikała z czystej kalkulacji.

Ściągnąłem brwi.

– W jakim sensie?

– Szukałam poczucia bezpieczeństwa. A nawet więcej, gwarancji, że nic mi się nie stanie, jeśli ludzie Kajmana trafią na mój trop.

– I Reimann mógł ci to zapewnić?

– Tak. Zrozumiałam to, kiedy odkryłam, czym naprawdę się zajmuje.

Przez jakiś czas tłumaczyła mi, że Reimann Investigations i inne firmy Roberta były jedynie słupami. Niektóre miały solidniejsze fasady, inne właściwie były jedynie wydmuszkami, które znikały równie szybko, jak się pojawiały.

Reimann prężnie rozwijał przestępczą organizację, nie tylko sprzedając narkotyki, dopalacze i wszystko, na co był popyt w nielegalnym obrocie, ale także robiąc przekręty na rynku nieruchomości. Obraz, który wyłaniał się z opowieści Ewy, kazał mi sądzić, że organizacja tego człowieka rzeczywiście ochroniłaby ją, gdyby ludzie Kajmana ją odnaleźli.

Po raz pierwszy pomyślałem o tym, że teraz straciła parasol ochronny, decydując się zerwać z tym życiem i wrócić do poprzedniego. Do tego, w którym to ja miałem obowiązek zapewnić jej bezpieczeństwo. Lub chociaż jego namiastkę.

Szybko jednak przypomniałem sobie o horrorze, który przechodziła. Nic nie było warte tego, by dłużej go znosić. Nawet jeśli musiała zrezygnować z poczucia bezpieczeństwa.

– Kiedy się z nim wiązałam, nie miałam pojęcia, jakim jest człowiekiem.

– Znaczy…

– Nie spodziewałam się, co będzie ze mną robił – nie dała sobie przerwać, choć próbowałem zrobić to jedynie po to, by nie musiała mówić o rzeczach, które sprawią jej ból. – Zdawałam sobie sprawę z jego bezwzględności i tego, że idzie po trupach do celu, ale… Wern, nie wiedziałam, że będzie się nade mną znęcał. Nic w jego przeszłości nie kazało mi nawet podejrzewać go o takie…

Wynaturzenie? Okrucieństwo? Chciałem podsunąć odpowiednie słowo, ale żadne się takim nie wydawało. Ewie chyba także nie, bo ostatecznie pokręciła głową, nie kończąc.

– Kiedy to wszystko się zaczęło, byłam już w ciąży. Nie miałam odwrotu.

Rozumiałem to doskonale.

– Poza tym wmawiałam sobie, że to tylko przejściowe. Że to jakiś psychologiczny odprysk spowodowany ciążą. Atawistyczna obawa Roberta, że teraz cała moja miłość i uwaga skoncentruje się na dziecku.

Otworzyłem usta, bo jedno kluczowe pytanie wciąż kołatało mi w głowie. Nie odezwałem się jednak. Nie musiałem.

– Tak, kochałam go – powiedziała Ewa. – Na początku chodziło tylko o kalkulację, ale potem… z czasem…

Urwała, nie dodając nic więcej. Siedzieliśmy w milczeniu, nie patrząc na siebie i popijając jakby leniwie. Nie było w tym jednak ani odrobiny ospałości. Oboje byliśmy pobudzeni, serca waliły nam jak młotem.

– Rozumiesz to, prawda? – spytała w końcu Ewa.

– Tak.

– To wszystko ze względu na poczucie bezpieczeństwa, które mi wtedy dawał.

– Rozumiem – zapewniłem jeszcze raz z nadzieją, że skończymy temat.

Ewa skinęła głową, ale nie przypuszczałem, by mi uwierzyła. Prawda była taka, że sam nie wiedziałem, czy potrafię wczuć się w jej sytuację. W teorii nie powinno być to trudne – zgwałcona, zastraszona kobieta w końcu trafia na kogoś, przy kim może poczuć się bezpieczna. Czy w takiej sytuacji kogokolwiek mogło dziwić, że się w tej osobie zakochała?

Nie, pewnie nie. Tym bardziej że nie spodziewała się, byśmy kiedykolwiek znów się spotkali. Musiała wykreślić mnie ze swojego życia, dla dobra nas obojga. Akurat to doskonale rozumiałem.

– Po studiach mieszkaliśmy trochę w Wielkopolsce, on pracował w Służbie Celnej – podjęła. – Potem wróciłam z nim w jego rodzinne strony. – Zamieszkaliśmy w Rewalu, początkowo wszystko się układało. Potem zaczęły się problemy...

– Nie musisz o tym mówić.

– Ale chcę – zaoponowała i poprawiła się na krześle. – Powinieneś znać cały kontekst.

– W porządku.

– Pierwsze sygnały powinnam odebrać już na początku. Zawsze chciał dominować w rozmowach, podejmował wszystkie decyzje i tylko pozornie dawał mi jakąkolwiek swobodę. W rzeczywistości stopniowo ją ograniczał, a w końcu całkowicie mnie ubezwłasnowolnił.

Napiłem się piwa, myśląc o tym, że w takim tempie za moment opróżnię butelkę. Przeszło mi przez myśl, by pójść do najbliższego sklepu po czteropak, ale szybko z tego zrezygnowałem. Chciałem mieć trzeźwy ogląd, kiedy Ewa przejdzie do rzeczy.

Jeszcze przez moment mówiła o tym, jak Reimann z każdym kolejnym tygodniem tłamsił jej wolność coraz bardziej. W pewnym momencie chciała od niego odejść, ale zaraz potem okazało się, że jest w ciąży.

Wtedy nastąpiła lawina. Groził jej, dochodziło do pierwszych rękoczynów. Zaczęło się od podduszania, potem uderzał tak, by nie zostawiać śladów. Ostatecznie folgował sobie do woli, szczególnie po narodzinach Wojtka, kiedy Ewa nie opuszczała willi.

– Byłam przerażona, Tygrysie – wyszeptała, zawieszając nieobecny wzrok na ścianie.

Sprawiała wrażenie zażenowanej, choć nie miała ku temu najmniejszego powodu. Każdy na jej miejscu by się bał.

– Po tym, co przeszłam… sam rozumiesz.

Pokiwałem smętnie głową.

– Wraz z tymi groźbami wszystko wróciło – dodała, otrząsając się z chwilowego marazmu. – Miałam wrażenie, że Robert jest gorszy od tych, którzy zaatakowali nas na Loży Szyderców. Że jest zdolny do znacznie brutalniejszych rzeczy, jeśli mu się nie podporządkuję. Przez długi czas byłam jak sparaliżowana.

Widząc przed momentem jej wyblakłe spojrzenie, mogłem to sobie wyobrazić.

– Na tym etapie nie miałam już do kogo się zwrócić. Straciłam wszystkich znajomych – ciągnęła. – W Rewalu praktycznie nikogo nie znałam. A nawet jeśli, to byli to ludzie w taki czy inny sposób powiązani z Robertem. Dopiero zatrudniając pracowników do Reimann Investigations, spotkałam pierwsze osoby, które nie miały z nim nic wspólnego.

I bez tego wiedziałem, że nie miała u kogo szukać ratunku. Po całym horrorze, który przeszła, po złudnej nadziei na to, że wreszcie zapomni, znalazła się w jeszcze gorszym położeniu.

Zamknąłem na moment oczy i opuściłem głowę.

– Ten facet z blizną… – powiedziałem. – Kim on jest?

– To Glazur.

– Kto?

– Pracownik RI, informatyk. To jemu wszystko zawdzięczam.

– Nie rozumiem.

– Zwróciłam się do niego, kiedy uznałam, że jesteś moim jedynym ratunkiem. Sądziłam, że to bezpieczne posunięcie, ale Robert zaczął coś podejrzewać. Zwolnił Glazura, na szczęście nie wnikając w szczegóły. Odsuwał ode mnie wszystkich, którzy zaczęli za bardzo się zbliżać.

– Dlatego Kliza wyleciała?

– Tak. Ją i Glazura spotkał identyczny los.

– Wiedziała o tobie? O twojej prawdziwej tożsamości?

– Nie. – Ewa potrząsnęła głową. – Glazur zresztą też wiedział tylko tyle, że jestem w patologicznym związku i próbuję się z niego wyrwać. I że tylko ty możesz mi w tym pomóc.

Na moment się zamyśliłem. Na pierwszy rzut oka wszystko to wydawało się logiczne, ale kiedy zacząłem się przyglądać całej konstrukcji, pojawiło się mnóstwo pytań. Przypuszczałem, że Ewa zaraz je rozwieje, mówiąc o tym, co popchnęło ją do podjęcia takich, a nie innych decyzji. Pewna rzecz nie dawała mi jednak spokoju.

– Ale Kliza mogła przecież cię rozpoznać – powiedziałem. – Kiedy zajęła się sprawą.

Ewa się uśmiechnęła.

– Taki był plan.

– A konkretnie?

– Miała zobaczyć to zdjęcie, które zrobił na koncercie Phil Braddy. Ewentualnie to, które ty miałeś przez te wszystkie lata.

Czekałem na dalsze wyjaśnienia, gryząc się w język, by nie zasypać Ewy kolejnymi pytaniami. Moje starania spełzły na niczym.

– Kim on był? Braddy? – zapytałem.

– Tak naprawdę nie istniał. To Glazur zamieścił post, wprawiając wszystko w ruch.

– A potem go usunął?

– Nie, to zrobiła policja.

Podrapałem się w kark i pochyliłem nad niewielkim stolikiem.

– Ewa, musisz mi to wyjaśnić.

– Taki mam zamiar, choć planowałam opowiedzieć ci o wszystkim chronologicznie. Byłoby łatwiej.

– Zaraz do tego wrócimy – zaproponowałem. – Na razie powiedz mi, kto usunął to zdjęcie?

– Prokocki – odparła i ciężko wypuściła powietrze. – Nie miał pojęcia, że to ja za wszystkim stoję. Że robię, co mogę, żebyś mnie odnalazł. Zareagował więc tak, jak nakazywały mu to zasady i czysta ludzka moralność. Zaczął zacierać ślady, by ludzie Kajmana do mnie nie dotarli. Zdjęcia usunięto i zadbano o to, żeby więcej się nie pojawiły.

Teraz przynajmniej oględnie rozumiałem, co się wydarzyło. I jak bardzo pomyliliśmy się z Blitzem. Źle odczytaliśmy sytuację, przypuszczając, że to wszystko jakaś machinacja ludzi, którzy chcieli wyrządzić Ewie krzywdę.

Tymczasem to policja starała się ją chronić.

I całkiem dobrze wywiązała się ze swojego zadania. Zadania teraz już uregulowanego w ustawie. Ewa zaczynała lata temu jako anonimowy świadek pozbawiony prawnych gwarancji, ale od kiedy weszły w życie zmiany, przysługiwało jej pełne, obligatoryjne wsparcie ze strony państwa.

Na Prokockiego musiał paść blady strach, kiedy uzmysłowił sobie, że ktoś trafił na jej trop. Był gotów zrobić wszystko, żeby nie dopuścić do jej odnalezienia. A ja stałem się ofiarą jego zabiegów.

Wyprostowałem się i założyłem ręce na karku. Zabolał mnie każdy mięsień, ale starałem się tego nie okazywać. Miałem zresztą wrażenie, że bardziej potłuczony zostałem pod względem psychicznym.

– Glazur musiał uważać – dodała. – A raczej to ja musiałam zadbać o to, by uważał. Nie wiedział tak naprawdę, w co się wpakował, a był mi jeszcze niezbędny.

– By dostarczyć mi nagrania?

– Zgadza się. A dzięki temu, że utrzymywaliśmy kontakt na RIC, wiedziałam, kiedy i gdzie będziesz.

– Stąd te dwunastogodzinne okresy, po których nagrania miały zniknąć.

– Tak, choć był to z mojej strony…

– Blef.

Potwierdziła ruchem głowy, unikając mojego spojrzenia.

– Glazur nie zniszczyłby pendrive'ów, nawet gdybyś się spóźnił.

– Więc po co było mnie tak gonić?

– Bo nie mogłeś pozostawać w jednym miejscu zbyt długo. Ludzie Kajmana cię namierzyli.

Ewa nie miała co do tego najmniejszych wątpliwości, ja również nie. Prawdopodobnie obserwowali mnie od dawna, ale ostatecznym potwierdzeniem, że mnie śledzą, był fakt, że Falkow pojawił się w Chrząstowicach.

Czy potem ich zgubiłem? Najwyraźniej, skoro żaden z nich do tej pory nas nie odnalazł. Byliśmy bezpieczni. A przynajmniej tak powtarzałem sobie w duchu.

Ewa jednym sprawnym ruchem opróżniła kolejną buteleczkę.

– Masz jeszcze jakieś pytania? – odezwała się z przekąsem.

– Kilka się znajdzie.

– Więc wybierz jedno, bo zasycha mi w ustach i obawiam się, że długo już tak nie pociągnę.

– Załatwię ci jakieś lekarstwo na tę przypadłość.

– Jeśli tak, to zgadzam się na więcej pytań.

– Okej – odparłem, a potem niechętnie się podniosłem i spojrzałem w kierunku drzwi. – Masz jakieś preferencje?

– Prosecco – rzuciła bez wahania. – Ale, Tygrysie... dwie butelki.

Skinąłem głową i chciałem ruszyć przed siebie, ale złapała moją dłoń. Przyciągnęła mnie lekko, sama się podnosząc. Kiedy nasze usta się spotkały, miałem wrażenie, że cały świat wokół wiruje, a my znajdujemy się w oku cyklonu. Jakbyśmy w samym środku trzęsienia ziemi znaleźli schronienie. Trwało to tylko kilka sekund, ale wystarczyło, by wszystkie pytania, odpowiedzi, wątpliwości i niepewności przestały mieć jakiekolwiek znaczenie.

Spojrzeliśmy na siebie, a potem bez słowa odwróciłem się i wyszedłem z pokoju. Na trzęsących się nogach poszedłem w kierunku najbliższego sklepu. Nie myślałem o niczym, umysł miałem zupełnie sparaliżowany.

Rozglądałem się nieustannie, ale dopiero po przejściu kilkuset metrów uświadomiłem sobie, że nie szukam wzrokiem monopolowego, ale oznak, że coś jest nie w porządku. Oznak, że czyha na nas niebezpieczeństwo.

Po całej tragedii, jaka rozegrała się w ostatnich godzinach, to wszystko było zbyt piękne, by mogło trwać. Mieliśmy z Ewą wrócić do naszego życia? Stworzyć razem nowe?

Jedna i druga możliwość wydawały się równie nierealne. Toczyłem wzrokiem po okolicy, jakbym szukał potwierdzenia, że perspektywa szczęśliwego końca naszej historii zaraz zniknie.

Nie dowiem się, czym się kierowała Ewa, dlaczego postąpiła w taki sposób – ani jak osiągnęła szereg rzeczy, które pozwoliły na realizację jej planu.

Gdzieś zza budynku zaraz wyłoni się policjant. A jeśli nie, to zobaczę błysk światła księżyca na broni trzymanej przez kogoś przysłanego przez Kajmana. Tu i teraz wszystko się skończy.

Ale w mroku nikogo nie dostrzegałem. Utykając, dotarłem w końcu do stacji benzynowej. Kupiłem dwie butelki prosecco, ignorując pełne niepokoju spojrzenie ekspedienta. Potem zabrałem z lodówki jeszcze czteropak heinekena.

Wracając do hotelowego pokoju, poczułem, że niepokój wraca. Przez moment przerodził się niemal w pewność, że nie zastanę w środku Ewy.

Zapukałem, sam nie wiem po co, a potem powoli otworzyłem drzwi. Zrobiłem krok do środka i zatrzymałem się. Z przerażeniem powiodłem wzrokiem po pustym pokoju.

– Ewa? – spytałem.

4

Czas dłużył mi się okropnie, kiedy czekałam, aż Werner wróci. Próbowałam zająć czymś myśli, ale bezskutecznie. Wirowały mi w głowie jak szalone. Nie wiedziałam już nawet, od którego miejsca powinnam kontynuować opowieść.

Potrzebowałam alkoholu, tyle było pewne.

Kręciłam się trochę po pokoju, raz po raz wyglądałam za okno, a ostatecznie usiadłam z gazetą przy stoliku. Przewróciłam kilkanaście stron, nie mając nawet pojęcia, co czytam. Potem poszłam sprawdzić, co z Wojtkiem.

Wtedy usłyszałam, że otwierają się drzwi.

Zaraz potem rozległ się cichy odgłos kroków. Stawianych powoli, uważnie, jakby ktoś szedł po polu minowym. Wstrzymałam oddech.

Wypuściłam powietrze dopiero, kiedy usłyszałam, jak Damian wypowiada moje imię. Wyszłam z sypialni i cicho zamknęłam za sobą drzwi. Uśmiechnęłam się do Wernera. Wyglądał, jakby właśnie otarł się o śmierć.

– Coś nie tak? – zapytałam.

– Nie… nie, po prostu mnie wystraszyłaś.

– Czym?

Potrząsnął głową i machnął ręką. Wyciągnąwszy z torby prosecco, usiadł przy stole i zaczął mocować się z korkiem. Usiadłam po drugiej stronie, przyglądając się mu. Nie radził sobie zbyt dobrze i w innej sytuacji zapewne uznałabym, że to poniekąd urocze. Teraz jednak chciałam po prostu się napić.

Kiedy w końcu otworzył butelkę, trochę wina wylało się na stół. Zaklął cicho i się rozejrzał.

– Nie przejmuj się tym, rano sprzątniemy.

– Szukam kieliszka.

– Ach – odparłam z uśmiechem. – Akurat to mi zupełnie niepotrzebne.

Wzięłam butelkę, a potem nalałam sobie do tekturowego kubka, który obsługa hotelowa zostawiła z myślą, by goście mogli zaparzyć sobie herbaty.

Po chwili Werner pił piwo, a ja swój ulubiony trunek. Od razu poczułam się lepiej. Myśli poukładały mi się w głowie na tyle, że wiedziałam, co powinnam teraz powiedzieć.

Damian był spięty, co rusz spoglądał z niepokojem w okno. Uznałam, że najlepiej będzie skierować jego myśli na coś innego niż hipotetyczne zagrożenie ze strony ludzi Roberta lub Kajmana.

Narobiliśmy sobie wrogów, nie ulegało to wątpliwości. Ale nikt nie wiedział, gdzie jesteśmy. Nikt nie był świadomy nawet, jakim samochodem się poruszamy. W tej chwili nic nam nie groziło.

– Na czym skończyliśmy? – spytałam.

– Na tym, że w pewnym momencie miałaś dosyć.

– To lekko powiedziane – przyznałam, odstawiając kubek. – Byłam już poza granicą wytrzymałości.

– Domyślam się.

– I postanowiłam w końcu działać.

– Więc dlaczego po prostu się ze mną nie skontaktowałaś?

– Nie miałam jak. Robert śledził każde moje posunięcie. Wiesz, ile wysiłku kosztowała mnie chwila rozmowy na RIC? I mogłam prowadzić ją tylko dlatego, że stukanie w klawisze nie wzbudzało jego obaw. Jego ani osób, które opłacał, by mnie pilnowały.

Werner uniósł brwi.

– Chodziło o ogrodników, sprzątaczki, ochroniarzy... właściwie mogłabym wymieniać bez końca. Wszyscy mieli na mnie oko.

– Mówisz, jakbyś była więźniem we własnym domu.

– Byłam. Ale nie tylko w domu.

Zmrużył lekko oczy, jakby ta świadomość spowodowała fizyczny ból.

– Długo zastanawiałam się, w jaki sposób nawiązać z tobą kontakt – podjęłam czym prędzej. – Musiałam znaleźć rozwiązanie, które nie zwróciłoby uwagi Roberta. I kanał kontaktu, który udałoby mi się utrzymać w tajemnicy nie przez kilka godzin czy dni, ale znacznie dłużej. Nie wiedziałam, ile zajmie ci dotarcie tutaj, a mnie przelanie tych wszystkich środków finansowych i przygotowanie ucieczki.

Słuchał z uwagą, starając się nie uronić ani słowa. Pomyślałam, że nikt już dawno nie zachowywał się tak w stosunku do mnie. Nikt nie patrzył na mnie w taki sposób.

Uświadomiłam sobie, że przy Wernerze mogę cieszyć się prawdziwym poczuciem bezpieczeństwa. Nie musi mieć za sobą organizacji, która potrafiłaby stawić czoła mafii Kajmana.

Wystarczyło, że był gotów zrobić dla mnie wszystko.

Przypatrywałam mu się odrobinę zbyt długo, by nie zauważył, że odpłynęłam myślami. Poruszył się nerwowo, a potem napił się piwa.

– Nie bardzo rozumiem, jak to wynalezione przez ciebie rozwiązanie miało pomóc… – zauważył.

– Bo nie wiesz, że przez te wszystkie lata nauczyłam się manipulować Robertem. Przynajmniej do pewnego stopnia.

– To znaczy?

– Wiedziałam, że jeśli danej nocy rozsierdzę go nieco bardziej, sprowokuję do gorszych niż zwykle rzeczy, to następnego dnia będę mogła liczyć na więcej ustępstw z jego strony. Był jak wahadło, a ja nauczyłam się, jak wprawiać je w ruch.

– To brzmi raczej niepokojąco.

Wzruszyłam ramionami. Z zewnątrz rzeczywiście musiało to tak wyglądać. Ostatecznie jedynym sposobem wpływania na męża stało się zachęcanie go, by bił mocniej i częściej. Pokazywało to być może lepiej niż wszystko inne, w jak toksycznym, patologicznym związku żyłam.

– Mniejsza o wydźwięk – powiedziałam, nie chcąc tego rozważać. – Pewnej nocy zaczęłam robić mu przytyki seksualne.

Damian z trudem przełknął ślinę, a ja dopiero teraz uświadomiłam sobie, że jego wyobraźnia musiała już działać na najwyższych obrotach.

– Był aseksualny – wyjaśniłam. – Zaspokajał się wyłącznie przemocą.

Werner kiwnął głową.

– Wykorzystałam to, żeby go rozwścieczyć, kiedy zaczynał swój codzienny… rytuał.

– Przypuszczam, że nie było to trudne.

– Nie. Nie było.

Nie chciałam wracać myślami do tamtych wydarzeń. Kiedy zaczęłam zarzucać Robertowi, że jest impotentem, że nie potrafi się kochać, a w końcu że pociągają go mężczyźni, zrobił wszystko, by udowodnić mi, że tak nie jest.

Był to zwykły gwałt. Poprzedzony biciem i zakończony biciem.

Nie wiedziałam, że mąż posunie się tak daleko. Seksualna przemoc nigdy nie była jego domeną, wydawało się, że naprawdę jej nie potrzebuje, by zaspokoić swoje wynaturzone żądze. A mimo to tym razem właśnie do tego go popchnęłam.

Musiałam to zrobić. Nie było innego wyjścia.

– Następnego dnia zrobił to co zawsze – ciągnęłam. – Nie prosił o wybaczenie, czuł, że na nie nie zasługuje. Próbował za to ubłagać mnie, bym mu się odpłaciła. Oczekiwał, że będzie mógł jakoś zadośćuczynić. Chciał pokuty.

– Albo stwarzał takie wrażenie.

– Nie – odparłam stanowczo. – To był realny żal. Prawdziwe poczucie winy.

– Jakoś nie wyglądał mi na takiego, który...

– Dobrze go poznałam, Wern – ucięłam. – A raczej ich, bo było dwóch Robertów Reimannów. Teraz opisuję ci tego drugiego.

– Okej.

W jego głosie nie było ani joty przekonania, ale się nie dziwiłam. Każdemu na jego miejscu wydawałoby się, że wie lepiej ode mnie.

– Rankiem wykorzystałam to, co wypracowałam w nocy.

– W jaki sposób?

– Zmusiłam go, by obiecał mi wyjazd. Krótki, jednodniowy.

W oczach Wernera pojawiło się zrozumienie.

– Na koncert do Wrocławia?

– Tak. Zaczęłam planować to już kilka miesięcy wcześniej, kiedy tylko dowiedziałam się, że będą grać Foo Fighters. Wiedziałam, że pojawi się tam Blitzer, nie mógłby przegapić takiej okazji. – Nabrałam tchu i odrzuciłam grzywkę na bok. – I ja też nie.

– Ty nigdy nie przepadałaś za Foo Fighters.

Uśmiechnęłam się przelotnie.

– Ale Robert o tym nie wiedział. Co więcej, był przekonany, że wyjątkowo polubiłam tę kapelę.

– Tak?

– Katowałam ich albumy, od kiedy tylko dowiedziałam się o koncercie. A gdy nadeszła odpowiednia chwila, Robert nie miał wątpliwości, że naprawdę zależy mi na tym, by zobaczyć ich na żywo.

Damian uniósł brwi i ciężko wypuścił powietrze. Zupełnie jakby świadomość tego wszystkiego, co musiałam zrobić, zaczęła go przytłaczać.

– Tamtego dnia zrobiłam zamówienie w sklepie z odzieżą – dodałam z satysfakcją. – Dla Roberta kupiłam szarą bluzę z kapturem.

– Z napisem „There is nothing left to lose" i logiem Foo Fighters.

– Zgadza się.

– A dla siebie koszulkę, która doprowadziła mnie do twoich wskazówek.

W jego głosie wreszcie usłyszałam uznanie.

– To był jedyny sposób, żeby zrobić to bez wzbudzania podejrzeń – powiedziałam. – Robert skrupulatnie kontrolował moje zakupy. Właściwie to on decydował, co mogę zamówić.

Werner się wzdrygnął, coraz bardziej uświadamiając sobie, jak niewiele miałam kontroli nad własnym życiem. Zależało mi na tym, by to rozumiał. To wiele tłumaczyło, podobnie jak wszystkie te nagrania, które dla niego wykonałam.

Planowałam, by dzięki nim Damian nabrał poczucia, że możemy odzyskać przynajmniej część z tych zaprzepaszczonych dziesięciu lat. Nie byłam pewna, czy osiągnęłam swój cel.

– Ostatecznie pozostawało mi tylko zamówić bilety – dodałam.

– I liczyć na to, że Blitzer cię dostrzeże?

– Nie. Wystrzegałam się jego wzroku, nie mogłam ryzykować. Byłam tam przecież z Robertem.

– No tak…

– Ale na miejscu znajdował się także Glazur. Miał zrobić mi zdjęcie, które potem zamieścił na spotted i na profilach związanych z Foo Fighters. Wiedziałam, że Blitz pojawi się w jednym lub drugim miejscu.

Werner smętnie skinął głową.

– Jeśli chodzi o próby podrywu, na Blitzkriega zawsze można było liczyć – zauważył nieobecnym głosem. – Zresztą…

Urwał, ale domyślałam się, co chce powiedzieć – że w innych sferach też można było na nim polegać. Nie chciałam myśleć o Blitzie, był moim wyrzutem sumienia. Jego śmierć nigdy nie powinna mieć miejsca. Mój plan nie powinien do tego doprowadzić.

Nie wszystko jednak mogłam przewidzieć.

Na powrót skupiłam się na tym, co miałam powiedzieć Damianowi. By szło mi łatwiej, pociągnęłam łyk prosecco.

Potrzebowałam jeszcze przynajmniej kilkunastu, by słowa zaczęły się kleić.

Wern patrzył na mnie wyczekująco.

– Więc Phil Braddy miał upewnić się, że Blitzer ruszy twoim tropem – odezwał się.

– Glazur.

– No tak... Skąd w ogóle ta ksywka?

– Od tej blizny na twarzy.

– Adekwatnie.

Wzruszyłam ramionami, zastanawiając się nad tym, w którym miejscu podjąć wątek. W końcu uznałam, że najlepiej trzymać się chronologii. Zaczęłam opowiadać, jak nerwowo sprawdzałam postępy Blitza, jak czekałam, aż gdzieś pojawi się jakiś znak, że Damian włączył się w poszukiwania.

I jak zaskoczona byłam reakcją policji.

– Prokocki naprawdę poczuwał się do odpowiedzialności – powiedziałam. – Od razu zadbał o to, by wszystkie zdjęcia i tropy znikły. Chciał dobrze.

– Może.

– Na pewno. Jego jednego akurat nie podejrzewam o żadne przekręty. Chronił mnie przez te wszystkie lata.

– A jednak od kogoś wyszedł przeciek, niekoniecznie od Falkowa – mruknął Werner. – I to właśnie ta osoba doprowadziła do śmierci Blitza.

Pokiwałam smętnie głową.

– Wiesz, kto to zrobił?

– Nie – odparłam. – Prawdopodobnie ktoś z zewnątrz, opłacony przez Kajmana. Wątpię, żeby chciał używać do tego swoich ludzi lub wtyki w policji.

– Ale...

Wiedziałam doskonale, o co chce zapytać. Mimo to nie wychylałam się z odpowiedzią. Wyszłam z założenia, że lepiej będzie, jeśli Wern sam po kolei poukłada sobie wszystko w głowie.

– Ale to mnie oskarżyli – odezwał się po chwili. – Dlaczego? Przecież Prokocki musiał wiedzieć, że to nie ja zabiłem Blitza.

– Przypuszczam, że wiedział.

– Ale?

– Powiedziałam ci, że naprawdę poczuwał się do obowiązku, by mnie chronić.

– Aż tak?

– Dziwisz się? – spytałam, obracając tekturowy kubek, w którym bulgotały bąbelki dwutlenku węgla. – To policjant starej daty, który dał mi słowo, że będę bezpieczna. Po tym, jak Kajman zlecił zabójstwo moich rodziców, Prokocki poprzysiągł sobie, że zrobi wszystko, żeby nie spotkał mnie podobny los.

– Więc oskarżył mnie o zabójstwo, z którym nie miałem nic wspólnego?

– On tylko skierował uwagę prokuratora na…

– Bez takich – uciął Damian. – Chodzi mi o to, że to była jego decyzja. Po co to zrobił?

– Żeby mnie chronić – odparłam ciężko. – Założył, że to ty stanowisz dla mnie największe zagrożenie.

Damian prychnął cicho, jakbym powiedziała największą bzdurę.

– Był pewien, że całą tę akcję zainicjował Kajman – dodałam. – I że po latach w końcu znalazł sposób, by do mnie dotrzeć. Przez ciebie.

– Mhm.

– Prokocki był pewien, że ostatecznie dotrzesz do prawdy, odnajdziesz mnie na Pomorzu. I że tuż za tobą podążać będą ci, którzy od lat czekają, żeby się na mnie zemścić.

– Mógł więc po prostu…

– Co? – wpadłam mu w słowo. – Skontaktować się z tobą, kiedy ukrywałeś się przed wszystkimi?

Chyba dopiero teraz Werner uświadomił sobie, że tak naprawdę od momentu, kiedy odkrył ciało przyjaciela, pozostawał poza radarem. Z góry założył, że został wrobiony – i że będzie ścigany.

I właśnie o to chodziło Kajmanowi. Wyjęty spod prawa, szukający zaginionej narzeczonej, zdesperowany facet był znacznie bardziej przydatny. To dlatego zabili Blitzera, a Damiana pozostawili przy życiu.

Posunięcie Kajmana było genialne w swej prostocie. Osiągał wszystko, co chciał – nie założył jednak, że będę prowadziła Wernera od jednego punktu do drugiego, tym samym sprawiając, że zgubi ogon.

– Chcesz mi powiedzieć, że gdybym po prostu rozmówił się z Prokockim, to wszystko mogłoby inaczej się skończyć?

– Czasem zwykła rozmowa wystarcza – odparłam dyplomatycznie, a potem na moment zawiesiłam głos. – A czasem nie.

Zgodziliśmy się co do tego bez słów. Widziałam, że Damian czuje się podwójnie zmanipulowany. Najpierw przeze mnie, potem przez ludzi, którzy chcieli mnie dopaść.

Uznałam jednak, że nie pora na poprawianie jego samopoczucia. Musiał dowiedzieć się reszty.

– Prokocki w końcu uznał, że sytuacja jest kryzysowa. I że Kajmana dzieli już tylko krok od namierzenia mnie.

– Więc zrobił numer z ciałem na Bolko.

– Tak – odparłam i westchnęłam.

– Do kogo należało?

– Nie wiem. Przypuszczam, że to jakaś ofiara o nieustalonej tożsamości. A może w ogóle nie ma żadnego ciała.

– W dokumentach urzędowych na pewno istnieje.

Potwierdziłam cichym mruknięciem.

– Prokocki starał się przekonać wszystkich, łącznie z tobą, że nie żyję – dodałam, bo miałam poczucie, że to musi zostać powiedziane wprost. – Ale być może powinien to zrobić o wiele wcześniej, żeby przyniosło zamierzony efekt.

Werner zapatrzył się w jakiś punkt za oknem. Wiedziałam, że pozbierał już wszystkie elementy w spójną całość. Przynajmniej jeśli chodziło o działania innych. Nie byłam pewna, czy rozumie moje motywacje.

– Nie miałam innego wyjścia, Tygrysie – dodałam po chwili.

Uniósł pytająco brwi.

– Musiałam sprawić, żebyś cały czas pozostawał w ruchu.

– Wiem.

– I musiałam mieć pewność, że tylko ty odczytasz moje wiadomości. To było absolutnie kluczowe, bo nie ulegało wątpliwości, że ludzie Kajmana będą mieli cię na oku i dotrą do każdego śladu, który pozostawię.

Damian wstał i podszedł do okna. Przez chwilę trwał w bezruchu, nie odwracając się. Miałam wrażenie, że w całej konstrukcji, którą mu nakreśliłam, coś mu zazgrzytało. Na tyle głośno, że nie potrafił przejść obok tego obojętnie.

Nie wiedziałam jednak co.

5

Mężczyzna w sportowej czapce cofa się o dwa kroki, kiedy dostrzega, że w hotelowym oknie pojawia się Damian Werner. Raczej go nie zauważy, ale lepiej być bezpiecznym, niż potem żałować, że w tak głupi sposób pozwolił się wypatrzeć.

Kamuflaż ma dość dobry, zważając na miejsce, w którym się znajdują. Podjechał tutaj ciężarówką, nowym modelem scanii, czy też skakanki, jak zwykło się mówić na CB-radiu. Nikt nie zwracał na niego uwagi, a już szczególnie nie Werner.

Kierowca TIR-a się nie dziwił. Każdy uciekinier spodziewał się raczej tego, że będzie śledzony jakimś czarnym, podejrzanym samochodem. Ciężarówki pozostawały poza wszystkimi podejrzeniami. Były elementem krajobrazu na polskich drogach, wtapiały się w otoczenie.

Mężczyzna wiedział, że tylko w ten sposób będzie mógł niezauważenie podążać za Wernerem i Kasandrą.

Ciało Reimanna znalazł chwilę po tym, jak dwójka zbiegów opuściła willę. Zastanawiał się, co z nim zrobić, bo czasu miał dużo. Nie musiał jechać zderzak w zderzak za niebieskim peugeotem, zawczasu przygotował się odpowiednio do tego, by nie zgubić uciekinierów.

Reimann komplikował nieco sprawę. Trup mógł spowodować, że policja się zaangażuje. Śledczy nie będą czekać na wyniki ekspertyz kryminalistycznych, by dojść do tego, kto odpowiada za zabójstwo. Ale czy ktokolwiek mógł trafić na właściwy trop? Nie, raczej nie.

Kierowca przygląda się Wernerowi i zastanawia, jak długo będzie musiał jeszcze czekać, by podjąć działania. Właściwie jest już na to gotowy. Sam Damian nie miał pojęcia, że jest obserwowany – kiedy się zorientuje, że od początku mieli ogon, będzie już za późno, by cokolwiek zrobić.

Mężczyzna naciąga czapkę z daszkiem, a potem wraca do szoferki. Zatrzaskuje drzwiczki, ale nie zasuwa firanki. Zaparkował tak, by widzieć, co dzieje się w pokoju hotelowym. Choć nawet gdyby nie dostrzegał zapalonego światła, wiedziałby, że Kasandra opowiada mu teraz o tym, jak przez lata unikała Kajmana. Mężczyzna w czapce jest przekonany, że zna każdy szczegół. I że wie, jaki będzie każdy następny krok tej dwójki.

Prześpią się, odpoczną, a potem ruszą w dalszą drogę. Nie ma pewności, jaki kierunek obiorą, ale pewnie będą się starali opuścić terytorium Unii Europejskiej. Nie bez powodu zmierzali na wschód.

Gdzieś przed granicą, w stosunkowo niewielkiej mieścinie, zatrzymają się, by wyciągnąć gotówkę, którą Kasandra podebrała z kont męża. Tak zaopatrzeni ruszą dalej, by zacząć nowe życie.

Kierowca wbija wzrok w Wernera. Dostrzega na jego twarzy uśmiech, który sugeruje, że Damian może również myśleć o tej perspektywie.

Nadzieja jest matką głupich i zdradliwą kochanką zakochanych, myśli mężczyzna, a potem rozsiada się wygodniej i przygotowuje na długie czekanie. Czekanie, które zwieńczy swoim największym sukcesem.

6

Odwróciłem się od okna i przysiadłem na parapecie. Ewa patrzyła na mnie niepewnie, jakby spodziewała się, że nie zrozumiem tego wszystkiego, co nią kierowało.

Rozumiałem jednak doskonale. Trafiłem kiedyś na badania dotyczące przemocy domowej wobec kobiet, które mroziły krew w żyłach. Nie pamiętałem szczegółów, ale jedna statystyka zapadła mi wyjątkowo w pamięć. W ciągu tygodnia trzy kobiety ginęły z rąk ludzi takich jak Robert Reimann.

Ewa pewnego dnia mogła stać się jedną z tych trzech. Brutalność Reimanna narastała i nic nie wskazywało na to, by w pewnym momencie miało się to zmienić. By wyrwać się z tego horroru, moja narzeczona musiała działać – i to zachowując najwyższą ostrożność. Nie tylko z obawy przed Kajmanem, ale także przed swoim mężem. Być może przede wszystkim przed nim.

Gdyby zorientował się, że Ewa zamierza od niego uciec, wszystko skończyłoby się tragicznie. To tłumaczyło, dlaczego zdecydowała się na tak skomplikowane rozwiązanie problemu.

Zamknąłem na moment oczy, myśląc o tym, jak wiele kobiet znajduje się w podobnej sytuacji. Trzy tygodniowo zostają zabite przez partnerów, ale ile doświadcza takiej gehenny jak Ewa? Gehenny, która rozgrywa się za zamkniętymi drzwiami i przez to nie jest uwzględniana w jakichkolwiek statystykach?

– Coś nie tak? – odezwała się nagle.

Podniosłem powieki.

– Nie, wszystko okej.

– Wyglądasz na zaniepokojonego.

Podniosła się i powoli do mnie podeszła. Stanęła przy oknie, a potem rozejrzała się czujnie po okolicy.

– Zobaczyłeś coś podejrzanego?

– Nie – odparłem, biorąc ją za rękę. – Chociaż w tej sytuacji odrobina paranoi właściwie byłaby wskazana.

Stanęliśmy naprzeciwko siebie, w odległości kilku centymetrów. Wpatrywaliśmy się w siebie tak długo, że miałem wrażenie, jakby cały świat na jakiś czas się zatrzymał, dając nam w końcu okazję do nacieszenia się swoją obecnością.

– Nikt nas nie śledzi – powiedziała Ewa. – Policja nie ma pojęcia, gdzie nas szukać. Kajman nie trafił na nasz trop, a ludzie Roberta nie wiedzą jeszcze, co się stało.

– Oby tak było.

– Zadbałam o to – odparła i się uśmiechnęła. – Akurat pod tym względem nic nam nie grozi.

– Ale pod innym tak?

Wypuściła moją rękę, a potem wróciła do stolika. Dolała sobie prosecco i usiadła tak, by mnie widzieć.

– Tego się obawiam – powiedziałam.

– Czego konkretnie?

Wydawało mi się, że trzy zagrożenia, o których wspomniała, w zupełności wyczerpują nasze hipotetyczne powody do zmartwień.

– Nie wiem, czy będziesz w stanie mi wybaczyć, Tygrysie.

– Co takiego?

– To wszystko, co zrobiłam... – zawiesiła głos i uciekła wzrokiem. – Wiem, jak to musi wyglądać.

– Jak?

– Jakbym się tobą bawiła – powiedziała wyraźnie zażenowana. – Jakbym egoistycznie postanowiła, że musisz przejść choć część tej drogi, którą ja obrałam.

Zmarszczyłem czoło, szukając dobrej odpowiedzi. Znałem jej pobudki, rozumiałem je doskonale. Powinna o tym wiedzieć, choć na jej miejscu być może też miałbym pewne wątpliwości.

– Mówisz, jakbyś mnie nie znała – powiedziałem, podchodząc do niej.

Długo nie odpowiadała. Zdecydowanie zbyt długo. Zdawałem sobie sprawę, co to oznacza.

Usiadłem naprzeciwko niej i zmusiłem się do uśmiechu. Nadal bolała mnie cała twarz, ale przypuszczałem, że w tej sytuacji najlepiej będzie po prostu do tego przywyknąć. Nie zapowiadało się, żebym szybko wrócił do pełni zdrowia. Fizycznego czy psychicznego.

– A przecież doskonale mnie znasz – odezwałem się.

– Jesteś pewien?

– Tak. Jestem tym samym facetem, który oświadczył ci się na Loży Szyderców. Może nie byłem nim przez dziesięć lat, ale teraz znów się nim stałem.

Patrzyła na mnie badawczo. Miałem świadomość, że zmierza do jednego, kluczowego pytania: czy nadal jesteśmy tymi samymi ludźmi, którzy związali się ze sobą wiele lat temu? Wydawało mi się, że tak. Mimo wszystkiego, co przeszliśmy.

– Nie chciałam cię przeczołgać, Tygrysie.

– Wiem – odpowiedziałem bez wahania. – I wiem też, że sama nie zdajesz sobie sprawy ze wszystkich swoich motywacji.

– Co takiego?

– Może nie jesteś gotowa tego przyznać, ale to wszystko było też pewnym sprawdzianem.

– O czym ty mówisz?

– O tym, że podświadomie chciałaś, żebym zdał test oddania, miłości. Dzięki temu dowiedziałaś się, ile nadal dla mnie znaczysz. I że byłem gotów przejść przez dziewięć kręgów piekła, żeby cię znaleźć.

Uśmiechnęła się blado. Z pewnością nie takie były jej bezpośrednie pobudki, ale w głębi ducha musiała wiedzieć, że to także stanowiło część jej motywacji. Musiała potwierdzić, że ma do czynienia z tym samym Wernerem, którego znała.

Nie mogła pozwolić sobie na powtórkę błędu z Robertem.

– To nie tak – powiedziała.

– Mniejsza z tym. Ważne, że pokazałem ci, jak bardzo mi na tobie zależy.

Doceniła to lekkim uśmiechem.

– Fakt – przyznała.

Przyciągnąłem ją lekko do siebie i pocałowałem. Miałem niepokojące wrażenie, jakbym mógł przez to w jakiś sposób ją skrzywdzić. Było to uczucie absurdalne i pozbawione podstaw, ale jednocześnie w pewien sposób usprawiedliwione. Wszystko to, co przeszła Ewa, niemalże ją zniszczyło. A ja obawiałem się, że jednym niefortunnym ruchem mogę dopełnić dzieła.

– Nie obchodź się ze mną jak z jajkiem – powiedziała, jakby potrafiła czytać mi w myślach.

– Nie mam zamiaru.

Przechyliła głowę na bok, patrząc mi prosto w oczy.

– To do dzieła, Tygrysie.

Objąłem ją w pasie i starałem się sprawiać wrażenie, jakbym rzeczywiście miał zamiar przejść do rzeczy. Ale nie miałem. Wydawało mi się to w tym momencie niewłaściwe.

Jakbym ją wykorzystywał, robiąc użytek z dramatu, który musiała przeżyć. Nie było w tym żadnej logiki, ale właściwie w niczym innym również nie. Sytuacja, w której się znaleźliśmy, była niemożliwa.

Uciekaliśmy z kraju, ścigani przez policję i gang Kajmana. W dodatku kiedy tylko ludzie Roberta Reimanna rozeznają się w sytuacji, wyślą swoich goryli. Jakby tego było mało, towarzyszyło nam dziecko.

Pokręciłem głową.

– Nie tak wspominam twoje zabieranie się do roboty – odezwała się.

Zerknąłem w stronę łóżka.

– Dawno byś tam leżała, a ja na tobie, gdyby nie to, że Wojtek śpi w pokoju obok.

– Ooo – odparła z uznaniem. – Zrobiłeś się szarmancki na stare lata?

– Zawsze taki byłem.

Zamiast odpowiadać, wtuliła się we mnie jak w ciepły koc podczas chłodnej nocy. Słowa, które wymienialiśmy, właściwie niewiele miały wspólnego z rozmową, jaką naprawdę prowadziliśmy. Tę odbywaliśmy bez odzywania się.

Trwaliśmy przez jakiś czas w bezruchu i ciszy. W końcu Ewa cofnęła się jednak o pół kroku i spojrzała na mnie pytająco.

– Co chcesz jeszcze wiedzieć? – zapytała.

– Wszystko.

– To pytaj. Załatwmy to tu i teraz, i miejmy za sobą.

– Okej – odparłem, pozwalając poprowadzić się do stołu. – Ale przeszłość już mnie nie interesuje.

– Nie?

– Obchodzi mnie tylko to, co przed nami.

Jej uniesione brwi kazały mi sądzić, że nieprzesadnie mi wierzy.

– Nie chcesz zapytać o to, czy nie zmieniły mi się gusta kulinarne? Czy nie zaczęłam spędzać czasu wolnego przy komiksach Marvela? Czy nie zdecydowałam się na zabiegi plastyczne?

– A o co tu pytać? Patrzę na ciebie i widzę wszystko jak na dłoni.

– Tak? To proszę bardzo, powiedz, co się zmieniło.

Nalawszy sobie prosecco, skrzyżowała ręce na piersi i czekała, aż się odezwę.

– Zrobiłaś lekką korektę nosa, uwypukliłaś kości policzkowe i nieznacznie powiększyłaś usta.

– I?

– To wszystko.

– Niezupełnie. Zafundowałam sobie jeszcze korekcję cofniętej szczęki.

– Nigdy nie miałaś żadnej cofniętej szczęki.

– Może w twoich oczach – odparła z przekąsem. – Ale koniec końców nie chodziło o upiększanie.

– A mimo to skorzystałaś z okazji.

Wzruszyła ramionami i się uśmiechnęła. Nie dziwiło mnie, że starała się zmienić wygląd – na jej miejscu zdecydowałbym się dokładnie na to samo. Wprawdzie wbrew zapewnieniom chirurgów plastycznych takie zabiegi nie mogły zdziałać cudów, ale przy odrobinie szczęścia Ewie mogłoby się udać zmylić kilku zbyt wścibskich ludzi. Jeśli ktoś dobrze jej nie znał, być może nie rozpoznałby jej w Kasandrze Reimann. Ja jednak nie miałem z tym problemu.

Przypuszczałem, że zaczęła robić zabiegi po związaniu się z Robertem, wcześniej zapewne nie miała odpowiednich środków. Nie chciałem jednak o to pytać. Nie interesowało mnie nic, co wiązało się z tym człowiekiem.

Poza tym naprawdę zamierzałem skupić się na przyszłości. Przed nami było jeszcze sporo do zrobienia.

– Teraz chyba i ja powinienem się zainteresować jakąś plastyką…

– Wystarczy, że zapuścisz brodę.

– Myślisz?

– Tam, gdzie się udajemy, niczego więcej ci nie potrzeba, Tygrysie.

– A gdzie się udajemy?

– W przeszłość.

– Czyli na Białoruś?

– Albo Ukrainę. Ewentualnie do Kaliningradu – odparła, odstawiając kieliszek. – Uznałam, że najlepiej będzie, jeśli decyzję podejmiemy już po opróżnieniu wszystkich kont.

– Nikt nas nie namierzy?

– Nie.

W jej głosie nie było żadnej niepewności. Była przekonana, że o wszystko zadbała.

– Każde z kont jest na ciebie, wpłaty były w takiej wysokości, by skarbówka nigdy się nimi nie zainteresowała, a mnie ani Roberta nic z nimi nie łączy. Przynajmniej na papierze. Nawet gdyby ktoś teraz… odkrył ciało, nie zdąży w porę dotrzeć do tych środków.

– Oby.

Było to nasze jedyne ubezpieczenie. Na Białorusi czy Ukrainie nie mogliśmy liczyć na żadną dobrze płatną pracę, ale środki zgromadzone przez Reimanna po wymianie na ruble lub hrywny pozwolą na dostatnie życie. Przy odrobinie szczęścia uda nam się dobrze je ulokować i pomnożyć, pomyślałem.

Zresztą i na to zapewne Ewa miała już przygotowany plan.

– Policja nie wpadnie na mój trop? – odezwałem się.

– Wpadnie. Ale będziemy już daleko stąd.

– Jesteś pewna?

– Tak – znów potwierdziła bez wahania. – Poszukują cię w Opolskiem, ewentualnie w okolicy. Tutaj jeszcze przez jakiś czas jesteś bezpieczny.

Miała rację. Jakkolwiek dla mnie zabójstwo Blitza stanowiło tragedię, z punktu widzenia polskich organów ścigania nie miało priorytetu nad podobnymi sprawami. W razie czego zresztą wystarczyło, by Ewa rozmówiła się z Prokockim i zapewniła go, że dalsze ściganie mnie jest bezsensowne.

– Więc co teraz? – zapytałem.

– Z samego rana pojedziemy w kilka miejsc, wypłacimy, co trzeba, a potem znikniemy.

– A dokumenty?

– To też już załatwione.

– Jak?

– A musisz się tak interesować?

– Biorąc pod uwagę, że przegoniłaś mnie po całej Polsce, trzymając w absolutnej niewiedzy, mam chyba…

– Tak, tak – ucięła i machnęła ręką. – Masz pełne prawo wiedzieć, z jakimi szemranymi ludźmi się dogadałam.

Tak naprawdę nie musiałem znać każdego szczegółu. Oczywiste było dla mnie, że Ewa skorzystała ze znajomości, które nawiązała dzięki mężowi. A jednocześnie, że nie sięgnęła po pomoc ludzi, którzy mogliby donieść o tym komuś z jego otoczenia. Przynajmniej nie od razu.

– Glazur nadal nam pomaga? – zapytałem.

– Nie, kazałam mu zniknąć zaraz po tym, jak przekazał ci ostatnią wiadomość. Nie mogłam ryzykować. I tak zrobił dla mnie dużo. Zajął się właściwie wszystkim, co wiązało się ze sprawami informatycznymi. Od umieszczenia śladów w deep webie aż po wybór formatu pliku.

– Nie wyglądał mi na takiego zaradnego.

– Pozory mylą. Potrafi naprawdę sporo.

– Powinienem być zazdrosny?

– Nigdy – odparła z przekąsem. – I o nikogo.

Słusznie, że go odsunęła, uznałem w duchu. Na tym etapie ktokolwiek wtajemniczony w sprawę stanowiłby dla nas wyłącznie obciążenie. Zawiesiłem wzrok na Ewie i przez chwilę starałem się stwierdzić, jak bardzo jest pewna tego, że uda jej się zrealizować plan do końca. Dotychczas brnęła przed siebie niezłomnie, ale jak długo mogła to jeszcze robić?

W jej oczach nie widziałem żadnych oznak zwątpienia. Pozwoliło mi to wierzyć, że naprawdę nic nam nie grozi.

Mimo to nie mogłem zmrużyć oka, kiedy w końcu się położyliśmy. Było już nad ranem, powoli zaczynało widnieć. Pierwsze odgłosy budzących się ptaków stanowiły ostateczne potwierdzenie tego, że jest już za późno, by wypocząć.

Przeleżeliśmy godzinę, może dwie. Potem zgodnie uznaliśmy, że pora ruszać w drogę. Wojtek obudził się tylko na moment, by jak w transie przejść z pokoju do samochodu.

Położył się na tylnym siedzeniu i znów zapadł w sen. Zazdrościłem mu dziecięcej beztroski.

Tym razem to ja usiadłem za kierownicą. Zerknąłem na ciężarówki zaparkowane wzdłuż niewielkiej drogi dojazdowej i przeciągnąłem się. Miałem wrażenie, że pękają mi przy tym żebra.

Niedługo potem wyjechaliśmy na drogę prowadzącą na wschód. Towarzyszyło mi poczucie ulgi, jakbyśmy wszelkie niebezpieczeństwo zostawili daleko za sobą. Momentami nie martwiłem się nawet tym, co może czekać nas na granicy.

A w pewnej chwili niemal zapomniałem, że wciąż powinniśmy mieć się na baczności. Opuściłem gardę, pozwoliłem sobie na to, by nacieszyć się odrobiną szczęścia. A ilekroć wymieniałem się krótkimi spojrzeniami z Ewą, utwierdzałem się w przekonaniu, że mam do tego pełne prawo.

Jechaliśmy powoli, przepisowo. Za nami od pewnego czasu w oddali ciągnęła się ciężarówka, chyba scania.

Kiedy słońce wynurzyło się znad wilgotnej drogi przed nami, miałem wrażenie, że wraz ze świtem nadchodzi nasza wspólna, pełna radości przyszłość. Wiedziałem, że Ewa ma podobne odczucia. Trwaliśmy w przekonaniu, że jesteśmy nieśmiertelni.

Pod wieczór, niedługo po tym, jak wypłaciliśmy wszystkie pieniądze i ostatecznie skierowaliśmy się ku Ukrainie, życie brutalnie uświadomiło nam, jak bardzo się pomyliliśmy.

Znajdowaliśmy się na niewielkiej jednopasmowej drodze, bezpiecznie oddalonej od głównych ciągów komunikacyjnych. Unikając ekspresówek, zamierzaliśmy dostać się do granicy z Ukrainą drogami wojewódzkimi.

Wyszliśmy z założenia, że teraz, kiedy mamy w samochodzie cały swój dobytek, całą swoją przyszłość i kiedy znajdujemy się tak blisko celu, nie możemy pozwolić sobie choćby na najmniejsze ryzyko.

To był nasz błąd.

Błąd, który sprawił, że w istocie podjęliśmy największe ryzyko. Kiedy znajdowaliśmy się na pustej drodze przecinającej przepastne pola uprawne, dostrzegłem w lusterku tę samą scanię, która jechała za nami na północy kraju.

Było jednak już za późno, bym cokolwiek zrobił. Przyspieszała, jakby kierowca zasnął za kierownicą, a tempomat ustawił tak, by pojazd stopniowo nabierał prędkości. Zanim się zorientowałem, że samochód ciężarowy nie zdąży wyhamować, ten znajdował się już w odległości kilku metrów od naszego peugeota.

7

Mężczyzna w czapce jest przekonany, że wybrał dobry moment. Zanim podjął decyzję, jechał za niebieskim samochodem w odpowiedniej odległości przez wiele kilometrów. Przestudiował wcześniej mapę, przygotował się najlepiej, jak mógł.

Musiał tylko poczekać na odpowiednią chwilę, a ta nadeszła właśnie teraz. Znaleźli się na prostym odcinku drogi, najbliższe odbicie według systemu nawigacji znajdowało się kilka kilometrów dalej.

A kawałek przed peugeotem jechała kolejna ciężarówka. Mężczyzna sprawdził przez CB-radio, z kim ma do czynienia – i szybko okazało się, że lepiej być nie mogło. Pojazdem kierował Ukrainiec, nierozumiejący wiele po polsku. Przy odrobinie szczęścia mógł przewozić dodatkowy, nie do końca legalny ładunek, co sprawi, że nie zaalarmuje służb.

Ale może nie będzie powodu, by się nad tym zastanawiać, myśli mężczyzna w czapce i przyspiesza jeszcze bardziej. Obserwuje z uwagą, jak zachowa się Damian Werner. I już po chwili wie, że towarzysz Kasandry nie ma pojęcia o zbliżającym się zagrożeniu.

Na moment przed tym, jak przód ciężarówki uderzyłby w tylny zderzak peugeota, mężczyzna wdusza pedał hamulca. Werner reaguje dokładnie tak, jak powinien – przyspiesza. Stara dwieście szóstka ma pod maską może sto koni, niespecjalnie szybko nabiera prędkości. Gdyby mężczyzna nie zahamował, Damian nie miałby szans.

Ale nie chodziło o to, by spychać ich z drogi. Zbyt duże ryzyko, uznał kierowca.

Wprawdzie miał pełną swobodę w podejmowaniu doraźnych decyzji, ale jedna wytyczna pozostawała bez zmian – Kasandrze ani dziecku nie może stać się krzywda.

Wernera właściwie też powinien oszczędzić. Gdyby jednak przyszło co do czego, byłby gotów spisać go na straty.

Kierowca podnosi gruszkę od radia i odchrząkuje. Jego rosyjski jest trochę przykurzony, nie używał go od dawna, ale przypuszcza, że zdoła powiedzieć tyle, ile trzeba.

Dotyka przycisku na boku, nabiera tchu, a potem krzyczy do jadącego przed nim Ukraińca, by ten przyspieszył. By za nic w świecie nie dał się wyprzedzić peugeotowi.

Mężczyzna nie wie, na ile jego paniczne okrzyki okażą się skuteczne, ale jeśli drugi kierowca rzeczywiście wiezie pozbawione akcyzy papierosy, olej napędowy czy cokolwiek innego, co mogłoby zaniepokoić celników, zapewne nie będzie ryzykował. Zresztą solidarność mobili powinna zrobić swoje.

Wyraźnie przyspiesza, odpowiada coś przez radio, ale mężczyzna w czapce już go nie słucha. Teraz wszystko zależy od niego. Znów wciska pedał gazu, tym razem nie mając już zamiaru hamować. Niebieska osobówka znajduje się w potrzasku.

8

– Wyprzedź go! – krzyknęłam, choć wiedziałam, że Werner nie zdąży w porę.

Wszystkie trzy pojazdy poruszały się ze zbyt dużą prędkością, Damian nie miał czasu na odpowiednią reakcję. Mógłby wprawdzie szarpnąć kierownicą w bok, odskoczyć na przeciwległy pas ruchu, ale zdawał sobie sprawę z podwójnego niebezpieczeństwa, jakie się z tym wiązało.

Nie sposób było dostrzec, czy ktoś nie nadjeżdża z naprzeciwka. Czołówka z innym samochodem byłaby tragiczna, nie było sensu łudzić się, że którekolwiek z nas by przeżyło. Peugeot zwinąłby się jak harmonijka.

A gdybyśmy nawet mieli odrobinę szczęścia i nie wpadli na nikogo, w okamgnieniu znaleźlibyśmy się na równi z TIR-em. Wystarczyłoby, żeby kierowca skręcił lekko w naszym kierunku, a naczepa zepchnęłaby nas na pobocze.

Rezultat mógłby być równie tragiczny jak czołowe zderzenie z innym samochodem.

Mimo to krzyknęłam ile sił w płucach, byśmy się ratowali. Werner na szczęście to zignorował, nie próbując nawet wyprzedzać jadącej przed nami ciężarówki.

W ułamku sekundy znaleźliśmy się między jednym a drugim samochodem.

– Mamo! – wrzasnął Wojtek z tylnego siedzenia, kiedy pojazd jadący za nami uderzył lekko w zderzak.

Widziałam, jak Damian zaciska ręce na kierownicy, aż bieleją mu knykcie.

– Mamo! – darł się mój syn.

Chciałam go uspokoić, chciałam powiedzieć cokolwiek, ale nie potrafiłam wydusić z siebie słowa. Zaparłam się o deskę rozdzielczą, mimo że było to chyba najgorsze, co mogłam zrobić.

Przy zderzeniu mogłabym w ten sposób połamać ręce, nie wspominając już, że przeszkodziłabym poduszce bezpieczeństwa w tym, do czego została zaprojektowana. O ile peugeot w ogóle był w nią wyposażony.

Myśli przemykały przez moją głowę jak pioruny. Nie mogłam ich zebrać, odnaleźć odpowiedniego rozwiązania. W końcu wbiłam wzrok w tylne lusterko.

– Werner! – krzyknęłam. – On jest sam!

Damian spojrzał na mnie przerażony.

– Ten przed nami to przypadkowy Ukrainiec!

Widziałam, że nie rozumie, co mam na myśli. Na Boga, uciekały cenne sekundy, a ja nie mogłam pozwolić sobie na to, by stracić jeszcze choćby jedną.

– Hamuj!

– Zwariowałaś?!

– Już!

Wreszcie zrozumiał, a przynajmniej takie odniosłam wrażenie. Jedynym ratunkiem było wytracenie prędkości, pozwolenie Ukraińcowi, by się oddalił, a potem gwałtowne przyspieszenie. Silnik może nie miał dużej mocy, ale osobówka mogła nabrać prędkości szybciej niż samochód ciężarowy.

Innej opcji nie było.

– Hamuj! – krzyknęłam.

W końcu to zrobił. Wszystko rozgrywało się w ciągu kilku sekund, nie mieliśmy czasu na kwestionowanie czegokolwiek. Musieliśmy ratować się w jedyny możliwy sposób, na który udało nam się wpaść.

Werner wcisnął mocno pedał hamulca, a ja ze zgrozą wpatrywałam się w lusterko. Obawiałam się, że Damian przesadził, robiąc to zbyt gwałtownie.

Górna część szoferki zdawała się wygiąć do przodu, kiedy kierowca ciężarówki starał się wyhamować. Jechaliśmy przez krótki moment zderzak w zderzak.

A potem stało się to, co nie powinno.

Napór wielotonowego pojazdu sprawił, że Werner skręcił lekko kierownicą w prawo. Rozległ się pisk opon, a ułamek sekundy potem peugeot stracił przyczepność. Samochód zjechał w bok, Wojtek krzyknął z przerażenia. Jego wrzask odbił mi się w uszach obezwładniającym echem.

Auto wypadło z drogi i wbiło się w niewielki rów. Rozległ się huk, który przywodził na myśl eksplozję. Nic jednak nie wybuchło. Wpadliśmy w niewielką skarpę między drzewami, a ja natychmiast zrozumiałam, jak wiele szczęścia mieliśmy.

Przez moment byłam zdezorientowana, nie rozumiałam, co się dzieje. Poczucie nierealności sytuacji zupełnie mnie unieruchomiło. Szybko jednak się otrząsnęłam. Raptownie szarpnęłam za pas, starając się odwrócić i sprawdzić, co z Wojtkiem.

Czym prędzej wcisnęłam przycisk zwalniający, pas cofnął się ze świstem, a ja wygięłam się do tyłu. Mojemu synowi nic się nie stało. Był w szoku, oddychał nierówno i rozglądał się nerwowo, ale był cały.

Odetchnęłam, jedynie kątem oka dostrzegając, że Damian wyskakuje z auta. Zanim zdążyłam zorientować się w sytuacji, pędził już w kierunku hamującego samochodu ciężarowego.

Podjął dobrą decyzję. Widział, że kierowca był sam, w tej chwili jedynym rozsądnym wyjściem było przejęcie inicjatywy. Tyle że w starciu jeden na jeden mógł nie mieć większych szans.

Krzyknęłam do Wojtka, żeby się nie ruszał, a potem popchnęłam drzwiczki. Wypadłam z samochodu, jakby się paliło, i popędziłam za Wernerem. Nagle wszystkie wyrządzone przez Roberta rany zdawały się zniknąć. Przynajmniej na tyle, że nie czułam paraliżującego bólu.

Wiedziałam, że to zasługa adrenaliny i że za moment wszystko wróci.

Biegliśmy z Wernerem ile sił w nogach. Damian zdawał sobie sprawę, że jeśli chce w ogóle myśleć o obezwładnieniu kierowcy, musi dobiec do szoferki, zanim przeciwnik zdąży rozeznać się w sytuacji.

Nie potrafiłam go dogonić. Nie mogłam zrobić wdechu i miałam wrażenie, jakby coś od środka rozrywało mi płuca.

Kiedy Werner dopadł do ciężarówki, musiałam się zatrzymać. Byłam w gorszym stanie, niż przypuszczałam. Adrenalina czy nie, moje ciało dało mi jasny sygnał, że na nic więcej go nie stać.

Zgięłam się wpół, oparłam na kolanach i głośno sapiąc, podniosłam wzrok.

Zobaczyłam, jak drzwiczki się otwierają. Z szoferki wyskoczył mężczyzna, zupełnie nieświadom tego, że Damian znalazł się tuż obok. Kiedy tylko się wychylił, Wern złapał go za koszulę i wyrzucił na ulicę.

Nie zastanawiając się długo, wymierzył mu kopniaka prosto w głowę.

Mężczyzna nie miał najmniejszych szans.

Zamknęłam na moment oczy, zaczerpnęłam tchu, a potem popędziłam wzdłuż pobocza. Kątem oka dostrzegłam niewielką gałąź, której mogłabym użyć. Chwyciłam za nią w biegu, zwalniając tylko na moment. Potem zmobilizowałam wszystkie siły, by jak najprędzej znaleźć się przy ciężarówce.

Damian uderzył jeszcze raz, a potem nagle zamarł.

Doskonale wiedziałam dlaczego.

9

Działałem jak automat. Nie zastanawiałem się, nie kalkulowałem, nie szacowałem swoich szans w starciu z tym człowiekiem. Wiedziałem tylko tyle, że był w samochodzie sam. To wystarczyło, bym podjął decyzję.

Kiedy wyrzuciłem go z pojazdu, nie zawahałem się przed uderzeniem. Na szali było bezpieczeństwo Ewy, Wojtka i moje. Nie, nie tylko bezpieczeństwo, ale cała nasza przyszłość.

Ten człowiek mógł nam ją odebrać.

Bez opamiętania uderzyłem drugi raz i miałem zamiar kontynuować dopóty, dopóki będę miał pewność, że kierowca już nie wstanie. Wtedy jednak spojrzałem na jego twarz.

Z kącika ust pociekła mu krew, na skroni pojawiło się rozcięcie, a tuż obok wyraźny ślad po którymś z moich ciosów. Czerwona strużka spływała w kierunku oka. I zalała niewielką bliznę pod nim.

Stałem jak rażony piorunem, w pierwszej chwili nie rozumiejąc, jak to możliwe. Umysł płata mi figle? Śnię? Miałem przed sobą człowieka, którego spotkałem między innymi w Biskupinie.

Mężczyznę z blizną pod okiem.

Glazura.

Tego, który pomagał Ewie od samego początku, który zajął się wszystkimi informatycznymi trudnościami, który dostarczał mi kolejne strzępki informacji. Który został za to wyrzucony z pracy, musiał pożegnać się z karierą i prawdopodobnie był nieustannie obserwowany przez ludzi Roberta Reimanna.

Co tu się działo, do cholery?

Cofnąłem się o krok, nie rozumiejąc, dlaczego Glazur miałby nas atakować. Ani jak miałby nas znaleźć.

Nie miał nic wspólnego z przestępczą organizacją Reimanna. Z tą, na której czele stał Kajman, także nie. Gdyby było inaczej, Glazur już dawno pokazałby, jakie są jego prawdziwe motywy. Miał mnóstwo okazji, by to zrobić.

Myśli kotłowały mi się w głowie. Słyszałem, że Ewa biegnie w naszym kierunku, ale nie mogłem się poruszyć.

– Co ty, do kurwy nędzy... – wydukałem.

Leżący na ziemi mężczyzna wypluł trochę krwi i popatrzył na mnie niepewnie. Nie dostrzegłem w jego oczach strachu, choć powinien tam być.

Może współpracował z policją? Nie, to także nie miało sensu.

– Kim ty jesteś? – zapytałem.

Mruknął coś niezrozumiałego, a ja cofnąłem się o pół kroku. Dopiero teraz zrozumiałem, że jest bardziej oszołomiony ode mnie. Tyle że w jego przypadku ciosy padły na ciało, w moim zaś na umysł. Nie potrafiłem pozbierać myśli.

Obróciłem się w kierunku, z którego nadbiegała Ewa.

Wtedy nadeszło uderzenie. Mocne, szybkie i stanowiące przypieczętowanie tego wszystkiego, co się wydarzyło. Czułem, że oberwałem w skroń, ale mój umysł odmawiał próby zrozumienia, skąd nadszedł cios.

Zatoczyłem się lekko, a wtedy Ewa uderzyła jeszcze raz. W głowie zahuczało mi, jakbym podczas szalonego rockowego koncertu stał tuż przy gigantycznych głośnikach. Poczucie dezorientacji ustąpiło miejsca zupełnej niemocy. Runąłem na ziemię, nie potrafiąc zamortyzować upadku.

Ewa stanęła nade mną, głośno oddychając. Opuściła rękę, a ja zobaczyłem krew skapującą z końcówki gałęzi. Czułem mokrą, powiększającą się plamę z tyłu głowy.

Niczego nie rozumiałem.

Absolutnie niczego.

Ewa minęła mnie, nie poświęcając mi uwagi. Zupełnie jakby uznała, że nie stanowię już zagrożenia i nie warto się mną interesować. Przykucnęła przy Glazurze, a potem dotknęła jego twarzy.

Powiedziała coś, ale zrobiła to tak cicho, że niczego nie zrozumiałem.

Próbowałem się podnieść, ale zdołałem jedynie drgnąć. Uświadomiłem sobie, że jedno z uderzeń musiało być wyjątkowo niefortunne. Wyrządziło mi więcej krzywdy, niż Ewa zamierzała. A przynajmniej tak kazały sądzić mi resztki racjonalności, z których korzystałem do oceny sytuacji.

Co się właściwie wydarzyło? O co tu chodziło?

I czy to naprawdę właśnie miało miejsce? Czy może spałem w hotelowym pokoju, śniąc najgorszy koszmar mojego życia?

Ewa pomogła Glazurowi wstać, a potem obejrzała jego twarz. Kiedy położył dłonie na jej talii i się odezwał, wyglądał jak zwyczajny mężczyzna zapewniający ukochaną, że wszystko jest w porządku.

Zacząłem powoli czołgać się w ich kierunku.

Zupełnie tak, jak dziesięć lat temu robiłem to na Loży Szyderców.

Historia zatoczyła koło.

10

Glazur cofnął ręce, jeszcze raz zapewnił mnie, że nic mu nie jest, a potem popatrzył z niepokojem na peugeota.

– Wojtkowi nic się nie stało? – zapytał.

– Nie, wszystko w porządku. Jest trochę przestraszony, ale… zaraz się nim zajmiemy.

Pokiwał głową, a potem przeniósł wzrok na Wernera. Przyglądał mu się długo, podczas gdy ja starałam się ocenić, czy Glazur nie doznał wstrząśnienia mózgu. Szybko się zorientował, że przeszło mi to przez myśl, objął mnie i zapewnił, że nic mu nie jest.

– Mocno oberwałeś – zaoponowałam.

– Mogło być gorzej.

Trudno było się z tym nie zgodzić. To wszystko miało skończyć się zupełnie inaczej – i zapewne tak by było, gdyby tylko Damian nie stracił panowania nad kierownicą. Żadne z nas jednak nie miało zamiaru tego roztrząsać.

Teraz nie było już sensu.

– Nie musiałaś tak mocno mu przywalić – zauważył Glazur.

Wzięłam go za rękę, a on przyciągnął mnie do siebie.

– Już wszystko w porządku – powiedział.

– Wiem.

Znów spojrzał w stronę Damiana.

– Werner przeżyje? – spytał.

Miałam nadzieję, że tak. Nigdy nie chciałam, by spotkało go więcej nieszczęścia, niż było to absolutnie niezbędne do realizacji mojego planu.

– Oby – powiedziałam.

– Mogłaś chociaż nie poprawiać.

– Musiałam mieć pewność, że już ci nie zagrozi.

– Nie zagroziłby. Rozpoznał mnie i pewnie już sam zaczynał rozumieć, co się dzieje.

Nie przypuszczałam, by tak było. Z punktu widzenia Damiana sytuacja wyglądała kompletnie inaczej niż w rzeczywistości.

Zasługiwał na to, by poznać prawdę. Miałam zamiar przedstawić mu ją w zupełnie innych okolicznościach, złagodzić nieco cios, który otrzymał od losu.

Nie, nie od losu. Ode mnie, Glazura i wszystkich innych, którzy byli zaangażowani w to przedsięwzięcie. Czas najwyższy, bym to otwarcie przed sobą przyznała. Nabrałam tchu, a potem obróciłam się w stronę Damiana.

Czołgał się ku nam, zostawiając za sobą czerwony ślad. Wyglądało to okropnie, jakby pokonywał ostatnie metry przed granicą, która oddzielała go od śmierci.

Rozejrzałam się nerwowo.

– Nie mamy wiele czasu – odezwał się Glazur.

– Wiem.

– Jeśli chcesz powiedzieć mu, co i jak, musisz się pospieszyć.

– Chcę, ale…

– Co? – spytał Glazur, ściągając mój wzrok. Spojrzał mi głęboko w oczy. – Należy mu się chociaż to, żeby poznał prawdę.

– Wiem – przyznałam. – Ale nie stać nas na dalsze ryzyko.

Nie musieliśmy długo tego roztrząsać. Wystarczyłby jeden przejeżdżający obok samochód, by przepadło wszystko, na co tak długo pracowaliśmy.

Ruszyliśmy bez słowa w kierunku peugeota. Wiedziałam, że Wojtek ucieszy się na widok Glazura. Krzyknie pewnie entuzjastycznie, tak jak miał to w zwyczaju: „wujek!". Potem Glazur weźmie go na ręce, zaniesie do szoferki i zachowa na tyle ostrożności, by Wojtek nie zobaczył leżącego na jezdni Damiana.

Wytłumaczymy, że Werner musiał nas opuścić. Wojtek nie będzie dociekał, nie zdążył go zbyt dobrze poznać, co dopiero się do niego przywiązać. Damian był dla niego niemal anonimowym człowiekiem, a za kilka lat z pewnością nie będzie pamiętał, że w ogóle go spotkał.

Ja i Glazur nie będziemy mogli powiedzieć tego samego.

Przenieśliśmy Wojtka do ciężarówki, a potem zajęliśmy się tym, co znajdowało się w peugeocie. Pospiesznie zawinęliśmy wszystkie pieniądze w niewielkie pakunki i ukryliśmy je pośród towaru w naczepie. Wszystko było gotowe do przekroczenia granicy.

Popatrzyliśmy na siebie zadowoleni. W głębi ducha towarzyszyło mi jednak poczucie zawodu. I Glazur w pewnym momencie musiał je dostrzec, bo zmarszczył z niepokojem czoło.

– Naprawdę chciałam mu wszystko wyjaśnić – powiedziałam.

Rozejrzał się.

– Może mamy jeszcze chwilę.

– Nie – zaoponowałam stanowczo.

Glazur skinął głową i wsiadł do szoferki. Ja zaś przykucnęłam obok Wernera. Tracił przytomność i się wykrwawiał. Uznałam, że w tym stanie i tak niewiele by usłyszał i jeszcze mniej zapamiętał.

– Przykro mi – powiedziałam tylko.

Podniosłam się, a potem ruszyłam w stronę samochodu. Wsiadłam do środka i uśmiechnęłam się do Glazura. Odpowiedział mi tym samym. Nic więcej do szczęścia nie było mi potrzebne.

Kiedy odjeżdżaliśmy, zerknęłam jeszcze w boczne lusterko. Wydawało mi się, że Werner lekko podniósł głowę.

11

Chciałbym powiedzieć, że ocknąłem się w szpitalu, ale nie byłaby to prawda. Otworzyłem wprawdzie oczy, leżąc w szpitalnej sali, ale obudziłem się tak naprawdę w nowej rzeczywistości.

Była odarta z marzeń, złudy i nadziei. W końcu stała się czymś prawdziwym. Realnym miejscem, do którego od pewnego czasu zmierzałem.

Przy łóżku siedzieli matka z ojcem. Na korytarzu raz po raz widziałem przechadzającego się leniwie policjanta. Z jego perspektywy nic się nie działo. Nie musiał czymkolwiek się przejmować, a już szczególnie mną.

Zostałem oczyszczony z zarzutów, poszukiwania zabójcy Blitza się zakończyły, a podejrzanego zamknięto już w areszcie śledczym. Był to człowiek znany policji, ale niepowiązany z Kajmanem. Z pewnością został przez niego wynajęty, lecz nie było na to dowodów.

Dowodów, które potrzebowała prokuratura. Ja nie.

Rodzice próbowali nawiązać ze mną rozmowę kilkakrotnie, ale nie odpowiadałem. W pewnym momencie zaczęli obawiać się, że doszło do nieodwracalnych zmian, ale lekarz zapewniał, że żadne z badań nie wykazało niczego niepokojącego.

Doznałem wprawdzie wstrząśnienia mózgu, ale najbardziej dotkliwe efekty już ustąpiły. Nic mi nie było. Przynajmniej jeśli chodziło o dolegliwości, które można było zobaczyć dzięki rezonansowi magnetycznemu.

W końcu się odezwałem, właściwie tylko po to, by uspokoić rodziców. Odetchnęli z ulgą, a ja momentalnie poczułem wyrzuty sumienia, że tak długo trzymałem ich w niepewności. Prawda była jednak taka, że nie wiedziałem, co im powiedzieć.

Tym bardziej że wciąż zadawali tylko jedno pytanie. To, które ojciec powtórzył także wtedy, kiedy wreszcie się odezwałem.

– Co się stało, synu?

– Nie wiem.

Spojrzeli po sobie.

– A co mówią policjanci? – zapytałem.

– Że... – zaczęła matka, ale urwała.

– Chcą postawić ci kolejne zarzuty – wyręczył ją ojciec.

Odniosłem wrażenie, jakby dopiero teraz dopadł mnie całkowity paraliż. Potrzebowałem chwili, by przetrawić usłyszaną informację. A więc obecność policjanta jednak była znacząca? Wydawało się to absurdalne.

Może oberwałem mocniej, niż sądziłem? Może o czymś nie pamiętałem?

Z trudem przełknąłem ślinę, patrząc niepewnie na ojca.

– Chryste... – jęknąłem. – Jakie zarzuty?

– Zabójstwa i porwania.

– Co takiego?

– Mówią, że zabiłeś kogoś w Rewalu, synu.

Dopiero teraz dotarło do mnie, że znaleźli ciało Roberta Reimanna. A na nim pełno śladów DNA, które zostawiłem. Na dobrą sprawę nie trzeba było sprawdzać tych, które znajdowały się na mnie, by wiedzieć, skąd pochodzą moje liczne obrażenia.

Poruszyłem się nerwowo i nagle każda z ran zdawała się o sobie przypominać. Popatrzyłem na rodziców, starając się ocenić, jak to wszystko wygląda z ich perspektywy. Oczywiste było, że nie wierzyli policji. Ale co w takim razie musieli sobie pomyśleć?

– Posłuchajcie...

– Nie musisz nic mówić – przerwała mi matka.

Wskazała wzrokiem w stronę drzwi, a ja uświadomiłem sobie, że policjant stanął tuż za progiem. Nie byłem przykuty kajdankami do łóżka, najwyraźniej wyszli z założenia, że jestem w zbyt złym stanie, by podejmować próbę ucieczki.

– Wiem – odparłem. – Ale chcę wam to wyjaśnić. I nie obchodzi mnie, czy ktoś słucha.

– Dla nas wszystko jest jasne, synu.

– Nie wszystko.

– Zostałeś wrobiony – kontynuował ojciec. – Nie wiemy, w jaki sposób, ale pomożemy ci poradzić sobie z tym wszystkim.

Wiedziałem, że tak w istocie będzie, choć w oczach matki dostrzegałem jakieś niewypowiedziane pytanie. Być może nawet niejedno. Patrzyłem na nią na tyle długo, by sama zorientowała się, że czekam, aż poruszy to, co ją najbardziej nurtowało.

W końcu odkaszlnęła cicho, a ja porozumiewawczo skinąłem jej głową.

– Pytaj, mamo.

– Chcę tylko...

– Nie teraz – wtrącił ojciec pod nosem.

– Nie, nie – zaoponowałem. – Nie mam żadnego powodu, żeby ukrywać cokolwiek przed policją.

Oboje nabrali tchu, nie odzywając się.

– Zastanawiacie się, po co pojechałem do Rewala? – podsunąłem, przypuszczając, że właśnie to najbardziej ich zastanawiało. – Bo czekała tam na mnie Ewa. To zapewne jej dotyczy ten bzdurny zarzut o porwaniu.

– Synu…

Uniosłem lekko rękę.

– Poczekaj – powiedziałem do ojca. – Daj mi skończyć.

– Ewa nie żyje, synu.

Pokręciłem głową.

– Żyje. To ciało, które znaleziono na Bolko, należy do…

– Do niej – weszła mi w słowo matka. – To naprawdę ona.

Ojciec smętnie spuścił wzrok.

– Potwierdziły to badania – dodał.

– Policja nie ma co do tego żadnych wątpliwości.

Rodzice wyglądali, jakby oni również ich nie mieli. Ja jednak nie byłem gotowy w to uwierzyć – mimo że po tym, co się stało, właściwie powinienem przyjąć każdą, nawet najbardziej nieracjonalną wersję. Powinienem być przygotowany na wszystko. I to nie teraz, ale już o wiele wcześniej.

– To niemożliwe – odparłem.

– Sami widzieliśmy wyniki, synu. Komisarz Prokocki wezwał nas na komendę, pokazał nam wszystko.

– Dokumenty można podrobić. A oni starali się po prostu ją chronić.

– Chronić? – spytała matka. – Przed kim?

– Przed ludźmi Kajmana. Tymi, którzy ją ścigali.

– Kajmana?

Spojrzałem na policjanta, jakbym liczył na to, że wyłoży wszystko moim rodzicom. Kiedy jednak napotkałem jego zdziwiony wzrok, uświadomiłem sobie jedną rzecz.

Wszystko, co wiedziałem o Kajmanie, pochodziło z nagrań Ewy.

Podobnie sprawa miała się z tym, co działo się z nią przez ostatnią dekadę.

W dodatku każda informacja o Prokockim, ochronie świadków i każdym posunięciu policji pochodziła z tego samego źródła.

Właściwie cały obraz sytuacji ułożyłem na podstawie tego, co przekazała mi Ewa.

Na Boga, czy dałem się w jakiś sposób wpędzić w gigantyczną manipulację?

Moje myśli zdawały się przejść w wir, który wciągał całą moją racjonalność. Mogłem się tylko przyglądać, jak jej resztki obracały się coraz szybciej, poddając się prądowi. I jak niknęły w samym środku.

Nie potrafiłem wyłowić z tego szalonego nurtu jakiegokolwiek zbornego wniosku. Wszystko wydawało mi się zarazem możliwe i niemożliwe. Wykonalne i wykluczone. Pogubiłem się zupełnie – i najgorsze w tym wszystkim było to, że nie mogłem pomyśleć o nikim, kto mógłby udzielić mi odpowiedzi.

Oprócz Ewy.

– Synu?

– Wszystko w porządku… – mruknąłem.

– Kim jest Kajman?

Pokręciłem głową, mrużąc oczy.

– To teraz nieważne. Przedstawię policji wszystko, co wiem…

Znów na siebie popatrzyli, jakby jedno oczekiwało od drugiego, że wpadnie na pomysł, jak mi pomóc. Spodziewałem się, że to ojciec spróbuje coś zaproponować, ale nie zdążył. Do sali wszedł funkcjonariusz i wszyscy skupiliśmy na nim uwagę.

Wyciągnął komórkę w moją stronę, jakby celował z pistoletu.

– Komisarz Prokocki chciałby z panem porozmawiać.

Otworzyłem usta, ale się nie odezwałem.

Nie wyglądało mi to na standardową procedurę. Jeśli naprawdę mieli zamiar postawić mi zarzuty, kontaktowanie się przez telefon było raczej chybionym pomysłem.

Wyciągnąłem rękę, a policjant podał mi telefon.

– Tak? – spytałem.

– Narobił pan sobie problemów – odezwał się podkomisarz.

– Zauważyłem.

– Ale przynajmniej części z nich uda się panu pozbyć, jeśli zdecyduje się pan na współpracę.

– Szczerze mówiąc, nie jestem pewien, z kim powinienem ją podjąć.

Prokocki prychnął cicho.

– Nie pierwszy raz to słyszę – odparł. – Ale zawsze odpowiadam tak samo: najlepiej zaufać tym, którzy przysięgają strzec bezpieczeństwa obywateli.

– Ma pan na myśli tych samych, którzy od czasu do czasu łamią tę przysięgę?

– W każdym stadzie znajdzie się czarna owca.

– Ale pan nią nie jest?

– Nie – odparł i westchnął, jakby uwierało go, że w ogóle musi to werbalizować. – Jestem pana ostatnią deską ratunku. I jedyną nadzieją na to, by wynurzyć się z bagna, w którym pan się zatapia.

Milczałem, nie wiedząc, czy w istocie Prokocki nie ma racji. Jeśli miałbym wierzyć temu, co usłyszałem na nagraniach, podkomisarz rzeczywiście był jedyną osobą, która mogła mi pomóc. Tyle że na tym etapie nie ufałem już niczemu, co usłyszałem od Ewy.

– Jest pan tam?

– Tak – odparłem.

– To dobrze. I skoro się pan nie rozłączył, przypuszczam, że chociaż rozważa pan, czy może mi zaufać.

– Rozważam.

Prokocki znów westchnął.

– Ujmijmy to więc tak: nie ma pan absolutnie żadnego wyjścia, do kurwy nędzy – wypalił. – Jest pan oskarżony o zabójstwo Reimanna, a w dodatku o porwanie jego żony i dziecka.

– To absurd.

– Też tak mi się wydaje.

– Więc dlaczego…

– Bo fakt, że coś mi się wydaje, nie wystarcza ani moim przełożonym, ani prokuraturze.

Przez moment obaj się nie odzywaliśmy.

– Dlatego muszę wiedzieć, co panem, do cholery, kierowało. Rozumie pan?

Nie rozumiałem już nic, zachowałem jednak tę uwagę dla siebie. Spojrzałem na rodziców, którzy przypatrywali mi się w napięciu. Nie musieli nic mówić, bym wiedział, że po spotkaniu z Prokockim z jakiegoś powodu mu zaufali.

Może wiedzieli więcej ode mnie? Może powiedział im o czymś, co cała trójka postanowiła dla mojego dobra zachować w tajemnicy?

Pokręciłem głową i skarciłem się w duchu za zadawanie pytań sobie zamiast mojemu rozmówcy. Uświadomiłem sobie, że tym samym podjąłem decyzję. Dzwoniąc do mnie, podkomisarz wyciągał rękę. Nieformalnie, jako gest dobrej woli. Powinienem z tego skorzystać.

– Kasandra Reimann to w rzeczywistości Ewa, panie komisarzu.

– Co proszę?

– Związała się z Robertem lata temu, by zapewnić sobie bezpieczeństwo. Nie przypuszczała jednak, że...

– Co pan, kurwa, opowiada?

Rozmowa telefoniczna nie była najlepszym sposobem, by wyłożyć mu skomplikowaną historię, ale nie miałem wyjścia. Nabrałem głęboko tchu, chcąc kontynuować, ale policjant nie dał mi na to czasu

– Zidentyfikowaliśmy ciało – powiedział. – Potwierdziliśmy to nie tylko dzięki członkom rodziny, ale także badaniom DNA. Chcieliśmy mieć absolutną pewność.

– Tak pan twierdzi.

– Niech pan da spokój. Jaki miałbym mieć powód, żeby kłamać?

– Wciąż stara się pan ją chronić.

– Chronić?

– Ewę. Obawia się pan, że ją znajdą.

– Kto? – spytał ciężko Prokocki. – Kto miałby jej szukać?

– Ludzie Kajmana. Ci, przeciwko którym zeznawała.

– Ewa nie zeznawała przeciwko komukolwiek.

– Ale...

– Nie wiem, skąd czerpie pan te informacje, ale najwyraźniej został pan wprowadzony w błąd.

Próbowałem przełknąć ślinę, ale zaschło mi w gardle. Kaszlnąłem nerwowo, czując, że robi mi się gorąco.

Ściskałem telefon coraz mocniej, choć brakowało mi sił. Prawda zaczynała powoli do mnie docierać.

– Ale… – powtórzyłem. – Ona… przecież…

W końcu zrozumiał, kto przedstawił mi wersję, o której mówiłem.

– Kasandra Reimann to Kasandra Reimann – powiedział. – Sprawdziliśmy ją dokładnie, kiedy tylko odkryto ciało jej męża. Nie ma nic wspólnego z pana narzeczoną, może z wyjątkiem tego, że istnieje fizyczne podobieństwo.

Jego słowa odbijały się głuchym echem w mojej głowie.

– Jest… jest pan pewien?

– O ile ktoś nie sfałszował dokumentów w urzędach, nie przekupił szeregu ludzi, by udawali jej rodzinę i znajomych, nie sfabrykował zdjęć pochodzących z ostatnich kilkudziesięciu lat, to tak. Jestem pewien.

Nie wiedziałem, co odpowiedzieć.

Funkcjonariusz mówił jeszcze przez jakiś czas, zapewniając mnie, że przedstawi mi wszystkie dowody. Sam będę mógł przekonać się, że odnaleziona osoba to moja zaginiona narzeczona. W końcu Prokocki dopuścił także możliwość, bym zobaczył zdjęcia z sekcji zwłok.

Leżałem jak sparaliżowany, rzeczywistość zdawała się formować gdzieś z dala ode mnie. Czy naprawdę było możliwe, że Kasandra Reimann to nie Ewa?

Na tym etapie nie mogłem dłużej pozwolić sobie na nieuzasadnioną pewność, że znam odpowiedź. Musiałem dopuścić to, co jeszcze niedawno wydawało mi się niemożliwe.

Na Boga, co w takim razie stało się z Ewą? Gdzie była przez dziesięć lat? I dlaczego zginęła?

Kolejne pytania pojawiały się w mojej głowie, podczas gdy Prokocki kontynuował zapewnianie mnie, że nie ma mowy o żadnej pomyłce. Mówił jeszcze przez jakiś czas, ale już go nie słuchałem.

Potem trzęsącą się ręką oddałem telefon policjantowi i popatrzyłem na rodziców.

– Gdzie... gdzie moja komórka? – wydukałem.

Ojciec wskazał na jedną z szuflad przy łóżku. Przypuszczałem, że telefon został skrupulatnie sprawdzony przez policjantów – właściwie dziwiło mnie, że go nie zabrali. Ale może założyli, że z kimś współdziałałem i że ta osoba prędzej czy później się ze mną skontaktuje.

W pewnym sensie tak się stało.

Kiedy włączyłem komórkę, przekonałem się, że czeka na mnie nieprzeczytany esemes. Otworzyłem go i zobaczyłem kod autoryzacji na RIC.

Miałem wrażenie, że cała krew odpłynęła mi z twarzy.

– Co się dzieje, synu? – zapytał ojciec.

Przełknięcie śliny znów przyszło mi z wielkim trudem.

– Potrzebuję laptopa – wydusiłem.

12

Byliśmy już pod Łodzią, kiedy system RIC w końcu poinformował mnie, że Wern odebrał kod. Nie pojechaliśmy ku wschodniej granicy, tamten kierunek wcześniej obrałam tylko po to, by zmylić Damiana. Nie miałam wątpliwości, że prędzej czy później przekaże policji wszystko, co mu powiedziałam.

– Odebrał esemesa – odezwałam się.

Glazur oderwał wzrok od drogi i zerknął na mnie.

– Chcesz się zatrzymać?

– Tak.

Pokiwał głową, nie próbując odwieść mnie od rozmowy z Wernerem. Zgadzał się, że muszę ją przeprowadzić, nawet jeśli stracimy przez to trochę czasu. Wciąż podkreślał, że jestem ją Damianowi winna.

Nic nie stało na przeszkodzie, bym skontaktowała się z nim przez RIC. Połączenie było szyfrowane, a ewentualny wirtualny trop tak poplątany, że nie sposób byłoby ustalić mojej lokalizacji, nawet gdyby ktoś wiedział, gdzie szukać.

– McDonald? – spytał Glazur.

– Obojętnie. Gdziekolwiek, gdzie mają wi-fi.

Nie musieliśmy długo czekać, by wypatrzeć odpowiednie miejsce. Charakterystyczny żółty łuk był widoczny z oddali. Zjechaliśmy do McDonalda kawałek za węzłem Skierniewice. Wojtek i Glazur usiedli przy stoliku nieopodal okna, a ja zajęłam miejsce na uboczu.

Zależało mi na tym, by nikt mi nie przeszkadzał. Zamówiłam dużą czarną kawę w McCafé, a potem zalogowałam się na RIC. Damian już na mnie czekał. Nabrałam głęboko tchu, nie wiedząc, od czego powinnam zacząć.

Na szczęście Werner mnie wyręczył.

[Wern] Kim ty właściwie jesteś?

Nie było to najprostsze pytanie, które mógł mi zadać, ale stanowiło początek rozmowy dobry jak każdy inny. Upiłam łyk kawy, żałując, że nie mam pod ręką prosecco.

[Kas] Kasandrą Reimann.

[Wern] I nie masz nic wspólnego z moją narzeczoną?

[Kas] Nic.

Odpowiedź przez moment nie nadchodziła. Próbowałam wyobrazić sobie, co musi czuć Damian, ale szybko odsunęłam od siebie te myśli. Były zbyt dojmujące.

[Wern] Wytłumacz mi wszystko.

[Kas] Wiele z pewnością już sam zrozumiałeś.

[Wern] Niewystarczająco.

Pokiwałam głową, jakby mógł to zobaczyć. Poczułam na sobie wzrok Glazura i posłałam mu krótkie, uspokajające spojrzenie. Wiedziałam, co go martwi. Obawiał się, że wszystko, co zrobiliśmy, przez lata nie da mi spokoju. Że będą dręczyć mnie wyrzuty sumienia, z którymi nie zdołam sobie poradzić.

Zapewniałam go od dawna, że tak nie będzie. Powtarzałam, że traktuję każdy podjęty przez siebie krok jako przykrą konieczność i że zdaję sobie sprawę, iż nie miałam żadnego wyboru.

Musiałam się ratować. Wszystkie decyzje, które podejmowałam, wynikały z próby uratowania mnie i Wojtka.

Zawiesiłam wzrok na ekranie i przez moment trwałam w bezruchu, trzymając palce na klawiaturze laptopa. Same ułożyły się w odpowiednich miejscach. Powoli zaczęłam przyciskać jeden klawisz po drugim.

[Kas] Przepraszam.

Znów musiałam poczekać trochę na odpowiedź.

[Wern] Nie interesują mnie przeprosiny, tylko wyjaśnienia.
[Kas] Rozumiem.
[Wern] W takim razie zacznijmy od tego, ile z tych nagrań było prawdą?
[Kas] Wszystko, co mówiłam ci o Robercie.
[Wern] A to o zeznawaniu przeciwko Kajmanowi?
[Kas] To także prawda, ale… tylko jeśli chodzi o Ewę.
[Wern] Wyjaśnij.

Wbiłam wzrok w mrugający kursor.

[Kas] To, co ci przedstawiłam, naprawdę miało miejsce. Ojciec Ewy wplątał się w szemrane interesy z Kajmanem i wprawił w ruch sekwencję zdarzeń, która ostatecznie doprowadziła do tego, co się stało na Loży Szyderców. I do wszystkiego innego. Korzystając z zasobów Reimann Investigations, dokładnie sprawdziliśmy każdy trop, stopniowo odkrywając kolejne elementy tej układanki.

Wysłałam wiadomość i na moment przerwałam, by napić się kawy.

[Wern] Prokocki twierdzi inaczej.
[Kas] Kłamie. Zależy mu na tym, żeby cię zamknąć, bo z jego punktu widzenia to ty doprowadziłeś do śmierci Ewy. W dodatku postrzegają cię jako zabójcę Roberta.

Nie chciałam nawet myśleć o tym, co musi teraz dziać się w głowie Damiana. Nie wiedział już, co jest prawdą, a co nie. Nie miał pojęcia, komu ufać.

[Wern] Ale jak trafiliście na tę sprawę? I jak udało ci się mnie oszukać? Przecież wyglądasz tak jak ona.
[Kas] Wiem.
[Wern] Wyjaśnij mi to.

Przesunęłam nerwowo po włosach, odgarniając grzywkę.

[Kas] Wiesz, co przechodziłam przez ostatnie lata, bo o wszystkim ci opowiedziałam.
[Wern] Tak.
[Kas] Ale nie wiesz, jak długo to trwało. Na użytek wersji, którą ci przedstawiłam, musiałam skrócić ten okres. Prawda jednak jest taka, że Robert znęcał się nade mną od wielu lat, Wern.
[Wern] I?
[Kas] Długo szukałam sposobu, by się z tego wyrwać.
[Wern] Jak?
[Kas] Między innymi przeglądając bazy zaginionych osób. Szukałam sposobności, by wykorzystać tożsamość jednej z nich.
[Wern] Podszyć się pod nią. Nazywaj rzeczy po imieniu.
[Kas] W porządku. Początkowo chodziło mi tylko o to, by po przejęciu tożsamości skierować na siebie uwagę służb. By policja sama przyszła mi z pomocą. Uznałam, że to jedyna możliwość, by wyrwać się z tego piekła.
[Wern] Mogłaś po prostu powiadomić służby.

[Kas] Nie. Robert miał w kieszeni wszystkich ludzi, do których mogłabym się zwrócić. Poza tym kontrolował mnie na każdym kroku. Nawet gdyby udało mi się zaangażować kogoś, kto był poza jego wpływem, od razu by zadziałał. A wierz mi, że miał w garści także wysoko postawionych oficerów. W końcu więc zrozumiałam, że nie tędy droga. Musiałam wymyślić coś innego.

Damian przez chwilę nie odpowiadał, zapewne układając w głowie pierwsze elementy, które ostatecznie miały dać mu obraz całej sytuacji.

[Wern] Jak trafiłaś na Ewę?
[Kas] Tak jak na wszystkie inne kandydatki – przeglądając bazę. Nie masz pojęcia, jak długo czekałam na kogoś takiego. Przez lata odnalazłam kilka dziewczyn, pod które mogłam próbować się podszyć, ale kiedy tylko trafiłam na Ewę, wiedziałam, że w końcu znalazłam odpowiednią osobę.
[Wern] Przez podobieństwo fizyczne.
[Kas] Tak. Przejrzałam setki, może tysiące różnych informacji o osobach zaginionych, od czasu do czasu trafiałam na podobne kobiety, ale nigdy wcześniej nie znalazłam nikogo, kto tak bardzo przypominałby mnie. Wymagało to kilku zabiegów z mojej strony i bałam się, że wzbudzę podejrzenia Roberta, ale szczęśliwie tak się nie stało. Największy problem sprowadzał się do tego, że nie wiedziałam, na ile mój głos podobny jest do głosu Ewy. Ostatecznie jednak musiałam podjąć ryzyko. A fakt, że minęła dekada, od kiedy ostatnim razem ją słyszałeś, kazał mi być dobrej myśli. Upływ czasu działał na moją korzyść. Im więcej lat minęło, tym większe miałam szanse na powodzenie.

Znów odpowiedziało mi milczenie. Damian musiał powoli uświadamiać sobie, ile wysiłku kosztowała mnie cała ta mistyfikacja. Wysiłku i długoletniego planowania. Od samego początku wiedziałam, że wszystko będzie zależało od mojej wytrwałości. I ostatecznie popłaciła.

Musiałam rozegrać to także odpowiednio pod względem psychologicznym. Zdawałam sobie sprawę, że Werner może mieć wątpliwości, czy odnalazł prawdziwą Ewę. Konieczne było, by powstała jak największa wyrwa między tym, co wiedział, a czego pragnął się dowiedzieć.

Pisał o tym George Loewenstein, udowadniając, że potrzeba zasypania tej przepaści jest motorem napędowym ludzkiej psychiki. Mnie pozostawało tylko ów motor wprawić w ruch z odpowiednią mocą. Tak by Damian stał się zaślepiony potrzebą odnalezienia prawdy.

W końcu potrzeba ta stała się tak silna, że przyćmiła wszystko inne. Logika i racjonalność zeszły na drugi plan, kiedy podsuwałam mu kolejne nagrania, rozbudzając jego apetyt. Nie rozumował już tak, jak powinien. Nie dopuszczał możliwości, że to wszystko jest mistyfikacją.

A im dłużej to trwało, tym efekt był większy. I nie chodziło tylko o psychologię, ale także o fizjologię. Badania potwierdzały, że gorączkowe oczekiwanie na rezultat wyzwala w ludzkim ciele dopaminę – a według Helen Fisher im dłużej przychodziło nam czekać, tym więcej tego neuroprzekaźnika wytwarzały nasz mózg i rdzeń kręgowy. W efekcie dopamina przejmowała kontrolę nad procesem podejmowania przez nas decyzji.

Ostatecznie wszystko sprowadza się do tego, że wierzymy w to, w co chcemy wierzyć. Ignorujemy fakty, które stoją z tym w sprzeczności. I uwydatniamy te, które potwierdzają nasze założenia.

Nie grałam na uczuciach Damiana. Grałam na uniwersalnych zasadach rządzących ludzkim umysłem.

[Wern] Kiedy ją znalazłaś?
[Kas] Kilka lat temu.
[Wern] I od tamtej pory się przygotowywałaś?
[Kas] Tak. Kosztowało mnie to sporo wyrzeczeń i podjęcia ryzyka, ale nie miałam wyjścia.
[Wern] Miałaś.
[Kas] Nie.

Krótka, stanowcza odpowiedź powinna uświadomić mu, że nie mam co do tego najmniejszych wątpliwości. Ale jeśli tak się nie stało, miałam nadzieję, że przekonają go moje dalsze tłumaczenia.

[Kas] Zrozum, że nie mogłam zwrócić się ani do służb, ani do znajomych, ani do rodziny, ani do współpracowników. Robert stopniowo wyeliminował z mojego życia wszystkich ludzi, których nie mógł kontrolować. W pewnym momencie zostałam sama. Mogłam liczyć wyłącznie na Glazura, a on także miał ograniczone pole manewru.
[Wern] Więc załatwiłaś sobie idiotę, który wyciągnął cię z tego bagna.
[Kas] Wiedziałam, że zrobisz wszystko, co trzeba.

Przez moment odpowiedź nie nadchodziła.

[Wern] Jesteś chora.

Nie wiedziałam, co odpisać. I to nie tylko dlatego, że nie zamierzałam wchodzić w sprzeczkę. Zwyczajnie nie byłam pewna, jak powinna brzmieć odpowiedź.

Czasem nachodziła mnie refleksja, że żyję w swoim własnym, skrzywionym świecie. Ukształtowały go przemoc, nieustanne poczucie zagrożenia i alkohol. Nie pamiętałam, kiedy ostatnio doświadczyłam dnia bez picia lub nocy bez bycia okładaną.

Bywały chwile, że postrzegałam samą siebie jako szaloną.

Ale nie zwariowałam. Przeciwnie, postąpiłam racjonalnie. Uratowałam moje dziecko w jedyny możliwy sposób.

Napiłam się kawy i potrząsnęłam głową, dochodząc do wniosku, że muszę kontynuować rozmowę. Byłam to winna Wernerowi.

[Kas] Potrzebowałam kogoś, kto będzie zdolny do wszystkiego. I kogoś, komu będę mogła powierzyć wszystkie środki z kont Roberta. Rozumiesz to, prawda?
[Wern] Nie. I wątpię, by ktokolwiek zrozumiał. Powinnaś się leczyć.
[Kas] Nie miałam wyjścia, Wern.
[Wern] Mogłaś powiedzieć mi prawdę.
[Kas] I liczyć na to, że nagle zapomnisz o tym, że cię oszukałam? I że kierując się zwykłą empatią, zaryzykujesz życie, by mi pomóc? Podczas gdy Ewa wciąż gdzieś tam była?

Tym razem to on nie wiedział, co odpisać.

[Kas] Nie mogłam pozwolić sobie na takie ryzyko. Na szali było życie mojego syna.

[Wern] Istniało wiele innych sposobów, żeby uciec od Roberta.

Gdyby siedział przy stoliku naprzeciwko mnie, byłabym bliska tego, by zaśmiać mu się w twarz. Nie wiedział, jakim człowiekiem był Robert Reimann. Nie zdawał sobie sprawy, jakich rzeczy dopuszczali się jego ludzie. I on sam.

[Kas] Jesteś pewien?

[Wern] Tak.

[Kas] Więc proszę bardzo, powiedz, w jaki sposób mogłam osiągnąć to wszystko. Od ucieczki aż po zdobycie tych wszystkich środków, dzięki którym zapewnię mojemu synowi przyszłość. Powiedz mi, jak miałam znaleźć kogoś, kto nie tylko pomoże mi wydostać się z piekła, w którym się znalazłam, ale także nie okradnie mnie po fakcie.

Nie spodziewałam się odpowiedzi. Nawet jeśli jakaś pojawiła się w głowie Damiana, prawdopodobnie sam po chwili ją obalił. I może ostatecznie dojdzie do takiego samego wniosku jak ja. Że nie miałam innego wyjścia.

Powtarzałam sobie to w głowie bez ustanku, ale wiedziałam, że ostatecznie nie uda mi się w stu procentach przekonać nawet samej siebie.

Zresztą czy po tym wszystkim, co mnie spotkało, mogłam jeszcze racjonalnie cokolwiek ocenić? Kilkunastoletni ciąg alkoholowy sam w sobie sprawiał, że umykała mi granica, która oddzielała to, co usprawiedliwione okolicznościami, od tego, co niedopuszczalne.

Nie. Nie było sensu snuć takich rozważań. Wszystko, czego się podjęłam, robiłam, by ratować Wojtka.

Chciałam napisać o tym Damianowi, ale miałam wrażenie, że nie muszę. Poznał mnie jako inną osobę, ale rozumiał moje motywacje. Zrozumiał jeszcze coś. Coś, co nie dawało mi spokoju.

I być może przez kolejne lata właśnie to będzie wisiało nade mną jak złowrogie widmo.

[Wern] To ty ją zabiłaś.

[Kas] Nie.

[Wern] Przez ciebie zginęła.

[Kas] Nie miałam z tym nic wspólnego, Wern.

[Wern] Nie pierdol. To przez twoje zabiegi Ewa albo postanowiła się ujawnić, albo to ludzie Kajmana wpadli na jej trop. Tak czy inaczej, to ty wprawiłaś wszystko w ruch. Masz ją na sumieniu, do kurwy nędzy. A ja nie odpuszczę, dopóki cię nie znajdę. I przysięgam ci, że poniesiesz konsekwencje wszystkiego, co zrobiłaś.

Na moment zamarłam. Potem spojrzałam w kierunku stolika, przy którym siedzieli Wojtek i Glazur.

Nie zastanawiając się długo, złapałam za klapę laptopa, a potem ją zatrzasnęłam. Zupełnie jakbym zamykała za sobą drzwi, zostawiając po drugiej stronie nie tylko Wernera i Roberta, ale także wszystko inne, co wiązało się z moją przeszłością.

Dopiłam kawę, zawieszając wzrok za oknem. Autostradą przemykały samochody, niektóre zjeżdżały na stację przy McDonaldzie. Życie biegło normalnie, nikt nie zdawał sobie sprawy z tego, co zrobiłam.

Rocznie w Polsce dochodziło do dwudziestu tysięcy zaginięć. Dziennie znikało więc ponad pięćdziesiąt osób.

Jakie znaczenie miało to, że ukradłam tożsamość jednej z nich? Nawet jeśli doprowadziło to do jej śmierci, czy nie była to cena, którą warto było zapłacić, by uratować od tragedii własnego syna? Tragedii, którą w końcu Robert by na niego sprowadził?

Uratowałam wiele innych osób, zapewniłam się w duchu. Organizacja mojego męża przez wewnętrzną walkę o władzę rozsypie się prędzej czy później. Dzięki temu okrutnego losu uniknie wiele osób, o których istnieniu nawet nie wiedziałam.

Powtarzałam sobie podobne wnioski jeszcze przez jakiś czas, gdy jechaliśmy z Wojtkiem i Glazurem na zachód.

Ostatecznie jednak potwierdziłam bezowocność prób przekonania samej siebie. Dopuściłam się ohydnych rzeczy i musiałam się z tym zmierzyć. Czy kiedykolwiek poniosę konsekwencje? Pod względem takim, na jaki liczył Wern, z pewnością nie.

Nikt mnie nie znajdzie, nikt nie trafi na nasz trop. Wszystko zostawimy za sobą i nikt za nami nie podąży.

Nikt oprócz Ewy, która stała się częścią mnie.

POSŁOWIE

Statystyki dotyczące osób zaginionych w Polsce są zatrważające, ale jeszcze bardziej krew w żyłach mrożą te, które dotyczą przemocy domowej wobec kobiet. Szacunki mówią bowiem o tym, że w ciągu roku doświadcza jej od siedmiuset tysięcy do miliona Polek. Tygodniowo z tej przyczyny giną trzy kobiety.

Poniekąd właśnie to było przyczynkiem do napisania tej książki. Zastanawiałem się, jak daleko będzie w stanie posunąć się jedna z takich osób, kiedy na szali znajdzie się nie tylko jej życie, ale także życie jej dziecka. I kiedy nadarzająca się szansa na ratunek tak naprawdę nie będzie miała nic wspólnego z moralnością.

Przypuszczałem, że poszukiwanie odpowiedzi będzie niepokojące, i praca nad tą książką tylko to potwierdziła. W pewnym momencie zrozumiałem, że nie mogę liczyć na szczęśliwe zakończenie historii. Zacząłem się też zastanawiać, czym mogłoby ono być z punktu widzenia dwójki głównych bohaterów.

Kasandrze udało się uratować, ale zniszczyła przy tym resztki życia Wernera. Doprowadziła też do śmierci niewinnej osoby. Osiągnęła jednak swoje zamierzenia, zrealizowała cały swój plan. Czy to dla niej *happy end*? Nad odpowiedzią chyba długo nie trzeba się zastanawiać.

Ale czy na szczęśliwy finał może liczyć jakakolwiek inna kobieta, która znalazła się w jej położeniu?

Mam nadzieję, że tak. Tym bardziej że wiele zależy od tego, jak sami zachowujemy się na co dzień, jak reagujemy na dane zdarzenia, jakie postawy promujemy i jak odnosimy się do tego, co dzieje się w sferze publicznej. Przemoc fizyczną poprzedza psychiczna. A ona wynika z wzorców, które przyswajamy przez całe życie.

Uprzedmiotowianie kobiet, choćby przez mówienie o „fajnej dupie" czy infantylne ocenianie w skali od jeden do dziesięć, sieje ziarno lekceważenia w psychice młodych ludzi. A pogarda, która z niego wyrasta, jest trudna do wyplenienia.

To nie tylko nasz problem. Na świecie więcej kobiet umiera z powodu przemocy domowej niż w wypadkach samochodowych. Niż z powodu nowotworów. Niż przez malarię, która w tropikalnej i subtropikalnej Afryce nadal stanowi plagę.

Amnesty International dowodzi, że przemoc domowa dotyka jedną na trzy kobiety na świecie. Wciąż są państwa, w których prawo nie zakazuje tak zwanego gwałtu małżeńskiego – i nie są to wyłącznie kraje zacofane, bo wśród nich znajduje się między innymi Tunezja. W Londynie, który z państwami Trzeciego Świata nie ma nic wspólnego, ponad czterdzieści procent kobiet przyznaje się do bycia ofiarami przemocy. A ile milczy? Tego zapewne nigdy się nie dowiemy.

Pytanie tylko, czy dlatego, że nie możemy, czy może dlatego, że nie chcemy...

Mam nadzieję, że przy okazji tej lektury razem powiedzieliśmy głośno o kilku ważnych sprawach. Sobie, może także innym – choć to ten pierwszy wymiar jest chyba najbardziej istotny. Za pomoc w tym dziękuję:

– Tobie, bo bez Ciebie świat przedstawiony w *Nieodnalezionej* byłby niepełny; ja tworzę jedynie jego ramy, ale to ty wypełniasz go swoją wyobraźnią;

– moim Rodzicom, którzy nie tylko wprowadzili mnie do świata książek i pokazali drzemiącą w nim magię, ale także nauczyli, jak błahe rzeczy potrafią rzutować na te ważkie;

– Oldze, Marysi, Piotrowi, Mateuszowi, Adrianowi i całej ekipie wydawnictwa FILIA, którzy kiedyś uwierzyli, że maszynopis od anonimowego autora może okazać się bestsellerem;

– Madeleine Milburn, dzięki której ta książka trafiła poza granice Polski i dzięki której moje pisarskie marzenia stają się rzeczywistością;

– Gabrieli Niemiec i Mirosławowi Krzyszkowskiemu, którzy dodają mi wiary we własne literackie siły; nie ma bowiem nic przyjemniejszego dla pisarza, niż z ust redaktora usłyszeć, że praca z autorem to przyjemność;

– Michałowi Kramarzowi, który przetłumaczył ten tekst w taki sposób, że codziennie zgłaszali się do nas zagraniczni wydawcy;

– wszystkim tym, którzy wiedząc, że najgłośniejszym krzykiem jest milczenie, zabierają głos.

Remigiusz Mróz
Opole, maj 2017 roku

Co roku w Polsce prawie milion kobiet doznaje różnych form przemocy. Co trzecia Polka przynajmniej raz w życiu padła jej ofiarą. A jednak – wedle danych cytowanych na stronie **www.kochamszanuje.pl** – tylko 20 proc. sprawców, wobec których toczy się postępowanie sądowe, zostaje skazanych.

Fundacja Krajowe Centrum Kompetencji oraz znane Polki w kampanii społecznej „Kocham. Szanuję" zjednoczyły siły, by jeszcze głośniej mówić o tym, jak ogromnym problemem w Polsce jest przemoc wobec kobiet. Do akcji dołączyli również mężczyźni. Autor niniejszej książki został jednym z jej ambasadorów.

Jeśli doznajesz przemocy w rodzinie lub jesteś jej świadkiem – reaguj, zadzwoń. Numer infolinii Krajowego Centrum Kompetencji, do którego można się zgłosić, to: **801 109 801**.

REMIGIUSZ
MRÓZ

NIEOD
GAD
NIONA

FILIA

Wydanie I, Poznań 2019

Projekt okładki: © Mariusz Banachowicz
Zdjęcie na okładce: © AlohaHawaii/Shutterstock

Redakcja i korekta:
Gabriela Niemiec

Skład i łamanie:
MELES-DESIGN

ISBN: 978-83-8075-596-3

Wydawnictwo Filia
ul. Kleeberga 2
61-615 Poznań
wydawnictwofilia.pl
kontakt@wydawnictwofilia.pl

Seria: FILIA Mroczna Strona
mrocznastrona.pl

Druk i oprawa: Abedik SA

Dla Agi Dygant –
Twój telefon przesądził sprawę

Pragnienia są silniejsze od podejrzeń.

Wiesław Myśliwski, *Traktat o łuskaniu fasoli*

ROZDZIAŁ 1

1

Straciłem w życiu tak naprawdę jedną bliską osobę, ale to w zupełności wystarczyło, bym zrozumiał, że prędzej czy później stracę wszystkie. Nie wiem, czy to było powodem, dla którego przez ostatni rok nie nawiązałem żadnej nowej znajomości – ale z pewnością okazało się świetną wymówką.

Odciąłem się nie tylko od ludzi, ale także od samego siebie. Odsunąłem przeszłość, zapomniałem o wszystkim, co się wydarzyło. Żyłem z dnia na dzień, skupiając się jedynie na tym, o której wstać do pracy, w co zagrać po powrocie do domu, co zjeść i jakim piwem umilić sobie wieczór.

Zamknąłem na głucho poprzedni rozdział mojego życia, a ostatecznym potwierdzeniem miały być przenosiny do niewielkiego mieszkania na poddaszu przy placu Daszyńskiego. Stać mnie było na nie tylko dlatego, że niewielka klitka stanowiła właściwie zaadaptowany strych – a wspólnota mieszkaniowa nie oczekiwała wielkiego zwrotu z inwestycji.

Wziąłem kredyt, trochę pożyczyłem od rodziców i po krótkich negocjacjach w końcu miałem własne mieszkanie. Nie wynajmowane, nie tymczasowe. Moje. A przede wszystkim stanowiące dowód na to, że raz na zawsze pożegnałem się z przeszłością.

Tkwiłem w tym przekonaniu aż do momentu, kiedy wreszcie skończyłem gruntowny remont i wprowadziłem się do moich czterech kątów na poddaszu. Wszystkie bezpańskie rzeczy, które tu znalazłem, wrzuciłem do niewielkiego kartonu pozostawionego przez poprzedniego właściciela i całkiem o nich zapomniałem – pech jednak chciał, że już pierwszej nocy po przeprowadzce z nudów zacząłem je przeglądać.

I wyszperałem starą kasetę VHS. Zwykły grat, którego miejsce było na śmietniku. A jednocześnie przedmiot, który sprawił, że całe moje życie się zmieniło.

Kaseta wyglądała niepozornie. Znajdowała się w białym tekturowym pudełku Panasonica, z charakterystycznymi czerwonymi i niebieskimi liniami. Etykieta była krzywo przyklejona, a napisy na niej kilkakrotnie zamazywane lub poprawiane.

Standard. Też to robiłem, kiedy na wcześniej zapisane odcinki *Drużyny A* lub *MacGyvera* nagrywałem *Z Archiwum X* i *Ostry dyżur*. Jakie czasy, taki Netflix. Problem polegał na tym, że w dzisiejszych nie miałem jak dobrać się do tego, co znajdowało się na kasecie.

Mój ostatni magnetowid rozłożył się już pewnie w piwnicy rodziców, a o żadnym samodzielnym adapterze do innego sprzętu nawet nie słyszałem. Spojrzałem na ostatni niezamazany napis na naklejce, zastanawiając się, co oznacza „xc97it". Spodziewałbym się raczej mniej enigmatycznych opisów, jak „pierwsza komunia", „bierzmowanie" albo „studniówka".

Nie zastanawiając się nad tym zbyt długo, odłożyłem kasetę do pudełka i usiadłem przed komputerem. Planowałem spędzić wieczór w taki sam sposób jak przez ostatni rok – grając w *Fortnite* lub inną wieloosobową produkcję. Przerzucenie się z gier singleplayerowych na multiplayery uznawałem za swój największy sukces w kontaktach międzyludzkich. Może nie powinienem, biorąc pod uwagę, że celem całej tej rozgrywki było wyrżnięcie kilkudziesięciu innych graczy i pozostanie na placu boju jako ostatni ocalały.

Grałem właściwie automatycznie, powtarzając nieświadomie to, co zawsze robiłem. Zbierałem przedmioty i zasoby, przygotowując się do starcia z innymi graczami, ale myślami cały czas byłem przy kasecie.

Odpadłem rekordowo szybko. Odwróciłem się na krześle i wbiłem oskarżycielskie spojrzenie w znalezione na poddaszu graty, jakby to one zawiniły. A konkretnie jeden z nich.

Znów zacząłem się zastanawiać, co oznacza „xc97it" i co może znajdować się na taśmie. Właściwie niespecjalnie rozumiałem, dlaczego nie daje mi to spokoju. Ot, zwykła stara kaseta, jakich swego czasu na śmietnikach było wiele. Ludzie masowo je wyrzucali, nie myśląc nawet o tym, czego w istocie się pozbywają. Ta nie mogła różnić się od setek, może tysięcy innych.

Dlaczego więc wciąż nie mogłem przestać o niej myśleć?

Odpowiedź nadeszła w najmniej spodziewanym momencie, jak zawsze. Po kilku piwach po omacku trafiłem do łóżka, ułożyłem się wygodnie i zacząłem odpływać, kiedy nagle jedna myśl przecięła mi głowę jak błyskawica.

Natychmiast zerwałem się na równe nogi, włączyłem światło i dopadłem do pudła z gratami. Spojrzałem na kasetę jeszcze raz, by upewnić się, że umysł nie płata mi figli.

Nie, napis wciąż tam był. Dokładnie taki, jak mi się wydawało: „xc97it".

Tymczasowy nick, który system RIC nadał Joli Klizie podczas naszej pierwszej rozmowy, tuż po tym, jak wynająłem

Reimann Investigations do odnalezienia Ewy. Nie miałem co do tego żadnych wątpliwości.

Wracałem do wszystkich tamtych wydarzeń niezliczoną ilość razy, odtwarzałem w głowie każde moje posunięcie i chcąc nie chcąc, znów uprawiałem myślenie kontrfaktyczne. Co by było, gdyby Blitz nie wskazał RI? Albo gdybym nie zgodził się na jego wybór?

Takich i innych pytań było mnóstwo, a im więcej czasu mijało od tamtych wydarzeń, tym trudniej było mi znaleźć odpowiedzi. Odnosiłem wrażenie, że z każdym dniem rozumiem coraz mniej.

Pamięć jednak mnie nie zawodziła. Kaseta, którą znalazłem na poddaszu, była podpisana nickiem Klizy.

Czym prędzej spróbowałem zalogować się na RIC, ale po wprowadzeniu adresu IP okazało się, że chat nie działa. Nic dziwnego. Podobnie jak inne przedsięwzięcia Roberta Reimanna, także RI zamieniło się w popioły. On sam nie żył, a jego żona uciekła z większą częścią fortuny, którą zgromadził.

I z moją godnością – choć akurat o tym nie każdy wiedział.

Spojrzałem na leżącą na biurku kasetę. Jakim cudem się tutaj znalazła? Czy poprzedni właściciel poddasza mógł mieć z tym, co mnie spotkało, cokolwiek wspólnego? Nie, to absurd. Był to podstarzały mężczyzna, który po uchwale mieszkańców wykupił strych dla swojego wnuka. Wspólnota zbyła loft za bezcen, a kiedy młody z niego zrezygnował, starzec sprzedał go mnie za niewiele więcej.

Nie mógł mieć nic wspólnego ani z Klizą, ani z tą sprawą. A mimo to zostawił mi tę kasetę.

Nie musiałem długo zastanawiać się nad tym, co powinienem zrobić. Narzuciłem szybko koszulę, zapiąłem kilka guzików, a potem w spodniach od piżamy wyszedłem na klatkę i zbiegłem po schodach.

Dochodziła dwunasta, ale nie miało to żadnego znaczenia. Stanąłem przed drzwiami Stefana Bronowicza zdeterminowany, by uzyskać odpowiedzi. Nie miałem zamiaru pozwolić na to, by po raz kolejny ktoś sobie ze mną pogrywał.

Kiedy zaspany staruszek otworzył drzwi, wiedziałem już, że akurat on nie byłby do tego zdolny. Patrzył na mnie nie z pretensją, że budzę go o tej porze, ale z głęboką troską.

– Coś się stało? – zapytał. – Coś nie w porządku z mieszkaniem?

Podniosłem taśmę, lekko skonfundowany.

– Skąd pan to ma? – zapytałem.

Stefan przyglądał się kasecie, jakby nie do końca rozumiał, o co pytam.

– Znalazłem to w pudle, które pan zostawił – dodałem.

– W pudle?

– Wrzucił tam pan trochę niepotrzebnych rzeczy.

– Ach... – mruknął, wciąż lekko zaspany. – Mogę?

Wyciągnął rękę, ale zawahałem się przed podaniem mu taśmy. Z jakiegoś powodu nie chciałem się z nią rozstawać, nawet na chwilę. Ostatecznie podałem ją Bronowiczowi, a ten przez moment jej się przyglądał.

– Niestety nie kojarzę, co może na niej być.

– Ale należy do pana?

Wzruszył ramionami.

– Nie wiem – odparł, a potem chrapliwie zakaszlał, nie fatygując się, by zasłonić usta. – Miałem dużo panasoniców, trochę basfów, no i oczywiście maxelle, TDK-i...

– Znalazłem tylko tę – uciąłem. – Dlaczego zostawił ją pan w pudle?

– Nie przypominam sobie, żebym to zrobił. Powinna być razem z pozostałymi w piwnicy.

– W piwnicy?

– Mojej – odparł i lekko się zmieszał. – Niestety do strychu żadna nie przynależy.

O tym wiedziałem doskonale, było to nawet zapisane w umowie. Jedyne, na co mogłem liczyć poza mieszkaniem, to miejsce parkingowe na niewielkim podwórku. I to tylko jeśli akurat miałem szczęście i któreś było wolne.

– Mogę zobaczyć te kasety? – spytałem.

– Oczywiście. Przyjdź rano, to…

– Nie mógłbym tego zrobić teraz?

Sądziłem, że da mi klucz, powie, która piwnica należy do niego, i po prostu się mnie pozbędzie. Zamiast tego jednak zszedł razem ze mną na dół, a chwilę później staliśmy nad kolejnym pudłem. To było zbutwiałe, zniszczone i pokryte grubą warstwą kurzu. Stefan upchnął do niego kilkadziesiąt kaset, ale bardziej niż one interesował mnie kabel, który pałętał się pośród nich.

Wskazałem mu go i pytająco uniosłem brwi.

– Od magnetowidu – oznajmił, a mi zaświeciły się oczy.

Zaraz jednak uświadomiłem sobie, że sam odtwarzacz nic mi nie da. Miałem wprawdzie telewizor, ale przypuszczałem, że smart TV nie jest na tyle smart, by dało się do niego podłączyć tak archaiczny sprzęt.

– A telewizor? – zapytałem z nadzieją w głosie. – Najlepiej taki kineskopowy?

– Cóż…

Wskazał na stertę rupieci upchniętych obok starego piecyka, a ja wiedziałem już, że jeszcze tej nocy dowiem się, co jest na kasecie. O ile sprzęt przez ostatnią dekadę nie wyzionął ducha.

Z trudem wytargałem pudła na ostatnie piętro, dziękując po drodze Bronowiczowi i zapewniając, że nazajutrz zwrócę wszystko w niepogorszonym stanie. Podłączyłem cinchami odtwarzacz Sanyo do telewizora bez większego problemu, czując, że serce bije mi coraz szybciej.

Było to niemal jak podróż w czasie. Brakowało mi jedynie chipsów Chio, gumy Turbo, mleczka w tubce i vibovitu. Oczywiście nie rozpuszczonego, tylko w proszku, do wyjadania poślinionym palcem prosto z saszetki.

Umieściłem kasetę w windzie, a ta łapczywie wciągnęła taśmę, jakby ją połykała. Zaraz po tym, jak opuściła ją na zabierakach szpul, rozległy się charakterystyczne trzaski. Obraz, który pojawił się na ekranie, był niewyraźny, przecięty w jednej trzeciej i przesunięty w dół, a dodatku mocno śnieżył. Miał znikomy kontrast i naznaczony był tyloma artefaktami, że trudno było cokolwiek dostrzec. Najwyraźniej nie bez powodu niektórzy rozwijali skrót VHS jako *very horrible system*.

Nawet te zakłócenia nie mogły jednak przeszkodzić mi w zrozumieniu, kto znajduje się na nagraniu.

Ewa. Moja zaginiona jedenaście lat temu narzeczona.

Patrzyła prosto w kamerę, a jej wzrok sprawił, że na moment zabrakło mi tchu. Płuca dopiero po chwili przypomniały sobie, że potrzebują tlenu. Niemal zachłystując się powietrzem, potrząsnąłem głową.

Dotarło do mnie, że Ewa porusza ustami, ale z telewizora nie wydobywa się żaden dźwięk. Czym prędzej dopadłem do cinchów i sprawdziłem, czy dobrze je podłączyłem. Kiedy dotknąłem jednego z kabli, w końcu usłyszałem głos narzeczonej. Zaraz jednak dźwięk z powrotem znikł.

Brak styku. Poprawiłem wtyczkę, niepewny, czy to cokolwiek da.

Wystarczyło w zupełności. Głos był zniekształcony, część zdań urwana, a mimo to bez trudu mogłem wszystko zrozumieć. Nie tylko to, co mówiła Ewa, ale także kontekst, w jakim to robiła.

Siedziała z podkulonymi nogami pod obskurną ścianą, na suficie wisiała pojedyncza żarówka, a pomieszczenie przywodziło na myśl piwnicę, z której przed momentem wygrzebałem sprzęt Bronowicza.

Uświadomiłem sobie, że magnetowid nie odtwarza nagrania od początku. Natychmiast zatrzymałem kasetę, a potem przewinąłem do początku. Rozległ się trzask, jakby szpula urwała taśmę, ale po chwili przewijanie znów ruszyło.

Kiedy wreszcie dobiegło końca, położyłem palec na przycisku „play", ale się zawahałem.

Tylko na moment.

Zaraz potem z głośnika dobiegł głos Ewy.

„Nagrywam to z nadzieją, że ktoś kiedyś to odnajdzie" – zaczęła.

Z sercem walącym jak młotem wpatrywałem się w niewyraźny obraz osoby, której już nigdy nie spodziewałem się zobaczyć. Słuchałem głosu, którego wedle wszelkiego prawdopodobieństwa nie miałem prawa usłyszeć. I poznawałem historię, która miała na zawsze pozostać nieopowiedziana.

Skończyłem po drugiej w nocy. Zupełnie zdezorientowany, pogrążony w szoku i marazmie.

Kiedy rozległ się dzwonek do drzwi, podniosłem się z podłogi automatycznie, ledwo odnotowując, że przez długie siedzenie po turecku zdrętwiały mi nogi.

Zbliżałem się do drzwi jak w transie. I przebudziłem się z niego, dopiero kiedy zobaczyłem, kto stoi w progu.

Kolejna osoba, której miałem już nigdy nie zobaczyć.

Kobieta, która zniszczyła moje życie.

2

Byłam przygotowana na każdą reakcję Werna. Wciąż miałam w pamięci wszystkie jego słowa, jakie padły podczas naszej ostatniej rozmowy. Siedziałam wtedy w McDonaldzie, korzystając z darmowego wi-fi, a on zalogował się na RIC.

Obiecał mi, że poniosę odpowiedzialność za to, co zrobiłam. I że nie odpuści, dopóki mnie nie znajdzie.

Nie wątpiłam, że przez ostatni rok próbował to zrobić. Razem z Glazurem zaplanowaliśmy jednak wszystko zbyt starannie, ukryliśmy się zbyt dobrze, by Damian lub ktokolwiek inny mógł nas odnaleźć.

Do czasu.

Dwa tygodnie temu ktoś trafił na mój trop.

Wojtek miał spędzić wieczór na urodzinach kolegi, nigdy jednak tam nie dotarł. Miał przejść raptem dwie przecznice. W niewielkim, bezpiecznym miasteczku pod Norymbergą, gdzie każdy znał każdego i nic złego nie mogło spotkać żadnego dziecka, wydawało się to rzut beretem od naszego domu.

Czuliśmy się tam jak dwoje rozbitków, którzy po sztormie zacumowali w bezpiecznej przystani. Ja zaangażowałam się w sprawy lokalnej społeczności, Wojtek coraz lepiej odnajdywał się w nowej szkole i wśród nowych znajomych. Radził sobie z barierą językową dość dobrze, nie tylko dzięki temu, że od najmłodszych lat miał korepetycje. Chciał się uczyć. Chciał rozpocząć nowe życie.

Dopiero kiedy zobaczyłam w nim tę gotowość, tak naprawdę zrozumiałam, że poprzednie dało w kość nie tylko mnie, ale także jemu. Starałam się odgrodzić go od wszystkiego, czego dopuszczał się Robert, ale powinnam wiedzieć, że dziecko widzi więcej, niż rodzic by chciał.

Ostatecznie jednak dane nam było zacząć wszystko od nowa. Byliśmy spokojni, bezpieczni i ukryci przed całym światem.

A przynajmniej tak mi się wydawało.

Teraz, kiedy znów patrzyłam w oczy Wernera, wiedziałam, jak iluzoryczne było to przekonanie.

– Co ty… – zdołał wydukać, zanim podniosłam broń.

Wymierzyłam prosto w niego, nie zastanawiając się ani przez chwilę.

Spojrzał na pistolet, jakby pojawił się znikąd, jakby stanowił obcy element, z nieznanego, nierzeczywistego świata. Cofnął się o krok, otworzył usta, ale nie potrafił dobyć głosu. Nie dziwiłam się. Do poczucia dezorientacji z pewnością wystarczyłby sam widok mnie w jego nowym mieszkaniu. Broń musiała wprawić go w całkowite osłupienie.

Dla mnie od roku była czymś zupełnie naturalnym. Jak wiele innych ofiar długoletniej przemocy domowej potrzebowałam czegoś więcej niż abstrakcyjnego poczucia bezpieczeństwa. Czegoś namacalnego. Czegoś, co stanowiłoby ostateczny dowód na to, że nie muszę się już bać.

W moim przypadku był to ruger LC9, model najczęściej używany właśnie przez kobiety do samoobrony. Niewielki i lekki, bo bez magazynka ważący jedynie niecałe pięćset gramów, doskonale nadawał się do torebki.

A jednocześnie spełniał swoje zadanie, co widziałam teraz nader wyraźnie.

– Gdzie jest mój syn? – zapytałam.

Od razu wykorzystałam fakt, że Wern się wycofał, i weszłam do środka. Nie spuszczając go z oka, zamknęłam za sobą drzwi.

– Co ty robisz? – wydusił.

– Gdzie jest Wojtek?

Damian zamrugał nerwowo i wycofał się jeszcze kawałek. Z jego oczu znikła jednak obawa, zdawał się też powoli opanowywać inne emocje. Wiedziałam doskonale, co mu na to pozwoliło. Nienawiść. Czysta, wyraźna i dobitna.

Stała przed nim osoba, która wykorzystała go w najgorszy możliwy sposób. Która podszyła się pod jego zaginioną narzeczoną, naraziła go na śmiertelne niebezpieczeństwo i właściwie przekreśliła całą jego przyszłość.

Dzięki temu zebrał się w sobie. Ale ja także.

– Nie będę pytać trzeci raz – powiedziałam. – Odpowiadaj.

– Nie mam pojęcia, o czym mówisz.

Zbliżyłam się do niego, w każdej chwili gotowa pociągnąć za spust. Wiedziałam, o czym świadczą wstręt i determinacja w jego oczach. Za moment spróbuje mnie zaatakować. Nie będzie kalkulował, zastanawiał się ani wahał. Zrobi wszystko, żeby zrobić to, na co tak długo czekał – wymierzyć sprawiedliwość.

Czy mogłam mu się dziwić? Nie, z pewnością nie. Nie dość, że go wykorzystałam, to jeszcze z jego punktu widzenia byłam osobą, która doprowadziła do śmierci Ewy. To ja miałam ściągnąć na nią uwagę ludzi Kajmana, którzy odebrali jej życie i porzucili ciało na wyspie Bolko.

– Ostatnim razem widziałem twojego syna w samochodzie, kiedy jechaliśmy w stronę granicy. Na moment przed tym, jak mnie zaatakowaliście i…

– Skończ z tymi wykrętami, Werner – przerwałam mu. – I mów!

Unikał mojego wzroku, wbijał spojrzenie prosto w lufę pistoletu.

– Bo inaczej strzelisz?

– Tak.

– Nie sądzę.

– W takim razie nie wiesz, do czego zdolna jest matka, która chce chronić swoje dziecko.

– Wydaje mi się, że jednak wiem – odparł i w końcu na mnie popatrzył.

Jego wzrok był jak cios między oczy. Mimowolnie wstrzymałam oddech, a ślina zdawała się zgęstnieć mi w ustach. Naszły mnie sprzeczne, absurdalne myśli. O nim i o mnie, niewłaściwe i niepasujące do sytuacji. Zderzały się ze sobą, tworzyły niezrozumiały chaos i sprawiały, że nie wiedziałam, co tak naprawdę robię. Wyłaniał się z nich jednak dość jasny, czytelny wniosek.

Boże, jak mi go brakowało.

Czułam to od dawna. Wprawdzie nie potrafiłam przyznać się do tego przed sobą przez długie miesiące, ale w końcu musiałam to zrobić, by ruszyć naprzód.

Zżyłam się z nim bardziej, niż się spodziewałam. Uzależniłam się nie tylko od wieczornych rozmów na RIC, których całymi dniami wyczekiwałam, ale także od poczucia bezpieczeństwa, jakie się z nimi wiązało.

Tęskniłam za Wernem. Mimo że był to człowiek, który poprzysiągł na mnie zemstę. I który mógł porwać mojego syna, by ściągnąć mnie do Opola.

W tej chwili musiałam skupić się wyłącznie na tym. I zagrać tak, jak wymagała tego sytuacja – przyjmując rolę bezwzględnej, zimnej i gotowej na wszystko suki.

– Ostatnia szansa, Tygrysie – rzuciłam, przesuwając palec na spust rugera.

Na dźwięk tego określenia Wern drgnął nerwowo. W jego oczach pojawiła się furia, którą znałam aż za dobrze. Widywałam ją niemal co noc, tuż przed tym, jak Robert zaczynał mnie bić.

Ścisnęłam mocniej pistolet. Byłam bezpieczna, kontrolowałam sytuację. Musiałam tylko zachować spokój.

– Albo powiesz mi, gdzie on jest, albo...

– W porządku.

Beznamiętny, chłodny głos podziałał na mnie jak kubeł zimnej wody.

– Jest w bezpiecznym miejscu – dodał Damian.

A więc się nie myliłam. To on porwał moje dziecko.

– Ty skurwysynu... – jęknęłam.

– Nie mam zamiaru go krzywdzić. Nic mu się nie stanie, o ile zrobisz wszystko, co powiem.

Zwalczyłam w sobie potrzebę pociągnięcia za spust. Damian nie był w ciemię bity, musiał odpowiednio zabezpieczyć się na taki wypadek. Może zresztą spodziewał się, że zjawię się u niego prędzej czy później. Może właśnie na to liczył.

Ale nawet gdybym miała pewność, że strzelając, nie sprowadzę nieszczęścia na mojego syna, czy byłabym w stanie to zrobić? Zabić człowieka, który mnie uratował? I za którym tak bardzo tęskniłam?

Tak. Bo dla matki z momentem wprowadzenia dziecka na ten świat zawęża się on tylko do jednej osoby. Kiedy urodził się Wojtek, ja także na nowo się narodziłam. Osoba, którą byłam przed tym, być może nie byłaby zdolna pociągnąć za spust. Nie bez powodu mawiało się jednak, że nie ma na świecie bardziej niebezpiecznego szaleńca niż matka gotowa bronić swego dziecka.

– Rozumiesz? – zapytał Wern.

– Skurwielu... – syknęłam mimowolnie. – Co mu zrobiłeś?

– Nic – zapewnił oschle. – I nic mu się nie stanie, jeśli zachowasz spokój.

Powinnam była się tego spodziewać. Czego oczekiwałam, przychodząc do jego mieszkania? Że na widok rugera nagle spotulnieje i po prostu odda mi syna?

– Wiesz dobrze, że nie masz wyjścia – ponaglił mnie. – Oddaj broń.

Wyciągnął dłoń w moim kierunku, a ja dostrzegłam, że cały się trzęsie. Robił wszystko, by sprawiać wrażenie opanowanego i pewnego siebie, ale w rzeczywistości musiał ledwo radzić sobie z paniką.

Być może mogłam to jakoś wykorzystać.

Ale jak? Strzelić w kolano, a potem sypać na ranę sól dopóty, dopóki nie wyjawi mi, gdzie trzyma Wojtka?

Byłam zdolna do wielu rzeczy, ale nie do tego.

Znacznie łatwiej przyszło mi podjęcie decyzji o poświęceniu samej siebie. Do tego bowiem wszystko się sprowadzało. Wiedziałam, że jeśli oddam Wernowi broń i poddam się, osiągnie to, co zamierzał przez uprowadzenie Wojtka.

Nie było innego wyjścia.

– Przyznam się do wszystkiego – odezwałam się. – Pójdę na policję z samego rana, tylko…

– Wszystko po kolei – uciął. – Najpierw daj mi ten pistolet.

Spojrzałam na jego trzęsącą się rękę. Potrzebowałam solidniejszych zapewnień, jeśli miałam zrobić to, czego Damian ode mnie oczekiwał.

– Złożę zeznania – powiedziałam. – I opiszę, co się stało w Rewalu. Tego chcesz, prawda? Żebym poszła siedzieć za zabójstwo Roberta?

– Nie. Nie za to.

Nie musiał dodawać nic więcej. A jednak zdecydował się to zrobić.

– Nie obchodzi mnie, za co cię skażą – dorzucił. – Liczy się dla mnie to, że trafisz tam, gdzie powinnaś.

Patrząc w jego oczy, odniosłam wrażenie, że zależy mu nie na zemście, ale na sprawiedliwości. I być może dlatego jego słowa sprawiły mi więcej bólu, niż się spodziewałam.

– Muszę mieć gwarancję, że go nie skrzywdzisz, Wern.

– Masz ją.

– I że wróci do domu.

Damian skinął głową, a potem znacząco spojrzał na wyciągniętą dłoń. W końcu podjęłam jedyną możliwą decyzję i ostrożnie podałam mu pistolet. Natychmiast wyszarpał mi go z ręki, głośno wypuszczając powietrze z płuc. Sprawiał wrażenie, jakby nogi miały się pod nim ugiąć.

Cofnął się, a raczej zatoczył o kilka kroków w tył, po czym opadł ciężko na fotel.

Nie mierzył do mnie, nie groził mi, nie wyglądał nawet, jakby źle mi życzył. Uniósł wzrok z wdzięcznością, a potem wbił go we mnie. Stałam na środku poddasza jak sparaliżowana.

– Zwariowałaś? – odezwał się Damian.

Uniosłam brwi, bo było to ostatnie, co spodziewałam się od niego usłyszeć.

– Naprawdę sądzisz, że mógłbym porwać Wojtka? – dodał, kręcąc głową. – Za kogo ty mnie masz?

– Ale...

– Nie mam z tym nic wspólnego.

Jakby na potwierdzenie tych słów zaczął siłować się z magazynkiem. W końcu udało mu się go wysunąć.

– I nie miałem pojęcia o żadnym uprowadzeniu, dopóki mi o tym nie powiedziałaś.

– Ale... – powtórzyłam.

– Mierzyłaś do mnie z pistoletu – rzucił. – Dziwisz się, że skorzystałem z okazji?

Nie tylko się nie dziwiłam, ale zrugałam się w duchu za to, że tak łatwo mu uwierzyłam. Dopiero teraz zrozumiałam, jak roztrzęsiona byłam przez ostatnie dwa tygodnie. Zbyt dużo nieprzespanych nocy, zbyt wiele zszarganych nerwów. Umierałam z obawy o los syna, nie mając żadnych wieści na jego temat.

Nie wiedziałam, co się z nim dzieje, nie dotarłam do żadnych poszlak. Aż do momentu, kiedy pojawił się ślad prowadzący do Opola. Najlogiczniejszy wniosek był taki, że to Werner za tym wszystkim stoi.

Ale Einstein miał rację, gdy powiedział, że logika jest tylko narzędziem, które pozwala nam dotrzeć z punktu A do punktu B. Wyobraźnia zabiera nas w każde inne miejsce. I to jej powinnam użyć, żeby zrozumieć, jak wiele możliwych scenariuszy istniało.

– Usiądź – odezwał się Damian, wskazując stojącą pod skosem dachowym kanapę.

Udało mi się zebrać myśli na tyle, by zrozumieć, w jak niewygodnej sytuacji się znalazłam.

– Żebyś miał czas zadzwonić po policję? Nie, dziękuję, Wern.

Odwróciłam się, gotowa wyjść. Przez myśl nie przeszło mi nawet, żeby próbować odzyskać broń.

– Poczekaj.

– Nie ma na co. Doskonale pamiętam, co mi obiecałeś, kiedy ostatnio rozmawialiśmy.

Ruszyłam do wyjścia, a on natychmiast poderwał się z fotela. Nie obawiałam się, że skorzysta z broni, znałam go zbyt dobrze. Może nawet bardziej od Ewy, a z pewnością lepiej, niż on znał samego siebie.

Mimo to usłyszałam charakterystyczny, metaliczny trzask, kiedy włożył magazynek do rugera.

Ostrożnie się odwróciłam, a on spojrzał na broń i skierował ją rękojeścią w moją stronę.

– Będziesz tego potrzebowała – powiedział. – I przypuszczam, że nie tylko tego, bo jeśli Wojtek faktycznie gdzieś tutaj jest, to znaczy, że znaleźli was ludzie Roberta.

Zabrałam pistolet i schowałam go do torebki. Przez chwilę patrzyliśmy na siebie jak dwoje nieznajomych, niepewnych, z kim mają do czynienia.

– Będziesz potrzebowała każdej pomocy.

– Poradzę sobie.

– Jak? – odparł szorstko. – Na policję nie pójdziesz, bo nadal ciążą na tobie zarzuty. Sytuacja w Rewalu była dla śledczych jasna jak słońce. Zostawiłaś odciski palców na kawałku szkła i…

– Wiem doskonale, co zrobiłam.

– W takim razie powinnaś też zdawać sobie sprawę z tego, że jeśli ktoś zobaczy cię na mieście, możesz pójść siedzieć.

Obejrzałam się przez ramię, coraz mniej przekonana, że powinnam czym prędzej opuścić loft.

– I ty mnie przed tym przestrzegasz? – spytałam. – Będziesz pierwszym, który pogratuluje policji.

Nie odzywał się, a ja przyglądałam mu się uważnie, jakbym dzięki długiemu spojrzeniu mogła dotrzeć do jego myśli. Coś więcej było na rzeczy. Nie rozumiałam jednak co.

– Daj mi chwilę – odezwał się w końcu.

– Na co?

– Na pokazanie ci, że… cóż, może jest coś, w czym mogłabyś mi pomóc.

– Ja tobie?

– Tak mi się wydaje – odparł i westchnął. – I niewykluczone, że to ma jakiś związek z zaginięciem Wojtka.

– Jaki?

– Sam nie wiem, ale… timing wydaje się zastanawiający.

Podszedł do stojącego na podłodze starego, kineskopowego telewizora, a potem pochylił się nad magnetowidem. Wcisnął przycisk „eject”, a zaraz potem rozległ się charakterystyczny chrzęst, kiedy urządzenie wypluło kasetę.

Zamknęłam oczy i zupełnie znieruchomiałam. Jeden pozornie nic nieznaczący odgłos przypomniał mi o wieczorach spędzanych z Robertem lata temu. Wypożyczaliśmy filmy z sieci Beverly Hills Video, a potem urządzaliśmy sobie kino w domu, popijając drinki i zajadając się popcornem z mikrofalówki.

Każdy wieczór kończył się tak samo. Festiwalem agresji, brutalności i poniżania.

Otworzyłam oczy i zobaczyłam, że Wern podaje mi kasetę.

– Mówi ci coś xc97it? – spytał.

Zerknęłam na naklejkę.

– Nie. A powinno?

– To nick Klizy z naszej pierwszej rozmowy na RIC.

– Klizy? – spytałam niepewnie. – To ona dała ci tę kasetę?

Zaprzeczył ruchem głowy, a potem opowiedział mi, jak znalazł taśmę w gratach po poprzednim właścicielu. Potem znów usiadł na fotelu, jakby uznał, że to wszystko wystarczy, by mnie tutaj zatrzymać.

Miał rację.

Wprawdzie mogło to nie mieć związku z Wojtkiem, ale fakt, że stało się mniej więcej w tym samym czasie, kiedy trafiłam na trop mojego syna w Opolu, był zastanawiający.

– To nie ma sensu – powiedziałam. – Jakim cudem ten człowiek miałby mieć kasetę od Klizy?

– Nie wiem, ale przypuszczam, że ty możesz mi to wyjaśnić.

– Ja?

– Szczególnie biorąc pod uwagę, co jest na tej taśmie.

– A co jest?

– Sama się przekonaj.

Obróciłam ją w rękach, a potem zbliżyłam się ostrożnie do telewizora, jakby był bombą z opóźnionym zapłonem.

Usiadłam na podłodze, włożyłam kasetę do odtwarzacza i czekałam. Kiedy zniekształcony obraz pojawił się na ekranie, a z głośników rozbrzmiał niewyraźny głos, poczułam na sobie oskarżycielskie spojrzenie Werna.

– Doskonale wiesz, co jest na kasecie, prawda? – zapytał.

Nie odpowiedziałam.

– Przypuszczam, że możesz wyrecytować z pamięci wszystko, co jest na tym nagraniu – dodał, nie podnosząc się z fotela.

Wcisnęłam pauzę i odwróciłam się do niego.

– Nie tylko na tym – potwierdziłam w końcu. – Ale też na pozostałych.

3

Sprawa była dla mnie jasna. Wszystko to, co Ewa utrwaliła na taśmie, słyszałem już wcześniej. Niektóre rzeczy były inaczej ujęte, ale większość pokrywała się niemal w stu procentach z tym, co już znałem.

Wszystko było na nagraniach, które Kasandra dostarczała mi na pendrive'ach, przeganiając mnie po całym kraju i robiąc, co tylko się da, by mnie omamić i zmanipulować.

Skopiowała materiał niemal co do joty. Historię o rodzicach Ewy, o foliowych torebkach pod zlewozmywakiem. O lodach w upalny dzień. O zeznaniach przeciwko Kajmanowi, statusie świadka incognito i o tym, że gwałt na Loży Szyderców miał być ostrzeżeniem. A w końcu także o naszym wypadzie do Jarocina. Nagrała swoją wersję wspomnień Ewy.

I przypuszczałem, że na oryginalnych kasetach jest tego jeszcze więcej. Cała historia naszego życia.

Zrozumiałem, że wszystko, czego dowiedziałem się dzięki materiałom Kasandry, było prawdziwą historią mojej narzeczonej. Tyle że opowiadaną nie przez Ewę, ale przez kogoś innego.

– Możesz mi to wytłumaczyć? – odezwałem się, wymierzając palcem w telewizor.

Kasandra niepewnie skinęła głową.

– Większości z pewnością sam się domyślasz – odparła.

– W tej chwili mam w głowie taki mętlik, że nie. Raczej nie. A nawet jeśli, chcę to usłyszeć od ciebie.

Sprawiała wrażenie, jakby sama czuła, że jest mi to winna. Jeśli jednak czegokolwiek nauczyłem się po naszym spotkaniu rok temu, to wyłącznie tego, by nie ufać Kasandrze Reimann pod żadnym pozorem.

Wcisnęła „stop" i obraz znikł ze starego telewizora.

– Myślałeś, że skąd czerpałam wiedzę o waszym życiu? – zapytała.

Nie odpowiadałem.

– Musiałeś zastanawiać się, skąd wiedziałam o tym, że mówiła do ciebie „Tygrysie", o wypadach na koncerty, upodobaniach, dzieciństwie i…

– Założyłem, że wykorzystałaś RI – uciąłem. – W końcu miałaś pod ręką wszystkie zasoby biura detektywistycznego. A w szczególności mogłaś liczyć na jednego pracownika, który zrobiłby dla ciebie wszystko.

Tryb warunkowy był niepotrzebny. Glazur w istocie zrobił dla niej wszystko.

– Przypuszczałem, że inwigilowaliście mnie od jakiegoś czasu elektronicznie, może włamaliście się do mojego laptopa, na konta internetowe... zyskaliście dostęp do chmury, poznaliście wszystkie backupy i tak dalej.

W dobie, kiedy wszystko było online, wydawało mi się to logicznym założeniem. Kasandra długo przygotowywała się do przejęcia tożsamości Ewy, a Glazur musiał z nie mniejszą determinacją badać całe moje życie.

Kopie moich starych pamiętników wciąż znajdowały się na twardym dysku laptopa, podobnie stare zdjęcia i kontakty. A szperanie w przeszłości nie musiało przecież ograniczać się do mnie.

– Nie – odezwała się w końcu Kasandra. – A przynajmniej niezupełnie. Nie musieliśmy tego robić, Wern.

Znów zamilkłem.

– To potrzebowałeś ode mnie usłyszeć?

– Potrzebuję usłyszeć o wiele więcej.

– Więc pytaj – odparła cicho, uciekając wzrokiem.

Nie miałem wątpliwości, że jej gotowość do rozmowy jest podszyta partykularnym interesem. Chciała dać mi to, czego tak bardzo pragnąłem – odpowiedzi – tylko dlatego, bym pomógł jej odnaleźć Wojtka.

Akurat o to nie mogłem mieć do niej pretensji. Było jednak wiele rzeczy, za które powinienem.

– Na pozostałych kasetach jest to, co usłyszałem od ciebie na nagraniach?

– Tak.

– I tylko dzięki nim wiedziałaś o... o całym naszym życiu?

– To nie żadne „tylko", Wern – odparła i westchnęła głęboko. – Na nagraniach Ewa godzinami opowiada o wszystkim, co związane z nią, z tobą, z jej rodzicami i z Kajmanem. Cały ten materiał to coś więcej niż krótka opowieść o przeszłości.

Miałem ochotę wyciągnąć z lodówki jakiś alkohol i czym prędzej się znieczulić. Nie ruszyłem się jednak z kanapy. Nie chciałem uronić choćby słowa z tego, co Kasandra miała mi do powiedzenia.

– Nie rozumiem – odezwałem się. – Skąd te kasety? Po co je nagrała? I kiedy? Gdzie?

Nawałnica pytań sprawiała, że nie mogłem zebrać myśli. Wszystko plątało mi się coraz bardziej.

– Nie wiem.

– Nie wiesz? – syknąłem. – Więc skąd je miałaś? Jak do nich dotarłaś? I kto w ogóle…

– Pozwól mi powiedzieć.

Uderzyłem dłońmi o siedzisko i zakląłem pod nosem. Poniewczasie zorientowałem się, że przez moją nerwową reakcję Kas cała się spięła. Najwyraźniej tyle wystarczyło, by usłyszała wołanie demonów przeszłości.

– Miałeś rację, że razem z Glazurem od jakiegoś czasu staraliśmy się dowiedzieć o tobie jak najwięcej – podjęła. – O tobie i o Ewie oczywiście. Robiliśmy wszystko, by odnaleźć jej trop. I w końcu na coś trafiliśmy.

– Na co?

– Glazur dokładnie prześledził, co dekadę temu robił Prokocki. Jak wiesz, to on namówił Ewę do zeznawania przeciwko Kajmanowi. To on ją ukrył i robił wszystko, by ją chronić.

– Twierdzi, że nic takiego nie miało miejsca.

Jego słowa sprzed roku wciąż odbijały mi się echem w głowie. Według podkomisarza Ewa nigdy nie poszła na współpracę z wymiarem sprawiedliwości, bo nie miała ku temu powodu. Cała sprawa z Kajmanem była wymysłem Kasandry, a gwałt i porwanie nad Młynówką nie miały nic wspólnego ze zorganizowaną przestępczością.

Ewa miała być ofiarą przypadkowych zwyrodnialców.

Prokocki nie potrafił jednak wytłumaczyć, dlaczego jej ciało pojawiło się na wyspie Bolko tuż po tym, jak zacząłem grzebać w tej sprawie. Zapewniał, że to ona, że jej tożsamość została potwierdzona badaniami DNA. Ale czy mogłem mu wierzyć? Z pewnością nie chciałem. Wolałem trzymać się myśli, że Ewa żyje. Wciąż się gdzieś ukrywa, a wersja Kasandry jest prawdziwa.

Teraz otrzymałem potwierdzenie. Nagrania dowodziły, że Kajman rzeczywiście polował na moją narzeczoną. A skoro tak, to być może ciało na wyspie wcale nie należało do Ewy. Może Prokocki wciąż próbował ją chronić.

Nie, to niemożliwe. Popadałem w zupełną paranoję.

Wmawiałem sobie tę wersję, od kiedy wróciłem do Opola. Podkomisarz jednak pokazał mi zdjęcia z sekcji. Sam im się przyglądałem i bez trudu poznałem Ewę.

Były prawdziwe. Nawet największy magik w Photoshopie nie zdołałby przygotować czegoś takiego.

A w takim razie Kasandra z jakiegoś powodu musiała kłamać, przynajmniej w tej kwestii.

– I co dalej? – zapytałem. – Glazur wpadł na jakiś ślad?

– Niewiele znaczący, ale wystarczający. Prowadził do Obic.

– Obic?

– Niewielkiej wsi niedaleko Kielc. Prokocki dwa razy płacił w okolicy za paliwo i nie trzeba było długo rozpytywać wśród mieszkańców, żeby się dowiedzieć, że ktoś wprowadził się do jednego z domów na sprzedaż.

To tam trafiła Ewa? Zaszyła się w jakiejś wiosce w Świętokrzyskiem, samotna, wciąż obawiająca się o swoje życie i niepewna przyszłości?

– Glazur ją odnalazł? – zapytałem.

– Nie. Kiedy zjawił się na miejscu, Ewy już tam nie było. Prokocki musiał przenieść ją gdzie indziej. Znaleźliśmy jedynie kasety.

Potarłem nerwowo czoło.

– Przykro mi, Wern – dodała Kasandra. – Tam ślad się po niej urwał.

– Albo wy tak uznaliście, bo mieliście wszystko, co było wam potrzebne. Całą jej historię na kasetach.

Nie odpowiedziała, ale nie musiała tego robić. Kiedy dotarli do Obic, zdali sobie sprawę, że trafili na żyłę złota. Być może wcześniej przygotowywali odpowiednią narrację, którą zamierzali mi przedstawić, ale taśmy zupełnie zmieniały postać rzeczy. Zyskali dzięki temu pewność, że zamydlą mi oczy.

– Staraliśmy się ją odnaleźć.

– Jasne.

– Tak było – podkreśliła Kas. – Robiliśmy wszystko, by ustalić, gdzie jest. Musisz zrozumieć, że stanowiła dla nas…

– Zagrożenie?

Kasandra potwierdziła ruchem głowy.

– No tak – mruknąłem. – Gdyby nagle się pojawiła, kiedy ty ją udawałaś, cały twój plan poszedłby w cholerę.

Znów nie musiała odpowiadać.

– Nie rozumiesz, co było na szali…

Rozumiałem doskonale, bo wciąż pamiętałem o mrożących krew w żyłach statystykach. Nie wiedziałem, czy są aktualne, ale wedle mojej najlepszej wiedzy rocznie w Polsce około pięciuset kobiet ginęło z powodu przemocy domowej. Niemal dziesięć tygodniowo.

A Kasandra musiała myśleć nie tylko o sobie, ale także o dziecku.

– Wydaje mi się, że rozumiem całkiem sporo – odparłem półszeptem. – Ale jest wiele rzeczy, których nie jestem w stanie pojąć.

Czekała na dalszy ciąg, nie zabierając głosu.

– Założyliście, że Blitz wybierze akurat wasze biuro – dodałem. – Dlaczego?

– Wystarczyło kilka lokalizowanych reklam na Google.

Tak przypuszczałem, choć nigdy nie miałem pewności. Niemal całe Reimann Investigations składało się z informatyków, głównym polem ich działania był internet. Niewiele było trzeba, by przez parę tygodni dla zapytań o „biuro detektywistyczne" kierowanych z Opola wyszukiwarka kierowała na stronę RI. Właściwie nie wiązałoby się to nawet z wielkim kosztem.

– A gdyby to nie zadziałało? – zapytałem. – Gdyby Blitzer wybrał jednak kogoś innego?

– Byliśmy gotowi włączyć się *pro publico bono*.

Jak Rutkowski w kilka głośnych spraw związanych z niewyjaśnionymi zgonami za granicą czy tajemniczymi zaginięciami. Oczywiście.

– Co jeszcze chcesz wiedzieć, Wern?

– Tylko dwie rzeczy.

– Pytaj…

A potem pomóż mi odnaleźć mojego syna? Tak, z pewnością właśnie to miała na końcu języka. A im więcej mówiła, im dłużej patrzyła mi w oczy, tym bardziej byłem gotowy zrobić to, na co liczyła.

– Dlaczego Blitz zginął? – zapytałem. – I kto go zabił?

Spuściła wzrok, a na jej czole pojawiła się podłużna zmarszczka.

– Nigdy nie chciałam, żeby ktokolwiek...

– Nie interesuje mnie to, co chciałaś, a czego nie – uciąłem. – Chcę tylko wiedzieć, dlaczego mój przyjaciel zginął.

Nabrała głęboko tchu.

– Ktoś w policji zorientował się, że na profilu spotted pojawiły się zdjęcia Ewy.

– Nie Ewy, tylko twoje.

– Owszem, ale o tym nie wiedzieli – odparła cicho, jakby zawstydzona. – Doskonale za to zdawali sobie sprawę z tego, że ktoś zostawia komentarze i wypytuje o Ewę. Twój przyjaciel.

Czekała na jakąkolwiek reakcję, ale trwałem w bezruchu.

– Wiesz, że w opolskiej policji działa człowiek Kajmana – dodała.

– J. Falkow.

– Tak – potwierdziła. – Nie wiem dokładnie, co się stało, ale przypuszczam, że dowiedział się o tym, że ktoś wpadł na ślad Ewy. Może próbował coś wyciągnąć od Blitza, zmusić go do mówienia, może doszło do przepychanki, a potem...

Nie musiała kończyć, jako że miała przed sobą osobę, która znalazła rankiem ciało.

Przez chwilę oboje milczeliśmy. Ja wodziłem wzrokiem po pokoju, ona wciąż siedziała z lekko spuszczoną głową. Czy miała wyrzuty sumienia przez wszystko, co zrobiła? Czy może usprawiedliwiała to tym, że Wojtek był bezpieczny, a jej mąż już nigdy nikomu nie mógł wyrządzić żadnej krzywdy?

– Mówiłeś, że chcesz wiedzieć jeszcze o czymś – odezwała się.

Potrząsnąłem głową i potrzebowałem chwili, by przypomnieć sobie, jaki ostatni znak zapytania pozostał.

– Zdjęcie, które zrobiłem Ewie pod Babą na Byku – powiedziałem. – Trafiło do internetu, a tylko ja miałem do niego dostęp.

– Właściwie tych zdjęć było kilka.

– To znaczy?

– Oryginał plus jedna kopia w chmurze. I jedna na twoim komputerze, po backupie, który kiedyś robiłeś.

Zamknąłem oczy i przekląłem się w duchu. Było to tak oczywiste, że nawet moje niewyspanie i ogólne zmieszanie mnie nie usprawiedliwiało.

– A więc jednak włamaliście się na moje konto – powiedziałem.

– Tak, ale…

Machnąłem ręką i gwałtownie się podniosłem. Jakie to miało znaczenie? Ingerencja w prywatność była niczym w porównaniu z tym, co tych dwoje mi zrobiło.

A wszystko dzięki kasetom, które znaleźli. Kasetom, bez których być może zorientowałbym się, że padłem ofiarą manipulacji.

Ale dlaczego Ewa je nagrała? W jakich okolicznościach? Jeśli miała zamiar opowiedzieć kiedyś swoją historię, mogła zrobić to na wiele innych sposobów. Spisać wspomnienia, nagrać je na dyktafon czy choćby nakręcić kilka filmików komórką. Używanie tradycyjnej kasetowej kamery, a potem przerzucenie wszystkiego na VHS wydawało się niepotrzebnym wysiłkiem. Tym bardziej że ukrywała się na podkieleckiej wsi i robiła wszystko, by nie ściągnąć na siebie uwagi.

Odsunąłem od siebie te myśli. Wiedziałem, że prędzej czy później będę musiał się z nimi zmierzyć i poszukać odpowiedzi, ale w tej chwili było jeszcze kilka spraw, które musiałem poruszyć.

– Gdzie jest Glazur? – zapytałem.

Kas również się podniosła i przeszła za mną do kuchni. Nie skończyłem jeszcze wypakowywać wszystkich rzeczy, część znajdowała się w kartonach pod szafkami. Właściwie nie zdążyłem nawet zawiesić zegara na ścianie.

Rozejrzała się po pomieszczeniu, jakby czegoś szukała.

– Nie wiem – odparła.

– Nie wiesz, gdzie jest twój...

Kto? „Partner" to chyba za mało powiedziane, ale nie przypuszczałem, żeby sformalizowali związek.

– Rozstaliśmy się.

– Żartujesz sobie?

– Cztery miesiące temu – odparła, jakby nie słyszała pytania. – Ale biorąc pod uwagę, jak wyglądało nasze życie razem, to i tak długo...

– To znaczy?

– Nie chcę o tym rozmawiać, Wern – ucięła, a potem zaglądnęła do kilku pustych szafek.

Nie wiedziałem, czego szuka, ale nie miałem zamiaru o to pytać. Ani tym bardziej niczego proponować. Dowiedziałem się już wszystkiego, co potrzebowałem wiedzieć.

Przynajmniej na temat przeszłości. Teraz interesowała mnie tylko teraźniejszość. I los niewinnego dziecka, które wplątaliśmy w całe to gówno, które się z nami wiązało.

Nie znałem dobrze Wojtka, nie miałem czasu, by się z nim zaprzyjaźnić. Wiedziałem jednak doskonale, co chłopiec przeszedł. I to wystarczało, by zainteresować się jego losem.

– Skąd w ogóle wiesz, że twój syn jest w Opolu? – zapytałem.

Zawahała się, choć nie miała ku temu powodu. Jeśli ja byłem gotów dać jej niewielki kredyt zaufania, to ona powinna zrobić to tym bardziej.

– Jego telefon się uaktywnił – powiedziała w końcu. – I lokalizacja pokazała, że jest gdzieś tutaj.

– Myślałem, że pozbyłaś się komórek po tym, jak wyjechaliśmy z Rewala.

– Nie tyle się pozbyłam, ile je tam zostawiłam.

– No tak…

Spojrzałem na magnetowid i nagle wszystko stało się jasne.

– Te kasety też trzymałaś w domu, prawda? W Rewalu?

– Tak. Schowane na poddaszu.

– I tam je zostawiłaś?

Skinęła głową, a ja dostrzegłem, że ona także poskładała już wszystko w logiczną całość. Być może zrobiła to już dawno, znacznie szybciej ode mnie. Może nawet w momencie gdy zobaczyła, jak podpisana jest taśma.

Jola Kliza.

Skoro ona przysłała mi tę kasetę, musiała w jakiś sposób dostać się do domu Reimannów, zanim trafiła tam policja. Zabrała stamtąd taśmy i komórkę młodego. A teraz zarówno jedno, jak i drugie pojawiło się w Opolu.

Spojrzałem na Kas, starając się przesądzić, czy wie więcej niż ja. Przez chwilę o tym rozmawialiśmy i szybko stało się jasne, że oboje przyjęliśmy taką samą wersję. Jedyną logiczną.

– Ale co ona chce w ten sposób osiągnąć? – zapytałem.

– Nie wiem.

– I myślisz, że naprawdę mogłaby porwać twojego syna?

Kasandra bezradnie rozłożyła ręce.

– Aż tak dobrze jej nie znałam. Dogadywałyśmy się, ale na stopie zawodowej.

– Dopóki jej nie wyrzuciłaś – zauważyłem. – Może o to chodzi?

– Nie ja, tylko Robert. Robiłam wszystko, żeby ją ochronić.

Chciałem odparować, że najwyraźniej nie wszystko, ale w porę ugryzłem się w język. Kas żyła nie tyle w toksycznym, ile w radioaktywnym związku. Właściwie cudem było, że przetrwała tak długo i zdołała się z niego wyrwać.

Być może nie powinno mnie dziwić, że z Glazurem jej nie wyszło. Trauma nie znikała, nawet jeśli usilnie oddalaliśmy się od przeszłości. Coś o tym wiedziałem.

– Tak czy inaczej, czymś jej podpadłaś – zauważyłem. – Bo ta kaseta z pewnością miała naprowadzić mnie na trop tego, co się naprawdę stało.

– Ale jak ją tutaj zostawiła?

– Tego nie wiem. Wydźwięk jednak jest jasny.

– I niepotrzebny, bo nawet bez niego miałabym świadomość, że to atak na mnie. W końcu uprowadziła moje dziecko, Wern.

– O ile to ona.

– Sam mówisz, że nie ma innej opcji.

– Opcje są – odparłem. – Tyle że ta jest najbardziej prawdopodobna.

Mściła się na niej? Jeśli tak, to być może powinienem podejmować u siebie nie Kasandrę, ale Klizę. I to wespół z nią zrobić wszystko, by osoba, która ukradła tożsamość mojej narzeczonej, poniosła tego konsekwencje.

Nie miałem siły się nad tym zastanawiać. Nie tej nocy. Potrzebowałem trochę odpoczynku, Kasandra z pewnością też.

Zaproponowałem, żeby zajęła pokój, który naprędce uczyniłem gościnnym. W rzeczywistości była to moja jedyna sypialnia, ale nie miałem nic przeciwko przespaniu się na kanapie.

Nie sądziłem, że Kas skorzysta z propozycji, ale od razu się zgodziła. Być może wolała ryzykować spędzenie reszty nocy tutaj niż rozpoznanie na ulicy. W Opolu było trochę osób, które pamiętały Ewę – i gdyby ktoś przypadkiem zobaczył tak podobną do niej osobę, z pewnością szybko by zareagował.

Nie mogąc zasnąć, przewracałem się z jednego boku na drugi jak ryba wyrzucona z wody. Początkowo łudziłem się, że to tylko chwilowe. Że myśli nagle zwolnią i zaniechają uporczywej gonitwy za własnym ogonem. Po godzinie czy dwóch wiedziałem już, że próba zapadnięcia w sen nie ma sensu.

Wyciągnąłem piwo z lodówki, usiadłem przed telewizorem i uruchomiłem sprzęt tylko po to, by wyjąć kasetę. Przyglądałem się jej jak relikwii. W pewnym momencie musiała znajdować się w rękach Ewy. Próbowałem wyłowić z pamięci widok jej dłoni, które tak dobrze znałem, ale bez powodzenia. Jedenaście lat to szmat czasu.

Przyjrzałem się zamazanej części etykiety, przekonany, że to moja narzeczona musiała opisać kasetę. Ale kto w takim razie zakrył wszystko czarnym markerem? Kliza? W jakim celu miałaby to robić?

Podniosłem taśmę tak, by zmienił się kąt padania światła. Zacząłem przyglądać się jego refleksom, próbując znaleźć ułożenie, dzięki któremu mógłbym coś zobaczyć.

W końcu mi się udało. Dostrzegłem napis znajdujący się pod ciemnym flamastrem.

„3/15".

Zbliżyłem kasetę jeszcze bardziej, niepewny, czy mi się nie przywidziało.

Nie, rozpoznałem trójkę i piętnastkę. Ale co to oznaczało? Że taśma jest trzecią z piętnastu? Wydawało się to wątpliwe, bo na nagraniu Ewa opowiadała naszą historię od samego początku. Co miałoby znajdować się na dwóch wcześniejszych?

Spojrzałem w kierunku sypialni. Kas oczywiście twierdziła, że jest więcej kaset, ale aż piętnaście? Ewa przekazała na tej niemal wszystko. Musiałem także założyć, że Kasandra celowo wprowadza mnie w błąd, mimo że w tej chwili nie potrafiłem sobie wyobrazić, po co miałaby to robić.

Niedających mi spokoju pytań było zbyt wiele, a ja w końcu uznałem, że pora uzyskać choćby cząstkowe odpowiedzi. Podniosłem się i ruszyłem w stronę zamkniętych drzwi, by porozmawiać z Kas.

Nie zdążyłem. Wybiegła z pokoju roztrzęsiona, posyłając mi przestraszone, zdezorientowane spojrzenie.

– Co się stało? – zapytałem mimo woli.

– Wiem, gdzie… – Odchrząknęła niepewnie. – Wiem, gdzie jest Wojtek – dodała, a potem wyciągnęła w moją stronę komórkę.

Zerknąłem na wyświetlacz z niedowierzaniem.

– Musisz mi pomóc, Wern – powiedziała.

Byłem gotów to zrobić. Mimo niepokojącego poczucia, że znów jestem rozgrywany. I że ładuję się w coś, czego do końca życia będę żałował.

4

Nie miałam większych nadziei, że sprawdzanie lokalnych mediów podsunie mi jakikolwiek trop w sprawie Wojtka. Mimo to przeglądałam dobrze znane mi strony, dzięki którym swojego czasu dowiadywałam się wszystkiego, czego mogłam, na temat Opola.

Lokalna Wyborcza. Opole24.pl. Nowa Trybuna Opolska. Magazyn Opolski. Wszystko to znałam aż za dobrze i wiedziałam, gdzie szukać najświeższych doniesień. I to właśnie w jednym z tych serwisów znalazłam informację, która sprawiła, że zupełnie zamarłam.

Szok był krótkotrwały. Zaraz potem wybiegłam z sypialni i zobaczyłam stojącego przed progiem Wernera. Po tym, jak podałam mu komórkę i poprosiłam o pomoc, widziałam już, że mi jej udzieli.

– Możesz mnie tam zabrać? – zapytałam trzęsącym się głosem.

Od razu skinął głową, a potem chwycił za kurtkę.

Chwilę później jechaliśmy już starą felicią w kierunku Witosa, a ja nerwowo sprawdzałam kolejne portale i odświeżałam Opole24, licząc na to, że pojawią się nowe wieści.

– Jest coś? – spytał Wern.

– Nie.

Wciąż tylko tyle, że odnaleziono chłopca o nieustalonej tożsamości, z którym nie ma żadnego kontaktu. Nie było przy nim żadnych dokumentów, telefonu ani jakichkolwiek innych przedmiotów.

Dziennikarze podawali, że trafił na OIOM w szpitalu przy Witosa. Miał obrażenia głowy, ale niezagrażające życiu.

Znajdował się jednak w stanie śpiączki, o czym boleśnie przekonywały nie tylko treść artykułu, ale także zdjęcie pod nim. Ktoś najwyraźniej uznał, że identyfikacja dziecka jest w tej chwili najważniejsza. Zamieszczono fotografię leżącego na szpitalnym łóżku Wojtka, z otwartymi oczami i ustami. Miał na twarzy grymas, który sprawił, że pękło mi serce. Wydawało mi się, że wyrażał dotkliwy ból połączony z głębokim niedowierzaniem.

Nie mogłam na niego patrzeć, a jednak robiłam to bez przerwy. Miałam wrażenie, że widzę nie swojego syna, ale inne, obce dziecko, które od lat żyje tylko dzięki podłączeniu do specjalistycznej aparatury. Świadome wszystkiego, co dzieje się wokół, ale niepotrafiące samodzielnie funkcjonować.

Zamknęłam oczy i oparłam głowę o szybę samochodu. To nie mogło dziać się naprawdę.

– Kas?

Dopiero teraz uświadomiłam sobie, że Damian coś do mnie mówił. Otworzyłam oczy i spojrzałam na niego. Na moment oderwał wzrok od drogi i zobaczyłam w jego oczach realną troskę.

– Mówiłeś coś?

– Pytałem tylko, czy podano, gdzie go znaleźli.

Jeszcze raz sprawdziłam komórkę.

– Nie – odpowiedziałam. – Nie ma nic na ten temat. Tylko informacja o urazie głowy.

Niewiedza sprawiała, że wyobrażałam sobie już najgorsze scenariusze.

– Boże... – jęknęłam, a potem przesunęłam ręką po włosach. – Jak mogło do tego dojść? Kto mógł coś takiego zrobić?

– Wszystkiego się dowiemy.

W jego głosie nie brakowało pewności, co dodało mi nieco otuchy.

– Jak? – spytałam.

– Pójdę do szpitala i powiem, że rozpoznałem dziecko.

– Ty?

Znów przelotnie na mnie popatrzył.

– A kto inny? – spytał. – Chyba nie zamierzasz sama tam wchodzić?

– Oczywiście, że zamierzam. To mój syn, Wern. W tej chwili nic innego się nie liczy.

– A powinno.

Słyszałam jego słowa, ale ich sens docierał do mnie tylko połowicznie. Wciąż nie potrafiłam zebrać myśli i czułam się, jakbym ocknęła się po wyjątkowo długim napadzie szału Roberta.

– Ktokolwiek uprowadził Wojtka, będzie tam na ciebie czekał – dodał Werner. – Może właśnie o to im chodzi.

– Nie interesuje mnie to.

Światło przed nami zmieniło się na czerwone, a Damian zatrzymał się na skrzyżowaniu Ozimskiej z Plebiscytową. Doskonale znałam topografię miasta i wiedziałam, że od szpitala dzieli nas jeszcze nie więcej niż pięć minut.

– Jeśli z jakiegoś powodu polują na ciebie ludzie Roberta, będą tam czekać – odezwał się Wern. – Zgarną cię, jak tylko wysiądziesz z auta.

– To nie ma znaczenia.

Damian obrócił się do mnie.

– Słyszysz w ogóle, co mówisz?

– Nie rozumiesz, Wern.

Słowa właściwie same opuszczały moje usta. Nawet nie zastanawiałam się nad tym, czy mają jakikolwiek sens. Liczyło się tylko to, by jak najszybciej znaleźć się na Witosa i spróbować dostać się do Wojtka.

– Rozumiem, że nie myślisz teraz logicznie.

Spojrzałam na niego z wyrzutem, jakby nie stwierdzał oczywistego faktu, tylko mnie obrażał.

– Gdybyś to robiła, wiedziałabyś, że to nic innego jak pułapka.

– Mój syn jest w śpiączce – odparłam stanowczo. – Nie mogę tak po prostu...

– Pozwól mi to załatwić – uciął, a potem wbił jedynkę i ruszył przed siebie. – Ciebie będą wypatrywać, mnie nie. Dowiem się wszystkiego, a potem razem zastanowimy się nad tym, co dalej robić.

Tylko chwilę zajęło mi przyznanie przed sobą, że to jedyne rozsądne rozwiązanie. Damian nie musiał długo mnie przekonywać – mimo że w pierwszym momencie byłam zdezorientowana, wszystkie moje przejścia nauczyły mnie, jak ostatecznie zachować zimną krew w kryzysowej sytuacji.

Zatrzymał się na niewielkim parkingu przy blokach nieopodal szpitala, twierdząc, że tak będzie bezpieczniej. Wysiadł z auta, podszedł do niego od strony pasażera i poczekał, aż odkręcę korbką szybę.

– Kluczyki są w stacyjce – powiedział, a potem odwrócił się i nie dając mi szansy na odpowiedź, ruszył w kierunku szpitala.

Nie musiał mówić więcej, żebym wiedziała, co starał się mi przekazać. I miał rację. Gdyby nie wrócił za jakiś czas, powinnam odjechać. Wycofać się, przegrupować siły i zastanowić się, jak wyciągnąć Wojtka ze szpitala.

Ale nawet gdyby mi się udało, co miałabym zrobić potem? Boże, mój syn naprawdę był w śpiączce. To nie był żaden wybieg ze strony porywaczy, żadna sprawna manipulacja.

Zimne poranne powietrze wpadało przez uchyloną szybę do samochodu, ale nie pomagało mi w zebraniu myśli. Wypatrywałam Wernera, nerwowo wiercąc się na fotelu i odnosząc wrażenie, że minęło już dobre pół godziny, od kiedy wszedł do szpitala.

W rzeczywistości upłynęło jedynie kilka minut. Tyle jednak wystarczyło, bym znów zaczęła odchodzić od zmysłów.

Kiedy w końcu go wypatrzyłam, natychmiast spojrzałam na zegarek. Nie było go dwadzieścia minut. Co to mogło znaczyć? Czy wystarczyło mu czasu, żeby dowiedzieć się, co spotkało Wojtka i w jakim jest stanie? A może odprawiono Damiana z kwitkiem?

Miałam ochotę wyjść z auta i wybiec mu na spotkanie, kiedy przecinał długi przyszpitalny parking. Szedł stanowczo zbyt wolnym krokiem, jakby starał się odwlec moment rozmowy ze mną.

Skarciłam się w duchu za pesymizm. Był teraz ostatnim, czego potrzebowałam, a Wern z pewnością po prostu zachowywał się tak, by nie wzbudzać niepotrzebnego zainteresowania.

W końcu wsiadł do auta i zatrzasnął drzwi.

Jego wyraz twarzy świadczył o tym, że mój sceptycyzm okazał się jednak uzasadniony.

– Co się stało? – zapytałam. – Nie dowiedziałeś się niczego?

Damian z trudem przełknął ślinę.

– Wern?

Rozejrzał się uważnie, jakby spodziewał się, że ktoś na nas dybie.

– Nie ma go – powiedział cicho.

– Co takiego?

– Szukałem go w całym szpitalu. W końcu oddziałowa powiedziała mi, że ktoś się po niego zgłosił kilka godzin temu.

Miałam wrażenie, jakbym znalazła się na szczycie wysokiej góry w środku burzy i potężny grzmot właśnie zatrząsł ziemią pod moimi stopami.

– Ale… – zdołałam tylko wydusić.

– Ten artykuł być może pojawił się teraz, ale najwyraźniej Wojtka przyjęto do szpitala jeszcze wczoraj – zaznaczył. – Pielęgniarka powiedziała tylko tyle, że nie było reakcji źrenic na światło ani żadnego kontaktu. Twój syn był jednak przytomny, a jedyne obrażenia, jakie miał, to rana na głowie.

Zrobiło mi się słabo.

– Jakiś mężczyzna zgłosił się po niego kilka godzin temu – kontynuował Werner. – Miał ze sobą paszport Wojtka, zdjęcie się zgadzało. Nie było powodu, żeby mieć jakiekolwiek podejrzenia.

Chciałam zapytać, jak to możliwe, że administracja szpitala wydała komukolwiek pacjenta w śpiączce, ale nie potrafiłam dobyć głosu.

– To… to niemożliwe…

Powiedziałam to tak cicho, że Damian nie usłyszał.

– Oddziałowa nie była w stanie powiedzieć mi nic więcej – ciągnął. – Wypytywałem ją o mężczyznę, ale dowiedziałem się tylko tyle, że był wysokim brunetem. Nic szczególnego nie zapamiętała.

Uświadomiłam sobie, że trzęsą mi się ręce, a zimne krople potu spływają po karku. Nie rozumiałam, co się ze mną dzieje. Czułam się znacznie gorzej niż podczas ataków Roberta.

– Jak? – wydusiłam. – Jakim cudem go… wypisali?

Słowa nie chciały się kleić, głos nie chciał przestać drżeć.

– Musiał być w stanie, który na to pozwalał – odparł cicho Damian. – Musiał samodzielnie oddychać i nie potrzebować aparatury. Inaczej na pewno by go nie wypuścili, Kas.

Uczepiłam się tej myśli, powtarzając sobie w duchu, że to w tej chwili najważniejsze. Wojtek żyje, nie jest w stanie krytycznym. Odnajdę go, a potem wszystko będzie dobrze.

– Ten mężczyzna, który go zabrał…

– Nie miał żadnej blizny – dokończył szybko Werner.

Na chwilę zamilkłam.

– O to chciałaś zapytać, prawda? Upewnić się, że to nie Glazur?

– Niezupełnie…

– Do czego między wami doszło?

– To teraz nieistotne, Wern – odparłam i ciężko nabrałam tchu. – I brak blizny o niczym nie świadczy. Glazur przeszedł zabieg krótko po tym, jak zamieszkaliśmy pod Norymbergą. Zależało nam, żeby… nie miał żadnych znaków rozpoznawczych, sam rozumiesz.

Damian zmarszczył czoło i skinął głową.

– Więc to mógł być on? – spytał.

– Oby.

– Oby? – spytał z rezerwą. – Naprawdę chciałabyś, żeby twój syn trafił w ręce tego człowieka?

Powinnam była spodziewać się takiego pytania. Z punktu widzenia Damiana Glazur był właściwie złem wcielonym. Z mojego wręcz przeciwnie – i fakt naszego rozstania nie mógł tego zmienić.

– Rozeszliśmy się na dobrych warunkach – powiedziałam.

– To tak można?

– Nigdy nie doszło do żadnego konfliktu, po prostu…

Zawiesiłam głos z nadzieją, że Damian nie będzie drążył.

– Co? – dopytał jednak.

– Najwyraźniej nie potrafię być z kimkolwiek – odparłam i od razu pożałowałam, że się odkrywam. Szczególnie w takim momencie, kiedy i tak czułam się bezbronna. – Zresztą to w tej chwili naprawdę nieważne.

Przez chwilę oboje zastanawialiśmy się, co powinniśmy zrobić. Gdzie szukać mojego syna? Jak ustalić, kto go porwał? I czy to ta sama osoba zabrała go ze szpitala? Nie, ta ostatnia możliwość wydawała się bez sensu.

Ostatecznie zgodnie uznaliśmy, że w szpitalu do niczego nie dojdziemy. Może gdybym sama poszła do dyżurki, ktoś z personelu byłby gotów ze mną porozmawiać. To jednak nie wchodziło w grę.

Na ulicy mogłam mieć nadzieję, że nie ściągnę niczyjej uwagi i nie zostanę rozpoznana. W szpitalu z pewnością byłoby inaczej – matka szukająca zaginionego dziecka nie uszłaby niczyjej uwagi.

Wróciliśmy na Daszyńskiego, a Wern zaparkował auto na jedynym wolnym miejscu na podwórku. Pogrążeni w ciężkim milczeniu weszliśmy po schodach na samą górę, a potem tuż przed drzwiami loftu zamarliśmy.

– Co to jest? – zapytałam, wbijając wzrok w kartkę zatkniętą w szczelinie futryny.

Damian sięgnął po nią ostrożnie i rozłożył.

– Wiadomość dla ciebie.

– Dla mnie?

Podał mi ją, zanim zdążyłam zadać kolejne głupie pytanie. Przeczytałam wszystko, co się na niej znajdowało, niemal od razu. Były to dwa krótkie, napisane odręcznie zdania.

„Syn będzie na ciebie czekał na placu Wolności w południe. Przyjdź sama".

– Poznajesz styl pisma? – zapytał Wern, zanim w ogóle przetrawiłam tę wiadomość. – To Glazur?

– Nie wiem. Nigdy nie przyglądałam się, jak pisze…

– To musi być on – rzucił bez wahania Damian, otwierając drzwi.

Wszedł ostrożnie do środka i rozejrzał się, jakby się spodziewał, że kartka z wiadomością to niejedyna rzecz, jaką nam zostawiono.

– Nie mamy pewności – powiedziałam. – Równie dobrze mogli to być porywacze.

– I ot tak zaproponowaliby, że zwrócą ci dziecko?

– Nie, oczywiście, że nie. Urządzili na mnie zasadzkę.

– Mało zawoalowaną.

Nie chciałam tego rozważać. Nie liczyło się dla mnie nic poza tym, że niebawem zobaczę syna.

– To jakaś bzdura – zauważył Werner. – Po co mieliby tak postępować? Co mieliby osiągnąć? Gdyby chcieli cię dopaść, równie dobrze mogliby to zrobić w tej wiosce pod Norymbergą.

Miał stuprocentową rację. Coś tu było nie w porządku, ale nie rozumiałam co.

– Może – przyznałam. – Ale jakie to ma znaczenie?

– Powiedziałbym, że dosyć duże.

– Nie dla mnie. I nie teraz.

Oparł się plecami o ścianę w przedpokoju i popatrzył na mnie spode łba. Starał się ocenić, czy wciąż jestem tą samą opanowaną i kalkulującą na chłodno osobą, którą znał.

– Nie powinnaś tam iść – rzucił.

– Wielu rzeczy nie powinnam robić.

Nie byłam pewna, ile wyczyta między wierszami, ale przypuszczałam, że całkiem sporo. Przez chwilę patrzyliśmy sobie w oczy, a ja po raz kolejny poczułam, jak mi go brakowało.

Było to niedorzeczne. Nie zdążyliśmy nawet dobrze się poznać. Wiedziałam wprawdzie, jakie filmy i seriale lubi, jakiej muzyki słucha, w jakich lokalach lubi jeść i co poprawia mu humor, ale on tak naprawdę nie wiedział o mnie nic. Znał jedynie wydmuszkę, którą dla niego stworzyłam. I która nie miała nic wspólnego z rzeczywistością.

Skąd mój pociąg do niego? Nie był fizyczny, a przynajmniej nie tylko. Było w nim coś znacznie głębszego. Może stąd, że był jedyną osobą, która tak naprawdę wiedziała, jaki horror przeżywałam w domu. Jedyną, która w krytycznym momencie przyszła mi na ratunek, ryzykując własne życie.

Nie powinnam jednak zapominać, że próbował pomóc nie mnie, ale osobie, którą w jego oczach byłam.

– Ale akurat tej szczególnie – odezwał się.

– Co?

Wpadłam tak głęboko w wir myśli, że nie wiedziałam, na czym skończyliśmy.

– Mówię, że akurat tego szczególnie nie powinnaś robić – wyjaśnił. – Jeśli tam pójdziesz, zapewniam cię, że już nie wrócisz.

– Więc co proponujesz?

Widziałam, że nie ma dla mnie gotowej odpowiedzi.

– I dlaczego cię to w ogóle obchodzi? – dodałam. – Jeśli porywacze chcą mnie dopaść, powinieneś raczej działać z nimi niż przeciwko nim.

Uniósł brwi.

– Zarzucasz mi coś?

– Nie, nie o to chodzi... Po prostu...

Po prostu miałam wrażenie, że wszystko i wszyscy są przeciwko mnie. Nie od dzisiaj. I nie od wczoraj. Zachowałam jednak tę myśl dla siebie.

– Muszę to zrobić, Wern – odezwałam się. – Nie mogę teraz ryzykować.

W końcu to zrozumiał. A może po prostu uszanował moją decyzję i odpuścił, uznając, że ostatecznie podjęcie jej należy tylko do mnie.

Tuż przed południem wyszliśmy z mieszkania razem, ale rozdzieliliśmy się tuż przed placem Wolności. Wern został przy lokalu serwującym sushi, ja poszłam dalej w kierunku miejsca, gdzie miał czekać na mnie Wojtek.

Dostrzegłam go już z daleka. Siedział razem z jakimś mężczyzną na jednej z ławek nieopodal fontanny. Byli odwróceni tyłem, nie widziałam ich twarzy. Nieznajomy obejmował mojego syna, a głowa Wojtka spoczywała spokojnie na jego ramieniu.

Dopiero gdy podeszłam bliżej, uświadomiłam sobie, że spokój jest pozorny.

Mój syn miał na twarzy upiorny grymas, który widziałam na zdjęciu w internecie. Wpatrywał się pustym wzrokiem w niebo, a ciało miał zwiotczałe jak szmaciana lalka. Przyspieszyłam kroku, czując, że serce podchodzi mi do gardła.

Kiedy znalazłam się o kilka kroków od nich, rozpoznałam Glazura.

A więc to jednak on znalazł Wojtka i wyciągnął go ze szpitala. Z pewnością trafił na trop w taki sam sposób jak ja. Oczywiście. Przecież to on swego czasu zamontował w jego komórce tracker GPS, dzięki któremu mogłam go śledzić. Powinnam pomyśleć o tym od razu.

Odetchnęłam z ulgą, bo do czegokolwiek by między nami doszło, nic nie mogło sprawić, by Glazur chciał skrzywdzić mojego syna. Zjawił się tutaj, żeby mi pomóc. Nie mógł się skontaktować, bo pozbyłam się komórki, ale musiał założyć, że zwrócę się o pomoc do jedynej osoby, która mogłaby mi jej udzielić w Opolu. Stąd wiadomość w drzwiach Wernera.

Przyspieszyłam jeszcze bardziej, nie myśląc teraz o niczym poza tym, że odzyskałam syna.

Zatrzymałam się jak rażona piorunem raptem o krok od nich, kiedy rozległ się głośny, zdecydowany okrzyk.

– Stój, policja!

Jak na zawołanie z okolicznych ławek poderwało się kilka osób. Wszystkie natychmiast sięgnęły po broń i wymierzyły prosto we mnie.

5

Przypatrywałem się wszystkiemu z oddali, nie wiedząc, jak zareagować. Najpierw dwóch funkcjonariuszy unieruchomiło wyrywającą się Kasandrę, a potem pozostali dopadli do Glazura i Wojtka.

Mężczyznę sprowadzili bez ogródek na ziemię i natychmiast skuli kajdankami. Jeden z nich wziął chłopca na ręce i szybko ruszył w kierunku zaparkowanego nieopodal radiowozu.

Zasadzka niewątpliwie była dobrze przygotowana. Ale nie odpowiadał za nią Glazur. Policjanci potraktowali go znacznie ostrzej niż Kasandrę i nie ulegało wątpliwości, że ma nie mniejsze problemy niż ona.

Ale w takim razie kto tym wszystkim sterował? I co chciał w ten sposób osiągnąć?

Zanim się zorientowałem, wokół zebrała się ciżba ludzi i ruszyła w kierunku placu Wolności. Byłem zbyt zdezorientowany, żeby podjąć świadomą decyzję, ale uległem presji tłumu i razem z innymi popędziłem ku centrum zdarzeń.

Kasandra wyrywała się, starając się dostać do Wojtka. Kiedy zrozumiała, że jej się to nie uda, zaczęła nerwowo się rozglądać. Nie miałem wątpliwości, że pośród zbieraniny gapiów szuka właśnie mnie, więc odepchnąłem jakiegoś mężczyznę i ruszyłem przed siebie.

– Wern! – krzyknęła, kiedy mnie zobaczyła.

Próbowałem się do niej przebić, ale ludzi było zbyt wiele, a policjanci już ciągnęli Kas w kierunku radiowozu.

– Zaopiekuj się nim! – dodała. – Jest więcej kaset! Znajdź je!

Nie zdążyła dodać nic więcej. Po chwili zniknęła mi z oczu, a jeden z funkcjonariuszy trzasnął za nią drzwiami auta. Poruszenie tłumu nagle opadło, zupełnie jak podczas zbiorowego oglądania meczu, kiedy strona przeciwna zdobywa gola w ostatniej chwili i nie ma już czym się emocjonować.

Gdyby ci ludzie wiedzieli, do kogo Kasandra kierowała ostatnie słowa, z pewnością skupiliby się teraz na mnie. W całym tym zamieszaniu nie sposób było jednak zidentyfikować konkretnej osoby.

Wycofałem się, starając się nie zwracać na siebie uwagi. Odszedłem kawałek w kierunku Krakowskiej, głównego opolskiego deptaka, a potem usiadłem na ławce nieopodal filharmonii.

Zwiesiłem głowę, wciąż słysząc rwetes, który tak naprawdę dawno wybrzmiał. Nadal nie mogłem zrozumieć, co się stało. Ani dlaczego Kas miałaby mówić to, co powiedziała. Oczywiście o zaopiekowanie się jej synem w tej sytuacji poprosiłaby każdego. Ale co z tą drugą częścią? Wcześniej mogłem łudzić się, że napis „3/15" wcale nie oznacza trzeciej taśmy z piętnastu. I że Kasandra kłamie na temat pozostałych. Skoro jednak w ostatniej chwili do tego wróciła, musiałem przyjąć, że kasety rzeczywiście istnieją. Tylko dlaczego tak zależało jej na tym, żebym je znalazł?

Co tu się działo, do kurwy nędzy?

Trwałem w bezruchu jak sparaliżowany. Miałem wrażenie, że niemoc, którą czułem od jakiegoś czasu, przekształciła się w fizyczną, oplatającą mnie szczelnie błonę.

Nie wiem, jak długo siedziałem pod filharmonią. Kiedy jednak w końcu się podniosłem, byłem zdeterminowany, by wreszcie poznać odpowiedzi.

Ruszyłem szybkim krokiem przed siebie, nie mając zamiaru zatrzymywać się, dopóki nie wrócę do mieszkania. Stało się jednak inaczej. Niemal wrosłem w ziemię, kiedy mijałem lokal z sushi.

Zerknąłem do środka mimowolnie, sam nie wiedziałem dlaczego. Wystarczyło jednak, że moje spojrzenie padło na siedzącą przy oknie kobietę, a poczułem się, jakby trafił mnie piorun.

Stałem przed witryną z napisem „Kaiseki", wlepiając wzrok w ostatnią osobę, jaką spodziewałem się zobaczyć w Opolu.

Potrzebowałem chwili, żeby się otrząsnąć. W końcu jednak wziąłem się w garść, chwyciłem za klamkę i wszedłem do środka. Kobieta siedząca przy pierwszym ze stolików nie zwróciła na mnie uwagi.

Skupiała się na jedzeniu, głowę miała spuszczoną, a ciemne włosy luźno opadały jej na policzki.

Nigdy nie widziałem jej na żywo, ale swojego czasu przejrzałem w internecie wszystko, co udało mi się na jej temat znaleźć. Nie mogłem się mylić, to musiała być Jola Kliza.

Kiedy zrobiłem krok w jej kierunku, w końcu podniosła wzrok. Na moment zamarła, trzymając w pałeczkach rolkę sushi, a ja pomyślałem, że jest tak samo zszokowana moim widokiem jak ja jej.

Zaraz potem włożyła jednak hosomaka do ust i zaczęła przeżuwać.

– Hej, Wern – wymamrotała.

Przyglądałem jej się z niedowierzaniem, podczas gdy ona spokojnym ruchem wskazała mi krzesło naprzeciwko niej.

– Usiądziesz?

Potrząsnąłem głową, starając się uporać z wrażeniem całkowitego surrealizmu sytuacji.

– Co ty tu robisz? – wydusiłem, zajmując miejsce.

– Wcinam hosomaki z tamago i futomaki z łososiem. I właściwie czekam na ciebie.

– Zaraz…

– No dobra, raczej na okazję do rozmowy z tobą. Ale to nie brzmiałoby tak dobrze, prawda?

Jedna z kelnerek podeszła i podała menu, ale szybko zapewniłem, że niczego mi nie potrzeba. I rzeczywiście tak było. Jedyne, czego chciałem, to odpowiedzi – tymczasem dostawałem wyłącznie kolejne znaki zapytania.

Popatrzyłem na Klizę, uznając, że mogę odpuścić sobie wszystkie zwyczajowe formułki.

– To ty zostawiłaś mi tę kasetę? – spytałem.

– Jaką kasetę?

– Podpisaną twoim nickiem z RIC.

Jola nałożyła trochę wasabi na futomaka, a potem sprawnie złapała go między pałeczki.

– Nie wiem, o czym mówisz.

– A mnie się wydaje, że doskonale wiesz.

Uniosła błagalnie spojrzenie i zaczęła przeżuwać. Sprawiała wrażenie, jakby egzystowała w jakiejś innej rzeczywistości, w której Kasandra i Glazur nie zostali właśnie ujęci przez policję.

Nawet nie chciałem myśleć o tym, co to oznaczało dla Kas. Owszem, należała jej się kara za to, co zrobiła – ale nie za wszystko. Zabójstwo Roberta Reimanna sprawiło, że sprawiedliwości stało się zadość.

Kasandra trafi za to za kratki, nie było innej możliwości. Śledczy zebrali aż nadto materiału dowodowego, co więcej, mieli moje zeznania. Złożyłem je zaraz po tym, jak Kas mnie okpiła. Byłem wściekły, nie myślałem racjonalnie. I przedstawiłem wszystko tak, by poniosła jak najdotkliwszą karę.

Wtedy wydawało się to uzasadnione, bo manipulowała mną, jak jej się żywnie podobało. I odnosiłem wrażenie, że teraz to samo starała się robić Kliza.

– Naprawdę masz zamiar się wypierać? – zapytałem, rozkładając ręce. – Zjawiasz się tutaj akurat w momencie, kiedy Kasandra i Glazur trafiają do aresztu, i chcesz powiedzieć, że...

– Co takiego? – przerwała mi, odkładając pałeczki. – Jakiego aresztu?

– Nie słyszałaś?

Powiodła wzrokiem dookoła, a ja przekonałem się, że jej pewność siebie była jedynie pozorna. Pod tą twardą zewnętrzną skorupą była raczej nieśmiałą dziewczyną, która jakiś czas temu musiała nauczyć się to ukrywać.

Zerknąłem na zegarek i przekonałem się, że od akcji na placu Wolności minęły dopiero dwa kwadranse.

– Jak długo tu siedzisz? – zapytałem.

– Trochę ponad pół godziny – odparła szybko dla porządku, a potem odrzuciła włosy na bok. – Może byś mi wyjaśnił, co się stało?

– Mógłbym. Ale nie wiem, czy powinienem.

Spojrzała na mnie z wyrzutem, ale szybko uciekła wzrokiem. Uświadomiłem sobie, że od kiedy wszedłem, za każdym razem patrzyła na mnie tylko przelotnie.

Oprócz tego uzmysłowiłem sobie jeszcze coś. W gruncie rzeczy Kliza samodzielnie wyciągnęła mnie z kłopotów po zabójstwie Blitza. To ona wyprowadziła mnie za rękę z Opola i sprawiła, że policja nie trafiła na mój trop, w momencie gdy byłoby to dla mnie najbardziej kłopotliwe.

Tyle że to nie wystarczało, bym jej zaufał. Szczególnie po tym, jak boleśnie utwierdziłem się w przekonaniu, że istnieją tylko dwa powody, dla których nie powinniśmy ufać ludziom. Pierwszy: bo ich nie znamy. Drugi, może ważniejszy: ponieważ ich znamy.

– Jak do tego doszło? – spytała Kliza. – I kiedy?

Nie odpowiadałem, wciąż nie potrafiąc podjąć decyzji.

– Wern?

Wstałem z krzesła i uniosłem otwarte dłonie.

– Nie mam pojęcia, co tu się dzieje – powiedziałem. – Ale wiem, że to nie moja sprawa.

– Poczekaj…

Chciałem ruszyć w kierunku wyjścia, ale Kliza złapała mnie za rękę. Wyglądała na nieco zażenowaną, ale trzymała mocno. Odniosłem wrażenie, że to zachowanie w jakiś sposób oddaje cały jej charakter.

– Mówiłeś, że dostałeś kasetę podpisaną moim nickiem?

– Raczej znalazłem.

– I myślisz, że to ja ci ją przysłałam?

Skinąłem niepewnie głową.

– A nie wpadłeś na to, że ktoś mógł po prostu dać ci wskazówkę, do kogo się zwrócić?

– To znaczy? – spytałem, kręcąc głową. – Po jaką cholerę ktoś miałby to robić?

– Nie wiem, bo na razie właściwie nic mi nie wyjaśniłeś. – W końcu puściła moją rękę. – Ale może nadawca podpisał ją moim nickiem, żebyś się ze mną skontaktował?

Jeszcze przez chwilę zapewniała mnie, że nie wie nic o żadnej taśmie, a ja starałem się przesądzić, czy tak dobrze potrafi grać, czy może jednak mówi prawdę. Jeśli intuicja mnie nie myliła, aktorka z niej żadna. Uznałem, że na razie tyle wystarczy, bym chociaż jej wysłuchał.

– Okej – odparłem, na powrót zajmując miejsce. – W takim razie wytłumacz mi, co tutaj robisz.

– Przyjechałam na prośbę Glazura.

– Co?

Podniosła pałeczki, obróciła je w dłoni, a potem zmarszczyła czoło.

– Ty naprawdę o niczym nie wiesz – zauważyła.

– Nie, najwyraźniej nie.

Przyjrzała mi się, a ja przez moment obawiałem się, że zanim mi cokolwiek wyjaśni, postawi warunek, bym ja jako pierwszy powiedział, co stało się z Kasandrą i Glazurem. Szczęśliwie musiała uznać, że taka przepychanka nie ma sensu.

– Syn Kasandry zaginął – podjęła.

– Tak, wiem.

– A więc jednak o czymś masz pojęcie.

– Tylko o tym. I o tym, że mieszkali gdzieś pod Norymbergą.

– W Winkelhaid – odparła Jola, podnosząc hosomaka. – Przez jakiś czas układało im się dobrze, przynajmniej z tego, co mówił Glazur.

– Utrzymywałaś z nimi kontakt?

– Przede wszystkim z nim, choć raz ich odwiedziłam.

Przypomniałem sobie informacje, do których dotarliśmy z Blitzem przed zatrudnieniem Reimann Investigations. Kliza mieszkała kiedyś w Niemczech, studiowała tam. Być może po tym, jak Robert wyrzucił ją z firmy, wróciła na stare śmieci.

– Nie pociągnęli długo jako para – dodała. – Kasandra nie potrafiła się w tym odnaleźć. I trudno się jej dziwić.

– Wiedziałaś o tym, co przechodziła?

– Glazur powiedział mi dopiero po fakcie. I już po tym, jak się rozstali.

Z pewnością nie powinien był tego robić, ale najwyraźniej tych dwoje utrzymywało bardziej zażyłe relacje, niż przypuszczałem.

– W każdym razie zaczynała układać sobie życie w Winkelhaid, razem z Wojtkiem – ciągnęła Jola. – Do momentu, aż ten znikł. Od razu założyła, że to ma jakiś związek z Robertem, więc zaczęła odchodzić od zmysłów.

– Skąd wiesz?

– Od Glazura.

– A on skąd o tym wiedział, skoro się rozstali?

Dałem jej chwilę na to, by przeżuła. Potem znów złożyła pałeczki na czarnym podłużnym talerzu.

– Nawiązał trochę znajomości, kiedy był w Winkelhaid – wyjaśniła. – Przypuszczam, że reszta to jego gdybania. Ale zna Kasandrę dość dobrze i wie, o czym mówi.

– Z pewnością – mruknąłem i mimo woli przypomniałem sobie, jak mnie znokautowali i zostawili na poboczu.

– Co stało się potem? – zapytałem.

– Glazur wykorzystał tracker GPS, który lata temu umieścił w telefonie młodego.

– Telefonie, który został w Rewalu – zauważyłem.

– Tak – przyznała Jola. – Ale sygnał pojawił się w Opolu. I byliśmy pewni, że Kasandra także go namierzyła.

Brzmiało to, jakby Kliza i Glazur się nie rozstawali, ale może przesadzałem. Moja wyobraźnia właściwie wszędzie upatrywała spisków i machinacji. Być może nie bez powodu.

– Wystarczyły login i hasło – kontynuowała. – I bez trudu można było sprawdzić, gdzie jest telefon.

– Więc ktoś zabrał go z Rewala i włączył w Opolu – powiedziałem. – Po co?

– Nie mam pojęcia.

Potarłem nerwowo czoło, jakby łapała mnie migrena.

– Więc od razu przyjechaliście tutaj? – spytałem.

– Chcieliśmy pomóc.

– Bo?

– Glazura chyba nie muszę tłumaczyć – odparła z pewną niechęcią w głosie. – A jeśli o mnie chodzi, cóż…

– Zrobiłaś to dla niego?

– Nie. Boże, w żadnym wypadku – zastrzegła. – Powiedzmy, że Kasandra to jedyna osoba, jaka kiedykolwiek o mnie zawalczyła.

Nabrałem głęboko tchu, zastanawiając się, w co powinienem wierzyć. Historia Klizy jak na razie brzmiała dość wiarygodnie, ale równie dobrze mogła być zgrabną zasłoną dymną.

– Na miejscu trafiliśmy na ślad po Wojtku – dodała. – Glazur natychmiast odebrał go ze szpitala i…

– Więc nie wiecie, co mu się stało?

Jola pokręciła głową.

– Ani kto go porwał? I dlaczego?

– Nie. Próbowaliśmy się czegoś dowiedzieć, ale… Jezu, widziałeś tego chłopaka? To warzywo.

Skrzywiłem się, słysząc to określenie. Kliza zresztą sama się wzdrygnęła, zorientowawszy się poniewczasie, że niepotrzebnie go użyła.

– Dlatego też nie udało nam się ustalić, kto za tym wszystkim stoi – ciągnęła. – Ciebie też braliśmy pod uwagę.

– Mnie?

– A kto miałby lepszy powód, żeby mścić się na Kasandrze? – spytała, a ja nie odpowiedziałem. – Wiedzieliśmy, że się u ciebie zatrzymała, i na wszelki wypadek zostawiliśmy list z informacją, żeby zjawiła się na placu Wolności sama.

Spojrzałem na nią podejrzliwie.

– Wczoraj uznawałaś mnie za podejrzanego, a dzisiaj ze mną rozmawiasz jakby nigdy nic? – spytałem.

– Jak dla mnie, od początku byłeś słabym kandydatem na porywacza – odparła i wzruszyła ramionami. – Ale Glazur był innego zdania.

Kelnerka znów się do nas zbliżyła i upewniła, czy nie chciałbym czegoś zamówić. Zerknąłem na menu i wybrałem pierwsze lepsze nigiri.

– Dlaczego nie poszłaś z nim na plac Wolności? – zapytałem. – Siedziałaś tutaj spokojnie, podczas gdy on…

– To oskarżenie?

– Nie. Po prostu stwierdzenie oczywistego faktu, że to trochę podejrzane.

– Brzmisz, jakbyś miał paranoję, Wern.

– Może powinienem mieć – odparowałem. – A ty może powinnaś wyjaśnić mi, dlaczego nie czekałaś tam z Glazurem.

– Uznaliśmy, że moja niespodziewana obecność mogłaby wywołać niepokój Kasandry. I że lepiej, żeby wszystko załatwił sam.

Właściwie miało to sens. Im mniej osób, tym mniejsze zamieszanie i mniejsza konieczność tłumaczenia wszystkiego. Z pewnością zależało im na tym, żeby Kas zrozumiała wszystko jak najszybciej i nie zadawała zbędnych pytań. Przypuszczałem, że planowali zmyć się stamtąd zaraz po spotkaniu.

A jednak nie zdążyli.

– To wszystko, Wern – rzuciła Jola. – I zapewniam cię, że nie mam pojęcia o żadnych kasetach. Przyjechałam tu, żeby pomóc Wojtkowi.

Naprawdę łatwo byłoby w to wszystko uwierzyć. To, co mówiła Kliza, brzmiało dość wiarygodnie i jawiło się jako spójna, logiczna całość. Nauczony doświadczeniem, nie miałem jednak zamiaru pochopnie podejmować decyzji.

Tyle że Kliza nie musiała o tym wiedzieć.

– W porządku – powiedziałem.

– Twoja kolej – odparła szybko. – Mów, co tam się stało?

Opisałem jej policyjną zasadzkę, a ona ani przez moment nie sprawiała wrażenia, jakby się tego spodziewała. Nie, więcej. Wyglądała na coraz bardziej zszokowaną.

Kiedy skończyłem, potrzebowała chwili, by wszystko przyswoić. Skorzystałem z okazji i zjadłem nigiri z łososiem, wcześniej zanurzywszy końcówkę ryby w sosie sojowym. Dopiero teraz uświadomiłem sobie, że ostatnio karmiłem się wyłącznie trzema rzeczami: wodą, chmielem i słodem jęczmiennym. Z lekką domieszką procentów.

– I jesteś pewien, że to powiedziała?

– Co?

– Że są inne kasety? I że musisz je znaleźć?

– Raczej się nie przesłyszałem.

Znów zamilkła i przez jakiś czas się namyślała.

– Ale co na nich jest? – zapytała. – I gdzie one są?

– Nie wiem.

Wbiła wzrok prosto w moje oczy. Tym razem wytrzymała o wiele dłużej.

– W takim razie najwyższa pora się dowiedzieć – stwierdziła.

6

W celi przejściowej byłam sama, ale nie był to główny powód, dla którego czułam się samotna. Ktoś kiedyś powiedział, że najbardziej osamotnieni jesteśmy, gdy obserwujemy, jak cały świat upada, a my nie możemy nic z tym zrobić. I miał rację.

Po tym, jak policja zatrzymała mnie i Glazura na placu Wolności, trafiłam prosto do aresztu śledczego. Zostaliśmy rozdzieleni, a ja nie miałam okazji, by czegokolwiek się dowiedzieć. Wiedziałam jedno – to nie Glazur przygotował zasadzkę. Ktokolwiek to zrobił, chciał pozbyć się nas obojga.

Miałam kilka typów. Zaczynając od Werna, przez Klizę, a kończąc na ludziach Roberta szukających zemsty. Zemsty lub pieniędzy zabranych przeze mnie do Niemiec. Były to gigantyczne środki, które systematycznie przelewałam na szereg kont, przygotowując się do ucieczki od męża.

Motywacji było aż nadto. Zarówno jeśli chodziło o tych, jak i innych kandydatów. Każdemu potrafiłam przypisać jakiś powód, dla którego mógłby chcieć mnie zniszczyć.

Ale który z nich byłby gotów poświęcić dziecko?

Wciąż miałam przed oczami wyraz twarzy Wojtka, a w myślach świadomość tego, że potrzebuje mnie teraz bardziej niż kiedykolwiek. Poza mną nie miał nikogo, w tej chwili musieli otaczać go całkiem obcy ludzie.

Kto zgotował mu ten los?

Pora spojrzeć prawdzie w oczy, uznałam. Przecież doskonale znałam odpowiedź na to pytanie.

Kogo chciałam oszukać? Siebie? Tak jak oszukałam Wernera?

Wiedziałam aż za dobrze, kto i dlaczego wziął mnie na celownik. I przecież właśnie z tego powodu w ostatniej chwili krzyknęłam do Damiana, by szukał pozostałych kaset.

Czy to mogło cokolwiek zmienić? I sprawić, że jakimś cudem uniknę więzienia?

Tocząc wzrokiem po pustej celi, łudziłam się jeszcze, że tak. Kiedy jednak drzwi się otworzyły i w progu zjawiła się dziewczyna, z którą wedle wszelkiego prawdopodobieństwa miałam spędzić następne kilka godzin, cała nadzieja prysła.

Współwięźniarka usiadła na pryczy naprzeciwko, a potem pochyliła się i oparła ręce na kolanach. Wpatrywała się we mnie wyzywająco, choć nie odzywała się słowem. Liczne tatuaże na rękach nie były żadnymi dziełami sztuki, ale zwyczajnymi dziarami, o jakie można wzbogacić się jedynie w więzieniu.

Była obcięta na zero, rysy twarzy miała mocno ciosane, niemal męskie. Podkrążone oczy i zaczerwienione spojówki kazały mi sądzić, że dziewczyna potrafi załatwić sobie za kratkami rzeczy, które przynajmniej na jakiś czas przenoszą ją do innego świata.

– Migota – odezwała się.

Uniosłam wzrok, ale nie odniosłam wrażenia, żeby którakolwiek z lamp mrugała.

– A ty? – dodała.

Dopiero teraz zrozumiałam, że mi się przedstawiła.

– Kasandra.

Migota uśmiechnęła się szeroko, a ja zauważyłam ciemny nalot przy nasadzie jej zębów.

– Czyli dobrze trafiłam – skwitowała.

Od momentu gdy weszła do celi, nie miałam wątpliwości, że to nieprzypadkowe spotkanie. Teraz otrzymałam wyraźne potwierdzenie.

– Nie wyglądasz na zdziwioną – zauważyła.

– Powinnam być?

– No chyba, kurwa, nie.

Podniosła się, jakby miała zamiar mnie zaatakować, ale ja nie ruszyłam się ani o centymetr. Nie miałam zamiaru jej prowokować i liczyłam jeszcze na to, że uda mi się wyjść z opresji obronną ręką.

Stanęła przede mną i spojrzała na mnie z góry.

Dziwne. Nie czułam zagrożenia, nie wystąpiło to znajome uczucie, które nadchodziło, ilekroć Robert podnosił na mnie rękę.

Mimo to wiedziałam, że niewiele trzeba, by w tej sytuacji pięści poszły w ruch.

– Strasznie chujowa sprawa z twoim dzieckiem – rzuciła Migota.

Skinęłam głową.

– A jeszcze słabiej, że nie możesz się nim zaopiekować.

– To prawda.

– No i że to twoja wina.

Skierowałam na nią wzrok, a potem powoli się podniosłam. Nie cofnęła się ani o krok, przez co znalazłyśmy się w odległości kilku centymetrów od siebie. Spojrzałyśmy sobie w oczy.

– Zjebałaś mu całe życie, dziewczyno.

Była o kilka lat młodsza ode mnie, ale najwyraźniej jej to nie przeszkadzało.

– Mógł rwać laski, walić driny z kumplami i korzystać z życia, a zamiast tego będzie pierdolonym warzywem.

Starałam się jej nie słuchać. Robiłam wszystko, by jej słowa trafiały gdzieś obok mnie. Powtarzałam sobie w duchu, że skoro do tej pory nie zaatakowała, to nie ma zamiaru robić tego jako pierwsza. Prowokuje mnie, licząc na to, że ja zacznę.

– Naprawdę masz to w dupie? – spytała. – Co z ciebie za matka? Nie czaisz, że twój syn będzie cię teraz potrzebował bardziej niż wcześniej?

Nie odpowiadałam.

Myślałam o tym bez przerwy. Miałam wrażenie, że częściej, niż brałam oddech. W dodatku przypominały mi się te wszystkie momenty, kiedy musiałam zostawić Wojtka. Pierwsze odwiezienie do przedszkola, pierwszy dzień w podstawówce, pierwszy wyjazd na obóz.

Za każdym razem serce pękało mi na nowo, kiedy posyłał mi długie spojrzenie, a ja widziałam, jak szkliste miał oczy. Większość jego rówieśników cieszyła się na wyjazdy, on nigdy. Za każdym razem wydawało mi się, że to dla niego najgorsza kara.

Ale to Robert decydował. A ja czasem bez obiekcji na to przystawałam, świadoma, że każdy dzień Wojtka poza domem to dzień bez narażania go na to, że zobaczy, co robi jego ojciec.

– Ja jebię – skwitowała Migota. – Słyszałam, że masz nasrane, ale…

Pokręciła głową, syknęła z wyższością, a potem wróciła na swoją pryczę. Znów usiadła z rękoma opartymi o kolana.

– Klapnij se – poradziła. – Trochę nam zejdzie.

– Na czym?

– Na ustaleniu, co będziesz teraz robić.

Zajęłam swoje miejsce, czekając na dalszy ciąg.

– Ogarniasz sytuację? – odezwała się Migota. – Wiesz, kto mnie przysłał?

– Tak.

Nie miałam stuprocentowej pewności, ale prawdopodobieństwo, że się mylę, było znikome.

– Zajebiście – dodała współosadzona. – Odpadło nam trochę tłumaczeń.

– Mhm.

Nachyliła się w moją stronę.

– A teraz wyjaśnij mi, co jest z tymi, kurwa, kasetami – rzuciła stanowczo.

Otworzyłam usta, ale nie zdążyłam się odezwać, gdyż rozległ się dźwięk otwieranej zasuwy. Drzwi uchyliły się z nieprzyjemnym, metalicznym skrzypieniem, a do środka wszedł mężczyzna w szarym swetrze z granatową kieszenią na piersi.

Strażnik więzienny spojrzał najpierw na mnie, a potem na Migotę. Westchnął i wskazał jej korytarz.

– Wywalaj stąd – rzucił.

– Ale...

– No już, wypad – uciął funkcjonariusz, chowając ręce do kieszeni. – Co ty tu w ogóle robisz? Kto cię wpuścił?

– Nikt.

Migota wstała i posłusznie opuściła celę, jakby w okamgnieniu stała się zupełnie inną osobą. Na odchodnym posłała jeszcze strażnikowi krzywy uśmiech, który zdawał się świadczyć o tym, że żyją w dobrej komitywie.

Potem funkcjonariusz zamknął drzwi i spojrzał na mnie z góry.

– Komuś się coś popierdoliło – oznajmił, wskazując na drzwi. – Nie powinno jej tu być.

– Nic się nie stało.

– Nie groziła ci? Nie odstawiała niczego?

– Nie.

– To dobrze – odparł, jakby nieco zmieszany. Podrapał się po głowie. – Miałaś już pogadankę?

– Pogadankę?

– O zagrożeniach dla twojego bezpieczeństwa osobistego oraz zetknięciu się z przejawami negatywnych zachowań charakterystycznych dla środowisk przestępczych? – wyrecytował ustawową formułkę, którą musiał posługiwać się już niezliczoną ilość razy.

– Tak.

– I wiesz, że powinnaś powiadamiać przełożonych o zagrożeniach bezpieczeństwa osobistego swojego i innych tymczasowo aresztowanych?

– Tak – potwierdziłam.

– Nie chcesz teraz mnie o niczym powiadomić?

– Nie.

Wszystko to, o czym mówił klawisz, przedstawił mi już wychowawca. Zjawił się w celi przejściowej tuż po tym, jak oddałam wszystkie moje rzeczy do depozytu i odebrałam więzienny przydział. Mówił długo i jednostajnie, jakby automatycznie klepał mantrę i nie był świadomy, że jego słowa w istocie potwierdzają, iż powinnam zapomnieć o życiu, jakie dotychczas prowadziłam.

– Dobra – rzucił strażnik. – Za dwa dni będzie rozmowa wstępna, dowiesz się szczegółów. Jasne?

– Tak – powiedziałam po raz kolejny.

Zdawał się zadowolony, że udzielam krótkich, zdecydowanych odpowiedzi. Korzystając z kredytu dobrej woli, jakiego najwyraźniej mi udzielił, postanowiłam upomnieć się o swoje.

– Muszę powiadomić kogoś, gdzie jestem – odezwałam się.

– Później.

– Wychowawca mówił, że mam prawo do…

– Masz prawo do zamknięcia ryja – uciął. – I skorzystaj z niego, zanim mnie porządnie wkurwisz.

Zamarłam z otwartymi ustami. Może nie powinna dziwić mnie jego obcesowość. Był młody, może dopiero zaczynał pracę w tym miejscu, a to oznaczało, że za ścieranie się z więźniami, bycie obiektem kpin i szykan, częste poniżanie i pracę w ekstremalnie trudnych warunkach dostawał najwyżej tysiąc trzysta na rękę.

Z pewnością był sfrustrowany. W dodatku niejednokrotnie musiał odnosić wrażenie, że osadzeni mają znacznie więcej praw i przywilejów niż ci, którzy ich pilnują. Jakoś musiał to sobie odbić.

– Rozumiesz? – spytał funkcjonariusz.

– Tak.

Nie było sensu protestować. Zasady zasadami, szczególnie te pisane, ale tu i teraz liczyło się tylko prawo zwyczajowe. A ja jeszcze go nie znałam.

– Wiesz w ogóle, gdzie jesteś? – spytał.

Pytanie było retoryczne, więc tylko skinęłam głową.

– Słyszałaś o tym miejscu?

Właściwie wiedziałam jedynie tyle, że ten konkretny areszt śledczy mieści się pod Opolem i ma oddział dla kobiet. I to wyłącznie dzięki temu, że swojego czasu stałam się specjalistką od tej okolicy.

– Chyba niewiele, skoro siedzisz sobie tak spokojnie – dodał funkcjonariusz. – To Zamtuz.

Słowo jakiś czas temu obiło mi się o uszy – i bynajmniej nie jako staropolskie określenie domu rozpusty. Czytałam o Zamtuzie nawet kilka artykułów, podobnie jak o Babińcu pod Wrocławiem. Obydwa miejsca były kobiecymi oddziałami więziennymi niecieszącymi się dobrą sławą.

Jeśli wierzyć doniesieniom medialnym, prostytucja miała być tu na porządku dziennym, do gwałtów dochodziło tylko trochę rzadziej, a kobiety za wszystko płaciły strażnikom więziennym swoimi ciałami.

– Oho – rzucił funkcjonariusz. – Chyba coś jednak kojarzysz.

– Tak, ale…

– Spokojnie. Większość to brednie. Jak będziesz się pilnować i trzymać sztamę z właściwymi ludźmi, nic ci nie będzie.

– A ci właściwi ludzie to…

– My – odparł bez wahania. – Im lepiej będziesz z nami żyła, tym mniej problemów sobie narobisz.

Oparł się plecami o drzwi, wciąż nie wyciągając rąk z kieszeni. Przyglądał mi się uważnie, jakby starał się ustalić, czy będę sprawiała kłopoty, czy nie.

Naprawdę wylądowałam w Zamtuzie? Nie kojarzyłam wprawdzie, który konkretnie oddział nazywano w ten sposób, ale wiedziałam, że znajduje się gdzieś w okolicach Opola.

Nie mogłam gorzej trafić. Przepustki dostawały tutaj tylko te więźniarki, które płaciły jedyną posiadaną walutą. Podobnie sprawa miała się z dostępem do karty telefonicznej, która stanowiła towar równie cenny jak zwycięski kupon lotto na wolności.

O ile mnie pamięć nie myliła, pisano też o pieniądzach za seks. Stawki miały być różne, od pięćdziesięciu do dwustu złotych. Tylko tyle był tutaj wart honor. A jeśli raz się go pozbyło, nie sposób było go odbudować. Te, które po jakimś czasie przestały godzić się na świadczenie seksualnych usług strażnikom, były do tego zmuszane. O sprawie zrobiło się głośno, kiedy jedna z osadzonych zaszła w ciążę.

Ale może strażnik miał rację, może media wyolbrzymiały sprawę. Nie byłby to ani pierwszy, ani ostatni raz.

– Rozumiesz, o czym mówię? – spytał, wyrywając mnie z zamyślenia.

– Tak.

– To świetnie.

Wyglądał, jakby miał zamiar jeszcze coś dodać, ale milczał. Po chwili zobaczyłam, że porusza jedną dłonią w kieszeni. Od razu przyszły mi na myśl najgorsze możliwe powody, ale strażnik wysunął nieco rękę i zobaczyłam, że trzyma w niej telefon komórkowy. Model sprzed kilku lat, dotykowy, ale żaden flagowiec.

– Potraktuj to jako sugestię, że opłaca się z nami dobrze żyć – odezwał się.

Nie wiedziałam, co odpowiedzieć. Jeśli rację mieli dziennikarze publikujący wszystkie te mrożące krew w żyłach historie, mogłam popełnić karygodny błąd. Jeśli nie – przegapić niepowtarzalną okazję.

Mogłam wyjść z tej sytuacji obronną ręką, jeśli Wern zrobi to, czego od niego wymagałam. Tyle że on sam nie miał pojęcia, do czego się to sprowadzało. Moja niewiele mówiąca prośba, by znalazł kasety, mogła być niewystarczająca.

Do cholery, pewnie taka się okazała. Łudziłam się tylko, że tyle wystarczy. W rzeczywistości potrzebował nieco więcej wskazówek.

– Nie skorzystasz? – zapytał klawisz.

– Cóż…

– Nie potrzebujesz nigdzie zadzwonić? Przed chwilą chciałaś dać komuś znać.

Milczałam, wciąż się namyślając.

– Jeśli zastanawiasz się, co musisz zrobić w zamian, to mogę od razu ci powiedzieć: nic.

Nawet jeśli rzeczywiście tak było, nie chciałam zaciągać kredytu w banku przysług funkcjonariuszy. Różnie mogło się to skończyć, szczególnie na początku mojego pobytu w tym miejscu.

Musiałam jednak dać Wernerowi znać, w jaki sposób może mnie stąd wyciągnąć.

– W porządku – powiedziałam. – Dziękuję.

Uśmiechnął się, ale nie podał mi komórki. Zamiast tego schował ją do kieszeni.

Zauważyłam, że zaczyna ruszać drugą ręką.

– Nie musisz nic robić... – powiedział cicho. – Wystarczy, że będziesz tam siedzieć.

Wlepiał we mnie wzrok, coraz szybciej ruszając dłonią. Kiedy zaczął głośno sapać, odwróciłam wzrok.

– Hej! – krzyknął. – Patrz na mnie!

Nie miałam zamiaru tego robić.

– Słyszysz, co do ciebie mówię?

Odwróciłam się od niego. Miałam świadomość, że jeśli zgodzę się na ten pierwszy krok, potem nie będzie odwrotu.

Strażnik przerwał, a potem zaklął pod nosem.

– Jak sobie chcesz, suko – rzucił i otworzył drzwi. – Ale zapewniam cię, że będziesz robić mi gałę jak szalona, jak tylko zatęsknisz za synkiem. A ja nie będę wtedy taki, kurwa, uprzejmy.

Wyszedł, a ja uświadomiłam sobie, że trafiłam do piekła.

7

Jasne było dla mnie, że nic nigdy nie dzieje się bez powodu – chciałbym jednak częściej go znać. Tak jak teraz, kiedy przyglądałem się kasecie i zastanawiałem, co sprawiło, że znalazła się w moim mieszkaniu. Kto ją przysłał? I dlaczego?

Oglądałem ją bez końca, Kliza także. I tak jak ja nie miała bladego pojęcia, co o tym wszystkim sądzić.

Zaproponowałem, że może się u mnie przespać, ale nawet przez chwilę nie zakładała takiej możliwości. Wróciła na noc do hotelu Kamienica przy Solarisie, twierdząc, że ma tam wszystko, czego potrzebuje. Zjawiła się następnego dnia z samego rana i wystarczył rzut oka, bym zrozumiał, że niewiele spała. Ze mną było podobnie.

– Jedna rzecz jest dla mnie oczywista – zaczęła, wchodząc do loftu. – Ewa nie nagrała tego wszystkiego bez powodu.

Uznałem, że to najwyraźniej było powitanie.

– W porządku – mruknąłem, jeszcze nie do końca rozbudzony.

– Dlaczego więc to zrobiła?

– Chciała opowiedzieć swoją historię.

– Komu?

– Temu, kto znajdzie kasetę… – wymamrotałem. – To znaczy kasety, jeśli wierzyć Kasandrze.

– Wierzyć jej? Wern, jeszcze do końca nie wypłukałeś z żołądka trucizny, którą ci podała, mówiąc, że to eliksir życia.

Zamilkłem, zastanawiając się nad tym, czy dobrze robię, snując te rozważania właśnie z Klizą. Wciąż nie byłem pewien, komu mogę ufać, a komu nie.

– W tym wypadku wydaje się wiarygodna – odparłem, przechodząc do kuchni. Nalałem wody do czajnika, a potem wrzuciłem torebki herbaty do dwóch czerwonych kubków nescafé. – I tak sugeruje podpis na kasecie: trzy-piętnaście.

Jola stanęła obok i spojrzała z rezerwą na kubki.

– Nie masz ekspresu do kawy? – spytała, rozglądając się.

– Nie za bardzo.

– Samej kawy też nie? Sypanej? Rozpuszczalnej?

Pokręciłem głową, uzmysławiając sobie, jak marne zapasy miałem w domu. Wszystko wynikało z tego, że do przeżycia właściwie wystarczała mi dobra gra z trybem online, kilka puszek piwa i cokolwiek przypominającego jedzenie.

– Mniejsza z tym – powiedziała. – I mniejsza z Kasandrą. Skupmy się na Ewie.

– Jestem za.

– Więc zastanówmy się, po co te nagrania?

– Z wewnętrznej potrzeby, żeby opowiedzieć komuś o tym, co jej się przydarzyło? Może to był jakiś zawór bezpieczeństwa, dzięki któremu nie odeszła od zmysłów po tym, jak zniknęła.

Kliza zaczęła przeszukiwać puste szafki.

– Zakładasz, że została porwana? Czy że sama uciekła?

– Nie wiem już, co zakładać – odparłem cicho. – Równie dobrze może się okazać, że to Prokocki za tym stoi.

– Rozmawiałeś z nim?

– Nie. I nie mam zamiaru.

– Może powinieneś.

Prychnąłem, a potem położyłem rękę na drzwiczkach szafki, którą miała zamiar przejrzeć. Szybko odebrała niewypowiedziany sygnał, że jej poszukiwania pójdą na marne.

– Ten facet pokazał mi zdjęcie zwłok i wmawiał, że należą do niej – odparłem. – Ewidentnie zrobi wszystko, żeby nikt nie trafił na jej trop. Nawet ja... albo szczególnie ja.

– A nie przeszło ci przez myśl, że to naprawdę mogła być ona?

– Nie.

– Bo?

– Bo Kas twierdzi, że ona żyje. I że cała sprawa z zeznaniami przeciwko Kajmanowi była prawdą.

– Ale Prokocki zaprzecza.

– Tak – przyznałem. – I dlatego nie mam zamiaru z nim rozmawiać.

Kliza poczekała, aż zaleję herbatę, a potem usiadła z kubkiem przy niewielkim stoliku. Kupiłem go za bezcen na OLX, podobnie jak dwa stare krzesła, które stały obok. Właściwie całe wyposażenie loftu skompletowałem w ten sposób, dzięki czemu wnętrze sprawiało wrażenie, jakby celowo zostało utrzymane w stylu retro.

– Może w takim razie powinieneś porozmawiać z kimś innym? – odezwała się Kliza.

– Z kim?

– Z Kajmanem.

Popatrzyłem na nią z niedowierzaniem, czekając, aż oświadczy mi, że to tylko bezrefleksyjna, niemal przypadkowo rzucona sugestia. Jola jednak trwała z niezmienionym wyrazem twarzy.

– To nie jest zły pomysł, Wern.

– Chyba żartujesz...

– Szczerze mówiąc, nie bardzo umiem. Spalam każdy dowcip.

– Tego nie spaliłaś.

– Bo to nie był żart – odparła, a potem objęła kubek dłońmi. – Ten facet może wiedzieć dokładnie to, co cię interesuje.

– Fakt – przyznałem. – Tyle że jest gangsterem, który kierował zorganizowaną grupą przestępczą. Przekręty Roberta Reimanna to przy jego działalności nic.

– Boisz się go, Wern? – spytała z przekąsem.

Usiadłem naprzeciwko niej i posłałem jej długie spojrzenie.

– Jeśli tak, to szkoda.

– Szkoda?

– Bo złożyłam wniosek o widzenie.

– Co takiego?

– Uznałam, że najlepiej będzie...

– Spotkać się z człowiekiem, który wedle wszelkiego prawdopodobieństwa wciąż poluje na moją narzeczoną?

To prawdopodobieństwo istniało tylko przy założeniu, że Kasandra mówiła prawdę. Byłem jednak przekonany, że tak jest, nawet jeśli Kliza w to wątpiła.

– O czym ty myślałaś? – wypaliłem. – Przecież nic z niego nie wyciągnę. On tymczasem zrobi wszystko, żeby wyciągnąć coś ze mnie.

– Tyle że ty nic nie wiesz.

– On tym bardziej nie.

– Jesteś pewien?

Nie, nie byłem. W tej sprawie było zbyt wiele krętych i ślepych uliczek, żebym mógł wytyczyć drogę do celu. Czułem się, jakby ktoś zamknął mnie w tym labiryncie i za punkt honoru postawił sobie, bym na próżno szukał wyjścia aż do końca życia.

Ale do czego ono właściwie się sprowadzało? Do szukania Ewy? Gonitwy za powidokiem osoby, która kiedyś znaczyła dla mnie wszystko, a teraz mogła zmienić się właściwie nie do poznania?

– Musisz się z nim spotkać – dodała po chwili Jola. – Nawet jeśli Kajman nic nie wie, przynajmniej skreślimy go z listy.

– Żeby go skreślić, musielibyśmy mieć pewność, że powie mi prawdę – odparłem. – A jestem przekonany, że usłyszę od niego same kłamstwa. O ile w ogóle zechce się spotkać.

– Skorzysta z okazji, żeby zobaczyć nową twarz i wyrwać się z celi. Jak każdy więzień.

Upiłem łyk herbaty i syknąłem, czując, że poparzyłem sobie język i podniebienie. To ewidentnie nie była dobra pora na gorące napoje, uznałem w duchu, po czym poszedłem do lodówki po coś innego. Wyjąłem butelkę prosecco.

– Nie wiedziałam, że w tym gustujesz.

– Nie gustuję.

– Więc kupiłeś dla Kasandry? Uznałeś, że coś jej się od życia należy?

Wzruszyłem ramionami i wyjąłem z szafki szklankę. Kieliszków jeszcze nie zdążyłem kupić. Może zresztą nie były mi potrzebne.

– Odstawiła prosecco – dodała Jola. – Źle jej się kojarzyło.

Zignorowałem uwagę, otwierając butelkę. Pociągnąłem łyk i od razu zrobiło mi się lepiej. Nie na tyle, by przejść do porządku nad faktem, że Kliza starała się doprowadzić do konfrontacji z mafiosem, ale przynajmniej trochę.

– Spotkanie z Kajmanem to dobry krok, Wern – zapewniła Jola. – Już dawno powinieneś go zrobić.

– Jakoś nie po drodze mi było spotykać się z człowiekiem, który mógł zlecić gwałt i pobicie mojej narzeczonej. I który był powodem jej zniknięcia.

– Przynajmniej wedle obowiązującej obecnie wersji – zauważyła.

Niepotrzebnie wciąż podawała ją w wątpliwość. Wydawała się przecież najbardziej logiczna.

Ewa zeznaje przeciwko Kajmanowi, ten najmuje zbirów, by nas zaatakowali. Prokocki nie może zapewnić Ewie państwowej ochrony, więc ukrywa ją na własną rękę.

Ale co stało się potem? Dlaczego nigdy do mnie nie wróciła? Nie dała żadnego znaku życia?

Na fundamencie tych pytań Kasandra stworzyła swoją wersję, którą wykorzystała do omotania mnie. Ale stanowiła wyłącznie jej wymysł. To, co naprawdę działo się z Ewą, było jedną wielką niewiadomą.

Odpowiedzi jednak gdzieś były. Na czternastu pozostałych kasetach.

– Sprawdziłam trop, który podsunęła Kasandra – odezwała się po chwili Kliza, jakby chciała usprawiedliwić swoją powściągliwość.

Zmarszczyłem czoło, nie bardzo wiedząc, do czego zmierza.

– Mam na myśli tę wioskę pod Kielcami, gdzie Ewa miała się zaszyć. I gdzie Kas miała znaleźć taśmy.

– Obice.

Kliza potwierdziła ruchem głowy.

– Wygląda na to, że to martwy trop. Nie ma nawet żadnych dowodów na to, że Ewa kiedykolwiek tam była.

– A jednak Prokocki tam jeździł. Tankował w okolicy.

– Według Kasandry.

Nabrałem głęboko tchu i znów pociągnąłem łyk prosecco. Picie o tej porze znaczyło tyle, że przez cały dzień będę się czuł jak przeżuty i wypluty, ale niespecjalnie mnie to teraz obchodziło.

– Według Kasandry moja narzeczona żyje – odparowałem stanowczym tonem. – I zamierzam się tego trzymać.

– Więc dlaczego się z tobą nie skontaktowała przez te wszystkie lata?

– Może była przetrzymywana wbrew własnej woli.

– Przez kogo?

– Ludzi Kajmana.

– Więc nie zabili jej, tylko ją uwięzili?

Wzruszyłem ramionami. Kliza irytowała mnie swoimi pytaniami, choć wiedziałem, że są całkowicie zasadne.

– I pozwolili jej zrobić te nagrania?

– Może uznali, że będą niegroźne. A może nie wiedzieli, że je robi. Może była zamknięta w jakiejś piwnicy, znalazła stary sprzęt VHS, kamerę i nagrała to wszystko. Może schowała gdzieś taśmy z nadzieją, że ktoś je znajdzie.

– Aha. Brzmi bardzo prawdopodobnie.

– Nie możesz tego wykluczyć.

Przez chwilę mi się przyglądała, jakby starała się stwierdzić, na jak dużą rezerwę może sobie pozwolić.

– Załóżmy, że masz rację – powiedziała w końcu. – W takim razie Ewa wykorzystałaby tę okazję, nie sądzisz?

– Do czego?

– Żeby w nagraniach przekazać coś między wierszami.

Potarłem się po karku i rozprostowałem plecy.

– Jak Juan Carlos Ortiz... – zauważyłem.

– Kto?

Nie dowierzałem, że może go nie pamiętać. W końcu to właśnie ona przedstawiła mi jakiś czas temu historię tego człowieka i odbicia pewnych zakładników.

– Facet, który wpadł na to, by wojsko przechytrzyło FARC dzięki zakodowaniu w pewnej piosence wiadomości alfabetem Morse'a.

Widziałem, że już załapała.

– Ach... – odparła. – Natalia Gutierrez Y Angelo. *Better days*.

Czy Kas wykorzystała w swojej manipulacji ten motyw dlatego, że po znalezieniu kaset doszła do takiego samego wniosku jak teraz ja i Kliza? Musiałem przynajmniej przyjąć, że to możliwe.

Owszem, wszystkie wskazówki, jakie podsuwała mi Kasandra, były wyłącznie jej wymysłem. Ale przecież mogło zainspirować ją to, co znalazła na kasetach.

Zerknąłem na magnetowid, jakbym rzucał mu wyzwanie.

– Nie ma tam nic? – spytała Jola. – Żadnego ukrytego przesłania?

Pokręciłem głową.

– Oglądałem to kilkadziesiąt razy – powiedziałem pod nosem. – Wyłapałbym, gdyby coś się pojawiło.

– Może nie było tak wyeksponowane jak tropy, które podsuwała ci Kasandra. Ona nie musiała być ekstremalnie uważna, ale Ewa tak.

Kliza miała rację. Gdyby moja narzeczona naprawdę chciała przemycić coś między wierszami, musiałaby zachować znacznie większą ostrożność. Porywacze mogli zbagatelizować sam fakt nagrań, ale tylko dopóty, dopóki uznawali, że są niegroźne.

Zamknąłem na moment oczy, przypominając sobie wszystko, co znajdowało się na taśmach.

– Chcesz obejrzeć jeszcze raz?

– Nie – odparłem bez wahania. – Pamiętam wszystko. I nic tam nie ma.

– Jesteś...

– Jestem absolutnie pewien – uciąłem, bo nie było sensu dłużej tego rozważać. – Może zresztą nie chodzi o słowa, ale o obrazy. Może przekazała mi coś gestem, grymasem lub choćby wzrokiem. Przy tak gównianym nagraniu niczego jednak nie zobaczymy.

Miałem nawet trudności z rozpoznaniem, co Ewa miała na sobie, co dopiero mówić o wyłapaniu jakichś niuansów, które mogłaby zakodować w nagraniu.

– Musiała wiedzieć o tym, że materiał nie będzie najwyższej jakości – odezwała się po chwili Jola.

– Może.

– A skoro tak, to postawiłaby raczej na słowa – uparła się. – Zobaczmy to jeszcze raz.

Chciałem zaprotestować, bo znałem to wszystko na pamięć, a kiedy zasypiałem, zniekształcone szumem słowa narzeczonej odbijały się echem w mojej głowie. Jola jednak nie czekała, aż zdążę zaoponować.

– Siadaj – powiedziała, wskazując miejsce na podłodze przed telewizorem. – I słuchaj.

– Słuchałem już wystarczająco wiele razy.

– Ale może skupiałeś się nie na tym, na czym powinieneś.

– To znaczy?

Zabrałem szklankę i podszedłem do niej. Zrezygnowany, zająłem miejsce przed ekranem, czując się jak dziecko, które nie zdołało przeforsować u rodziców tego, co chciało.

– Pamiętasz wersję Kasandry? – spytała Kliza.

– Słowo w słowo. Nie gorzej od nagrań Ewy.

Łypnęła na mnie, jakby to znaczyło więcej, niż sądziłem. Jakbym co najmniej przyznawał się do uczuć wobec obydwu tych kobiet.

– Jak bardzo się różnią? – spytała.

– Nieznacznie. Jakimiś drobiazgami, które właściwie…

– Co?

– Nic nie znaczą – dodałem, ściągając brwi.

Kliza uśmiechnęła się, jakbyśmy właśnie wspólnymi siłami dotarli do czegoś przełomowego. Położyła palec na przycisku „play", a potem popatrzyła na mnie pytająco.

– To jak? – spytała. – Jesteś gotowy skupić się na tym, co według ciebie nie ma znaczenia?

Skinąłem głową, a potem wbiłem wzrok w kineskopowy telewizor.

Po raz kolejny słuchałem tych samych słów, ale tym razem zignorowałem wszystko to, co powtarzało się w obydwu przekazach. Wszystko to, co powieliła Kasandra.

Zwracałem uwagę jedynie na to, co pominęła, bo najpewniej wydało jej się to niepotrzebne i nic nieznaczące.

Szybko przekonałem się, że Kas się myliła. Każde słowo miało znaczenie.

8

W celi, do której trafiłam, panowała niepodzielnie zieleń. Ściany były seledynowe, a dwa dwupiętrowe łóżka, stół i krzesła – szmaragdowe. Nawet suszące się między szybą a kratami gąbki do mycia były w tej samej kolorystyce. Spokoju ani komfortu temu miejscu wszędobylska zieleń jednak nie dodawała. Farba odchodziła właściwie od wszystkiego, przez co całość sprawiała raczej przygnębiające wrażenie.

Pomiędzy pryczami więźniarki rozwiesiły sznurki, na których schły bluzki i ręczniki. Na stoliku pod oknem leżało kilka książek, krzyżówki, przybory do pisania, talia zużytych kart i trochę artykułów spożywczych.

Od razu poczułam się klaustrofobicznie, bo na jedną osobę przypadało tutaj nie więcej niż trzy metry kwadratowe powierzchni. W dodatku niemal fizycznie czułam przygnębiającą atmosferę tego miejsca.

Dwie z kobiet nie zwróciły na mnie uwagi. Leżały na pryczach, odwrócone tyłem do drzwi. Trzecia jednak natychmiast zeskoczyła ze swojej.

– O w chuj – odezwała się. – Ale niespodziewajka.

Spojrzałam prosto w oczy Migocie, ani przez moment nie mając wątpliwości, że się mnie tutaj spodziewała. Przypuszczałam, że dwie pozostałe osadzone również nie muszą się odwracać, by wiedzieć, kto został do nich dokooptowany.

Migota wskazała pryczę nad jedną z nich.

– Twoje – rzuciła.

Myślałam, że usłyszę słowo „kojo" i szereg innych, które budowały więzienną nomenklaturę. Po prawdzie nie wiedziałam jednak, czy w kobiecych więzieniach też funkcjonuje.

Jedno było pewne, równouprawnienie w systemie penitencjarnym wyraźnie działało bez zarzutu. Cela nie różniła się od tych, które widywałam w reportażach z męskich więzień.

Toaleta była oddzielona od reszty jedynie lichą zasłoną, jaką na wolności znaleźć można było w starych łazienkach w peryferyjnych slumsach dużych miast. W pomieszczeniu unosił się nieprzyjemny zapach, właściwym takim miejscom, ale pomieszany z tanimi perfumami przywodzącymi na myśl raczej męskie niż damskie.

– No – odezwała się Migota. – Nie stój tak, rozgość się. I mów, jaki zarzut.

Złożyłam swoje rzeczy na łóżku, raz po raz zerkając na odwróconą plecami kobietę, nad którą miałam spać. Była starsza i wyraźnie przy ciele, a pośród przerzedzonych włosów widać było łyse placki. Ostatnia z więźniarek była w wieku Migoty.

– Pytałam, jaki zarzut?

– Zabójstwo.

Obydwie osadzone w końcu się odwróciły, ale żadna się nie odezwała.

– Kogo zajebałaś? – spytała Migota.

– Męża.

Wszystkie trzy przypatrywały mi się przez moment, a ja miałam wrażenie, jakbym uczestniczyła nie w swoim życiowym dramacie, ale w komedii. Atmosfera jednak szybko się zmieniła.

– I po co ją wypytujesz? – odezwała się ta starsza.

– Tak o, Ciotka.

– Wiesz wszystko, co masz wiedzieć.

– No, ale…

– Zresztą nie posiedzi w tej sali długo.

Poczułam dotkliwy niepokój. Te trzy kobiety tutaj na mnie czekały. Nie znalazłam się tu przypadkiem, podobnie jak przypadkowe nie było spotkanie z Migotą w celi przejściowej. Ci, którzy wpędzili mnie za kratki, zadbali o to, by wszystko poszło po ich myśli.

– Pytanie, czy ona wie, o co kaman – rzuciła Migota, patrząc na mnie. – Chciałam tylko się upewnić, nie?

– Daj jej, kurwa, spokój – odezwała się trzecia.

– Bo co?

– Bo wstanę. I przypierdolę ci tak, że zesrasz się własnymi zębami.

Migota zaśmiała się pod nosem.

– Tipsy w górę i szał – skwitowała. – Dajesz radę, Kamikaze.

Stałam przy swojej pryczy, niepewna, jak się zachować. Jedynym plusem całej tej wymiany zdań było to, że wiedziałam już, z kim siedzę. Migota, Ciotka i Kamikaze. Ta ostatnia sprawiała wrażenie... cóż, najmniej nieprzychylnej – choć ksywa mogła świadczyć o tym, że jest zdolna do wszystkiego.

Usiadła na pryczy, a potem mi się przyjrzała.

– Wiesz, że nie jesteś tu przez przypadek? – spytała.

– Wiem.

– I zdajesz se sprawę, co musimy zrobić?

Uznałam, że najlepiej będzie, jeśli nie odpowiem. Nie spodziewałam się niczego dobrego, ale wolałam nie gdybać. Przynajmniej nie na głos.

– Nic do ciebie nie mamy – kontynuowała Kamikaze. – Czaisz? Nie chodzi o to, że czymś podpadłaś. Zajebałaś swojego fagasa, bo pewnie miałaś powód, nie nam oceniać. Ale musimy zrobić to, co musimy. Jasne?

– Posłuchajcie...

– Nie ma innej opcji – ucięła Kamikaze, a potem wskazała zabrudzoną zasłonę prysznicową. – Tam jest kibel. Nie bawimy się w żadne bzdury, które znasz z telewizji. Wchodzisz, robisz swoje z odkręconą wodą, a potem wyłazisz. Bez syfu, bez jęczenia. Jasne?

Skinęłam lekko głową.

– Byłaś już w ambulatorium?

– Nie.

– To niedługo wezmą cię na badanie zębów i cipy.

– Co?

– Stomatolog i ginekolog zrobią ci przeglądy, czaisz?

Z trudem przełknęłam ślinę, wyobrażając sobie, że jeden i drugi gabinet wyglądają mniej więcej tak samo jak cela.

Kamikaze westchnęła.

– Budzenie jest o szóstej. Faza od ósmej do dziewiątej, potem wraca dopiero na wieczór – dodała i chyba zobaczyła, że nie bardzo rozumiem. – Wyłączają prąd po dziewiątej, łapiesz?

– Dlaczego?

– Oszczędność.

– Tak mówią – włączyła się Migota. – Ale naprawdę chodzi o to, żeby nam dowalić.

– Przyzwyczajaj się do chujozy – poradziła Kamikaze. – Posiedzisz tu z nami, dopóki nie zrobisz tego, co od ciebie chcą, a potem pójdziesz do zamkniętego, jak inni kiblujący za zabójstwo.

Nie sprecyzowała, kim są oni, ale nie musiała. Doskonale zdawałam sobie z tego sprawę.

Podobnie jak z tego, czego ode mnie wymagali.

– Tam będziesz miała jeszcze bardziej przesrane. Ale przynajmniej będą ci przysługiwały dwa widzenia w miesiącu. Każde po godzinę.

– Miałabyś trzecie na dziecko – włączyła się Migota. – Ale że jest warzywem, to zobaczysz je co najwyżej na stołówce.

Roześmiała się, a potem w celi zaległa ciężka cisza. Ciotka i Kamikaze posłały dziewczynie długie spojrzenia.

– Odjebało ci? – rzuciła Kamikaze.

Migota się nie odezwała i spuściła wzrok. Najwyraźniej nawet w tym miejscu wszelkie żarty kończyły się, gdy zbliżano się do tematu macierzyństwa.

Ciotka podniosła się, podeszła do niej i przez moment jej się przyglądała, jakby spodziewała się, że dziewczyna przeprosi. Ta jednak wciąż unikała nawet kontaktu wzrokowego.

Napięcie utrzymywało się jeszcze przez chwilę, po czym starsza z więźniarek w końcu odpuściła. Zbliżyła się do mnie i bez słowa zaczęła przeglądać rzeczy, które dostałam w przydziale od więziennej administracji.

– Nic się nie stało – odezwałam się, czując, że muszę w jakiś sposób przełamać ciszę. – I tak bez przerwy o tym myślę.

– Wiadomo – odparła Ciotka.

Nie przesadzałam. Ilekroć zamykałam oczy, widziałam Wojtka podłączonego do wszelkiej maści medycznej aparatury. Część tłoczyła w niego papkę, która miała zastępować jedzenie, pozostała odprowadzała wszystko to, co wiązało się z przemianą materii.

Wzdrygnęłam się i poczułam, że oczy zachodzą mi łzami. Nie wiedziałam, czy to rezultat bezsilności, czy wściekłości.

Szybko zebrałam się w sobie, odganiając wszystkie myśli związane z tym, na co nie miałam wpływu. Przynajmniej nie w tej chwili. Jeśli uda mi się opuścić mury więzienia, zadbam o najlepszą opiekę dla Wojtka. Moje konta bankowe wciąż pękały w szwach od pieniędzy Roberta. Skorzystam z nich, umieszczę go w najlepszym ośrodku, zadbam o zastosowanie najnowszych, najskuteczniejszych terapii i zrobię wszystko, żeby mój syn miał normalne życie.

Ciotka wyjęła z torebki szczoteczkę do zębów i przyjrzała jej się pod światłem.

– Wiesz, co z tym zrobić? – spytała.

– To znaczy?

– Chodź – rzuciła, a potem skierowała się ku zasłonie.

Weszłyśmy do niewielkiej klitki obłożonej spękanymi kafelkami. Były tak stare, że nie dało się stwierdzić, jaki oryginalnie miały kolor. Umywalka była w nie najgorszym stanie, kibel wręcz przeciwnie – pokrywały go ciemne zacieki, a na dole widziałam ślady kału.

– Halo – odezwała się Ciotka.

Podniosłam wzrok i spojrzałam jej prosto w oczy. Kiedy otworzyła lekko usta, zobaczyłam, że ma mocno wyszczerbione jedynki.

Znów wskazała na szczoteczkę do zębów, a ja zrozumiałam, że najwyraźniej klawisze zrobili coś, przez co ta wymagała dezynfekcji przed pierwszym użyciem. Nie chciałam nawet myśleć o tym, na co konkretnie pozwolili sobie funkcjonariusze.

Szybko przekonałam się, że się pomyliłam.

Ciotka pochyliła się, a potem przeciągnęła szczoteczką po zasyfionej muszli klozetowej. Zanim zdążyłam zorientować się, co się dzieje, w toalecie pojawiły się Migota i Kamikaze. Złapały mnie i wykręciły mi ręce na plecy, nie dając szansy na jakąkolwiek reakcję.

– Hej, spokojnie! – krzyknęłam.

– Stul pysk – rzuciła Migota. – Ściągniesz tu kogoś z peronu, będziesz miała jeszcze bardziej przejebane.

Spojrzałam z przerażeniem na Ciotkę, która jeszcze przez chwilę wycierała szczoteczką kibel, a potem się wyprostowała. Widok ciemnych, brązowych plam na białych włoskach sprawił, że zrobiło mi się słabo.

– Jak mówiłam, to nic osobistego – odezwała się.

Zachowywała zupełną obojętność. W przeciwieństwie do niej dwie pozostałe więźniarki wyraźnie okazywały swoje emocje. Migota była w siódmymi niebie, Kamikaze sprawiała zaś wrażenie, jakby to ona była ofiarą.

– Czas na szorowanie ząbków – rzuciła ta pierwsza.

Kiedy Ciotka zbliżyła ufajdaną szczoteczkę do moich ust, zrobiło mi się niedobrze. Zaciskałam mocno wargi, ale osadzonej udało się wcisnąć ją do środka. Walczyłam z odruchem wymiotnym, kiedy jednak włoski przesuwały się po moich zębach i dziąsłach, wiedziałam już, że długo nie wytrzymam.

Puściły mnie, kiedy targnęły mną torsje. Opróżniłam zawartość żołądka do muszli, trzymając mocno za jej boki.

Nie zdążyłam nawet otrzeć ust. Poczułam, jak ktoś zaciska mi dłoń na karku, a potem z całej siły wpycha moją głowę do klopa. Ktoś inny pociągnął za spłuczkę i woda zalała mi twarz.

Nie wiedziałam, jak długo trwało to upokorzenie.

Kiedy mnie zostawiły, siedziałam na podłodze z podkurczonymi nogami. Woda z kibla ściekała mi po włosach, a ja co chwilę miałam wrażenie, jakbym miała znów zwymiotować.

Po chwili rozległ się dźwięk odsuwanej zasuwy, a potem otwieranego zamka. Jeden ze strażników wszedł do środka, zapytał o mnie, po czym odsunął zasłonę. Przyjrzał mi się w sposób pozbawiony emocji.

– Wytrzyj się – polecił. – Ktoś do ciebie przyszedł.

Nie miałam siły zapytać kto. Nawet się nie poruszyłam, choć wydawało mi się, że jestem gotowa na wszystko, byleby przynajmniej na moment opuścić to miejsce.

Boże, czy to wszystko przed momentem stało się naprawdę?

Znów zrobiło mi się niedobrze.

– Słyszysz? – zapytał strażnik, a potem cofnął się o krok. – Co z nią jest?

– Nic – odparła Migota. – Myła zęby i włosy.

Rzucił jeszcze coś, ale nie zrozumiałam co. Chwilę później dwie młodsze więźniarki weszły za kotarę, podniosły mnie, a Kamikaze niedbale wytarła mi włosy. Klawisz musiał uznać, że to wystarczy, bo zaraz potem wyprowadził mnie z celi.

Przypuszczałam, że przejdziemy do pokoju widzeń, ale zamiast tego mężczyzna poprowadził mnie do niewielkiego pomieszczenia na końcu korytarza.

Poczułam niepokój. Przeszło mi przez myśl, że to, czego przed chwilą doświadczyłam, będę za moment wspominać jako niewinny początek prawdziwej gehenny.

Klawisz wpędził mnie do środka, jakbym znajdowała się w stadzie bydła, a potem wyszedł z powrotem na korytarz i trzasnął drzwiami.

W niewielkim pokoju czekał na mnie inny mężczyzna. Stał pod ścianą, mimo że na środku pomieszczenia znajdowały się dwa krzesła i stół.

– Wreszcie się spotykamy – odezwał się.

Podniosłam wzrok, ale nie rozpoznałam przybysza.

– Siadaj.

Zajęłam miejsce, uznając, że jakakolwiek oznaka sprzeciwu mi się nie opłaci.

– Wiesz, kim jestem?

– Nie.

W końcu się poruszył. Podszedł do mnie, przysiadł na skraju stołu i kładąc rękę na kolanie, przechylił się na bok. Przyglądał mi się jak jakiemuś ciekawemu okazowi.

– Podkomisarz Prokocki – przedstawił się.

Zmrużyłam oczy, również go oceniając.

– Wiesz, dlaczego tu jesteś? – spytał.

– Bo zabiłam męża.

Roześmiał się w chłodny, niepokojący sposób, który dowodził, że moja odpowiedź nie ma nic wspólnego z prawdą.

Oboje zdawaliśmy sobie z tego sprawę. Właściwie byliśmy jedynymi osobami, które wiedziały, co tak naprawdę się dzieje.

Trwał przez moment w bezruchu, z zastygniętym grymasem na twarzy.

Potem podniósł się, położył ręce na stole i pochylił się. Pociągnął kilkakrotnie nosem, z pewnością czując zapach rzygowin i tego, co znajdowało się na szczoteczce.

– Wyjaśnij mi na początek jedną rzecz – odezwał się. – Dlaczego wmawiasz Damianowi Wernerowi, że jego narzeczona żyje?

9

Od samego rana dzwoniłem do drzwi Stefana Bronowicza. Podobnie jak wcześniej, tak i teraz sąsiad nie otwierał.

– Może odstawił kitę? – szepnęła stojąca obok mnie Kliza. – Ile razy próbowałeś się do niego dostać?

– Zbyt dużo.

Od początku zakładałem, że będę próbował do skutku. To za sprawą Bronowicza w ogóle dostałem kasetę, a oprócz tego to właśnie on zupełnym przypadkiem miał pod ręką cały sprzęt pozwalający ją odtworzyć.

– Mówiłeś, że ile ma lat?

– Góra siedemdziesiąt.

– No, to już dla niektórych najwyższa pora – zauważyła Jola. – Ja przynajmniej zamierzam przed tym pułapem się odmeldować.

Nacisnąłem dzwonek po raz kolejny, ale i tym razem bez skutku.

– Gdybym była jak Maggie Smith, planowałabym dłuższą karierę. Albo jak Judi Dench, Jane Fonda czy Sophia Loren… Wiedziałeś, że ta ostatnia ma już osiemdziesiąt cztery lata?

– Nie.

– Maggie Smith i tak bije je wszystkie na głowę.

Odwróciłem się plecami do drzwi i oparłem się o nie.

– Nie masz pojęcia, o kogo chodzi, prawda? – spytała, ale nie czekała na odpowiedź. – Księżna Violet z *Downton Abbey*. No i profesor od transmutacji w Hogwarcie, Minerva…

– Jasne – uciąłem. – Ale o ile nie potrafimy przeobrazić zamka w tych drzwiach w jakąś galaretę, transmutacja nie specjalnie nam pomoże.

– To też mogłoby okazać się daremne – odparła Kliza. – Bo w środku zamiast odpowiedzi może czekać trup tego gościa.

Spojrzałem na nią z niedowierzaniem, choć właściwie mogła mieć rację. Stefan Bronowicz był wprawdzie w całkiem niezłej formie, ale mając na uwadze wszystko, co działo się w tej sprawie, mógł zejść z przyczyn niekoniecznie naturalnych.

Potrząsnąłem głową i uznałem, że nie ma co poddawać się szaleństwu Klizy. Wskazałem prowadzące w dół schody, a potem oboje ruszyliśmy na podwórko. Stara skoda felicia czekała na nas tam, gdzie ją zostawiłem.

Instalacja gazowa wymagała gruntownego przeglądu, skrzynia biegów i klocki hamulcowe były właściwie do wymiany, ale samochód ojca wciąż jeździł. A od kiedy rodzice przesiedli się na komunikację miejską, auto wpadło w moje ręce.

Kliza przez chwilę siłowała się z drzwiami po stronie pasażera, ale ostatecznie udało jej się je otworzyć. Weszliśmy do środka, a ona z powątpiewaniem spojrzała na kasetowe radio.

– Bywasz na zjazdach motoryzacyjnych antyków? – spytała.

Nie odpowiedziałem, przekręcając kluczyk z nadzieją, że tym razem rozrusznik zaskoczy od razu i felicia zada kłam temu, co sugerowała Kliza. Silnik tradycyjnie potrzebował jednak chwili.

Wyjechałem z podwórka i po nierównej kostce brukowej skierowałem się w stronę Kołłątaja. Od celu dzielił nas jakiś kwadrans, jeśli na Piastowskiej nie będzie zwyczajowego korka. Pora była jeszcze odpowiednia, więc liczyłem na to, że dość szybko uda nam się znaleźć miejsce wskazane mi przez Ewę w nagraniu.

Chciałem spróbować zaraz po tym, jak tylko wyłapałem ukryty sens na nagraniu. Kliza uparła się jednak, że musi wiedzieć, w co się ładuje. Wykonała pospieszny research, właściwie nie dochodząc do niczego znaczącego, a zaraz potem opuściliśmy mieszkanie i po drodze postanowiliśmy, że sprawdzimy jeszcze, czy Bronowicz jest w domu.

Wiadomość w nagraniu była dobrze ukryta. Nie od razu zwróciłem na nią uwagę, bo zdawała się zaplątana w inny wątek i niewiele znacząca.

Ewa opowiadała o Biskupinie i o tym, że od dziecka interesowała się archeologią, w szczególności początkami polskiego osadnictwa. Cała ta relacja pozwoliła Kasandrze stworzyć element swojej układanki w Muzeum Archeologicznym, w którym czekał na mnie jeden z pendrive'ów.

Gdzieś w tym wszystkim było jednak coś więcej. Ewa mówiła o tym, dlaczego w ogóle zainteresowała się archeologią. Podkreślała ogromną liczbę tajemnic, które do dzisiaj pozostają nierozwiązane. Od nieukończonego, największego egipskiego obelisku, który znaleziono w Asuanie, przez podziemne tunele z epoki kamienia, które ciągną się od Szkocji do Turcji, aż po setki tajemniczych kamiennych kul rozsianych po Kostaryce, których znaczenia nikt nie zna. Na koniec Ewa dodawała, że gdziekolwiek na globie by się znajdować, takie rzeczy z pewnością da się odnaleźć w okolicy. W Opolu także. Jako przykład podała owianą niepokojącą legendą kapliczkę i dodała, że historycy nie są w stanie ustalić nawet tak podstawowych faktów jak to, kto w tamtym miejscu zginął i kiedy została wzniesiona.

Nie miałem pojęcia, o czym mowa, ale zdawałem sobie sprawę, że to wskazówka. Cały ten wątek nie pojawił się w nagraniach Kasandry, bo uznała go za całkowicie zbędny. Ja jednak nie mogłem oprzeć się wrażeniu, że znalazł się na kasecie nie bez powodu.

Przejrzenie materiałów w internecie nie pomogło nam w ustaleniu, co Ewa mogła mieć na myśli. Google podsuwał niemal same wyniki z innych miast, sugerując usunięcie słowa „Opole". Szybko stało się dla nas jasne, że sami sobie nie poradzimy.

Nie znałem wielu osób, które mogłyby pomóc w rozszyfrowaniu zagadki. Właściwie jedyną była ta, do której wraz z Klizą się teraz kierowaliśmy.

Moja nauczycielka historii z liceum, mieszkająca na blokowisku przy Koszyka. Była nie tylko świetnym dydaktykiem, ale też pasjonatką lokalnej historii. Jeśli ktokolwiek miał wiedzieć, o jakiej kapliczce mowa, to właśnie ona.

Zatrzymaliśmy się przed jednym z bloków, a potem wysiedliśmy z samochodu.

– Jesteś pewien, że ją zastaniemy? – odezwała się Jola.

Popatrzyłem na nią z rezerwą.

– Nie jestem nawet pewien, czy nadal tu mieszka.

Podczas ostatniego licealnego zjazdu dowiedziałem się, że przeszła na emeryturę, ale nic poza tym.

– A skąd w ogóle wiesz, że tutaj mieszkała? – zapytała Jola. – Ja nie mam pojęcia, gdzie miałabym szukać moich nauczycieli z liceum.

Zobaczyłem w jej oczach niewypowiedzianą sugestię, która z pewnością nie przyszłaby jej na myśl, gdyby tylko wiedziała, w jakim wieku była ta nauczycielka.

– Kandydowała kiedyś do rady miasta – odparłem. – A że mieliśmy z nią dość dobre układy, pomagaliśmy jej przy kampanii.

– My?

– Ja i kilkoro znajomych – oburknąłem, podchodząc do klatki schodowej. – Zresztą nieważne.

Powiodłem wzrokiem po liście nazwisk przy domofonie i w końcu wypatrzyłem to, którego szukałem. Bez namysłu nacisnąłem przycisk i nie musiałem długo czekać, aż moja dawna nauczycielka odbierze.

Natychmiast skojarzyła, kim jestem, a ja po raz kolejny utwierdziłem się w przekonaniu, że grupą zawodową o najlepszej pamięci są właśnie nauczyciele. Miałem wrażenie, że każdy, z kim kiedykolwiek zetknąłem się w murach szkoły, potrafi rozpoznać swoich uczniów na mieście.

Renata Labeda wyraźnie straciła na wadze, odkąd ostatnio ją widziałem. Siwe, przerzedzone włosy dawały pojęcie o tym, ile stresu kosztowały ją lata spędzone w szkolnych murach ze zgrają upierdliwych małolatów. Choć trzeba przyznać, że traktowaliśmy ją lepiej niż większość nauczycieli –

może pomijając fakt, że za sprawą swojego nazwiska otrzymała przezwisko Lebiega.

Przywitała mnie, jakby zawitał do niej długo niewidziany siostrzeniec. Zaprosiła nas do środka, przedstawiła Klizie swojego męża, a potem wdaliśmy się w krótką, obowiązkową wymianę zdań przy herbacie.

– Słyszałam o tym, co cię spotkało – odezwała się Labeda. – To naprawdę okropne. Nie dość, że najpierw to zniknięcie Ewy, to jeszcze... Ech.

Skinąłem głową, nie chcąc podejmować tematu.

– Zdarzają się gorsze rzeczy, pani profesor.

Z jakiegoś powodu poczułem się dziwnie, zwracając się do niej w ten sposób. Kiedy byłem w liceum, wydawało mi się to całkiem naturalne, teraz – wręcz przeciwnie. Z drugiej strony do lekarza przyjmującego mnie w gabinecie mówiłem „doktorze", mimo że doktoratu przecież nie miał.

– Ale może nie jest tak źle, jak przedstawiły to media – dodałem.

– Naprawdę?

Popatrzyłem na Jolę, a ta uśmiechnęła się poprawnie, jakby uznała, że sytuacja wymaga standardowego grymasu.

– Właściwie dlatego panią nękamy.

Uniosła pytająco brwi, a ja odstawiłem kubek z herbatą.

– Nie nękacie – zapewniła. – O co chodzi?

– Pamiętam, że zajmowała się pani historią Opolszczyzny – zacząłem. – I pomyślałem, że może byłaby nam pani w stanie pomóc.

– Och, z pewnością spróbuję – zadeklarowała z przekonaniem. – W czym konkretnie miałabym pomóc?

– Szukamy pewnej kapliczki – włączyła się Jola. – Nie wiemy, na czyją cześć została wzniesiona ani w którym roku.

– W takim razie powiedzcie, jak wygląda, a może…

– Nie rozumie pani – ucięła Kliza. – To są wszystkie informacje, które mamy.

Uznałem, że aby ta sytuacja nie przerodziła się w groteskę, muszę się włączyć.

– Rzecz w tym, że nie tylko my nie znamy daty ani przeznaczenia – odezwałem się. – Nie mogą tego ustalić także historycy. Kojarzy pani może takie miejsce?

– U nas, w Opolu?

Pokiwałem głową, analizując każdy mięsień na jej twarzy i starając się rozpoznać, czy coś przyszło jej na myśl.

– Nie wiecie nawet, o jaką dzielnicę chodzi?

– Niestety nie.

– Cóż…

– Wiemy tylko tyle, że jest jakaś niepokojąca legenda na temat tego miejsca. I że właściwie niczego więcej o nim nie wiadomo.

– Nic nie wpadło pani do głowy? – włączyła się Kliza.

– Pozwólcie, że się zastanowię.

Uciekła wzrokiem, a potem zmarszczyła czoło, jakby potrafiła przypomnieć sobie każdą kapliczkę stojącą w Opolu. W końcu pokręciła głową, podniosła się i podeszła do półek zastawionych nieco przykurzonymi książkami. Wyjęła jedną z nich i rozłożyła ją na stole. Przez chwilę na przemian śliniła palec i przewracała strony.

– Kojarzy pani coś takiego? – powtórzyła z nadzieją Jola.

– Możliwe…

W końcu przestała przerzucać kartki i wbiła palec wskazujący niczym pinezkę w jedną z nich.

– Wójtowa Wieś – oznajmiła, a potem obróciła książkę tak, byśmy mogli zerknąć.

Na czarno-białym zdjęciu widać było niewielką murowaną kapliczkę, wyraźnie zaniedbaną i przyklejoną do niewysokiego budynku. Figurka Matki Boskiej miała rozłożone ręce, a jej szaty luźno opadały z przedramion.

– To jedyne, co przychodzi mi na myśl – oświadczyła Labeda. – Przypuszczalnie powstała w dziewiętnastym wieku, ale nie ma zgody co do konkretnej daty. Niektórzy podają pierwsze lata, inni tysiąc osiemset sześćdziesiąty szósty, a jeszcze inni tysiąc osiemset siedemdziesiąty pierwszy.

Przypatrywałem się tej niewielkiej budowli, zastanawiając się, dlaczego Ewa miałaby wskazać akurat to miejsce.

– Podobnie mętnie ma się sprawa jej przeznaczenia – dodała Renata.

– To znaczy? – spytała Kliza. – Takie rzeczy chyba nadają się tylko do jednego, prawda?

– Zasadniczo tak, ale powstają z różnych pobudek… Niektóre budowało się jako wotum błagalne, by wyprosić urodzaj czy inną łaskę, inne jako wotum dziękczynne, miejsce pamięci jakiegoś istotnego zdarzenia albo dla celów pokutnych.

– Myślałam, że to wszystko po prostu na chwałę Bożą. Tak bezinteresownie.

– Takie też powstawały.

Postukałem palcem w kapliczkę, którą pokazała nam nauczycielka.

– I nikt nie wie, jaki był cel tej? – zapytałem.

– Nie na pewno. Niektórzy twierdzą, że miała być miejscem pamięci jakiegoś poległego oficera, inni, że upamiętnieniem starcia armii pruskiej i austriackiej lub… idąc jeszcze dalej wstecz, miała zostać zbudowana w miejscu, gdzie pochowano żołnierzy armii Napoleona.

Nabrałem głęboko tchu. To rzeczywiście brzmiało, jakbyśmy trafili na miejsce opisywane przez Ewę.

– A legenda? – zapytałem.

– Krąży po Wójtowej Wsi od dobrych stu lat, głównie dlatego, że mimo braku zgody co do przeznaczenia kapliczki jedno jest pewne.

– Co? – odezwała się Jola.

– Że pod nią znajdują się jakieś ciała. Każda wersja to zakłada.

– W porządku – rzuciłem. – Ale co z tą legendą?

Historyczka zaczęła opowiadać o Piotrze Gisie, chłopaku, którego matka pewnego dnia wysłała do sklepu po naftę. Kiedy mijał kapliczkę, zobaczył na jej dachu niewyraźną postać owiniętą białym całunem. Zaczął gwizdać jakąś melodię, zapewne po to, by dodać sobie otuchy, czym sprowadził na siebie gniew zjawy.

– Ta zamieniła się w kota, zeskoczyła z dachu i owinęła się wokół jego szyi – ciągnęła Labeda. – Udusiłaby go, gdyby nie przywołał starej modlitwy mającej przypominać duchom, że wszystkie powinny wielbić Boga.

Przełknąłem ślinę. Nie brzmiało to zbyt poważnie, a mimo to z jakiegoś powodu poczułem się nieswojo.

– Chłopiec wrócił bezpiecznie do domu – dodała nauczycielka. – Minęły lata, ale tę historię opowiadał jeszcze w PRL-u.

Nie musieliśmy się upewniać, czy nie ma innych kapliczek, które pasowałyby do kryterium naszych poszukiwań. Znaleźliśmy tę właściwą. Zapytaliśmy Labedy, gdzie jej szukać, po czym szybko podziękowaliśmy. Opuściliśmy blok chwilę później, przekonani, że w Wójtowej Wsi czeka na nas nasza własna zjawa.

Dojazd z Zaodrza zabrał nam niecałe dziesięć minut. Okolica nijak nie pasowała do nazwy, bo nowa dzielnica Opola miała coraz mniej wspólnego z jakąkolwiek wsią. Po drodze minęliśmy nową krytą pływalnię, wyrosłe jak grzyby po deszczu ekskluzywne osiedla i zatrzęsienie nowoczesnych domków jednorodzinnych.

Chwilę zajęło nam zlokalizowanie miejsca, którego szukaliśmy. Znajdowało się na uboczu i właściwie trudno byłoby trafić na nie przez przypadek.

Wysiedliśmy z auta i spojrzeliśmy na kapliczkę. Jej stan wyraźnie pogorszył się od czasu, kiedy zrobiono zdjęcie, które widzieliśmy u Labedy. Obeszliśmy ją, przyglądając się każdemu szczegółowi, a potem zatrzymaliśmy się na wprost niej.

– Okej… – mruknęła Kliza. – Co teraz?

Zbliżyłem się do figury Matki Boskiej. Kiedyś musiała być biała, teraz pokryła się ciemnym nalotem. Szczególnie niepokojąco wyglądał ten, który osadził się w kącikach oczu, zupełnie jakby postać płakała czarnymi łzami.

Widziałem resztki uschniętych kwiatów, pozostałości po wypalonych świecach i trochę wosku. Nic, co mogłoby mi pomóc w ustaleniu, dlaczego Ewa wspominała akurat o tym miejscu.

– Wern?

– Nie mam pojęcia.

– To co? Modlimy się?

Jola stanęła obok mnie. Przesunęła palcem po policzku figury, a potem popukała w nią.

– Nic tu nie ma – rzuciła.

– A czego się spodziewałaś? Pakietu starych kaset VHS?

– Nie wiem… czegoś. Czegokolwiek.

Zaczęliśmy bezradnie się rozglądać. Na kryjówkę to miejsce nadawało się wprost idealnie. Kapliczka właściwie była dobudówką do stojącego tutaj domu, dzięki któremu przypadkowy przechodzień nie dostrzegłby ani mnie, ani Klizy. Jedynymi osobami, które mogłyby nas wypatrzyć, byli jego mieszkańcy, jako że jedno z okien wychodziło właśnie na tę stronę.

Budynek wyraźnie różnił się od kapliczki, został niedawno wyremontowany i mimo że bryła przywodziła na myśl stare śląskie domy, elewacja i wszystko inne dowodziło, że ktoś wdrożył najnowsze trendy architektoniczne.

– Może zapytamy gospodarzy? – zaproponowałem.

– O co? Czy przypadkiem nie widzieli Ewy?

Spojrzałem na nią z pretensją, a Kliza szybko uniosła dłonie w przepraszającym geście. Nie powinienem dziwić się jej frustracji, sam też przecież ją czułem. Nie dość, że do niczego nie dotarliśmy, to jeszcze oboje odczuwaliśmy presję czasu.

Wiedzieliśmy, że tryby jakiejś machiny poszły w ruch. Ktoś realizował swój plan, który rozpoczął się od porwania dziecka. W dodatku każda minuta w więzieniu mogła okazać się dla Kasandry tragiczna. Nie rozmawialiśmy o tym, ale mieliśmy przecież tego pełną świadomość. Przypuszczałem, że Jola byłaby gotowa pomóc jej w ucieczce, gdyby tylko istniała taka możliwość, a ja… cóż, jeszcze kilka dni temu cieszyłbym się z takiego rozwoju wypadków. Teraz nie – i nie chodziło jedynie o to, że dziecko w śpiączce zostało pozbawione matki.

– Spróbujmy – zgodziła się w końcu Kliza. – Co nam szkodzi.

Wyszliśmy zza kapliczki, ale kiedy tylko zobaczyłem nadjeżdżający samochód, złapałem Jolę za ramię i pociągnąłem ją gwałtownie do tyłu.

– Ej, co ty sobie…

– Czekaj – rzuciłem półszeptem, wycofując się jeszcze bardziej.

Zniknęliśmy z widoku kierowcy nadjeżdżającego samochodu, ale kiedy lekko się wychyliłem, mogłem bez problemu go dostrzec. I rozpoznać.

Fakt, że podkomisarz Prokocki tutaj był, dowodził, że trafiliśmy w dobre miejsce.

10

Po powrocie do celi – czy sali, jak mówiły inne osadzone – wciąż rozgrywałam w głowie rozmowę z Prokockim. Jego słowa odbijały się głuchym echem, a kiedy tylko zamykałam oczy, widziałam jego świdrujące spojrzenie.

Już po krótkim wstępie nie miałam wątpliwości, że orientuje się w sytuacji nie gorzej ode mnie. Kiedy nachylił się nade mną, poczułam dobitnie, że to właśnie on jest w tej chwili moim największym problemem.

– Dlaczego wmawiasz Damianowi Wernerowi, że jego narzeczona żyje? – zapytał.

– Bo taka jest prawda.

Roześmiał się, już po raz drugi, od kiedy weszłam do pokoju. Sprawiał wrażenie, że humor mu dopisuje, ale w rzeczywistości musiało być dokładnie odwrotnie. Musiał obawiać się, że wszystko, co zrobił jedenaście lat temu, teraz wyjdzie na jaw.

– Dobrze wiesz, że to bzdura – odparł, po czym zajął miejsce naprzeciwko.

– Dobrze wiem, że żyje. I Damian ją znajdzie.

Kolejny wybuch śmiechu.

– Znaleźliśmy ciało, została zidentyfikowana. A on widział zdjęcia z sekcji.

– Widział także inne fotomontaże w Photoshopie – odparowałam. – I rozumie, że w dobie wszędobylskich, tworzonych przez amatorów fejków z celebrytami spreparowanie takiej fotografii to żaden problem.

Zdawał się coraz bardziej rozbawiony.

– Naprawdę niezła z ciebie krętaczka.

Nie odzywałam się, uznając, że nie mam o czym rozmawiać z tym człowiekiem. W tej chwili mogło się to skończyć jedynie pogorszeniem mojej sytuacji.

– Przyznaję, Werner jest lekko narwany – stwierdził podkomisarz. – Ale nawet on nie może łudzić się, że Ewa żyje.

Wciąż nie odpowiadałam.

– Daj spokój – poradził Prokocki. – Naprawdę myślisz, że w ten sposób unikniesz kary?

– W jaki sposób?

– Sterując nim jak latawcem? – spytał i prychnął. – Do niczego dobrego to nie doprowadzi. Szczególnie jeśli chodzi o ciebie.

– To groźba?

– Zazwyczaj nie tracę na nie czasu. Zamiast tego od razu przechodzę do czynów.

Uśmiech nie schodził mu z twarzy, a ja czułam się coraz bardziej nie na miejscu. Nie miałam pojęcia, czy o tej rozmowie w ogóle wie administracja zakładu. A jeśli nawet, to czy ktokolwiek kiwnąłby palcem, żeby w razie czego mi pomóc.

– To dobra rada – dodał Prokocki. – I daję ci ją tylko dlatego, że masz u mnie fory.

– Za?

– Za determinację. I bezkompromisowość.

Nagle spoważniał, a potem zaczerpnął głęboko tchu i zaplótł dłonie na karku. Uniósł głowę i przez moment się namyślał.

– Ale wytłumacz mi, co ci strzeliło do głowy? – zapytał. – Co konkretnie starasz się osiągnąć?

Nie odpowiedziałam.

– Po co mącisz w głowie Wernerowi? – ciągnął podkomisarz. – Gdybym nie zapoznał się z twoimi aktami, mógłbym sądzić, że to po prostu wynik jakiejś chorobliwej potrzeby dominacji i pociągu do manipulowania innymi, ale wiem, że taka nie jesteś. Zachowujesz się pragmatycznie.

Spuścił wzrok i wbił go w moje oczy.

– A więc dążysz do czegoś konkretnego – dodał. – Do czego?

Zabębnił nerwowo palcami o blat.

– I co to za brednie z tymi kasetami?

Przypuszczałam, że niedługo odpuści, widząc, że niczego ze mnie nie wyciągnie.

– Po co kazałaś mu szukać czegoś, co nie istnieje? – spytał, marszcząc brwi. – Co?

Podniósł się, okrążył stół, a potem zaczął chodzić od ściany do ściany. W końcu zatrzymał się za moimi plecami, a ja poczułam się jeszcze bardziej zaniepokojona niż wcześniej. Nawet gdybym nie znała tego człowieka, prawdopodobnie wyczułabym, że jest zdolny do wszystkiego.

– Słuchaj – zaczął. – Sprawa jest prosta. Albo skończysz z tym cyrkiem, albo będziesz tu miała prawdziwe piekło na ziemi.

– Już mam.

Do końca rozmowy nie odezwałam się już słowem. Prokocki przez jakiś czas starał się coś ze mnie wyciągnąć, ale w końcu odpuścił. Strażnik zaprowadził mnie z powrotem do celi, ale wciąż miałam wrażenie, jakbym nie uwolniła się od podkomisarza. W dodatku trzy więźniarki patrzyły na mnie w sposób sugerujący, że wcześniejsze zdarzenia w kiblu były tylko początkiem tego, co mnie czeka.

Musiałam spojrzeć prawdzie w oczy i dopuścić do siebie, że wszyscy byli przeciwko mnie. Nie miałam żadnego sojusznika. Nie tylko tutaj, ale także poza kratami.

Może z wyjątkiem Werna. Choć on sam z pewnością twierdziłby inaczej.

Usiadłam na pryczy, zastanawiając się, co teraz robi. Ruszył tropem, który starałam się mu podsunąć? Zastanawia się, jak ma oceniać to, że trafiłam do więzienia? Od roku właściwie na to liczył. Uznał zatem pewnie, że przynajmniej jedna sprawa została zakończona.

Jakkolwiek by było, Damian był jedyną osobą, która mogła sprawić, że stąd wyjdę. Tyle że nie miałam jak nawiązać z nim kontaktu.

Dziewczynom, które odsiadywały prawomocne wyroki, paradoksalnie przysługiwało więcej praw niż tymczasowo aresztowanym. Miałam wrażenie, że znajduję się gdzieś na uboczu systemu penitencjarnego, w szarej strefie, gdzie nie obowiązują żadne zasady ani gwarancje praw człowieka. I gdzie można zrobić z osadzonymi niemal wszystko.

Położyłam się na łóżku i zamknęłam oczy.

Wern, działasz tam na zewnątrz? Starasz się odkryć prawdę? A raczej to, co wszyscy wokół usiłują sprzedać ci jako prawdę?

Westchnęłam głęboko. Nie miałam pewności, czy Damian postąpi tak, jak powinien. A nawet jeśli, to czy ruszy odpowiednią drogą.

Musiałam się z nim skontaktować. Natychmiast. Póki mam jeszcze resztki honoru do ratowania.

– Wygodnie? – rozległ się głos Migoty.

Otworzyłam oczy i zobaczyłam stojącą przy łóżku dziewczynę.

– Pewnie jesteś przyzwyczajona do jakichś wodnych materaców i innych takich, nie?

– Niespecjalnie.

Oparła się łokciem o pryczę, a potem położyła brodę na zaciśniętej pięści. Przyglądała mi się przez chwilę, a ja robiłam wszystko, by nie patrzeć jej w oczy.

– Wyobrażam sobie ciebie na zewnątrz – dodała. – Żakieciki, kapelusiki, te sprawy.

– Nie masz nic lepszego do roboty?

– Pewnie raz w tygodniu fitnesik, raz joga, raz jakaś zumba czy inne gówno. Wieczorami winko, świeczki i inne chuje muje.

W końcu na nią spojrzałam.

– Nie masz pojęcia, jak wyglądały moje wieczory.

– Nie było świeczek?

Podniosłam się i usiadłam na pryczy, ale Migota nawet nie drgnęła.

– Ale ruchańsko pewnie dobre – rzuciła. – Przynajmniej od fagasa na boku, bo męża przecież nie bez powodu zajebałaś.

Roześmiała się i obróciła w stronę Kamikaze, szukając aprobaty. Ta zupełnie ignorowała naszą wymianę zdań.

– Spoko – rzuciła Migota. – Tutaj będziesz miała jeszcze lepsze, musisz tylko nauczyć się kilku rzeczy.

Przypuszczałam, że cała ta rozmowa nie odbywa się przypadkiem. Stanowiła zapowiedź kolejnej odsłony upodlenia, jakie miałam tutaj przechodzić.

Czy rzeczywiście sprawiałam na nich takie wrażenie, jak sugerowała ta dziewczyna? Kobiety, która jednego dnia chodziła na obcasach i w żakiecie, a drugiego musiała zrzucić to wszystko i wejść do nowego, zupełnie obcego świata?

Jeśli tak, to nie miały pojęcia, czym jest przemoc domowa. I jak potrafi zaprawić w boju.

– Pewnie nieraz jebłaś sobie saunę parową na włosy – dodała Migota. – I lifting na ryj, nie? Takie rzeczy to musiała być u ciebie norma.

Zeskoczyłam z pryczy i stanęłam przed nią. W końcu zmieniła pozycję, odwracając się na wprost mnie. Przechylała głowę na boki i patrzyła mi wyzywająco w oczy.

– Chcesz wiedzieć, co było u mnie normą? – odezwałam się. – Bycie okładaną co noc przez męża, czasem do nieprzytomności. Nieustanna obawa, czy mój syn czegoś nie usłyszał. Pogrążanie się w coraz większym otępieniu i…

– Obok chuja by mi to latało, jakbym go miała – ucięła Migota, łapiąc się za krocze. Zbliżyła się jeszcze o krok i przez moment miałam wrażenie, że przywali mi z byka. – Myślisz, że tylko ty tutaj za to trafiłaś?

– Połowa z nas siedzi za takie rzeczy – odezwała się w końcu Ciotka.

– Tyle że nie wszystkie mieszkałyśmy w pierdolonych willach – dodała Migota. – Tam byłaś paniusią, tu będziesz zwykłą szmatą. Łapiesz?

Kątem oka zauważyłam, że Kamikaze się podnosi. Zaraz potem to samo zrobiła Ciotka. Wszystkie trzy stanęły obok mnie.

Gorączkowo zastanawiałam się, czy jest coś, co mogłabym zrobić, by uniknąć kolejnego poniżenia. Na litość ich nie wezmę, to było jasne. Dostały jasne polecenia od ludzi, którzy w roli oprawców godnie zastąpili mi Roberta.

Być może zapłacili tym trzem za to, żeby się mną zajęły. Jeśli tak, to może byłabym w stanie je przekupić. Problem polegał na tym, że na słowo mi nie uwierzą, a ja nie miałam dostępu do zgromadzonych na wolności środków.

Protekcja? To była chyba jedyna możliwość. Nieraz słyszałam, że w kobiecych więzieniach relacje seksualne między osadzonymi wyglądają inaczej niż w męskich zakładach karnych. Tam każdy mógł świadczyć je każdemu, tutaj dziewczyny żyły w związkach, nikt nikogo do niczego nie zmuszał, nie dochodziło do gwałtów. Pozorowano miłość – co nie przeszkadzało więźniarkom witać gorąco chłopaków, narzeczonych i mężów, gdy ci przychodzili na widzenie.

Nawet gdybym była w stanie przełknąć gorycz upadku, najpewniej żadna z osadzonych nie byłaby gotowa się ze mną związać.

Boże, naprawdę o tym myślałam? To tylko uświadamiało mi, w jak surrealistycznym świecie się znalazłam.

I dawało do zrozumienia, że jestem w nim sama. Zdana wyłącznie na siebie.

– Liczyłaś na specjalne względy, bo ktoś cię okładał? – dodała Migota. – To chyba prawie każda tutaj musiałaby je mieć, czaisz?

– Czaję.

– Żadna nie zakurwiła tego czy innego gościa ot tak. Wszystkie, co siedzą za zabójstwa, zrobiły to, co zrobiły, bo nie miały innego wyjścia. Działały albo w afekcie, albo w samoobronie.

Co do tego akurat nie miałam wątpliwości. Pamiętałam statystyki i o ile wiedziałam, w Polsce karę pozbawienia wolności odbywało jakieś trzy tysiące kobiet, przy czym tylko około trzydziestu procent siedziało za zabójstwo.

Wśród tych ostatnich niemal dziewięćdziesiąt procent trafiło za kratki właśnie za odebranie życia partnerowi. Nie wiedziałam wprawdzie, czy te statystyki są aktualne, bo od pewnego czasu omijałam ten temat z daleka, ale ogólny obraz z pewnością się nie zmienił.

Uświadomiłam sobie, że mój pobyt tutaj to tak naprawdę ostatni akt znęcania się Roberta nade mną. Ale Migota miała rację, mówiąc, że nie jestem w tym odosobniona. Być może powinnam szukać pomocy u innych, które rozumiały, przez co przeszłam? Może powinnam zabiegać o to, by trafić na oddział, gdzie znajdowały się te najbardziej niebezpieczne więźniarki? Może nie były tak łatwo sterowalne jak te trzy?

Na razie były to jedynie czcze rozważania. Musiałam uporać się z obecną sytuacją, jeśli miałam zamiar myśleć o jakiejkolwiek przyszłości.

– Posłuchajcie…

– Czego? – ucięła Migota. – Masz jakąś propozycję?

– Może, ale…

– Chcesz kupić sobie bezpieczeństwo, co? – Dziewczyna zaśmiała się, klasnęła, a potem zatarła ręce. – Zajebiście, zobaczmy więc, co masz. Podpaski? Tampony?

Otworzyłam usta, ale nic nie powiedziałam.

– Tutaj to cenny towar – dodała. – Na drzewach, kurwa, nie rosną.

Rozejrzałam się niepewnie, myśląc o tym, że może dzięki takiej rozmowie uda mi się odwołać do kobiecej solidarności.

– Nie dają nam nawet podpasek? – spytałam, nie bez powodu używając tego konkretnego zaimka osobowego.

– Pompujesz? – spytała Migota i prychnęła. – Ciotce raz dobrze jebło, dostała dwie paczki higieniczne w miesiącu, to się podzieliła. Ale bez tego nie ma chuja we wsi.

– Jakoś sobie radzimy – włączyła się Kamikaze. – Ty też się przyzwyczaisz.

Do braku podpasek i dwóch wizyt tygodniowo w łaźni? Do mycia się za pomocą gąbki, mokrego ręcznika i miski z wodą? Do załatwiania wszystkich potrzeb w obecności trzech obcych kobiet? Być może. Do tego, czego miałam doświadczać z ich rąk? Raczej nie.

– Nie tylko do tego przywykniesz – oznajmiła Migota. – No chyba że ten twój walił cię w kakao. To nie będziesz musiała.

Spojrzałam jej prosto w oczy. I miałam nadzieję, że zobaczę w nich szyderę.

– No co? – spytała. – Myślałaś, że to berło w kiblu służy do czyszczenia klopa?

Wzdrygnęłam się na samą myśl. Zanim jednak Migota zdążyła przejść od słów do czynów, weszła między nas Ciotka. Wskazała mi wzrokiem kotarę, a potem ruszyła do toalety.

– Chodź – rzuciła.

– Ale…

– Nic ci się nie stanie.

Zawahałam się, ale ostatecznie uznałam, że jeśli u kogokolwiek w tej chwili mogę szukać ratunku, to jedynie u niej.

Szczególnie że Migota wróciła na swoje miejsce i straciła zainteresowanie.

Ciotka zamknęła klapę i usiadła na niej.

– Zasuń – powiedziała, jakby kotara miała sprawić, że faktycznie zyskamy choćby namiastkę prywatności.

Zrobiłam, co kazała, a potem kucnęłam obok niej.

– Gdzie byłaś? – spytała cicho.

– Nieważne.

Pokręciła głową z rezygnacją, przywodząc na myśl matkę, która musi użerać się z przekornym dzieckiem.

– Nie rozumiesz jeszcze, o co tu chodzi? – szepnęła.

– Rozumiem doskonale.

– Więc powinnaś ogarniać, że nie trafiłaś do tej konkretnej sali przez przypadek.

– Mhm – potwierdziłam cicho.

– A jeśli tak, to powinnaś też rozumieć, że wiem o wszystkim, co się dzieje.

Nachyliła się do mnie, a ja poczułam nieprzyjemną woń taniego alkoholu. Najwyraźniej z dostępem do więziennego bimbru nie było tutaj problemów. Właściwie mnie to nie dziwiło, słyszałam, że kobiety w tym względzie radzą sobie znacznie lepiej niż mężczyźni. Do historii więziennictwa przeszły już osadzone we wrocławskim Babińcu, które opracowały metodę robienia tostów na żelazku. Pocztą pantoflową wieść rozeszła się także po innych zakładach karnych.

– Z kim się widziałaś? – spytała Ciotka. – Z Prokockim?

Uniosłam brwi. Najwyraźniej naprawdę wiedziała więcej, niż sądziłam.

– Co mu powiedziałaś?

– Nic.

– Na pewno? Wiesz, że to łatwo ustalić.

Pokiwałam głową. Przez chwilę milczałyśmy.

– Dostałam kolejne instrukcje – odezwała się w końcu.

– Od kogo?

– Dobrze wiesz – odparła Ciotka wciąż tak cicho, by dwie pozostałe nic nie słyszały. Potem spojrzała wymownie na szczotkę do WC. – I Migota nie darła łacha. Naprawdę mamy ci to wsadzić w dupę.

Nieomal zakrztusiłam się powietrzem. Ciotka powiedziała to z takim spokojem, jakby przedstawiała mi pogodę na nadchodzące dni.

– Bawiłaś się kiedyś w anala?

– N-nie... – wydusiłam.

– To będzie tym gorzej.

– Ale...

– Nie mogę ci w żaden sposób pomóc, rozumiesz?

– Moment...

– Muszę to zrobić.

Powiedziała to zbyt głośno, zbyt zdecydowanie. Zanim zorientowałam się, co to oznacza, kotara gwałtownie się odsunęła, a Migota i Kamikaze wpadły do toalety. Znów doskoczyły do mnie i unieruchomiły mnie tak, że nie miałam co myśleć o wyrwaniu się. Mimo to próbowałam to zrobić.

Szarpnęły mną i ustawiły tyłem do Ciotki, a ta natychmiast ściągnęła mi spodnie i majtki. Nie miałam czasu nawet pisnąć, kiedy Migota przywaliła mi w brzuch na tyle mocno, że mimowolnie się skuliłam.

Potem poczułam coś twardego między pośladkami. Krzyknęłam, ale Migota zareagowała natychmiast, uderzając jeszcze mocniej.

– Z kim się widziałaś? – spytała Ciotka.

– Z Prokockim!

– Powiedziałaś mu to, co chciał wiedzieć?

– Nic mu nie powiedziałam, do kurwy nędzy!

Końcówka szczotki do toalety wsunęła się jeszcze bardziej. Nie rozumiałam, co się dzieje. Miałam wrażenie, że umieram wewnątrz, jakby ktoś wyszarpał ze mnie duszę i wygnał ją do miejsca, z którego nie ma powrotu. Zamknęłam oczy, czując się tak, jak podczas brutalnych napadów Roberta.

Tyle że w nich nie było nic seksualnego. Zaspokajał się w zupełnie inny sposób.

To, co teraz miało się ze mną stać, było czymś odmiennym, nieznanym i przez to jeszcze bardziej przerażającym.

– Nic nie wie! – krzyknęłam. – Przysięgam!

Czas zdawał się na moment zatrzymać. Wiedziałam, że od tego, czy Ciotka zrobi jeden mocny ruch wprzód, zależy reszta mojego życia.

Po czymś takim już nie będę taka sama. Nie mogłam nawet łudzić się, że będzie inaczej.

11

Chwilę po tym, jak Prokocki odjechał, oboje z Klizą odetchnęliśmy.

– Widziałeś? – spytała. – Zwolnił przy samej kapliczce i rozglądał się uważnie, jakby czegoś albo kogoś szukał.

Oddychałem ciężko, wciąż nie mogąc zrozumieć, co to wszystko oznacza. Narastająca frustracja szukała jakiegoś ujścia, a ja miałem wrażenie, jakbym miał zaraz eksplodować.

– Wern?

– Widziałem.

– Wygląda na to, że trafiliśmy tu, gdzie powinniśmy.

Nie miałem co do tego wątpliwości już od momentu, kiedy tylko zobaczyłem Prokockiego. Ale skąd wiedział, by się tutaj zjawić? Mnie z pewnością nie śledził, a o obecności Klizy w Opolu być może nawet nie miał pojęcia.

– Tyle że nic nam po tym – dodała Jola. – Skoro nie wiemy, dlaczego akurat o to miejsce chodziło Ewie.

Wbiłem wzrok w kapliczkę i stłumiłem ochotę, by przywalić pięścią w jej ścianę. Miałem dosyć pytań, potrzebowałem odpowiedzi. Odwróciłem się, a potem bez słowa ruszyłem w kierunku wejścia do przylegającego budynku. Mieszkające tu osoby były jedynymi, które mogły choć trochę rozjaśnić mi sytuację.

Jola zrównała się ze mną tuż przed drzwiami. Nacisnąłem dzwonek, a potem przybrałem najbardziej opanowany wyraz twarzy, na jaki było mnie stać. Otworzyła nam około trzydziestoletnia kobieta w zbyt dużym T-shircie z Marvela. Popatrzyła na mnie i Klizę, po czym rozejrzała się z konsternacją, jakby wzięła nas za kurierów i nie rozumiała, gdzie jest przesyłka.

– Dzień dobry – odezwałem się. – Możemy zająć chwilę?

Zerknęła na nas niepewnie.

– Chcieliśmy tylko zapytać o jedną rzecz – włączyła się Jola. – Zastanawiała się pani kiedyś, dlaczego Kościół naucza, że Duch Święty jest osobą, skoro jest to siła Boża?

Zamrugałem z niedowierzaniem, a kobieta sprawiała wrażenie, jakby miała zamiar trzasnąć nam drzwiami przed nosem.

– Oj, przepraszam, ale teraz nie mogę...

– Spokojnie – wpadła jej w słowo Kliza, uśmiechając się. – Tylko się zgrywam.

Rozmówczyni przyjrzała nam się jeszcze bardziej badawczo. Taktyka Klizy wydała mi się w najlepszym wypadku nonsensowna, ale kiedy zobaczyłem, że kobieta nie ma zamiaru zamykać drzwi, odetchnąłem.

– Wychodzę z założenia, że łatwiej wepchnąć komuś komplet garnków, jeśli zacznie się od próby sprzedania mu swojej religii – dodała Jola.

Musiałem przyznać, że z każdą chwilą ta dziewczyna zyskiwała w moich oczach coraz bardziej.

– Sprzedają państwo garnki?

– Nie. Chociaż niewykluczone, że ostatecznie tak skończymy.

Miss Marvel, jak nazwałem ją w duchu, znów popatrzyła na nas jak na dwójkę idiotów.

– Na razie niczego nie sprzedajemy – dorzuciła Kliza, a potem wskazała przylegającą budowlę, za sprawą której się tu znaleźliśmy. – Chcieliśmy po prostu zapytać o tę kapliczkę.

Rozmówczyni się skrzywiła.

– Więc jednak będzie religia? – mruknęła, zakładając ręce na piersi. – Zbieracie na odrestaurowanie? Jak dla mnie, nie ma problemu, róbcie z nią, co chcecie. Od początku mówiliśmy parafii, że nie będziemy przeszkadzać.

– Od początku? – włączyłem się.

– Od kiedy kupiliśmy dom.

– Wcześniej należał do Kościoła? – zapytała Jola, rozglądając się.

Przez chwilę zastanawiałem się, gdzie znajduje się najbliższa świątynia. O degresji mojej religijności świadczył fakt, że wiedziałem, gdzie jest klub wspinaczkowy Asgard, pływalnia Wodna Nuta i restauracja Salomon, ale nie miałem pojęcia, gdzie w okolicy znajduje się jakiś kościół.

– No tak – odparła Miss Marvel. – Nie jesteście z parafii?

– Nie – odparłem. – Chcieliśmy po prostu dowiedzieć się…

– Zaraz – ucięła. – Czy ty nie jesteś tym gościem, który od dziesięciu lat szuka zaginionej narzeczonej?

– Od jedenastu. I właściwie…

– To o to chodzi? – znów mi przerwała. – Ale ona przecież nie żyje.

Poniewczasie uświadomiła sobie, że nie rozmawia z przypadkowo spotkanym człowiekiem o jakiejś abstrakcyjnej sprawie z mediów, tylko o czymś, co wiązało się z prawdziwym życiem rozmówcy.

– O Jezu… – jęknęła. – Przepraszam, nie chciałam…

– Nie ma sprawy.

– Czego chcecie się dowiedzieć o tej kapliczce? To jest związane z tamtą sprawą?

Kliza spojrzała na mnie z niedowierzaniem, a ja uznałem, że najwyraźniej będę musiał podszkolić ją w zwyczajach rządzących małymi miastami. Tutaj każdy tego typu news był wagi niemal państwowej, przez co nawet tak niewyróżniająca się postać jak ja mogła zapaść w pamięć. Szczególnie że każdy znał tu każdego. Albo kogoś, kto zna każdego.

– Właściwie tak – odezwała się Jola, zanim ja zdążyłem to zrobić.

– I co konkretnie chcecie wiedzieć?

– Konkretnie nic. A ogólnie wszystko.

– Ale…

– Pewien trop nas tutaj doprowadził – włączyłem się. – Wskazano nam tę kapliczkę, ale bez wyjaśnienia, dlaczego jest istotna.

Wyraz twarzy Miss Marvel kazał sądzić, że właśnie została skaperowana do wyjątkowo znaczącego, dziejowego projektu. Wyraźnie poczuła odpowiedzialność.

– Mieszkamy tutaj dopiero od kilku miesięcy – oznajmiła. – Kupiliśmy ziemię od parafii, a kapliczka... stoi jak stała, to chyba teren gminy. Zadeklarowaliśmy, że nam ona nie przeszkadza, a jak będą chcieli remontować, nie mamy nic przeciwko. Ale od tamtej pory cisza.

Podrapałem się po głowie. W jaki sposób cokolwiek z tego miałoby być znaczące?

– Kto wcześniej tu mieszkał? – spytała Kliza.

– Nie wiem, pewnie księża.

– Oni mieszkają raczej na plebanii, a ja tu nie widzę żadnego kościoła w okolicy.

– No to może był tu jakiś dom pielgrzyma czy coś – odparła kobieta. – Nie mam pojęcia, naprawdę. Musicie popytać u źródła.

Uznaliśmy, że tak właśnie powinniśmy zrobić. Zlokalizowanie właściwiej świątyni zajęło nam tylko chwilę – wystarczyło zapytać pierwszego lepszego sąsiada.

Niewiele później trafiliśmy do parafialnej kancelarii, w której powitał nas młody ksiądz o przetłuszczonych włosach i wyraźnie niezdrowej cerze. Kiedy mówił, w kącikach ust gromadziły mu się białe bąbelki, co całkowicie mnie rozpraszało.

Był nowy, nie wiedział, co mieściło się pod adresem, który mu wskazaliśmy. Chętnie jednak przejrzał kościelne dokumenty i już po chwili ustalił, czemu służył budynek, do którego przylegała kapliczka.

– Była tam świetlica – powiedział. – A przynajmniej coś w jej rodzaju. Może bardziej miejsce spotkań lokalnej młodzieży. Odbywały się tam katechezy, ale też zwyczajne spotkania, wydarzenia kulturalne...

– Jedenaście lat temu także? – zapytałem.

– Na to wygląda, ale dla pewności popytam.

Sięgnął po słuchawkę telefonu stacjonarnego i wykręcił numer. Przez moment z kimś rozmawiał, wypytując o szczegóły, a ja wciąż próbowałem zrozumieć, dlaczego Ewa miałaby wskazać tę lokalizację.

A może tego nie zrobiła? Może po prostu wspomniała o czymś, co akurat przyszło jej na myśl? Ale to by znaczyło, że kojarzyła to miejsce. A o ile wiedziałem, nigdy tu nie była. Wątpiłem, żeby sama legenda krążąca po podopolskiej wsi wystarczyła, by Ewa się nim zainteresowała.

Poza tym wizyta Prokockiego nie była przypadkiem.

Odpowiedź była na wyciągnięcie ręki, czułem to.

– Nie, po prostu zjawiło się tu dwoje ludzi, którzy o to pytają – odezwał się ksiądz, wyrywając mnie z zamyślenia. – Nie, nie parafianie.

Spojrzał na nas, a potem odsunął słuchawkę od ust. Na jego twarzy pojawił się uprzejmy uśmiech, a w kącikach ust uwydatniła się ślina.

– Dlaczego właściwie interesuje was ten budynek? – spytał.

– Szukamy kogoś – powiedziała Kliza.

– Kogo?

– Osoby, która była tam... cóż, zarządcą, można tak powiedzieć.

Popatrzyła na mnie w poszukiwaniu potwierdzenia.

– Tak – podjąłem. – Chyba można określić go jako zarządcę.

Strzelaliśmy w ciemno, a gdy ksiądz powtórzył nasze słowa starszemu koledze, oboje mieliśmy nadzieję, że trafiliśmy. Jola podsunęła dobry trop, przynajmniej tak mi się wydawało. Któryś z księży musiał sprawować pieczę nad tym miejscem – i jeśli ktokolwiek miał wiedzieć, w jaki sposób mogło to wiązać się z Ewą, to może właśnie on.

Duchowny słuchał jeszcze przez chwilę, kiwał głową i pomrukiwał z aprobatą, aż w końcu podziękował i się rozłączył. Odłożył telefon i znów posłał nam uśmiech.

– Przykro mi, ale tej osoby już nie ma z nami.

– Nie żyje? – spytała Kliza.

– Nie, nie. Ale nie sprawuje już prawie posługi.

– Odszedł na emeryturę?

– Państwową? Tak – odparł ksiądz i otarł usta. – Kanoniczną? Niezupełnie, bo wciąż w pewnym stopniu zajmuje się duszpasterstwem.

– W jakim zakresie?

– Pracuje z więźniami.

– Jest kapelanem?

– Nie, raczej pomaga duchowo kobietom osadzonym w zakładzie pod Opolem – odparł rozmówca i westchnął. – Widać Pan uznał, że tam jest teraz potrzebny.

– To znaczy gdzie konkretnie? – włączyłem się.

– Nie pamiętam nazwy miejscowości. Ale wiem, że dość nieładnie nazywają to miejsce Zamtuzem.

Wymieniliśmy z Klizą zdezorientowane spojrzenia.

– Coś nie tak? – dodał ksiądz.

12

Wiedziałam, że to koniec. Nie było niczego, co mogłam powiedzieć czy zrobić, by jakoś uratować własną godność. Mogłam tylko pogodzić się z losem i liczyć na to, że napastniczki nie obejdą się ze mną zbyt brutalnie.

Wiedziałam, czym może się to skończyć. Rozerwanie błon śluzowych. Zakażenia. Uszkodzenia odbytu, przewodu pokarmowego.

Czarne scenariusze mnożyły się w mojej głowie aż do momentu, kiedy uświadomiłam sobie, że to nie jakieś hipotetyczne, pesymistyczne wersje, ale najbardziej prawdopodobny rezultat tego, co mnie spotka.

Kiedy to do mnie dotarło, wstąpiły we mnie nowe siły. Wyrwałam się Migocie, czując, jak końcówka szczotki wysuwa mi się spomiędzy pośladków. Zanim jednak nadeszło poczucie chwilowej ulgi, Migota znów mnie złapała i z pomocą Kamikaze unieruchomiła.

– Uspokój się – poradziła Ciotka. – Będzie mniej bolało.

Krzyknęłam, ale Migota natychmiast wykręciła mi rękę, a potem zakryła dłonią usta.

– Nie wyrywaj się.

– Słuchaj Ciotki – poradziła Migota. – Jak będziesz się rzucać, rozwali ci kakao.

Szarpnęłam jeszcze mocniej i miałam wrażenie, że wybiłam sobie bark. Mimo to moja sytuacja nie zmieniła się ani o jotę.

– I będzie po zwieraczach – dodała Migota. – Pieluchy przez minimum dwa tygodnie.

– Puszczaj! – krzyknęłam, kiedy jej dłoń ześlizgnęła się z moich ust.

Robiłam wszystko, by się uwolnić. Starałam się uderzyć w którąś z oprawczyń głową, kopnąć czy w końcu wyswobodzić rękę. Wszystko na marne. Czułam się zupełnie bezsilna, a najgorsze było to, że docierała do mnie tego świadomość.

Niemoc była tak wszechogarniająca, że w końcu musiałam się poddać.

Przeszło mi przez myśl, że podobnie musiała czuć się Ewa, kiedy zaatakowano ją i Werna nad Młynówką.

Czy to miała być dziejowa sprawiedliwość?

Zanim okrutny los zdążył udzielić mi odpowiedzi na to pytanie, rozległ się dźwięk, który dał mi nadzieję na ratunek. W pierwszej chwili nie byłam pewna, czy naprawdę go usłyszałam, czy to tylko omamy. Kiedy jednak napastniczki rozpierzchły się, jakby się paliło, zrozumiałam, że naprawdę ktoś odsunął zasuwę drzwi.

Usłyszałam kroki, a potem pytanie o to, gdzie jestem.

Odwróciłam się i uświadomiłam sobie, że po tym, jak dziewczyny mnie puściły, zaciągnęły zasłonę i wróciły na swoje miejsca.

– Siedzi w kiblu – odezwała się leniwie Migota. – Musisz zaczekać. Najlepiej na zewnątrz, jeśli nie masz pod ręką maski gazowej.

Nie miałam zamiaru zostawać z nimi sam na sam ani przez chwilę. Natychmiast podciągnęłam majtki i spodnie, a potem odsunęłam zasłonę. Głośno i nierówno oddychając, spojrzałam na strażnika, który okazał się moim wybawcą.

– Widzisz? – dodała Migota. – Ona tam naprawdę ostro działa.

Musiał widzieć, w jak opłakanym stanie się znajduję, ale nie zająknął się na ten temat słowem. Skinął na mnie ręką, a potem cofnął się na korytarz. Nie pomyślałam nawet o tym, by skontrolować swój stan w niewielkim lusterku zawieszonym na ścianie, i od razu ruszyłam w stronę klawisza.

– Gdzie ją zabierasz? – odezwała się Ciotka.

– Do kruka.

– Po co?

– Chce się z nią widzieć.

Nie wiedziałam, czy chodzi o nazwisko, czy może to jakieś slangowe określenie, którego nie znam. Funkcjonariusze właściwie ich nie używali, ale ten mógł sobie na to pozwolić.

Kiedy poprowadził mnie korytarzem w kierunku więziennej kaplicy, zrozumiałam, że tak właśnie było.

– Kruk to ksiądz? – spytałam. – Kapelan?

– No.

Przyspieszyłam kroku, kiedy strażnik lekko mnie popchnął. Nie pytał o nic, nie interesował się moim stanem. A ja wiedziałam, że rozmowa z nim na ten temat nie jest dobrym pomysłem.

– Dlaczego chce się ze mną widzieć?

– Pewnie wydaje mu się, że może cię nawrócić na dobrą drogę.

– Ale...

– Skąd mam wiedzieć? – uciął. – I bez gadania.

Zatrzymał się przed kaplicą, a potem ruchem ręki zachęcił mnie, żebym weszła do środka.

Ksiądz już na mnie czekał. Siedział w pierwszej ławce, a kiedy się odwrócił, spodziewałam się zobaczyć kogoś znajomego. Tylko w ten sposób mogłam wytłumaczyć sobie, dlaczego duchowny chciał się ze mną spotkać.

Tego mężczyzny jednak nie kojarzyłam. Dobijał już z pewnością siedemdziesiątki, był przy ciele, a na jego twarzy wyraźnie odcisnęły się trudy życia. Kiedy podeszłam bliżej, zobaczyłam, że ma przekrwione oczy i wyraźne czerwone plamy na policzkach.

– Niech będzie pochwalony – odezwałam się.

– Na wieki wieków.

– Nie ma ksiądz pojęcia, na jaki dobry moment trafił…

Uśmiechnął się, a potem wskazał miejsce obok siebie. Usiadłam na ławce i zanim się do niego odwróciłam, posłałam jeszcze krótkie spojrzenie w kierunku ołtarza. Czułam, że po rozmowie powinnam zostać na chwilę i podziękować. Uratował mnie właściwie cud.

– Chciałbym przypisać sobie zasługi, ale…

Zawiesił głos, a ja jeszcze raz zerknęłam na ołtarz.

– Chyba wiem, komu dziękować – powiedziałam.

Duchowny uśmiechnął się i pokręcił głową.

– Nie, to nie Bóg wyciągnął cię z celi, dziecko.

W jakiś sposób zabrzmiało to niepokojąco, a jego uśmiech, przed momentem jeszcze tak podnoszący na duchu, teraz wydał mi się złowrogi.

– Kim ksiądz jest? – zapytałam.

Przedstawił mi się jako ojciec Antoni, a zatem należał do zakonu. Sądziłam, że będzie kontynuował, ale zamiast tego zamilkł, jakby czekał na kolejne pytania. Najwyraźniej nic nie stało na przeszkodzie, bym je zadała.

– Skoro nie Bogu mam dziękować, to…

– Bogu zawsze można i trzeba dziękować – przerwał. – Za każdy promień słońca, każdy oddech i każdy posiłek.

– A jednak to nie On sprawił, że ojciec się tu pojawił.

– W pewnym sensie On, ale nie bezpośrednio.

– Więc komu bezpośrednio dziękować?

– Znasz Damiana Wernera, jak przypuszczam.

Uniosłam brwi, niepewna, czy to nie jakaś halucynacja. Jeszcze przed momentem byłam w opłakanej sytuacji, balansując na granicy szaleństwa. Teraz siedziałam w bezpiecznej kaplicy, słysząc, że to Wern mnie uratował.

Jakim cudem?

– Znam – odparłam, starając się zachować spokój. – A co on ma z tym wspólnego?

– Szukał mnie.

– To znaczy?

Ojciec Antoni założył rękę za drewniane oparcie i nachylił się ku mnie. Gdyby nie miał koloratki i sutanny, wzięłabym to za nieco wyzywający gest.

– Niedawno zadzwonił do mnie serdeczny przyjaciel, twierdząc, że Damian wypytuje o mnie w dawnej parafii.

– Jakiej parafii?

– W Wójtowej Wsi.

Nic mi to nie mówiło. Nie miałam bladego pojęcia, co Damian miałby tam robić. Ale jeśli ruszył tropem, który mu podsunęłam, i dotarł akurat tam, to lokalizacja musiała być znacząca.

– Dlaczego o ojca wypytywał?

– Z uwagi na miejsce spotkań, którym niegdyś się opiekowałem.

– A konkretnie?

Nie chciał udzielać mi odpowiedzi. Odniosłam wrażenie, że od początku tej rozmowy pilnuje każdego wypowiadanego słowa.

– Klub, świetlica… jak zwał, tak zwał. Spotykała się tam miejscowa młodzież.

– Rozumiem.

– Młodzi nazywali to miejsce Kappa.

– Dlaczego?

Interesowało mnie to jak zeszłoroczny śnieg, ale przypuszczałam, że im dłużej będziemy rozmawiać, tym mniej ksiądz będzie uważać na swoje słowa.

– Od stojącej obok kapliczki – wyjaśnił i szybko zrozumiał, że nie łapię związku. – Słowo kaplica pochodzi od łacińskiego wyrazu *cappa*. Płaszcz.

– Chyba niespecjalnie pasuje do takich miejsc – zauważyłam. – Chociaż z drugiej strony... chodzi o otaczanie opieką?

Antoni znów się uśmiechnął. Dopiero teraz dostrzegłam w tym oznakę pewnej wyższości.

– Etymologia nie jest aż tak metaforyczna – rzucił. – Nazwa przyjęła się, bo w podobnych wnękach Święty Marcin zostawiał swoje okrycie.

W końcu udało mi się zmusić do uśmiechu, choć po tym, co przed momentem stało się w celi, najchętniej zwinęłabym się w kłębek na podłodze i pozwoliła łzom płynąć. Wiedziałam jednak, że muszę być silna. Teraz i później. Dla Wojtka.

– Więc Damian zainteresował się ojcem z powodu tej Kappy?

– Tak.

– I rozmawiał ojciec z nim?

– Owszem, odbyliśmy krótką rozmowę. Poprosił, bym się z tobą skontaktował... co niniejszym czynię.

Znów ten grymas.

Coś było nie w porządku, a ten człowiek nie mówił tonem, którego powinien używać. Zamiast duchownego przywodził na myśl raczej bandytę.

– Coś jeszcze powiedział? – spytałam.

– Chciałby się ze mną spotkać. I zadać mi kilka pytań.

– Nie powiedział jakich?

– Niestety nie – odparł Antoni i westchnął. – Ale przyjaciel poinformował mnie, że Damiana interesuje, co działo się w Kappie jedenaście lat temu.

– A co się działo?

– Przypuszczam, że nic ponad normę. Niektórzy grali w piłkarzyki, inni w ping-ponga, pozostali oglądali jakieś filmy na wideo, ktoś pomagał komuś odrabiać zadania domowe... U nas zawsze panowała dobra atmosfera.

– Nie wątpię.

Ksiądz przybliżył się jeszcze bardziej, jakby chciał powiedzieć mi coś szeptem. Mimo to się nie odezwał.

– Damian prosił, żeby mi coś przekazać? – spytałam z nadzieją.

– Nie, oczywiście, że nie. A nawet gdyby, nie mógłbym tego zrobić.

Wern także musiał o tym wiedzieć. A skoro tak, to być może uznał, że samo to spotkanie w jakimś sensie stanowi wiadomość.

Ale jaką? Nie dowiedziałam się wiele. Zasadniczo tylko tyle, że szukał jakiejś kapliczki i miejscowej świetlicy parafialnej. I księdza, który siedział teraz obok mnie.

Może właśnie o to chodziło? Bym zainteresowała się tym człowiekiem, spróbowała coś z niego wyciągnąć?

Innej możliwości nie widziałam.

– Powiedz mi, dziecko, czy mam się czym niepokoić?

– Słucham? – spytałam, nieco zbita z tropu.

– Planujecie coś nieroztropnego?

Zabrzmiało to, jakby sugerował co najmniej ucieczkę z więzienia.

– Nie – odparłam. – Nie ma się ojciec czym przejmować.

– W takim razie dlaczego Damian tak bardzo naciskał, bym się z tobą zobaczył?

Wzruszyłam ramionami. Byłam coraz bardziej przekonana, że chciał, bym przepytała Antoniego. Ale nawet jeśli dowiedziałabym się od niego czegoś, czego Wern potrzebował, jak miałabym mu to przekazać?

– Coś ci grozi? – spytał.

– Jedynie upadek moralny i depresja. Czyli chyba norma w takim miejscu.

– Więc może to ty sobie zagrażasz?

– Nie – odparłam bez wahania.

– Zapytam wprost, jeśli pozwolisz, dziecko.

– Oczywiście.

– Nie miewasz myśli samobójczych?

Tym razem to ja pochyliłam się lekko.

– Poradziłam sobie z bijącym mnie mężem – powiedziałam. – Poradzę sobie także z kilkoma głupimi myślami.

Antoni w końcu przestał mi się przyglądać i przeniósł wzrok na figurę Chrystusa na krzyżu. Przez chwilę oboje milczeliśmy, a ja zastanawiałam się, co zrobić, by to spotkanie trwało jak najdłużej. Byłam gotowa na wszystko, byleby opóźnić powrót do celi. I to, co nieuniknione.

– Więc naprawdę nie wiesz, dlaczego Damian tak nalegał, bym się z tobą zobaczył?

– Niestety nie. Przypuszczam, że ojciec orientuje się znacznie lepiej ode mnie.

Mruknął coś niezrozumiałego i obrócił głowę w moją stronę.

– Wydaje mi się, że wiemy tyle samo – odparł.

– Tak?

– Choć być może ty jesteś na nieco lepszej pozycji.

Nie rozumiałam, do czego zmierza, ale w jego głosie dało się wyczuć oskarżycielską nutę, której nie spodziewałam się usłyszeć.

– Ja na przykład jednej rzeczy wciąż nie mogę pojąć – dodał.

– Jakiej?

– Dlaczego kłamiesz w sprawie kaset?

Nieprzyjemne ciarki przebiegły mi od karku aż do lędźwi. Machinalnie odsunęłam się od Antoniego.

– Skąd ojciec…

– Co chcesz dzięki temu osiągnąć? – spytał, nie dając mi dość do słowa. – Przecież doskonale wiesz, że żadne nagrania nie istnieją.

Wiedziałam jedno: powinnam mieć się na baczności w towarzystwie tego człowieka.

– Myli się ojciec.

– Nie, nie mylę się – odparł bez wahania, a potem wskazał na niewielki ołtarz. – I mogę przysiąc to tu i teraz. Ty też jesteś gotowa to zrobić?

Z trudem przełknęłam ślinę.

– Przyrzekniesz mi, że te kasety istnieją? – nie dawał za wygraną. – Zrobisz to przed obliczem Boga?

Pytanie mnie zaskoczyło, a szczególnie namaszczenie, z jakim je zadał.

Co tu się działo? Skąd ten człowiek w ogóle wiedział o sprawie kaset?

– Pytanie mnie o to ma sens, tylko jeśli ojciec uznaje, że jestem głęboko wierząca.

– A nie jesteś?

– Wciąż staram się to ustalić.

Pokręcił głową, wyraźnie niezadowolony, a potem przesunął dłonią po podwójnym podbródku. Podniósł się ociężale, podpierając o ławkę, jakby jego kolana nie były w stanie poradzić sobie z tuszą.

– To wyjątkowo wymijająca odpowiedź – zauważył.

– Zgadza się.

– Nie udzielisz mi konkretniejszej?

– Obawiam się, że nie.

Ksiądz popatrzył w stronę wyjścia z kaplicy, a ja zrozumiałam, że popełniłam błąd. Mogłam przedłużyć spotkanie, mówiąc Antoniemu to, co chciał usłyszeć. Tyle że jedynie oddaliłabym widmo, które i tak nade mną wisiało.

Poza tym musiałam spojrzeć prawdzie w oczy – duchowny nie był po mojej stronie. Dobitnie świadczył o tym fakt, że wiedział o taśmach. I chciał, bym przyznała, że nie istnieją.

– Pan nieustannie oświeca i wzywa nas, byśmy ukazali prawdę – odezwał się. – Prawdę, która wyzwala.

Skinęłam niepewnie głową.

– Może najwyższa pora, byś się o tym przekonała?

Mimo intonacji nie miałam pewności, czy to w istocie pytanie.

– Odwróć się od kłamstw – dodał. – Bo usta, które je wypowiadają, są dla Pana wstrętne. Zabijają duszę i zsyłają zgubę na tego, kto przeczy prawdzie.

Wyciągnął dłoń w moim kierunku i spojrzał mi głęboko w oczy. Odczekałam chwilę, a potem sama się podniosłam. Wycofał rękę.

– Nie spotka cię tutaj nic dobrego, moje dziecko.

– Wiem.

– Ale wciąż możesz wrócić na właściwą drogę.

– To znaczy?

Zbliżył się o krok, a ja poczułam kłujący w nos, nieprzyjemny zapach potu.

– Dobrze wiesz, co mam na myśli – powiedział Antoni szeptem. – I jeśli kogokolwiek nie musisz oszukiwać, to właśnie mnie.

Staliśmy przed sobą w milczeniu, a ja powoli zaczynałam układać wszystko w zborną całość. Nie miałam pełnych informacji, ale luki mogłam wypełnić dzięki dedukcji.

Być może ksiądz miał rację. Rzeczywiście wiedzieliśmy tyle samo.

– Może ojciec mnie stąd wyciągnąć?

– Tak.

Żadnego zawahania, żadnej wątpliwości. To potwierdzało wszystkie moje domysły. Przyszedł tutaj po to, by złożyć mi propozycję, której nie będę mogła odrzucić.

– Co muszę zrobić?

– Wszystko, o co cię poprosimy, Kasandro.

Pokiwałam głową, wciąż starając się przejść do porządku nad tym, z kim tak naprawdę mam do czynienia. Bez względu na to, czego sobie zażyczy, nie zdołam mu odmówić. Nie podejmę świadomej decyzji o powrocie do celi, bo będzie to równoznaczne z tym, że trzy czekające na mnie więźniarki zniszczą mi życie jeszcze bardziej niż Robert.

Nie miałam wyjścia. A on doskonale o tym wiedział.

– Na początek ustalmy jedną rzecz – powiedziałam, starając się stworzyć pozory kontroli. – Powrót do celi nie wchodzi w grę. Czeka mnie tam horror, o którym ojciec nawet…

– Znam tutejsze realia.

– W takim razie…

– Ale nie mogę nic na to poradzić – uciął, a ja odniosłam wrażenie, że wyczułam w jego głosie rzeczywisty ból. – Chciałbym, wierz mi. Jestem jednak w tej sprawie bezsilny.

Pomyliłam się? Wydawało mi się, że właśnie taką cenę będą gotowi zapłacić za moją współpracę.

Postawili mnie pod ścianą, mogli właściwie zrobić wszystko, a teraz otrzymali także moją deklarację, że jestem gotowa z nimi współpracować. Nie było powodu, dla którego mieliby pozwalać Migocie i reszcie dalej się nade mną znęcać.

– Proszę ojca…

– Naprawdę nie mogę nic zrobić. Nie w tej sprawie.

– Ale może ojciec skontaktować się z kimś, kto…

– Nie – uciął stanowczo. – Gdyby istniała jakakolwiek możliwość, zrobiłbym to.

Mierzyliśmy się wzrokiem, jakbyśmy oboje spodziewali się, że zaraz całe to niewypowiedziane, kruche porozumienie legnie w gruzach.

– Wyjdziesz stąd – odezwał się Antoni. – Musisz tylko zrobić to, co trzeba.

Poczekał, aż potwierdzę zdawkowym skinieniem, a potem zaczął mówić. Słuchałam go początkowo z powątpiewaniem, a potem z niedowierzaniem. Kiedy skończył, zdałam sobie sprawę, że źle oceniłam sytuację.

Wiele rzeczy odgadłam. Część z nich nie była jednak tym, za co je brałam.

– Wszystko jest dla ciebie jasne? – spytał ksiądz.

W tej nowej sytuacji odpowiedź mogła być tylko jedna.

– Tak.

Pożegnaliśmy się chwilę potem, a kiedy wyszłam na korytarz, zobaczyłam ostatniego człowieka, którego chciałabym w tej sytuacji widzieć. Bez trudu poznałam strażnika – to on jako pierwszy powitał mnie w Zamtuzie, to on się przy mnie onanizował i to on chciał zmusić mnie do seksu oralnego.

Nie odezwał się i sprawiał wrażenie, jakby mnie nie pamiętał. W milczeniu poprowadził mnie ku miejscu, które na zawsze miałam zapamiętać jako moje własne piekło. Szliśmy powoli, a ja robiłam wszystko, by odwlec wykonanie okrutnego wyroku wydanego na mnie przez los.

Powtarzałam sobie, że jeśli wytrzymam, niedługo wrócę na wolność. Układ zaproponowany przez ojca Antoniego mi to zapewniał.

– Nie spieszy ci się – odezwał się funkcjonariusz.

– Nie.

– Źle cię traktują?

– Jak każdą nową – odparłam wymijająco, uznając, że im mniej powiem, tym dla mnie lepiej.

Nagle poczułam, że klawisz łapie mnie za rękę. Zatrzymałam się, a on obrócił mnie ku sobie.

– Mogę ci pomóc – zadeklarował, a potem wskazał na drzwi po prawej stronie. Wisząca na nich tabliczka informowała, że wewnątrz znajduje się niewielki magazyn.

Funkcjonariusz czekał, aż zaprotestuję i odtrącę jego rękę. Był to szybki i dość skuteczny sprawdzian mojej gotowości do zrobienia tego, o czym w normalnych warunkach nawet bym nie pomyślała.

– Wystarczy jedno słowo – dodał. – Mogę załatwić ci przeniesienie do innej celi. I to w tej chwili. Nie wrócisz już do tamtej.

Poczułam, jak zasycha mi w ustach.

– Oczekuję tylko niewielkiej wdzięczności.

Przełknęłam z trudem ślinę, niedowierzając temu, że nie wyrywam się, nie protestuję i... nie odrzucam od razu jego propozycji. Realnie się nad nią zastanawiałam.

– Jakiej? – zapytałam.

Wskazał wzrokiem drzwi.

– Zrobisz mi loda i po sprawie.

Nie czekał na moją odpowiedź. Wystarczyło mu, że się nie oburzyłam i od razu nie odrzuciłam jego sugestii. Otworzył drzwi, a potem skinął ręką do wewnątrz. Weszłam do kanciapy powoli, otumaniona, nierozumiejąca, co się dzieje. On znalazł się w środku zaraz po mnie. Zamknął drzwi i włączył światło.

Stanął przede mną, położył mi dłonie na ramionach, a potem sprawił, że przed nim uklękłam.

– Zrobisz to? – spytał.

Nie odpowiadałam. Mój umysł się wyłączył, a ostatnią rzeczą, która przeszła mi przez głowę, była alternatywa między seksem oralnym a analnym gwałtem. Ta myśl zupełnie mnie sparaliżowała.

– Poślę kogoś po twoje rzeczy – dodał. – Już nigdy tam nie wrócisz.

Zaczął rozpinać rozporek, a ja słyszałam, jak oddycha coraz głośniej.

– Dam ci też zadzwonić. Dowiesz się, co z twoim synem, zadzwonisz do szpitala... czy gdzie tylko będziesz chciała – dorzucił, oddychając coraz płycej. – Zamknij oczy, szybko będzie po sprawie.

Czułam się, jakby ktoś założył mi worek na głowę, a potem czymś zdzielił. Byłam wpółprzytomna, czułam się obco we własnym ciele. Jakbym nie była sobą.

– Zrób to – powiedział.

13

Wodziłem wzrokiem za przypadkowymi przechodniami, kiedy Kliza zastanawiała się, co wybrać z menu. Czekaliśmy w Kaiseki na ojca Antoniego, z którego mieliśmy zamiar wydusić wszystkie informacje, jakich potrzebowaliśmy.

Zgodził się na spotkanie bez żadnych obiekcji. W dodatku zapewnił, że odwiedzi Kasandrę w celi. Chciałem przekazać przez niego jakąś wiadomość, ale od razu kategorycznie zastrzegł, że to niemożliwe.

– Futomak premium ibodai – odezwała się Jola.

– Co?

– Brzmi nieźle.

– Nie wiem nawet, co to znaczy.

– Nic nie szkodzi – odparła. – Zamówię dla ciebie na próbę.

– Ale ja nie...

– To ja spróbuję i ocenię.

Nie miałem zamiaru oponować, myślami zresztą byłem daleko. Przyglądałem się każdemu przechodniowi, który mijał restaurację, ale nigdzie nie dostrzegłem nikogo w sutannie. Zerknąłem na zegarek. Do umówionej pory pozostało jeszcze ponad piętnaście minut.

Westchnąłem, a potem skinąłem lekko głową, gdy Kliza kończyła składać zamówienie.

– Uspokój się, Wern – odezwała się. – Zaraz wszystko z niego wyciągniemy.

– O ile coś wie. I o ile...

– Oczywiście, że tak – uparła się. – Ewa wskazała to miejsce nieprzypadkowo.

Powtarzała mi to, od kiedy tylko trafiliśmy na trop Antoniego, ale wciąż nie byłem przekonany. Owszem, podążyliśmy w kierunku wskazanym przez moją narzeczoną, ale co z tego? Nie mieliśmy żadnych konkretów.

– Fakt, że dzieciaki się tam zbierały, jest znaczący – dodała.

– A przynajmniej tak ci się wydaje.

– Tak mi podpowiada najlepszy doradca, jakiego kiedykolwiek miałam.

Nie chciałem pytać, ile razy jej intuicja ją zmyliła, obawiając się, że przypadków takich będzie zbyt wiele.

– W Kappie poszło coś nie tak – ciągnęła. – Inaczej Kościół nie zamknąłby tego miejsca i nigdy by się go nie pozbył. W końcu w ich najlepszym interesie jest krzewić chrześcijańskie postawy wśród młodych na wsi, prawda?

Wójtowa Wieś bodaj od dwa tysiące dwunastego roku była dzielnicą Opola, ale nie miałem zamiaru o tym wspominać.

– Co sugerujesz? – spytałem.

– Nic, bo jestem dobrym śledczym.

– No tak…

– Nie prowadzę dochodzenia pod tezę – zastrzegła, jakby w przeszłości pracowała nie w biurze detektywistycznym, ale w prokuraturze. – Zakładam, że wszystko jest możliwe, dopóki okaże się, że jest niemożliwe.

– W porządku. Co więc w tym wypadku jest możliwe?

– To, że Ewa miała jakiś związek z Kappą.

– Nie miała – odparłem od razu. – Nigdy nawet tam nie była.

– Studiowała na polibudzie, prawda? Jej budynek jest niedaleko od tej kapliczki.

Pokręciłem głową, wciąż przyglądając się przechodniom.

– Wydział Ekonomiczny jest na Luboszyckiej – odparłem. – I zapewniam cię, że wiedziałbym, gdyby odwiedzała tamte strony.

– Byliście ze sobą dwadzieścia cztery godziny na dobę?

– Niemalże.

– Przez trzysta sześćdziesiąt pięć dni w roku?

Zerknąłem na nią z powątpiewaniem.

– I nie mieliście żadnych przerw w związku? Żadnych cichych dni, podczas których się nie widywaliście? Nie wyjeżdżałeś nigdy z Opola bez niej?

– Daj spokój.

– Ty daj spokój – odparła. – Doskonale zdajesz sobie sprawę z tego, że jest mnóstwo rzeczy, których o Ewie nie wiedziałeś. Gdyby chodziło tylko o cały ten teatr Kasandry, mógłbyś łudzić się, że kłamała. Ale sam widziałeś kasetę. Wiesz, że to wszystko prawda.

W końcu oderwałem wzrok od ulicy. Chciałem odpowiedzieć Klizie, ale kelnerka zjawiła się z naszymi daniami. Ledwo postawiła przede mną talerz z sushi, Jola złapała w pałeczki jedną z moich rolek. Przemieliła ją w ustach, po czym przysunęła sobie obydwa talerze.

– Wystarczy ci imbir, i tak nie jesteś głodny – oznajmiła.

Nie odezwałem się, rozważając, czy w tym, co mówiła o Ewie, nie ma choć trochę prawdy.

Ile tak naprawdę wiedziałem o mojej narzeczonej? Przez lata ukrywała przede mną prawdę o swoich rodzicach. Nie wspominając już o tym, że zdecydowała się zeznawać przeciwko regionalnemu mafiosowi.

Ale co miałaby robić w Kappie? Nigdy nie była przesadnie religijna i nie udzielała się w takich grupach. Owszem, z Zaodrza nie miałaby daleko do Wójtowej Wsi, ale przecież zauważyłbym, gdyby tam jeździła.

– Dasz spokój? – spytała niewyraźnie Kliza, przeżuwając futomaka.

– Z czym?

– Z siedzeniem jak na szpilkach. Księżulo zaraz przyjdzie.

Nałożyła odrobinę wasabi na końcówkę pałeczki i ściągnęła ją językiem. Skrzywiłem się na samą myśl o tym, jak musiało to podziałać na jej receptory smaku. Ona jednak przeżuła w spokoju, a ja nie zauważyłem łez w kącikach oczu, które u normalnych ludzi pojawiały się po bezpośredniej styczności z japońskim chrzanem.

– I dlaczego w ogóle poprosiłeś go, żeby skontaktował się z Kasandrą?

Niespecjalnie wiedziałem, co odpowiedzieć, więc na wszelki wypadek milczałem.

– Myślałeś, że to jej uda się coś z niego wyciągnąć?

– Może.

– Mało prawdopodobne.

– Jeśli naprawdę tak sądzisz, to chyba nie znasz jej siły perswazji.

Jola sięgnęła po plasterek imbiru, by oczyścić kubki smakowe przed kolejną porcją sushi.

– Nie jest zbyt duża – zauważyła. – Kiedy przyszło do bronienia mnie, od razu spasowała.

– Wtedy miała przeciwko sobie Roberta Reimanna.

Kliza zmrużyła oczy i uniosła lekko kąciki ust. Przywodziła mi na myśl dobrego kumpla, który właśnie zrozumiał coś, do czego ja jeszcze nie doszedłem, i posyłał mi znaczące spojrzenie.

– Teraz jej bronisz? – zapytała. – Nieźle. Szczególnie po tym, co ci zrobiła.

– Mówię jedynie, że...

– A może wysłałeś do niej tego księdza, bo chciałeś dać znać, że o niej nie zapomniałeś? Chciałeś dodać jej otuchy, Wern?

Gdybym rzeczywiście rozmawiał teraz z kumplem, zapewne uraczyłbym go odpowiednio siarczystym przekleństwem. Kliza dostrzegła moją irytację, odłożyła pałeczki i skrzyżowała ręce na stole.

– Chyba zapomniałeś, że ona tylko wygląda jak Ewa – rzuciła. – Ale bynajmniej nią nie jest.

– Nie zapomniałem.

– Ale może lekko zgłupiałeś po tym, jak się pod nią podszywała? Może wciąż wydaje ci się, że to ona?

Pokręciłem głową, nie fatygując się nawet o odpowiedź.

– To nie jest twoja narzeczona, Wern – dodała Jola. – Nigdy nią nie była. Wykorzystała ją, żeby...

– Wiem dobrze, co zrobiła.

– To czemu wyglądasz, jakbyś o tym zapomniał?

– Nie zapomniałem – odparłem stanowczo. – Nabrałem po prostu nieco dystansu.

– Do jej przekrętów? Żartujesz sobie?

Mogłem długo tłumaczyć jej, co przeżywałem przez ostatni rok. Mogłem rysować kręte ścieżki, którymi kroczyły moje myśli, zanim w końcu się ułożyły. Ostatecznie jednak nie sądziłem, by to wszystko zrozumiała.

Owszem, pamiętałem o każdej rzeczy, którą zrobiła Kasandra. Zdawałem sobie też jednak sprawę z tego, co ją do tego popchnęło. Czy postąpiłbym tak samo na jej miejscu?

Trudno było mi odpowiedzieć na to pytanie, bo nie miałem dziecka. Mogłem tylko domyślać się, jak zmienia to całą percepcję świata.

– Wybaczyłeś jej? – spytała nagle Kliza.

– Nie wiem.

– Takie rzeczy zazwyczaj się wie.

– A jaka to różnica? – odparowałem. – Przeszłości i tak nie zmienię.

Kliza uśmiechnęła się półgębkiem.

– Wybaczanie nie służy do zmieniania tego, co było, tylko tego, co będzie – zauważyła.

– Powiem ci, co będzie.

– No?

– Dojdzie do prawdziwej tragedii, jeśli nie skończysz z tymi złotymi myślami.

– Są co najwyżej pozłacane – odparła, sprawnie ujmując pałeczki między palcami. – Ale dotyczą ważnych rzeczy.

Nie miałem zamiaru kontynuować rozmowy, która zmierzała w niezbyt ciekawym kierunku. Sam nie wiedziałem, jak mam postrzegać Kas. Tym bardziej nie miałem pojęcia, jak dyskutować na jej temat z Klizą.

Szczęśliwie od konieczności drążenia tego tematu wybawił mnie dźwięk telefonu. Czym prędzej sięgnąłem po komórkę i zobaczyłem nieznany numer.

– Kto to? – spytała Jola.

– Najpewniej ktoś, kto chce zaproponować mi kredyt, ofertę, udział w badaniu opinii publicznej albo przetestowanie zestawu garnków z vibranium, adamantium i innych takich.

Błysk w oku Klizy kazał mi sądzić, że orientuje się w uniwersum Marvela. Odrzuciłem połączenie, a potem położyłem komórkę na stole i znów zacząłem przyglądać się przechodniom.

Niemal od razu ponownie rozległ się dzwonek. I po raz kolejny dzwonił ktoś z tego samego numeru.

– Odbierz – poradziła Jola. – Może En Sabah Nur chce cię zwerbować jako jednego z nowych jeźdźców Apokalipsy.

Doceniłem tę uwagę krzywym uśmiechem, a potem podniosłem telefon.

– Tak? – zapytałem.

– Wern…

Głos Kasandry był ostatnim, który spodziewałem się usłyszeć. Bezwiednie wstałem od stołu, samemu nie wiedząc dlaczego. Rozejrzałem się, jakby Kas miała znajdować się gdzieś obok.

– Wern, jesteś? – spytała.

– Tak – odparłem szybko. – Skąd dzwonisz? To znaczy… jak udało ci się…

– Z Zamtuza – ucięła. – I mniejsza z tym. Ważne, że udało mi się z tobą skontaktować.

Przeszło mi przez myśl, że nie brzmi jak więźniarka zamknięta za kratami jednego z najgorszych więzień, ale jak partnerka w interesach, która pilnie chce mi coś przekazać. Przypuszczałem jednak, że jej opanowanie to jedynie pozory. Przez lata życia w toksycznym związku potrafiła je stwarzać.

– Gdzie jesteś? – zapytała.

– W Kaiseki. To znaczy…

– Wiem, co to jest. Zrobiłam research.

Oczywiście. Znała wszystkie knajpy w Opolu, a menu z Manekina, Grabówki i Pierożka z pewnością opanowała na pamięć. Musiała być odpowiednio przygotowana do roli, którą niegdyś przede mną odgrywała.

Przez chwilę oboje milczeliśmy, a ja czym prędzej odsunąłem od siebie podobne myśli. To nie był czas na przypominanie sobie negatywów.

– Dobrze cię słyszeć, Wern – odezwała się, jakby czytała mi w myślach.

– Tak, no...

– Brakowało mi twojego głosu.

Miałem wrażenie, że się przesłyszałem. Ale nie, naprawdę to powiedziała. A teraz znów zamilkła, być może zdając sobie sprawę z tego, że przesadziła.

– Cóż... – odparłem.

– Możesz po prostu powiedzieć, że mnie też dobrze słyszeć.

– Bardzo dobrze, ale...

– Jesteś tam z Klizą? – przerwała mi.

– Tak.

– Słyszy, co mówię?

– Nie.

Spojrzałem na Jolę, a ona odpowiedziała mi, unosząc brwi z zaciekawieniem. Nie miała pojęcia, z kim rozmawiam, ale ewidentnie miała zamiar się tego dowiedzieć.

– To dobrze – powiedziała Kas. – Nie wiem, na ile możemy jej ufać.

– My?

– Albo ty. Jeśli wolisz trwać w przeświadczeniu, że jesteś sam jak palec.

– Jestem – odparłem z przekonaniem. – I na dobrą sprawę co chwilę się w nim utwierdzam.

Przypuszczałem, że będzie oponowała, ale widocznie uznała, że nie ma to sensu. Ja zaś skarciłem się w myśli za to, że prowadzę rozmowę w takim kierunku. Nie wiedziałem, co musiała zrobić, żeby otrzymać dostęp do telefonu, ale z pewnością nie było to łatwe. I czas rozmowy był ograniczony.

– Po prostu uważaj na nią, dopóki nie dowiem się więcej – dodała.

Ruszyłem w kierunku korytarza, uznając, że rozmowa pójdzie swobodniej, jeśli nie będę czuł na sobie pytającego spojrzenia Klizy.

– Możesz mi wytłumaczyć, co się dzieje? – spytałem.

– Nie do końca.

– Świetnie.

– Ale powiem ci tyle, ile mogę. Resztę później.

– Kiedy?

– Posłuchaj, Wern – odparła głosem, który dobrze znałem. W tym samym głosie rozpływałem się, kiedy odsłuchiwałem pliki czekające na mnie w tym czy innym zakątku internetu. A potem na zostawionych w kilku miejscach pendrive'ach.

Musiałem upomnieć samego siebie, że nie należy do Ewy, ale do Kasandry. I że był jedynie narzędziem, za pomocą którego ta druga mną sterowała.

– Mam trochę informacji, którymi muszę się z tobą podzielić – dodała. – Ale najpierw powiedz mi, co z ojcem Antonim.

– A co ma być? Odwiedził cię?

– Tak.

Czekałem na więcej, ale nadaremno.

– Umówiłeś się z nim? – zapytała Kas.

– W zasadzie właśnie na niego czekam.

Głośne westchnięcie.

– Więc nie czekaj – odparła. – Antoni nie przyjdzie.

– Dlaczego? I skąd wiesz?

– Powiedzmy po prostu, że sytuacja trochę się zmieniła.

– Dobrze by było, żebym wiedział, w jaki sposób.

Kas albo namyślała się nad odpowiedzią, albo pojawił się jakiś problem. Z łatwością mogłem wyobrazić sobie, jak więźniarka, od której najpewniej pożyczyła telefon, upomina się o zwrot i ją pogania.

– Mogę stąd wyjść, Wern – odezwała się w końcu Kasandra. – Ale tylko jeśli mi pomożesz?

– Żartujesz? – odparłem machinalnie. – Oczywiście, że... – Urwałem i potrząsnąłem głową. – Powiedz, co mam zrobić.

Wypuściła powietrze prosto w słuchawkę, a ja nie mogłem oprzeć się wrażeniu, że lekko się przy tym uśmiechnęła, słysząc moją gotowość, by pospieszyć jej z ratunkiem. Uzmysłowiłem sobie, że od początku tej rozmowy mam ją przed oczami.

Takie rzeczy nie powinny mieć miejsca. Stanowiły nie tylko przejaw wyimaginowanej, nieistniejącej relacji, ale także powidok oszustwa, którego ofiarą się stałem. Musiałem o tym pamiętać, nawet jeśli Kas mówiła ciepłym, emocjonalnym tonem. Szczególnie wtedy.

– Skontaktuj się z Prokockim – odezwała się.

– Co takiego? To ostatnia osoba, z którą chciałbym...

– Tylko on może mi pomóc, Wern.

– W jaki sposób?

– Dowiesz się wszystkiego od niego.

Wyszedłem na korytarz niewielkiej galerii handlowej, właściwie miniaturki tego, co zwykle rozumiało się pod tym określeniem. Zamknąłem drzwi restauracji i powiodłem wzrokiem dookoła.

– Żartujesz? – spytałem.

– Zapewniam cię, że tutaj mi nie do śmiechu.

– Ale... – Kolejny raz potrząsnąłem głową. – Nie rozumiem. Jak on może nam pomóc?

– Nam?

– Tobie.

Znów miałem wrażenie, że się uśmiecha. Ale może oczami wyobraźni widziałem to, co podświadomie chciałem dostrzegać.

– Wszystko ci wyjaśni.

– Może wyjaśniać mi do woli, ale to nie zmieni faktu, że nie uwierzę w ani jedno jego słowo.

– Wern...

– Ten facet twierdzi, że Ewa nie żyje – rzuciłem stanowczo. – I że kompletnie zwariowałem, jeśli sądzę, że jest inaczej. Nie mam zamiaru nawet z nim rozmawiać.

– Posłuchaj...

– Chętnie – przerwałem jej. – Ale tylko jeśli przedstawisz mi konkrety.

– Nie mogę. Jeszcze nie teraz.

– W takim razie bardzo mi przykro, ale nie pomogę.

Zamilkła na moment, a ja ruszyłem w kierunku schodów prowadzących na górę domu towarowego. Szedłem bez żadnego celu i tylko dlatego, że nie mogłem ustać w miejscu.

– Jesteś jedyną osobą, która może to zrobić – odezwała się po chwili Kasandra. – Tylko na ciebie mogę liczyć. I nie wyobrażasz sobie, ile kosztował mnie ten telefon...

Pokręciłem głową, tak jakby mogła to zobaczyć.

– Proszę cię, Wern.

– O co? – odparowałem oschle. – Żebym ci zaufał? Zdajesz sobie w ogóle sprawę, jak niedorzecznie to brzmi?

Nie odpowiadała, a ja czułem, że wzbierają we mnie wszystkie te emocje, które od pewnego czasu udało mi się wyciszyć.

– Jeszcze parę dni temu gotów byłbym sam cię zamknąć.

– Wiem.

– A teraz oczekujesz, że wystarczy jedno twoje słowo, a spotkam się z człowiekiem, który od początku stara się uniemożliwić mi odnalezienie Ewy?

Obszedłem piętro, a potem skierowałem się z powrotem w dół.

– Wszystko zależy od ciebie, Wern – odparła pozbawionym emocji głosem. – Sam podejmij decyzję.

– Powiedz mi chociaż, dlaczego ojciec Antoni się nie zjawi.

– Nie mogę.

– W takim razie ja nie mogę…

– Rób, co uważasz za słuszne – ucięła, a zaraz potem rozległ się dźwięk świadczący o tym, że zakończyła połączenie.

Popatrzyłem na komórkę z niedowierzaniem, po czym schowałem ją do kieszeni i ruszyłem do restauracji. Kliza wypatrywała mnie nerwowo, jakby spodziewała się, że ktoś mnie porwał.

Stanąłem przy stoliku, popatrzyłem na sushi, a potem sięgnąłem po portfel. Wyrzuciłem z niego kilka banknotów.

– Co robisz? – spytała Jola.

– Płacę za twoje futomaki.

– Miałam na myśli…

– Najwyraźniej mam w sobie coś z frajera – odparłem pod nosem, a potem skierowałem się do wyjścia.

Kliza wyszła zaraz po mnie i szybko się ze mną zrównała. Nie musiała się odzywać, bym zaczął relacjonować jej rozmowę, którą właśnie odbyłem. Czułem, że mogę jej ufać, i rezerwa ze strony Kas nie mogła tego zmienić.

Po tym, jak skończyłem, Jola przez moment się namyślała.

– Dokąd idziemy? – zapytała.

– Na komendę.

– Masz zamiar zrobić to, o co cię poprosiła?

Posłałem jej krótkie spojrzenie.

– Tak – odparłem stanowczo. – A zaraz potem dowiedzieć się, co tu się, do kurwy nędzy, dzieje.

– Z Prokockiego nic nie wydusisz.

– Jeśli będzie oczekiwał mojej współpracy, będzie musiał mi coś powiedzieć.

Kliza złapała mnie za rękę i zatrzymała. Spojrzała mi w oczy, a ponieważ robiła to wyjątkowo rzadko, poczułem się dość nieswojo.

– To nie jest dobry pomysł.

– Dlaczego nie?

– Prokocki narobi ci tylko problemów. Nie jest po twojej stronie.

Zaśmiałem się, rozkładając bezradnie ręce.

– A kto jest? – spytałem.

– Ja.

– Cudownie…

– I powinno ci to do szczęścia wystarczyć – dodała. – Bo czekając, aż nagadasz się z Kasandrą, skończyłam swój research.

– Jaki research? – zapytałem, mrużąc oczy.

Uciekła spojrzeniem, jakby dopiero teraz przypomniała sobie, że bezpośredni kontakt wzrokowy ją krępuje.

– Pamiętaj, że pracowałam w biurze detektywistycznym – odezwała się z niejaką satysfakcją. – I że cała moja robota sprowadzała się do szpiegowania ludzi w necie.

– Pamiętam.

Wiedziałem też, że nie muszę dopytywać, do czego zmierza, bo sama zaraz mi wszystko wyjaśni.

– Od początku nie byłam przekonana, czy Antoni dotrzyma słowa – ciągnęła. – Zaczęłam więc trochę grzebać, ale nie dotarłam właściwie do niczego konkretnego. Aż do teraz.

Uniosłem pytająco brwi.

– Przeszukałam stronę parafii, w której pełnił posługę, ale nie znalazłam tam niczego na temat kapliczki. Jest oczywiście rys historyczny kościoła, informacje o kamieniu węgielnym, poświęceniu, pierwszym kościelnym, grupie teatralnej i…

– Do rzeczy, Kliza – ponagliłem ją, zerkając w kierunku placu Wolności.

– Była też galeria, w której znajdowało się sporo starych zdjęć.

– Któreś z okresu, jaki nas interesuje?

– Nie.

Wzruszyłem ramionami, nieco poirytowany.

– W takim razie o co chodzi?

– O to, że niewiele trzeba, żeby poszperać przez FTP na ich serwerze. Trzymają tam sporo innych skanów, w tym oczywiście zdjęcia. Najwięcej jest wykonanych przez kogoś, kto nazywa się Cauvak. Może to ksywa, może nazwisko, a może nazwa firmy, cholera wie. Mówi ci to coś?

– Nie.

– W każdym razie gość fotografował między innymi w Kappie.

Kiedy zmusiła się, by znów spojrzeć mi w oczy, poczułem ciarki na plecach.

– Na jednym z jego zdjęć jest Ewa – oznajmiła. – W towarzystwie twojego kumpla. Blitza.

14

Najmocniejsze relacje powstawały na gruncie wiedzy, ale w tym wypadku musiały wystarczyć tajemnice. Nie mogłam zdradzić Wernerowi, co tak naprawdę się dzieje, ani teraz, ani później.

Po raz kolejny musiałam prowadzić go w kółko po labiryncie, udając, że zmierzamy ku wyjściu. Nie miałam wątpliwości, że i tym razem mi na to pozwoli, choć właściwie wszystko przemawiało za tym, by tego nie robił.

Wielu na jego miejscu po prostu uznałoby, że spotkało mnie to, na co zasługiwałam, i że znalazłam się w miejscu, w którym być powinnam. Damian jednak zachował się inaczej.

Zaraz po naszej rozmowie udał się na komendę. Zobaczył się z Prokockim i złożył zeznania, o które go poprosiłam. Tyle wiedziałam, podkomisarz nie przekazał mi nic więcej.

Czekałam na niego w pokoju widzeń, starając się zignorować swoje odbicie w szybie oddzielającej osadzonych od osób, z którymi się spotykały. Wyglądałam okropnie, prawie nie przypominałam samej siebie, choć po latach spędzonych z Robertem nie było to dla mnie nic nowego.

O użyciu jakichkolwiek kosmetyków nie było mowy. Migota, Ciotka i Kamikaze nie były gotowe użyczyć mi choćby kremu do rąk, a od kiedy załatwiłam sobie przeniesienie, nie wchodziłam w kontakty z żadnymi innymi więźniarkami.

Wygląd zewnętrzny był jednak moim najmniejszym problemem. Znacznie bardziej skomplikowane było to, jak wyglądałam wewnątrz.

Prokocki zjawił się nieznacznie spóźniony. Zajął miejsce w boksie, rozłożył przed sobą jakieś dokumenty, a potem sięgnął po białą słuchawkę. Ja zrobiłam to samo po swojej stronie.

– Mam tu wszystko – oznajmił.

Żadnego powitania, żadnego pytania o to, czy u mnie w porządku. Zupełnie jakby chciał przypomnieć mi, że nasza relacja jest czysto interesowna i opiera się na zwyczajnym *quid pro quo*.

– Werner stawił się na komendzie i złożył zeznania – powiedział.

– Takie jak trzeba?

Prokocki skinął głową i przez chwilę przeglądał dokumenty. Potem westchnął, skrzyżował ręce na krótkim blacie i wbił wzrok w moje oczy.

Mimowolnie pomyślałam o tym, jak bardzo widoczne są obrażenia na mojej twarzy. Był to odruch bezwarunkowy, który odczuwała każda ofiara przemocy domowej. Wykształcił się, bo przez cały okres trwania małżeństwa podobne myśli nachodziły mnie, ilekroć ktoś rzucił mi choćby krótkie spojrzenie. Czy dobrze zamaskowałam siniaki? Czy nie widać śladów na szyi? Czy nie mam żadnego widocznego rozcięcia? Życie z Robertem sprowadzało się w tej samej mierze do oszukiwania siebie, jak i całego świata.

– Co powiedziałaś Wernerowi? – odezwał się Prokocki.

– Dokładnie to, co ustaliliśmy – zapewniłam. – A coś nie tak?

Podkomisarz potarł dłonie.

– O nic mnie nie wypytywał.

– To chyba dobrze?

– Powiedziałbym raczej, że to podejrzane – odparł Prokocki i zrobił głęboki wdech. – Powinien próbować zmusić mnie do mówienia. I zrobić wszystko, żeby coś ze mnie wyciągnąć.

– Może uznał, że niczego się nie dowie.

Policjant wydął usta z powątpiewaniem.

– Nie zadał mi choćby jednego pytania – powiedział. – Nawet nie próbował.

– I czego to niby ma dowodzić?

– Nie wiem. Ale coś jest nie w porządku.

Z mojego punktu widzenia jedyne, co mogłoby być nie w porządku, sprowadzało się do zeznań. A skoro Wern je złożył, nie miałam się czym przejmować.

– Od strony formalnej wszystko gra? – spytałam, wskazując na papiery.

– Tak. Damian zeznał, że działałaś w obronie własnej, a biegli od śladów krwawych i specjaliści od mechanoskopii złożyli już ekspertyzy potwierdzające jego słowa.

Zamknęłam oczy. Wydawało mi się to nierealne.

– Rozmawiałeś z prokuratorem?

Plan zakładał, że Prokocki załatwi to wszystko przed wizytą, ale nie byłam pewna, czy mu się udało. Wciąż mogło się okazać, że na ostatniej prostej ktoś skomplikował cały proces.

– Zrobiłem to, jeszcze zanim się zgodziłaś – odparł, przesuwając dokumenty. – Jako że nie zagrażasz porządkowi publicznemu i dalsze pozbawienie wolności pociągałoby za sobą wyjątkowo ciężkie skutki dla twojej najbliższej rodziny, oczywiście jutro opuścisz areszt.

Gdyby nie to, że mówił służbowym, wyważonym tonem, pomyślałabym, że to tylko makabryczny żart. Wciąż trudno było mi uwierzyć, że ten horror dobiegnie końca.

Owszem, zostawię tutaj swoją godność, ale zrobię to ze świadomością, że mogło być o wiele gorzej.

– Prokuratura uchyli areszt i umorzy postępowanie – dodał Prokocki. – Wszystko jest załatwione.

– Na pewno?

– Nie masz się czym przejmować.

W jego głosie nie było nuty wahania, ale z jakiegoś powodu nie mogłam opędzić się od myśli, że nie powinnam mu ufać. Propozycja, którą od niego przyjęłam, była dla mnie korzystna, ale jednocześnie związana z dość przewrotnym, wyrachowanym planem. Uświadamiało mi to, że ten człowiek jest zdolny do wszystkiego.

Także do tego, by w ostatniej chwili mnie ograć.

– Więc co teraz? – zapytałam.

– Potrzebuję kilku informacji – odparł, wskazując papiery. – Zwykłe formalności.

Wzruszył ramionami, jakby nie chodziło o moją wolność, ale o jakąś błahą sprawę.

– Okej – odparłam. – A jak już je załatwimy?

– Wyjdziesz.

– Ot tak?

Odniosłam wrażenie, że miał zamiar przewrócić oczami, ale w ostatniej chwili się zmitygował.

– Słuchaj… – mruknął. – Wiem, że z twojego punktu widzenia to dość nierealne i doszukujesz się we wszystkim jakiegoś oszustwa, ale musisz zdawać sobie sprawę, że w naszym wspólnym interesie jest działanie razem.

Pokiwałam głową.

– A co z Wernem? – zapytałam.

– On dla mnie nie ma znaczenia. Dla ciebie też nie.

– Wręcz przeciwnie.

Prokocki cofnął brodę, jakbym właśnie zaserwowała mu werbalny odpowiednik policzka. Potarł dłonią kark i prychnął.

– Jasne – rzucił z przekąsem. – Dlatego robisz to, co robisz.

– Robię to dla Wojtka. Ale to nie znaczy, że...

– Niespecjalnie mnie to obchodzi – uciął. – Wmawiaj sobie, co chcesz. Może nawet uda ci się przekonać samą siebie, że Werner coś dla ciebie znaczy. – Znów postukał w plik kartek. – Ja potrzebuję tylko kilku informacji.

Porzuciliśmy temat i skupiliśmy się na protokole zeznań. Uszczegółowiłam kilka faktów, wyjaśniłam mu parę spraw, a on wszystko skrupulatnie zanotował. Potem przycisnął końcówkę długopisu i schował go do kieszeni marynarki.

– To by było wszystko – zadeklarował. – Chyba że jest jeszcze coś, do czego chciałabyś przekonać samą siebie.

Odłożyłam słuchawkę i bez słowa się podniosłam. Nie potrzebowałam zamieniać z tym człowiekiem ani zdania więcej.

Chwilę później strażniczka wyprowadziła mnie z pokoju widzeń i ruszyłyśmy w kierunku mojej celi. Położyłam się na pryczy i wbiłam wzrok w sufit, zastanawiając się, jak sprawić, by czas minął choć trochę szybciej.

Nocy nie przespałam. Nie mogłam opędzić się od wrażenia, że zaraz wydarzy się coś, przez co nie uda mi się opuścić Zamtuza. W końcu jednak nadszedł upragniony ranek, a zaraz po porannym apelu kazano mi się spakować.

Szłam korytarzem w kierunku wolności, prowadzona przez tę samą strażniczkę, która wcześniej odstawiła mnie do celi. Wszystko przebiegało bez problemów.

Do czasu.

Jeszcze na korytarzu zatrzymał nas mężczyzna, który sprawił, że zostawiałam tutaj dużą część siebie. Być może na dobre.

– Przejmuję ją – oznajmił funkcjonariusz.

– Ale…

– Zaprowadzę ją dalej, wracaj na blok – polecił.

W końcu zamiast wyblakłego swetra miał na sobie mundur z plakietką. Dzięki niej dowiedziałam się, jak nazywa się człowiek, który tak bardzo mnie upokorzył.

A. Kałwak.

Wiedziałam, że nie zapomnę tego nazwiska do końca życia. I równie wyraźnie będę pamiętała wszystko, do czego mnie zmusił. Nie samą przemocą, tak jak robił to Robert. Czymś znacznie gorszym, bo odwołującym się do matczynej miłości. Wykorzystującym ją, jakby była jedynie kolejnym narzędziem męskiej opresji.

Liczyłam na to, że strażniczka będzie się upierała, ale ta od razu odpuściła. Kałwak omiótł wzrokiem moje ciało i przez moment myślałam, że lubieżnie się uśmiechnie. Trwał jednak z kamiennym wyrazem twarzy.

Kiedy wskazał mi wyjście, ruszyliśmy w jego kierunku.

– Prokuratura podobno umorzy postępowanie – odezwał się.

– Tak.

– Trochę to podejrzane.

Nie miałam zamiaru wdawać się z nim w dyskusję. Nie teraz, kiedy od wolności dzieliło mnie raptem kilkadziesiąt kroków. Wiedziałam, że niewiele trzeba, by wyprowadził mnie z równowagi. I być może właśnie na to liczył.

– Poszłaś na jakiś układ, co?

– Nie.

Obrócił głowę w moją stronę, ale to zignorowałam. Wciąż wbijałam wzrok w wyjście z korytarza, jakbym dzięki temu mogła sprawić, że się do mnie przybliży.

– Takie rzeczy prędzej czy później wychodzą – dodał Kałwak. – Dowiem się, tak czy inaczej.

Oddech mi przyspieszył, serce zabiło nieco szybciej.

– To dzięki temu telefonowi, który pozwoliłem ci wykonać? – zapytał.

Nie wiedziałam, co odpowiedzieć. Zarówno potwierdzenie, jak i zaprzeczenie mogło go sprowokować.

– Jeśli tak, to widzisz... warto było zrobić mi laskę.

Próbowałam przyspieszyć kroku, ale ledwo to zrobiłam, wyciągnął przede mną rękę niczym szlaban.

– Spokojnie.

– Jestem spokojna.

– Jeśli nie będziesz, nie zostawisz mi innego wyjścia, jak cię zatrzymać.

Z trudem przełknęłam ślinę, zdając sobie sprawę z tego, jak wiele zależy od człowieka, który w tej sytuacji tak naprawdę nie powinien mieć nic do gadania.

Szłam powoli przed siebie, starając się nawet nie mrugać. Obawiałam się, że wystarczy ułamek sekundy, a pod powiekami zobaczę zbyt wyraźne wspomnienie tego, do czego zmusił mnie Kałwak.

– Nie rób nic głupiego – odezwał się. – Nie teraz, kiedy jesteś tak blisko wyjścia.

Satysfakcja w jego głosie potwierdzała, że cała ta sytuacja sprawia mu przyjemność. Zapewne upajał się myślą, że mój los właściwie spoczywa w jego rękach.

Czy mógł to wykorzystać? Z pewnością.

Miałam opuścić zakład o wyznaczonej porze, ale gdybym spóźniła się o kilka minut, nikt nie zwróciłby na to uwagi. A tyle w zupełności wystarczyłoby, żeby strażnik powtórzył to, co już wcześniej na mnie wymógł.

– Będę miło cię wspominać.

Czekał na odpowiedź, ale nie miałam zamiaru jej udzielać.

– Przypuszczam, że ty mnie też.

Szliśmy przez moment w milczeniu, a ja znów miałam wrażenie, że wyjście się oddala.

– W końcu dzięki mnie przetrwałaś – dodał. – Gdybym nie załatwił ci przeniesienia z tamtej celi, Migota i reszta by cię wykończyły. Powinnaś być mi wdzięczna, nie sądzisz?

Zebrałam się w sobie. Od wybawienia dzieliło mnie raptem kilkanaście metrów i powinnam zrobić wszystko, by je pokonać. Nawet jeśli miało się to wiązać z kolejną skazą na honorze.

– Tak – odparłam, myśląc o synu.

To dla niego wszystko robiłam. To on był najważniejszy. Koniec końców ani trochę nie liczyło się, co powiem klawiszowi.

– Tak sobie myślę... – rzucił. – Chyba niewystarczająco mi się odwdzięczyłaś.

– Zrobiłam wszystko, co chciałeś.

– Co pan chciał – poprawił.

Kiedy nie doczekał się odpowiedzi, szturchnął mnie lekko.

– Co pan chciał – powiedziałam.

– To prawda. I przyłożyłaś się do tego dość dobrze, choć... w ogólnym rozrachunku powinnaś zrobić o wiele więcej. Nie uważasz?

– Nie.

Złapał mnie za rękę i zatrzymał. Natychmiast spojrzałam za siebie, licząc na to, że na korytarzu są jacyś potencjalni świadkowie.

Byliśmy sami.

– Jesteś wyjątkowo niewdzięczną dziwką – mruknął. – Zdajesz sobie z tego sprawę?

Gorączkowo zastanawiałam się, co zrobić. Od wolności dzieliło mnie niewiele. Najwyżej dziesięć kroków i jedna para drzwi, za którymi znajdowali się inni ludzie. Ich obecność wystarczyłaby, żebym poczuła się pewnie.

– No? – dodał. – Wiesz o tym czy nie?

– Wiem.

– Więc powinnaś zdawać sobie sprawę, że należy ci się kara.

Zamknęłam oczy, ale natychmiast je otworzyłam, dostrzegając widma, których się obawiałam. Uświadomiłam sobie, że te sceny mogą zaraz ponownie rozegrać się w rzeczywistości.

– Trzeba cię ukarać – ciągnął Kałwak. – Inaczej nie zrozumiesz, na czym polega prawdziwa wdzięczność.

Skinęłam głową, ledwo sobie ten gest uświadamiając.

Funkcjonariusz rozejrzał się i westchnął. Kiedy wbił wzrok w jedne z drzwi, które przed momentem mijaliśmy, przypomniałam sobie, że mieścił się za nimi niewielki składzik.

Opadła mnie myśl, że zaraz się tam z nim znajdę. Znów poniżona, znów sprowadzona do roli odczłowieczonego zera.

Już sam fakt wycofania się w głąb korytarza sprawił, że zrobiło mi się niedobrze.

– Załatwimy to szybko, jeśli się postarasz – powiedział Kałwak, po czym rozejrzał się i przyłożył dłoń do moich ust.

Przesunął palcem po dolnej wardze.

– Powiem ci, jak lubię najbardziej – dodał.

Robiłam wszystko, by zignorować wzbierający we mnie odruch wymiotny.

Kałwak ściskał moją rękę jeszcze mocniej, a ja uświadomiłam sobie, że albo podejmę decyzję, albo on zaraz zrobi to za mnie.

Opuściłam na chwilę powieki. Tym razem po to, by dokładnie przypomnieć sobie to, co mnie spotkało.

– Wyobrażasz już sobie, jak będziesz mi obciągać? – spytał szeptem, zbliżając się o krok.

Otworzyłam oczy i spojrzałam na niego. Nie było sensu dłużej zastanawiać się nad tym, co powinnam zrobić. Wyjście było tylko jedno – i w głębi ducha od początku zdawałam sobie z tego sprawę.

Również się do niego przysunęłam.

– Wyobrażam sobie, co się stanie, jak stąd wyjdę – powiedziałam. – I jak opowiem kilku dziennikarzom o tym, co tu się dzieje.

Zmarszczył brwi.

– Jak strażnicy traktują więźniarki, a konkretnie jak robi to jeden z nich.

Zacisnęłam usta i wbiłam wzrok w plakietkę z jego nazwiskiem.

– Myślisz, że znajdą się inne byłe osadzone, które… O, przepraszam – powiedziałam, robiąc jeszcze pół kroku w jego stronę. – Myśli pan, że znajdą się inne dziewczyny, które potwierdzą moje słowa?

Zacisnęłam pięści, czując, że emocje we mnie wzbierają. Miałam ochotę splunąć mu prosto w twarz, a potem rzucić się na niego i okładać go bez pamięci dopóty, dopóki nie stracę tchu.

Kaływak patrzył na mnie badawczo, niepewny, jak się zachować.

– No? – dodałam. – Jak ci się wydaje, skurwielu?

– Chyba powinnaś…

– Nie tylko wylecisz z roboty, ale trafisz do miejsca takiego jak to. – Omiotłam wzrokiem korytarz. – I zapewniam cię, że będziesz tam od rana do nocy robił to, do czego zmuszałeś tutaj te wszystkie kobiety.

Wiedziałam, że nie byłam jedyna. Nie musiałam nawet rozpytywać wśród więźniarek, by mieć pewność.

– I kto ci uwierzy? – zapytał.

– Kilka, może kilkanaście osób – przyznałam, a potem wyszarpałam dłoń z jego uścisku. – Przynajmniej na początku. Wystarczy jednak, że inne osadzone potwierdzą moje słowa, a ta liczba zwiększy się do kilkudziesięciu, może więcej. A tak naprawdę wystarczy jedna lub dwie osoby. Może to być twój przełożony albo sekretarz stanu w ministerstwie, który będzie chciał zadbać o dobry PR. Staniesz się uosobieniem patologii w polskim więziennictwie, skurwysynu. I media nie spoczną, dopóki nie…

– Wystarczy.

Nie odrywałam wzroku od jego oczu aż do momentu, gdy uciekł spojrzeniem.

Niedbale machnął ręką w kierunku wyjścia, a potem uderzył mnie lekko w plecy. Zignorowałam to i ruszyłam przed siebie.

Z każdym kolejnym krokiem wizja opuszczenia tego miejsca stawała się coraz bardziej realna. Wiedziałam, że to za moment nastąpi. A ja nie doświadczę z rąk tego człowieka już żadnej krzywdy.

Kilka minut później było po wszystkim.

Znalazłam się na zewnątrz aresztu śledczego.

Wyszłam na nierówną, zniszczoną ulicę. Przywodziła na myśl zapomniane drogi gminne, którymi nikt już nie jeździ, bo równolegle biegną nowe, szerokie ekspresówki. Nabrałam głęboko tchu i wyprostowałam się. Byłam wolna, ale ponure gmaszysko znajdowało się zdecydowanie zbyt blisko za moimi plecami, bym w pełni mogła to poczuć.

Rozejrzałam się w poszukiwaniu Prokockiego, nigdzie jednak go nie dostrzegłam. Miał na mnie czekać już od dobrego kwadransa.

Przeszło mi przez myśl, że coś się stało. Coś ostatecznie poszło nie po jego myśli, a z więzienia zaraz wyjdzie strażnik i oznajmi, że zaszła pomyłka.

Wyglądałam samochodu, nasłuchiwałam dźwięku silnika, ale nadaremno. Byłam sama.

Niedaleko znajdował się przystanek autobusowy ze zniszczonym siedziskiem i pokrytym napisami pleksiglasem. Bohomazy były w dużej mierze rezultatem wesołej inwencji twórczej wszystkich tych, które opuściły Zamtuz i próbowały dostać się z powrotem do miasta. Z osamotnionego przystanku zresztą nie korzystał chyba nikt inny.

Stanęłam pod wiatą i przesunęłam palcem po rozkładzie. Dojeżdżała tu tylko jedna linia, a najbliższy autobus miał zjawić się za nieco ponad godzinę. Usiadłam na wybrakowanej ławce i zwiesiłam głowę.

Wciąż nie mogłam opędzić się od wrażenia, że zaraz wrócę za kratki.

Kiedy jednak usłyszałam nadjeżdżający samochód, natychmiast się ożywiłam. Podniosłam się, a potem podeszłam na skraj chodnika i starałam się wypatrzeć, kto siedzi za kierownicą.

Od razu rozpoznałam, że to nie Prokocki.

Znieruchomiałam.

Kiedy auto zatrzymało się tuż obok mnie, wciąż nie mogłam się ruszyć. Szyba powoli się opuściła, a ja z niedowierzaniem popatrzyłam na osobę, która siedziała za kierownicą.

– Ewa? – wydusiłam.

ROZDZIAŁ 2

1

Numer, z którego Kas do mnie dzwoniła, należał do jakiegoś mężczyzny. Wybrałem go tylko raz i kiedy nieznajomy oświadczył, że to pomyłka, uznałem, że nie ma sensu o cokolwiek go wypytywać. Może był strażnikiem, a może chłopakiem jednej z osadzonych, który jakimś cudem dostarczył komórkę za mury więzienia. Tak czy owak, w ten sposób z Kasandrą nie mogłem się skontaktować.

Właściwie ani w ten, ani w jakikolwiek inny. Wiedzieliśmy z Klizą, że niebawem opuści Zamtuz, ale nie mieliśmy pojęcia, kiedy dokładnie ma to nastąpić.

Minęło kilka dni od momentu, gdy złożyłem zeznania na komendzie. Prokocki zapewniał, że w zupełności wystarczą, by prokurator uchylił areszt. I jeśli dobrze pójdzie, być może sprawa zostanie umorzona.

Wydawało mi się to nierealne. Jakkolwiek by było, ktoś w Rewalu zginął i nawet jeśli był wyjątkowym zwyrodnialcem, sąd powinien się temu przyjrzeć. Choćby po to, by uniewinnić Kasandrę i raz na zawsze zamknąć tę sprawę.

Czekaliśmy z Klizą na jakiekolwiek wieści, ale te nie nadchodziły. Kiedy zjawiliśmy się na komendzie, jeden z niższych stopniem funkcjonariuszy odesłał nas z kwitkiem, twierdząc, że podkomisarz Prokocki wyjechał. Nie chciał powiedzieć dokąd.

Wyglądało na to, że zapadł się pod ziemię – i gdyby chodziło tylko o niego, nie nabrałbym podejrzeń. To samo jednak stało się z Kasandrą i z moim sąsiadem, od którego wciąż potrzebowałem kilku odpowiedzi.

Ojciec Antoni również znikł, Glazur siedział w areszcie śledczym gdzieś na północy kraju, a Wojtek znów trafił do szpitala przy Witosa. Nie podłączyli go do aparatury, bo organizm radził sobie z utrzymywaniem funkcji życiowych. Nadal jednak nie było z nim żadnego kontaktu, a karmiono go albo dożylnie, albo przez rurkę. Nie chciałem myśleć o tym, co przeżywa, jeśli jest świadomy.

Przez kilka dni próbowaliśmy z Klizą namierzyć księdza opiekującego się niegdyś dzieciakami w Kappie, ale bezskutecznie. Administracja aresztu śledczego twierdziła, że Antoni poprosił o urlop i wyznaczył na swoje miejsce innego duchownego. Ten nie wiedział, gdzie udał się jego poprzednik.

Byliśmy w kropce. Wszystkie tropy się pourywały, a nam pozostały jedynie zdjęcia, które Jola znalazła na parafialnym serwerze.

Przejrzałem je wystarczająco dużo razy, by znać wszystkie na pamięć. Część z nich wykonał niejaki Cauvak, ale ta ksywa – lub nazwa firmy – była jedynym, co wiedzieliśmy na temat fotografa.

Na zdjęciach znajdowało się wiele dzieciaków, najbardziej jednak liczyła się dwójka. Ewa i Blitz.

Nie miałem pojęcia, że bez mojej wiedzy kiedykolwiek choćby przelotnie się spotkali. Tymczasem po jedenastu latach od zaginięcia narzeczonej odkryłem, że przynajmniej raz musieli być w Kappie. Miejscu, o którym również nigdy nie słyszałem.

Jak to możliwe?

O ile Blitzer mógłby mieć przede mną jakieś tajemnice i potrafiłby je ukryć, o tyle Ewa...

Nie, nie było sensu się oszukiwać. Skoro potrafiła zataić fakt, że zeznawała przeciwko gangsterowi kierującemu zorganizowaną grupą przestępczą, to z pewnością równie dobrze poradziłaby sobie w bardziej błahych sprawach.

Tylko po co miałaby to robić? Co takiego działo się w Kappie, że nikt nigdy nawet nie wspomniał mi o tym miejscu?

Wiedziałem jedno: teraz, po latach, było kluczowe.

Wszystkie tropy się tam krzyżowały. Ewa wskazała je w nagraniu, mój zmarły przyjaciel tam bywał, a ojciec Antoni dbał o nie tak, jak w tej chwili o areszt, do którego trafiła Kasandra. W dodatku Prokocki z jakiegoś powodu je obserwował.

Nie miałem jednak pojęcia, co to wszystko znaczy.

Powoli wpadałem przez to w spiralę szaleństwa, nie mogłem skupić się na niczym innym. Doszło nawet do tego, że nocny seans z *Fortnite* wydawał mi się czasem straconym, bo zamiast niego mogłem przecież zastanawiać się nad rozwiązaniem sytuacji i być może na coś wpaść.

Było ze mną coraz gorzej – i dobitnie uświadomiła mi to Kliza, kiedy przyszła do mnie pewnego wieczoru. Przytachała siatkę z indyjskim jedzeniem na wynos, prosto z mieszczącego się kilkaset metrów dalej Tulsi. Omiotła wzrokiem poddasze, które ze względu na wszechobecny nieporządek trudno było dłużej nazywać loftem, a potem westchnęła z politowaniem.

– Kiedy samotny facet przestaje grać w gry sieciowe, wiedz, że coś się dzieje – oznajmiła, stawiając torbę na stole w kuchni.

Usiadłem przy nim i rozczochrałem włosy, czując, że lepią mi się do palców.

– Nadal się zadręczasz? – spytała, wyciągając jedzenie.

– Nie zadręczam, tylko zastanawiam.

– Nad czym tym razem?

Zamknąłem oczy i przywołałem z pamięci zdjęcie przedstawiające Ewę i Blitza.

– Nad fotką.

– Znów?

– Blitzer ma na niej koszulkę z *The Colour and the Shape* Foo Fighters.

Kliza otworzyła opakowania i zupełnie niepotrzebnie rozważała, czy nie przełożyć wszystkiego na talerze. Szybko zreflektowała się, że nie mam żadnych czystych. Umyła dwie łyżki, uznawszy zapewne, że tyle wystarczy do dań curry.

– Znowu ten zespół? – mruknęła.

– Ten album to właściwie ich debiut – powiedziałem, ignorując jej uwagę. – Wcześniejszy był demówką nagraną przez samego Dave'a Grohla i jego producenta, a...

– Obeznałeś się w temacie.

– Musiałem – odparłem dla porządku. – Ale ważne jest to, że płyta wyszła w dziewięćdziesiątym siódmym, więc zdjęcie nie może być starsze od niej.

Jola podsunęła mi jedno z opakowań.

– Tyle wiemy i bez dyskografii Foo Fighters – zauważyła. – Ewa i Blitz wyglądają na licealistów.

– Zgadza się. W dodatku kolejny album, skądinąd znany mi *There Is Nothing Left To Lose*, wyszedł dwa lata później.

– No i?

– Blitz nosiłby już wtedy nową koszulkę.

– Może jej nie kupił i zadowolił się starą.

– Nie, nie. Miał porządnego hopla, na pewno paradowałby w najnowszym T-shircie.

Jola wydawała się nieprzekonana.

– To końcówka lat dziewięćdziesiątych – zauważyłem. – A on był nastolatkiem z obsesją na punkcie rocka.

– Niech będzie – zgodziła się w końcu, odrywając kawałek chlebka naan. – W takim razie zdjęcie zrobiono między dziewięćdziesiątym siódmym a dziewięćdziesiątym dziewiątym, kiedy byliście w liceum.

Pokiwałem głową, marszcząc czoło.

– Ja i Ewa byliśmy wtedy całkowicie nierozłączni.

– Najwyraźniej niecałkowicie.

Położyłem łokcie na stole, potarłem skronie i ukryłem twarz w dłoniach.

– Wern?

– To nie ma sensu – powiedziałem niewyraźnie. – Jeśli miałbym wybrać czas, na który przypadało największe szaleństwo uczuć w naszym związku, to byłyby to te lata. Naprawdę nie odstępowaliśmy się na krok.

Kliza wzruszyła ramionami.

– Co to ma znaczyć? – spytałem.

– Nie wiem.

– Ewidentnie coś chciałaś wyrazić.

– Może tylko to, że twoje hormony szalały, ale to wcale nie musi oznaczać…

– Daj spokój.

Byłem gotów iść w zaparte, choć wiedziałem, że Jola może mieć rację. To na jednej z wycieczek szkolnych przespaliśmy się ze sobą pierwszy raz. Po tym wszystko się zmieniło, a nam wydawało się, że jesteśmy niemal w przededniu ślubu i decyzji o tym, by spędzić ze sobą resztę życia. Nie mogłem wytrzymać chwili bez Ewy, czekałem na każdą przerwę, żeby usiąść z nią na korytarzu, zamiast iść na jedno z przyszkolnych podwórek z kumplami i wypalić tam kilka fajek z rzędu. Wydawało mi się, że ona miała podobnie.

Najwyraźniej się myliłem.

– Nie słyszałeś nigdy, że użalanie się nad sobą jest mniej więcej tak pomocne jak zjadanie własnego gówna?

Spojrzałem na Klizę z dystansem, a potem znacząco wskazałem na jedzenie.

– Wybacz. I tak nie masz apetytu, a mnie nic go nie odbierze – dodała. – Poza tym chodzi mi tylko o to, że to bezproduktywne. Wyrzucasz z siebie coś i zaraz z powrotem to przyjmujesz.

Miałem nadzieję, że na tym jej metafory się skończą. Jola jednak uznała, że musi dokończyć myśl.

– Tworzysz zamknięty obieg swojego żalu, zamiast…

– Więc co proponujesz? – uciąłem.

Spojrzała najpierw na swoje, a potem na moje pudełko z jedzeniem.

– Żebyś spróbował chociaż placka – poradziła, wskazując naan. – Jeśli nie docenisz, znaczy, że to nasz ostatni wspólny posiłek.

– Myślałem, że wolisz sushi – odparłem. – I miałem na myśli raczej to, co dalej robić w sprawie Ewy, *sensei*.

Odłożyła łyżkę i w głębokim namyśle pokiwała głową.

– Wystarczy *senpai-chan*.

– Hę?

– Nieistotne – zbyła temat Kliza. – I jest tylko jedna rzecz, jaką możemy zrobić.

Sięgnęła do niewielkiej torby, wyjęła z niej laptopa, a potem postawiła go na stole. Chwilę przesuwała palcem po gładziku, po czym obróciła do mnie ekran.

– Patrz i analizuj.

Zerknąłem na zdjęcie Ewy i Blitza w Kappie.

– Znam to ujęcie na pamięć, Kliza.

– To naucz się też kolejnych.

– Je też znam.

– I? – spytała, a potem władowała do ust wyjątkowo duży kawałek kurczaka w sosie. – Nadal nie zidentyfikowaliśmy pozostałych osób – dodała niewyraźnie.

– Bo ich nie kojarzę.

Powątpiewanie w jej oczach sugerowało, że powinienem dwa razy się zastanowić przed tak kategoryczną odpowiedzią.

– Nikogo? – jęknęła.

– Nikogo.

– Przecież to miasto wielkości połowy jednej dzielnicy Warszawy – zauważyła. – Tutaj każdy zna każdego. A ty chcesz mi powiedzieć, że nigdy nie widziałeś tych dzieciaków? Wszyscy są w podobnym wieku.

– Ale zdjęć nie ma wiele.

– Tylko tyle było na serwerze. Muszą wystarczyć.

– Nie łatwiej byłoby znaleźć tego Cauvaka?

– Szukałam.

Jeśli ona nic nie znalazła, należało uznać, że najwyraźniej przez lata ślad po tym człowieku albo się rozpłynął, albo rozrzedził na tyle, że nie sposób było go dostrzec. Ewa również nigdy o nim nie wspominała.

– Przyglądaj się, analizuj, sięgaj w najgłębsze odmęty pamięci – poradziła. – I rób to dopóty…

– Mówię ci, że na tych zdjęciach ma na nikogo, kogo bym kojarzył.

– Nie przyjmuję tego do wiadomości.

Wzruszyłem ramionami, czując się całkowicie bezsilny. Zarówno wobec losu, jak i oczekiwań Joli.

– Te dzieciaki pewnie pochodziły z okolicy – odparłem. – Nie miałem stamtąd żadnych znajomych.

– Znasz kogoś, kto miał?

Jeśli kiedykolwiek żałowałem, że w licealnych czasach nie spędzałem więcej czasu w barach zamiast przed komputerem, to właśnie teraz. Nie mogłem złożyć jednak wszystkiego na karb moich preferencji rozrywkowych – winna temu była miłość. Towarzystwo Ewy w zupełności mi wystarczało, właściwie nie chciałem spędzać czasu z nikim innym. Nie potrzebowałem nikogo innego.

– Wern?

– Nie wiem, daj się zastanowić.

Zaklęła cicho, a potem obróciła do siebie laptopa, weszła na Facebooka i zalogowała się na moje konto.

– Skąd znasz…

– Sprawdziłam login i hasło parę dni temu.

Spojrzałem na mojego wysłużonego peceta i uznałem, że dopóki Kliza u mnie bywa, powinienem założyć hasło.

– Sprawdź ludzi z liceum – odezwała się. – Zobacz, czy któryś ze starych znajomych, tych, którzy zdążyli już dziesięć razy zapomnieć o twoim istnieniu, przypadkiem nie mieszka gdzieś w okolicy Kappy. Albo nie mieszkał.

Nie kojarzyłem nikogo takiego, ale nie zaszkodziło sprawdzić. Nawet jeśli nie trafię na żaden konkretny trop, być może uda mi się odświeżyć pamięć na tyle, by przypomnieć sobie, czy ktoś nie dojeżdżał do szkoły ze Szczepanowic czy Wójtowej Wsi.

Po godzinie stało się jasne, że niczego nie znajdę. Jeszcze kilka lat temu z pewnością by mi się poszczęściło. Wtedy każdy wpisywał miejsce urodzenia, zamieszkania, pracy, wymarzonych wakacji i czegokolwiek, co przyszło mu na myśl. W erze RODO wszyscy zdawali się przypomnieć sobie o zaletach anonimowości w sieci.

– Dosyć tego – rzuciła Jola, a potem zabrała mi laptopa.

– Co zamierzasz?

– Wykorzystać broń, którą Kasandra zaatakowała ciebie.

– Czyli?

Zanim zdążyła odpowiedzieć, sam na to wpadłem. Spotted.

Kliza wrzuciła kilka zdjęć na opolską stronę, prosząc o pomoc w identyfikacji któregokolwiek z dzieciaków. Nie zamieściła jedynie fotografii z Ewą i Blitzem, obawiając się nadmiernych kontrowersji.

Niecierpliwie przeglądaliśmy odpowiedzi, które zaczęły pojawiać się właściwie od razu. Większość komentujących pytała, dlaczego interesujemy się tymi konkretnymi osobami, niektórzy wrzucali nostalgiczne komentarze odnoszące się do lat dziewięćdziesiątych, inni wyśmiewali się z październikowych ubrań ówczesnej młodzieży.

Konkretów brakowało. Aż do momentu, kiedy jedna osoba oznaczyła inną, a ta kolejną. Łańcuch zależności poszedł w ruch, a my wiedzieliśmy, że coś jest na rzeczy. Utwierdziliśmy się w tym przekonaniu, kiedy pojawiło się ostatnie ogniwo.

– Ktoś oznaczył Andrzeja Kałwaka – odezwała się Jola.

– Co?

Szybko obszedłem stół i stanąłem obok Klizy. Wbiłem wzrok w hiperłącze do profilu mężczyzny, który wedle wszelkiego prawdopodobieństwa wykonał zdjęcia.

Natychmiast znikło. Nie zdążyłem nawet przyjrzeć się miniaturce.

– Co jest? – spytałem.

Kliza zmarszczyła brwi.

– Ktoś usunął posta.

– Widzę, ale…

– Czekaj – rzuciła, jakby była chirurgiem wykonującym właśnie w pocie czoła niezwykle skomplikowaną operację.

Błyskawicznie wpisała w polu wyszukiwania „Andrzej Kałwak", a potem wyświetliła profil. Nie miałem z nim żadnych wspólnych znajomych, ale z pewnością była to właściwa osoba. W polu „miasto rodzinne" widniało Opole, ale oprócz tego nie było żadnych innych informacji. Brakowało nawet zdjęcia.

Kliza natychmiast wyświetliła listę znajomych.

– Co robisz?

– Szukam – odparła.

– Czego?

W skupieniu przeglądała miniaturki zdjęć, aż w końcu pstryknęła palcami. Wskazała mi jedną z nich, po czym wyświetliła profil. Zrozumiałem, że rozpoznała zdjęcie osoby, która oznaczyła Kaływaka. Była to mocno opalona dziewczyna z agresywnym makijażem.

– Ta kukuryna z jakiegoś powodu powiązała zdjęcie z nim – oznajmiła. – A to znaczy, że...

– Wiedziała, że to on je zrobił.

– Czyli najpewniej tam była.

Kliza obróciła się w moją stronę i miałem wrażenie, że w ostatniej chwili powstrzymała się przed tym, by unieść otwartą dłoń i czekać, aż przybiję jej piątkę.

– Mamy więc dwie osoby, które mogą coś wiedzieć – powiedziała, wracając na profil Kaływaka. – Nawet jeśli jedna nam odmówi, to...

Strona nagle lekko przygasła, a na pierwszym planie pojawił się niewielki prostokąt z napisem „Zawartość, której szukasz, jest niedostępna".

– Sukinsyn... – syknęła Jola. – Skasował konto.

– Żartujesz?

Odświeżyła, ale tym razem wyskoczył już komunikat o tym, że strona, której szuka, nie istnieje.

– Szybko zadziałał – zauważyła. – Niemal od razu po tym, jak został oznaczony.

– Ale... dlaczego?

Pytanie wisiało w powietrzu jak ciemna chmura, z której niechybnie spadnie deszcz. Spojrzeliśmy na siebie, niepewni, co się dzieje, ale przekonani co do jednego. Nie pozostało nam nic innego, jak porozmawiać z dziewczyną, która oznaczyła Kaływaka.

2

Wirtualnych powiązań między mną a Karoliną Falkowską było niewiele, ale właściwie wystarczyło jedno dobre, byśmy z Klizą znaleźli to, na czym nam zależało. Numer telefonu.

Dostałem go od mojej sąsiadki z Zaodrza, która nie tylko miała Falkowską w znajomych, ale zamieściła też kilka zdjęć z imprez, na których wspólnie się bawiły.

Nie wiedzieliśmy, czego się spodziewać, kiedy wybrałem numer, ale szybko przekonaliśmy się, że szczęście się do nas uśmiechnęło. Karolina wprawdzie mnie nie kojarzyła, ale nie miała nic przeciwko rozmowie. Wydawała się dobroduszna i raczej prostolinijna, jakby wychodziła z założenia, że skoro ktoś potrzebuje jej pomocy, to powinna przynajmniej wysłuchać, co ma on do powiedzenia.

Oznajmiła, że kończy pracę w McDonaldzie przy Częstochowskiej po południu – i jeśli się tam wtedy zjawimy, chętnie odpowie nam na wszystkie pytania.

Czekaliśmy na nią przy stoliku na zewnątrz już pół godziny przed końcem zmiany. Oboje zdawaliśmy sobie sprawę, że nie możemy pozwolić sobie na to, by wypuścić tę okazję z rąk.

Kiedy Falkowska wyszła z budynku, od razu unieśliśmy ręce. Podeszła do nas i posłała nam lekki, ostrożny uśmiech.

Miała równie mocny makijaż jak na zdjęciu, wyraźnie widoczne odrosty i zbyt duże kolczyki w uszach. Była w moim wieku, może nawet nieco starsza – zdjęcie profilowe na Facebooku musiało pochodzić przynajmniej sprzed kilku lat.

Przywitaliśmy się, a potem Karolina potoczyła wzrokiem dookoła.

– Nie znacie jakiegoś lepszego miejsca? – spytała. – Tego mam trochę dosyć. Chyba że chcecie skorzystać z mojej zniżki pracowniczej, to rozumiem. Ale od razu was uprzedzam, że dupy nie urywa. Choć wbrew pozorom robota nie jest taka zła, jak się mówi. Czytałam ostatnio w necie, że na okresie próbnym wykręcamy dziewięć złotych za godzinę, a potem jedenaście, ale to bzdura. Tak naprawdę to…

– Możemy skoczyć w inne miejsce – odezwałem się.

Fakt, że Karolina mówiła tak chętnie i nie wyglądała na osobę, która potrafiłaby dochować tajemnicy, nastroił mnie dość optymistycznie. Tego samego nie mogłem jednak powiedzieć o Klizie. Sprawiała wrażenie, jakby miała zamiar zaraz się z nami pożegnać.

– No, możemy – odparła. – Byleby gdzieś, gdzie myją ręce. Bo jak pracujesz w Macu, to uczysz się jednej rzeczy: cały czas masz mieć je czyste. Jak przychodzą do nas z innych knajp, dziwią się, że u nas jest taki dryl. Wystarczy, że podrapiesz się po głowie albo przesuniesz pieprzony kosmyk włosów, a musisz zapierniczać do łazienki i szorować łapy. A wiecie, jakie są mity, nie? Że u nas…

– Może coś zaproponujesz? – uciąłem.

– Proponuję, żeby przyjęli nasze zwyczaje. Raz byłam w niby wypasionej restauracji, patrzę, a tam kelner na zapleczu drapie się po dupie, a potem…

– Miałem na myśli propozycję lokalu.

Rozejrzała się i zmrużyła oczy.

– Wy płacicie?

– Jasne – zapewniłem.

– W takim razie…

Zawiesiła głos, zastanawiała się przez chwilę, a potem machnęła ręką.

– Dobra, nieważne – rzuciła i przysiadła się do naszego stolika. – Mówcie, o co chodzi? Co was interesuje?

Odruchowo zamierzałem wymienić z Klizą znaczące spojrzenia, ale Jola zastygła ze wzrokiem wbitym w stół. Nie czuła się przesadnie komfortowo w towarzystwie wygadanej nieznajomej, a ja po raz kolejny pomyślałem, że jest pełna sprzeczności.

– Przez telefon wspominałeś o Antoniówce – dodała Falkowska, nie dając mi czasu na odpowiedź. – Chodziłeś tam?

– O Antoniówce?

– Kappa, Antoniówka, Casa de Antonio... Świetlica miała sporo nazw. Niektórzy mówili na nią Kappuściarnia, Kappturownia, Kappselarnia i...

– Mniejsza z nazwami – przerwałem jej i pomyślałem, że muszę to robić częściej, jeśli chcemy się czegoś dowiedzieć. – Co tam się działo?

– Różne rzeczy. Ale czemu w ogóle pytasz, jak nie bywałeś?

– Moja dziewczyna tam chodziła.

– Serio? Jak się nazywa?

– Ewa.

Falkowska potarła końcówkę ucha i trąciła gigantyczny okrągły kolczyk.

– Żadnej Ewy u nas raczej nie było. Ale może znałam po ksywie? Różne patole się przewijały, niekiedy w ogóle nie chcieli mówić, jak się nazywają.

– Nie miała ksywy.

O ile wiedziałem.

– A o jakie lata ci chodzi?

– Końcówkę dziewięćdziesiątych. Bywałaś tam wtedy?

– No, raczej.

Z tonu głosu wynikało, że uznała to za najgłupsze pytanie, jakie mogłem zadać. Znów popatrzyłem na Klizę, ale ta nadal myślami była w zupełnie innym miejscu.

– Każdy, kto mieszkał w okolicy, ciągnął do Kappy.

– Dlaczego?

– Bo to jeden był powód? – odparła Karolina i prychnęła. – Mieliśmy tam stół do pingla, piłkarzyki, całkiem niezłego peceta z grami dla chłopaków, jakieś komiksy, inne bzdury...

– A alkohol? Coś mocniejszego?

Falkowska roześmiała się i odgięła na ławce.

– Zgrywasz się? – spytała.

– Nie.

– Ojciec Antoni prędzej by się przekonwertował na Araba, niż pozwolił, żeby ktoś zajarał w Kappo Werde. To samo, jeśli idzie o coś mocniejszego. Nie było bata. Nie myśl, że niektórzy nie próbowali, a zapewniam cię, że to byli prawdziwi zawodnicy. Potrafili wyjarać skręta w konfesjonale, ale u ojca Antoniego nie dawało rady. Od razu się z takim czy innym żegnał i tyle.

Słuchałem uważnie, choć nie przychodziło mi to łatwo.

– Wiadomo, że czasem zapaliliśmy przed przyjściem do Antoniówki albo za kaplicą, ale jak tylko wyczuł, był przypał. Z alkoholowymi wyziewami w ogóle nie było co przychodzić, bo jak się ojca Antoniego podkurwiło, to i potrafił do rodziców zadzwonić. W sumie dobry gość, ale tylko dopóki mu nie podpadłeś. Potrafił zrobić ci z dupy wiadro.

Mimo doboru określeń mówiła o nim ze swoistym szacunkiem w głosie, jakby rzeczywiście stanowił duchowe oparcie dla tych dzieciaków. Wyobraziłem sobie to towarzystwo, składające się w dużej mierze z ludzi, z którymi Ewa nie miała wiele wspólnego.

Pochodziła z dobrze sytuowanej rodziny, która znajdowała się na tyle wysoko w hierarchii społecznej, że sam musiałem zadzierać głowę.

– Dochodziło tam do jakichś kłótni? Niesnasek?

– Niesnasek? – spytała i znów prychnęła. – Ja jebe...

Wzruszyłem ramionami.

– Kłóciliśmy się od czasu do czasu, ale gdyby doszło do rękoczynów, ojciec Antoni od razu zrobiłby porządek.

Zamknąłem oczy i nabrałem tchu. Było jeszcze tyle rzeczy, o które chciałem zapytać, że nie wiedziałem nawet, od czego zacząć. Jednocześnie nie mogłem opędzić się od wrażenia, że nawet jeśli poznam całą historię tego miejsca, w niczym mi to nie pomoże.

– Pamiętasz Blitza? – odezwała się w końcu Jola.

Falkowska potrząsnęła głową, jakby dopiero teraz uświadomiła sobie, że przy stole siedzi jeszcze jedna osoba.

Nie udzieliła jednak odpowiedzi. Nie od razu. Milczała, co stanowiło dość niepokojącą odmianę.

– No pewnie, że pamiętam. Blitzer był...

Zawiesiła głos i wbiła we mnie wzrok. Nagle w jej oczach pojawił się błysk zrozumienia.

– No, nie pierdol! – rzuciła. – To ty, nie?

– Ja?

– Kumpel Blitzkriega. Ten gość, co szukał swojej narzeczonej, a ona potem odnalazła się na Bolko. Znaczy jej ciało, nie?

Nie było sensu tłumaczyć, że moim zdaniem tamta osoba nie miała nic wspólnego z moją Ewą. Skinąłem więc głową, pozorując głęboki smutek.

– O w mordę… – jęknęła Karolina. – Sorry, nie pomyślałam. Czasem powiem coś bez namysłu.

– Czasem? – spytała pod nosem Kliza.

Falkowska ją zignorowała i położyła mi dłoń na ramieniu.

– Nie miałam na myśli nic złego.

– Nie ma sprawy – zapewniłem.

– To dlatego pytałeś o tę Ewę? – spytała. – *No way*… Masz jakiś trop?

– Właśnie staram się to ustalić.

Cofnęła rękę i poprawiła się na krześle, jakby właśnie otworzyła się przed nią szansa, by zapisać się w historii.

– Pytaj, człowieku – oznajmiła. – Powiem ci wszystko, co wiem.

Zerknąłem na Jolę, a ta od razu odebrała niewypowiedzianą sugestię. Z plecaka, z którym się nie rozstawała, wyjęła laptopa, a potem pokazała Falkowskiej zdjęcie. Karolina nie musiała długo mu się przypatrywać.

– Na bank Kappa – powiedziała. – No i jest Blitz. Ta obok to Ewa?

– Tak.

– Nigdy jej u nas nie widziałam. Widocznie wpadała, jak mnie nie było. Albo na wakacje? Rzadko zostawałam w mieście, rodzice ciągnęli mnie do dziadków, do Głuchołaz. Lipna sprawa, bo dwa miesiące wyjęte z życiorysu. No i wszyscy siedzieli na dupie, wiadomo, nie było za co ani gdzie jechać. Niektórzy mi zazdrościli, ale ja bym tam oddała…

– Dobra – wtrąciła się Kliza. – To kim jest Kałwak?

– Eee…

Nie brzmiało to jak zapowiedź niczego dobrego.

– Oznaczyłaś go na Facebooku pod postem, który wrzuciliśmy.

– Ano tak, oznaczyłam.

– I zaraz potem usunęłaś znacznik.

– Bo mnie o to poprosił.

– Dlaczego?

Zaczynało to przypominać przesłuchanie, a Falkowska wyraźnie nie była z tego kierunku zadowolona.

– A ja wiem? – odparła. – Wysłał mi wiadomość, czy nie mogłabym go usunąć, więc to zrobiłam.

– Nie zapytałaś, czego się boi?

– A kto mówi, że w ogóle się bał? – rzuciła z miną sugerującą, że uchybiamy elementarnym zasadom techniki śledczej. – I zapytałam, ale już nie odpisał. Olałam sprawę.

– Okej. To skąd w ogóle ten znacznik?

– Bo pamiętałam, że gość robił zdjęcia w Kappie.

– Często pamiętasz ludzi sprzed dwudziestu lat?

– Co to za pytanie w ogóle? – obruszyła się.

– I często masz ich w znajomych?

Nie byłem pewien, czy Jola nie naciska zbyt stanowczo, ale Falkowska zdawała się niezrażona nadmiarem pytań. Może naprawdę lubiła mówić, nieważne, o czym i w jakich okolicznościach.

– Wysłał mi kiedyś zaproszenie – wyjaśniła. – Zanim przyjęłam, sprawdziłam, kto to jest. I przypomniałam sobie, że mieliśmy kiedyś pompę z jego nazwiska.

Oczywiście, dzieciaki nie przepuściłyby tego, że trzy pierwsze litery układały się w takie, a nie inne słowo.

Karolina wskazała na zdjęcia na ekranie.

– Ojciec Antoni wpuścił do Kappy tylko jednego fotografa. I był to chyba jedyny raz, kiedy ktoś w ogóle trzaskał nam fotki.

Kliza zaczęła wyświetlać kolejne zdjęcia, a Falkowska przyglądała im się w milczeniu.

– Skoro był tylko raz, a na tych zdjęciach jest Ewa, to musiałaś ją spotkać – zauważyła Jola.

– Nie za bardzo.

– Co to znaczy?

– Że nie byłam w Kappie, kiedy Kałwak robił fotki.

Widziałem, że Kliza jest coraz bardziej poirytowana.

– Więc skąd cię znał? Dlaczego wysłał ci to zaproszenie?

– Ty chyba nie wiesz, jak działa Fejs, dziewczyno – odparła i rozłożyła ręce.

– Możesz mi to wytłumaczyć.

Karolina nabrała głęboko tchu, a potem przedstawiła nam wszystko od początku. O Kałwaku usłyszała, kiedy znajomi z Kappy opowiadali jej o sesji. Pośmiali się trochę z jego nazwiska, ale potem wszyscy o nim zapomnieli. Po raz kolejny zjawił się jakiś czas później z wywołanymi fotografiami i wtedy Falkowska go poznała.

Brzmiało to dość wiarygodnie.

– I ot tak cię zaprosił do znajomych? – mruknęła Jola.

– Zobaczył, że mamy kilku czy kilkunastu wspólnych znajomych, to nacisnął niebieski kwadracik. Tak to działa, nie?

Z jednego ślepego zaułka w drugi. Wydawało mi się, że nigdy nie ruszymy do przodu.

W końcu jednak się udało.

– Zapamiętałam go, bo mówię wam, że tylko raz były foty. Kręciliśmy raczej filmy niż robiliśmy zdjęcia – powiedziała Karolina.

– Co takiego? – spytałem.

– Ojciec Antoni dostał od jakiegoś parafianina kamerę i mieliśmy z nią trochę zabawy. Żadne pornosy, nie myślcie sobie. Udawaliśmy aktorów, robiliśmy Kappawood, takie tam zgrywy. W sumie nic ciekawego, serwowaliśmy same strasburgery do kamery, bo wszystko na trzeźwo, ale przez tydzień mieliśmy jakieś urozmaicenie.

Tym razem Kliza posłała mi znaczące spojrzenie.

– Mieliście tam jakieś kasety? – spytała.

– Z naszymi wyczynami?

– Nie. Inne.

– No rejczel. W końcu to świetlica, nie?

Jej pytanie wybrzmiało w mojej głowie z wyraźnym echem. Było tak oczywiste, że właściwie powinienem postawić je sobie, już kiedy trafiliśmy na Kappę. Oczywiście, świetlica.

To nie mógł być przypadek.

Spojrzałem na jedno ze zdjęć, starając się ustalić, czy to może być to samo miejsce, które widziałem na nagraniu Ewy. Nie sposób było rozstrzygnąć. Obraz na taśmie „3/15" był zbyt niewyraźny, a w dodatku przecięty i przesunięty w dół.

Ale nie mogłem wykluczyć, że nagranie powstało w Kappie. Nie wtedy, ale lata później.

Kiedy parafia pozbyła się tej nieruchomości? Miss Marvel mówiła, że wprowadziła się tam kilka miesięcy temu. Kupić musiała ją trochę wcześniej, bo elewacja była odnowiona. Choć równie dobrze mogła remontować, mieszkając już w dawnej Kappie.

– Wiedziałaś, że Kościół sprzedał to miejsce? – zapytała Jola.

– Pewnie. Wszyscy wiedzieliśmy, ojciec Antoni sam dał nam wszystkim znać.

Nie uszło mojej uwadze, że wciąż odnosiła się do niego w ten sam, pełen szacunku sposób. Zawsze „ojciec Antoni", nigdy z imienia, nigdy z jakiejś ksywki. Wydawało mi się niemożliwe, by mu jej nie nadali – aż prosiło się o to, by nazywać go Antonio Fa Caldo, Banderas czy jakoś inaczej. A jednak ani razu w głosie Karoliny nie usłyszałem nawet nuty lekceważenia.

– Próbował przekonać parafię, żeby nie sprzedawała gruntu, ale wiecie, jak jest. Po pierwsze kasa się liczy, po drugie Kappa od jakiegoś czasu była już nieużywana, a po trzecie... ojciec Antoni nie ma już takich chodów, jakie miał.

– Dlaczego nie? – zapytałem. – Coś się stało?

– To samo, co zawsze. Nowi ludzie, nowe porządki. Jak w *Pitbullu*.

Rozmawialiśmy jeszcze przez chwilę, ale stało się dla mnie jasne, że niczego pomocnego się z Klizą nie dowiemy. Mimo to słuchaliśmy wywodów Falkowskiej uważnie. Nie musieliśmy nawet specjalnie dopytywać o szczegóły – wszystkie przedstawiała nam z własnej woli.

Kiedy skończyła, podnieśliśmy się z niejaką ulgą i podziękowaliśmy jej za pomoc. Zapewniła, że jak tylko przypomni sobie coś jeszcze, da mi znać. Potem odprowadziliśmy ją wzrokiem i wróciliśmy do samochodu.

– To była gigantyczna strata czasu – mruknąłem, pocierając czoło. – W dodatku jej głos chyba jest migrenogenny.

Jola milczała.

– Nie wydaje ci się?

Spojrzałem na nią i zrozumiałem, że znów odpłynęła myślami. Wbijała wzrok przed siebie, jakby dostrzegała coś w gęstych krzewach przesłaniających nam ulicę.

– Kliza?

– Już.

– Już co?

– Możesz odpalać silnik i za nią jechać.

Wskazała stacyjkę ponaglającym ruchem.

– O czym ty mówisz?

– O tym, że albo w tej chwili wycofasz i pojedziemy za Falkowską, albo prawdopodobnie już nigdy nie dowiemy się, co się stało z twoją narzeczoną.

Spojrzałem niepewnie w lusterko i zobaczyłem, że Karolina wyjeżdża z parkingu. Kliza wyglądała na tak pewną siebie, że nie musiałem zastanawiać się nad tym, co zrobić. Szybko wycofałem i pojechałem za białym fiatem punto.

– O co chodzi? – spytałem. – Co przegapiłem?

– To, że ta bikejka najwyraźniej nosi duże koła od urodzenia.

– Co proszę?

– Bikejka. Od białych kozaczków.

Nigdy nie słyszałem tego określenia, więc uznałem to za jakiś regionalizm. Przyspieszyłem trochę, by nie zgubić Falkowskiej. Przypuszczałem, że nie muszę zachowywać odpowiedniego dystansu. Raczej nie spodziewała się ogona.

– Mniejsza z obuwiem – powiedziałem. – Dlaczego za nią jedziemy?

– Bo kłamała w żywe oczy.

– W którym momencie?

– Jak mówiła, że nie była w Kappie, kiedy Kałwak robił zdjęcia.

Światło przed przejściem dla pieszych zmieniło się na czerwone, a ja czym prędzej zwolniłem i przepuściłem samochód z podporządkowanej, byśmy nie znaleźli się tuż za Karoliną.

– Przecież nie było jej na nich – zauważyłem. – A poza tym dlaczego miałaby kłamać?

– Nie wiem.

– I skąd wiesz, że…

– Stąd – odparła Kliza, wyciągając laptopa.

Kiedy pieszy, który wcisnął guzik i sprokurował chwilowy postój, wszedł na jezdnię, Jola pokazała mi jedno ze zdjęć. Wlepiłem w nie wzrok, ale niczego znaczącego nie dostrzegłem.

– Prawy górny róg – poleciła. – Co widzisz?

Przypatrzyłem się i dopiero wtedy zobaczyłem kawałek jakiejś postaci. Twarzy nie było widać, jedynie część profilu. Akurat tyle, by dostrzec, że osoba ta nosi w uszach wręcz komicznie duże kolczyki.

– Albo mieliście tutaj modę à la Pigmejki, albo to ona – zauważyła Kliza.

Kolor włosów zgadzał się z obecnymi odrostami. Ale dlaczego Karolina miałaby mijać się z prawdą?

– I chyba nie uwierzyłeś w te bujdy o niemalże przypadkowym zaproszeniu do znajomych?

– Sam nie wiem.

– Daj spokój – odparła Jola, kiedy światło zmieniło się na zielone, a ja wrzuciłem jedynkę.

Ruszyliśmy za Falkowską, choć kierujący samochodem przed nami wyraźnie się ociągał. Miałem zamiar zaraz go minąć, by niepotrzebnie nie ryzykować.

– Czasem niewiele trzeba, żeby facet wysłał ładnej młodej dziewczynie zaproszenie – rzuciłem.

– Ta kukuryna jest twoim zdaniem ładna?

Kątem oka zerknąłem na Klizę.

– Masz wyjątkowo duży zasób słów na określenie...

– Landryn?

– I z pewnością dogadałabyś się z Blitzem – mruknąłem.

Zasadniczo nie mogli się bardziej różnić, ale miałem wrażenie, że moja uwaga okazałaby się trafna. Gdyby tylko Blitzer wciąż żył.

– Wątpię – odparła. – Źle układa mi się z ludźmi, którzy skrywają jakieś tajemnice. A twój kumpel najwyraźniej miał przynajmniej jedną.

Nie chciałem rozmawiać o Blitzkriegu, nie teraz. Nawet jeśli intuicja podpowiadała co innego, z mojego punktu widzenia wciąż był ofiarą tej sytuacji, a nie winowajcą. Jego jedynym błędem było to, że w pewnym momencie starał się mi pomóc.

– Dokąd ona jedzie? – zapytałem.

Oboje wiedzieliśmy, że mieszkała na Malince, tymczasem minęła zjazd na osiedle i skierowała się w stronę centrum.

– Nie wiem – odparła Kliza. – Ale jestem pewna, że zaraz poinformuje kogoś, że trafiliśmy na trop tego, co działo się w Kappie.

Pokiwałem głową w zamyśleniu, a potem skorzystałem z tego, że jednopasmowa ulica przeszła w szerszą jezdnię. Minąłem jadący przed nami samochód i znalazłem się za Falkowską.

Ta przejechała przez całe miasto i ostatecznie zaparkowała przed budynkiem, który obydwoje kojarzyliśmy. Po raz pierwszy zobaczyliśmy go, kiedy szukaliśmy informacji o ojcu Antonim i trafiliśmy na miejsce, w którym mieszkał.

Karolina wysiadła z fiata, zadzwoniła domofonem, ale najwyraźniej gospodarza nie zastała. Spróbowała jeszcze kilkakrotnie, a potem wyciągnęła telefon i przez jakiś czas starała się z kimś skontaktować.

Po tym, jak zrezygnowała, pojechała w kierunku Młynówki. Chwilę później zaparkowała naprzeciwko komendy policji. Stanęliśmy kawałek za nią.

– Idzie do Prokockiego? – spytałem.

– Najwyraźniej.

– Więc zaraz wróci z kwitkiem.

Tak też się stało. Po podkomisarzu wciąż nie było śladu, a jego współpracownicy nie mieli zamiaru udzielać żadnych informacji. Ani nam, ani nikomu innemu.

Karolina wyszła z budynku, rozejrzała się z irytacją i znów bezskutecznie próbowała się do kogoś dodzwonić. Pokręciła głową, uderzyła dłonią w maskę samochodu, a potem do niego wsiadła.

– Kogo ona stara się ostrzec? – mruknąłem. – I dlaczego?

Kliza nie musiała odpowiadać. Na drugie pytanie i tak nie sposób było tego zrobić, na pierwsze zaś miała dać nam odpowiedź sama Karolina. Oboje zdawaliśmy sobie sprawę, że któryś z adresów, pod jakie się uda, będzie kluczowy.

Objeżdżała wszystkich zamieszanych w sprawę. I tym samym ostatecznie musiała doprowadzić nas do osoby, od której uzyskamy odpowiedzi.

Kiedy ruszyła w stronę Szczepanowic, serce zabiło mi szybciej.

Zatrzymała się pod jednym z domów przy Wojska Polskiego i zaparkowała na chodniku. Okolica nie była najbardziej reprezentacyjna, większą jej część za torami kolejowymi zajmowały jakby przypadkowo rozrzucone peerelowskie bryły. Pojedyncze szare sześciany, spółdzielnia pracy, stary dworzec… wszystko to stwarzało wrażenie, jakby wkraczało się w inne czasy.

Stanęliśmy tak, by Karolina nie zwróciła na nas uwagi. Wysiadła z samochodu, spróbowała dostać się do domu, pod którym zaparkowała, ale i tutaj nikogo nie zastała. Przez chwilę rozmawiała z kimś przez telefon, żywo gestykulując.

– Dałabym się pokroić na sashimi, żeby móc usłyszeć, o czym gada – odezwała się Jola.

Przypatrywaliśmy się jej aż do momentu, kiedy krzyknęła coś do słuchawki, nerwowo stuknęła palcem w wyświetlacz, a potem wróciła do samochodu i trzasnęła drzwiami. Od razu odpaliła silnik i ruszyła przed siebie.

Miałem wrażenie, że to całe śledzenie jej nigdy się nie skończy. Ostatecznie jednak okazało się, że moje obawy były nieuzasadnione.

Falkowska przejechała tylko kawałek, po czym skręciła w jedną z mniejszych uliczek. Stanęła przy rzędzie zaniedbanych garaży, pod chylącym się ku upadkowi płotem i rozłożystymi koronami starych drzew.

– Nie podjeżdżaj bliżej – poradziła Kliza.

Zaparkowałem na chodniku. Oboje obserwowaliśmy Karolinę, ale nie wyszła nawet z auta. Czas zdawał się płynąć coraz wolniej.

W końcu z naprzeciwka nadjechał jakiś samochód. Zatrzymał się przed fiatem punto, maska w maskę. Nie widziałem, kto siedzi za kierownicą, ale udało mi się na moment zerknąć na pasażera.

– Kliza...

– Co jest?

Wskazałem przed siebie, ale uświadomiłem sobie, że Jola nie ma tak dobrego widoku jak ja.

– Zobacz sama – powiedziałem, robiąc jej nieco miejsca.

Nachyliła się w moim kierunku i wbiła wzrok w auto, które podjechało do Falkowskiej.

– Kasandra? – spytała z niedowierzaniem. – Ale skąd ona...

Urwała, kiedy rozległo się głośne pukanie w szybę. Oboje niemal podskoczyliśmy i natychmiast odwróciliśmy się w kierunku człowieka, który jedną rękę trzymał na broni, a drugą sugerował, żebyśmy natychmiast otworzyli okno.

3

Nie mogłam uwierzyć w to, co widzę. W pewnej odległości od fiata punto stał samochód, który dobrze kojarzyłam. Za kierownicą siedział Wern, a tuż obok niego Kliza.

Jak trafili na właściwy trop? Skąd wiedzieli, że to właśnie tym miejscem powinni się zainteresować?

Zaczęłam pospiesznie analizować wszystko w głowie. Kiedy ostatnio się widzieliśmy, skierowałam Damiana na określoną drogę, polecając mu, by ruszył tropem kaset. Jak ostatecznie doprowadziło go to tutaj, nie wiedziałam.

Spojrzałam na niego, ale nie miałam pojęcia, czy widzi mnie równie wyraźnie jak ja jego. Nagle przesunął się w bok, robiąc miejsce Klizie. Żadne z nich nie zdawało sobie sprawy, że tuż za nimi zaparkował policyjny samochód – ani tym bardziej z tego, że jego kierowca już miał zapukać w szybę.

Kiedy to zrobił, a Wern i Jola natychmiast odwrócili się w jego stronę, skorzystaliśmy z okazji. Odjechaliśmy czym prędzej, bez obawy, że za nami ruszą. Funkcjonariusz z pewnością zrobi to, co do niego należało.

Zamknęłam oczy i starałam się odciąć choćby na moment od wszystkiego, co się działo.

Nie miałam pojęcia, ani jak wiele udało się odkryć Damianowi, ani tym bardziej, jak to wszystko się skończy.

Czy mogłam liczyć na szczęśliwy finał? Być może. Tyle że sama nie byłam do końca pewna, jak chciałabym, by wyglądał.

Wystarczyło, że przez moment widziałam Werna, a nagle poczułam się, jakby to wszystko było gigantycznym błędem. Jakbym opowiedziała się po złej stronie.

Może tak było? Może powinnam wybrać jego?

Nie, to nie miałoby żadnego sensu. Po pierwsze, on nie zdołałby osiągnąć tego, co druga strona. Po drugie, mogłam wprawdzie łudzić się, że jakoś naprawimy nasze relacje, ale z pewnością nie, że posuną się one naprzód.

Zresztą co sobie wyobrażałam? Że zakocha się we mnie tak jak w Ewie lata temu? Tylko dlatego, że upodobniłam się do niej fizycznie i przez jakiś czas udawałam przed nim jego narzeczoną?

Urwałam te nonsensowne rozważania, czując dotyk na ramieniu.

Odwróciłam się i spojrzałam na siedzącego obok mężczyznę.

– Brakuje ci go, co? – spytał.

– Może.

– W takim razie…

– To nie ma znaczenia – ucięłam. – Żadnego. Zrobię to, co postanowiłam.

Wpatrywał się przez chwilę w moje oczy, starając się stwierdzić, czy może ufać moim słowom.

– Jesteś pewna? – spytał.

– Całkowicie.

4

Podobno ci, którzy nie mają nic do ukrycia, nie powinni obawiać się organów ścigania. Problem polegał jednak na tym, że w bezpiecznym, idealnym świecie tak naprawdę byłyby one zbędne. Dobrze funkcjonujące policyjne państwo nie potrzebuje policji, jak twierdził William S. Burroughs.

To z pewnością takie nie było, a dowodziła tego sytuacja, w której wraz z Klizą się znaleźliśmy. Strach wydawał mi się w tym wypadku całkowicie uzasadniony.

Niepewnie opuściłem szybę, odnosząc wrażenie, że całe powietrze stężało i jakikolwiek ruch za moment stanie się właściwie niemożliwy.

Czy to naprawdę Kas siedziała w drugim samochodzie? Jeśli tak, to jakim cudem? Nie znała w Opolu nikogo poza mną, a już na pewno nie dziewczynę, na której trop trafiliśmy.

Nie miała pojęcia o Kappie, to ja odkryłem to miejsce dzięki nagraniu.

To wszystko zdawało się kompletnie bez sensu. A ja nie miałem nawet czasu, by się nad tym zastanowić.

– Coś nie tak? – spytała Kliza, kiedy policjant nachylił się do nas.

Funkcjonariusz zignorował pytanie, skupiając się na mnie.

– Wie pan, gdzie pan zaparkował, panie kierowco?

– Cóż…

– Na chodniku.

– Tak? – spytałem z niedowierzaniem.

– W miejscu, gdzie obowiązuje zakaz zatrzymywania się. Nie widział go pan?

– Obawiam się, że…

Urwałem, słysząc, że samochody przed nami ruszają. Wraz z Jolą spojrzeliśmy w ich stronę i od razu stało się dla nas oczywiste, że cały trop, na jaki trafiliśmy, właśnie znikał nam z oczu.

Punto i drugie auto odjechały.

– To jak? – odezwał się policjant. – Widział pan czy nie?

Patrzyłem mu w oczy i ani przez moment nie łudziłem się, że to pech sprawił, iż akurat teraz zostaliśmy zatrzymani.

– Musiałem przegapić.

– Takie gapiostwo będzie pana trochę kosztować – oznajmił.

Zakląłem w duchu, wbijając wzrok przed siebie. Obydwa samochody skręciły w prawo i znikły nam z oczu.

Była jeszcze jednak szansa, by je dogonić.

– Nie udałoby się ukarać mnie pouczeniem? – spytałem, siląc się na uśmiech.

– A co to byłaby za kara? Zaraz by pan zapomniał i znowu zrobił to samo.

– Zapewniam, że...

– Prawo jazdy i dowód rejestracyjny poproszę.

Służbowy ton przekreślił szansę, by ruszyć za Falkowską i Kasandrą. O ile to rzeczywiście Kas spotkała się z dziewczyną, którą śledziliśmy.

Otrzymawszy w końcu wszelkie możliwe pouczenia i druczek, za pomocą którego miałem uporać się z zapłatą mandatu, pożegnaliśmy policjanta i ruszyliśmy przed siebie. Skręciłem w tę samą ulicę co punto, a potem zjechałem na pobocze. Po samochodach nie było śladu.

Kliza zaklęła cicho.

– Byliśmy tak blisko, Wern.

– Wiem.

– Ale najwyraźniej ci ludzie wiedzą, co robią.

– Istnieje hipotetyczna szansa, że ten radiowóz pojawił się tam przypadkowo – zauważyłem dla porządku.

Zrobiła duże oczy, a potem zatoczyła ręką krąg. Nie musiała nic dodawać, bym zrozumiał, że w tej okolicy patrole często się nie kręcą. A jeśli już, to interesują się nieco poważniejszymi sprawami niż łamanie zakazu zatrzymywania się.

Przez moment siedzieliśmy w zupełnej ciszy. W końcu sięgnąłem w stronę radia i włączyłem dźwięk.

– Udało ci się jej przyjrzeć? – spytałem.

– Niespecjalnie.

– Ale to ona, prawda?

– Nie wiem, ty ją lepiej widziałeś – mruknęła Kliza.

Wyraźnie nie miała ochoty ciągnąć tego tematu – nie lubiła gdybać, a w tej sytuacji właściwie cała rozmowa sprowadzałaby się właśnie do tego. Mimo to nie miałem zamiaru odpuszczać.

– Co ona tam robiła? – odezwałem się.

– Siedziała w samochodzie.

Spojrzałem nią z pretensją.

– Mogłabyś przynajmniej udawać, że się na tym skupiasz.

– Nie muszę, bo ty robisz to bez przerwy.

Minął nas policyjny radiowóz, a siedzący za kierownicą funkcjonariusz ostentacyjnie nas zignorował.

– Co konkretnie? – zapytałem.

– Myślisz o niej.

– Zabrzmiało to jak poważny zarzut.

– Możliwe – odparła.

Zaległa niewygodna cisza. Uznałem, że być może najlepiej będzie, jeśli jej nie przerwę. Rozmowa nie poszła w kierunku, którego się spodziewałem.

Nagle Kliza obróciła się do mnie.

– Słuchaj – rzuciła. – Nie wiem, co dzieje się w twojej głowie, ale musisz pamiętać, co ta kobieta ci zrobiła.

– Raczej trudno zapomnieć.

– To dlaczego sprawiasz wrażenie, jakby tak właśnie było? I jakby ci się wydawało, że coś was łączy? – odparła wyraźnie oskarżycielskim tonem. – Dobrze byłoby, żebyś zrozumiał, że tak nie jest. Cokolwiek robi Kasandra, jest to manipulacją. Cokolwiek mówi, jest kłamstwem.

– Nie przesadzasz?

– Nie. I kiedyś jeszcze wspomnisz moje słowa. Oby nie za późno.

Otworzyłem usta, ale nie dała mi szansy na ripostę.

– A teraz do roboty – zaproponowała. – Bo odpowiedzi same do nas nie przyjdą.

Zmarszczyłem brwi, niepewny, co ma na myśli. Trop się urwał, nie było dalszej drogi, którą moglibyśmy podążyć.

– No, jedziesz?

– Dokąd? – spytałem, rozkładając ręce.

Nadal obrócona w moją stronę, posłała mi długie, wiele mówiące spojrzenie. Poczułem się jak idiota, choć nie do końca wiedziałem dlaczego.

– Ona naprawdę mąci ci w głowie – bąknęła Jola. – Zastanów się, Wern. Falkowska poprowadziła nas od jednej do drugiej osoby i tym samym pokazała, kto jest zamieszany w całą tę sprawę. Dom Antoniego i miejsce pracy Prokockiego nic nam nie dają, ale…

– Komunistyczny klocek tak – dokończyłem za nią.

Miała rację. Ktokolwiek mieszkał w budynku, pod którym zatrzymała się Karolina, musiał coś wiedzieć. Nie bez powodu to do tej osoby w trzeciej kolejności skierowała się Falkowska.

Zostawiliśmy felicię w poprzednim miejscu, a potem podeszliśmy pod dom. Gospodarzy wciąż nie było, ale nie mieliśmy zamiaru odchodzić, dopóki się nie zjawią.

Po półtorej godziny na pobliskim przystanku pojawiła się kobieta w wieku Falkowskiej, po czym skierowała się do domu, który mieliśmy na oku. Kiedy stanęła przed rdzewiejącą furtką, natychmiast do niej podeszliśmy.

– Dzień dobry – odezwałem się głosem, który bardziej pasował do akwizytora niż uprzejmego nieznajomego. – Możemy zabrać pani chwilę?

Obawiałem się, że znów zostaniemy wzięci za świadków Jehowy. Kobieta przypatrzyła się nam, zmrużyła oczy, a potem przechyliła głowę na bok i zaczęła się we mnie wpatrywać. Sprawiała wrażenie, jakby mnie poznała, ale nie przypominałem sobie, żebyśmy kiedykolwiek się spotkali.

– Damian Werner?

Wymieniliśmy z Klizą niepewne spojrzenia.

– Spodziewałam się wielu osób, ale raczej nie ciebie.

– Skąd...

Zanim zdążyłem dokończyć, przekroczyła próg. Skinęła na nas ręką, a potem poprowadziła nas na tył domu. Znajdował się tu niewielki ogródek, w żadnym wypadku niemogący pretendować do konkursu „Opolskie kwitnące", w którym wybierano najokazalsze tego typu miejsca.

Stanęliśmy przed werandą, a nasza przewodniczka po tej zapuszczonej dżungli wepchała ręce do kieszeni zbyt obcisłych dżinsów i znów mi się przyjrzała.

– Electra – przedstawiła się.

Wymieniliśmy uścisk dłoni i nie uszło mojej uwadze, że rozmówczyni ma wyjątkowo mocny chwyt.

– Od tej postaci z *Daredevila*? – spytałem.

– Hę?

Wyraźnie nie wiedziała, o co chodzi.

– Od Electrolux – dodała. – Ktoś kiedyś rzucił, a potem ewoluowało.

Żadne z nas nie wiedziało, jak to skwitować. Electra przewróciła oczami, a potem przesunęła palcem pod nosem, jednocześnie głośno nim pociągając.

– Swojego czasu trochę niuchałam – wyjaśniła. – Komuś skojarzyło się z marką odkurzaczy, przylgnęło i w końcu przerodziło się w obecną wersję. I tak już zostało.

– Niuchałaś? – odezwała się Kliza.

– Wtykałam fetę.

– A...

– Dawno temu. I nie byłam sama, przynajmniej jeśli chodzi o ekipę z Kappy – oznajmiła, jakby nigdy nic.

Żadne z nas nie odpowiadało.

– Coście tacy zdziwieni? – rzuciła. – Przecież po to tu przyszliście, prawda? Żeby pogadać o Kappie?

– Ale skąd...

– Przyznam, że spodziewałam się kogoś innego.

– I ktoś inny rzeczywiście tu był – włączyła się Kliza. – Jakieś dwie godziny temu.

– Kto? Ojciec Antoni?

Miałem wrażenie, że wszyscy ci ludzie egzystują w jakimś innym, zupełnie niedostępnym mi świecie. Powoli zaczynało to przywodzić na myśl nie tyle niewielką konspirację, ile tajemniczą zmowę.

Co działo się w tej świetlicy pod koniec lat dziewięćdziesiątych? I dlaczego Ewa uznała to za tak ważne, by skierować na to moją uwagę?

Zamierzałem się tego dowiedzieć od kobiety, która teraz patrzyła na nas z podejrzliwością.

– Nie, on zapadł się pod ziemię – wyjaśniłem.

– Nic dziwnego.

– Była u ciebie Karolina Falkowska.

Electra zaśmiała się chrapliwie, a potem wyjęła ręce z kieszeni, poklepała się po spodniach i skrzywiła.

– No tak, wiadomo – mruknęła. – Macie fajkę?

Kiedy zaprzeczyliśmy, podeszła do okna i ściągnęła z parapetu paczkę marlboro goldów. Zapaliła jednego i zaciągnęła się głęboko.

– Skąd wiedziałaś, że przyjdziemy? – zapytałem w końcu.

– Bo zaczęliście grzebać w sprawie.

– Jakiej sprawie?

– Tego, co stało się w dziewięćdziesiątym ósmym.

Wreszcie. Ktoś potwierdził, że jakieś zdarzenie istotnie miało miejsce. A zatem nie oszalałem, ci ludzie coś ukrywali.

– A co się stało? – spytała Kliza.

Electra wypuściła dym w naszą stronę.

– Ode mnie się tego nie dowiecie – zastrzegła. – Może i żałuję niektórych rzeczy, szczególnie całego tego gówna z białą mery, ale... są sprawy, z którymi nie mam zamiaru się wychylać. Reszta by mi nie przepuściła.

– Reszta? – zapytałem. – To znaczy kto?

– Ojciec Antoni, Karolajna, cała ta paczka... A raczej ta część, która jeszcze żyje.

Kaszlnęła kilka razy, po czym wymierzyła we mnie palcem.

– Szukałam grobu Blitzkriega na Półwsi, ale nie mogłam znaleźć. Gdzie on leży?

Wydźwięk był jasny. Mój przyjaciel zaliczał się do tej paczki, nie był w Kappie przelotem ani przypadkiem. Czy to znaczyło, że Ewa też?

– Jest pochowany w nowej części – powiedziałem. – Wpisz w wyszukiwarce nagrobków nazwisko, to ci wyskoczy lokalizacja.

– Nie pierdziel. Jest taka opcja?

Skinąłem głową, a Electra wysunęła w moją stronę paczkę, jakby chciała mnie nagrodzić za informacje. Nie przyszedłem tu jednak, by je dawać, ale by je wyciągać – i wiedziałem, że jest na to szansa.

Kimkolwiek była ta kobieta, czymkolwiek się kierowała, było dla mnie jasne, że ma wyrzuty sumienia. Być może przez ostatnie dwadzieścia jeden lat ciążyło jej to, co się stało. I wreszcie musiała się tym z kimś podzielić.

– Na dobrą sprawę myślałam, że zjawisz się wcześniej – odezwała się. – Tuż po tym, jak zaginęła Ewa.

– Jedenaście lat temu? Czego miałbym wtedy u ciebie szukać?

– Odpowiedzi.

Popatrzyłem na Klizę, ale ona była równie zaskoczona jak ja.

– Potrafiłabyś mi wtedy jakichś udzielić? – spytałem ostrożnie.

– Może.

– Co to znaczy?

– Że nie wiem, co się stało z Ewą. Może to ma związek z Kappą, może nie. Zresztą teraz to już i tak nieważne, nie? Rok temu znaleźliście jej ciało.

Jola uniosła lekko dłoń, jakby miała zamiar sprostować, ale szybko zareagowałem.

– No tak – uciąłem, wychodząc z założenia, że szkoda czasu na wykładanie jej mojego oglądu całej sprawy. – Mimo to wiedziałaś, że zjawimy się teraz. Skąd konkretnie?

– Ojciec Antoni nas obdzwonił.

– I?

– Powiedział, że interesujesz się Kappselarnią i że możesz w końcu dotrzeć do każdego z nas.

– Ostrzegł was?

– Nie tylko ostrzegł, ale polecił, żebyśmy nie otwierali gęby.

Nie mogłem opędzić się od wrażenia, że atmosfera robi się coraz bardziej gęsta.

– I nie zamierzam postępować wbrew niemu – dodała Electra. – Nie zająknę się o niczym, co tam zaszło, jasne?

– Przecież...

– Ale nie muszę – dodała z satysfakcją. – Istnieje znacznie lepszy sposób, żebyście się tego dowiedzieli.

– Jaki? – spytała Kliza.

– Wystarczy, że zainteresujecie się tym, gdzie trafiły graty z Kappo Werde.

– Graty?

Electra wzruszyła ramionami z taką lekkością, jakby rzeczywiście nie postępowała wbrew poleceniom ojca Antoniego.

– Jestem pewna, że znajdziecie w nich coś ciekawego.

Przypomniałem sobie, jak Jola pytała Falkowską o to, czy w Kappie znajdowały się jakieś kasety. Ta odparła, że „w końcu to świetlica", i przyznała, że kręcili jakieś materiały.

Trudno mi było sobie wyobrazić, jaki mogłoby to mieć związek z nagraniami Ewy, ale jednocześnie miałem wrażenie, że gdzieś znajduje się punkt styczny. Musiałem tylko go znaleźć.

– To tyle, jeśli o mnie chodzi – odezwała się Electra. – Dalej musicie radzić sobie sami.

– Zaraz...

– Nic więcej nie wiem – dodała, a potem wskazała nam wzrokiem furtkę.

Nie miałem zamiaru tak łatwo odpuszczać. Stanąłem przed Electrą i spojrzałem jej głęboko w oczy.

– Gdzie mamy szukać rzeczy z Kappy? – zapytałem.

Starałem się, by mój głos zabrzmiał stanowczo i sugerował, że jestem gotów na wszystko, byleby wyciągnąć coś z rozmówczyni. Jej niewyraźny uśmiech kazał mi jednak sądzić, że nie wypadło to zbyt przekonująco.

– U nowych właścicieli? – dodałem. – Mają te graty?

– Nie, wszystko zostało stamtąd wyniesione.

– Więc u ojca Antoniego?

– Nie, nie. On tylko nadzorował przygotowanie Kappturowni na sprzedaż, ale... no, część rzeczy rozdał potrzebującym, wiadomo.

Jola zrobiła krok w jej kierunku i stanęła obok mnie.

– A co zrobił z tym, co nie mogło się nikomu przydać? – spytała, a ja odniosłem wrażenie, że ona także doskonale wie, czego szukamy.

– Znaczy? Na przykład z czym?

– Ze starymi kasetami VHS – powiedziałem w końcu to, na co Electra zdawała się czekać. – Bo były tam, prawda?

Skinęła głową z zadowoleniem jak nauczycielka, która wreszcie wbiła coś do głowy opornemu uczniowi.

– Były – potwierdziła. – I trafiły do kościelnego.

Mieliśmy trop. Bezpośredni, obiecujący.

– Kościelnego? – spytałem gorączkowo. – Jak się nazywał?

– Daj mi się zastanowić... – odparła Electra i zmrużyła oczy.

– Okej.

Zachowywałem spokój, przynajmniej na zewnątrz. Miałem jednak wrażenie, że trwa to o wiele za długo i ostatecznie utkniemy w kolejnym martwym punkcie. Electra przez moment przygryzała dolną wargę, aż w końcu wyłowiła z pamięci to, czego potrzebowaliśmy.

– Stefan Bronowicz – oznajmiła.

5

Jechaliśmy na Daszyńskiego szybciej, niż przewidywały to nie tylko przepisy ruchu drogowego, ale chyba także założenia konstrukcje skody. Silnik felicii wył niemiłosiernie, jak katowane zwierzę, ale szkoda mi było choćby sekundy.

– To niemożliwe – odezwała się Kliza. – Facet, od którego kupiłeś mieszkanie, ma kasety z Kappy? I był kościelnym w parafii Antoniego?

Starałem się wcisnąć pedał gazu mocniej, ale dotarł już do podłogi. Zredukowałem bieg i zmusiłem felicię, by weszła na jeszcze wyższe obroty.

– I to on zupełnie przypadkiem miał stary sprzęt VHS, dzięki któremu mogłeś obejrzeć kasetę, którą ktoś ci podrzucił?

– Nie ktoś.

Spojrzała na mnie pytająco.

– Musiał to zrobić Bronowicz – oznajmiłem z pewnością w głosie. – Zostawił ją w lofcie, żebym ją znalazł. To wszystko było przygotowane, Kliza.

– Ale… – zaczęła, urwała i potrząsnęła głową. – Ale jak? I dlaczego? Jak to wszystko się ze sobą wiąże?

Pominęła pytanie o to, dlaczego na kasecie widniał jej nick z RIC. Ten jeden fakt zdawał się stać w sprzeczności z tym, co dotychczas udało mi się zrozumieć.

– Nie mam pojęcia – odparłem.

Kręciła głową, jakby chciała zaprzeczyć tym wszystkim wnioskom, które się nasuwały. Od samego początku coś tutaj było całkowicie nie w porządku. A im dłużej tkwiłem w tej sytuacji, tym wyraźniej to widziałem.

– Kaseta Ewy, trzy-piętnaście, przedstawia ją jako dorosłą osobę – odezwała się pod nosem Jola. – A te inne nagrania mieli wykonać lata temu, bawiąc się kamerą w Kappie.

– Mhm.

– Więc co ma piernik do wiatraka?

Wciąż nie miałem lepszej odpowiedzi niż enigmatyczny pomruk.

– Wern?

– Jakiś związek musi być.

– Jaki?

– Dowiemy się tego od Bronowicza.

– O ile tym razem otworzy ci drzwi.

Nie otworzył. Po dotarciu w rekordowym tempie na plac Daszyńskiego przez kilka minut dobijaliśmy się do jego mieszkania. Wszystko wskazywało jednak na to, że Bronowicza znów w nim nie zastaliśmy.

Przywaliłem pięścią w drzwi, obróciłem się, a potem osunąłem się na podłogę. Usiadłem na wycieraczce i podkuliłem nogi. Nie miałem żadnego pomysłu na to, co robić. Kasety były na wyciągnięcie ręki, odpowiedzi być może także.

Dopiero po chwili uświadomiłem sobie, że stojąca nade mną Kliza podaje mi dłoń. Złapałem ją i pozwoliłem, by Jola pomogła mi wstać.

– Ogarnij się – poradziła. – I otrzep tyłek.

Poklepałem się po spodniach.

– Świetnie, a teraz powiedz mi, jak wielu mieszkańców cię zna?

– Hm?

– Ilu orientuje się, że kupiłeś loft od Stefana?

– A ja wiem? Pewnie większość.

– Idealnie.

Nie miałem pojęcia, w jaki sposób miałoby to nam pomóc, ale Kliza najwyraźniej na coś wpadła.

– Powiesz, że zostawił dla ciebie coś w swoim mieszkaniu – oznajmiła. – I że musisz tylko na moment tam wejść.

Jeśli to miał być jej genialny pomysł, najwyraźniej sytuacja była opłakana. Zachowałem jednak tę uwagę dla siebie, wychodząc z założenia, że sama zda sobie z tego sprawę.

– No, dalej – ponagliła, wskazując drzwi po prawej stronie. – Najbliższa sąsiadka najczęściej ma klucze. Na wszelki wypadek, żeby podlewać kwiatki czy coś.

– Z pewnością.

– Nie zaszkodzi spróbować.

Nie miałem nawet cienia nadziei, że zda się to na cokolwiek, ale zadzwoniłem. Po chwili otworzyła nam podstarzała kobieta w pobrudzonym mąką fartuchu. Popatrzyła nieufnie na Klizę, ale zaraz potem mnie rozpoznała.

– Ach, to pan…

– Tak – przyznałem się. – Próbuję skontaktować się z panem Stefanem, ale od kilku dni…

– Raczej się panu nie uda – ucięła. – Stefan wyjechał może tydzień temu.

Zakląłem w duchu, choć właściwie powinienem się tego spodziewać.

– Dokąd? – zapytała Jola.

– Nie powiedział. Wiem tylko, że to raczej długi urlop. Ale to dobrze, należało mu się. Od lat nigdzie się nie wybierał, a od kiedy jego żona odeszła, to… cóż, zdawało się, że chęć do życia odeszła razem z nią.

Oboje pokiwaliśmy głowami ze zrozumieniem.

– Naprawdę muszę się tam dostać – powiedziałem, wskazując drzwi obok. – Tylko na chwilę. Pan Stefan zostawił dla mnie coś ważnego, ale najwyraźniej o tym zapomniał.

– Ach…

– Nie ma pani może kluczy?

Wiedziałem, że ta chwila jest rozstrzygająca. Albo zaraz pokonam ostatnią przeszkodę i uzyskam dostęp do kaset, albo pożegnam się z tą perspektywą na dobre.

– Kluczy? Na Boga, nie – odparła kobieta. – Mnie nigdy Stefan by ich nie zostawił.

– A komu? – spytała z nadzieją Kliza.

– Właściwie to… chyba żadnemu z nas. Nie żyje z nikim z sąsiadów w komitywie.

Rozmowa trwała jeszcze chwilę, a Jola upewniała się kilkakrotnie, czy nie zjawia się tutaj nikt, by choćby podlewać kwiatki. Kobieta twierdziła, że nie – i wyglądało na to, że możemy jej wierzyć, jako że większość dnia spędzała w domu.

Kiedy nas pożegnała, oboje odnieśliśmy wrażenie, że przeciwko nam działa nie tylko grupa ludzi, ale także los.

– Od początku nie było szans – odezwałem się. – Nawet gdyby nas wpuściła, co byśmy zrobili? Przeszukali przy niej mieszkanie i liczyli na to, że te kasety…

Urwałem, nagle zdając sobie sprawę z tego, jak nielogicznie myślałem. W całym pędzie skupiłem się wyłącznie na tym, żeby dorwać Bronowicza i wyciągnąć z niego informacje. Zignorowałem to, co naprawdę się liczyło.

– Co jest, Wern?

– Jestem idiotą.

Kliza nie zaprotestowała, a kiedy ruszyłem pospiesznie schodami w dół, natychmiast poszła za mną. Zeszliśmy do samej piwnicy, a chwilę później zatrzymaliśmy się przed drewnianymi drzwiczkami komórki Stefana.

Szarpnąłem za kłódkę, a potem wyjaśniłem Klizie, że to w tej klitce Bronowicz trzyma wszystkie rupiecie. I że to właśnie tu znalazłem magnetowid, dzięki któremu odtworzyłem nagranie Ewy.

Pamiętałem doskonale, że były tam także inne szpargały. A w pudle znajdowały się też upchnięte stare kasety.

– Nie masz klucza? – spytała nerwowo Jola.

– Nie. To jego piwnica, nie moja.

– Moim zdaniem w tej chwili należy do ciebie – zauważyła, a potem się rozejrzała.

Wiedziałem, że szuka czegoś, czym moglibyśmy sforsować zamknięcie. Kłódka była zardzewiała, właściwie stanowiła ochronę wyłącznie przed przypadkowymi pijaczkami, którzy zimą szukaliby tutaj schronienia.

Nie mieliśmy żadnego problemu z pokonaniem tej lichej przeszkody. Metal wprawdzie trzymał się całkiem dzielnie, ale od upragnionego celu dzieliła nas tak naprawdę tylko jedna śrubka mocująca zatrzask. W dodatku poluzowana.

Do loftu wróciliśmy z całym kartonem starych kaset VHS. Miałem wrażenie, że ruszenie którejkolwiek z nich spowoduje podniesienie się tumanu kurzu, ale kiedy wyjęliśmy pierwszą, spostrzegłem, że reszta nie wygląda, jakby leżała w pudle dłużej niż tydzień.

Podniosłem kasetę i zerknąłem na etykietę. Część była zamazana czarnym flamastrem, ale tuż obok widniało to, czego się spodziewałem.

„7/15".

A zatem w końcu trafiłem na to, co miałem odnaleźć już na samym początku. Kolejną taśmę z puli piętnastu.

Co na niej było? Nie miałem pojęcia. Ale teraz zyskałem pewność, że niebawem się przekonam.

– To nie ma sensu – rzuciła Kliza, kręcąc głową. – Dlaczego to miałby być ten sam zbiór, w którym było nagranie Ewy?

– Jakiś powód musi być.

– Jaki, Wern? Jaki? – zapytała, coraz bardziej poirytowana tym, że nic nie rozumie. – Kasety, o których mówiła Electra, zostały nagrane ponad dwadzieścia lat temu. Ta od Ewy pochodzi najwyżej sprzed... bo ja wiem? Kilku lat. W dodatku Kasandra twierdzi, że znalazła ją w...

Nie mogąc przypomnieć sobie nazwy miejscowości, posłała mi ponaglające spojrzenie.

– W Obicach pod Kielcami – dokończyłem.

– Załóżmy, że nie kłamie.

– Załóżmy...

– W takim razie co jedna z piętnastu kaset miałaby tam robić? Dlaczego została oddzielona od reszty? I czemu w ogóle znajdowały się w jednej puli?

– Glazur trafił tam lata temu, więc możliwe, że po prostu zmieniały miejsce, a...

– To bez sensu, Wern – uparła się.

Być może miała rację, ale ciągnięcie tej rozmowy było bezproduktywne. Jeśli mieliśmy uzyskać jakiekolwiek odpowiedzi, to mogliśmy to zrobić jedynie po umieszczeniu kolejno wszystkich kaset w odtwarzaczu.

Wsunąłem do magnetowidu pierwszą, a potem włączyłem przewijanie.

Zanim taśma poszła w ruch, rozległ się dźwięk przychodzącego esemesa. Zawahałem się, przypuszczając, że to najpewniej oferta ekspresowego kredytu lub informacja o płatności od operatora. Ostatecznie i tak musieliśmy chwilę poczekać, aż kaseta się przewinie, więc zerknąłem na wyświetlacz.

Wiadomość pochodziła z systemu RIC.

– Kliza...

– Co jest?

– Właśnie dostałem kod dostępu na chat RI.

Były tylko dwie osoby, które mogły uzyskać dostęp do tej platformy. Jedna znajdowała się obok mnie, drugą była Kasandra.

– Niemożliwe – odparła Jola. – Ten chat już dawno przestał działać.

– Najwyraźniej teraz znów zaczął.

Taśma wróciła do początku. Wbiłem wzrok w magnetowid, a potem w komórkę.

Ostatecznie uznałem, że Ewa może poczekać. Kasandra być może nie.

6

Biały kursor tekstowy mrugał na czarnym tle, a ja zastanawiałam się, jak długo będę musiała czekać na Werna. Przypuszczałam, że gdyby był w domu, zapewne zjawiłby się na RIC od razu. O ile jednak wiedziałam, wciąż podążał jedynym tropem, jaki miał.

Szybko uświadomił mi, że się myliłam. Na liście uczestników chatu pojawił się jego nick, a zaraz potem zobaczyłam wiadomość.

[Wern] Możesz mi wytłumaczyć, co się dzieje?

Najwyraźniej czas na uprzejmości dawno się skończył. Pochyliłam się nad stojącym na niewielkim biurku laptopem i nabrałam głęboko tchu.

[Kas] Widziałeś mnie?
[Wern] Dość wyraźnie.

Wątpiłam, żeby była to prawda, biorąc pod uwagę, że przez ponad dwadzieścia ostatnich lat wpatrywał się po ciemku w monitory kolejnych komputerów. Nie ulegało jednak wątpliwości, że mnie rozpoznał.

Wolałam od razu poruszyć ten temat, niż potem sprawiać wrażenie, jakby mnie na czymś przyłapał.

[Wern] Co ty kombinujesz?
[Kas] Staram się pomóc.
[Wern] Komu? Sobie?
[Kas] Tobie.
[Wern] Jakoś na to nie wygląda. Przynajmniej z mojego punktu widzenia.
[Kas] Bo nie widzisz całego obrazu.

Zastanawiał się przez chwilę nad odpowiedzią, a ja pomyślałam, że Kliza na pewno stoi obok niego i kontroluje, co się dzieje. Może robi wszystko, by się mitygował, a może sama podsuwa mu to, co powinien napisać. Tak czy owak, nie mogłam pozwolić sobie na zbyt swobodną rozmowę.

[Wern] W takim razie pomóż mi go zobaczyć. Bo z mojej perspektywy widać tylko twoje kolejne kombinacje.

Zawiesiłam dłonie nad klawiaturą i przez moment się zastanawiałam.

[Wern] Więc? Jak będzie?
[Kas] Nie mogę.
[Wern] Czego nie możesz?
[Kas] Wszystkiego dowiesz się w swoim czasie. Obiecuję.

Nie wiedziałam, czy składana przeze mnie obietnica miała dla niego jakąkolwiek wartość. Zresztą na dobrą sprawę nie miał pewności, czy tak naprawdę nie rozmawia z kimś innym. Mogłam przecież dać dostęp do RIC jednej z osób, z którymi byłam w aucie.

Zastanawiałam się, kogo oprócz mnie zobaczył. Skoro jednak nie wspomniał o nikim innym, zapewne tylko mnie.

[Wern] W takim razie po co mnie tu ściągnęłaś?
[Kas] Bo chcę ci pomóc.
[Wern] Jak?

Zerknęłam na resztkę prosecco w butelce, a potem wlałam ją do kieliszka. Powrót do niegdyś uwielbianego przeze mnie trunku z początku wydawał się błędem, ale już po dwóch porcjach zmieniłam zdanie.

[Kas] Powiedz mi najpierw, skąd wiedziałeś, żeby zwrócić uwagę na Karolinę Falkowską?

Namyślał się nad odpowiedzią. Zapewne wraz z Jolą naprędce starali się przesądzić, czy jestem ich sojusznikiem, czy też przeciwnikiem.

[Wern] Była na zdjęciach z Kappy.

Westchnęłam i opróżniłam kieliszek.

[Kas] Jakich zdjęciach?
[Wern] Zalegających na serwerze parafii.

Odstawiłam prosecco i otarłszy usta, zastanowiłam się nad tym, w jakim kierunku powinnam poprowadzić tę rozmowę.

[Kas] A skąd w ogóle wiedziałeś, żeby zainteresować się Kappą?
[Wern] Ewa zwróciła na nią moją uwagę.
[Kas] Ewa? W jaki sposób?
[Wern] W nagraniu 3/15 mówiła o kapliczce. Potem nietrudno było dotrzeć do całej reszty.

Nie byłam pewna, co powinnam odpisać. Alkohol zaczynał działać, miałam ochotę zdradzić mu coraz więcej, a migający znacznik tekstowy zdawał się mnie do tego zachęcać.

Wiedziałam jednak, że tak naprawdę mogę przekazać mu tylko jedno. I liczyć na to, że zrozumie.

[Wern] Mam też pozostałe kasety.
[Kas] Co takiego?
[Wern] Te z Kappy. Trafiły do kościelnego, a tak się składa, że kupiłem od niego mieszkanie.

Miał podstawowe fakty, ale czy udało mu się z nich ułożyć cokolwiek sensownego? Przypuszczałam, że nie. W przeciwnym wypadku początek tej rozmowy wyglądałby zupełnie inaczej.

[Kas] Masz wszystkie?
[Wern] Całą pulę. Piętnaście starych, rozwalających się taśm VHS.

To był moment, na który czekałam. Napisałam ostatnią wiadomość, a potem od razu wylogowałam się z RIC. Zrobiłam wszystko, co musiałam. I wszystko, co sobie zaplanowałam.

7

Kliza kręciła się nerwowo po kuchni, nie mogąc znaleźć sobie miejsca. Początkowo upierała się, że chce widzieć, o czym rozmawiam z Kasandrą, ale ani przez chwilę nie miałem zamiaru na to pozwolić. W jakiś sposób wydawało mi się to niewłaściwe względem Kas, choć wedle wszelkiego prawdopodobieństwa ona nie siedziała przy komputerze sama.

Jola zatrzymała się dopiero wtedy, gdy usłyszała, że przez chwilę nie uderzałem w klawisze. Zwróciła się w moją stronę i mruknęła podejrzliwie.

– Co jest? – spytała.

– Nic – odparłem, zamykając laptopa. – Kasandra się wylogowała.

– Tak szybko? Nie mogłeś jej zatrzymać?

– Nie dała mi szansy.

Kliza podeszła bliżej, wyraźnie niezadowolona.

– Co ci powiedziała?

– Właściwie to... przede wszystkim pytała.

– A ty posłusznie odpowiadałeś, tak?

W naturalnym odruchu obronnym chciałem zaprzeczyć, ale czy był sens? Rzeczywiście powiedziałem Kas wszystko, co chciała wiedzieć. Z jakiegoś powodu miałem jednak przekonanie, że nie wykorzysta niczego przeciwko mnie.

– Pamiętasz, jak mówiłeś, że jesteś idiotą?

– Jako że było to dość niedawno, to...

– Miałeś absolutną rację – przerwała mi. – Ale to nie twoja wina. W twoim przypadku takie zachowania są genetycznie uwarunkowane.

Nie odpowiadałem, skupiając się nie na słowach Klizy, ale na ostatnim, co napisała mi Kasandra.

– Mówię o przywarach twojej płci.

– Mhm.

– Wystarczy, że dziewczyna jest podobna do Angeliny Jolie, Megan Fox lub... – Zawiesiła głos, jakby znała tylko dwie współczesne ikony kobiecej urody.

– Agnieszki Dygant? – podsunąłem.

Machnęła ręką z irytacją.

– A gotowi jesteście iść za kimś takim w ogień.

– Kas raczej nie przypomina...

– Upodobniła się fizycznie do twojej zaginionej narzeczonej – wyrzuciła z siebie Kliza, a w jej oczach pojawiła się realna pretensja. – I tyle wystarczyło, żebyś stracił dla niej głowę.

Obawiałem się, że jeśli dam się wciągnąć w tę rozmowę, potrwa przynajmniej o godzinę dłużej, niżbym chciał.

– To klon – dodała Jola. – Wydmuszka.

– Daj spokój.

– Oho – rzuciła i uniosła błagalnie dłonie. – Teraz będziesz się obruszał, ilekroć powiem o niej złe słowo? W takim razie posłuchaj tego: ta kobieta nie ma żadnych skrupułów, żadnej empatii, żadnego współczucia dla ciebie czy kogokolwiek innego. Udowodniła ci to w najbardziej wymowny sposób, Wern. A ty ciągle o tym zapominasz.

Westchnąłem i postukałem palcem w zamkniętego laptopa.

– Na dobrą sprawę nie wiem, kim jest – powiedziałem. – Ale niepotrzebne mi to, żeby wiedzieć, że...

– Że co? Że chciałbyś zająć miejsce Glazura?

Wzmianka o nim nie była przypadkowa. Kliza wprawdzie zaprzeczała, że coś między nimi było, ale przypuszczałem, że mija się z prawdą. I że od momentu zatrzymania na placu Wolności nieustannie śledziła jego los. Nie rozmawialiśmy o tym, ale wydawało mi się to całkiem logiczne.

– Nie – odparłem. – Nie mam zamiaru nawet się do niej zbliżać.

– To dobrze, bo ewidentnie działa teraz przeciwko nam.

– Może.

– Może?! – uniosła się. – Ty chyba...

– Zanim się wylogowała, napisała mi, że nie ma piętnastu kaset.

Kliza prychnęła.

– I to ma być pomocne?

– Najwyraźniej – odparłem, marszcząc czoło. – Inaczej nie podkreśliłaby tego w ten sposób.

– Jaki sposób?

– W taki, że wylogowała się zaraz po przekazaniu mi tego.

– Może po prostu poczuła niespodziewany nacisk na pęcherz i musiała skoczyć do kibla.

Na powrót otworzyłem laptopa. Jola mogła mówić, co chciała, ale byłem pewien, że ta ostatnia informacja była w jakiś sposób znacząca.

– Te kasety są podpisane, Wern. Trzy-piętnaście. Siedem-piętnaście. Każdy głupi widzi, ile ich w sumie jest.

– Może ta piętnastka oznacza coś innego.

– Co?

Spojrzałem na pudło, którego nie zdążyliśmy jeszcze dobrze przeszukać. Wyjęliśmy z niego tylko pierwszą kasetę, całkowicie skupiając się na niej, a potem na esemesie z systemu RIC. Założyliśmy, że pozostałe taśmy znajdują się w środku, ale…

Urwałem rozmyślania i szybko zajrzałem do kartonu. Potwierdziły się moje najgorsze obawy. Pozostałe kasety były podpisane zupełnie inaczej.

Na kilku nagrano odcinki starych bajek ze studia Hanna-Barbera, na innych filmowe hity lat dziewięćdziesiątych. Gorączkowo przerzucałem kasety, ale nie znalazłem żadnej, która byłaby podpisana podobnie do pierwszej.

Wyprostowałem się i zakląłem cicho.

– No to masz – odezwała się Jola. – O to jej chodziło. Nie ma piętnastu taśm, jest jedna.

– Nie.

– Nie? – spytała z powątpiewaniem Kliza.

Wbiłem wzrok w zatrzymany obraz na ekranie telewizora. Od poznania, co znajdowało się na nagraniu, dzieliła mnie tylko chwila. Towarzyszyło mi narastające napięcie, ale także obawa. O ile to pierwsze uczucie rozumiałem, o tyle to drugie było dla mnie całkowicie nieuzasadnione.

Bałem się prawdy? Czegoś, przez co zobaczę moją narzeczoną w innym świetle?

– Wern?

– Kas chodziło o coś innego – odparłem bez wahania. – Ona nie wiedziała nawet, że mamy tę paczkę. Mówiła bardziej ogólnie.

Kliza prychnęła i przysiadła na skraju fotela.

– Teraz będziesz udawał, że znasz ją lepiej od jej własnej matki? – rzuciła.

– Nie, ale…

– Powtarzam: nie masz pojęcia, kim jest. Ani tym bardziej, co miała na myśli.

Myliła się, przynajmniej co do tego drugiego. Kasandra nie zaakcentowałaby tego tak mocno, gdyby rzeczywiście nie miało to znaczenia. Zastanawiałem się jeszcze przez moment, po czym w końcu uznałem, że zanim rozwikłam tę zagadkę, sprawdzę kasetę.

Zawahałem się jednak tuż przed wciśnięciem przycisku „play".

– Trzy-piętnaście – powiedziałem. – Siedem-piętnaście.

– No.

– Skoro nie ma piętnastu kaset, to może to wcale nie jest numeracja.

– A co?

Uniosłem wzrok i przez moment się zastanawiałem.

– Przychodzi mi na myśl tylko jedna rzecz.

Jola spojrzała na mnie, czekając, aż wyjaśnię, już po chwili jednak dostrzegłem, że sama na to wpadła. Czym prędzej sięgnęła po laptopa, a ja przysiadłem na podłokietniku fotela.

Kliza wpisała „3/15" w Google – i w ten najprostszy możliwy sposób wszystko stało się jasne. Pierwszy rezultat był automatycznym wynikiem dzielenia. Drugi – linkiem do rozdziału trzeciego, wersu piętnastego w jednej z biblijnych ksiąg.

– To ma sens – zauważyłem.

– Tak sądzisz?

– Wszystko ostatecznie kręci się wokół tej kaplicy, parafialnej świetlicy i ojca Antoniego.

– Może.

Mimo że w jej głosie brakowało pewności, wiedziałem, że intuicja podpowiadała jej to samo co mnie.

– „Wprowadzam nieprzyjaźń między ciebie a niewiastę" – odczytała początek fragmentu. – Czyli że co? Że ta kaseta miała cię z kimś skłócić?

Spojrzałem na taśmę, którą znalazłem na poddaszu jako pierwszą.

– Z Ewą? – dodała.

– Nie wiem. Sprawdź to drugie oznaczenie.

Kliza szybko wpisała, co trzeba.

– Rozdział siódmy, wers piętnasty, Ewangelia według świętego Mateusza – wyrecytowała. – „Strzeżcie się fałszywych proroków, którzy przychodzą do was w owczej skórze, a wewnątrz są drapieżnymi wilkami".

Nie brzmiało to zbyt optymistycznie.

– To ostrzeżenie przed fałszywymi apostołami.

– Tak, słyszałem.

– W sensie, że tak się ten fragment nazywa.

Oboje zerknęliśmy na cicho buczący magnetowid. Lekko migający obraz zdawał się wyzywać nas na pojedynek, jakby na nagraniu czekał ktoś, z kim powinniśmy się zmierzyć.

– I co to twoim zdaniem znaczy? – spytała Kliza.

– Pierwszy podpis wydaje się raczej bez sensu.

– Może jest. Może w ogóle źle to interpretujemy.

– Ale ten drugi…

Zawiesiłem głos, nie chcąc kończyć. Wiedziałem, jaką odpowiedź uzyskam, jeśli zacznę snuć teorię, że Kasandra stara się mnie przestrzec przed kimś lub przed czymś. Fałszywy apostoł właściwie mógł znaczyć wszystko.

– Dosyć tego – rzuciła Kliza. – Jeśli ty nie chcesz włączyć kasety, ja to zrobię.

Podeszła do odtwarzacza, usiadła na podłodze, a potem wcisnęła przycisk „play", nie czekając na moją odpowiedź.

Przez moment widzieliśmy jedynie śnieżenie i słyszeliśmy szumy. Potem obraz przesunął się z góry na dół, niemal jakby był rzucany ze starego projektora. Pojawiła się ucięta w połowie postać i głos tak zniekształcony, że nie sposób było niczego zrozumieć.

– Kurwa mać… – jęknąłem. – To nagranie jest w jeszcze gorszym stanie niż poprzednie.

– Poczekaj, może się poprawi.

Kaseta musiała latami leżeć albo w piwnicy Bronowicza, albo w podobnym miejscu, gdzie kurz i wilgoć zrobiły swoje. Wraz z Klizą wpatrywaliśmy się w niewyraźny, zakłócony obraz, licząc na to, że za moment uda nam się wyłapać coś znaczącego.

W końcu się doczekaliśmy.

Na ekranie pojawiła się Ewa. W takim samym ubraniu jak na poprzedniej taśmie i w tym samym miejscu. Obraz również był podobny – niewyraźny, ucięty w połowie i nieustannie się przesuwający. Głos był jednak czytelny, choć momentami się urywał.

Zdanie, od którego zaczęła, usłyszałem jednak nad wyraz dokładnie.

– Nigdy nie wybaczę sobie tego, co zrobiliśmy – powiedziała.

8

Nawet nie odnotowałem, kiedy Kliza podała mi piwo. Uświadomiłem sobie, że je piję, dopiero gdy puszka okazała się pusta. Odstawiłem ją na podłogę, nie odrywając wzroku od telewizora.

Siedzieliśmy przed nim z Jolą niczym dwójka dzieci, która w końcu doczekała się upragnionego programu. Nie odzywaliśmy się, oglądaliśmy drugie nagranie Ewy niemal w nabożnym nastroju.

– Moim najgorszym grzechem nie są złe rzeczy, których się dopuściłam – mówiła. – Ale te dobre, które zrobiłam dla złych ludzi.

Przysunąłem się do ekranu, jakbym dzięki temu mógł wyraźniej dostrzec Ewę. Chciałem widzieć, co kryje się w jej oczach, kiedy wypowiada te słowa. Jaki ma wyraz twarzy, jak się zachowuje, co przekazuje między wierszami...

Nie było jednak na to szansy. Obraz uniemożliwiał mi stwierdzenie, czy moja narzeczona naprawdę wierzy w to, co mówi. Mogłem sobie wyobrazić wiele scenariuszy, w których byłaby zmuszona mijać się z prawdą.

– Wszystko zaczęło się od czegoś znacznie starszego niż Biblia...

Moja wyobraźnia działała na zwiększonych obrotach. Pole widzenia zdawało się zawęzić jedynie do telewizora i miałem wrażenie, że zaraz zobaczę na nim śnieżący obraz, a potem wyśrodkowany tytuł tego, co Ewa miała zamiar mi przekazać.

Starszy od Biblii

Mam zdecydowanie za dużo czasu, by czytać. Brzmi to jak oksymoron, ale taka jest prawda. Czytam już nie tylko o tym, co mnie interesuje, co jest przydatne i wartościowe. Czytam wszystko. To jedyny sposób, w jaki mogę zabić czas.

Przez to sięgnęłam nawet do Biblii, choć nigdy specjalnie mnie do niej nie ciągnęło. Trafiłam na przypowieść, która... cóż, wyjątkowo nadaje się do tego, o czym chcę powiedzieć. To historia Jonatana, najstarszego syna pierwszego króla Izraela. Chłopak był śmiały, nieco porywczy i z pewnością odważny – pewnego razu porwał się niemal samotnie na kilkudziesięcioosobowy oddział wroga. Odnosił wiele zwycięstw w bitwach, ale to nie one były wyznacznikami jego męstwa.

Kochał swojego ojca i wedle wszelkiego prawdopodobieństwa miał zostać jego następcą, ale najwyraźniej nie uznawał ani jego, ani siebie za odpowiednią osobę na tronie. Znacznie bardziej cenił swojego najlepszego przyjaciela, Dawida – do tego stopnia, że to właśnie w nim widział następnego króla.

Wielu uczonych uważa, że w tej relacji było coś więcej niż męska przyjaźń. Niektórzy mówią wprost o miłości między dwoma mężczyznami, jasno udokumentowanej w Biblii, a homoseksualiści, którzy chcą utrzymać związki z Kościołem, zakładają grupy odwołujące się do tych dwóch postaci.

Jakie to wszystko ma znaczenie? Z mojego punktu widzenia okazało się to o tyle istotne, że przypomniało mi, co działo się w Kappie lata temu.

Starałam się o tym wszystkim zapomnieć, wymazać to z pamięci lub nawet uznać za niebyłe, ale teraz, gdy czasu mam stanowczo zbyt dużo, myśli znów kłębią się wokół tamtych zdarzeń jak ciemne chmury.

Kiedyś w zapomnieniu pomagał mi Damian, ale od kiedy byłam zmuszona się z nim rozstać, musiałam radzić sobie sama. Nie było łatwo. Właściwie coraz gorzej, bo coraz częściej wracałam do tego, przed czym uciekałam. Do dwóch osób, którym los poskąpił szczęścia.

Poza łączącą ich relacją nasi Jonatan i Dawid w niczym nie przypominali tych z przypowieści biblijnych. Nie byli dobrze urodzeni, nie mogli liczyć na świetlaną przyszłość i nie walczyli o nic, co miało taką wagę jak tron Izraela.

A mimo to często sprawiali wrażenie, jakby gra toczyła się o najwyższą stawkę.

Ale powinnam zacząć od początku…

Zawsze wiedzieliśmy, że Jonatana i ojca Antoniego łączyła wyjątkowa więź. Blitz już na samym początku spekulował, że ksiądz niezdrowo interesuje się chłopakiem, ale reszta sądziła raczej, że duchowny miał niegdyś na boku jakąś dziewczynę – i że to właśnie ona wydała na świat Jonatana.

Nie była to oczywiście prawda. Rodzice Jonatana wprawdzie do najporządniejszych nie należeli, ale jego matka nie wikłała się w żadne romanse. A już z całą pewnością nie z księżmi. Byli to ludzie żyjący na marginesie, nieco zdemoralizowani, ale jednocześnie religijni… nie, nie, raczej kościelni. Co tydzień w niedzielę klękali karnie w pierwszych rzędach, głośno śpiewali, gorliwie odmawiali modlitwę i wpatrywali się nabożnie w ołtarz. Przypuszczam jednak, że gdyby ktoś zapytał ich o to, jakiej Ewangelii wysłuchali, mieliby problem z odpowiedzią.

Wychowali Jonatana w sposób, który wydawał im się jedynym właściwym, przez co ze wszystkich chodzących do Kappy był zdecydowanie najbardziej uduchowiony. Przez całą podstawówkę był rzekomo ministrantem – i jeśli faktycznie tak było, to nie byłoby to dla mnie niczym dziwnym. Jako jedyny żegnał się przed posiłkiem, co wszystkich poza ojcem Antonim wprawiało w pewną konsternację.

Początkowo był dla reszty obiektem kpin, potem jawił się jako dziwak, a ostatecznie jako osobliwy element otoczenia. Dzieciaki potrafią być okrutne, ale tylko przez pewien czas. W końcu wszystko im powszednieje. Nawet ich własna pogarda.

Nie powiedziałabym, że Jonatan został kiedykolwiek zaakceptowany przez resztę, ale nauczył się funkcjonować tak, by dobrze żyć w tym niewielkim kolektywie. Ojciec Antoni dbał o to, ale nie narzucał swojej woli innym. Wiedział, że w ten sposób osiągnie efekt odwrotny do zamierzonego.

Wszystko zaczęło się komplikować, kiedy Blitzer zobaczył ich pewnego wieczoru w pokoju z piłkarzykami. Właśnie kończyli grać, nie zauważyli stojącego za progiem Blitza. Ten przypatrywał im się, kiedy usiedli na niewielkiej kanapie pod ścianą, ramię w ramię.

Opowiedział mi potem wszystko dokładnie.

O tym, jak ojciec Antoni położył dłoń na kolanie Jonatana. Jak natychmiast ją cofnął, widząc zmieszanie chłopaka. Jak potem się do niego przysunął, jak nachylał się do jego ucha.

Był to jednak początek tego, co...

Nagranie nagle się urwało, a Ewę na ekranie zastąpiły szumy i inne zakłócenia. Kliza od razu przywaliła w magnetowid, ale przypuszczałem, że usterka to nie wina odtwarzacza.

– W mordę... – rzuciła.

– Spróbuj przewinąć do przodu i z powrotem do tyłu.

Obejrzała się przez ramię.

– To coś dawało? – spytała bez przekonania.

– Tak naprawdę nigdy tego nie ustaliłem. Były różne sztuczki, niektóre działały.

Zrobiła tak, jak poleciłem, ale na podglądzie. Poradziłem jej, by najpierw zastopowała, ale i to nie pomogło. Taśma najwyraźniej była uszkodzona.

– Dobra, wrócimy do tego momentu – powiedziałem. – Spróbuj włączyć w innym miejscu.

Przewinęła w przód, ale to także nic nie dało. Obraz nadal przedstawiał miriady białych mrówek tłoczących się na czarnej przestrzeni. Wyglądało to, jakby nagranie się skończyło, a nie zostało uszkodzone.

Może rzeczywiście tak było? Może ktoś przerwał Ewie, gdy nagrywała, i nie zdążyła powiedzieć nic więcej?

Zamknąłem oczy. Nie miałem zamiaru pozwolić kolejnym pytaniom pojawić się w mojej głowie. W zupełności wystarczały mi te, które wiązały się z krótką wzmianką na mój temat.

Była zmuszona się ze mną rozstać.

Wcześniej pomagałem jej w zapomnieniu tego, co stało się w Kappie.

– Znasz jakiegoś speca od VHS? – spytała Jola.

– Nie, ale zaraz poznam.

Podniosłem jej laptopa i nie tracąc czasu zapuściłem się w meandry internetu, poszukując kogoś, kto w okolicy świadczył usługi naprawy starych kaset. Przypuszczałem, że jeśli taki zawód istnieje, to ma przyszłość równie świetlaną jak zecerstwo czy repasacja.

Okazało się jednak, że się myliłem. Mnóstwo zakładów oferowało przegrywanie materiału z VHS na DVD czy inne formaty, a przy tym w buńczucznych reklamach zapewniano, że ten czy inny spec jest w stanie naprawić każde uszkodzenie.

Wybrałem najbliższy zakład, zapamiętałem adres i oznajmiłem Klizie, że możemy wychodzić.

Chwilę później kierowaliśmy się już w stronę Starego Miasta z kasetą w plecaku. Tylko przez moment szliśmy w milczeniu.

– Resztę zasadniczo możemy sobie dopowiedzieć – odezwała się Jola.

– Tak?

– Klasyczna sytuacja. Ksiądz i ministrant. Co ci to mówi?

– Nic.

– Mnie oznajmia wielgachnymi literami: pedofilia.

Spojrzałem na nią spode łba.

– Rzadko bywasz w kościele, co?

– Właściwie nigdy. Po co miałabym tam chodzić?

– Zazwyczaj robi się to, żeby się pomodlić.

Powiodła wzrokiem po kamieniczkach, które ciągnęły się aż do samego rynku, a potem zerknęła na mnie.

– Chyba żartujesz – odparła. – Przeciętny Polak więcej niż w kościele modli się na kanapie przed telewizorem, kiedy ogląda mecz reprezentacji Polski.

– Trafna uwaga.

– Tak samo jak ta o pedofilii – odparła pod nosem Kliza. – Twój kumpel widział, jak Antoni obmacuje chłopaka. To w zupełności mi wystarczy.

– Może nie powinno.

– Powiedz to ofiarom degeneratów noszących koloratki. Wiesz, ile ich jest, Wern?

– Nie.

– Nie ty jeden – odparła i sprawiała wrażenie, jakby zagotowało się w niej jeszcze bardziej. – Jak zapytasz księży zajmujących się pedofilią w Kościele, powiedzą ci to samo. Nie wiedzą.

– Mhm...

– Mam na myśli tych, którzy mają tępić problem, nie jakichś tam przypadkowych duchownych. Oni chyba powinni coś wiedzieć, nie uważasz?

Najwyraźniej trafiłem na drażliwy temat, choć w przypadku Klizy większość chyba taka była.

– Zasłanianie się niewiedzą prowadzi do bezkarności – ciągnęła. – Wiesz, że Kościół wcale nie musi wypłacać zadośćuczynienia ofiarom? Nawet jeśli zarzuty się potwierdzają, a duchowny zostaje skazany. W Stanach czy Australii już się z tym uporali, my jesteśmy w tym względzie w epoce kamienia łupanego.

– Cóż…

– Hierarchowie umywają ręce. Zrzucają wszystko na konkretnego księdza, a sami się od tego odcinają. Zupełnie jakby żył w jakimś innym świecie, a otoczenie i zasady w nim rządzące nie miały żadnego znaczenia. Absolutnie żadnego.

– Może nie mają – zauważyłem spokojnie.

Szybko tego pożałowałem, bo Jola zapaliła się jeszcze bardziej.

– A kto im na to pozwala? Kto wypina się na doniesienia o nadużyciach? Kto przenosi księży do innych parafii, żeby uniknęli kary? I w końcu kto dba o to, żeby nie istniały żadne mechanizmy wykrywania pedofilii? Nie wspominając już o takich, które mogłyby pomagać ofiarom.

– Kliza…

– Wiesz, ilu według Kościoła jest w Polsce katolików? Powiem ci. Ponad trzydzieści milionów. A wiesz, ilu księży zostało przeszkolonych do pomocy ofiarom? Niewiele ponad stu. W dodatku…

– Kliza!

– No?

Wskazałem na szyld po prawej stronie, naprzeciwko budynku ratusza. Jola dopiero teraz uzmysłowiła sobie, że jesteśmy już niedaleko studia filmowego.

– Pączka? – zapytałem.

– Co?

– Sprzedają tu wyjątkowo wymyślne donuty giganty, kukułki i kilkadziesiąt rodzajów...

– Ja o pedofilii, a ty o pączkach?

Wzruszyłem ramionami.

– To szlachetny przysmak. Smażono je już w starożytnym Rzymie.

Zatrzymałem się przed witryną Wytwórni Pączków i popatrzyłem na obsypane feerią kolorów wypieki.

– Naprawdę powinnaś spróbować tych z nadzieniem waniliowym.

Zanim się zorientowałem, Kliza ruszyła już w kierunku jednej z odchodzących od rynku uliczek. Poszedłem za nią, zadowolony, że udało mi się uciąć temat, nad którym w tej chwili niespecjalnie chciałem się zastanawiać.

Nie miałem pojęcia, co zrobił ojciec Antoni. Nie znałem ani Jonatana, ani Dawida, o których mówiła Ewa, a jej słowa wydawały mi się niewystarczające, by kogokolwiek o coś oskarżać.

Jola była jednak innego zdania. I utwierdziła mnie w tym przekonaniu zaraz po tym, jak oddaliśmy kasetę i oczekując na werdykt, poszliśmy kupić dwa pączki.

– Wiesz, co o wykorzystywaniu nieletnich przez księży mówią statystyki w Polsce? – zapytała z pełnymi ustami.

Usiedliśmy na ławce przed ratuszem, który całkiem słusznie przywodził na myśl ten we Florencji. Opolski zbudowano na przełomie dziewiętnastego i dwudziestego wieku właśnie na wzór pałacu Vecchio i okazał się na tyle trwały, że przetrzymał nawet alianckie bombardowania podczas drugiej wojny światowej.

– Nie wiem – odparłem. – Co mówią?

– Nic.

– To rzeczywiście znaczące.

Odwróciła się do mnie i wskazała mi kącik ust, bym otarł lukier.

– Mam na myśli, że statystyk nie ma. Ostatnie pochodzą sprzed kilku lat i wynika z nich tyle, że za to przestępstwo zostało skazanych raptem kilkunastu księży.

Mruknąłem potwierdzająco.

– W innych krajach takie rzeczy się ujawnia, u nas zamiata się pod dywan – ciągnęła. – Bo nie tylko dziecku wstyd jest się przyznać, ale też rodzicom. Nie wyobrażają sobie, że mieliby oskarżyć księdza, szczególnie na wsi, gdzie ten jest panem i władcą.

– Naprawdę musimy...

– Nadal jesteśmy na etapie zaprzeczania. Upieramy się jak idioci, że w innych krajach rzeczywiście jest problem, ale u nas nie.

– Kliza...

– Faza wyparcia – dodała i machnęła ręką z irytacją. – I to mimo że mamy przed sobą tak naprawdę więcej faktów, niż potrzebujemy.

Skupiłem się na pączku, uznając, że tak będzie najlepiej.

– Ksiądz Roman – rzuciła, jakby to miało wszystko tłumaczyć. – Więził trzynastolatkę przez kilkanaście miesięcy i gwałcił ją jak... – Urwała i spuściła głowę. – Dostał osiem lat, odsiedział cztery, a potem został przeniesiony do innej parafii.

Słyszałem o tej sprawie w mediach, choć najgłośniej zrobiło się o niej chyba dopiero po reportażu Justyny Kopińskiej. Ujawniła, że ksiądz nie tylko dalej pełni posługę, ale też bez trudu kontaktuje się z dziećmi.

Nagle straciłem apetyt.

– Ofiar molestowania są tysiące – dodała Jola. – A tymczasem cała polityka przeciwdziałania patologiom sprowadza się do postawy: módlmy się, a będzie dobrze.

Zawinąłem pączka i schowałem go do plecaka Klizy. Przez moment zastanawiałem się nad tym, czy jej emocje wynikają z empatii, czy może przeszła w dzieciństwie coś podobnego.

Nie miałem zamiaru pytać. Jeśli tak rzeczywiście było, powie mi o tym sama.

Być może popełniałem błąd. Być może właśnie w ten sposób wiele historii pozostawało przez lata nieopowiedzianych.

Kiedy chwilę później szliśmy w kierunku studia filmowego, moje myśli nadal krążyły wokół dawnych traum. Nie miały jednak nic wspólnego z Klizą, ale z Kasandrą. Na dobrą sprawę nigdy nawet nie zapytałem, jak sobie radzi. Czy wzdryga się, czując dotyk jakiegokolwiek mężczyzny? Nie sypia po nocach? Wciąż obawia się, że coś się stanie? Upatruje w każdym napotkanym mężczyźnie potencjalnego agresora?

Wszystko to byłoby całkowicie zrozumiałe. Przypuszczałem, że zespół stresu pourazowego w takich przypadkach niewiele różni się od tego, który występuje u żołnierzy wracających z terenów ogarniętych konfliktami.

Urwałem rozmyślania, kiedy weszliśmy do zakładu. Stojący za ladą mężczyzna w kraciastej koszuli powitał nas wzrokiem, który nie mówił niczego dobrego.

– Zła diagnoza? – zapytałem.

– A można postawić inną VHS-om? – odparł pracownik. – Całe nowe pokolenie wie o ich istnieniu tylko z memów.

Doceniłem tę uwagę krzywym uśmiechem.

– Spoilery w necie to dla nich najgorsza zmora, ale nie mają pojęcia, jaką niespodzianką było włożenie nieprzewiniętej kasety do odtwarzacza i odkrycie, że ktoś zatrzymał ją akurat w kluczowym momencie.

– Mhm – potwierdziłem. – A co z naszą taśmą?

– Cóż... Główny problem polega na tym, że mamy na tej planecie pole magnetyczne – odparł filozoficznie i zatoczył ręką krąg. – Ono samo sprawia, że taśma magnetyczna ulega degradacji, a do tego dochodzi szereg innych czynników. Najczęściej pleśń. Nie wyobrażacie sobie, ile tego trafia tutaj w kasetach.

Zerknął na Klizę, która tradycyjnie unikała spojrzenia kogokolwiek, kogo nie znała.

– Taśmy często są utlenione, zerwane i nie nadają się do klejenia, a końcówki wizyjne głowicy tak zasyfione, że...

– Tak było w naszym wypadku? – uciąłem.

– Nie. Wasza kaseta jest prawie jak nówka.

– Nówka?

Było to ostatnie słowo, którego bym użył. Etykieta odchodziła, obudowa była zniszczona i zakurzona, a rysy na plastiku wyraźnie widoczne.

– Ani śladu pleśni i minimalny kurz – wyjaśnił.

– Jak to? – odezwała się Jola. – Więc skąd te szumy i lipny obraz?

– Z uszkodzeń mechanicznych.

– To znaczy?

– Taśma jest zdeformowana. I wygląda na to, że celowo.

Spojrzeliśmy z Klizą po sobie.

– Z tym niestety nie mogę nic zrobić – dodał. – Może inni zechcą się w to bawić, ale jak dla mnie, nie ma tutaj nad czym się pochylać.

Zrobiłem krok w kierunku lady i położyłem na niej dłonie.

– Dobrze zapłacimy – zadeklarowałem.

– Możecie płacić mi tyle, ile Bayern Lewandowskiemu, czyli mniej więcej... jedenaście tysięcy złotych na godzinę, ale i tak nic z tym nie zrobię – odparł i westchnął. – Normalnie po prostu nie opłaca nam się w tym babrać, ale w tym przypadku nie chodzi o opłacalność. To nie jest przypadkowe uszkodzenie.

– Ktoś umyślnie zdeformował taśmę?

– Na to wygląda.

– I nie da się nic z tym zrobić?

– Całe nagranie jest nie do odzysku.

Zobaczyłem iskierkę nadziei i zrozumiałem, że rozmówca bierze nas za zwykłych klientów, którzy przychodzą do niego, by odzyskać całość materiału. Nam tymczasem nie była ona niezbędna.

– A części? – zapytałem. – Fragmenty? Choćby urywki?

– Nie będą dobrej jakości.

– Nie szkodzi – zapewniłem. – Wystarczy nam cokolwiek.

Byłem przekonany, że tak w istocie jest. Do zrozumienia sytuacji mogło wystarczyć nam kilka wyrwanych z kontekstu słów. Nie musieliśmy słuchać całej opowieści Ewy, by trafić na właściwy trop.

– Mogę spróbować, ale nie gwarantuję, że efekt będzie powalający.

– Nie szkodzi.

Spojrzałem na Klizę, a ta potwierdziła skinieniem głowy.

– Na kiedy moglibyśmy umówić się na odbiór? – spytałem.

Mężczyzna zaczął przerzucać kartki niewielkiego notatnika, a ja czułem, że serce zabiło mi nieco szybciej. Nawet jeśli dostaniemy jedynie strzępki, poskładamy je w całość. I w końcu dowiemy się, co stało się w Kappie i jak rzutowało to na wszystko inne.

– Za tydzień – powiedział w końcu.

Jola zaklęła cicho, zwracając na siebie uwagę.

– Nie udałoby się szybciej? – spytałem.

– Raczej nie.

– Naprawdę nam na tym zależy.

– Mogę spróbować dzień wcześniej, ale...

– A na jutro? – wtrąciła Kliza.

– Cóż...

– Zapłacimy podwójną stawkę.

Rozmówca przez moment drapał się po skroni.

– Potrójną – powiedziała Kliza.

Dzień później odebraliśmy naprawioną kasetę.

Pędziliśmy z nią na Daszyńskiego, jakby ktoś miał ją nam po drodze odebrać. Pracownik studia twierdził, że nie udało mu się odzyskać wiele, ale powinniśmy bez trudu móc obejrzeć kilkanaście minut nagrania.

Oboje wierzyliśmy, że znajdziemy w nich wszystkie odpowiedzi.

I tak się stało.

9

Obraz wciąż śnieżył, a szum utrudniał zrozumienie tego, co mówi Ewa. W ciągu parunastu minut zdołała przekazać jednak wszystko, czego potrzebowaliśmy, by zrozumieć sytuację.

Pierwszy raz zjawiła się w Kappie za sprawą Blitza. Ściągnął ją tam bez mojej wiedzy, nie mam pojęcia dlaczego. Kiedy zaczęła tłumaczyć to na nagraniu, nastąpił przeskok i wyjaśnienie na dobre przepadło.

Pewne było jednak, że bywała w świetlicy dość regularnie. Początkowo wydawało mi się to niemożliwe, bo byłem przekonany, że naprawdę spędzaliśmy ze sobą każdą chwilę. Kiedy jednak Kliza zapytała mnie, ile pełnych dni z czasów szkolnych jestem w stanie sobie przypomnieć, musiałem przyznać, że niewiele.

Widywaliśmy się w szkole, zazwyczaj także po lekcjach. Ale przecież nie zawsze. Czasem szła do domu uczyć się przed sprawdzianem, czasem załatwiała coś z rodzicami, była u lekarza czy na zakupach z matką.

Teraz wiedziałem, że przynajmniej część tych wszystkich rzeczy to były jedynie wymówki. Z jakiegoś powodu jeździła na obrzeża Opola i spędzała czas w Kappie z ludźmi, których nie znałem.

Ludźmi, którzy w dużej mierze wychowywali się w patologicznych rodzinach. Mówiła o tym na nagraniu tylko przez chwilę, ale i bez tego przypuszczaliśmy z Klizą, że ojciec Antoni prowadził tam coś na kształt placówki wychowawczej.

Nie chodziło mu tylko o zabawę i rozrywkę, ale także o to, by wyrwać te dzieciaki z toksycznych środowisk. I udawało mu się to. Tyle że przynajmniej jednemu z nich sam stworzył jeszcze gorsze.

Ten, którego nazywała Jonatanem, nie różnił się wiele od innych. Wychował się w biednej rodzinie, jego ojciec pił i nie powstrzymywał się od podnoszenia ręki ani na żonę, ani na swojego syna. Bywało, że robił to tuż po powrocie z niedzielnej mszy.

Zamiast popaść w złe towarzystwo i powielić grzechy ojca, Jonatan zwrócił się w przeciwnym kierunku. Wychowanie kazało mu poszukać pomocy w Kościele, a kiedy trafił na ojca Antoniego, zyskał w życiu osobę, której mu brakowało.

Chłopak był w Kappie od początku, przynajmniej tak twierdziła Ewa. Był prawą ręką ojca Antoniego i ten ufał mu właściwie bezgranicznie. Często spędzali czas we dwóch i dość długo większość sądziła, że ich bliskość to wynik z jednej strony braku ojca, a z drugiej braku syna.

Na tym kończyła się zborna opowieść Ewy, resztę otrzymaliśmy jedynie w strzępkach. Bez trudu mogliśmy jednak z nich poskładać cały obraz.

Pojawiały się fragmenty o homoseksualizmie Jonatana, podejrzeniach reszty, a potem o kimś, kogo Ewa nazywała Dawidem. Nie udało nam się dowiedzieć niczego na jego temat, ale z kontekstu wynikało, że wiązało się z nim jakieś kluczowe wydarzenie.

Było kilka urwanych zdań, które wydawały mi się znaczące. Wszystkie spisałem odręcznie w niewielkim kajecie, który znajdował się w pudle z gratami Bronowicza.

„...łam powiedzieć Damianowi, kied...”

„...Antoni kazał nam wszys...”

„...natan Falk...”

„...nigdy by nie doszło, gdyby..."

„...iłam się dorei..."

Obejrzeliśmy kasetę dwukrotnie, a potem usiedliśmy na kanapie i przez długi czas wpatrywaliśmy się w moje skąpe notatki. Miałem wrażenie, jakbyśmy starali się odczytać zapis czarnych skrzynek po katastrofie samolotu.

Jola przysunęła do siebie kartkę, przebiegła po niej wzrokiem i nabrała głęboko tchu.

– Puść jeszcze raz – powiedziała.

– Znowu?

– Muszę coś sprawdzić.

– Co?

Nie wyjaśniła, a ja wiedziałem, że dopóki nie obejrzymy całości jeszcze raz, nie powie mi, w czym rzecz. Szybko przekonałem się jednak, że interesował ją tylko jeden fragment. Ten, który odnosił się do ostatniej zanotowanej przeze mnie kwestii.

Obejrzeliśmy tę część kilkakrotnie. Za każdym razem Kliza mrużyła oczy coraz bardziej, a potem nagle klasnęła w dłonie. Złapała za długopis i przekreśliła to, co napisałem.

– Źle ją zrozumiałeś – oznajmiła.

– To znaczy?

– Jest jeszcze wyraźnie „m" na końcu.

Spojrzałem na Jolę z powątpiewaniem.

– I? Co niby nam daje „iłam się doreim"?

– Spróbuj dopasować kilka czasowników do końcówki „iłam".

Skrzywiłem się, bo właśnie to robiłem, od kiedy zacząłem notować te niewiele mówiące urywki.

– Z intonacji pasowałoby mi „zwróciłam" albo „zgłosiłam" – dodała Kliza. – Nie uważasz?

– Równie dobrze może to być cokolwiek innego.

– Ale jeśli nie? Podstaw jedno z nich.

– „Zgłosiłam się dorein". To równie znaczące jak…

– „M" na końcu – poprawiła mnie. – Niknie prawie w szumie, ale tam jest. Jestem tego pewna.

– Okej, w takim razie zgłosiła lub zwróciła się do reim…

Ledwo to powiedziałem, poczułem, jak ciarki przemykają mi po plecach.

– Absolutnie niemożliwe – oznajmiłem. – Ewa nie znała Reimanna. Nigdy się z nim nie spotkała, ich ścieżki nigdy się nie skrzyżowały.

– Więc Kasandra przypadkowo wpadła na jej sprawę?

– Tak – potwierdziłem. – To znaczy nie.

– Aha.

Potrząsnąłem nerwowo głową.

– Chodzi mi o to, że szukała takiej sprawy latami. Kiedy tylko na nią trafiła, rozpoczęła przygotowania. Sama zresztą wiesz.

– Wiem tyle, ile ona sama ci powiedziała.

Spojrzałem na poprawioną przez Klizę kwestię. Rzeczywiście wyglądało na to, jakby dotyczyła Reimanna lub Reimannów. A może po prostu umysł podpowiadał nam coś, co oboje znaliśmy, ale co niekoniecznie miało jakikolwiek związek z prawdą?

Mimo wszystko słowa Joli rozbrzmiewały mi echem w głowie.

– Sam nie wiem, Kliza.

– Nie szkodzi, daj sobie chwilę. Dojdziesz do takiego samego wniosku jak ja.

– Okej – odparłem dla świętego spokoju, a potem popatrzyłem na pozostałe kwestie. Szczególnie na tę, która rozpoczynała się od „natan". Było oczywiste, do kogo się odnosi, ale to jedyna wzmianka, w której pojawiło się także nazwisko. A raczej jego część.

– Jonatan Falkowski? – odezwałem się. – Myślisz, że to możliwe?

– Biorąc pod uwagę, jak rzekomo pomocna była Karolina Falkowska *vel* Tipsiara i jak potem zrobiła sobie rundkę po kilku ciekawych miejscach w Opolu? Tak.

– Więc to jej brat?

– Albo mąż. Nic o niej nie wiemy, mogła mieć wcześniej inne nazwisko.

– Na męża raczej nie pasuje. Przynajmniej jeśli chodzi o tradycyjne małżeństwo.

Jola skinęła głową.

– A więc może ktoś z rodziny – przyznała. – Choć tak czy inaczej, od Falkowskiej niczego się nie dowiemy.

– Ale?

– Nie mówiłam, że jest jakieś ale.

– Wisi w powietrzu.

Kliza podniosła się i przez chwilę chodziła po salonie. W końcu zatrzymała się pod jednym z okien dachowych i wyjrzała w kierunku placu, na którym centralne miejsce zajmowała opolska Ceres – fontanna przedstawiająca figury tej samej płci w nieco wieloznacznych pozach. To właśnie przez nią na plac Daszyńskiego mówiło się niemal od niepamiętnych czasów „plac Pedała".

– Możliwe, że Falkowska zrobiła sobie tournée po znajomych, by upewnić się, że nikt nie puści pary – odezwała się w końcu Jola. – Usilnie stara się coś ukryć. Ale tego samego nie możemy powiedzieć o tym, do kogo nas nieopatrznie doprowadziła.

– Masz na myśli Electrę?

– Aha – potwierdziła Kliza. – Ta dziewczyna ewidentnie chciała mówić.

– To fakt. Tyle że jak sama zaznaczyła, nie mogła tego zrobić.

– Więc pozwoliła kasetom mówić za nią.

Znów spojrzeliśmy na leżący na stole notes.

– Dzięki temu możemy spróbować wyciągnąć z niej resztę, Wern.

– Jak?

– To zależy, czy dobrze radzisz sobie w pokera.

– To jakiś mod do *Minecrafta*?

Spojrzała na mnie z ukosa, a potem złożyła kartkę na pół i wskazała mi wyjście. Po prawdzie wolałbym, żebyśmy zawczasu przygotowali jakąś wspólną strategię blefu, ale nie protestowałem.

Chwilę później jechaliśmy już w kierunku Szczepanowic, licząc na to, że zastaniemy w domu Electrę. I że informacje, które uzyskaliśmy z nagrań, sprawią, że dziewczyna pomoże nam wypełnić luki.

Na miejscu uświadomiliśmy sobie, że byliśmy zbytnimi optymistami. Ktokolwiek sterował całym tym przedsięwzięciem mającym na celu ukrycie prawdy, nie próżnował. I najwyraźniej zadbał o to, byśmy nie posunęli się dalej.

Electry nie zastaliśmy, a jej sąsiad w dość niewybrednych słowach oznajmił nam, byśmy trzymali się z daleka. Swoją determinację potwierdził, trzaskając nam drzwiami przed nosem.

Wróciwszy do samochodu, przez jakiś czas zastanawialiśmy się, co zrobić. Odpaliłem silnik dopiero wtedy, gdy z domu wyszedł sąsiad Electry – tym razem sprawiał wrażenie, jakby miał zamiar bez pomocy słów wytłumaczyć nam, że nie jesteśmy tu mile widziani.

Odjechałem bez namysłu i skierowałem się w stronę centrum.

– Tutaj raczej nie mamy czego szukać – odezwałem się cicho. – Właściwie ani tutaj, ani gdziekolwiek indziej.

Kliza popatrzyła na mnie z zawodem, jakby nie spodziewała się z mojej strony takiego pesymizmu.

– Ewidentnie panuje jakaś zmowa milczenia – dodałem. – I ktoś czuwa nad tym, żeby nikt się nie wyłamał.

– Nie ktoś, ale Antoni.

O ile wcześniej optowałbym za domniemaniem niewinności, o tyle teraz wydawało mi się to nieuzasadnione. Nawet bez szczegółów nagranie Ewy pod tym względem zdawało się dostatecznie obciążać duchownego.

– Żadne milczenie nie trwa wiecznie – odparła filozoficznym tonem Kliza. – Nawet mnisi, którzy składają śluby milczenia, gadają przez sen.

– Coś w tym jest.

– Więcej niż coś. Prawda.

– W takim razie co proponujesz? Ewy o nic nie zapytamy, Blitza podobnie. Zostaje nam kilka osób, które chętniej przyznają się do pokątnego słuchania Nickelback niż do bycia w zmowie.

Jola posłała mi badawcze spojrzenie.

– Wyczuwam w tym trochę autodiagnozy, Wern. Pląsałeś ostatnio do *How You Remind Me*?

– Nie, ale może powinienem. Przy odrobinie szczęścia mogłoby odbić się to pozytywnie na moim zdrowiu psychicznym.

– Mam lepszy pomysł na to, jak je poprawić.

– Wal śmiało – odparłem, skręcając w Niemodlińską. – Przyjmę każdą sugestię.

– Przyciśnijmy Falkowską.

– Świetny pomysł. A potem weźmy frytki do tego.

Znów odniosłem wrażenie, że karci mnie za pomocą samego wzroku.

– Mamy trochę więcej informacji, możemy chociaż spróbować – powiedziała. – W najgorszym wypadku odprawi nas z kwitkiem.

– Albo zawoła kumpli z osiedla.

Zarazem jedna, jak i druga opcja wydawały się dość prawdopodobne, ale zgodziłem się z Klizą, że właściwie nie mamy innego wyboru. Ostatnim razem Falkowska zareagowała zbyt gorączkowo, doprowadzając nas do osób, które były zamieszane w sprawę. Być może teraz uda nam się osiągnąć coś podobnego.

– Ale najpierw zajedźmy na Daszyńskiego – odezwała się Jola.

– Po co?

– To i tak po drodze, prawda?

– W tym mieście wszystko jest po drodze.

Nie przesadzałem. Przejazd z jednego krańca na drugi nawet w godzinach szczytu zabierał najwyżej pół godziny. Stanie w korku oznaczało kilkuminutową obsuwę przy światłach, a wielokilometrowe, znane z dużych miast zatory drogowe tutaj nie występowały. I za to kochałem to miasto.

Zatrzymaliśmy się w lofcie tylko na chwilę. Kliza zabrała kasetę, którą znaleźliśmy w piwnicy, sprawdziła coś w internecie, a potem dała sygnał do wymarszu.

– Wiesz, gdzie tu jest jakiś punkt nadawczy UPS? – odezwała się.

– Wiem.

– Gdzie? – spytała, ale od razu machnęła ręką. – Oczywiście. Po drodze.

Chwilę później w placówce przy Kasprowicza nadaliśmy paczkę z kasetą. W pierwszej chwili rozstanie się z taśmą wydawało mi się błędem, ale ostatecznie musiałem przyznać, że nie ma powodu, byśmy po raz kolejny oglądali nagranie. Oboje znaliśmy je na pamięć, a zdaniem Klizy przy odrobinie szczęścia mogliśmy naszą wiedzę jeszcze rozszerzyć.

Jola zaadresowała kopertę do dawnego znajomego z Reimann Investigations, który zajmował się wszelkimi sprawami sprzętowymi. Nie była pewna, czy uda mu się naprawić taśmę, ale nawet jeśli nie, to według niej bez wątpienia znał kogoś, kto podoła zadaniu.

Po namyśle wydało mi się to zasadne. Mężczyzna z zakładu obok Wytwórni Pączków być może znał się na swoim fachu, ale robił tylko to, co mu się opłacało. Ślęczenie godzinami nad skrawkiem zdeformowanej taśmy z pewnością do takich rzeczy nie należało. A może nawet przerastało jego umiejętności.

Z punktu UPS skierowaliśmy się ku McDonaldowi, w którym spodziewaliśmy się zastać Falkowską. Przypuszczałem, że nie będzie to trudne, o ile godziny pracy w fast foodzie rzeczywiście były zbliżone do tych, o jakich mówiono w mediach.

Weszliśmy do środka i od razu wypatrzyliśmy Karolinę przy jednej z kas. Kiedy nas dostrzegła, drgnęła nerwowo, ale zaraz się zmitygowała. Potem posłała nam poprawny uśmiech.

– Znowu wy? – spytała, gdy stanęliśmy przy ladzie. – Jeśli polujecie na promocyjnego happy meala, muszę…

– Polujemy na prawdę – ucięła Kliza.

Słuszny ruch, uznałem w duchu. Należało od razu pokazać naszą determinację i już na wstępie zasugerować rozmówczyni, że tym razem nie damy się tak po prostu odprawić.

– I tak się składa, że ty możesz ją nam zaserwować – dodałem.

Stanęliśmy ramię w ramię przy ladzie, jakbyśmy byli gotowi siłą wyciągnąć z Falkowskiej to, po co tutaj przyszliśmy.

Ta spojrzała na nas z niedowierzaniem i zaśmiała się krótko.

– Pogięło was? – spytała. – Powiedziałam wam wszystko, co sama wiem.

– Nie licząc tego, że twój brat był stałym bywalcem Kappy – odparowała Jola. – I że wdał się tam w romans nie tylko z Antonim, ale też z kimś innym.

Falkowska rozejrzała się.

– Słuchajcie…

– Chętnie – ucięła Kliza. – Ale tylko jeśli powiesz prawdę.

– Już wcześniej to zrobiłam.

– A, tak. Po prostu pominęłaś kilka tych rzeczy, które mogłyby być dla nas najbardziej istotne.

– Nie wiem, czego chcecie, ale…

– Tylko i wyłącznie prawdy – znów jej przerwała. – Potem damy ci spokój.

Znów kontrolne spojrzenie na boki. Obawiałem się, że Falkowska zaraz da znak któremuś z innych pracowników, że najwyższa pora zadzwonić po ochronę.

– Nie widzicie, że jestem w robocie? – rzuciła z irytacją. – Nie mam teraz czasu na wasze dramy.

– To zajmie nam tylko chwilę – zapewniłem.

– Interesuje nas tylko jedna osoba – dodała Kliza. – Jonatan Falkowski.

– Czyli twój brat.

– O którym zapomniałaś wcześniej wspomnieć.

Czułem, że mamy inicjatywę. Że jesteśmy jak dwójka napastników czołowego europejskiego klubu właśnie rozgrywających swój życiowy mecz w Lidze Mistrzów. Byliśmy nie do zatrzymania.

A przynajmniej tak mi się wydawało, dopóki pozostali klienci pozostawali spokojni.

– Co wy pieprzycie? – spytała Karolina. – Przesuńcie się, ludzie chcą złożyć zamówienie.

Wychyliła się i złapała kontakt wzrokowy ze stojącą za nami kobietą.

– Co będzie dla pani? – rzuciła.

Klientka chciała odpowiedzieć, ale Kliza powstrzymała ją ruchem ręki.

– Zaraz – powiedziała, a potem zwróciła się z powrotem do Falkowskiej. – Najpierw załatwimy nasze zamówienie.

– W takim razie najwyższa pora, żebyście je złożyli i się stąd…

– To ja poproszę informację o tym, co stało się w Kappie – odezwałem się. – Może być z sosem słodko-kwaśnym.

– A dla mnie będzie kilka faktów o Jonatanie – dodała Jola.

Czuliśmy się wyjątkowo pewni siebie, skoro zdobyliśmy się na tak liche żarty. Falkowskiej jednak nie było do śmiechu. Obróciła się do współpracowników, szukając u nich pomocy.

Podszedł do nas jeden z jej kolegów, a na zapleczu rozległ się szum głosów. Przypuszczałem, że kierownik zmiany został już powiadomiony.

– W czym problem? – spytał mężczyzna, stając obok Falkowskiej.

– Nie chcą złożyć zamówienia ani zrobić miejsca.

– Hej, dosyć tego! – krzyknął ktoś z tyłu. – Ludzie tu czekają!

– Moment… – zaczęła Jola.

– Proszę państwa o umożliwienie innym złożenia zamówień – odezwał się mężczyzna.

– Wyrzucić ich! – zaproponował jeden z klientów.

Dotarło do mnie, że mamy przeciwko sobie nie tylko niechęć Karoliny, ale także głód większości osób czekających w kolejce. Mimo to nie miałem zamiaru odpuszczać. Położyłem ręce na blacie i wbiłem wzrok prosto w oczy Falkowskiej.

– Mów, gdzie jest twój brat?

Mężczyzna odsunął ją i znalazł się naprzeciwko mnie.

– Proszę odejść albo będę zmuszony…

– Interesuje nas tylko, gdzie możemy znaleźć brata tej pani – uciąłem, niemal oskarżycielskim gestem wskazując Karolinę. –

Wystarczy numer telefonu. I już nas tu nie ma, a wy nie macie problemu.

– Hej! – odezwał się znów krzykacz z tyłu. – Wyrzucić ich stąd!

Pracownik McDonalda wyraźnie szukał na twarzy Falkowskiej gotowości, by dała nam to, czego chcemy, i czym prędzej zażegnała kłopotliwą sytuację. Karolina pokręciła głową, jakby nie miała zamiaru z nami współpracować, ale zaraz potem nachyliła się do mnie.

– Pojebało was – oznajmiła. – Nie mam żadnego brata. A teraz znikajcie stąd, zanim dojdzie do mordobicia.

– Wiemy o Jonatanie.

– Gówno wiecie – odparowała, a ja odniosłem wrażenie, że tym razem nie minęła się z prawdą. – Jonatan to nie mój brat, nie mam żadnego rodzeństwa. Sprawdźcie to sobie.

Kliza drgnęła nerwowo, a ja poczułem na sobie coraz bardziej ponaglające spojrzenie wszystkich wokół.

– A teraz wypad – dodała Falkowska.

W końcu odpuściliśmy, przynajmniej po części. Wyszliśmy z restauracji, żegnani pojedynczymi oklaskami krzykacza, i uzgodniliśmy, że poczekamy, aż Karolina skończy zmianę.

Jola usiadła przy jednym ze stolików na zewnątrz i skorzystała z okazji, by zweryfikować słowa Falkowskiej. Wyjęła laptopa z plecaka i po kilku minutach miała już wszystko, czego potrzebowała. Nie chciałem nawet pytać, do jakiej bazy danych uzyskała dostęp.

– Wern... – zaczęła niepewnie. – Ta festyniara najwyraźniej mówi prawdę.

– Jak to?

Stanąłem za nią i spojrzałem na monitor.

– Naprawdę nie ma brata – wyjaśniła. – W dodatku nie namierzyłam nikogo, kto nazywałby się Jonatan Falkowski.

– Niemożliwe.

– A jednak tak jest – odparła na tyle stanowczo, że nie było sensu, bym dłużej się upierał. – Wygląda na to, że coś opacznie zrozumieliśmy.

– Co? Na nagraniu słychać wyraźnie, że chodzi o Jonatana Falk...

Urwałem w pół zdania z wrażeniem, że serce mi się zatrzymało.

– Wern?

– O kurwa... – zdołałem wydusić.

Kliza rozejrzała się, jakby w okolicy nagle zjawił się ktoś, kto mógłby nam zagrozić. Potem odwróciła się od laptopa.

– Co się dzieje? – zapytała.

– Nie chodzi o Falkowskiego, tylko o Falkowa.

– O czym ty...

– J. Falkow – powiedziałem, a potem zamknąłem oczy. – Jonatan Falkow.

10

Nie miałem wątpliwości, że trafiliśmy na właściwy trop. Funkcjonariusz, dzięki któremu uciekłem przed policją pod hotelem w Chrząstowicach, i człowiek, który był wtyką Kajmana w opolskiej komendzie, okazał się Jonatanem z nagrania Ewy.

Czułem, że ma to kluczowe znaczenie dla zrozumienia całej sprawy, ale wciąż nie potrafiłem go rozszyfrować. Kliza także nie. Przez jakiś czas siedzieliśmy w milczeniu, wbijając wzrok w stare, postpeerelowskie bloki rozciągające się wzdłuż horyzontu jak okiem sięgnąć.

– Okej – odezwała się w końcu Jola i uderzyła dłonią o stół. – Więc mamy Jonatana. Gościa, który prawdopodobnie był molestowany w dzieciństwie przez Antoniego.

– Mhm.

– I który znał twoją Ewę z Kappy.

– Na to wygląda.

– Do tego spotkał tam Blitza.

– I Dawida, z którym się związał.

Początkowo zakładaliśmy, że to imię jest jedynie odniesieniem do biblijnej postaci, ale równie dobrze mogło być prawdziwe, tak jak w przypadku Jonatana.

– Lata później Ewa znika, Blitz ginie, a Falkow jest w to wszystko zamieszany – ciągnęła Kliza. – To nie jest przypadek.

– Nie, nie jest – skwitowałem cicho, jakbym przyznawał się do popełnienia jakiejś zbrodni.

Jola zdawała się skupiona na własnych myślach i nieświadoma tego, że jestem tuż obok.

– Gdzieś w tym wszystkim jest jeszcze Kasandra – ciągnęła. – Włącza się w to z oczywistych względów, żeby wykorzystać cię i uciec od Roberta. Potem jej dziecko zostaje porwane, a ty odnajdujesz w swoim nowym mieszkaniu kasetę z nagraniem Ewy...

Kiedy zawiesiła głos, w końcu przypomniała sobie o mojej obecności.

– Co to wszystko znaczy? – zapytała, zamykając laptopa.

– Tylko jedna osoba może nam odpowiedzieć na to pytanie.

– Falkow.

– Zgadza się.

– Wiesz, gdzie go szukać?

– W tym samym miejscu, z którego narobił nam wszystkim problemów – odparłem, a potem głęboko wciągnąłem powietrze. Zrozumiałem, że w końcu mamy szansę na to, by ktoś odkrył przed nami wszystkie karty.

Tylko jak to osiągnąć? Falkow nie miał powodu, by cokolwiek nam zdradzać. Właściwie miał pod dostatkiem tych, które powinny skłaniać go do milczenia.

– Wiesz, co to wszystko może znaczyć? – odezwała się Kliza.

– Szczerze mówiąc, nie. Nie mam pojęcia.

Położyła dłoń na mojej ręce, a ja wzdrygnąłem się, jakby poraził mnie prąd. Jola też się zmieszała, być może bardziej ode mnie, a ja zrozumiałem, że ten gest współczucia był reakcją bezwarunkową. Poczuła, że za moment będę potrzebował wsparcia, i automatycznie je zaproponowała.

– Być może źle to wszystko interpretowaliśmy od samego początku.

– To znaczy? – zapytałem. – O jakim początku mówisz?

– O ataku na Loży Szyderców.

Pokręciłem głową, z jakiegoś powodu niegotów nawet dopuścić takiej myśli.

– Zastanów się – dodała Kliza. – Co tak naprawdę wiesz o tamtej nocy?

– Wszystko, co powinienem.

– Od Kasandry.

– Ona tylko powieliła to, co Ewa nagrała na kasetach.

– Właśnie. Co Ewa nagrała, a nie powiedziała ci bezpośrednio – zauważyła. – A nie masz pojęcia, w jakich okolicznościach kręciła te taśmy ani co i komu chciała przekazać.

Zaśmiałem się i rozłożyłem ręce.

– Wiesz, jak to brzmi? – spytałem, ale nie miałem zamiaru czekać na odpowiedź. – Jak teoria spiskowa, której zalążek ktoś stworzył jedenaście lat temu, a ja od tamtej pory ślepo w nią wierzyłem.

Kliza nie odpowiadała.

– Co ty konkretnie sugerujesz? – spytałem.

– Konkretnie? Nic. Mówię tylko, że powinniśmy się zastanowić…

– Nad czym?

Znów odniosłem wrażenie, jakby miała zamiar mnie pocieszyć. Tym razem jednak ręka nawet jej nie drgnęła.

– Falkow był w to wszystko zamieszany na długo przed wydarzeniami pod Highlanderem – oznajmiła. – Może chciał w jakiś sposób zemścić się za to, co go spotkało w Kappie.

– To absurdalne.

– Przekonajmy się – odparła stanowczo.

– Jak?

– Jedźmy na komendę, Wern. Wyłóżmy mu wszystko, co wiemy. Dajmy mu do zrozumienia, że mamy dowody, że był molestowany. I że zamierzamy je ujawnić.

Dotknąłem obydwu skroni i zacząłem je masować. Głowa mnie nie bolała, ale gest z jakiegoś powodu wydawał się na miejscu.

– W najgorszym wypadku nas pogoni – kontynuowała.

– Albo postara się zniszczyć dowody.

– Tym akurat nie musimy się martwić.

Miała rację, kaseta najpewniej była już w drodze do jej znajomego na północy kraju. Nie było sposobu, by Jonatan Falkow ją namierzył. O ile w ogóle zależałoby mu na zniszczeniu dowodów. Tak naprawdę wciąż nie mieliśmy pojęcia, co nim kieruje.

– Masz lepszą propozycję? – spytała Kliza.

– Nie.

– W takim razie…

– W porządku – uciąłem. – Spróbujmy.

Jola od razu sięgnęła po telefon.

– Co robisz? – spytałem.

– Dzwonię na komendę.

– Świetny pomysł. Ostrzeż go, że zamierzamy go przesłuchać.

Ignorując moje obiekcje, wybrała numer.

– Zapytam tylko, czy jest dziś na służbie – wyjaśniła. – Czy może nagle zapadł się pod ziemię jak jego przełożony.

Kliza podała dyżurnej fałszywe imię i nazwisko, a potem oznajmiła, że ma coś do przekazania policji. Zaznaczyła, że zrobi to wyłącznie, jeśli będzie miała okazję porozmawiać z Falkowem.

– Może mnie pani z nim połączyć?

Rozmówczyni zaczęła tłumaczyć, że to nie działa w ten sposób, ale słowem nie zająknęła się, że Jonatana nie ma dziś na służbie. Tyle nam wystarczyło.

Pojechaliśmy w kierunku komendy, a im bliżej centrum się znajdowaliśmy, tym bardziej ruch się wzmagał. Po dwudziestu minutach zostawiliśmy samochód na podwórku przy Daszyńskiego, a potem na piechotę skierowaliśmy się ku Korfantego.

Na niebie wisiały ciemne chmury zapowiadające deszcz, ale od celu dzielił nas raptem kilkuminutowy spacer. Oboje byliśmy przekonani, że za góra kwadrans usiądziemy w gabinecie Falkowa i ujawnimy mu wszystko, czego się dowiedzieliśmy, licząc na to, że to okaże się przełomowe.

Pomyliliśmy się. Ledwo opuściliśmy bramę, jak spod ziemi wyrósł przed nami ostatni człowiek, którego spodziewaliśmy się spotkać.

Zagrodził nam drogę i patrzył na nas z zupełnie niezrozumiałą wściekłością. Nie miał na sobie munduru, ale ani przez moment nie wątpiłem, że jest uzbrojony.

Podkomisarz Prokocki stał w lekkim rozkroku i ewidentnie czekał, aż się odezwiemy. Żadne z nas nie wiedziało jednak, co powiedzieć ani jak traktować pojawienie się policjanta.

Śledził nas? Trzymał cały czas rękę na pulsie, przypatrując się naszym posunięciom? Jeśli widział nas, kiedy przejeżdżał przed Kappą, to z pewnością tak. Ale nic wówczas na to nie wskazywało.

Tak czy inaczej, był zamieszany w to, co się tam wydarzyło. Nie wiedziałem jak, ale miałem pewność, że tak było.

– Co wy wyprawiacie? – odezwał się w końcu.

Kliza była równie zdezorientowana jak ja, więc uznałem, że nie muszę przedstawiać jej człowieka, którego do tej pory na żywo nie spotkała.

– Co jest z wami nie tak? – dodał.

Widziałem, że emocje wzbierają w nim tak szybko, że za moment może sobie z nimi nie poradzić. Czułem, że muszę rozładować napięcie, ale jednocześnie przejąć inicjatywę. Właściwie to ja przecież powinienem zgłaszać pretensje, wysuwać zarzuty i obarczać go winą za to, co się działo.

Odwrócił się w stronę podwórka po drugiej stronie ulicy, a potem wskazał je ręką.

– Czas wam przemówić do rozsądku – rzucił.

Miałem wrażenie, jakbym cofnął się do szkolnych czasów i ktoś właśnie wyzwał mnie na solo.

– Nam? – odparłem. – Chyba coś ci się kompletnie...

– Nie tutaj – uciął.

Znów wskazał wejście na podwórko. Szybko uznałem, że nawet jeśli czeka tam na nas cały zastęp jego kumpli, warto zaryzykować. Po raz pierwszy to Prokocki chciał czegoś od nas, a nie odwrotnie.

Weszliśmy przez otwartą bramę, minęliśmy blokujący wjazd szlaban, a potem skręciliśmy w prawo. Dotarliśmy na sam koniec niewielkiego, zapuszczonego placu i zatrzymaliśmy się za ostatnimi zaparkowanymi tu samochodami.

Prokocki oparł się o stary, wyniszczony mur odgradzający nas od kolejnego podwórka w ciągu kamienic. Wyjął paczkę papierosów i nie częstując nas, zapalił.

– Po jaką cholerę pytaliście o Falkowa? – odezwał się.

– A skąd myśl, że to zrobiliśmy? – odparła Kliza.

– Litości....

– Jeśli to ma być wyjaśnienie, to lepiej od razu skończmy rozmowę.

Prokocki zaciągnął się płytko.

– Nic na komendzie nie dzieje się bez mojej wiedzy – oznajmił.

– Jasne – odparła Jola z przekąsem. – I dyżurna dzwoni do ciebie, kiedy tylko ktoś zapyta o jednego z twoich podwładnych. Śledzisz nas?

– Raczej kontroluję, co robicie.

– Na jakiej podstawie?

– Troski o wasze dobro.

Kliza spojrzała na niego z politowaniem, a on wypuścił dym w jej kierunku.

– Naprawdę chcecie tracić na to czas? – odezwał się. – Czy może przejdziemy do rzeczy?

Żadne z nas nie miało pojęcia, czym w istocie miałoby być sedno sprawy. Jeszcze nie. Wydawało się oczywiste, że za moment zrozumiemy nie tylko to, dlaczego Prokocki pilnował Kappy, ale także znacznie więcej o jego roli w całym tym zamieszaniu.

– Przejdźmy do rzeczy – zgodziła się Kliza. – Dlaczego tak cię dziwi, że chcieliśmy skontaktować się z Falkowem?

Zaciągnął się, patrząc na nas jak na dwójkę idiotów.

– Pytasz poważnie?

Jola milczała, ja również nie miałem zamiaru się odzywać.

– Moment... – jęknął Prokocki. – Nie oglądaliście kasety?

– Jakiej kasety? – odparła Kliza.

Policjant znów wciągnął dym do płuc, czekając na naszą reakcję. My zaś robiliśmy wszystko, by nie dać poznać po sobie zaskoczenia. Pytanie zadał takim tonem, jakby naprawdę zależało mu, byśmy zapoznali się z nagraniem.

I jakby był po naszej stronie.

– Zaraz... – odezwałem się. – To ty zostawiłeś tę kasetę w moim mieszkaniu?

Nie odpowiadał, a w jego oczach zobaczyłem podejrzliwość. Zastanawiał się, czy nie próbuję go w jakiś sposób ograć, podczas gdy ja starałem się zrozumieć, czy to możliwe, że to właśnie Prokocki zostawił mi tę taśmę.

– No? – ponagliłem go.

Wypuścił dym nosem, westchnął, a potem znów wyjął paczkę z kieszeni. Tym razem zaproponował nam po papierosie, jakby liczył na to, że to w istocie będzie fajka pokoju. Kliza nie skorzystała, ale zabrała mu paczkę i schowała ją do kieszeni. Policjant posłał jej pełne niedowierzania spojrzenie, a ja poczułem pierwsze krople deszczu na skórze.

– Nie wiem, kto podrzucił ci tamtą kasetę – odezwał się w końcu.

– Ale wiesz, co się na niej znajduje? – zapytałem.

– Oczywiście. I to nie tylko na tej, ale także na drugiej, którą znaleźliście.

Znów przyjrzał się najpierw mnie, a potem Klizie.

– Chociaż wy najwyraźniej jej nie obejrzeliście.

– Była uszkodzona.

– Wiem – przyznał. – Ale dało się ją obejrzeć.

– Tylko urywki – odparłem, a potem streściłem mu to, co powiedział nam spec od VHS.

Prokocki słuchał i nie przerywał. W pewnym momencie dostrzegłem, że jest rozczarowany rozwojem wypadków, jakby naprawdę liczył na to, że poznamy całe nagranie.

– Skoro wiesz, co jest na drugiej kasecie – podjęła Jola – to powinieneś orientować się też, co stało się w Kappie. I jakim cudem ta taśma się tam znalazła, a potem trafiła do kościelnego.

Skinął głową, ale się nie odezwał. Sprawiał wrażenie gotowego, by zdradzić nam więcej, ale jednocześnie niepewnego, od czego zacząć i jak ubrać to wszystko w słowa.

– Ile wiecie? – spytał.

– To zależy, co masz na myśli – odparłem.

– O kasetach.

– Wiemy, że nagrała je Ewa, prawdopodobnie w Obicach pod Kielcami.

Prokocki uniósł brwi.

– Kto ci o tym powiedział?

A zatem trafiłem w sedno. Świetnie, było coś, co udało się potwierdzić.

– Kasandra – odparłem. – Trafili tam z Glazurem na twój trop, dotarli do konkretnej chałupy i znaleźli w niej kasety, które pozwoliły jej przygotować się do roli.

Nie musiałem mu tłumaczyć nic więcej, doskonale pamiętał szczegóły sprawy sprzed roku.

– Jak znaleźli tamto miejsce? – spytał.

– Najwyraźniej niedostatecznie zadbałeś o to, by twoja kryjówka przed Kajmanem pozostała...

– To nie była żadna kryjówka, do kurwy nędzy – przerwał mi, cisnął niedopałek na ziemię i zrobił krok w moim kierunku. – Już rok temu starałem się wbić ci do głowy, że żaden Kajman nie istnieje. Był wymysłem wyobraźni, który miał sprawić...

– Kasandra go nie wymyśliła.

Zacisnął usta, nie odrywając wzroku od moich oczu.

– Masz rację – przyznał. – Nie ona.

– Co ty niby sugerujesz?

– Oglądałeś nagranie Ewy, resztę możesz sobie dopowiedzieć.

– Chcesz mi wcisnąć, że go sobie uroiła?

Znów się cofnął, oparł się o mur i zapalił kolejnego papierosa. Miałem wrażenie, że zatrzęsła mu się przy tym ręka.

– Staram się wytłumaczyć ci to od roku, Werner – odparł.

Pamiętałem doskonale, jak wmawiał mi, że Kajman nie istnieje, że to tylko element manipulacji Kasandry i nikt tak naprawdę nie dybał ani na mnie, ani niegdyś na Ewę. I że to jej ciało zostało znalezione na Bolko.

Przyczynę śmierci zakwalifikowano później jako samobójstwo, ale nie byłem gotów dać wiary czemukolwiek, co mówił ten człowiek.

A mimo to z jakiegoś powodu teraz odnosiłem wrażenie, że nie kłamie.

– Nic z tego nie rozumiem – powiedziałem z irytacją. – Możesz mi to wyjaśnić?

– Ewa rzeczywiście była w Obicach. I nagrała tam kasety, które jakiś czas później przewiozłem do Kappy. Mój błąd polegał na tym, że ich nie sprawdziłem, bo najwyraźniej ktoś od Kasandry przywłaszczył sobie jedną z nich, a może przegrał. Nie wiem, trudno powiedzieć.

– Ale… – Musiałem na moment urwać, by zebrać myśli, i poczułem, że siąpi nieco mocniej. – Co ty w ogóle robiłeś w Kappie?

– Czasem pomagaliśmy tam trudnym dzieciakom.

– My?

– Ochotnicy z komendy.

Obróciłem się do Klizy i spostrzegłem, że ona w tym samym momencie dopowiedziała sobie resztę.

– Ty i Falkow? – zapytałem.

– Zgadza się.

– Ale przecież on…

– Bywał tam od długiego czasu – dokończył za mnie Prokocki. – Jeszcze zanim zaciągnął się do policji. Właściwie to za jego sprawą się zgłosiłem, przekonał mnie.

Boże, wszystko zaczynało układać się jak pasujące do siebie części rozbitej mozaiki. Dotychczas nie miałem bladego pojęcia, co mogłaby przedstawiać, ale teraz powoli wyłaniał się z tego miszmaszu jakiś obraz.

– Nie ma żadnego Kajmana, rozumiesz? – dodał, a potem głęboko się zaciągnął. – Nigdy nie było.

– W takim razie...

– Ewa zniknęła z zupełnie innego powodu.

Ból w jego głosie był wyraźnie słyszalny. I potwierdzał to, co było dla mnie jasne od pewnego czasu – podkomisarz brał w zaginięciu mojej narzeczonej czynny udział. Nie wiedziałem tylko, po której stronie.

– Jedenaście lat temu nieprzypadkowo przydzielili cię do tej sprawy, prawda? – spytałem.

Potwierdził ruchem głowy, unikając mojego wzroku.

Dlaczego wcześniej na to nie wpadłem? Przecież w całym tym zamieszaniu akurat to było logiczne. Nigdy nieznalezieni sprawcy, niejasne okoliczności i policjant, który po latach nie był gotów nawet dopuścić, że trafiliśmy z Blitzem na trop Ewy.

– Zrobiłeś jej coś?

– Nie.

Tym razem to ja się do niego zbliżyłem, ale Kliza nagle złapała mnie za rękę. Dotyk znów podziałał na mnie jak lekkie porażenie prądem. Otrząsnąłem się i uświadomiłem sobie, że tylko zachowanie spokoju pozwoli mi poznać prawdę.

Oprócz niej chciałem jednak wyciągnąć z niego coś jeszcze.

– Gdzie jest Kasandra? – rzuciłem.

Prokocki zdawał się zaskoczony.

– Naprawdę, Werner... – odparł z powątpiewaniem. – Właśnie o to chcesz mnie teraz zapytać?

Zignorowałem niewypowiedziany zarzut i pretensję w jego głosie. I znów musiałem się zmitygować, by nie przesadzić. Miałem zamiar zadać kolejne pytanie, ale uprzedziła mnie Kliza.

– Wystarczy tego błądzenia po omacku – rzuciła. – Nie sądzisz, że pora nam wszystko wyjaśnić?

Podkomisarz nabrał tchu.

– To może chwilę zająć – oznajmił. – W dodatku przełknięcie gorzkiej prawdy może wymagać dobrej popitki.

Żadnemu z nas kącik ust nawet nie drgnął. Prokocki znów kontrolnie się rozejrzał, a potem zaproponował, byśmy poszli do pobliskiego monopolowego. Przystałem bez wahania – zgodziłbym się na wszystko, bo widziałem, że podkomisarz podjął już decyzję. Zamierzał wyjawić nam całą prawdę. Od samego początku. Od momentu, kiedy w Kappie doszło do tego, co położyło się cieniem na przyszłości tak wielu osób.

11

Przypuszczałem, że wrócimy na podwórko za punktem ksero, ale Prokocki twierdził, że po pierwsze to nie jest dobre miejsce na tego typu rozmowę, a po drugie jest coś, co musi nam pokazać.

Nie oponowaliśmy. Wsiedliśmy do felicii, a potem skierowaliśmy się w stronę Wójtowej Wsi. Niedaleko kapliczki podkomisarz kazał mi skręcić w lewo, a chwilę później wjechaliśmy na most nad Kanałem Ulgi. Prowadził na wyspę Bolko, na której znaleziono rzekomo ciało Ewy, ale to nie ona była celem podróży.

Lekka mżawka, która przed momentem była jedynie niewygodą, teraz przerodziła się w uporczywą ulewę, jakby spadł na nas Boży gniew, a Wszechmogący uznał, że najwyższa pora zmyć wszystkie grzechy świata.

Zaparkowaliśmy kawałek za mostem Pajęczym, a potem narzuciliśmy kurtki przeciwdeszczowe i wróciliśmy do niego na piechotę. Mimo że mieszkałem w Opolu całe życie, dotychczas nie miałem pojęcia, jaką nazwę nosi przeprawa nad kanałem Odry. Teraz z jakiegoś powodu wydawała mi się znacząca. I napełniała mnie niepokojem.

Zeszliśmy pod most i skierowaliśmy się na niewielki nasyp tuż pod przęsłami. Za młodu zdarzało mi się wypić tu więcej piw, niż podpowiadał zdrowy rozsądek, ale nie tylko mnie. Miejscówka była swego czasu dość popularna, przynajmniej dopóty, dopóki nie zaanektowali jej bezdomni.

Teraz zalegały tutaj śmieci, które przywodziły na myśl raczej ulubione miejsce narkomanów niż nieletnich i drobnych pijaczków. Potężne elementy konstrukcyjne mostu stwarzały niemal klaustrofobiczne wrażenie, a unoszący się w powietrzu smród moczu i wszechogarniający brud sprawiały, że chciało się jak najszybciej opuścić to miejsce.

Nieprzyjemne odczucia potęgował dźwięk przewalającej się przez tamę, spiętrzonej wody i widok ciemnej piany. Przez nieustanny szum mówiliśmy nieco głośniej, ale nie przypuszczałem, byśmy musieli obawiać się, że ktoś przypadkiem nas usłyszy.

W okolicy nikogo nie było.

A przynajmniej tak sądziłem do momentu, kiedy zza jednego przęsła wyłonił się mężczyzna, który ewidentnie na nas czekał. Kiedy ostatnim razem go widzieliśmy, nosił koloratkę. Teraz ją ściągnął.

Tuż za nim wyszła Karolina Falkowska. Ona także nie przypominała tej butnej, bezpośredniej kobiety, z której niedawno staraliśmy się coś wyciągnąć.

– Co to ma znaczyć? – odezwała się Kliza, patrząc na Prokockiego.

W jej głosie zadrgała nuta obawy, a ja bynajmniej się nie dziwiłem. Sam odniosłem wrażenie, jakbyśmy wpadli w wyjątkowo prostą pułapkę.

– Zabrałeś nas na zjazd Kappy po latach i zapomniałeś o tym wspomnieć? – dodała.

– Spokojnie.

Jola rozejrzała się nerwowo. Nie mogliśmy liczyć na jakąkolwiek pomoc, a przewaga liczebna trzy do dwóch właściwie przekreślała nasze szanse na obronę. Szczególnie że jeden z przeciwników miał broń.

– Zaraz wszystkiego się dowiecie – zapewnił Prokocki, wyciągając butelkę, którą kupił w monopolowym.

Chciałem mu ufać, ale nie potrafiłem zmusić się do choćby szczątkowego optymizmu. Wszystko, co przed momentem wydawało mi się pewnikiem, teraz stanęło pod znakiem zapytania.

– Dlaczego nas tu zabrałeś? – spytała Kliza.

Odkręcił wódkę i pociągnął łyk.

– Do niczego was nie zmuszałem. Sami tu przyjechaliście, prawda?

– Tylko dlatego, że dałeś nam do zrozumienia, że to tutaj wszystkiego się dowiemy.

– I tak będzie – oświadczył matowym głosem.

Skupiając na księdzu i Falkowskiej, nie zauważyłem, że z miejsca, w którym na nas czekali, wyszła jeszcze jedna osoba. Ją także rozpoznałem bez trudu, choć teraz Electra miała na sobie znacznie bardziej wyjściowy strój niż ostatnim razem, kiedy się widzieliśmy.

Jako jedyna posłała nam niewyraźny uśmiech. Reszta sprawiała wrażenie, jakby stawiła się na stypie.

Tylko po czyim pogrzebie?

Zanim zdążyłem odpowiedzieć sobie na to pytanie, cała trójka do nas podeszła. Przywitali się z Prokockim, nam posłali jedynie krótkie spojrzenia. Jedynym, który się odezwał, był Antoni.

– Niech będzie pochwalony – powiedział.

Wraz z Klizą skinęliśmy mu głowami, a on spojrzał na podkomisarza.

– Obejrzeli kasetę? – spytał.

– Tylko częściowo. Okazała się uszkodzona.

Duchowny cmoknął z dezaprobatą.

– I właśnie dlatego próbowali skontaktować się z Jonatanem? – zapytał.

– Tak.

– Więc nie wiedzą, co się wydarzyło...

– Nie – potwierdził Prokocki, a potem wyjął paczkę fajek. – Uznałem, że najlepiej będzie, jeśli ojciec im wszystko wyjaśni.

Antoni przysiadł na nasypie, a potem ruchem ręki zasugerował, byśmy zajęli miejsce obok niego.

– Dzięki – odparła Jola. – Nie będziemy się rozsiadać, bo jak tylko dostaniemy wyjaśnienia, zabieramy się stąd.

– To się okaże.

Kliza uniosła brwi z niedowierzaniem i się uśmiechnęła.

– Grozi ksiądz nam? Poważnie?

– Z moich ust nikt nigdy żadnych gróźb nie usłyszy.

Jola nie wyglądała na przekonaną, może dlatego, że potrójna, kategoryczna negacja „nikt nigdy żadnych" rzadko spełniała swoją rolę. Kliza przyjęła konfrontacyjną pozę, podpierając się pod boki, jakby chciała wyzwać rozmówcę na pojedynek.

– Dajmy spokój tym chrześcijańskim obietnicom – powiedziała. – I niech ksiądz robi to, po co tutaj przyszedł.

– Czyli? – spytał Antoni. – Czym to twoim zdaniem jest?

– Nie mam pojęcia. O wyjawienie prawdy bynajmniej księdza nie podejrzewam.

– Dlaczego?

Kliza zbliżyła się, a Prokocki lekko drgnął. Ten nieznaczny ruch uświadomił mi, że podkomisarz jest w ciągłej gotowości, by interweniować. Być może słusznie, bo od tego, co miał do powiedzenia Antoni, zależało, jak ta sytuacja się potoczy.

– Naprawdę musi ksiądz pytać? – spytała Jola i prychnęła.

– Tak – odparł spokojnie duchowny, a jego opanowanie wyraźnie działało Klizie na nerwy. – Skoro nie obejrzeliście całości materiału, nie wiem, czy w ogóle rozumiecie, co się wydarzyło.

– Rozumiemy, że molestował ksiądz Jonatana.

Antoni otworzył usta i lekko zbladł. Nie mogłem przesądzić, czy to rezultat unoszących się oparów uryny, czy konfrontacji z prawdą.

– Skąd ta myśl? – zapytał.

– Na nagraniu Ewa mówi o waszej relacji – włączyłem się.

– Bliskiej relacji – dodała Jola. – I tym, jak wyglądało to z punktu widzenia reszty.

Falkowska zaśmiała się protekcjonalnie i pokręciła głową. Chciała coś powiedzieć, ale Antoni powstrzymał ją ruchem ręki. Nie protestowała, co pokazywało, jak dużym szacunkiem w Kappie cieszył się ten duchowny.

– Tak… – odezwał się.

– Więc potwierdza ksiądz? – rzuciła Jola. – Przyznaje się do tego?

– Potwierdzam, że moi podopieczni początkowo właśnie tak to widzieli.

Spojrzałem na Electrę i Karolinę. Nie wyglądały na zadowolone, a właściwie odniosłem wrażenie, jakby miały do nas pretensje o to, że w ogóle mogliśmy tak pomyśleć.

– Z Jonatanem łączyła mnie szczególna więź – dodał. – Ale głównie dlatego, że byłem pierwszą osobą, której się zwierzył.

– Co do swojej orientacji? – zapytałem.

Duchowny skinął lekko głową.

– I potem ksiądz to wykorzystał, tak? – dodała Kliza. – Pocieszył młodego, zagubionego chłopaka, który nigdzie nie znajdował zrozumienia? Może powiedział mu, że on też czuje do innych mężczyzn to samo i…

– Nie. To zupełnie nie tak.

– Jasne.

– Proszę mnie posłuchać…

– Nie muszę, żeby wiedzieć, co tam się stało – przerwała mu. – To zawsze działa mniej więcej w taki sam sposób.

Najpierw robicie z siebie aniołów stróżów, wyrywacie nas z toksycznego środowiska, zapewniacie nam opiekę i dajecie poczucie bezpieczeństwa, a potem…

Urwała i zaklęła cicho. Jeśli dotychczas miałem jakiekolwiek wątpliwości, że cały jej ogląd sprawy miał związek z jakimiś przeżyciami z przeszłości, to właśnie je rozwiała.

Przez moment trwała pełna napięcia cisza. Zawiesiłem wzrok na brzegu rzeki, ale ściana deszczu niemal całkowicie przesłaniała widok.

– Jeśli chciałabyś… – zaczął Antoni.

– Co? Porozmawiać kiedyś o tym? – dokończyła za niego. – To co? Mam zwrócić się do ciebie, bo masz doświadczenie w manipulowaniu młodymi, niczego nieświadomymi ludźmi?

Ksiądz patrzył na nią ze współczuciem i gotowością do zaoferowania pomocy, a przynajmniej tak mi się wydawało. Równie dobrze mogła być to jednak ćwiczona latami reakcja.

– Jonatan nie był niczego nieświadomy – odparł po chwili duchowny. – Wiedział o swojej orientacji od dawna, uporał się z nią.

– To nie problem, z którym ktokolwiek musi się uporać – oznajmiła Jola.

– Wyraziłem się nieprecyzyjnie…

– To niech ksiądz się bardziej postara.

Pokiwał głową, niezrażony jej podejściem. Prokocki znów się napił, a ja miałem nadzieję, że na tym poprzestanie. Ostatnim, czego potrzebowaliśmy, był niepotrafiący trzeźwo myśleć facet z bronią.

– Jonatan przyszedł do mnie, bo szukał pomocy. Ale nie takiej, jak sądzicie.

– A jakiej? – spytała.

– Nie wiedział, jak odnaleźć się w Kościele.

– To znaczy?

Ojciec Antoni podciągnął kolana, a potem wbił wzrok w nasyp. Wyglądał jak zagubione dziecko, które właśnie straciło nadzieję na to, że rodzice je odnajdą.

– Żył w kłamstwie, trzymał swoją orientację w tajemnicy przed wszystkimi. Miał świadomość, że nie zaakceptuje go ani rodzina, ani tym bardziej jego wspólnota.

– Był religijny? – zapytałem.

– Owszem.

Nie współgrało to ani trochę z obrazem Falkowa, który miałem w umyśle. Z mojego punktu widzenia był to skorumpowany oportunista, gotowy zrobić wszystko, by wypełnić kieszenie pieniędzmi Kajmana.

Ale być może się myliłem. Jeśli od początku źle rozumiałem tę sytuację, to także rola Falkowa mogła być zupełnie inna od tej, którą mu przypisałem.

– Chciał żyć w związku, chciał doświadczać cudu miłości, jak każdy człowiek – odezwał się Antoni. – Ale jednocześnie pragnął być w Kościele.

– I?

– Poprosił mnie o pomoc w tym, by jakoś połączyć te dwa pragnienia.

Duchowny na moment zrobił pauzę, a ciszę, która zaległa, mącił jedynie szum pieniącej się wody.

– Jonatan prawdziwie kochał osobę, z którą był w związku – dodał po chwili Antoni. – Ale kochał także Boga. I razem szukaliśmy sposobu, by nie musiał wyrzekać się żadnej z tych miłości.

Kliza nie zdawała się przekonana. Ja jednak miałem wrażenie, że ból w głosie księdza nie jest pozorowany.

– Wtedy były inne czasy – ciągnął. – Dziś są takie inicjatywy jak Wiara i Tęcza, a Ojciec Święty zapytany o homoseksualistów odpowiada: a kimże ja jestem, żeby ich oceniać? Nie jest idealnie, ale lepiej. Liczba duchownych, którzy uważają homoseksualizm za chorobę, wciąż maleje, coraz rzadziej proponują terapie, a częściej wyciągają pomocną dłoń. Wtedy żyliśmy jednak w zupełnie innych okolicznościach...

Urwał, podniósł wzrok i zawiesił go gdzieś po drugiej stronie rzeki. Potem spojrzał na mnie, spodziewając się jakiejś odpowiedzi.

– A ksiądz mimo to dobrodusznie próbował mu pomóc? – spytała Kliza, zanim zdążyłem wpaść na to, jak potraktować jego słowa.

– Tak.

– Złoty człowiek – odbąknęła.

– Pomagałem nie tylko jemu – zadeklarował. – Przychodzili do mnie różni ludzie, którzy szukali dla siebie miejsca w Kościele, a ja nigdy... nigdy nie śmiałbym im odmówić.

Albo wyjątkowo źle oceniliśmy tego człowieka, zarzucając mu skłonności pedofilskie, albo był on wyjątkowo dobrym aktorem. Nie sposób było na podstawie samych jego zapewnień przesądzić, która wersja jest prawdziwa.

– Ojciec Antoni zrobił, co mógł, żeby mu pomóc – odezwała się Electra.

Po raz kolejny pomyślałem, że z kimkolwiek rozmawialiśmy, wszyscy odnosili się do niego z takim samym szacunkiem. Może coś w tym było.

– Nie tylko jemu – powtórzyła słowa księdza Falkowska.

– Ojciec odprawiał… i dalej odprawia dla nich msze.

– Dla nich? – spytałem.

– Dla gejów – odparła Karolina, a potem uniosła ręce, jakby chciała zasugerować, że najwyższa pora, by Bóg zesłał na mnie łaskę mądrości. – Na przykład kiedy świętują kolejne rocznice swoich związków. Złażą się ich rodziny, znajomi… W sumie jest prawie tak, jakby byli po ślubie, nie?

– Nie, niezupełnie – zaoponował cicho Antoni. – Ale owszem, celebruję dla nich msze, w których chcą podziękować Bogu za miłość, która ich…

– To jakieś brednie – włączyła się Kliza. – Wykorzystywałeś tego chłopaka.

W jego oczach coś zgasło, jakby otrzymał o jeden cios za dużo. Na jakiś czas znów zaległa cisza, a ja zerknąłem znacząco na Jolę, mając nadzieję, że dzięki temu trochę przystopuje. Im dłużej atakowała duchownego, tym bardziej oddalaliśmy się od tego, co interesowało mnie najbardziej.

Wydało mi się, że w końcu to zrozumiała.

– Był dla mnie jak syn – odezwał się w końcu Antoni. – Nigdy bym go nie skrzywdził.

Karolina i Electra odwróciły wzrok, a ja wyczułem jakiś niewypowiedziany żal, który zdawał się trawić wszystkich zebranych.

– Jonatan był głęboko religijny, chodził na pielgrzymki, spowiadał się regularnie, przyjmował komunię…

– Chyba ksiądz sobie jaja robi – wtrąciła Jola.

Zakląłem w duchu.

– Nikt nie dałby mu rozgrzeszenia – dodała.

– Ja dawałem.

Zmarszczyłem czoło, przypatrując mu się uważnie. Oczywiście wiedziałem o księżach, którzy pomagają gejom na wszelkie możliwe sposoby, także dając im rozgrzeszenie i tym samym pozwalając na inne sposoby uczestnictwa we wspólnocie. Czasem robili to dlatego, że sami mieli taką orientację, czasem wynikało to z bardziej liberalnego podejścia do pełnienia posługi.

– Ksiądz też jest...

Zacząłem, ale nie musiałem kończyć. Antoni spojrzał na mnie ze spokojem i ciepłem, jakby nieco bawiło go, że z jakiegoś powodu nie dokończyłem myśli.

– Tak – potwierdził. – I nie boję się powiedzieć, że w Kościele jest wielu księży, którzy są gejami. Ale czy to ma jakiekolwiek, choćby najmniejsze znaczenie? Równie dobrze moglibyśmy przesądzać o wartości człowieka ze względu na jego wzrost. Ostatecznie to przecież nie orientacja, ale...

– Dajmy spokój tym wywodom – ucięła Kliza. – I całej tej historyjce.

– Chcecie wiedzieć, co stało się w Kappie, a...

– Otóż to – potwierdziła stanowczo.

– Ale to bezpośrednio wynika z tego, co nazwałaś historyjką.

– W jakim sensie? – zapytałem, a potem usiadłem obok księdza.

Czy mu wierzyłem? Tak, chyba tak. Z jakiegoś powodu od samego początku wydawało mi się, że cała ta koncepcja z pedofilią jest jedynie naszym wymysłem. Niestety zbudowanym na wydarzeniach, które rozgrywały się na całym świecie, nie tylko w naszej bezpośredniej okolicy.

Ostatecznie mogliśmy paść ofiarami potrzeby stosowania odpowiedzialności zbiorowej. Nie wiedziałem, z czego wynikała, ale zdawała się wpisana w ludzką naturę. Wystarczyła informacja, że ksiądz położył rękę na kolanie chłopaka. Resztę właściwie sami sobie dopowiedzieliśmy.

– Żadne z dzieci w Kappie nie wiedziało o orientacji Jonatana – odezwał się Antoni.

Bywalcy Antoniówki nie byli żadnymi dziećmi, ale typowymi licealistami, tylko czekającymi na to, by zgnoić każdego, kto przejawiał jakiekolwiek odstępstwo od ogólnie przyjętych standardów. W tym sensie zasady rządzące światem nastolatków nie dyskryminowały – wszelka inność była traktowana równorzędnie.

– Jonatan ukrywał to przed wszystkimi prócz mnie – dodał duchowny.

– I Dawida – dopowiedziałem. – O ile to rzeczywiście jego imię, a nie biblijna parabola.

Ksiądz potwierdził lekkim skinieniem, ale nie wiedziałem, co konkretnie ma to oznaczać.

– Więc tak się nazywał? Jego partner? – dodałem.

– Owszem. Dawid Kaławak.

Kliza otworzyła usta, a ja wbiłem wzrok w Antoniego. Po moście nad nami przejechał jakiś samochód, a dudnienie, które się rozległo, spotęgowało mój szok.

– Zaraz… – jęknąłem.

– To brat Andrzeja Kaławaka, tak – odezwał się duchowny. – Tego, który wykonał zdjęcia w Kappie. Miał wtedy półamatorskie studio fotograficzne, ale zrobił to nieodpłatnie, przez wzgląd na brata.

Starałem się poukładać te elementy w spójną całość, ale wciąż brakowało zbyt wielu części. Przestrzenie między nimi zaczynała gorączkowo wypełniać moja wyobraźnia, obawiałem się jednak, że idzie zbyt daleko.

Głuche dudnienie ustało. Samochód zaparkował gdzieś za mostem.

– Czekamy na kogoś? – zapytałem niepewnie.

Jola drgnęła nerwowo, jakby uznała, że rozmowa poszła w kierunku, który kazał jej zachować najwyższą czujność.

– Pytałem o coś – dodałem bardziej stanowczo, patrząc na Prokockiego.

Ten skrzyżował ręce na karku, a potem obrócił się w lewo, ku ścieżce prowadzącej do wałów przeciwpowodziowych. Wszyscy skierowaliśmy wzrok w tamtą stronę, a po chwili uświadomiliśmy sobie, że w istocie na kogoś czekaliśmy.

Kogoś, kto miał wszystkie odpowiedzi.

Kiedy Ewa wyszła zza przęsła, serce mi się zatrzymało.

12

Nie wyglądała tak, jak pamiętałem. I nie tak, jak sobie wyobrażałem.

Różniła się od…

Od kogo? Od czego? Od mojego własnego wyobrażenia o tym, jak będzie wyglądała po tych wszystkich latach? Od Kasandry, której fizys zacząłem utożsamiać z moją zaginioną narzeczoną?

Na nagraniach nie widać było jej dokładnie, ale z pewnością przypominała na nich bardziej siebie. A przynajmniej tę wersję, którą miałem w pamięci.

Ewa, która pojawiła się nagle pod mostem Pajęczym, była zupełnie inna. Zmieniła kolor włosów, owal jej twarzy różnił się od tego, który znałem, nosiła ubranie zupełnie do niej niepasujące i nie pachniała tak, jak pamiętałem. Jej wzrok wydawał się obcy, mowa ciała zupełnie niezrozumiała, a sposób poruszania się – sztuczny i pozowany.

Jedyne, co rozpoznawałem, to usta. Znałem doskonale ich obrys, każdy szczegół i każdą niedoskonałość.

Podniosłem się powoli, ale zaraz nogi się pode mną ugięły. Ojciec Antoni przytrzymał mnie i mówił coś, czego nie rozumiałem. Dudnienie, które przed momentem słyszałem, teraz zdawało się wrócić z większą mocą i odbijać paraliżującym echem w moim umyśle.

Patrzyłem na Ewę, widziałem, że porusza ustami, ale żadne słowa do mnie nie docierały.

Dopiero po chwili z tego, co mówiła, zaczęło przebijać się to jedno, dobrze mi znane słowo.

Tygrysie.

Intonacja, ułożenie ust, spojrzenie. Wszystko się zgadzało. Wszystko należało do Ewy, którą znałem. Mojej Ewy. Tyle że zdawało się to jedynie maską nałożoną na twarz kogoś, kto tak naprawdę nie jest tamtą osobą.

Antoni pomógł mi na powrót usiąść. Nie byłem w stanie ustać.

Kliza podeszła do mnie, położyła mi rękę na ramieniu i próbowała pochwycić moje rozbiegane spojrzenie. W końcu poklepała mnie lekko po policzku, jakbym rzeczywiście potrzebował cucenia.

– Jak... – wydusiłem.

Popatrzyłem na Prokockiego. Człowieka, który od roku zapewniał mnie, że moja narzeczona nie żyje. Miał kamienny wyraz twarzy, nie zdradzał jakichkolwiek emocji. Podobnie zachowywała się cała reszta, z wyjątkiem mnie i Klizy.

– Nie... nie rozumiem... – szepnąłem.

Co innego mogłem powiedzieć?

Owszem, przez cały ten czas przekonywałem samego siebie, że Ewa żyje, ale dotychczas była to tylko ulotna autosugestia. Teraz mierzyłem się z rzeczywistością. I z faktem, że Ewa naprawdę ukrywała się gdzieś przez jedenaście lat.

Odłożyła parasol, z którym przyszła, a potem zbliżyła się do mnie ostrożnie, jakby obawiała się, że mnie spłoszy. Przykucnęła przede mną i popatrzyła mi prosto w oczy. Odniosłem wrażenie, że stara się przekonać mnie, iż naprawdę tutaj jest. Na wyciągnięcie ręki. W końcu, po tak długim czasie.

Ale dlaczego w takim razie czułem, że dystans dzielący nas jest większy niż kiedykolwiek?

– Damian? – odezwała się niepewnie.

Mówiła jak do szaleńca, któremu nie założono kaftana bezpieczeństwa, choć powinno się to zrobić. Potrząsnąłem głową, uznając, że to porównanie wcale nie jest tak dalekie od prawdy, jak chciałbym.

– Skąd... jak... – wydukałem.

– Wszystko ci wyjaśnię.

– Ale...

– Musisz tylko się uspokoić.

Jej ręka drgnęła, jakby Ewa zamierzała położyć ją na mojej dłoni, ale w ostatniej chwili się rozmyśliła. Byłem jej za to wdzięczny. Gdyby teraz doszło do jakiegokolwiek kontaktu fizycznego, choćby muśnięcia, chyba zerwałbym się na równe nogi i uciekł.

Nie rozumiałem swojej reakcji. Nie spodziewałem się, że będzie tak wyglądała.

Niezliczenie wiele razy rozgrywałem tę sytuację w głowie, marząc o ponownym spotkaniu. Każdy scenariusz wyglądał zupełnie inaczej od tego. W jednym rzucała mi się na szyję, w innym ja brałem ją mocno w ramiona i podnosiłem.

Żaden nie zakładał, że jej bliskość będzie budziła we mnie głęboki niepokój.

To nie było wymarzone spotkanie po latach. Ale nic w tej sytuacji takie nie było.

– Boże… – powiedziałem cicho i zamknąłem oczy. – Musisz… musisz mi wszystko…

– O wszystkim ci opowiem – zapewniła po raz kolejny.

Przesunąłem dłońmi po włosach i potarłem nerwowo kark.

– Co się z tobą działo? – zapytałem. – Gdzie byłaś? Dlaczego nie…

– Dowiesz się wszystkiego, Tygrysie. Obiecuję.

Mogła zapewniać mnie bez końca – i tak nie byłem gotów uwierzyć, że ostatecznie poznam całą prawdę. Po tych wszystkich kłamstwach, manipulacjach i błędnych tropach dotarcie do celu wydawało się po prostu niemożliwe.

A mimo to Ewa znajdowała się tuż przede mną. Gotowa opowiedzieć mi całą swoją historię. Tym razem prawdziwą.

13

Potrzebowałem trochę czasu, by w końcu dojść do siebie. Po moich gorączkowych pytaniach, czy wszystko z nią w porządku, i jej uspokajających zapewnieniach, że tak, w końcu zapanowałem nad emocjami. Przynajmniej na tyle, by wysłuchać, co ma mi do powiedzenia.

Pytań, które cisnęły mi się usta, było zbyt wiele. Gdyby tylko pozwoliła mi przejąć inicjatywę, zalałbym ją nimi i nie dał czasu na to, by odpowiedziała na którekolwiek z nich. Szczęśliwie była tego świadoma.

Pozostali milczeli, ale ich obecność była nieodzowna. Być może to właśnie ona sprawiała, że nie rzuciłem się na Ewę jak na poszukiwany przez całe życie skarb i nie próbowałem przekonać się na wszelkie możliwe sposoby, że istnieje naprawdę.

– Jak wiele mu ojciec powiedział? – zwróciła się do Antoniego.

– Właściwie tylko tyle, że Jonatan ukrywał swoją orientację przed wszystkimi oprócz mnie i Dawida.

– A jeśli chodzi o... – Urwała i rozejrzała się dookoła. – O wydarzenia tutaj?

– Nie zdążyłem.

Odniosłem wrażenie, że z trudem przyszło jej przełknięcie śliny. Patrzyła na okolicę, jakby wiązała się z jakimiś traumatycznymi wydarzeniami.

Ale tutaj przecież nic jej się nie przydarzyło. To, co zniszczyło nasze życie, miało miejsce przy innej odnodze przecinającej miasto rzeki. Niedaleko, w linii prostej może dwa kilometry stąd, ale nie tutaj. Tu w ogóle nie powinno jej być.

Zamrugałem niecierpliwie i nabrałem głęboko tchu.

– Może to i dobrze – odezwał się Antoni. – Lepiej, żebyś ty mu wszystko przedstawiła.

Pokiwała głową w zamyśleniu, a potem przysunęła się nieco.

To był ten moment. Ta jedna chwila, na którą czekałem. Ta, w której dowiem się, co się wydarzyło.

Ewa popatrzyła po wszystkich zebranych, a potem wbiła wzrok we mnie.

– To, co usłyszysz, może okazać się...

– Po prostu mów – uciąłem.

Skinęła głową, a mnie przez moment wydało się, że to ja kontroluję tę sytuację.

– Bywaliśmy tutaj dość często – zaczęła. – Z Kappy to kwadrans na piechotę, a szybkim krokiem znacznie mniej. Miejscówka była dobra jak każda inna, szczególnie dla dzieciaków chcących się napić, zapalić...

Zawiesiła głos, a ja nie mogłem opędzić się od wrażenia, że rzeczywistość właśnie daje mi mocno po dupie. Sam fakt, że Ewa wspomniała o świetlicy jako o Kappie, w zupełności wystarczał, bym uznał, że spędzała tam czas. Bez mojej wiedzy. Nie, właściwie gorzej – ukrywając to przede mną z jakiegoś powodu.

Miałem zamiar pozwolić jej mówić. Nie mogłem jednak tego tak po prostu zignorować i pozwolić jej przejść dalej.

– Dlaczego mi o tym nie powiedziałaś? – spytałem.

Ściągnęła brwi, nie wiedząc, do czego się odnoszę.

– O tym, że bywałaś w Kappie.

– Zaraz do tego dojdę, Tygrysie, ale...

– Nie – uciąłem. – Powiedz mi teraz.

Posłała mi długie, pełne zawodu spojrzenie, jakby rzucała na mnie cień.

– I nie nazywaj mnie tak – dodałem. – Przynajmniej tyle możesz dla mnie w tej chwili zrobić.

Znów potwierdziła zdawkowym ruchem głowy, nie dając po sobie poznać, czy usłyszenie tych słów było dla niej tak samo bolesne, jak dla mnie ich wypowiedzenie. Czułem jednak, że musiałem to zrobić.

– W porządku – powiedziała.

Długo zbierała się w sobie, by kontynuować.

– Nie powiedziałam ci o moich wizytach w Kappie, bo spotykałam się tam z Blitzem.

– Spotykałaś w sensie...

– Mieliśmy romans.

Poczułem, że zaschło mi w gardle.

– O ile można to w ten sposób nazwać, kiedy dwoje ludzi ma kilkanaście lat i...

– Chyba żartujesz.

Spuściła wzrok i westchnęła. Przeszło mi przez myśl, że nie tylko ja, ale także ona rozgrywała to spotkanie w myślach od wielu lat. I z pewnością nie przebiegało teraz tak, jak sobie to założyła.

– Byliśmy głupi – odezwała się. – Młodzi, bezrefleksyjni i po prostu...

Wzruszyła ramionami, ale bez cienia nonszalancji.

– Robiliśmy głupie rzeczy – dodała. – Z pewnością nie byliśmy jedyni.

– Chcesz mi powiedzieć...

– Zdradziłam cię, Damian. Tak.

Nie to chciałem usłyszeć. A ona nie to chciała mi powiedzieć. I może właśnie z tej przyczyny od tego zaczęliśmy.

Czy naprawdę się tego nie spodziewałem? Kiedy tylko okazało się, że spotykała się z innymi w Kappie, a mnie nic o tym nie mówiła, romans zdawał się najlogiczniejszym wnioskiem. Ale nie dopuszczałem go do siebie aż do teraz.

– Ty... ty i Blitz? – zapytałem. – Przecież to... przecież wy...

Uświadomiłem sobie, że całe napięcie w ich relacjach, które miało miejsce po liceum, musiało być rezultatem tego romansu. Być może krótkiego, ale realnego, bez względu na to, ile lat mieli i kiedy się zaczął.

Czy był to pierwszy raz w historii, kiedy wśród trojga dobrych znajomych dochodzi do takiej sytuacji? Nie, z pewnością nie. W świecie nastolatków to właściwie norma i przypuszczałem, że wówczas nikt nie zżymał się na myśl, że Ewa może zamienić mnie na Blitzera.

– To nie trwało długo – dodała. – Skończyło się zaraz po wydarzeniach, które rozegrały się tutaj.

Jej słowa znów coraz słabiej do mnie docierały. Poczucie szoku wracało, ale robiłem wszystko, by się z niego otrząsnąć.

– Blitz przez długi czas miał wyrzuty sumienia, chciał ci o wszystkim powiedzieć.

Nie odzywałem się. Dotarło do mnie, że właśnie ten żal sprawił, iż wbrew wszelkiej logice Blitzkrieg uparcie utrzymywał ze mną kontakt. Przychodził do knajp, w których pracowałem, starał się pomóc mi na wszelkie możliwe sposoby. A potem robił wszystko, by Ewa się odnalazła.

Był babiarzem, nigdy nie miałem co do tego wątpliwości. Był też jednak przyjacielem, lepszym niż ktokolwiek, kogo w życiu spotkałem. Czy fakt, że jako gówniarz wdał się w krótki romans z moją ówczesną dziewczyną, to zmieniał?

– I zrobilibyśmy to, Damian. Przysięgam, że powiedzielibyśmy ci o wszystkim...

– Ale?

– Ale nie mogliśmy przez to, co się tutaj stało – odparła.

Kątem oka dostrzegłem, jak Prokocki kiwa głową.

– A co się stało? – odezwała się w końcu Kliza, tym samym przypominając mi, że nie jestem tutaj sam z Ewą. I że czas najwyższy, by dowiedzieć się konkretów. Nie o tym, kto z kim za młodu, ale o tym, co się naprawdę wydarzyło.

Ewa podniosła się, a potem wepchnęła dłonie do kieszeni jasnych, opinających uda dżinsów.

– Jak mówiłam, przychodziliśmy tu czasem pić – powiedziała, a ja miałem wrażenie, jakbym słuchał zupełnie innej osoby. – Tamtej pechowej nocy, gdy wszystko się zawaliło...

– Kiedy to było? – wtrąciła Jola.

– Pod koniec lat dziewięćdziesiątych.

– I co się zawaliło?

Kliza podjęła decyzję, by przejąć inicjatywę, a ja nie miałem nic przeciwko temu.

– Wszystko – odparła Ewa. – Całe nasze życie, nasza przyszłość. Po tamtej nocy już nic nigdy nie było takie samo.

Ściągnęła ramiona i wsunęła ręce głębiej do kieszeni.

– Byliśmy tutaj w szóstkę – dodała. – Ja, Blitz, Electra, Karolina, Jonatan i Dawid. Piliśmy tanie wino, paliliśmy ohydne papierosy i żartowaliśmy ze wszystkiego, co tylko przyszło nam na myśl. Siedzieliśmy pod mostem, ale czuliśmy się panami świata. Jakbyśmy mogli wszystko.

Zmrużyłem oczy.

– Jonatan pił najmniej, jak zwykle. Może z powodu swojej religijności, a może dlatego, że był po jednej z najszczerszych rozmów z ojcem Antonim.

Razem z Jolą spojrzeliśmy na duchownego, a ten skinął głową.

– Przekonałem go, że nie może dłużej żyć w kłamstwie – podjął temat. – I Jonatan postanowił, że powie swojej rodzinie o Dawidzie. Wyjaśni im wszystko i razem zrobimy, co w naszej mocy, by jego matka i ojciec to przyjęli.

– I? – spytała Kliza. – Udało się?

– Nigdy nawet do tego nie doszło – włączyła się Ewa. – Bo zanim Jonatan poinformował o wszystkim swoją rodzinę, powiedział nam.

Wstrzymała oddech, a potem wskazała ręką miejsce tuż przed stopniem wodnym, przez który przelewały się spiętrzone fale.

– Dokładnie tam – powiedziała. – Początkowo myśleliśmy, że to jakiś żart, w głowie nam się nie mieściło, że Jonatan może być gejem, że oni obydwaj mają inną orientację... i że są razem.

Nie dziwiłem się. Była końcówka lat dziewięćdziesiątych, w telewizji wieczorami kontrowersje budziła *Filadelfia* z Tomem Hanksem w roli chorego na AIDS geja. O produkcjach typu *Współczesna rodzina* czy *Orange Is the New Black* nikt nie śmiał nawet pomyśleć. Ellen DeGeneres dopiero co ujawniła się jako lesbijka, i to w Stanach, gdzie panował zupełnie inny klimat społeczno-polityczny niż w Polsce. Hillary Clinton dopiero myślała o tym, czy w przyszłości nie zaryzykować i jako była pierwsza dama wziąć udział w marszu równości. W Holandii małżeństwa tej samej płci nie były jeszcze legalne, a w Polsce od wybrania pierwszego geja na posła dzieliło nas jeszcze kilkanaście lat.

Dziś na młodzieży oglądającej seriale na Netflixie, w których większa część bohaterów często nie jest heteroseksualna, wyznanie Jonatana nie zrobiłoby żadnego wrażenia. Wtedy jednak było inaczej.

– Kiedy nam o tym powiedzieli, zaczęliśmy sobie kpić, sam rozumiesz... – ciągnęła Ewa. – Byliśmy wstawieni i niegotowi na to, co Jonatan z Dawidem próbowali nam wytłumaczyć. Otworzyli się, a my mieliśmy po prostu używanie. Kiedy złapali się za ręce, zaczęliśmy szydzić sobie z nich jeszcze bardziej.

Na moment urwała i pokręciła głową, patrząc w pianę targaną nurtem rzeki. Potem skierowała wzrok na mnie.

– Wiesz, jak niewiele potrzeba, żeby zniszczyć marzenie kogoś, kto latami je budował? – spytała. – Bo to właśnie robił Jonatan. Nie chciał żyć z tym w tajemnicy przed innymi, czekał na to, aż będzie gotowy wyznać prawdę. I wreszcie tamtej nocy, dzięki ojcu Antoniemu, to zrobił.

– A my zrównaliśmy go z błotem – dodała Electra. – Zrobiliśmy po nich pojazd do woli.

– Szydziliśmy z niego, z Dawida, z ich związku, seksu... ze wszystkiego, co przyszło nam na myśl – ciągnęła Ewa. – Sytuacja szybko wymknęła się spod kontroli. Doszło do przepychanki... szarpaniny...

Znów wbiła wzrok w miejsce tuż nad brzegiem rzeki.

– I? – odezwała się Kliza. – Co konkretnie się stało?

Mogliśmy już odpowiedzieć sobie na to pytanie, przynajmniej oględnie. Potrzebowaliśmy jednak ostatecznego potwierdzenia, z którym nikt się nie spieszył.

– Blitz przesadził z jakimś komentarzem, Dawid próbował mu przypierdolić – zabrała głos Falkowska. – Wymienili parę ciosów, Ewa się w to wszystko wmieszała i... ech.

– I to był kluczowy moment – dokończyła za nią sama Ewa. – Rzuciłam się na Dawida, on mnie odepchnął i stracił kontrolę. W momencie gdy niemal mnie uderzył, Jonatan złapał go za fraki i szarpnął... za mocno... pechowo...

Nie odrywała wzroku od Kanału Ulgi.

– Dawid Kaływak wpadł do rzeki? – upewniła się Jola.

– Tak – potwierdziła Ewa. – Próbowaliśmy go ratować, ale nurt był zbyt silny... Pobiegliśmy wzdłuż brzegu ile sił, a potem...

Widziałem, z jakim trudem mówiła, i nie chciałem zmuszać jej do tego, by ciągnęła to choćby chwilę dłużej.

– Dwa, trzy kilometry dalej jacyś ludzie go zobaczyli – dodała, oddychając nierówno, jakby na nowo to wszystko przeżywała. – Wyciągnęli go z wody, ale było za późno. Dawid już nie żył.

Próbowałem przypomnieć sobie, czy w lokalnych mediach wówczas o tym mówiono. Nie kojarzyłem imienia i nazwiska, nie pamiętałem, bym kiedykolwiek słyszał o jakimś wypadku nad Kanałem Ulgi.

Nie dziwiło mnie to. Ilu nastolatków rzuca się pod pociąg, a potem słuch o nich ginie? Na zdawkowy nagłówek w miejscowych gazetach zwracają uwagę jedynie znajomi i rodzina. Podobnie jest w przypadku utonięć. Na każde sto tysięcy obywateli w Polsce dwie osoby giną właśnie w taki sposób. To plaga, przez którą przypadki takie jak ten Dawida Kałwaka gubią się gdzieś w bezdusznych statystykach.

– Co zrobiliście? – spytała Kliza.

– Jedyne, co mogli – odezwał się Antoni. – Przyszli do mnie.

– A ksiądz kazał im wszystko...

– Niczego im nie kazałem – zastrzegł. – Oprócz tego, by odczekali do rana i poszukali pomocy w modlitwie.

– I? Co to zmieniło?

Ewa obróciła się i zrobiła krok w naszą stronę.

– Rankiem policja znalazła w mieszkaniu Dawida list pożegnalny – odezwała się.

– Spreparowaliście...

– Boże, nie – ucięła. – Napisał go o wiele wcześniej, kiedy przeżywał kryzys i nie mógł poradzić sobie z otaczającym światem. Rok lub dwa przed tym wypadkiem... I nigdy nie miał zamiaru naprawdę odebrać sobie życia. Ale to nie miało znaczenia.

– Więc śledczy zakwalifikowali to jako samobójstwo? – spytała Jola.

– Tak. Uznali, że skoczył z mostu Pajęczego.

– Przecież to...

Zawiesiła głos i nagle zrozumiała, że obecność Prokockiego nie jest przypadkowa. Spojrzeliśmy na niego, a on nabrał głęboko tchu. Było jasne, że pomógł im w uniknięciu odpowiedzialności.

Znał Jonatana Falkowa prawdopodobnie lepiej, niż sądziłem. Być może łączyły go z księdzem więzi, o których nie wiedziałem. Czekałem, aż to wyjaśni, ale podkomisarz najwyraźniej nie miał zamiaru tego robić. Ja zaś nie planowałem naciskać, bo jego motywacje były dla mnie w tej chwili sprawą drugorzędną.

– Co stało się potem? – zapytałem.

– A jak myślisz? – odparła Electra. – Każdy wrócił do swojego życia.

– Przynajmniej na tyle, na ile potrafił – dodała Ewa. – Ja zakończyłam to, co było między mną i Blitzem, i…

– I wróciłaś do mnie.

– Nigdy od ciebie nie odeszłam, Tygrysie.

Skrzywiłem się zarówno z powodu tej deklaracji, jak i określenia, którego użyła. Przez głowę przemknęła mi natrętna, absurdalna myśl, że bardziej naturalnie brzmi, kiedy pada z ust Kasandry.

Ewa uniosła przepraszająco dłonie.

– Wtedy może rzeczywiście nie odeszłaś – przyznałem. – Ale później najwyraźniej tak.

– Nie miałam wyjścia.

– Bo?

Znów przykucnęła przed nami, a potem spojrzała z niepokojem na zegarek. Zrozumiałem, że zagrożenie, z powodu którego ukrywała się przez te wszystkie lata, może wciąż istnieć. A ona ryzykuje, zostając tutaj tak długo.

– Spieszy ci się gdzieś? – rzuciła Kliza.

– Nie. Ale obawiam się, że nie mamy już wiele czasu.

– W takim razie wygospodaruj go więcej – odparowała Jola i wskazała na mnie. – Jesteś mu winna znacznie więcej niż kwadrans wyjaśnień.

– Wiem.

Chciałem zasugerować, że nie pora na utarczki słowne, ale nie było potrzeby. Widziałem, że Ewa miała zamiar kontynuować.

– Wszyscy jakoś ułożyliśmy sobie życie, w pewien sposób pogodziliśmy się z tym, co się stało. Latami jednak ciągnęło się to za nami jak upiorne widmo…

– Niektórzy bali się, że prawda wyjdzie na jaw – dodała Karolina.

– A inni stopniowo odchodzili od zmysłów – uzupełniła Ewa. – I tak właśnie stało się z Jonatanem. Widzieliśmy, że jest z nim coraz gorzej, ale… nikt nie przypuszczał, że aż tak.

– Mów za siebie – wtrąciła Electra. – Ja od początku mówiłam, że tak będzie. I na jego miejscu pewnie skończyłabym tak samo. Zabrałaś mu wszystko, co miał, i to w momencie gdy…

– Ja?

– Gdybyś się wtedy nie włączyła w tę szarpaninę, do niczego by nie doszło.

Ojciec Antoni podniósł się, skupiając na sobie uwagę wszystkich.

– To nie była jej wina – odezwał się. – Ani jej, ani żadnego z was. Doszło do nieszczęśliwego wypadku, a tym, co później zrobił Jonatan, nikogo nie można obarczać.

– Oprócz niego – zauważyła Falkowska.

Miałem wrażenie, że w końcu docieramy do sedna.

– Co zrobił? – zapytałem.

Nie musiałem nawet patrzeć na twarz mojej narzeczonej… nie, byłej narzeczonej… by wiedzieć, że to, co zaraz mi przekaże, będzie najtrudniejszym wyznaniem w jej życiu.

– Stopniowo zaczął tracić kontrolę... – podjęła. – Przyszłość, którą miał w zasięgu, nagle wymknęła mu się z rąk. W jednej chwili stracił wszystko, ale był to tylko początek jego drogi do szaleństwa...

– Co zrobił? – powtórzyłem.

Zanim Ewa zdążyła odpowiedzieć, rozległ się dwukrotny dźwięk klaksonu. Prokocki zbliżył się do nas, podciągnął rękaw i postukał nerwowo w zegarek.

– Czas na nas – oznajmił.

14

Nie zastanawiając się nad tym ani chwili, złapałem Ewę za rękę i lekko przyciągnąłem do siebie. Wzdrygnęła się jak oparzona, a potem wbiła wzrok prosto w moje oczy. Nie miałem zamiaru puszczać, dopóki nie wyjaśni mi wszystkiego do końca.

– To on za wszystko odpowiada? – zapytałem.

– Tak – odpowiedział za nią podkomisarz. – Zupełnie mu odbiło.

– Tak nagle, po tylu latach?

– Staczał się systematycznie, Wern – dodała Ewa.

Mimo woli ją puściłem i machinalnie cofnąłem się o kilka kroków.

– Co się stało? – zapytała, marszcząc czoło.

Sam mogłem zadać sobie to samo pytanie. Dopiero po chwili zorientowałem się, że była to reakcja na określenie, którego użyła. Nigdy nie mówiła do mnie w ten sposób, skrót od nazwiska wymyśliła Kliza podczas naszej pierwszej rozmowy na RIC, potem przejęła go Kasandra. A teraz z jakiegoś powodu zupełnie bezwiednie użyła go Ewa.

Coś było nie w porządku. I to pomijając wszystkie te rzeczy, o których usłyszałem, a także i te, które mogłem sobie dopowiedzieć. Było coś jeszcze.

– Kompletnie mu odjebało – dodała z przyganą w głosie Falkowska. – Zaczął obwiniać Ewę za to wszystko, co się tutaj wydarzyło.

– Ją i Blitza – dodała Electra.

Wciąż patrzyłem na moją byłą narzeczoną, starając się stwierdzić, co tak naprawdę się dzieje. Milczała, dostrzegając, że coś jest nie tak.

– Musimy iść – rzucił Prokocki, rozglądając się. – Każda chwila tutaj to…

– Poczekaj – przerwała mu Ewa, a potem wyciągnęła do mnie dłoń.

Zignorowałem to, a ona po chwili cofnęła rękę.

– Wern…

– Dlaczego tak mnie nazywasz? – spytałem tak wrogim tonem, że zaskoczył nawet mnie samego. – Nigdy wcześniej tego nie robiłaś.

Wgłębienie między jej oczami stało się jeszcze bardziej wydatne, jakby coś sprawiało jej fizyczny ból.

– Bo oni wszyscy tak na ciebie mówią – powiedziała cicho. – A ja od pewnego czasu wiem o tobie tylko dzięki nim. Poznaję ciebie na nowo dzięki nim. To oni są moim oknem, przez które mogę spojrzeć na twój świat i…

– To znaczy? Kogo masz na myśli?

Potrząsnęła głową, wyraźnie niezadowolona z tego, że rozmowa meandruje. Upomniałem się w duchu, że jeśli będę skupiać się na detalach, nie poznam całego obrazu. A to na nim mi teraz najbardziej zależało.

– Mniejsza z tym – rzuciłem. – Więc to wszystko, co się stało... wszystko, co nas spotkało, było zemstą Falkowa?

Ewa lekko pokiwała głową.

– Stracił nad sobą kontrolę – powiedziała. – Sam nie rozumie już nawet, co jest moralne, a co nie. Dawno zatarła się w nim granica między dobrem i złem. I przez to...

– Co? To on najął tamtych ludzi na Loży Szyderców?

Cios był dotkliwy, Ewa wyraźnie go odczuła.

– Tak – przyznała. – Chciał odpłacić mi za to, co go spotkało. To we mnie przez te wszystkie lata widział główną winowajczynię...

I najwyraźniej jego narracja przeniknęła do grupy, bo przed momentem odniosłem wrażenie, że Karolina i Electra podzielają podejście Jonatana.

– Nie wiem, co zaplanował wcześniej, a co realizował naprędce, targany emocjami, z którymi nie potrafił sobie poradzić...

– Mówisz, jakby to nie była jego wina.

– Poniekąd nie była.

Odwróciłem się do niej plecami i spojrzałem na Klizę. Jej twarz wyrażała jedynie bezradność. Chciała mi pomóc – w zrozumieniu, w wyciągnięciu z Ewy kolejnych informacji, we wszystkim – ale nie miała pojęcia jak.

– Postaw się w jego sytuacji.

– Stawiam się, ale...

– Ale nigdy do końca ci się to nie uda – przerwała mi Ewa. – Bo musiałbyś najpierw przeżyć lata w negacji, potem równie długo walczyć o to, by jakoś sobie z tym poradzić, a w końcu doświadczyć upragnionej, wewnętrznej akceptacji i nadziei na to, że wszystko się ułoży.

Może rzeczywiście tak wyglądała droga Jonatana. I może pod mostem Pajęczym nagle zakończyła się niczym czołowe zderzenie z pędzącą wprost na niego ciężarówką. To jednak nie usprawiedliwiało szaleństwa, w które popadł. Nic nie mogło.

– Chciał mnie ukarać – dodała matowym głosem Ewa, a jej spojrzenie stało się puste. – Od tego zaczął. Dziś nie wydaje mi się, żeby był gotów posunąć się dalej, ale wtedy... Boże, byłam pewna, że to dopiero początek. Że zabije najpierw ciebie, a potem mnie.

– I dlatego uciekłaś?

Jeszcze godzinę temu wydawałoby mi się to nie do uwierzenia. Moja Ewa miałaby ot tak uciec? Bo się bała? Niezmuszana przez nikogo, miałaby po prostu mnie zostawić? Z własnej woli?

Mnie? Człowieka, bez którego nie wyobrażała sobie życia? Z którym była związana od lat i całkowicie przez ten czas mu oddana?

Teraz musiałem zweryfikować tamte założenia. Od początku były błędne.

– Nie potrafiłam wrócić do dawnego życia – powiedziała. – Po prostu nie potrafiłam.

Czułem, że chciałaby rozwinąć i opisać mi to, co musiała wtedy odczuwać. Irracjonalny, zupełnie absurdalny wstyd, który pojawiał się u wielu zgwałconych kobiet. Przemożne poczucie zagrożenia. Obawę, że to dopiero początek zemsty Falkowa.

Nie powiedziała mi jednak o żadnej z tych rzeczy. Mając świadomość nieubłaganie uciekającego czasu, zaczęła szybko opowiadać, jak zwróciła się o pomoc do Antoniego, a ten skontaktował się z Prokockim.

Podkomisarz ostatecznie poznał całą historię. Czuł się odpowiedzialny za swojego podkomendnego, ale nie zamierzał działać zbyt pochopnie. Dowodów właściwie nie było, a rzucanie bezpodstawnych oskarżeń nie mogło skutkować niczym dobrym.

Słuchałem jej relacji, ale miałem wrażenie, że wypowiada słowa ułożone przez rzecznika policji. W mediach nie raz i nie dwa pojawiały się podobne formułki – zazwyczaj, kiedy było już za późno, ktoś ocknął się po fakcie i pozostało jedynie próbować jakoś się usprawiedliwić.

W rzeczywistości opisywała mi nic innego jak modelowy przykład krycia swoich i zamiatania brudów pod dywan.

Prokocki zadbał o to, by Ewa znikła, zaczęła nowe życie i nigdy nie zagroziła żadnemu policjantowi swoimi zeznaniami. Wmówił jej, że tak będzie najlepiej, że dzięki temu ją ochroni. Dodał zapewne, że i tak nie ma żadnych dowodów, więc ostatecznie wszystko sprowadzi się do słowu przeciwko słowu. A te wypowiadane przez człowieka w mundurze będą miały większą wartość.

Dlatego trzymał ją z daleka od wszystkiego, a ostatecznie upozorował odnalezienie zwłok na wyspie Bolko. Nie chronił jej przed żadnym zagrożeniem ze strony Kajmana, bo takie zwyczajnie nie istniało.

To ona była zagrożeniem dla nich.

Kiedy to zrozumiałem, dotarło do mnie, że Ewa tak naprawdę nie znikła z własnej woli.

Była ofiarą, tylko sama o tym nie wiedziała.

– Skurwysyny… – szepnąłem, a potem popatrzyłem na podkomisarza. – To wszystko…

– Owszem, popełniliśmy błędy – uciął Prokocki, odkładając butelkę na skarpę. – Ale teraz chcemy je naprawić.

– Naprawić? – syknąłem. – Mój przyjaciel przez ciebie zginął.

Funkcjonariusz stanął obok Ewy i dopiero kiedy położył jej rękę na plecach, w jej oczach znowu pojawiła się iskra świadcząca o tym, że do nas wróciła.

– Wern... – szepnęła. – Tygrysie...

– To wy sprowadziliście to wszystko na Blitza – dodałem. – To wszystko wasza wina...

Najgorsze było to, że żadne z nich nie wydawało się przyjmować tego do wiadomości. Na ich twarzach nie widziałem nawet cienia wyrzutów sumienia.

– To nie tak... – odezwała się Ewa. – Wszystko byłoby dobrze, gdyby tylko...

– Co? Gdybym cię nie szukał?

– Nie. Akurat to nie mogło doprowadzić do żadnych kłopotów.

Oczywiście, że nie. Prokocki czuwał nad tym, żeby przez dziesięć lat nikt nie dotarł do konkretów. Pilnował, by nikt nie wpadł na trop tego, co naprawdę się wydarzyło.

– Problem pojawił się dopiero rok temu – odezwał się policjant. – Kiedy Kasandra postanowiła wykorzystać tę sytuację.

Kliza stanęła obok mnie, jakby uznała, że przyda mi się wsparcie. Ona rozumiała już wszystko, ja dopiero składałem to w logiczny obraz.

– To ona wyzwoliła całą lawinę zdarzeń – dodała Ewa. – Znalazła kasety w Obicach i...

– Na których opowiadasz o Kajmanie.

– To była wersja dla ciebie – powiedziała, uciekając wzrokiem. – Miała przekonać cię, że...

Nie potrafiła dokończyć, a ja nie chciałem, by to robiła. Cały czas pamiętałem, co Prokocki powiedział mi za punktem ksero. Sugerował, że Ewa uroiła sobie Kajmana. Może żeby poradzić sobie z traumą z Loży Szyderców, a może z innego, bardziej pragmatycznego względu.

– Kasandra wykorzystała moje nagrania. Wmówiła ci, że to wszystko prawda. Zmanipulowała cię i pokierowała tobą tak, żebyś pomógł zrealizować jej cele.

Nie byłem gotowy w to wszystko uwierzyć, ale jednocześnie wiedziałem, że powinienem. Nie miałem powodu, by ufać Kasandrze. Ewie na tym etapie również nie – tyle że w głębi ducha czułem, że to jej wersja jest prawdziwa.

Los dołożył mi dwukrotnie. Najpierw za sprawą jednej, a potem drugiej kobiety. Obydwie pokazały mi, jak łatwo sterować okrętem, który w żaglach ma tęsknotę i dążenie do prawdy.

– Blitz wiedział, co się stało lata temu – kontynuowała Ewa. – I Falkow zdawał sobie sprawę, że niewiele czasu minie, zanim odkryje, że moje zaginięcie miało związek z wydarzeniami nad Kanałem Ulgi.

– To on go zabił? – spytałem, choć tak naprawdę nie musiałem.

Prokocki potwierdził skinieniem głowy.

– Zatarł wszystkie ślady – dodał. – Niczego nie mógłbym mu udowodnić. Ale teraz sytuacja jest inna.

– Dlaczego?

Zerknął na Klizę, a potem z powrotem na mnie.

– Na kasecie, której nie udało wam się odtworzyć, jest wszystko to, co Ewa wam przed chwilą powiedziała – oświadczył. –

Całe zeznanie. Potwierdzą je osoby, do których dotarliście na własną rękę.

Obrzuciłem wzrokiem wszystkich, którzy znajdowali się pod mostem.

Nie odzywaliśmy się. Z oddali znów doszedł dźwięk klaksonu.

– Macie wszystko, czego potrzebujecie – dodał podkomisarz.

– Oprócz bezpośrednich dowodów.

– Nie są wam potrzebne.

– Nie? – spytałem z powątpiewaniem. – A moim zdaniem...

– Nie interesuje mnie twoje zdanie – uciął. – Jak tylko dostaniecie naprawioną taśmę, zacznijcie działać.

– To nie wystarczy do skazania.

– Tym się nie przejmuj. Zadbaliśmy o to, by wystarczyło.

W jego głosie nie brakowało pewności, ale wydawało mi się, że jest ona kompletnie nieuzasadniona. Nie miałem jednak czasu na kłótnie, bo kiedy Ewa znów zerknęła na zegarek, wiedziałem, że nasz czas dobiegł końca.

Zrobiła krok w moim kierunku, ale powstrzymałem ją ruchem ręki. Jakikolwiek kontakt fizyczny, choćby podanie jej dłoni, wciąż wydawał mi się najgorszym, do czego mogłoby w tej chwili dojść.

– Może następnym razem – powiedziałem jak największy idiota.

– Nie będzie następnego razu, Tygrysie.

– Co?

– Muszę zniknąć jeszcze dzisiaj. Tak jak wtedy.

– Ale...

Ktoś z góry znów zatrąbił.

– Nie mamy czasu – powiedział Prokocki, a potem ruszył w kierunku schodków prowadzących na wał.

Ewa szybko poszła za nim, a ja uświadomiłem sobie, że to naprawdę ostatni raz, kiedy ją widzę. Zrobiłem krok w jej stronę, ale Kliza złapała mnie mocno za rękę i zatrzymała. Odwróciłem się ze złością w oczach.

– Nie idź za nią, Wern – powiedziała. – Robiłeś to już o wiele za długo.

– Muszę.

– Nie – odparła stanowczo. – Wystarczy.

Wyrwałem dłoń, obróciłem się w kierunku Ewy, ale nie ruszyłem się ani o centymetr. Zrozumiałem, że Kliza miała rację.

Zbyt długo goniłem za widmem czegoś, co wydawało mi się szczęściem. Zbyt długo łudziłem się, że mogę odbudować coś z gruzów, którymi stało się moje życie. Zbyt długo żyłem w przekonaniu, że straciłem coś wyjątkowego.

Dopiero teraz przejrzałem na oczy.

W momencie gdy Ewa znikła mi z pola widzenia, zrozumiałem, że to koniec. Nigdy więcej jej nie zobaczę, nigdy więcej nie będę się łudził, że to, co mieliśmy, było czymś najcenniejszym.

W rzeczywistości stanowiło tylko jeden z etapów w moim życiu. Teraz go zamknąłem.

I otwierałem zupełnie nowy.

ROZDZIAŁ 3

1

– Ewa? – spytałam z niedowierzaniem, patrząc na osobę siedzącą za kierownicą samochodu, który zatrzymał się obok zniszczonej wiaty autobusowej.

Mimowolnie cofnęłam się o krok w kierunku aresztu, choć nawet minimalne zbliżenie się do Zamtuza jeszcze moment wcześniej wydawało mi się ostatnim, co byłabym gotowa zrobić.

Teraz jednak miałam przed sobą ducha. Mój instynkt samozachowawczy wziął górę.

Wlepiałam w nią wzrok z powątpiewaniem, próbując wmówić sobie, że to nie ona. Nie miała prawa tutaj być. Byłam umówiona z Prokockim, to on miał odebrać mnie po wyjściu z więzienia. Tymczasem zamiast niego zjawiła się ona. I patrzyła na mnie, jakby nigdy nic. Jakbym powinna była się jej spodziewać.

– Wsiadasz? – zapytała. – Najbliższy autobus masz za godzinę.

Podeszłam do otwartej szyby.

– Zaskoczona? – dodała Ewa.

– To... to raczej gigantyczne niedomówienie.

– W takim razie jestem ci winna wyjaśnienia?

– Chyba sama możesz sobie odpowiedzieć.

– Masz rację, mogę – odparła i zerknęła kontrolnie w lusterko. – Nie jestem ci winna niczego, bo to nie ja ukradłam twoje życie, tylko odwrotnie.

Z samochodu dobiegała cicha gitarowa muzyka, a ja uświadomiłam sobie, że to nowa płyta Foo Fighters. Jakże adekwatnie. I jakże nieprzypadkowo. Nie miałam wątpliwości, że Ewa z premedytacją wybrała akurat ten album.

– Zapytam jeszcze tylko raz: wsiadasz?

– Miałam czekać na Prokockiego.

– Nie mógł się zjawić.

– I wysłał ciebie w zamian? – spytałam z niedowierzaniem. – Nie byłby tak lekkomyślny.

Ewa cmoknęła z dezaprobatą, a potem wskazała dłonią okolicę.

– Nikogo tu nie ma – oznajmiła. – Uznaliśmy, że zaryzykujemy. Ale jeśli wolisz zostać, nie ma sprawy.

Wiedziałam, że nie odjedzie beze mnie. Gdyby miała taki zamiar, dawno by to zrobiła. Poza tym byłam im niezbędna – tylko dlatego Prokocki pomógł mi opuścić więzienie.

Wsiadłam do auta, a Ewa od razu wcisnęła pedał gazu, jednocześnie zamykając okno.

– Dokąd jedziemy? – spytałam.

– Dowiesz się niedługo.

– Wolałabym teraz.

– A ja teraz wolałabym robić wiele innych rzeczy niż…

– Więc dlaczego po mnie przyjechałaś? – spytałam.

Ewa nie miała zamiaru odpowiadać. Uśmiechnęła się półgębkiem, jakby realizowała jakiś przebiegły plan. W rzeczywistości jednak była tutaj, bo ona również mnie potrzebowała, a ja pytałam tylko po to, by to przyznała. Wyraźnie jednak nie zamierzała tego zrobić.

– I po co ta ścieżka dźwiękowa? – dodałam.

– Lubię Foo Fighters. Tak jak ty.

– Szczerze mówiąc, znam tylko kilka kawałków.

– Tak? A na ich koncerty chętnie chodzisz.

Spojrzałam na nią z ukosa i nie skomentowałam. Miałam nadzieję, że nie jedziemy w zbyt odległe miejsce, bo ta podróż z pewnością nie mogła należeć do najprzyjemniejszych. Wodziłam wzrokiem po mijanych zabudowaniach i starałam się stwierdzić, gdzie się kierujemy. Znałam dobrze okolice Opola, ale tereny w pobliżu Zamtuza jedynie oględnie.

– Muszę ci oddać, że aktorką jesteś świetną – odezwała się Ewa. – Długo się przygotowywałaś do swojej życiowej roli?

Wbiłam w nią wzrok i poczekałam, aż na mnie spojrzy.

– Od kiedy mąż zaczął mnie bić.

– Ach...

– Ale właściwe przygotowania zaczęłam, kiedy uświadomiłam sobie, że na mnie się to nie skończy. I że następny będzie mój syn.

Nie odpowiedziała, a jeśli poczuła jakiś żal, to nie dała tego po sobie poznać. Zbliżałyśmy się do rogatek miasta, a ja w końcu zaczęłam lepiej orientować się w okolicy.

– Nie mogłaś wybrać kogoś innego? – odezwała się po chwili.

– Nie.

– Dlaczego?

– Z różnych względów.

Na moment obróciła głowę w moją stronę.

– To nie wystarczy – rzuciła ostro.

– Musi – odparłam. – Bo nie zamierzam się przed tobą tłumaczyć.

– Jeśli nie przede mną, to przed kim? To moją tożsamość ukradłaś.

– Sama się jej zrzekłaś.

– Jasne.

– I nie zasługujesz na prawdę. Jest tylko jedna osoba, której byłam ją winna – odpowiedziałam i na powrót skupiłam się na widoku za oknem. – I ta osoba już ją usłyszała.

Ewa zaśmiała się cicho.

– Naprawdę masz czelność… – Urwała i prychnęła. – Przecież Damian nie ma nawet pojęcia o tym, że to ty kazałaś podłożyć tę pierwszą kasetę w jego nowym mieszkaniu.

Nie odzywałam się.

– Swoją drogą, jak to osiągnęłaś?

Wciąż milczałam.

– Mamy jeszcze trochę czasu – dodała. – Równie dobrze możesz mi powiedzieć to wszystko, co wcześniej mówiłaś Tomkowi.

Potrzebowałam chwili, by zreflektować się, że mówi o Prockim.

– Zakładam, że już ci wszystko przekazał – odparłam.

– Nie miał okazji. Ma pełne ręce roboty.

– No tak.

– Przez ciebie – dodała, a potem ściszyła muzykę.

Nie mówiłam prawdy, kiedy wspomniałam jej, że znam tylko kilka kawałków Foo Fighters. Słuchałam ich zarówno podczas przygotowywania się do mojej roli, jak i później. Teraz rozpoznałam *The Line* z ostatniego albumu. Dave Grohl śpiewał o tym, że prawda jest jak ciemna, brudna chmura nagle wyłaniająca się znikąd.

– Więc? – spytała Ewa. – W jaki sposób podrzuciłaś tę kasetę? Zrobiłaś to sama?

– Nie.

– Fakt, nie było cię wtedy w Opolu. Przekupiłaś kogoś? Może samego Bronowicza po tym, jak dowiedziałaś się, że Damian chce kupić od niego mieszkanie? Na pewno trzymałaś rękę na pulsie, wiedziałaś, co robi.

Skinęłam głową.

– To potwierdzenie?

– Tak – przyznałam.

– Czego konkretnie?

– Tego, że zapłaciłam Bronowiczowi. I zafundowałam mu miesięczne wakacje w Funchal.

– Gdzie?

– Na Maderze.

– Oczywiście – odbąknęła. – Musiałaś zadbać o to, żeby Werner go nie znalazł. Przynajmniej przez jakiś czas. Aż do momentu, kiedy osiągniesz to, co sobie zamierzyłaś.

Zrobiłam głośniej, sądząc, że w ten sposób dam jej do zrozumienia, jak małą ochotę miałam, by prowadzić dalej tę rozmowę.

– Bronowicz zgodził się bez problemu? – zapytała.

– Przekonałam go, że cała sprawa z VHS to taki żart na powitanie w nowym miejscu.

– Uwierzył?

– W to? Nie wiem. W opłacenie przelotu i miesięcznego pobytu na Maderze tak.

Ewa zaśmiała się, jakby rzeczywiście doceniała to, w jak szybki i niekłopotliwy sposób uporałam się z Bronowiczem. Prawda była taka, że nie wymagało to ani wielkich nakładów, ani inwencji. Stefan całe życie spędził w Opolu, nie trzeba było wiele, bym przekonała go, że najwyższa pora, by zobaczył kawałek świata.

Zostawienie kasety i wpuszczenie Werna do piwnicy było śmiesznie małą ceną.

– Gdzie ją nagrywałaś? – zapytała Ewa, wyrywając mnie z zamyślenia.

– Hm?

– Gdzie zarejestrowałaś ten materiał? Gdzie po raz kolejny mnie udawałaś, co? – sprecyzowała, jakby ta myśl w jakiś wynaturzony sposób sprawiała jej satysfakcję.

– W Niemczech.

– Tuż przed wyjazdem?

Potwierdziłam skinieniem głowy.

– Damian cię nie rozpoznał? Nie domyślił się, że to ty, a nie ja?

– Nie – odparłam, wciąż skupiając się na widokach za oknem. Krótki pobyt w Zamtuzie wystarczył, bym doceniła nawet największą ruinę, zarośnięty trawnik czy nierówno ułożoną kostkę chodnikową.

– Brawo.

W końcu spojrzałam na Ewę.

– Jak to osiągnęłaś? – spytała.

– Na nagraniu niewiele widać. Kazałam zniekształcić obraz i zakłócić dźwięk. Na dobrą sprawę trudno rozpoznać, kto się wypowiada.

– Chyba że działa siła autosugestii.

– Mhm.

– Ułożyłaś jakąś nową, zgrabną historyjkę? – rzuciła, wciąż z lekkim uśmiechem. – Czy trzymałaś się poprzedniej wersji?

– Trzymałam się poprzedniej.

Ewa okazała teatralny podziw, choć nie było w tym ani cienia realnego uznania. Zagwizdała cicho, a potem zjechała z głównej drogi. Nie przekraczała dozwolonej prędkości, przez co jechałyśmy wolniej od innych uczestników ruchu.

– Naprawdę masz tupet – odezwała się. – Nie dość, że znów się pode mnie podszyłaś, to jeszcze przekonałaś Damiana, że to nagrana przeze mnie kaseta, zostawiona na jakimś zadupiu. Brawo. Naprawdę.

– Wern uwierzył w to tylko dlatego, że…

– Wern, Wern, Wern – ucięła i przewróciła oczami. – Kto wpadł na to określenie? Damian chce, żeby teraz tak do niego mówiono?

– Może.

Nie dała mi dokończyć, ale sama doskonale wiedziała, że gdyby tylko od początku Werner znał prawdę, żadnego elementu mojego planu nie mogłabym zrealizować. Owszem, to ja go wykorzystałam. Ale to ona stworzyła do tego warunki.

– Nieważne – odparła po chwili. – Teraz liczy się tylko to, żebyś zrobiła, czego od ciebie wymagamy.

Nie miałam ochoty potwierdzać, tym bardziej że widziałam, iż tego właśnie oczekuje.

– Jasne?

– Mhm – znów mruknęłam.

– Tylko dlatego wyszłaś z aresztu. I tylko dzięki temu możesz dostać syna z powrotem. Zdajesz sobie z tego sprawę?

– Tak – odparłam.

Zaparkowaliśmy pod starym peerelowskim budynkiem, bezpłciową bryłą, która stanowiła przypomnienie tego, jak przyćmioną egzystencję wiedliśmy w poprzednim ustroju.

Wyszłam z auta i przywitałam się z kobietą, która czekała przed bramą.

– Electra – przedstawiła mi się. – Wchodź. Nie mamy wiele czasu.

2

Tym razem to nie ja stworzyłam scenariusz. Wszystko, co miałam powiedzieć do kamery, ustalili Prokocki i Ewa. Zadbali o to, by tło było zbliżone do tego, na którym nagrywałam materiał znajdujący się na kasecie „3/15". Zaproponowałam, byśmy ten nowy nazwali „7/15", a reszta się zgodziła.

Poprzednio też działałam w pośpiechu, ale szło mi znacznie lepiej. Głównie dlatego, że wówczas powtarzałam większość rzeczy, które już kiedyś Wernowi przedstawiłam. Teraz miałam stworzyć zupełnie nową narrację.

Wciąż podając się za Ewę, miałam mówić o Kappie, Jonatanie i Dawidzie, wydarzeniach pod mostem Pajęczym, a potem o wszystkich skutkach tamtego pechowego dnia. Po kilku próbach w końcu udało mi się nagrać większość materiału tak, jak oczekiwała tego trójka przypatrujących mi się osób.

Ewa, Prokocki i Electra byli wyraźnie zadowoleni z efektu. Ja znacznie mniej.

– To się nie uda – powiedziałam.

– Musi – odparł podkomisarz. – I zrobisz wszystko, żeby tak było.

– Nie rozumiesz…

– Ty nie rozumiesz, że jeśli to nie pójdzie po naszej myśli, zadbam o to, żebyś straciła prawa rodzicielskie. Twój syn spędzi na Witosa nie kilka dni, ale parę lat.

Nie miał pojęcia, o czym mówił, ale w niczym nie umniejszało to powagi sytuacji. Wiedziałam, że jeszcze wiele dzieli mnie od tego, by zabrać Wojtka do domu. I na razie nie chciałam o tym myśleć.

Robiłam wszystko, by nie wyobrażać go sobie leżącego na szpitalnym łóżku, pod opieką zupełnie obcych osób. Racjonalna część mnie wiedziała, że nic mu nie grozi i ma najlepszą możliwą opiekę. Ta matczyna, nieracjonalna część była gotowa zrobić wszystko, bym jak najszybciej sama mogła się nim zająć.

– Nagraj do końca – odezwała się Electra.

– Tak zrobię, ale...

– Bez żadnych ale – wtrącił Prokocki. – Po prostu to zrób. I niech to wypadnie przekonująco.

Postarałam się tak samo jak poprzednio. Ostatecznie jednak wciąż byłam pewna, że nawet wspięcie się na wyżyny zdolności aktorskich nie załatwi sprawy.

Nagrania trwały kilka dni. Po tym, jak w końcu na dobre wyłączyliśmy kamerę, Prokocki przyniósł mi butelkę prosecco. Popatrzyłam na nią ze wstrętem, ale dobrze wiedziałam, że to jedynie przejściowe. Odmówiłam, a on rozlał dwóm pozostałym kobietom. Ledwo zobaczyłam, jak alkohol dotyka ich ust, zmieniłam zdanie.

A po kilku łykach moja pewność siebie nagle wzrosła.

– Wern tego nie kupi – powiedziałam bez wahania.

– Poprzednio kupił – zauważyła Ewa.

– Bo dałam nagranie komuś, kto potrafił nałożyć na to efekty zakłóceń, artefaktów ze starego VHS i tak dalej... Teraz Damian dostanie czysty obraz, na którym od razu rozpozna po pierwsze inne miejsce, a po drugie mnie.

Widziałam, że w końcu coś do nich trafiło.

Wszyscy byli tak skupieni na swoim planie, że przestali choćby dopuszczać możliwość jakiejkolwiek zmiany. Arogancja by ich zgubiła, gdyby w porę się nie ocknęli.

– W takim razie to samo zrobimy z tym materiałem – odrzekł podkomisarz. – Znajdę kogoś, kto będzie w stanie ponakładać te efekty.

– W ostateczności możemy po prostu uszkodzić kasetę – podsunęła Electra.

Prokocki wydawał się sceptyczny.

– W ostateczności – zgodził się.

Od kilku dni bacznie obserwowali Damiana, śledzili każdy jego krok. Wszyscy zdawaliśmy sobie sprawę, że nie będzie próżnował i mimo że w tej chwili tak naprawdę gonił za własnym ogonem, sytuacja szybko mogła się zmienić.

I tak się stało.

To Ewa odkryła, że wraz z Klizą wrzucili na jeden z profili spotted zdjęcia wykonane w Kappie. Pytali o to, czy ktoś rozpoznaje przedstawione tam osoby, ale w morzu durnych komentarzy nie pojawił się ani jeden pomocny.

Potem nastąpił przełom. Karolina Falkowska, którą znałam jedynie dlatego, że kazali mówić mi o niej na nagraniu, oznaczyła Andrzeja Kałwaka.

Zamarłam na widok tego imienia i nazwiska.

Oczami wyobraźni zobaczyłam wnętrze Zamtuza. Niewielkie pomieszczenie, w którym rozegrał się mój osobisty horror. I człowieka, który mi go zgotował.

– Co to ma znaczyć? – zapytałam Ewy.

Siedziałyśmy same przy komputerze w piwnicy. Byłam pewna, że jeśli nikt mnie nie powstrzyma, wyciągnę z niej prawdę.

Ona jednak obróciła się przez ramię i krzyknęła:

– Tomek!

Prokocki zjawił się natychmiast, zbiegając po schodach. Tuż za nim przybiegła Electra. Oboje wyglądali na zaniepokojonych, jakby spodziewali się, że rzuciłam się z pięściami na Ewę. Kiedy zobaczyli, że nic jej nie grozi, odetchnęli.

Przynajmniej do momentu, kiedy pokazała im to, co widniało na profilu.

– Niech ją chuj... – wycedziła Electra. – Co ta durna pinda odstawia?

– Najwyraźniej ma zaćmienie umysłu – rzuciła Ewa.

– Od kiedy się urodziła.

– Uspokójcie się – polecił Prokocki, nachylając się nad komputerem. – I niech ktoś do niej zadzwoni i każe natychmiast to usunąć. Do Andrzeja też. Niech skasuje konto, jeśli nie chce mieć problemów.

Problemów? Na Boga, byłam gotowa zgotować temu człowiekowi piekło na ziemi, a tymczasem przebywałam w jednym pomieszczeniu z osobami, które zamierzały go chronić.

– Zaraz... – zaczęłam.

– Poczekaj moment – rzucił Prokocki. – Zaraz ci wszystko wyjaśnię.

Do Karoliny Falkowskiej nie udało im się dodzwonić, znacznik wisiał na profilu jak burzowa chmura, która zaraz się nad nami wszystkimi oberwie. Udało im się jednak szybko skontaktować z Kaławakiem. Ten od razu usunął konto.

Czekałam na wyjaśnienia, wbijając wzrok w Prokockiego. Po zażegnaniu kryzysu przysiadł na skraju biurka i powoli zaczął mi tłumaczyć, że Kaławak to brat Dawida.

Fotograf amator, który kiedyś zgodził się wykonać sesję dzieciakom z Kappy, a obecnie strażnik, który jakiś czas temu poprosił o przeniesienie do konkretnego oddziału w Zamtuzie.

Nie musiał dodawać nic więcej. Wiedziałam, że jeśli Prokocki przedstawił mu przynajmniej część swojego planu, miał w nim gotowego do współpracy pomocnika. Może obiecał mu, że po latach wyjawi prawdę o tym, co stało się z Dawidem. Może przedstawił mu jakąś inną wersję.

Jasne jednak było, że to Prokocki odpowiada za to, co mi się przydarzyło.

To on dokonał tego gwałtu na mnie. Nie czynem, ale słowem.

Nie miałam jednak zamiaru słuchać jego wyjaśnień ani zaprzeczeń. Prędzej czy później z pewnością sformułowałby te drugie i próbował przekonać mnie, że nie miał z działaniami Kałwaka nic wspólnego.

Wiedziałam lepiej.

Zamiast na słowach Prokockiego, skupiłam się na rozmowie Electry z Falkowską. Kiedy podkomisarz zorientował się, że w końcu udało się skontaktować z Karoliną, szybko uciął temat Kałwaka.

– Usunęła znacznik? – zapytał nerwowo.

– Tak.

– Werner się z nią skontaktował?

Electra skinęła głową i zacisnęła usta.

– Dlaczego ta kretynka w ogóle oznaczyła Kałwaka? – syknął.

– Nie pomyślała.

– Daj ją na głośnik – polecił Prokocki, pocierając nerwowo kark.

Przez lekkomyślność Falkowskiej sprawy wymykały mu się z rąk. Jego plan nie był jeszcze gotowy, a to jedno oznaczenie na Facebooku mogło wszystko wykoleić. Szczęśliwie dla niego ci ludzie mu ufali. I byli gotowi zrobić wszystko, co polecił.

– Halo? – spytała Falkowska.

– Gdzie jesteś? – rzucił podkomisarz.

– W pracy. Mam…

– Spotkałaś się z Wernerem? Rozmawiałaś z nim?

– Jeszcze nie – odparła posłusznym, choć jednocześnie rozkapryszonym tonem. – Ma przyjechać tutaj, do Maca. Chce, żebym opowiedziała mu o Kappo Werde i… – Urwała i zakaszlała. – Nic mu nie powiem, wiadomo.

– Nie – uciął Prokocki. – Powiesz mu, co wiesz.

– Ale… że co?

Jedno musiałam mu oddać – potrafił działać naprawdę szybko, przystosowując się do zmieniającej się sytuacji. Doświadczenie policyjne być może nie robiło wielkiego wrażenia w CV, ale w życiu sprawdzało się wzorowo.

Kazał Falkowskiej powiedzieć, że zapamiętała Kaływaka, bo miał śmieszne nazwisko.

– Na tych zdjęciach cię nie ma, więc powiesz, że nie było cię wtedy w Antoniówce.

– Dobra.

– I dodasz, że kręciliście tam raczej filmy. Zdjęcia robiliście tylko raz. Zapamiętasz?

– No tak, ale…

– Ale co?

– Co mam powiedzieć, jak zapytają, czemu mam Kaływaka w znajomych?

– Że nie wiedzą, jak działa Fejs – odparł przez zęby Prokocki, a ja odniosłam wrażenie, że miał ochotę uderzyć pięścią w komórkę. – Dodaj, że to on wysłał ci zaproszenie, a ty przyjmujesz wszystkie jak leci. Cokolwiek.

– Dobra – mruknęła. – Co potem?

– Wieczorem przyjedź do mnie na komendę.

– I?

– Poinstruuję cię.

Nie miał zamiaru dodawać nic więcej. Rozłączył się, a potem rozłożył bezradnie ręce. Nawet bez tych gestów, znaczących spojrzeń wszystkich zebranych i tonu, w jakim wypowiadali się o Falkowskiej, dobitnie odczuwałam, że jest czarną owcą w grupie.

Kolejną godzinę lub dwie spędziliśmy na pracy nad nagraniami. Electra starała się znaleźć kogoś, kto mógłby nałożyć na nie odpowiednie efekty, ale jej starania nie przyniosły żadnego skutku. Wyglądało na to, że sami będziemy musieli uszkodzić taśmę i liczyć na to, że uchowa się wystarczająca część materiału, by Wern mógł zrozumieć całą sytuację.

Kiedy rozległ się dzwonek do drzwi, wszyscy zamarliśmy.

– Spodziewasz się kogoś? – spytał Prokocki.

Electra pokręciła głową, a podkomisarz przez moment się namyślał, po czym ruszył na górę. Reszta poszła w jego ślady, ja również. Kiedy podeszliśmy do okna, Prokocki zaklął.

– Co ona tu robi? – syknął.

Zerknęłam przez firankę i zobaczyłam Falkowską, która z telefonem w dłoni kręciła się tuż przed płotem.

– Najwyraźniej panikuje – rzuciła Electra.

– I dzwoni do kogoś – dodała Ewa.

Prokocki sprawdził komórkę i skwitował sytuację siarczystym określeniem najstarszego zawodu na świecie.

– Rozładowała się – oznajmił, a potem spojrzał na Electrę. – Sprawdź, czy ta tępa strzała nie dzwoniła do ciebie.

Jak na zawołanie chodząca nerwowo przed domem Karolina przyłożyła telefon do ucha, a zaraz potem rozległ się dzwonek Electry. Odebrała od razu i znów włączyła głośnik. Trzymając przed sobą komórkę, jakby ta budziła w niej wstręt, z niepokojem obserwowała Falkowską.

– Halo! – krzyknęła Karolina.

– Co ty tu robisz, do cholery?

– Nie mogę czekać do wieczora, tych dwoje wie za dużo.

– To znaczy?

– Powiem ci wszystko, jak się zobaczymy. Gdzie jesteś?

– W domu.

– To weź mi, kurwa, otwórz!

Electra ruszyła w kierunku drzwi, ale Prokocki natychmiast złapał ją za rękę i zatrzymał. Szarpnął ją mocno, jakby miał zamiar się na niej wyładować, a potem jeszcze raz wyjrzał za okno.

– Co jest? – spytała. – Coś nie tak?

– Rzecz w tym, że nie wiem.

– Podejrzewasz ją o…

– O nic poza brakiem roztropności – uciął.

Spojrzała na niego z powątpiewaniem, ale po chwili także do niej dotarło, jak tragiczne w skutkach mogłoby być to, gdyby ktoś trafił na trop Electry. W jej domu znajdowały się wszak dwie osoby absolutnie kluczowe dla realizacji planu.

Prokocki skinął na mnie ręką, a potem bez słowa ruszył w stronę wyjścia na taras na tyłach budynku.

– Powiedz Falkowskiej, żeby podjechała w jedną z bocznych uliczek – rzucił. – Tam się z nią rozmówimy.

Moment później znaleźliśmy się w samochodzie Electry, a on wezwał jednego z funkcjonariuszy, który patrolował okolicę. Nie miałam wątpliwości, że ściągnął go tutaj już wcześniej, na wszelki wypadek.

– Nie przesadzasz? – zapytałam, kiedy zapuścił silnik.

– Nie.

– Ona nie stanowi żadnego zagrożenia – zauważyłam. – Może nie jest przesadnie rozgarnięta, ale z pewnością nieszkodliwa.

– To się okaże.

Ruszyliśmy w kierunku jednej z mniejszych uliczek, po czym skierowaliśmy się ku rzędowi starych, zapuszczonych garaży. Punto Falkowskiej już na nas czekało. Podjechaliśmy bliżej, zatrzymaliśmy się maska w maskę, a Prokocki chwycił za klamkę. Zawahał się.

– Niech ich chuj – rzucił.

Potrzebowałam tylko chwili, by zrozumieć, kogo ma na myśli. Kawałek za fiatem stała charakterystyczna skoda felicia. W środku dostrzegłam Werna, ale nie przypuszczałam, by z takiej odległości, zasłonięty innym autem, mógł mnie dojrzeć.

– I? Nie mówiłem? – rzucił nerwowo podkomisarz. – Ta idiotka ściągnęła tutaj ogon.

Podkomisarz wydał kilka krótkich komend czekającemu na nie podwładnemu, a ja starałam się jakoś oswoić z sytuacją. Kiedy pierwsze emocje opadły, poczułam, że lekko się uśmiecham. Natychmiast się jednak zmitygowałam.

Nie wiedziałam, co kazało Damianowi nie spuszczać Falkowskiej z oczu, ale najwyraźniej dostrzegł więcej, niż Prokocki zakładał. To nieco komplikowało plan, zarazem jednak dostarczało mi pewnej satysfakcji.

Sprawiło też, że serce zabiło mi szybciej. Mogłam wyjrzeć przez okno i zobaczyć Werna. Był kilkadziesiąt metrów ode mnie, niemal na wyciągnięcie ręki. Jednocześnie miałam świadomość, że dzieli nas o wiele, wiele więcej.

Kiedy funkcjonariusz wezwany przez Prokockiego przystąpił do działania, podkomisarz natychmiast dał znak Karolinie, że pora odjeżdżać. Wycofał, wcisnął mocno pedał gazu, a ona szybko pojechała za nami.

Zerknęłam jeszcze w tylne lusterko. Nie byłam przekonana, czy słusznie postępuję.

Na tym etapie niewiele już mogłam zmienić, ale może na początku podjęłam złą decyzję? Stałam właściwie przed prostym wyborem: albo oni, albo Wern. Mogłam wybrać tę drugą opcję i próbować wspólnie z nim jakoś wybrnąć z tej sytuacji.

Może nawet udałoby nam się wszystko ułożyć.

I być razem? Nie, to była zwykła utopia. Po pierwsze, nie potrafiłam związać się z kimkolwiek, po drugie, byłam ostatnią osobą, do której Wern mógłby coś czuć. Prócz żalu i nienawiści.

W pewnym momencie Prokocki położył mi rękę na ramieniu. Wzdrygnęłam się, jakby ktoś przytknął mi rozgrzany metal do skóry.

Tyle wystarczyło, by natychmiast zrobiło mi się niedobrze. Każdy, nawet najmniejszy dotyk powodował, że przypominałam sobie horror, który przeżywałam z Robertem. I to, co później spotkało mnie w więzieniu.

Zamknęłam oczy, ale szybko je otworzyłam, kiedy nudności się nasiliły.

Podkomisarz patrzył na mnie z obojętnością, a ja uświadomiłam sobie, że z punktu widzenia większości ludzi jestem tylko elementem w statystykach. Jedną z wielu zgwałconych lub wykorzystanych seksualnie kobiet.

Nigdy nie mogłam zrozumieć, dlaczego to właśnie na nas pada akcent w tych mrożących krew w żyłach zestawieniach. Dlaczego zamiast o nas nie mówi się o mężczyznach, którzy gwałcą? Mężczyznach, którzy wykorzystują seksualnie? Dlaczego statystycy podliczają ofiary, a nie sprawców?

– Brakuje ci go, co? – spytał Prokocki z przekąsem.

– Może.

– W takim razie...

– To nie ma znaczenia – przerwałam mu. – Żadnego. Zrobię to, co postanowiłam.

Przez moment lustrował mnie uważnie, a ja poczułam, że podaje w wątpliwość moją determinację.

– Jesteś pewna? – odezwał się.

– Całkowicie.

Po powrocie do domu Electry nie musieliśmy dłużej się nad niczym zastanawiać. Fakt, że Werner tutaj dotarł, kazał nam wszystko przyspieszyć. Tym bardziej że jakiś czas później znów zjawili się z Klizą pod budynkiem. Zaparkowali w tym samym miejscu i czekali. Zapewne na to, aż zjawi się gospodarz.

My tymczasem przystąpiliśmy do dzieła.

3

Electra odczekała około półtorej godziny, zanim opuściła dom. Skorzystała z tylnego wyjścia, skierowała się na pobliski przystanek i ruszyła z powrotem, jakby właśnie wysiadła z autobusu. Kluczowe było, by dała Wernowi jasno do zrozumienia, że istnieje jakaś tajemnica z przeszłości, której nikt z Kappy nie może zdradzić. By naprowadziła go na trop, ale nie dawała mu zbyt wiele. Resztę musiał odkryć sam, by nasz plan wypalił.

Prokocki w tym czasie pojechał na Daszyńskiego z kasetą. Nie mieliśmy czasu odpowiednio jej przygotować, ale po pobieżnym sprawdzeniu zakłóceń on i Ewa uznali, że są wystarczające.

Podkomisarz nie miał klucza do piwnicy, ale z dostaniem się do niej nie było problemów. Odkręcił kilka śrubek, zdjął zatrzask, a po podłożeniu taśmy do pudła zostawił jedną ze śrub poluzowaną, by Damian i Kliza nie mieli problemu ze sforsowaniem zabezpieczenia.

Wiedzieliśmy, że udadzą się tam jakiś czas po rozmowie z Electrą. Miała im oznajmić, że Stefan Bronowicz był kościelnym w parafii ojca Antoniego. Była to oczywista bzdura, ale nie miało to żadnego znaczenia. Liczyło się to, że tym sposobem skierujemy Werna na odpowiedni trop.

Byłam zadowolona z faktu, że pozwolili mi opatrzyć kasetę etykietą „7/15". Oprócz niej Damian znajdzie w pudle kilkanaście innych i w pierwszej chwili z pewnością pomyśli, że to cała historia, którą Ewa dla niego nagrała.

Tyle że nie było żadnej historii, a mój napis na kasecie był tylko wskazówką. Nie wiedziałam, czy słusznie robię, umieszczając ją tam – ani tym bardziej, czy Werner ją zrozumie. Czułam jednak, że muszę podjąć jakieś kroki. Nawet jeśli działałam przeciwko samej sobie.

Po powrocie na Wojska Polskiego Prokocki polecił, bym skontaktowała się z Damianem.

– Zwariowałeś? – zaoponowała Ewa. – Już raz prawie nas tu znalazł, a ty chcesz ponownie ryzykować?

– To nie będzie wiązało się z żadnym ryzykiem.

– Tak się tylko wydaje.

– Nie – wtrąciłam. – Bo użyjemy RIC.

Podkomisarz pokiwał głową z zadowoleniem, a potem wskazał mi miejsce przed komputerem. Nalał mi kieliszek prosecco i ponaglił mnie ruchem ręki. Poczułam się osobliwie, jakbym zatoczyła koło i znów znalazła się na poddaszu willi w Rewalu.

Mimo to zrobiłam wszystko, co polecił Prokocki. Wypytałam Werna o to, skąd ma wszelkie informacje, udawałam, że sama nie wiem zbyt wiele, a na koniec zapewniłam go o tym, że robię wszystko jedynie po to, by mu pomóc.

Nie skłamałam. Może i nasz plan był skierowany przeciwko niemu, ale ostatecznie on także na nim korzystał. Tyle że nigdy nie będzie tego świadomy, bo nigdy nie pozna całego obrazu.

Chyba że zrozumie, co znaczy napis na kasecie. Uświadomi sobie, że nie ma ich piętnastu, a więc oznaczenie musi odnosić się do czegoś innego.

Do ostrzeżenia przed fałszywymi apostołami.

4

Uważnie śledziliśmy, co robią Wern i Kliza. Spodziewaliśmy się, że po obejrzeniu taśmy przystąpią do działania, i mogliśmy przewidzieć, do czego będzie się sprowadzało. Woleliśmy jednak nie spuszczać ich z oczu nawet na chwilę.

Wprawili nas w konsternację, kiedy postanowili wrócić na Wojska Polskiego. Zaparkowali tam, gdzie ostatnio, nieopodal wejścia do domu Electry, a potem opuścili felicię.

– Co oni tu robią? – spytała z niepokojem Ewa.

Skupiłyśmy wzrok na Prokockim, przyzwyczajone, że to on ma wszystkie odpowiedzi. Tym razem wyglądał jednak na równie zbitego z tropu.

– Nie wiem – odparł, a potem zerknął na Electrę, nerwowo się zastanawiając. W końcu na coś wpadł. – Nadal masz dobre relacje z sąsiadem?

– Którym?

– Tym, co wygląda, jakby ktoś zostawił go w oknie życia na siłowni.

– Dość dobre.

– To poproś go, żeby pogonił tę dwójkę – polecił podkomisarz. – Powiedz, że nie chcą dać ci spokoju.

Mówił na tyle rozgorączkowanym tonem, że Electra nie zwlekała. Szybko zadzwoniła do sąsiada, a ten zapewnił, że wytłumaczy wszystko dobitnie dwójce namolniaków.

Przyglądaliśmy się sytuacji z okna na piętrze i zgodnie z zapewnieniami sąsiada Kliza i Damian szybko musieli zrezygnować z prób skontaktowania się z Electrą. Wrócili do samochodu, ale odjechali dopiero wtedy, kiedy sąsiad ruszył w ich stronę.

– To bez sensu – odezwałam się.

Ewa i Electra popatrzyły na mnie pytająco.

– Co oni tu robili? – dodałam, kręcąc głową. – Jeśli obejrzeli kasetę do końca, powinni…

– Może chcieli upewnić się, że to prawda – zauważyła Electra.

– Jeśli tak, to w następnej kolejności spróbują skontaktować się z Falkowską.

Znów popatrzyłyśmy na Prokockiego, ten jednak stał bez słowa przy oknie i się zastanawiał.

– To może być problem – dodała Ewa. – Niewiele trzeba, żeby coś chlapnęła.

– Więc co robimy? – spytała Electra.

Żadne z nas nie miało dobrej odpowiedzi, więc uznaliśmy, że najroztropniej będzie poczekać. Nie trwało to długo. Wern i Kliza rzeczywiście skierowali się prosto na Częstochowską, do McDonalda.

Karolina zrelacjonowała nam tę przepychankę zaraz po tym, jak wyszli z restauracji. I od razu zrozumieliśmy, że cały nasz plan wziął w łeb.

– Kaseta musiała być uszkodzona bardziej, niż sądziliśmy – odezwałam się. – Inaczej nie pomyliliby Falkowa z Falkowskim.

Spojrzałam z pretensją na pozostałych, choć na dobrą sprawę nikt nie powinien od nich wymagać, żeby w tak krótkim czasie udało im się dokonać tego, za co zapłaciłam niemałe pieniądze specjaliście w Norymberdze.

– Sprawdzaliście w ogóle to nagranie? – spytałam.

– Tak – potwierdziła Ewa. – I było dość zniekształcone, ale dało się coś zrozumieć.

– Coś?

– Nie mieliśmy za wiele czasu, żeby sprawdzić całość... wybraliśmy tylko fragmenty.

– Na chybił trafił?

Skinęła lekko głową, a ja pomyślałam, że taśma być może przeskakiwała przez najbardziej zniszczone miejsca i zatrzymywała się tam, gdzie obraz i dźwięk były najlepsze. Nie pamiętałam już, czy taka prawidłowość zachodziła na starych VHS-ach, ale wydawało mi się to logiczne.

– Jeśli rzeczywiście nie odtworzyli całości nagrania, to mamy kłopot – odezwała się Ewa.

– Spokojnie – uciął Prokocki. – Wszystko da się uratować. Takie kasety także.

– Pytanie, czy uda im się w porę?

Policjant jeszcze przez moment nas uspokajał i wyglądało na to, że sam nie pozoruje swojego opanowania. Zniknęło jednak natychmiast, kiedy tylko otrzymał informację z komendy, że jakaś kobieta starała się dowiedzieć, czy Jonatan Falkow jest dziś na służbie.

– A więc zrozumieli, że nie chodzi o żadnego Falkowskiego – mruknęła Electra.

– Tyle że wygląda na to, jakby nic więcej nie wiedzieli – skwitowała Ewa. – A to może być problematyczne.

– Bo?

– Bo pytali o Falkowa nie bez powodu. Zamierzają z nim porozmawiać.

Podeszła do Prokockiego i spojrzała mu głęboko w oczy.

– Musisz ich powstrzymać – powiedziała. – Inaczej wszystko przekreślą.

– Wiem.

Spokój znów wrócił na jego oblicze.

– Masz jakiś pomysł?

– Całkiem prosty. Zatrzymam ich przed komendą.

– I?

– Ustalę, jak wiele udało im się odkryć, a resztę dopowiem.

– To nic nie da – włączyła się Electra. – Możesz gadać do woli, ale ostatecznie Damian ci nie uwierzy. Przez ostatni rok wmawiałeś mu, że Ewa nie żyje.

Główna zainteresowana zrobiła głęboki wdech.

– Zabierz ich pod most Pajęczy – zaproponowała. – Niech Antoni wszystko im wyjaśni.

– Jemu też mogą nie uwierzyć.

Electra miała rację i żadne z nas w najmniejszym stopniu w to nie wątpiło. Za moją sprawą Wern przejechał się już tak bardzo na słowach innych, że nie będzie gotów dać wiary historii przedstawianej przez księdza.

– Musisz sama to wszystko potwierdzić – rzuciłam.

Ewa popatrzyła na mnie niepewnie. Zaoponowała, sprzeczałyśmy się przez chwilę, ale ostatecznie przyznała, że faktycznie nie ma innego wyjścia. Prokocki zaakceptował plan, po czym pojechał do centrum, by powstrzymać Werna przed najgorszym błędem, jaki mógł w tej sytuacji popełnić.

Umówiliśmy się w miejscu, gdzie lata temu wpadł do wody Dawid Kałwak, mimo że Ewa wciąż zdawała się nieprzekonana, czy to dobry pomysł. Miałyśmy wyjść zaraz po Prokockim, ale im więcej czasu mijało, tym mniej racjonalnie się zachowywała. Zaczęła panikować, twierdziła, że to błąd, że spotkanie z Damianem doprowadzi do tragedii i wszystko, na co pracowała przez te wszystkie lata, obróci się wniwecz.

Dostała ataku paniki, który znałam z autopsji zbyt dobrze.

– Zostaw nas – odezwałam się do Electry. – Jedź po Karolinę, a potem czekajcie na nas na Bolko.

– Ale…

– Zacznijcie bez Ewy – uparłam się. – A ona potem do was dołączy.

Dostrzegałam w jej oczach wahanie i brak zaufania, ale w końcu udało mi się ją przekonać, że to jedyne sensowne rozwiązanie. Wyszła z domu, a ja i Ewa zostałyśmy same. Czułam się nieswojo, ona zapewne też.

Stopniowo udało mi się ją nieco uspokoić – głównie dzięki zaufaniu, jakim darzyła Prokockiego. Zapewniłam ją, że skoro on zaakceptował tę taktykę, to nie ma się czym przejmować. Potem przez kilkanaście minut tłumaczyłam jej, że jeśli tylko coś pójdzie nie tak, zabiorę ją stamtąd.

– Będę czekała z włączonym silnikiem tuż za mostem. Wystarczy, że wejdziesz po wale, i odjedziemy.

Kręciła się po kuchni, szukała czegoś w lodówce, potem otwierała szafki i szuflady. Nie wiedziałam, czy naprawdę próbuje coś znaleźć, czy poddaje się kompulsywnym, nieracjonalnym zachowaniom. W końcu przestała i odwróciła się w moją stronę.

Uspokoiła się, ale nadal patrzyła na mnie w sposób, którego nie mogłam rozszyfrować. Coś pobłyskiwało w jej oczach. Złość? Niewypowiedziany wyrzut? Nie mogłam przesądzić.

– Na ile mogę ci ufać? – spytała.

– Na tyle, na ile robi to Prokocki.

Miałam nadzieję, że to wystarczy.

– Skąd mam wiedzieć, że nie odjedziesz, jak tylko się nas pozbędziesz? – dodała.

– Dobrze wiesz, że nie mogę.

– Możesz. Wyszłaś z aresztu, Tomek załatwił już wszystkie formalności. Jesteś wolna.

– Ale mój syn nie.

– Nikt ci go nie zabierze – zauważyła. – Możesz po prostu pójść do szpitala i go wypisać.

W teorii być może rzeczywiście nie było to skomplikowane. W praktyce oznaczało, że w oczach Prokockiego stałabym się wrogiem numer jeden. Nie, nie mogłam ryzykować. Musiałam doprowadzić tę sprawę do końca. Dla Wojtka. I dla Werna.

Wytłumaczyłam jej to na tyle, na ile potrafiłam. I wyglądało na to, że koniec końców moje zapewnienia okazały się wystarczające.

Wsiadłyśmy do samochodu Electry, tego samego, którym Ewa przyjechała po mnie pod Zamtuz. Tym razem jednak ja prowadziłam.

Skierowałyśmy się na wyspę. Do kluczowego miejsca było stąd niedaleko i przypuszczałam, że na moście Pajęczym znajdziemy się za niecałe dziesięć minut.

Niewiele czasu. Przynajmniej w teorii.

W praktyce okazało się to niemal wiecznością. Dopóty, dopóki starałam się przemówić Ewie do rozsądku, żadna z nas nie była do końca świadoma, że zostałyśmy same. Na dobre uzmysłowiłyśmy to sobie dopiero w samochodzie.

Ona spojrzała na mnie bez słowa, ja zrobiłam to samo. Mimo że nasze twarze nie wyrażały absolutnie żadnych emocji, obie czułyśmy, że te w nas buzują.

Kiedy z głośników dobiegł dźwięk tej samej piosenki, którą słyszałyśmy podczas podróży z aresztu śledczego, wzdrygnęłam się. Miałam wrażenie, że atmosfera stała się gęsta jak stopiony ołów.

– Powiesz mi jedną rzecz? – odezwała się Ewa.

– Jasne.

Mój lekki ton głosu wydał mi się niemal komiczny. Zdawałyśmy sobie doskonale sprawę z tego, że kiedy dotrzemy na Bolko, nasze relacje nie będą już takie same. W tym kontekście dziesięć minut rzeczywiście było wiecznością.

– Twój plan zawsze zakładał ucieczkę z Glazurem?

– Tak – odparłam bez wahania.

Pokręciła głową, jakbym źle ją zrozumiała.

– Wiem, że starannie ułożyłaś to wszystko na długo, zanim przystąpiłaś do realizacji... – powiedziała, wpatrując się przed siebie. – Ale mam na myśli to, czy później... no...

Zawiesiła głos, licząc na to, że dokończę.

– Nie zmieniłaś zdania? – wydusiła. – Nawet na moment?

– W jakim sensie?

– No wiesz...

– Nie.

– Uciekłaś z Damianem od męża, mieliście ze sobą Wojtka, zabraliście pieniądze... – kontynuowała. – Nie przeszło ci przez myśl, żeby go ostrzec?

– Przed sobą?

Zaśmiała się, ale nie było w tym ani trochę wesołości.

– Przed tym, co miało go spotkać – powiedziała.

– Innymi słowy, pytasz, czy nie rozważałam, żeby wystawić Glazura i uciec z Wernem?

– Tak. Właśnie tak.

Czułam, że nawet najbardziej stanowcze zaprzeczenie jej nie przekona. Ułożyła już w głowie swoją własną interpretację tego, co się stało.

– Nie – odparłam po chwili. – Wtedy o tym nie myślałam.

– Ale później tak? – spytała i ożywiła się. – Żałowałaś tego, co zrobiłaś?

Brzmiało to, jakby to pytanie stawiała sobie, a nie mnie.

– Żałowałam wielu rzeczy – odparłam oględnie.

– Tego też, prawda? Z perspektywy czasu zrozumiałaś, że to był błąd?

Spojrzałam na nią badawczo.

– Dlaczego tak ci zależy na tym, żeby to wiedzieć? – zapytałam.

– Jestem po prostu ciekawa.

– Może nie powinnaś być.

Wrogość w moim głosie zaskoczyła nawet mnie. Owszem, nie pałałam do Ewy sympatią, ale potrafiłam przecież trzymać nerwy na wodzy. Tym razem jednak niewiele było trzeba, bym straciła równowagę.

– Chyba trafiłam w czuły punkt – odezwała się.

– Wygląda na to, że tak.

Na moment zamilkłyśmy, oddając głos Dave'owi Grohlowi. Leciała właśnie tytułowa piosenka z albumu *Concrete and Gold*. Psychodeliczna, przywodząca na myśl najlepsze numery Pink Floyd. Wielogłos wokalu wprowadzał zamęt w umyśle słuchacza, niemal jak mnogość myśli kłębiących się w mojej głowie. Sam kawałek w dodatku zaczynał się od przyznania się do utraty rozumu.

– Zmieniłabyś coś? – odezwała się Ewa. – Gdybyś mogła cofnąć czas?

– Zapytaj raczej, czy jest coś, czego bym nie zmieniła.

– Rozumiem.

– Przeceniłam swoją siłę – rzuciłam nagle, choć zupełnie nie planowałam się przed nią otwierać. – Wydawało mi się, że jakoś poradzę sobie z tym, co zrobił mi Robert.

Dlaczego jej o tym mówiłam? Może podświadomie chciałam wzbudzić w niej współczucie? Podjąć próbę przekonania jej, że nie jestem taka zła, jak sobie to wyobraża? Szukałam jej akceptacji?

Najpewniej wynikało to po części z każdej z tych rzeczy. Wprawdzie nie znałam prawdziwej Ewy, ale dogłębnie zaznajomiłam się z własnym wyobrażeniem o niej. Tak naprawdę przecież na jakiś czas stałam się właśnie tą wersją niej.

– Zespół stresu pourazowego? – zapytała wprost.

– Chyba tak. Choć niezdiagnozowany.

Nie musiałam dodawać, że nie szukałam nigdzie pomocy, bo byłam przekonana, że nikt nie będzie w stanie mi jej udzielić. Ewa doskonale o tym wiedziała. Z pewnością znała to z autopsji.

– Ilekroć Glazur choćby próbował się do mnie zbliżyć, dotykał mnie...

Urwałam i potrząsnęłam lekko głową, starając się skupić na drodze. Rozpadało się jeszcze bardziej i musiałam włączyć wycieraczki na najwyższy tryb. Ewa milczała, jakby uznała, że nie powinna mnie ponaglać.

– Nie byłam w stanie tego znieść – dodałam. – Każdy dotyk był jak przypomnienie razów Roberta.

– Domyślam się.

– Długo próbowałam się z tym uporać, ale ilekroć się do mnie zbliżał, ilekroć choćby patrzył mi w oczy, miałam wrażenie, jakbym znów miała przed sobą Roberta. Udającego, że jest normalnym, kochającym mężem. Czekającego tylko, by zapadł zmrok i by mógł pokazać swoją prawdziwą twarz.

Nabrałam tchu i uświadomiłam sobie, że oddycham nierówno. Potem zerknęłam na Ewę.

– Wiesz, jaką funkcję zdaniem wielu naukowców pełnią sny? – spytałam.

Pokręciła głową.

– Mają odrzeć nasze wspomnienia z emocji. Sprawić, że nasz umysł będzie pamiętał o tym, co nam się przydarzyło, ale nie będzie tym obciążony.

– Sensowne.

– Bardzo, jeśli uświadomisz sobie, że ilekroć zasypiasz z jakimś problemem, rankiem wydaje ci się on przynajmniej o połowę mniejszy – odparłam. – Przy zespole stresu pourazowego ta funkcja szwankuje.

– Coś o tym wiem.

– W normalnej sytuacji koszmar pełni więc rolę oczyszczającą – ciągnęłam. – W moim nie.

W naszym? Chyba tak powinnam to ująć.

– Mózg próbuje to jakoś naprawić, więc powtarza cały proces. Wyświetla koszmarne obrazy, które mają sprawić, że dojdzie do oczyszczenia, ale rezultat jest zupełnie odwrotny.

– Tak jakby system włączał się cały czas na nowo z nadzieją, że się zresetuje?

– Coś w tym stylu.

Ile nocy w trakcie ostatniego roku mogłam zaliczyć do udanych? Niewiele. Większość kończyła się albo tym, że nie spałam wcale, albo pobudką w mokrej od potu pościeli. Glazur również ciężko to znosił. Miałam wrażenie, że mój krzyk w nocy wyrywał go nie tylko ze snu, ale także z marzeń. Ze złudnego przekonania, że możemy mieć normalne życie.

Nie mogłam znieść ani jego obecności, ani świadomości tego, co mu zabieram. Długo próbowałam poradzić sobie z jednym i drugim, ale ostatecznie dałam za wygraną. Skupiłam się wyłącznie na Wojtku, całą swoją egzystencję sprowadziłam do dbania o niego. I byłam przekonana, że tak będzie wyglądało moje życie – aż do momentu, kiedy porwano mojego syna.

– Kasandra?

Uświadomiłam sobie, że moje myśli zdryfowały w niepokojącym kierunku.

– Tak? – odezwałam się i odchrząknęłam. – Pytałaś o coś?

– Nie, ale minęłaś zjazd.

Spojrzałam w lusterko, zaklęłam, a potem zjechałam na pobocze. Zamierzałam od razu zawrócić, ale jadący z naprzeciwka samochód mi to uniemożliwił. W tej sytuacji powinnam pochwalić się za to, że w ogóle go dostrzegłam.

– Myślisz, że z Damianem byłoby inaczej? – odezwała się Ewa.

– Nie wiem.

Przyjrzałam jej się uważnie i odniosłam wrażenie, że powinnam zadać jej dokładnie to samo pytanie. Zmarszczyłam czoło, przegapiając moment, w którym mogłam włączyć się do ruchu.

– Sama się nad tym zastanawiasz, prawda? – odezwałam się. – Co by było, gdybyś z nim została?

– Czasem.

– Potrafisz znaleźć odpowiedź?

Ewa uśmiechnęła się lekko.

– Wydaje mi się, że obydwie ją znamy – odparła.

Teoretycznie mogło to znaczyć właściwie wszystko, ale nie dla nas. Wydawało mi się, że w tym momencie rozumiałyśmy się lepiej niż ktokolwiek inny na świecie. Życie każdej z nas legło w gruzach z innych przyczyn, ale rezultaty były podobne. Pogorzelisko, na którym dogasała nasza przyszłość, było terenem dobrze nam znanym.

Uśmiechnęłam się przewrotnie w duchu na tę myśl. W końcu jakimś cudem znalazłyśmy wspólny język.

Zawróciłam, a potem skierowałam się w stronę mostu łączącego wyspę Bolko z Wójtową Wsią. Przejechałyśmy przez niego w milczeniu, a potem zgodnie z planem zatrzymałam się tuż za nim.

W okolicy nikogo nie było, pogoda nie nastrajała do spacerów. Nieliczni być może kręcili się po drugiej stronie wyspy, w okolicach zoo lub parku linowego.

– Odjedź może jeszcze kawałek – poradziła Ewa.

– Nie wolisz, żebym…

– Nie – ucięła. – Lepiej, żeby Damian cię przypadkowo nie zobaczył.

Zgodziłam się, a potem postawiłam samochód nieopodal małego parkingu na wałach przeciwpowodziowych. Ewa złapała za klamkę, ale nie otworzyła drzwi. Zawahała się i spojrzała na mnie.

– Będziesz czekać? – upewniła się.

– Tak – zapewniłam, a potem sięgnęłam do tyłu i podałam jej parasolkę.

– Dzięki – rzuciła. – I to nie powinno długo potrwać.

– Prokocki z pewnością tego dopilnuje – odparłam, rozglądając się. – Gdyby ktoś was tutaj zobaczył, wszystko poszłoby w łeb.

Nie mieli wiele czasu, ale przypuszczałam, że Wern i Kliza poznali już wszystkie najważniejsze fakty. Teraz Ewie pozostało jedynie uzupełnić luki i potwierdzić to, co mówiła reszta.

Usłyszałam, jak otwiera drzwi, i obróciłam głowę w jej kierunku.

Wtedy zdarzyło się coś, czego się nie spodziewałam. Czego nie mogłam się spodziewać.

Zobaczyłam błyszczący, metalowy przedmiot w ręce Ewy. Zanim zrozumiałam, że to nóż, który musiała wyciągnąć z jednej z kuchennych szuflad przeglądanych przez nią przed wyjściem, było już za późno.

Wykonała szybki, zdecydowany ruch, a ostrze wsunęło mi się w brzuch. Obraz przed oczami zaszedł mi mgłą, ręce nagle zwiotczały, a z ust wydobył się zduszony krzyk.

Natychmiast ścisnęłam ranę i zobaczyłam krew przelewającą mi się przez palce.

Ewa zadała drugi cios.

Nóż wszedł tak samo gładko tuż obok moich dłoni. Widziałam, jak metaliczne ostrze niknie w moim ciele, a potem się z niego wysuwa.

– Sprawiedliwość w końcu cię dosięgnęła, suko – odezwała się. – Tak samo potraktowałaś męża, prawda?

Umysł przywołał obraz, kiedy wbijałam kawałek szkła w ciało Roberta.

Otworzyłam usta, ale nie potrafiłam wydobyć głosu. Osunęłam się na fotelu kierowcy, głowa opadła mi bezwładnie na bok.

Przez głowę przemknęła mi niejasna myśl, że to wszystko stało się na moje życzenie. Ewa uśpiła moją czujność, a potem to wykorzystała.

– Chciałaś być mną? – zapytała przez zęby, wycierając dłoń w chusteczkę. – To proszę bardzo. Zapomniałaś tylko, że ja nie żyję.

Zabrała moją komórkę i kluczyki ze stacyjki, otworzyła drzwi, a potem, jak gdyby nigdy nic, rozłożyła parasol i wyszła na zewnątrz. Nie zamknęła drzwi i patrzyła na mnie, napawając się widokiem tego, co zrobiła. Zmuszałam się, by również na nią spojrzeć i w jakiś sposób do niej dotrzeć. Przekonać, że popełniła błąd, że może mi pomóc, że nie jest jeszcze za późno.

Że wciąż może uratować mi życie.

Nie dostrzegałam jej twarzy. W padającym deszczu widziałam jedynie sylwetkę – i to tylko jak przez mgłę.

Krew wylewała mi się z brzucha, ostrze za jednym lub drugim razem musiało trafić w newralgiczne miejsce.

– Liczyłaś na to, że się nie domyślę? – dodała. – Za kogo ty mnie masz?

Próbowałam wyciągnąć rękę w jej kierunku, ale nie miałam siły. Zawisłam na pasie bezpieczeństwa.

– Naprawdę sądziłaś, że nie zobaczę związku między dwoma tak podobnymi do siebie słowami? – dodała. – Reimann i Kajman?

Trzasnęła drzwiami, zostawiając mnie w samochodzie na śmierć.

5

Czas zdawał się płynąć w zupełnie niezrozumiały sposób. Raz wydawało mi się, że od wyjścia Ewy minęło kilka sekund, zaraz potem byłam przekonana, że zostawiła mnie na pastwę losu parę godzin temu.

Uświadomiłam sobie, że na przemian tracę i odzyskuję świadomość. Wciąż wściekle lało, więc uznałam, że nie minęło zbyt dużo czasu. O tej porze roku tak intensywne deszcze nie mogły trwać długo.

Próbowałam odwrócić się i sięgnąć po torebkę, ale nie byłam w stanie się ruszyć. Po chwili uprzytomniłam sobie, że Ewa zabrała mój telefon. Nie mogłam wezwać pomocy, zresztą nie wiedziałam, czy ktokolwiek byłby gotów mi jej udzielić.

Może to wszystko było zaplanowane?

Prokocki dostał ode mnie to, czego tak naprawdę potrzebował: nagranie i wyjaśnienia. Miałam jeszcze uwiarygodnić wszystko podczas rozmowy z Wernem, ale podkomisarz mógł uznać, że to nie jest konieczne.

Czy pozwoliłby Ewie na zabójstwo?

A dlaczego nie? Jej ostatnie słowa dowodziły, że niczego nie pragnęła bardziej. Oficjalnie i urzędowo faktycznie już nie żyła – Prokocki zadbał o to, by z formalnego punktu widzenia ciało na Bolko naprawdę należało do niej.

Policja nigdy nie znajdzie sprawczyni, bo z punktu widzenia organów ścigania ta już nie istnieje. Odnajdą jedynie mnie, z dwiema ranami kłutymi, w samochodzie na uboczu. Czy uznają to za próbę samobójczą? Może. Niewiele trzeba, żeby dowiedzieli się, co spotkało mnie w Zamtuzie. Istniały lepsze sposoby, by odebrać sobie życie, ale ostatecznie mogą złożyć wszystko na karb szaleństwa.

Nóż. Gdzie jest nóż?

Rozejrzałam się, ale wciąż nie mogłam skupić wzroku. Dostrzegłam jednak zakrwawiony przedmiot na siedzeniu obok.

A więc taki był plan. Być może od samego początku.

Ewa nie panikowała przed wyjazdem. Chciała jedynie, byśmy zostały same i by mogła zrobić to, na co tak długo czekała.

Kaszlnęłam i poczułam, jak coś wypływa mi z ust. Zobaczyłam czerwień na desce rozdzielczej i uświadomiłam sobie, że to moja krew. Głowa znów mi opadła, jakby mięśnie karku odmówiły mi posłuszeństwa.

Robiłam wszystko, by odpiąć pas, ale nie miałam siły. Udało mi się jednak podnieść rękę, a potem złapać za kierownicę. Z wielkim wysiłkiem wcisnęłam klakson.

Jego dźwięk był jak zbawienie. Zdawał się obiecywać, że ktoś zwróci na mnie uwagę, zainteresuje się samotnym samochodem na niewielkim parkingu, z którego nikt już nie korzystał.

Nikt jednak nie nadchodził.

Zanim udało mi się zatrąbić po raz kolejny, minęło zdecydowanie zbyt wiele czasu. Czułam, że zostało mi jedynie kilka minut życia. Krew lała się z mojego brzucha niemal jak deszcz z nieba.

Wcisnęłam klakson jeszcze raz.

Nie słyszeli mnie? Czy uznali, że po prostu ich ponaglam?

Wiedziałam, że jeśli nie zwrócę na siebie uwagi, nie skierują się w moją stronę. Pójdą w przeciwną, ku dużemu placowi, na którym parkowała większość osób przyjeżdżających na wyspę.

Może już tam poszli?

Zatrąbiłam jeszcze jeden raz, odnosząc wrażenie, że tym razem pękają mi wszystkie wnętrzności. Jęknęłam z bólu. Był tak dotkliwy, że odebrało mi dech.

Nie, to nie skutek bólu, przemknęło mi jeszcze przez głowę. Umierałam. Mój organizm po prostu się wyłączał.

6

Silne opady wciąż nie ustawały i z trudem mogłem dostrzec cokolwiek zza ściany deszczu. Stałem pod mostem, odprowadzając wzrokiem Ewę. Chciałem się ruszyć, pobiec za nią, zatrzymać ją i w jakiś sposób sprawić, że wszystko się zmieni.

Powstrzymałem się być może w ostatniej chwili, przemawiając sobie do rozsądku. To nie była osoba, z którą się związałem. Tamta dawno przestała istnieć.

A zatem w ten sposób żegnałem Ewę. Oglądając jej powidok niknący w kroplach deszczu.

Z zamyślenia wyrwało mnie szturchnięcie łokciem pod żebra. Obróciłem się do Klizy i zobaczyłem, że wyciąga w moim kierunku paczkę papierosów.

– Nie palę – oznajmiłem.

– Nie szkodzi.

Podała mi marlboro goldy, a ja zerknąłem na zdjęcie i ostrzeżenie ministerstwa. Trafiło mi się wyjątkowo nieadekwatne. Jeśli ustawodawca chciał przekonać mnie do tego, bym jednak nie sięgnął po papierosa, powinien bardziej się postarać.

Białe litery na czarnym tle wyglądały jak drwina. „Rzuć palenie – masz dla kogo żyć".

Jola mi podpaliła, a ja zaniosłem się tak dotkliwym kaszlem, jakbym miał wypluć płuca. Usiedliśmy na nasypie i oboje wbiliśmy wzrok w mąconą kroplami deszczu rzekę.

Znów rozległ się dźwięk klaksonu. Przypuszczałem, że ktokolwiek czeka na Prokockiego i resztę, domaga się, by się pospieszyli.

– Nie zapytałeś jej o jedną rzecz, Wern – odezwała się w końcu Kliza.

– Tylko jedną? – odbąknąłem.

– Najważniejszą. O to, dlaczego uciekła.

Obróciłem dymiącego papierosa między palcami.

– Nie musiałem.

– Bo?

– Bo doskonale to rozumiem – odparłem ciężko, rozganiając obłoczek ręką. – Falkowowi jedenaście lat temu w końcu totalnie odbiło. Nasłał na nią tych ludzi pod Hajem i dał jej do zrozumienia, że to dopiero początek.

Jola wyciągnęła papierosa dla siebie, ale potem rozerwała go na pół i zaczęła wysypywać tytoń na ziemię.

– Zwróciła się do Prokockiego, a ten kazał jej uciekać, zapewniając, że wszystko załatwi.

– I zajął się tym tak, że zamiótł sprawę pod dywan.

– Nie on pierwszy i nie ostatni – rzuciłem, przyglądając się temu, co robiła Kliza. – Zresztą to nie ma znaczenia. On nigdy się do tego nie przyzna.

– Pewnie nie – zgodziła się. – Ale co stało się potem? Ulokował Ewę w bezpiecznej kryjówce w Obicach, odczekał trochę, Falkow w tym czasie się uspokoił i... i co?

Wzruszyłem ramionami, słysząc przejeżdżający mostem samochód.

– Dlaczego nie wróciła? – dodała Jola.

– Przez strach.

– Nie, to by nie wystarczyło.

Wiedziałem, do czego zmierza. Chciała żebym zamknął tę sprawę w umyśle raz na zawsze. A żeby to osiągnąć, musiałem spojrzeć prawdzie w oczy.

– Ona nie chciała wracać, Wern – kontynuowała. – W pewnym momencie musiała uznać, że to idealna okazja, żeby zacząć nowe życie. Nagrała dla ciebie te kasety jako pożegnanie, ale najwyraźniej wydarzyło się coś, przez co do ciebie nie trafiły.

– Coś? – spytałem przez zęby. – W jakiś sposób wpadła na ich trop Kasandra. I słuch po nich zaginął.

Jola skinęła głową, ale nie wyglądała na przekonaną.

– Tak czy inaczej, to była jej decyzja – podkreśliła. – Nikt jej nie zmusił do ucieczki, wybrała ją z własnej nieprzymuszonej woli.

Nie potrafiłem zrozumieć, dlaczego miałaby to zrobić. Wszystko nam się układało, nie mogliśmy być ze sobą szczęśliwsi. Planowaliśmy przyszłość, snuliśmy dalekosiężne marzenia i mieliśmy wrażenie, że może być tylko lepiej.

Tak wtedy myślałem. Teraz miałem już świadomość, jak złudne to było.

– Wciąż mi w tym czegoś brakuje – odezwała się Jola.

– Czego?

– Mocniejszej motywacji. Czegoś, przez co Ewa ostatecznie się na to zdecydowała.

– Jak na przykład...

– Nie wiem – odparła Kliza, znęcając się nad kolejnym papierosem. – Ale odpowiedz sobie na pytanie: co jest najmocniejszym motorem napędowym ludzkiego zachowania?

– Chęć bogacenia się?

– Wern...

– Zazdrość? Nienawiść? Strach?

Pokręciła głową, pozorując współczucie.

– Chuć?

– Naprawdę nie podejrzewałam cię, że w takiej sytuacji będziesz próbował wykazać się humorem.

Uśmiechnęła się blado, a ja wyrzuciłem marlboro i otrzepałem ręce.

– Ale byłeś blisko, bo od pożądania seksualnego do miłości w sumie niedaleko – dodała.

– Myślisz, że Prokocki był dla niej kimś więcej?

– Nie.

Odpowiedziała bez wahania, ale nie wiedziałem, czy jej pewność siebie jest uzasadniona. W ciągu jedenastu lat rozegrało się tyle rzeczy, że właściwie każde wyjaśnienie mogło okazać się słuszne.

– Widziałam, jak na niego patrzy – dodała. – A wierz mi, wiem, jak kobieta zerka na kogoś, kogo kiedyś kochała. W tym wypadku nie może być o tym mowy.

– Więc spotkała kogoś innego?

– Nie – odparła z równie dużą stanowczością. – Myślę, że Blitz wiedział o jej ucieczce.

Uniosłem brwi, czekając, aż w jakiś sprytny sposób Kliza przekształci to w żart. Nie otwierała jednak ust, skupiając się na dalszym wysypywaniu tytoniu.

– Powiedz mi, jak często się z nim widywałeś po zaginięciu Ewy?

– Cóż…

– Rzadko, prawda?

– Przychodził dość często do knajp, w których pracowałem.

– Ale byłeś kiedyś u niego w domu? Chodziliście gdzieś razem? Spotkaliście się choć raz wtedy, kiedy ty to zaproponowałeś?

Odwiedziłem go zaledwie raz – i gdybym tylko mógł, najchętniej bym o tym zapomniał. Nasze spotkania zawsze odbywały się w miejscach, w których pracowałem, to fakt. I bywały okresy, w których Blitzer się nie pojawiał.

– Wern?

– Nie – odparłem w końcu. – Widywaliśmy się wtedy, kiedy on postanowił przyjść.

– Dlaczego w ogóle to robił?

Dobre pytanie, uznałem w duchu. Zawsze zakładałem, że popycha go do tego resztka jakiejś dawnej sympatii i chęć wspierania starego kumpla, który stracił nie tylko dziewczynę, ale całą swoją przyszłość.

Ostatecznie jednak musiałem zadać sobie pytanie: czy to byłoby wystarczającą motywacją przez dekadę? Znacznie mocniejszą były przecież wyrzuty sumienia.

Kliza popatrzyła na mnie, szukając w moich oczach zrozumienia. Znalazła je. I nie musiała dodawać nic więcej. Wyjęła kolejnego papierosa i potraktowała go tak samo jak poprzednie.

– Po co to robisz? – spytałem. – To jakaś metoda, by powstrzymać się przed paleniem, czy…

– Nie.

Podniosła się, rzuciła marlboro na ziemię i z impetem zmiażdżyła całą paczkę.

– Po prostu chciałam zniszczyć coś, co należało do niego.

Jej słowa odbiły mi się echem w głowie. Wstałem, spojrzałem na zmiażdżony kartonik i rozsypany wokół tytoń, a potem skinąłem głową z wdzięcznością. Narzuciliśmy kaptury na głowę i ruszyliśmy przed siebie.

Dudnienie kropel deszczu o nieprzemakalny materiał właściwie uniemożliwiało prowadzenie rozmowy, więc szliśmy w stronę parkingu w milczeniu. Nie mogłem uwierzyć, że to koniec.

Dowiedziałem się wszystkiego, co starałem się odkryć jedenaście lat temu. Zobaczyłem zarówno tamto zdarzenie nad Młynówką, jak i całe moje życie w zupełnie nowym świetle. Niepokojącym, ale prawdziwym.

I dzięki temu mogłem zacząć wszystko na nowo.

Wsiedliśmy do felicii, a ja odpaliłem silnik. Powiodłem wzrokiem po okolicy, jakbym jeszcze gdzieś tutaj mógł dostrzec Ewę. Przypuszczałem, że przynajmniej na jakiś czas będę musiał przywyknąć do takich irracjonalnych reakcji.

Z jednej strony była ostatnią osobą, którą chciałbym widzieć. Z drugiej oddałbym wszystko jeszcze za moment rozmowy.

Parking był jednak pusty. Ci, którzy wybrali się na Bolko w taką pogodę, po oberwaniu chmury poszli po rozum do głowy. Byliśmy ostatnimi, którzy to zrobili.

Wyjechałem na asfaltową ścieżkę biegnącą wzdłuż wałów. W dobry dzień pędzili tędy rolkarze i rowerzyści, a na nasypie towarzyszyli im biegacze, spacerowicze i ludzie z psami. Fakt, że teraz było tutaj całkowicie pusto, w jakiś sposób przynosił mi satysfakcję. Jakby była to tylko moja scena. Moje przedstawienie, które się tutaj rozegrało, niczyje inne. I mimo że inni w nim uczestniczyli, zagarnąłem całe to wspomnienie dla siebie.

Ewa, Prokocki i reszta być może będą wracać do niego przez kilka dni lub tygodni. Ja będę przeżywał je na nowo przez następne lata. Być może do końca życia.

Popatrzyłem na zejście z nasypu, kiedy wjeżdżaliśmy na most Pajęczy. Potem wbiłem wzrok przed siebie i wcisnąłem mocniej pedał gazu.

Wydawało mi się, że gdzieś za nami znów rozległ się dźwięk klaksonu.

Zignorowałem go.

– Spieszy ci się gdzieś, Wern? – spytała Kliza.

– Do nowego życia.

– W takim razie uspokój swojego wewnętrznego szybkiego i wściekłego, bo daleko nie zajedziemy.

Zdjąłem nogę z gazu. Miała rację, felicia była pozbawiona wszystkich tych zaawansowanych systemów kontroli trakcji, które pozwalałyby na szaleństwa w deszczu. Prawda była jednak taka, że chciałem jak najszybciej oddalić się od wyspy.

Minęliśmy Kanał Ulgi i zejście na wały po drugiej stronie i skierowaliśmy się ku Wójtowej Wsi.

Coś jednak nie dawało mi spokoju. Zupełnie jakbym o czymś zapomniał, zostawił coś pod tym przeklętym mostem.

Zatrzymałem się przed skrzyżowaniem z główną drogą i spojrzałem kontrolnie w lewo. Żaden samochód nie jechał, mogłem spokojnie skręcać. Mimo to nie wrzuciłem nawet jedynki.

– Coś nie tak? – zapytała Jola.

– To trąbienie…

– Co z nim?

Włączyłem kierunkowskaz, a potem przesunąłem drążek skrzyni biegów.

– Nie miałaś wrażenia, że dochodzi od strony kamionki?

– Hę?

– Jak odjeżdżaliśmy…

Urwałem i upomniałem się, że rozmawiam z osobą, która nie miała pojęcia o topografii wyspy Bolko ani przylegających terenów.

– Nie wydawało ci się, że dźwięk klaksonu dochodził nie od strony parkingu?

– A ja wiem?

Jeszcze raz spojrzałem w lewo. Minął nas samochód dostawczy, za nim droga znów była wolna. Przeszło mi przez myśl, żeby zawrócić i sprawdzić to, co nie dawało mi spokoju. Nie stracilibyśmy wiele czasu.

Nie, przesadzałem. Dopatrywałem się komplikacji tam, gdzie ich nie było. Trąbienie dochodzące ze złej strony nie było wystarczającym powodem, by wracać na wyspę. Ewa dawno odjechała, nie miałem tam czego szukać.

– Jedziemy? – zapytała Kliza.

Skinąłem głową i w końcu wcisnąłem gaz. Tym razem spokojniej, widząc wodę w koleinach jezdni. Przypuszczałem, że przy odpowiedniej prędkości zapewniłaby nam wrażenia jak na lodowisku.

Pojechałem w kierunku centrum. Nie mogłem opędzić się od wrażenia, że zostawiam za sobą znacznie więcej niż tylko przeszłość.

7

Ile mogłam mieć czasu?

Pięć, dziesięć minut? Krew wypływała mi z brzucha nie strużką, ale strumieniem. Nie miało to nic wspólnego z tym, co widywałam w filmach i serialach. W nich ranny miał czas, by zrekapitulować życie, wygłosić jakiś górnolotny monolog czy postarać się wezwać pomoc.

Ja nie byłabym w stanie zrobić żadnej z tych rzeczy. Krew lała się jak pod ciśnieniem, a ja nie miałam już nawet siły odpiąć pasa. Próbowałam jednak uporczywie, jakby to mogło cokolwiek zmienić.

W końcu mi się udało. Wcisnęłam blokadę, a taśma cofnęła się ze świstem. O otwarciu drzwi i wyjściu na zewnątrz nie było mowy, ale mogłam zmienić pozycję. Wydawało mi się, że jeśli nie będę siedziała zgięta, krwotok nie będzie tak intensywny.

Udało mi się osunąć nieco na fotelu, ale niczego to nie zmieniło. Nie byłam już w stanie nawet sięgnąć do klaksonu.

Trąbienie nie miało zresztą żadnego sensu. Werna dawno tu nie było, pozostałych także nie. Nikt nie mógł mi pomóc.

Przez jakiś czas walczyłam z opadającymi powiekami, ale w końcu się poddałam. Poczułam nadchodzącą błogość, jakby ktoś nagrodził mnie za to, że zaprzestałam beznadziejnej walki.

Pomyślałam o Wojtku. Kto się nim zajmie?

Co będzie z Glazurem? Wypuszczą go, wychodząc z założenia, że tak naprawdę nic złego nie zrobił? Czy postawią mu zarzuty za utrudnianie pracy wymiarowi sprawiedliwości?

A Wern? Uwierzy w to, co Ewa mu przedstawiła?

Chciałabym wszystko mu wyjaśnić. Zasługiwał na to, żeby poznać prawdę, od początku do końca. Za długo był oszukiwany właściwie przez wszystkich w swoim otoczeniu.

I wciąż będzie. Byłam jedyną osobą, która znała całą prawdę i była gotowa mu ją wyjawić.

Co teraz zrobi? Rozpocznie nowe życie? Zapomni o niej i o mnie?

Ta ostatnia myśl niespodziewanie uderzyła mnie najbardziej. Zdawała się dotkliwsza niż poniesione rany.

Nie chciałam umierać. Nie z tą świadomością.

8

Jechałem powoli, nie mając zamiaru ryzykować poślizgu. Zbliżaliśmy się już do stacji Orlenu przy rozwidleniu Krapkowickiej, a ruch od strony centrum nieco się nasilił. Wciąż zastanawiałem się nad tym, co nie dawało mi spokoju, ale te myśli zachowywałem dla siebie. Kliza też chciała jak najszybciej oddalić się od Bolko i zapomnieć o wszystkim, czego doświadczyliśmy w ostatnim czasie.

Poza tym mieliśmy trochę spraw do załatwienia. Po tym, jak dostaniemy naprawioną kasetę, będziemy mogli zająć się Falkowem. W głowie powoli układały mi się scenariusze tego, co zrobimy.

Przejechałem jeszcze kawałek, starając się skupić właśnie na tym, ale zanim skręciłem w stronę śródmieścia, ostatecznie dałem za wygraną. Wbiłem kierunkowskaz i zjechałem na stację benzynową.

Jola zerknęła na kontrolkę poziomu paliwa.

– Benzyny mamy sporo – zauważyła. – Więc przypuszczam, że problem nie leży w baku, ale w pęcherzu?

Nie słyszałem nawet, co mówiła. Starałem się przebiec w głowie wszystko, co nurtowało mnie, od kiedy opuściliśmy wyspę.

– Wern? – spytała z rozdrażnieniem Kliza.

Popatrzyłem na nią i zmrużyłem oczy.

– Ten dźwięk na pewno dochodził z przeciwnego kierunku – powiedziałem w końcu.

– Jezu... – jęknęła. – I co z tego?

– To, że Ewa i reszta wyszli spod mostu w stronę parkingu.

– I?

– Ten, kto trąbił, ewidentnie nie czekał na nich. To nie ich ponaglał.

– Więc może był entuzjastą klaksonów. Albo czekał na kogoś innego.

– Na kogo? – zapytałem, oglądając się w stronę, z której przyjechaliśmy. – Tam było pusto jak w Czarnobylu po osiemdziesiątym szóstym.

Jola machnęła ręką.

– Daj spokój – powiedziała, a potem wskazała wąską ulicę odchodzącą na prawo od stacji. – Wracajmy do centrum. Po tym wszystkim muszę wsunąć porządne uramaki.

Poprawiła się na fotelu i posłała mi ponaglające spojrzenie.

– Wern.

– Daj mi się zastanowić...

– Nie ma nad czym. Ktoś trąbił, wielka mi rzecz.

– Normalnie przyznałbym ci rację, ale w tej sytuacji...

Zawiesiłem głos i ściągnąłem brwi. Zrozumiałem już, co mi nie pasowało. Klakson klaksonem, ale było coś jeszcze, co się nie zgadzało. Gdyby nie to, że byłem nieco oszołomiony, z pewnością od razu zwróciłbym na to uwagę.

– Błagam cię... – jęknęła bezradnie Kliza.

Wrzuciłem wsteczny.

– Nie żartuj.

– Słyszeliśmy tylko jeden samochód – odparłem, czym prędzej wycofując. – Kiedy zostaliśmy we dwójkę pod mostem.

– Co?

– Zastanów się, Kliza. Tylko jedno auto przejeżdżało przez most, a przecież przyjechali dwoma. Słyszeliśmy samochód, kiedy wszyscy oprócz Ewy byli już na miejscu.

Obróciła do mnie głowę i już otwierała usta, by zaprotestować, ale w ostatniej chwili uświadomiła sobie to co ja.

– Masz rację – przyznała. – Ale może drugie auto odjechało w innym kierunku?

– To znaczy? Druga droga wzdłuż wałów jest zamknięta.

– W takim razie…

Nie dokończyła, wiedząc, że nie musi.

Tym razem nie zwracałem uwagi na to, że możemy wpaść w poślizg. Wcisnąłem gaz do dechy i skierowałem się z powrotem do miejsca, w które jeszcze przed momentem nigdy nie miałem zamiaru wracać.

Miałem wrażenie, że droga powrotna zajmuje więcej czasu. W końcu jednak minęliśmy most Pajęczy, a ja skręciłem w prawo.

Deszcz w końcu odpuścił, dzięki czemu już z daleka dostrzegłem samotny samochód postawiony tam, gdzie niegdyś mieścił się jedyny po tej stronie wyspy, prowizoryczny parking. Kiedy infrastrukturę rozbudowano, zaprojektowano przestronny plac na tyłach zoo, ale kiedyś to tutaj zatrzymywali się wszyscy ci, którzy dotarli na Bolko od strony podopolskich wsi.

Podjechaliśmy do auta i oboje dostrzegliśmy kobietę bezwładnie osuniętą na fotelu kierowcy. Nie widać było twarzy, włosy całkowicie ją zasłaniały.

– Śpi? – zapytała Jola.

Obawiałem się, że nie w tym rzecz. I że kimkolwiek jest ta osoba, musi być zamieszana w sprawę.

Narzuciliśmy kaptury i opuściliśmy felicię. Ledwo podeszliśmy do stojącego samochodu, zobaczyliśmy plamę krwi rozlewającą się na ubraniu kobiety i na tapicerce. Natychmiast doskoczyłem do auta i pociągnąłem za klamkę. Drzwiczki ani drgnęły.

Nie zastanawiając się ani chwili, rozejrzałem się za czymś, czym mógłbym wybić szybę. Kiedy podbiegłem do sterty kamieni leżących na skarpie, Kliza zaczęła uderzać w okno od strony kierowcy.

– Halo! – krzyknęła. – Słyszysz mnie?

Wróciłem z największym kamieniem, jaki udało mi się znaleźć, a potem zrzuciłem z siebie kurtkę.

– Hej! – nie dawała za wygraną Jola. – Żyjesz?

Owinąłem dłoń i z całej siły przywaliłem kamieniem w tylną szybę. Szczęśliwie nie był to nowy samochód wysokiej klasy, bo w takich okna są niemal pancerne. Szkło ustąpiło od razu, a ja natychmiast wybiłem sterczące z drzwiczek kawałki. Sięgnąłem do klamki, otworzyłem auto i wsunąłem się do środka. Odwróciłem delikatnie kobietę i zamarłem.

– Kas? – wyrwało mi się z ust.

Jej ciało było zwiotczałe i wydawało mi się, że Kasandra nie oddycha.

Byłem jak sparaliżowany. Zgubiłem się w natłoku myśli, tak naprawdę nie rozumiejąc, co się dzieje. Wiedziałem, że została zaatakowana, najwyraźniej jakimś ostrym narzędziem. Nasunął mi się irracjonalny wniosek, że ludzie związani z Robertem w końcu ją dorwali i wymierzyli sprawiedliwość. Oko za oko.

– Wern!

Uświadomiłem sobie, że Kliza próbuje dostać się do środka. Otrząsnąłem się i czym prędzej sięgnąłem do blokady przednich drzwi. Otworzyłem je, a Jola od razu wskoczyła do auta. Nachyliła się nad Kasandrą, przyłożyła dwa palce do szyi i czekała.

Miałem wrażenie, że czas się zatrzymał.

– Boże... – jęknęła.

– Nie żyje?

Mój głos zabrzmiał obco, jakby dochodził nie z ust kogoś innego, ale z innego świata.

– Nie, nie... jest słaby puls – powiedziała słabo Kliza.

Była całkowicie blada, niemal jak Kas. Żadne z nas nie potrafiło poradzić sobie z szokiem, w jaki wprawił nas widok Kasandry. Przez to nie pomyśleliśmy nawet, by zadzwonić po karetkę, choć powinniśmy zrobić to natychmiast.

– Boże... – powtórzyła z niedowierzaniem Jola. – Ile krwi...

Czerwona kałuża zbierała się już na dywaniku – i być może właśnie ten druzgocący widok sprawił, że zacząłem racjonalnie myśleć. Natychmiast wyjąłem telefon i trzęsącymi się rękoma wybrałem numer alarmowy.

– Słucham, ratownictwo.

Spokojny, niemal znudzony głos dyspozytora sprawił, że poczułem się, jakbym znalazł się w jakiejś surrealistycznej rzeczywistości.

– Ratownictwo – burknął bez emocji mężczyzna.

– Potrzebuję.... – zacząłem i urwałem, czując, jakbym tracił głos.

– Halo?

– Potrzebna karetka – powiedziałem w końcu.

– Co się dzieje?

Gardło miałem tak suche i ściśnięte, że z trudem przełykałem ślinę. Nie łatwiej było cokolwiek z siebie wydusić.

– Rany kłute – rzuciłem hasłowo.

– Jest pan ranny?

– Nie, nie ja. Ona... się wykrwawia...

– Gdzie pan jest?

W duchu podziękowałem temu człowiekowi za to, że nie upewniał się, nie dopytywał o szczegóły, nie próbował zmusić mnie do jakiegokolwiek opisu sytuacji. Chciał najpierw załatwić to, co najważniejsze, by wiedzieć, gdzie wysłać pomoc – a dopiero potem zająć się resztą.

– Wyspa Bolko – powiedziałem. – Obok... obok... od strony Winowa.

– Niedaleko mostu?

– Tak, tak – rzuciłem nerwowo, patrząc na Klizę. – Za mostem w prawo. Szybko, proszę przyjeżdżać, ona... ona długo nie wytrzyma.

Brzmiałem jak szaleniec, a przynajmniej tak mi się wydawało. Opadł mnie irracjonalny strach, że ostatecznie dyspozytor weźmie mnie za wariata i odmówi udzielenia pomocy.

– Szybko – powtórzyłem, patrząc na zamknięte oczy Kasandry. – Ona długo nie wytrzyma...

– Karetka już jedzie – zapewnił rozmówca.

Jego głos stał się bardziej czujny, ostry i rzeczowy. Odniosłem wrażenie, że los Kas spoczywa w rękach kogoś, kto wie, co robi.

Po chwili dyspozytor zaczął wypytywać mnie o szczegóły, starając się ustalić jak najwięcej przed przybyciem ratowników. Niewiele mogłem mu powiedzieć. Nawet jeśli byłbym w stanie stosownie ocenić sytuację, miałbym problem z wyartykułowaniem tego.

Rozmówca próbował mnie uspokoić i wyciągnąć kolejne informacje, ale bezskutecznie. Wciąż nie byłem w stanie zebrać myśli.

– Zna ją pan? – zapytał w końcu.

– T-tak…

– Jak się nazywa?

– Kasandra.

– Widzi pan ranę?

– Nie – odparłem niepewnie, patrząc na zakrwawione ubranie. – Ale wygląda na to, że… nie wiem, może dostała w brzuch.

– Proszę podciągnąć Kasandrze bluzkę.

Nieznoszący sprzeciwu ton sprawił, że zrobiłem to, co polecił dyspozytor.

– Są dwie głębokie rany – wydukałem. – Od noża…

– Nóż jest wciąż w którejś z ran?

– Nie.

Mimowolnie przyglądałem się ciemnoczerwonym smugom na nagim brzuchu Kas, czując, że zaczyna mi się robić słabo.

– Jest pan w samochodzie, tak?

Potwierdziłem cichym mruknięciem.

– Proszę wyciągnąć apteczkę – polecił mężczyzna. – A potem założyć rękawiczki i spróbować gazą lub innym kawałkiem materiału zatamować krwawienie.

– Ale…

– Może być cokolwiek sterylnego. Proszę pamięć o ryzyku infekcji.

Mówił tak spokojnie, jakby nie rozumiał powagi sytuacji.

– Słyszy mnie pan?

– Tak.

– Proszę robić, co mówię.

– Ale ja…

– Niech pan po prostu zastosuje ucisk. Karetka już jedzie, zaraz tam będą, ale Kasandra może do tego czasu się wykrwawić. Jeśli ma więcej niż jedną ranę, proszę zająć się tą poważniejszą. Rozumie mnie pan?

Kurwa mać, powinienem sam o tym pomyśleć. Szybko oddałem telefon Klizie, a potem zacząłem szukać apteczki. Kiedy ją znalazłem, nerwowo rozerwałem woreczek z opatrunkiem, umieściłem go tak, by obejmował obydwie rany, a potem przycisnąłem. Kas jęknęła półprzytomnie.

Kiedy Jola odbierała od rozmówcy kolejne instrukcje, ja robiłem wszystko, by ani na moment nie poluzować ucisku. Nie odrywałem wzroku od Kasandry, tak jakby choćby pobieżne rozejrzenie się za karetką mogło sprawić, że pogorszę jej sytuację.

Krwotok zdawał się nieco ustać, ale w apteczce nie było niczego, czym mógłbym na dobre go zatamować. Oddałbym wszystko za kawałek taśmy lub czegoś, co nie przepuszczałoby krwi.

– Gdzie oni są?! – krzyknąłem.

– Jadą, Wern.

– Powinni już tutaj być, do kurwy nędzy.

– Na pewno robią, co mogą.

Kasandra znów cicho, niemal niesłyszalnie jęknęła. Nie mogłem przestać myśleć o tym, że gdybym zawrócił wcześniej lub pomyślał przed opuszczeniem parkingu, zyskałaby cenne minuty.

Jeśli ich zabraknie, nigdy sobie tego nie wybaczę. Wiedziałem o tym równie dobrze jak Kliza, która wyszła z auta i zaczęła nerwowo wyglądać erki. Nie słyszeliśmy jednak jeszcze nawet sygnału.

– Zapytaj go, gdzie są! – rzuciłem, wciąż wpatrując się w opływające krwią ręce.

Jola zrobiła, co poleciłem, a potem uderzyła dłonią o dach. To nie mogło znaczyć nic dobrego.

W końcu oderwałem wzrok od Kasandry i spojrzałem na Klizę. Nachyliła się nad otwartym oknem.

– Za moment będą.

– Pytałem, gdzie są.

– Dyspozytor mówi, że przebijają się przez Niemodlińską.

– Kurwa... – syknąłem i przycisnąłem mocniej.

– To daleko stąd?

Na warunki opolskie nie było daleko. Tyle że teraz porównania do wielkomiejskiego ruchu ulicznego nie miały żadnego znaczenia. Nawet odległość kilkuset metrów mogła okazać się dla Kas tragiczna.

Nagle znów jęknęła, a potem jej ciało zdawało się zwiotczeć jeszcze bardziej. Opadł mnie blady strach, bo odniosłem wrażenie, jakby z Kasandry właśnie uleciało życie.

– Kliza...

– Co jest?

– Sprawdź jej puls.

– Przed chwilą przecież...

– Sprawdź!

Wsiadła do środka, znów przyłożyła palce do tętnicy szyjnej i natychmiast posłała mi przerażone spojrzenie. Nie musiała nawet się odzywać.

Serce Kasandry się zatrzymało.

– Wyciągamy ją! – rzuciłem. – Już!

– Ale…

– Kliza!

– Ale co z krwotokiem?

Miała rację, na Boga, miała stuprocentową rację. Podziękowałem jej w duchu za to, że ma głowę na karku, i natychmiast użyłem kurtki, by przewiązać Kasandrze brzuch. Ścisnąłem najmocniej, jak potrafiłem, a potem gorączkowo skinąłem ręką na Jolę.

Wyciągnęliśmy Kas z samochodu i położyliśmy na pochyłym asfalcie, po którym spływały strugi wody. Momentalnie zrobiliśmy się cali mokrzy, ale deszcz był teraz moim najmniejszym zmartwieniem. Najważniejsze, by brudna woda nie dostawała się do rany.

– Sprawdź, czy oddycha – rzuciłem do Klizy, a sam natychmiast ułożyłem dłonie na klatce piersiowej Kasandry.

Jola przyłożyła policzek do jej ust, a potem pokręciła głową.

– Nic nie czuję – oznajmiła.

Zacząłem masaż serca, modląc się o to, bym tym samym nie spowodował większego krwawienia. Nie wiedziałem, co robię. Nie potrafiłem przypomnieć sobie nawet, ile wdechów i ile uciśnięć powinienem wykonać.

Trzydzieści tych drugich. Tak mi się wydawało. Ale ile wdechów? Dwa? Trzy? Chyba dwa.

Robiłem, co mogłem, żeby utrzymać Kas przy życiu. Walczyłem o nią aż do momentu, kiedy rozległ się ogłuszający sygnał karetki, a ta zatrzymała się w strugach deszczu tuż obok.

Ratownicy zjawili się szybciej, niż się spodziewałem. Dopiero po chwili dotarło do mnie, że nadjechali od strony centrum, a więc skorzystali z zamkniętej drogi. Dzięki Bogu.

Jeden z nich przejął resuscytację, drugi otworzył tylne drzwi karetki i wyjął nosze. Po chwili dostrzegłem, że Kasandra sama nabiera tchu – płytko, nie jak osoba wyciągnięta z wody, która po metodzie usta-usta chwyta łapczywie haust powietrza.

Obserwowałem, jak układają ją na noszach, i wydało mi się, że patrzę na to wszystko przez mgłę – że widzę jakąś sztucznie wygenerowaną symulację zdarzeń, a nie prawdziwy świat.

Zamrugałem, ale obraz się nie wyostrzył. Deszcz znów na dobre się rozpadał.

Przyklęknąłem tuż przy noszach, otarłem czoło i spojrzałem na Kas. Wydawało mi się, że poruszyła ustami, ale równie dobrze mogło być to jedynie złudzenie. Mimo to machinalnie sięgnąłem do jej policzka. Przyłożyłem do niego dłoń, samemu nie rozumiejąc, co robię, a potem nachyliłem się jeszcze bardziej.

Miałem rację. Poruszała ustami, próbowała coś mi powiedzieć.

Coś, co miało dla mnie gigantyczne znaczenie.

– Pan z rodziny? – zapytał jeden z ratowników w czerwonej kurtce.

– N-nie…

Skinął głową, jakby odbębnił jakąś formalność, po czym obaj podnieśli nosze. Ruszyłem za nimi, ale natychmiast mnie powstrzymali. Umieścili Kasandrę w karetce, a jeden z nich coś do mnie powiedział. Nic nie zrozumiałem i chciałem poprosić, by powtórzył, wtedy jednak drugi zamknął drzwi.

Nie miałem zamiaru ich zatrzymywać. Miałem świadomość, że każda sekunda może być na wagę złota.

Poza tym Kas powiedziała mi wszystko, co musiałem wiedzieć.

9

Czasem jedna sekunda wystarcza, by się zakochać, jeden nabój, by odebrać życie, a jeden uśmiech, by zrozumieć, czym jest szczęście. W moim przypadku jedna krótka, niewyraźna wypowiedź okazała się wystarczająca, żebym znów wziął sprawy w swoje ręce.

Nie rozumiałem do końca, co chciała przekazać mi Kasandra, ale nie musiałem. Wystarczyło mi oględne pojęcie. I mocne postanowienie, że tym razem nie odpuszczę.

Miałem dosyć.

Dosyć trwania w niewiedzy i dosyć bycia marionetką w przedstawieniach, które wystawiał ktoś inny. Nadeszła pora, żebym przejął inicjatywę. I żebym to ja w końcu był tym, który pociąga za sznurki.

Decyzję podjąłem tak naprawdę jeszcze w strugach deszczu na Bolko. Utwierdziłem się w niej jednak, kiedy wieczorem razem z Klizą usiedliśmy w miejscu, w którym tak naprawdę wszystko to się zaczęło. Moim nowym, niegdyś wymarzonym, a teraz przeklętym mieszkaniu na poddaszu.

Kiedy Jola próbowała dowiedzieć się, jaki jest stan Kasandry, ja wracałem myślami do tamtych chwil. Do znalezienia pierwszej kasety i do tego wszystkiego, co potem się stało.

Wydarzenia były jak rozrzucone na podłodze klocki, które dało się złożyć na kilka różnych sposobów. Każdy z nich jawił się jako właściwy, ale każdy prowadził też do zupełnie innego rozwiązania.

Projektant zdawał się nie przewidzieć jednego ostatecznego, obowiązującego kształtu. Tylko ode mnie zależało, co uznam za poprawną, a co za nieprawdziwą wersję.

Tyle że prawda nie występuje w wariantach. Musiał istnieć jeden właściwy sposób, w jaki powinienem złożyć te wszystkie elementy w całość.

I wydawało mi się, że go poznałem.

– Dobra – odezwała się Kliza, wyrywając mnie z zamyślenia. – Ustaliłam co nieco.

Usiadła na kanapie obok mnie. Przed nami na stoliku telewizyjnym leżały plastikowe opakowania po sushi, zabrudzone pałeczki i resztka wasabi.

Spojrzałem na Jolę, zastanawiając się, w jaki sposób wyciągnęła od personelu szpitala informacje. A może to nie stamtąd czerpała wiedzę? Pamiętałem, że ma w opolskiej policji „osobowe źródło informacji", które zwała niemal pieszczotliwie OZI-m.

– Więc? – spytałem.

– Jest na chirurgii ogólnej.

– Domyślam się, że nie na neonatologii – odparłem cicho. – Co z nią?

Już kiedy Kliza rzuciła „dobra", wiedziałem, że nie jest źle. Nie znaliśmy się może jak łyse konie, ale miałem o niej wystarczająco dobre pojęcie, by wiedzieć, jak zachowałaby się, gdyby Kasandry nie udało się uratować.

– Doszło do perforacji żołądka – powiedziała Jola.

Nie brzmiało to najlepiej.

– To poważne?

– A jak ci się wydaje? – odparła, wrzucając do jednego z opakowań na stole nieotwarty sos sojowy. – Słyszałeś w ogóle kiedyś o… niepoważnym ciosie nożem w brzuch?

Nie odpowiedziałem.

– Ale mogło być o wiele gorzej – dodała po chwili. – Wprawdzie napastnik uszkodził jej tętnicę, ale nie ucierpiała aorta brzuszna. Mówili coś o którymś odgałęzieniu.

W tym względzie obawiałem się najgorszego. Wydawało mi się, że ilość straconej przez Kasandrę krwi była zatrważająca.

– Miała szczęście, że ją znaleźliśmy, Wern.

– Trudno w jej sytuacji mówić o szczęściu.

– Wykrwawiłaby się tam, gdyby nie my. Gdyby nie ty, bo ja chciałam przecież…

– Daj spokój – uciąłem.

Przez moment wpatrywała się beznamiętnie przed siebie, a potem skinęła lekko głową. Przypuszczałem, że tak łatwo nie pozbędzie się wyrzutów sumienia, ale nie był to z pewnością dobry moment, by się nimi przejmować.

– Straciła prawie dwa litry – dodała Jola. – To już na granicy zapaści.

– Ale wyjdzie z tego. To jest najważniejsze – podkreśliłem. – Jest już po operacji?

– Tak, była na stole trzy godziny. Zrobili też tomografię jamy brzusznej, ale nic więcej nie wiem.

– Ile ma tam zostać?

– Co najmniej trzy, cztery tygodnie.

To powinno wystarczyć, uznałem w duchu. W tym czasie zrobię wszystko, co sobie zamierzyłem – i jeśli dobrze pójdzie, Kas ze szpitala wróci do całkowicie innego świata. Przynajmniej w pewnym sensie.

– Wiedzą cokolwiek o napastniku? – zapytałem.

– Nie. Znaleźli narzędzie zbrodni, ale nie ma żadnych odcisków palców.

– Jak to możliwe?

Kliza wzruszyła ramionami, a ja pomyślałem, że możliwych powodów właściwie jest dość sporo. Napastnik mógł mieć oczywiście rękawiczki, mógł wytrzeć uchwyt noża, a oprócz tego mógł mieć kogoś w policji. Kogoś, kto albo zatarł ślady, albo podmienił narzędzie zbrodni.

– Sprawdzili auto? – spytałem. – Wiadomo, do kogo należy?

– Pewnie tak, ale nie chcą mi niczego zdradzić.

Zasadniczo nie miało to większego znaczenia. Właściciel samochodu byłby ostatnią osobą, która zostawiałaby w nim ofiarę. Jeśli kogoś mogliśmy wyjąć z kręgu podejrzeń, to właśnie jego.

– Kto mógł to zrobić, Kliza?

– Przypuszczalnie ktoś z tych, którzy zabawiali nas pod mostem swoimi opowiastkami.

Spojrzeliśmy na siebie, nie chcąc wyartykułować tego, co wydawało się najbardziej oczywiste. Prawda była jednak taka, że to Ewa nasuwała się jako główna podejrzana. To ona zjawiła się jako ostatnia.

Nie, nie było żadnych dowodów na to, że to ona. A domysły to za mało, żebym podejrzewał ją o próbę odebrania

Kasandrze życia. Być może zdolna była do gorszych rzeczy, niż dotychczas sądziłem, ale do zabójstwa? Nie, raczej nie.

– W końcu do tego dojdą – odezwała się Jola. – A jeśli nie, to Kasandra niebawem się obudzi i wskaże sprawcę.

– Tak sądzisz?

– Raczej nie znalazła się w tym samochodzie przypadkiem. I raczej nie napadł na nią człowiek bez twarzy.

– Nie to miałem na myśli…

– Wiem – odparła i westchnęła. – Miałeś na myśli to, że ktoś może próbować ją szantażować. I ostatecznie zmusić do milczenia.

– Albo gorzej.

Nieprecyzyjne słowa, eufemizmy, niejasne określenia. To wszystko zdawało się nam niezbędne, by zachować równowagę. W istocie jednak było dla nas jasne, że jeśli to rzeczywiście Ewa próbowała ją zabić, to tylko jedna osoba będzie ją chroniła. Prokocki.

– Pomożemy jej – zadeklarowałem.

Jola popatrzyła na mnie, jakbym właśnie zobowiązał się do podpisania paktu z diabłem.

– Jesteś pewien, że tego właśnie chcesz?

– Tak.

– Nawet jeśli to będzie wymagało wystąpienia przeciwko Ewie?

– Ewa nie żyje – odparłem, starając się, by mój głos zabrzmiał spokojnie. – Rok temu odnaleziono jej ciało na Bolko.

Wyraźnie dostrzegłem wahanie Klizy. Nie rozumiała, w jaki sposób zamierzam pomóc Kas, jednocześnie zakładając, że nie można pociągnąć Ewy do odpowiedzialności.

Nie musiała rozumieć.

– Nie jestem pewna, czy to wykonalne, Wern.

– Po prostu mi zaufaj – odparłem. – W tej i drugiej sprawie.

– Drugiej?

W końcu dotarliśmy do tego, co interesowało mnie najbardziej. Do przejęcia inicjatywy.

Podniosłem się z kanapy i podszedłem do lodówki. Przez chwilę zastanawiałem się, czy nie lepiej byłoby zrezygnować z piwa i zachować trzeźwy umysł. Potem stwierdziłem, że w tej chwili mi on niepotrzebny. Przyda się rano, teraz niekoniecznie.

– Chodzi mi o Falkowa – powiedziałem.

– Co z nim?

Usiadłem z powrotem obok Joli, otworzyłem dwie puszki heinekena i jedną podałem jej.

– Przede wszystkim potrzebujemy kontaktu do kogoś z BSWP.

– Policyjnego Biura Spraw Wewnętrznych? – spytała, a potem pociągnęła pierwszy łyk.

– Znasz tam kogoś?

– Nie, ale mogę poznać.

– Świetnie – odparłem i skinąłem głową, jakby temat był zamknięty.

Jola przypatrywała mi się pytająco.

– Chcesz ugryźć to od tej strony? – spytała. – Nie lepiej dać kasetę prokuratorom i poczekać, aż zrobią swoje?

– Nikomu nie dam kasety.

– Co?

– Jak przyjdzie z naprawy, zamierzam wcisnąć ją do kartonu razem z pierwszą i zamknąć.

– O czym ty mówisz?

Odłożyłem puszkę i się uśmiechnąłem. Wiedziałem, co Kliza sobie myśli: odbiło mu. Oberwał od losu zbyt mocno i stracił kontakt z rzeczywistością.

– Nie zamierzam donosić na Falkowa – powiedziałem. – Ani do prokuratury, ani do Biura Spraw Wewnętrznych Policji.

– Ale…

– Planuję zrobić coś dokładnie odwrotnego. Zadbać o to, by został w policji tak długo, jak to możliwe.

Liczyła, że wszystko jej wyjaśnię, ale nie miałem zamiaru. Tym razem to ja miałem być jedyną osobą, która wiedziała, co tak naprawdę się dzieje.

10

Prognoza lekarzy była dobra. Dwa ciosy padły obok siebie, a nóż przebił jedynie żołądek. Gdyby Ewa trafiła w inne organy lub uszkodziła aortę brzuszną, z pewnością nie wytrzymałabym do przyjazdu karetki. Od razu stwierdzono by zgon.

Tymczasem jednak wystarczyła kilkugodzinna operacja, by ustabilizować mój stan. Po tygodniu spędzonym na drugim piętrze szpitala przy Witosa czułam się już znacznie lepiej. Właściwie byłabym gotowa opuścić oddział chirurgiczny, a najlepiej i budynek, ale lekarze twierdzili, że to niemożliwe.

Na obserwacji miałam zostać jeszcze minimum przez dwa tygodnie. Mój stan miał być ściśle monitorowany, co brzmiało dość niepokojąco, ale lekarze zapewniali mnie, że nie mam powodów do obaw – nie doszło do żadnej infekcji, nie miało miejsca zapalenie otrzewnej.

Wyglądało na to, że zatrzymują mnie tu dla bezpieczeństwa.

Przypuszczałam, że prędzej czy później ktoś mnie odwiedzi, ale nikt się nie zjawił. Ani Wern, ani Kliza, ani Prokocki. Wizyty tego ostatniego spodziewałam się najbardziej. Wydawało mi się oczywiste, że będzie chciał się przekonać, czy zamierzam milczeć.

Nie musiał jednak tego robić. Wystarczyła mi w zupełności świadomość, że dopóki trzymają tutaj Wojtka, tak naprawdę mają wszystkie mocne karty. Próbowałam namówić ordynatora, by pozwolił mi zobaczyć syna, ale był nieugięty. Zaręczył mi jednak, że zapewniają mu najlepszą opiekę.

Nie rozumiałam, dlaczego Damian się nie pojawił. Ratownicy przekazali mi, że to właśnie dzięki niemu przeżyłam do ich przyjazdu. Robił resuscytację aż do momentu, gdy przejął ją jeden z nich. Wtedy miałam na moment się ocknąć, mamrotać coś. Nic z tego nie pamiętałam.

Spodziewałam się, że sam mi to prędzej czy później wyjaśni, ale minęło już siedem dni, a ja nie miałam od niego żadnej wiadomości. Może domyślił się, co zaszło w samochodzie? Jeśli tak, to należało uznać, że stanął murem za Ewą. Być może początkowo się wahał, ale ostatecznie to właśnie jej dobrem się kierował.

Nietrudno byłoby jej po raz kolejny go zmanipulować. Wystarczyłoby, żeby przedstawiła mu zgrabną historyjkę o tym, że to ja ją zaatakowałam, a ona jedynie się broniła.

Nożem kuchennym, który zawczasu zabrała z domu Electry.

Tak, to zdecydowanie nie trzymałoby się kupy. Ale zdawałam sobie sprawę, że Wern nadal kocha byłą narzeczoną, a miłość to nic innego jak rozpuszczalnik – owszem, usuwa problemy, ale kiedy tylko bezpośrednio dotknie tego, kto go używa, powoduje szereg zagrożeń. W tym wypadku nie doprowadzi do podrażnień skóry, zatrucia organizmu czy stanów zapalnych, ale do porażenia racjonalności. Damian będzie gotów uwierzyć we wszystko, co powie Ewa.

Kiedy w końcu uznałam to za najbardziej prawdopodobny scenariusz, rozległ się dźwięk mojej komórki.

Znaleziono ją tuż po tym, jak przyjęto mnie do szpitala. Znajdowała się w sali, w której leżał Wojtek, a pracownicy uznali, że najwyraźniej musiałam ją tam zostawić podczas jednej z wizyt u syna.

Bzdura. W istocie było to dobitne przypomnienie mi, że Prokocki może zaszkodzić Wojtkowi. To podkomisarz zostawił ją w tym konkretnym miejscu. I w określonym celu.

Być może dlatego, kiedy tylko usłyszałam znajomy dźwięk, wzdrygnęłam się. Niechętnie sięgnęłam po telefon, ale przekonałam się, że to nie Prokocki stara się ze mną skontaktować. Zobaczyłam wiadomość od automatu, którego numer doskonale pamiętałam.

Kod dostępu na RIC. Mogła go wysłać tylko jedna osoba.

Wbiłam wzrok w otwarte drzwi na korytarz, myśląc o tym, że natychmiast potrzebuję laptopa. Nie miałam pojęcia, dlaczego Wern kontaktuje się przez RIC, ale musiał istnieć dobry powód. I z pewnością Damian nie miał wiele czasu.

Wypatrywałam nerwowo którejś z pielęgniarek, ale jak na złość na korytarzu nikogo nie było. Kiedy zaczęłam z bólem się podnosić, zobaczyłam, że ktoś wychyla się zza drzwi.

Otworzyłam usta, chcąc ściągnąć na siebie uwagę, ale ugryzłam się w język. Jak zwrócić się do pielęgniarki? Siostro? Nie, tak chyba mówiły do nich tylko starsze osoby, a poza tym pamiętałam, że kiedyś pielęgniarki urządziły akcję, w której przekonywały, że w ten sposób powinni zwracać się do nich jedynie… ich bracia.

Wydawało mi się, że nie ma w tym nic dziwnego ani lekceważącego. Wręcz przeciwnie, było to podkreślenie zaufania, jakim cieszyła się wśród pacjentów ta część personelu medycznego.

Jezu, o czym ja w ogóle myślałam?

– Siostro – odezwałam się. – Czy byłaby możliwość, żebym skorzystała z komputera?

– Hmmm… – rozległ się pomruk zza drzwi.

Głos należał do mężczyzny. I właściwie tyle wystarczyło, bym poczuła niepokój. Wstrzymałam oddech, czekając, aż nieproszony gość się pokaże, i jednocześnie byłam gotowa, by zerwać się z łóżka.

– Z tym może być problem – dodał przybysz.

Wbiłam wzrok w korytarz, niedowierzając. Rozpoznałam jego głos bez trudu, ale musiałam go zobaczyć, by mieć stuprocentową pewność.

W końcu ją zyskałam. Wern wyszedł zza progu i posłał mi lekki uśmiech, unosząc komórkę.

– Ale przypuszczam, że to przeżyjesz, skoro tak naprawdę nie musisz wchodzić na RIC, żeby ze mną pogadać – dodał, zbliżając się do łóżka.

Nie mogłam powstrzymać unoszących się kącików ust. Odpowiedziałam na jego powitanie uśmiechem zbyt szerokim jak na takie okoliczności. Poczułam jednak tak niespodziewaną i tak wielką ulgę, że było to silniejsze ode mnie.

On sprawiał wrażenie, jakby miał podobne odczucia, ale może tylko dostrzegałam to, co chciałam widzieć.

– Poza tym poradziłaś sobie ze znacznie większymi trudnościami – rzucił, wskazując na mój brzuch.

– Miałam niewielką pomoc.

Przysiadł na łóżku i na chwilę położył dłoń na mojej ręce, jakby chciał się przywitać, ale nie do końca wiedział, w jaki sposób powinien to zrobić.

– Niewielką? – spytał, cofając rękę. – Najwyraźniej nikomu nigdy nie robiłaś RKO.

– Tak się złożyło, że nikt warty ocalenia nigdy nie umierał na moich rękach.

– Racja – przyznał. – Na moich za to tak.

– Ciekawe... – odparłam, mrużąc oczy. – Udało ci się tę osobę uratować?

– Na szczęście tak.

– Odwdzięczyła ci się jakoś?

– Nie miała jeszcze okazji – przyznał. – Ale cały czas mam nadzieję, że niebawem to zrobi.

Mruknęłam cicho, namyślając się.

– Masz jakiś pomysł na to, jak miałaby wyrazić swoją wdzięczność?

– Myślałem o kolacji gdzieś nad opolską Wenecją.

Uniosłam brwi.

– Niekoniecznie w Highlanderze – zastrzegł szybko. – Może raczej w którejś knajpie przy Szpitalnej. Rozciąga się tam całkiem niezły widok na Młynówkę. Nie sądzisz?

– Sądzę, że to intrygujący pomysł.

– Mam jeszcze jeden.

Położył rękę na szpitalnej pościeli, a potem nachylił się nade mną i spojrzał mi prosto w oczy.

– Jaki?

– Że ta uratowana osoba odwdzięczy się, mówiąc mi całą prawdę.

Jego twarz nagle stężała, a ja poczułam się, jakbym zderzyła się czołowo z twardą rzeczywistością. Zamrugałam nerwowo, a Wern się wyprostował. Wyraźnie się zmieszał i chyba uświadomił sobie, że to nie wyszło tak, jak powinno.

– Kas, nie chciałem...

– Nie ma o czym mówić – ucięłam szybko.

– Przepraszam.

Machnęłam lekko ręką, jakby rzeczywiście nic się nie stało. Wern za to sprawiał wrażenie, jakby dopiero teraz uświadomił sobie, że wcześniejsza część tej rozmowy nie była z mojej strony zgrywaniem się.

– Słuchaj... – zaczął.

– Jestem jeszcze na lekach, lekko otumaniona – przerwałam mu. – Nie jestem nawet pewna, czy naprawdę tu jesteś, Wern.

– Jestem.

– Bo chcesz odpowiedzi?

Skinął lekko głową, wciąż nieco skonfundowany.

– Ewa z pewnością wszystko ci wyjaśniła – powiedziałam, przyglądając się jego reakcji.

Wydawało mi się, że na samej jej podstawie będę potrafiła ustalić przynajmniej kilka istotnych faktów.

Po pierwsze, dlatego że wspomniałam o Ewie, a on dotychczas nie wiedział nic o naszych kontaktach.

Po drugie, dlatego że jeśli wszystko poszło zgodnie z planem, Damian powinien otrzymać spójną i wiarygodną wersję zdarzeń. Wersję, której także ja powinnam się trzymać.

– Tak, wyjaśniła – odparł. – Tyle że prawdy w tym wszystkim było jak na lekarstwo.

– To znaczy?

Westchnął i podniósł się z łóżka. Podszedł do okna, a potem przez moment wyglądał na zewnątrz, obrócony do mnie plecami.

– Wiesz dobrze, co to znaczy – odezwał się. – Bo brałaś w tym wszystkim udział.

– W tym?

Obejrzał się i popatrzył na mnie z ukosa.

– Nie ma sensu, żebyś mnie dłużej okłamywała – powiedział stanowczo.

Uświadomiłam sobie, że zaszła w nim jakaś zmiana. Nierzucająca się w oczy, ale przy dłuższej rozmowie coraz lepiej widoczna. Wydawało mi się, że jest znacznie pewniejszy siebie, jakby to on wreszcie przejął kontrolę nad sytuacją.

Ale czy to w ogóle możliwe?

Prokocki i Ewa przygotowali wszystko dość precyzyjnie. Werner miał na tym etapie po prostu odpuścić. Tymczasem wyglądał, jakby zamierzał postąpić dokładnie odwrotnie.

– Szczególnie że potrzebuję twojej pomocy – dodał.

– Jakiej?

– Musisz na jakiś czas przenieść się do innej sali.

Spodziewałam się wszystkiego, ale z pewnością nie tego.

– I w czym ma ci to pomóc?

– W ostatecznym zamknięciu kilku spraw.

Zbliżył się do łóżka i tym razem usiadł po drugiej stronie. Patrzył na mnie bez wyrazu, nie potrafiłam wyczytać niczego z jego oczu.

– To raczej nietypowa prośba – zauważyłam. – I właściwie nie do mnie powinieneś ją kierować.

– Załatwię to bez problemu z ordynatorem. Chcę mieć tylko twoją zgodę.

– W porządku – odparłam bez namysłu, bo wydawało mi się to zupełnie trywialne.

Najwyraźniej jednak takie nie było, inaczej Wern nie przykładałby do tego tak dużej wagi. Już miałam zapytać go, dlaczego to istotne, ale to on odezwał się jako pierwszy.

– Wszystko ci wyjaśnię – zapewnił. – Ale najpierw ty musisz powiedzieć mi o kilku rzeczach.

– Jakich?

– Właściwie „kilku" to niedomówienie…

– Mhm – mruknęłam cicho, licząc na to, że mój głos nie zdradzi towarzyszącego mi zdenerwowania.

Jak wiele wiedział? Do czego dotarł? I dlaczego nie przyjął wersji Ewy?

– Zacznijmy od tego, dlaczego nagrałaś te kasety.

– Ja?

– Nie rób ze mnie idioty – odparł i na sekundę spuścił wzrok. – Wystarczająco długo tak mnie traktowałaś.

Nie było w tym wyrzutu ani pretensji, raczej głębokie rozczarowanie. I być może to ono sprawiło, że poczułam ukłucie prosto w serce.

Nie powinien zorientować się, że to ja jestem na obydwu nagraniach.

Były dostatecznie uszkodzone, by zmysł wzroku zawiódł oglądającego, a wszelkie wątpliwości wypełniła wyobraźnia. Przesunięcie obrazu sprawiło, że na dobrą sprawę nie było tam nawet widać mojej twarzy.

Wern czekał na odpowiedź, ale nie wiedziałam, jakiej powinnam mu udzielić. W jednej chwili mogłam przekreślić wszystko to, co starali się zrobić Ewa i Prokocki. I ja od pewnego czasu.

– Wiem, kto porwał twojego syna – odezwał się w końcu Damian. – I ty też zdawałaś sobie z tego sprawę od samego początku. Dlatego nagrałaś tę pierwszą kasetę.

Nabrałam głęboko tchu. Potem skinęłam powoli głową.

Nie było sensu dłużej ukrywać prawdy. Szczególnie że Werner najwyraźniej sam odkrył przynajmniej jej część.

11

W gruncie rzeczy nie przeszkadzały mi kłamstwa. Nie same w sobie. Problem stanowiło to, że ilekroć ktoś je wypowiadał, pokazywał, że nie jestem wart prawdy.

Wpatrywałem się w oczy kobiety, z ust której usłyszałem najwięcej nieprawdy w życiu, zastanawiając się, czy w końcu się to zmieni. Kasandra mogła brnąć w wersję, której dotychczas się trzymała, ale wiedziałem, że w głębi duszy nie chciała tego robić.

Udowodniła to, kiedy po resuscytacji z trudem przekazała mi krótką wiadomość. Byłem pewien, że tego nie pamięta, ale nie miało to żadnego znaczenia – liczyło się to, co nią kierowało.

– W porządku… – odezwała się wreszcie. – Co mam ci powiedzieć?

– Wszystko. Od momentu, kiedy zorientowałaś się, że Wojtek zaginął.

Przesunęła dłonią po włosach i zamknęła oczy. Mimo że miała na sobie szpitalne ciuchy, lusterka nie widziała od tygodnia i nie nosiła ani grama makijażu, wyglądała cudownie. Nie bałem się tego przed sobą przyznać. Wystarczyło, że okłamywali mnie wszyscy inni – ja sam nie miałem zamiaru tego robić.

– Uznałaś, że to ja go porwałem, prawda? – spytałem.

Otworzyła oczy i popatrzyła na mnie w milczeniu.

– Kiedy dowiedziałaś się, że znaleziono go w Opolu, właśnie tak założyłaś – dodałem. – Czy się mylę?

– Nie, nie mylisz się – przyznała. – Ale nie myślałam logicznie, Wern. Wydawało mi się, że przez ten rok złość czy nawet nienawiść powoli w tobie wzbierała, a w końcu…

– Zdecydowałem się porwać twoje dziecko w akcie zemsty?

Pokiwała lekko głową.

– Wiem, że to…

– Właściwie to całkiem racjonalne – uciąłem. – Niejednemu porzuconemu facetowi w historii świata odbijało znacznie bardziej.

Zanim zorientowałem się, jak żałośnie to zabrzmiało, było już za późno. W oczach Kas pojawiło się współczucie, na które wcale nie liczyłem. Uznałem, że najlepiej szybko uciąć ten temat.

– Ale nie miałaś stuprocentowej pewności, że to ja.

– Nie, nie miałam.

– I to, co mówiłaś o Kajmanie, kiedy pierwszy raz się spotkaliśmy, było prawdą.

Skinęła zdawkowo głową. Dobrze, była gotowa wszystko mi wyznać. Nie miała zamiaru dłużej zaprzeczać, tworzyć nowych scenariuszy ani trzymać się tego, który stworzyli Ewa i Prokocki.

– Zanim przyjechałam do Opola, brałam pod uwagę różne możliwości. Raz skłaniałam się ku tobie, raz ku ludziom Kajmana – podjęła. – Kiedy w końcu poszłam po rozum do głowy, uznałam, że to najprawdopodobniej oni porwali Wojtka.

Poczułem, że nie mówi mi całej prawdy. Tym razem robiła to jednak tylko po to, by mnie nie ranić. Tak naprawdę nawet po przyjeździe tutaj musiała przecież zakładać, że to ja jestem najbardziej prawdopodobnym kidnaperem.

– Więc nagrałaś tę pierwszą kasetę... – odezwałem się.

– Tak. Jeszcze w Niemczech.

– Po co?

Znów zamknęła oczy, jakby czuła wstyd z powodu tego, co zrobiła.

– Wiedziałam, że jeśli Kajman za tym stoi, to jest tylko jedna osoba, która może mi pomóc. Ty – odezwała się, nie podnosząc powiek. – Ale miałam też świadomość, że nie będziesz gotów tego zrobić.

– A zatem należało mnie zmanipulować. Znów.

– Tak – przyznała otwarcie. – Ta pierwsza taśma miała uświadomić ci tylko, że są inne. Zamierzałam je nagrać już tutaj, reagując na bieżąco na to, co się działo...

Miałem po raz kolejny stać się marionetką. A ona, na bieżąco analizując postępy naszego małego śledztwa, miała pociągać za odpowiednie sznurki.

Bez trudu mogłem sobie wyobrazić, jak je zmienia. Jak tworzy kolejne nagrania, by zmusić mnie do takiego czy innego działania. Nie, nie zmusić. Robiłbym wszystko z własnej nieprzymuszonej woli, szukając kolejnych kaset.

Chciała powtórzyć to, co zrobiła z pendrive'ami.

Nie potrafiłem jej za to winić. Próbowała znaleźć swojego syna i uznała, że wykorzysta do tego narzędzie, które już się sprawdziło. Każda matka na jej miejscu byłaby gotowa na podobny krok. Może nawet bardziej drastyczny.

– Chciałaś mną sterować – rzuciłem. – Po raz kolejny.

– Tak.

Starała się, by w jej głosie nie zadrgała nuta wstydu, ale bez powodzenia.

– Miałaś świadomość, że ludzie Kajmana mają mnie na oku.

– Zgadza się – powiedziała, a potem odetchnęła głęboko, jakby miała zamiar zrzucić ciężar, który zbyt długo nosiła na swoich barkach. – Trafili na mój trop w Niemczech i od razu zrozumieli, że dzięki temu mogą wreszcie zrobić to, na co czekali.

– Znaleźć Ewę.

– Tak. Dla Kajmana to nie tylko punkt honoru. To przez nią resztę życia spędzi w więzieniu, to ona zniszczyła swoimi zeznaniami jego organizację. Przypuszczam, że od kiedy je złożyła, zemsta stała się dla tego człowieka jedynym celem jego egzystencji.

Trudno było temu zaprzeczyć. Choć Prokocki i Ewa robili wszystko, by przekonać mnie, że nic z tego nie jest prawdą, a zagrożenie ze strony Kajmana jest urojone.

– Szukali jej latami – ciągnęła Kas. – Ale bezskutecznie. Jedyną osobą, której udało się kiedykolwiek wpaść na trop Ewy, byłam ja.

– Mówisz o kasetach w Obicach?

– W Obicach nie było żadnych taśm, Wern.

Potrząsnąłem nerwowo głową. Wydawało mi się, że wszystko zrozumiałem i że Kasandra wyjawia mi teraz całą prawdę. Ale jej ostatnia deklaracja z tym nie współgrała.

– W takim razie skąd wiedziałaś o tych wszystkich faktach z naszego życia?

– Z notatek Ewy.

– Notatek?

– Nie nagrała żadnych filmów, to ja wpadłam na pomysł, żeby to zrobić – wyznała. – Ale kiedy była w Obicach, spisywała swoją historię. Nie wiem dlaczego. Może chciała zabić czas, może uznała, że Prokocki przekaże to kiedyś tobie, a może po prostu potrzebowała podsumować poprzednie życie, zanim zacznie nowe…

Kiedy Kas zawiesiła głos, wyobraziłem sobie tę sytuację. Ewę siedzącą w jakimś starym, zapuszczonym domu w podkieleckiej wsi. Pełną obaw, walczącą z niepewnością jutra. Musiała mieć świadomość, że Kajman może w każdej chwili trafić na jej trop. Prokocki z pewnością zrobił wszystko, by tak się nie stało, ale nie mógł dać jej stuprocentowej gwarancji bezpieczeństwa.

– Wszystko, co ci powiedziałam o tamtym miejscu, było prawdą – dodała po chwili Kasandra.

– Tyle że nie było kaset, ale zapiski.

– Tak.

Wstałem z łóżka i przeszedłem się po sali. Miałem wreszcie prawdziwy początek tej historii, teraz potrzebowałem reszty.

– Jak wiesz, ludzie Kajmana w końcu odkryli, że jako jedyna trafiłam na trop Ewy – odezwała się Kas.

– Trudno było nie zauważyć, kiedy uciekałem przed nimi przez pół Polski.

Kasandra potwierdziła ruchem głowy.

– Od tamtej pory mnie szukali – odezwała się. – I kiedy udało im się mnie znaleźć, porwali Wojtka. Dzięki temu chcieli zmusić mnie, bym doprowadziła ich do Ewy.

Tyle że sama nie wiedziała, gdzie jej szukać. Miała jednak świadomość, że jakaś poszlaka może być w zapiskach z Obic. Nagrała je na kasetę, bym przyjrzał się oryginalnemu materiałowi i coś z niego wyłowił. I wyłowiłem.

Oparłem się plecami o ścianę obok łóżka.

– Porywacze się z tobą kontaktowali? – spytałem.

– Nie, wtedy nie. Zrobili to dopiero później, kiedy mieli świadomość, że rozumiem powagę sytuacji.

A zatem mimo tego, co mówiła, na początkowym etapie najpewniej zakładała jeszcze, że to ja jestem porywaczem. Nie chciałem sobie wyobrażać, co wtedy przechodziła. Miała świadomość, że może mną posterować, ale musiała wytrwać na tyle długo w swojej grze, by móc to zrobić.

– Dlaczego umieściłaś na kasecie nick Klizy?

– Uznałam, że to zbije cię z tropu, gdyby przyszło co do czego.

– Chciałaś upozorować jej udział?

– Gdyby zaszła taka potrzeba.

Oczywiście, gdyby tylko coś poszło nie po jej myśli, wciągnęłaby w to wszystko Klizę. Tyle że ona sama zjawiła się w Opolu, autentycznie zaniepokojona tym, co dzieje się z Kasandrą i Wojtkiem. Gotowa pomóc.

– Gdybyś odkrył zbyt wiele, planowałam…

– Co? – przerwałem jej. – Wrobić kogoś innego?

– Nie. Udać, że to Jola przysłała ci kasetę, bo przez ostatni rok zmaga się z wyrzutami sumienia – odparła spokojnie. – W kryzysowej sytuacji odezwałabym się do niej i poprosiła ją o...

– Wzięcie udziału w twojej kolejnej grze.

Skinęła lekko głową. Założenie było słuszne i przypuszczałem, że Kliza przystałaby na propozycję, wiedząc, jak wiele jest na szali.

– Ale Wojtek trafił do szpitala – zauważyłem. – A Jola sama się zjawiła.

– Ona i Glazur.

– No tak.

– Zabrali go ze szpitala, jak pamiętasz. Obawiali się, że coś mu zagraża, stąd ta decyzja.

– Czemu w ogóle tam trafił?

Widziałem, że nie chce o tym mówić. A może sama nie zna odpowiedzi.

– Nie wiem, Wern – powiedziała cicho. – Naprawdę nie wiem. Coś musiało pójść nie tak, kiedy porywacze go zabrali. Może doszło do jakiegoś wypadku, może próbował uciec, może stało się coś pechowego... Ostatecznie liczy się tylko to, że nie zostawili go tam, gdzie to się stało, ale umieścili w szpitalu.

– Z którego zabrał go Glazur, a potem zostawił notatkę w drzwiach mojego mieszkania, bo nie był pewien, czy może mi ufać. Dlatego chciał, żebyś sama spotkała się z nim na placu Wolności...

– Gdzie zatrzymała nas policja.

A chwilę później ja spotkałem czekającą na Glazura i zajadającą sushi Klizę.

Wszystkie te zdarzenia tworzyły spójną układankę, której elementy widziałem od samego początku. Bez ostatecznego obrazu nie mogłem jednak umieścić ich w odpowiednich miejscach. Oderwane od siebie, tak naprawdę mogły prowadzić do zupełnie innych wniosków.

Złożone przez Kas, wreszcie miały sens.

– Krzyknęłaś wtedy, żebym zaopiekował się Wojtkiem – zauważyłem. – A zaraz potem, że jest więcej kaset. I żebym je znalazł.

Na jej twarzy zarysował się wyraźny żal. Nie rozumiałem, z czego wynika, dopóki nie przypomniałem sobie, że żadnych kaset wtedy nie było. Nie nagrała ich.

– Chciałam po prostu, żebyś nie przestawał szukać… – odezwała się.

– Tyle że nie nagrań, ale Ewy.

Z trudem przełknęła ślinę.

– Wszystko, co nagrałam na pierwszej taśmie, było w jej notatkach, Wern – powiedziała, a ja znów odniosłem wrażenie, że zrzuca z siebie jakiś ciężar. – Oddałam to wszystko słowo w słowo. Wiesz dlaczego?

– Nie – odparłem, choć oczywiście doskonale wiedziałem.

– Bo liczyłam na to, że jest w tych zapiskach coś, czego ja nie widzę. Coś, co mi umknęło, ale co ty zobaczysz.

Było. Wspomnienie o kapliczce, które naprowadziło mnie na konkretny trop. Kapliczce, którą Ewa kojarzyła tylko dlatego, że przebywała w Kappie. Kas pominęła to w nagraniach na pendrive'ach i w internecie, bo w niczym jej to nie pomagało, ale ostatecznie okazało się kluczowe.

– Chciałam, żebyś dalej drążył… żebyś oglądał to nagranie do skutku, szukał jakichś wskazówek, grzebał w przeszłości i…

– I trafił na trop Ewy – dokończyłem za nią. – Bo miałaś świadomość, że ludzie Kajmana mnie obserwują. I że ich do niej doprowadzę.

Nie miała zamiaru zaprzeczać. Zakładała, że jeśli wspomni o pozostałych kasetach, których nie będę mógł znaleźć, zajmę się wyłącznie tą, którą posiadam. I będę oglądał ją na tyle długo, by znaleźć jakąś poszlakę. Ostatecznie się nie pomyliła. Właśnie tak się stało.

– Życie mojego dziecka było na szali – odezwała się z przekonaniem, że to wszystko tłumaczy i usprawiedliwia.

I może w istocie tak było. Oboje daliśmy sobie chwilę, by oswoić się z tą świadomością.

– Kiedy trafiłam do więzienia, zgłosili się do mnie ludzie Kajmana – podjęła.

Miałem wrażenie, że to gigantyczne niedomówienie. Nie wiedziałem, co działo się z nią w Zamtuzie, ale jeśli choćby połowa opowieści o tym miejscu była prawdziwa, nie mogło być to nic dobrego.

– Trafiłam do celi z trzema kobietami, które… cóż, były gotowe zrobić to, co Kajman im polecił czy za co im zapłacił… A ja…

Urwała, szukając odpowiednich słów. Mimowolnie położyłem dłoń na jej ręce, ale natychmiast cofnęła swoją, jakby się oparzyła.

– Przepraszam – rzuciłem szybko.

– Nie, to… po prostu…

– Nie musisz o tym mówić.

Skinęła głową z wdzięcznością, a ja sam mogłem dopowiedzieć sobie resztę. Jeśli Kajman opłacił więźniarki, z którymi Kas była w celi, efekt mógł być tylko jeden. Zyskał przecież doskonałe narzędzia, by zmusić ją do współpracy.

– Dały ci jakieś ultimatum? – zapytałem.

Pokiwała głową, wlepiając puste spojrzenie w sufit.

– Te dziewczyny postawiły sprawę jasno – dodała. – Albo pomogę Kajmanowi, albo będzie o wiele gorzej.

– I? Zgodziłaś się?

– Byłam gotowa to zrobić…

– Ale?

– Ale w porę zgłosił się do mnie Prokocki z inną propozycją – odparła ciężko. – Pierwszy raz przyszedł tylko, by się czegoś dowiedzieć. Chciał ustalić, ile wiem, po co nagrałam tę pierwszą kasetę i co w ogóle robię w Opolu…

Mruknąłem potwierdzająco.

– Sprawdzał też okolice Kappy – odezwałem się. – Kiedy z Klizą znaleźliśmy kapliczkę, widzieliśmy, jak przejeżdża obok.

– Bał się, że ktoś trafił na trop Ewy. Sprawdzał wszystkie luźne końce.

– Na to wygląda – przyznałem. – Ale jaką propozycję ci złożył?

– Właściwie on jedynie zasugerował, że jakaś się pojawi, a w jego imieniu zrobił to później ojciec Antoni. Przyszedł do mnie po tym, jak zacząłeś go szukać. On także starał się ustalić, ile wiem… i czy jestem gotowa pójść z nimi na współpracę.

– I zgodziłaś się.

– A miałam wyjście?

Nie, nie miała.

– Prokocki zapewnił mnie, że nie tylko wyjdę z Zamtuza, ale że prokuratura umorzy postępowanie.

– Ot tak? Bez udziału sądu?

– Bez – potwierdziła. – Nic nie stoi na przeszkodzie, jeśli śledczy uznają, że nie została przekroczona granica obrony koniecznej.

W tym wypadku Prokocki nie musiał nawet uciekać się do manipulacji czy wykorzystywania przysług w prokuraturze. Sytuacja była jasna i właściwie jedynym problemem były moje zeznania, a także to, że Kas uciekła za granicę. Zrobiła to jednak z obawy nie przed odpowiedzialnością, ale zemstą środowiska jej męża.

– Dzwoniłam do ciebie jakiś czas później, kiedy wszystko było już załatwione i dogadane.

– I pytałaś o to, czy jestem pewien, że mogę ufać Klizie.

– Bo sama nie miałam pewności – przyznała. – Zresztą...

– Namieszanie mi w głowie działało na twoją korzyść.

Nie potwierdziła, ale nie musiała tego robić. Na tamtym etapie właściwie wszystkich musiała traktować jako potencjalnych przeciwników. I być może zaczęła podawać w wątpliwość powody, dla których Jola zjawiła się w Opolu. Z jej punktu widzenia Kajman mógł dotrzeć właściwie do wszystkich.

Podczas tamtej rozmowy poleciła mi złożyć zeznania, które ostatecznie doprowadziły do tego, że wyszła z aresztu. Zrobiłem to, a potem cały plan Prokockiego poszedł w ruch.

– Ewa odebrała mnie z Zamtuza – oznajmiła. – Wyobraź sobie moje zdziwienie.

– Wyobrażam sobie.

– Zaszyliśmy się później u Electry, gdzie nagrałam drugą kasetę. Z nową wersją Ewy.

Zmrużyłem oczy, myśląc o tym, że albo się minęliśmy, albo obydwie były tam wtedy, kiedy z Klizą próbowaliśmy coś wyciągnąć z Electry. Odsunąłem ten wniosek i stwierdziłem, że najwyższa pora poruszyć to, co najważniejsze.

– Czemu to wszystko miało służyć? – zapytałem.

– Oszukaniu cię.

– Tak, to dobitnie do mnie dotarło – odparłem pod nosem. – Ale dlaczego?

– Z dwóch powodów. Po pierwsze, Ewa i Prokocki uznali, że to jedyny sposób, żebyś w końcu przyjął wersję podkomisarza i odpuścił. Chcieli przekonać cię, że cała ta sprawa z Kajmanem to wyłącznie mój wymysł.

– Ale…

– Zrozumieli, że to ty zawsze byłeś i wciąż jesteś dla niej największym zagrożeniem, Wern. Nigdy byś nie odpuścił, gdybyś był przekonany, że naprawdę przed kimś uciekła. Drążyłbyś do skutku, a im bliżej byłbyś Ewy, tym większe niebezpieczeństwo byś na nią sprowadzał.

Nie musiałem długo się nad tym zastanawiać, żeby pojąć, iż tak właśnie by się stało. Być może nawet działo się tak od samego początku. W tym sensie wszystko, co robiłem, tak naprawdę służyło Kajmanowi.

Co by było, gdybym kiedyś przypadkiem trafił na trop związany z Kappą? Sam, bez kontrolującego wszystko Prokockiego? Mogłoby skończyć się to tragedią.

– Potrzebowali wiarygodnej historyjki, którą całkowicie kupisz… Musieli mieć pewność, że raz na zawsze odpuścisz. A jak lepiej to osiągnąć, jeśli nie poprzez złamanie czyjegoś serca? Jeśli uznałbyś, że Ewa uciekła z własnej woli, a wcześniej zdradziła cię z twoim przyjacielem, szukałbyś jej dalej?

– Może i nie – przyznałem. – A ten romans z Blitzem...

– To naprawdę miało miejsce.

Nie chciałem dać po sobie poznać jakichkolwiek emocji, ale poniewczasie zorientowałem się, że spuściłem wzrok. Uznałem, że najlepiej będzie, jeśli pociągnę ten wątek dalej i nie będę skupiał się na tym konkretnym aspekcie.

– Wypadek pod mostem Pajęczym zdarzył się naprawdę? – spytałem.

– Tak. Cała ta historia była prawdziwa. I to jest drugi powód, dla którego zdecydowali się na jej użycie.

– Bo była wiarygodna.

– Nie. Nie dlatego – odparła bez wahania Kasandra. – Bo chcieli upiec dwie pieczenie na jednym ogniu. Z jednej strony przekonać cię, że nie warto szukać dalej Ewy, z drugiej sprawić, że Falkow wyleci z policji.

– Nie rozumiem.

Kas wpatrywała się we mnie z powątpiewaniem. Zdawała się sugerować, że tak naprawdę wszystko pojmuję, ale chcę zmusić ją, by pewne rzeczy powiedziała wprost.

– Druga kaseta wróciła już z naprawy? – spytała.

– Tak.

– W takim razie wiesz, że jest tam wszystko, co usłyszałeś pod mostem. Samo zdarzenie to prawda, ale wszystko to, co działo się później, nie.

– No tak... – przyznałem. – Bo nigdy nie doszło do żadnej zemsty Falkowa.

– Nie. Ale był i jest jednym z ludzi na usługach Kajmana. Rozumiesz? – Zrobiła pauzę, ale nie dała mi czasu na odpowiedź. – To on go o wszystkim informował, być może to nawet on zabił Blitza. A z pewnością w mniejszym lub większym stopniu przyłożył do tego rękę. Zatarł jednak po sobie wszystkie ślady.

– I Prokocki o tym wiedział.

– Tak. Zdawał sobie sprawę, że nie dorwie go tradycyjnymi metodami – odparła, a ja zobaczyłem, że ma suche usta. Należało kończyć tę rozmowę. – Materiał na tej kasecie nie wystarczy na skazanie go w sądzie, ale Falkow z pewnością pożegna się z pracą w policji.

Zrozumiałem, że podkomisarz robił to wszystko z jednego powodu. By Ewa była bezpieczna. Chciał spacyfikować mnie i pozbyć się Falkowa, wychodząc z założenia, że tym samym usunie wszystkie zagrożenia.

I najgorsze było to, że miał rację. W jednym i drugim wypadku.

– To nagranie było kluczowe – dodała Kas. – Tylko wszystko stanęło pod znakiem zapytania, kiedy okazało się, że jest zbyt uszkodzone, byś je odtworzył.

I mogło prowadzić do całkowicie błędnej interpretacji, dodałem w duchu. Podobnie jak w przypadku wszystkich faktów, które mi podsuwano, także strzępki tego nagrania powodowały niebezpieczeństwo błędnej interpretacji.

Był tam nawet fragment „iłam się dorei", który Kliza błędnie odczytała z „m" na końcu i uznała, że chodzi o próbę skontaktowania się z Reimannem. W rzeczywistości był to fragment frazy „zmusiłam się do reinkarnacji", którą Kas wypowiadała, tłumacząc, dlaczego Ewa rzekomo miała zacząć zupełnie nowe życie.

Tak niewiele było trzeba, by ujrzeć rzeczywistość w błędnym świetle.

Prokocki i Ewa doskonale zdawali sobie z tego sprawę. I wykorzystali to przeciwko mnie.

– Bez tej kasety...

– Wszystko by przepadło – dokończyłem za Kasandrę. – Wpadli więc na pomysł ze spotkaniem pod mostem Pajęczym.

Kas wypuściła z ulgą powietrze, jakby właśnie skończyła długi, męczący maraton. W pewnym sensie tak było. Dotarliśmy do miejsca, w którym wszystko spinało się mocną klamrą. Tyle że dla mnie nie był to koniec. Dla niej też nie.

Przyniosłem jej wody, zostałem z nią jeszcze chwilę, a potem opuściłem szpital.

Kliza czekała na mnie przed głównym wejściem. Kiedy tylko zobaczyła, jak schodzę po schodach, wyjęła paczkę marlboro goldów.

– Przyznała się do wszystkiego? – zapytała.

– Tak.

Wyciągnąłem papierosa i obróciłem go między palcami.

– Więc możemy zacząć działać?

– Jak najbardziej – zapewniłem ją, a potem uśmiechnąłem się i złamałem marlboro w połowie. Wysypałem tytoń, po czym z satysfakcją wyrzuciłem papierosa do kosza. – Najwyższa pora – dodałem.

12

Stan pacjentki był stabilny, rany dobrze się goiły, ale lekarze nie mieli wątpliwości, że wymaga dalszej obserwacji. Za jej zgodą podjęto jednak decyzję, że nie musi przebywać na oddziale chirurgii ogólnej i może zostać bezpiecznie przewieziona do centrum medycznego kilkanaście kilometrów od Opola.

Mężczyzna śledzący informacje na ten temat ustalił, że karetka będzie poruszała się bez żadnej obstawy. Słuszna decyzja. Obecność policji ściągnęłaby na pacjentkę niepotrzebną uwagę, a na tym etapie służbom zależało na tym, by nikt nie znał jej tożsamości.

Tyle że mężczyźnie udało się dotrzeć także do innych informacji, których potrzebował. Wiedział, kto jest przewożony w erce, a także którędy przebiegać będzie jej trasa: opuści rogatki miasta Luboszycką, wjedzie na obwodnicę Opola, a potem skieruje się albo ku Dobrzeniowi, albo w stronę Krzanowic.

Kierowca srebrnego lanosa jechał za karetką, czekając na to, jaką decyzję podejmie prowadząca ją osoba. Wolałby wersję z Krzanowicami. Znajdowały się tam mniejsze, położone bardziej na uboczu drogi.

Uśmiechnął się, widząc, że wszystko idzie po jego myśli. Samochód pogotowia skręcił z obwodnicy w prawo, a potem nie przekraczając dozwolonej prędkości, skierował się ku Czarnowąsom.

Mężczyzna przez jakiś czas podążał za erką, a kiedy ta minęła parę wsi, zdecydował się ją wyprzedzić. Miał już pewność, że w drodze do centrum medycznego nie zboczy z trasy – i wiedział, gdzie na nią czekać.

Dziesięć minut po zjeździe z obwodnicy minął tabliczkę z polską nazwą Świerkle i niemiecką Horst. Wjechał na niewielką, popękaną drogę prowadzącą przez las, która była tak wąska, że właściwie powinna być jednokierunkowa.

Asfalt był stary, nie wymalowano na nim nawet linii, a o poboczu nikt chyba nawet nie pomyślał. Było to idealne miejsce, by zatrzymać karetkę.

Mężczyzna zahamował mniej więcej w połowie drogi między dwiema wsiami, po czym wyszedł z samochodu i zostawił otwarte drzwi. To, co zamierzał zrobić, nie było przesadnie skomplikowane.

Uśmiechnął się na myśl o tym. Wszystkim wydawało się, że mogą tak po prostu go oszukać. Werner łudził się, że kontroluje sytuację, Ewa, że może się ukryć, a Kasandra, że to jedynie ją stać na prawdziwy makiawelizm.

Tak naprawdę nie mieli jednak pojęcia, jak osiągać swoje cele. Nie rozumieli, jak daleko trzeba się posunąć. Mężczyzna czekający na karetkę zdawał sobie z tego sprawę doskonale.

Kiedy zauważył, że samochód pogotowia opuszcza Świerkle i powoli zmierza w jego stronę, przygotował się. Broń była na swoim miejscu, jego auto stało tak, by uniemożliwić przejazd.

Nie miał zamiaru zatrzymywać kierowcy siłą, wręcz przeciwnie. Wystarczyło tylko przypomnieć jadącym w erce osobom, jakie są ich obowiązki.

Dostrzegając już ich twarze, złapał się jedną ręką za klatkę piersiową, a drugą uniósł w rozpaczliwym geście. Skrzywił się, jakby poczuł przemożny ból, a potem zatoczył się w kierunku swojego samochodu.

Kiedy oparł się o dach, karetka zatrzymała się tuż obok niego.

Usłyszał, jak kierowca gasi silnik, a potem otwierają się drzwi z obydwu stron. Nie mogło być inaczej. Ci ludzie działali jak zaprogramowani i z łatwością można było przewidzieć ich reakcje.

W okamgnieniu do niego podbiegną, ale zamiast potrzebującego pomocy mężczyzny zobaczą człowieka z bronią. Dwa strzały wystarczą.

Trzeci będzie przeznaczony dla pacjentki.

Wszystko się skończy. Po tylu latach, staraniach i ofiarach ostatecznie sprawa zostanie zamknięta. Życie ratowników będzie niewielką ceną, jaką przyjdzie za to zapłacić.

Mężczyzna słyszał, że zatrzymali się za jego plecami. Nabrał tchu, położył dłoń na rękojeści pistoletu, a potem na moment zamknął oczy. Czas działać.

Obrócił się, gotów wyciągnąć pistolet i od razu strzelić. Przypuszczał, że sam widok glocka sprawi, że reszta będzie jedynie czystą formalnością.

Zamarł jednak, widząc zupełnie nie to, czego się spodziewał.

Obaj ratownicy mierzyli do niego z broni. Mężczyzna od razu rozpoznał policyjny model, który sam posiadał. I którego nie zdążył nawet wyciągnąć.

– Biuro Spraw Wewnętrznych Policji! – krzyknął jeden z nich. – Rzuć broń!

Zanim Jonatan Falkow zdążył zrozumieć, co się stało, drugi mężczyzna natychmiast znalazł się obok niego, a trzeci wyskoczył z karetki. Sprowadzili go na ziemię, krzycząc, by nie stawiał oporu.

Poczuł, jak jeden z nich wyrywa mu broń z kabury. I wiedział, że razem z nią stracił także wszystko inne.

– Jak... – jęknął.

– Morda, skurwielu!

Próbował spojrzeć na tego, który krzyczał najgłośniej. Uniósł głowę, ale ktoś natychmiast złapał go za kark i przycisnął do ziemi.

Jonatan nie rozumiał, co się stało. Informacje, które dostał, pochodziły z pewnego źródła.

Sam Kajman zadbał o to, by znalazł się w tym konkretnym czasie i miejscu. I zapewniał, że dzięki temu raz na zawsze wszystko się skończy.

13

Leżałam na drugim piętrze opolskiego szpitala, czekając na Werna. Miałam wrażenie, że znam już każde zagłębienie łóżka, każdą niedoskonałość na suficie i każdy element widoku za oknem.

Kiedy Damian zapytał, czy zgodzę się na przenosiny, sądziłam, że naprawdę zamierza mnie stąd zabrać. Szybko okazało się jednak, że była to jedynie zasłona dymna. Miałam dopełnić wszystkich formalności, jakbym rzeczywiście opuszczała szpital, ale w rzeczywistości zostać dokładnie tam, gdzie byłam.

Nie wiedziałam, czemu ma to służyć. Obiecał, że zjawi się u mnie, kiedy wszystko będzie skończone. I wówczas wytłumaczy mi, w czym tak naprawdę wzięłam udział.

Czekałam na niego kilka dni, myśląc o tym, że już się nie zjawi. Coś mogło przecież pójść nie tak, a oprócz tego istniało pewne prawdopodobieństwo, że Wern zmieni zdanie. Właściwie wystarczyło, by przypomniał sobie, co mu zrobiłam.

Po paru dniach od naszej rozmowy w końcu jednak przyszedł. Ledwo przekroczył próg, dostrzegłam w nim kolejną zmianę. Wyglądał na… pogodzonego z życiem? Nie, może nawet więcej. Na odprężonego.

– Zrobiłeś sobie kilkudniowy urlop, Wern? – spytałam.

Uśmiechnął się niemal beztrosko.

– Wręcz przeciwnie. Harowałem jak wół.

– A sprawiasz wrażenie wyjątkowo wypoczętego.

– Bo wreszcie czuję, że mam do tego prawo.

Jedną rękę trzymał za plecami, a ja uświadomiłam sobie, że przyniósł mi kwiaty. Mina musiała mi zrzednąć, bo nagle nerwowo odchrząknął.

– Nie martw się, to nie są irysy – powiedział, wyciągając zza pleców niewielką czarną orchideę.

Postawił ją na szafce obok łóżka, a potem przysiadł na jego skraju.

– Storczyk tygrys – oznajmił, wskazując na kwiatek. – Od razu mi się spodobał, a nazwa też nie najgorsza.

Uniosłam lekko kąciki ust i potwierdziłam ruchem głowy. Popatrzyłam na Werna, ale on całą uwagę skupiał na orchidei. Podobała mi się, w jakiś sposób do mnie pasowała. Uznałam, że dobrze wybrał, nie tylko przez wzgląd na nazwę.

– Wszystko poszło po twojej myśli? – zapytałam.

– Tak – przyznał, a potem potrząsnął głową, jakby upomniał się, że przyszedł tutaj w określonym celu. – Na jakiś czas znów stałaś się Ewą.

– Co takiego?

Na jego twarzy znów pojawił się uśmiech. Tym razem jednak nie odpowiedziałam tym samym. Nie miałam nic przeciwko trzymaniu mnie w niewiedzy, jeśli tego wymagała sytuacja, ale ostatnim, czego chciałam, były kolejne manipulacje.

– I właściwie tylko dla jednej osoby – dodał.

– Możesz mi to wyjaśnić?

– Po to przyszedłem – przyznał, a ja wyczułam w jego głosie satysfakcję.

W pierwszej chwili ogarnęła mnie złość, ale szybko upomniałam się w duchu, że to bodaj pierwszy raz, kiedy Wern ma przede mną jakieś tajemnice, a nie odwrotnie. Jeśli czerpał z tej sytuacji nieco przyjemności, trudno było się dziwić.

– W końcu komu, jak nie tobie, należą się wyjaśnienia? – spytał. – To ty wprawiłaś wszystko w ruch, Kas.

– Ja?

– W momencie gdy po resuscytacji zdołałaś przekazać mi krótką wiadomość.

– Wiadomość?

– Właściwie tylko dwa słowa.

– Nie pamiętam tego.

Zadowolenie na jego twarzy było coraz wyraźniej dostrzegalne.

– Nie wiem, co ci powiedziałam – dodałam.

Nachylił się do mnie, a potem szepnął mi do ucha:

– Siedem. Piętnaście.

Kiedy się wyprostował, posłałam mu długie spojrzenie. Czy rzeczywiście właśnie to udało mi się wydusić, kiedy balansowałam na granicy ponownej utraty przytomności? Nie mogłam tego wykluczyć. W końcu sama w ten sposób podpisałam kasetę.

Wiedziałam, jakie to dla mnie istotne. I może podświadomość kazała mi zrobić wszystko, by przekazać to Wernowi.

– Gdybyś tego nie zrobiła, z pewnością zapomniałbym o tym napisie na kasecie – podjął. – Ale uznałem, że skoro w sytuacji zagrożenia życia mi o tym przypominasz, coś jest na rzeczy. I że naprawdę ostrzegasz mnie przed fałszywymi prorokami.

Skinęłam głową w milczeniu.

– Zrozumiałem, że umieszczenie tego na kasecie było twoją ostatnią próbą wyciągnięcia do mnie ręki – kontynuował. – I że właściwie było to wyjątkowo przebiegłe. Prokocki ani nikt inny nie zorientował się, że dałaś mi jakąkolwiek wskazówkę. Wszyscy uznali, że to po prostu kolejne oznaczenie jednej z rzekomych piętnastu kaset.

Podciągnęłam się do wezgłowia, choć zmiana pozycji wciąż wiązała się z dotkliwym bólem. Miałam wrażenie, że im więcej czasu mija od operacji, tym dyskomfort jest większy. Nie bez znaczenia z pewnością było to, że stopniowo zmniejszano podawane mi dawki środka przeciwbólowego.

– W końcu na dobre z Klizą zrozumieliśmy, że w jedyny możliwy sposób ostrzegłaś mnie przed Prokockim, Ewą, Antonim i resztą. Przed fałszywymi prorokami. Dałaś mi do zrozumienia, żebym im nie wierzył.

Raczej zasygnalizowałam. I przeszłoby to bez echa, gdyby nie to, że wskazałam ten fragment o prorokach, niemal umierając. W przeciwnym wypadku Wern po prostu by o tym zapomniał lub zupełnie to zbagatelizował.

Nie połączyłby tego z informacją, którą napisałam mu na RIC w przypływie… cóż, uczucia do niego. Poinformowałam go wtedy, że nie ma piętnastu kaset, ale bez dodatkowych wskazówek nie zrozumiałby, co to oznacza. Najprawdopodobniej uznałby, że zostały zniszczone.

Była jakaś sprawiedliwość w tym, że to Ewa doprowadziła do innego efektu. Gdyby nie dźgnęła mnie nożem, nie wyszeptałabym nic Damianowi, a on nigdy nie poszedłby drogą, którą ostatecznie wybrał.

– Więc co zrobiłeś? – spytałam.

– Uznałem, że mam dosyć bycia okłamywanym przez wszystkich.

– A potem?

– Zwróciłem się do jedynej osoby, która gotowa była przedstawić mi prawdę.

Czekałam, aż wyjaśni, o kogo chodzi. Miałam kilka typów, ale żaden z nich nie wydawał się dobry. Moi kandydaci albo nie wiedzieli wszystkiego, albo nie byliby gotowi podzielić się tym z Wernem.

Chyba że…

Poczułam ciarki na samą myśl, że mógłby wpaść na tak niebezpieczny pomysł. Ale był pod ścianą, zdesperowany i gotowy na wszystko.

– Spotkałeś się z Kajmanem? – zapytałam.

– Nie – odparł od razu. – Ale zrobiła to Kliza.

– Co?

– Już jakiś czas temu złożyła wniosek o widzenie, choć wtedy zrobiła to po to, byśmy spróbowali coś z niego wyciągnąć. Teraz cel był inny.

Otworzyłam usta, ale się nie odezwałam.

– W pierwszej chwili nie chciałem się zgodzić, ale przekonała mnie, że to dobry pomysł. W końcu nie musieliśmy przecież mówić Kajmanowi całej prawdy. I moglibyśmy przedstawić mu bardziej wiarygodną, choć mniej... rzeczywistą wersję zdarzeń.

– O czym ty mówisz?

– Kazaliśmy mu wierzyć, że Ewa wróciła, żeby pozamykać wszystkie niedokończone sprawy.

– To akurat w pewnym sensie prawda.

– Otóż to. I tym łatwiej udało nam się go przekonać – przyznał Wern. – A jego reakcja mówiła sama za siebie. Ewidentnie wciąż na nią polował, więc...

– Więc zrozumieliście, że Prokocki kłamał.

– Tak. Uzyskaliśmy ostateczne potwierdzenie, że twoje ostrzeżenie było zasadne. Że padliśmy ofiarami zmowy.

Spojrzałam na czarną orchideę, a potem na Damiana.

– W co kazaliście wierzyć Kajmanowi?

– W to, że Ewa próbuje się pozbyć Falkowa i mnie. Czyli w gruncie rzeczy w to, co miało miejsce – odparł, również przenosząc wzrok na kwiat. – Tyle że dodaliśmy do tego coś jeszcze.

– Co?

– To, że ucierpiała fizycznie w całej tej sytuacji, bo między tobą a nią doszło do... różnicy zdań.

W tym względzie właściwie też dalece nie rozminęli się z prawdą. Jak każde dobre kłamstwo, to także było na niej zbudowane.

– Poinformowaliśmy go, że trafiła na Witosa, oczywiście pod zmienionym nazwiskiem.

– Moim.

– Tak, w naszej wersji Prokocki miał o to zadbać. A także o to, żeby została przeniesiona do centrum medycznego niedaleko stąd. Dla bezpieczeństwa.

Spojrzałam mu prosto w oczy. Nie wykorzystał kaset, by pogrążyć Falkowa. Użył znacznie większego kalibru. Zamiast ściągać na niego konsekwencje służbowe za to, co wydarzyło się lata temu, wplątał go w intrygę, po której spadną na niego skutki prawnokarne.

– Kajman nie mógł przepuścić takiej okazji – ciągnął Wern. – A my wiedzieliśmy, że poleci komuś zasadzić się na karetkę.

– Nie komuś, tylko swojemu człowiekowi w opolskiej policji.

– Tak – przyznał.

– Więc co? Złożyłeś Prokockiemu propozycję nie do odrzucenia? Przekonałeś go, że załatwi dwa problemy za jednym zamachem?

– Nie, on nic o tym nie wiedział.

Na miejscu Damiana zwróciłabym się do podkomisarza. Może i ich interesy nie były do końca zbieżne, ale Prokocki najprawdopodobniej przystałby na tę propozycję. Wszak raz na zawsze pozbyłby się kreta w policji.

– Woleliśmy nie ryzykować – dodał Wern. – Poza tym wyobraź sobie, że nasz podkomisarz poszedł na dwutygodniowy urlop.

– Coś takiego...

– Najwyraźniej uznał, że musi sam zadbać o to, by Ewa po raz kolejny na dobre znikła. Ale nawet gdyby był na miejscu, nie mieliśmy z Klizą zamiaru się do niego zwracać. Zamiast tego zainteresowaliśmy sprawą BSWP.

Uniosłam pytająco brwi.

– Biuro Spraw Wewnętrznych Policji – wyjaśnił Damian. – I okazało się, że bardzo chętnie pomogą nam w przygotowaniu tej prowokacji.

Obrócił storczyk, jakby usytuowanie kwiatka pod odpowiednim kątem stawiało kropkę nad i.

– Umieścili w karetce trzech funkcjonariuszy, na wszelki wypadek w odwodzie był pełny oddział. Przypuszczaliśmy, że Kajman wyśle samego Falkowa, ale nie mieliśmy pewności.

Nie mogłam powstrzymać uśmiechu. Werner ostatecznie okazał się górą. Po tym wszystkim, co przeszedł, to on wymanewrował wszystkich pozostałych graczy. Mnie trzymał w niewiedzy, Prokockiego zupełnie odsunął, a Falkowa wysłał do więzienia.

– Ile dostanie? – spytałam.

– Dostatecznie dużo, żeby przegapił kilkanaście nowych modeli iPhone'a.

– Udowodnią mu zabójstwo Blitza?

– Nie wiem. Wszystko zależy od tego, czy Kajman pójdzie na układ z policją – odparł ciężko Wern. – A jest na to szansa, bo dość łatwo będzie udowodnić, że Falkow był jego człowiekiem i to na jego zlecenie miał usunąć Ewę w trakcie przewozu.

Skinęłam głową, zadowolona z tego, że tak się to skończyło.

– Zastanawiam się tylko, czy od początku robił to wszystko dla kasy, czy ze względu na to, co wydarzyło się pod mostem Pajęczym – dodał Damian, patrząc na mnie z oczekiwaniem.

– Mnie nie pytaj – odparłam. – Nie znam odpowiedzi.

– Ale gdybyś miała zgadywać, powiedziałabyś, że…

– Że skorzystał z okazji, żeby zemścić się za to, co się wtedy stało.

Wydawało mi się to dość logiczne, przynajmniej po tym, czego dowiedzieliśmy się od Ewy i reszty. Tamten tragiczny wypadek rzeczywiście zniszczył Jonatanowi życie. Nigdy nie wrócił po tym do siebie, a kiedy pojawił się Kajman, Falkow zrozumiał, że mają wspólnego wroga.

Być może same pieniądze nie wystarczyłyby do przekupienia oficera policji. W tym wypadku Kajman miał jednak znacznie cenniejszą walutę.

– Co teraz będzie, Wern? – spytałam.

– Jeśli dobrze pójdzie, rozbiją siatkę przestępczą Kajmana. Falkow był w jego otoczeniu dostatecznie długo, by wiedzieć to i owo na temat konkretnych ludzi.

– Zgodzi się mówić?

– Jeśli nie, wyląduje w więzieniu z łatką skorumpowanego policjanta. A to do niczego dobrego nie doprowadzi.

Wzmianka o dotkliwej rzeczywistości za kratkami sprawiła, że cały mój dobry nastrój znikł. Wern zauważył to bez trudu.

– Jest jeszcze coś – powiedział szybko, jakby to dostrzegł.

– Co takiego?

– Postawią też zarzuty Andrzejowi Kałwakowi – rzucił, a ja wstrzymałam oddech. – Ustalili, że Falkow z nim współdziałał. Utrzymywali sporadyczny kontakt, a Kałwak od dawna wiedział, co spotkało jego brata.

Zamknęłam oczy.

– I kiedy trafiłaś do Zamtuza, był gotów…

– Urządzić mi taki sam horror, jaki zgotowały mi Migota, Ciotka i Kamikaze – dopowiedziałam, nie podnosząc powiek. – Wszystko, bylebym poszła na układ i doprowadziła ich do Ewy.

Kajman winił ją za zeznania, a Jonatan i Kałwak za to, że sytuacja pod mostem wymknęła się spod kontroli. Wszystkim trzem zależało na tym, by ją dorwać.

– Szczęśliwie wybrałaś drugą opcję.

Otworzyłam oczy i zerknęłam na swój brzuch.

– Tak szczęśliwie, że Ewa próbowała mnie wypatroszyć.

Usiłowałam narzucić lekki ton, ale widziałam, że Wern albo tego nie wyłapał, albo nie chciał tego zrobić. Ktoś przeszedł korytarzem, a my w milczeniu odczekaliśmy chwilę, aż się oddali.

– Powinnaś się tym zająć – zauważył Damian.

– Lekarze radzą sobie całkiem nieźle.

– Nie mówię o ranach, tylko o tym, że ona próbowała cię zabić... I powinna za to odpowiedzieć.

– Nie – odparłam od razu.

Miałam nadzieję, że to zakończy temat, ale Wern nie zamierzał odpuszczać. Widziałam to w jego oczach, ale byłam pewna, że uda mi się go przekonać. W końcu to ode mnie zależało, czego dowie się policja. A ja po kilku dniach uspokoiłam się na tyle, by zrozumieć, że być może należało mi się to, co mnie spotkało.

– Ona jest w tej chwili bezpieczna, Kajman stracił swoją jedyną wtykę w policji, a mi zależy tylko na tym, żeby...

– Kałwak też trafi do więzienia – przerwał mi Werner, jakby chciał oszczędzić mi konieczności mówienia o tym.

Doceniłam to lekkim uśmiechem, choć każda myśl o strażniku więziennym była jak kolejny cios nożem w brzuch.

– Nie to chciałam powiedzieć – odparłam.

– A co?

– Że w tej chwili zależy mi tylko na tym, żeby zająć się Wojtkiem.

Damian przez chwilę zastanawiał się nad odpowiedzią. A może nie nad nią, ale nad tym, czy naprawdę wszystko w tej chwili sprowadza się właśnie do tego.

– Rozumiem – przyznał w końcu. – I cokolwiek by się działo, możesz na mnie liczyć.

Miałam tego świadomość, ale nie spodziewałam się, że usłyszę od niego taką deklarację. Wydawało mi się, że zaskoczyła nawet jego. Zmieszał się nieco i odchrząknął.

– Dlaczego Ewa w ogóle cię zaatakowała? – zapytał.

Wzruszyłam ramionami i westchnęłam.

– Ukradłam jej tożsamość, Wern. To niewystarczający powód?

– Może.

– W dodatku ubzdurała sobie, że... właściwie sama nie wiem co. W każdym razie tyle wystarczyło, żeby coś w niej pękło.

Damian nie odpowiadał.

– Ale czy mogę jej się dziwić? Z jej punktu widzenia byłam złem wcielonym – przyznałam. – Na dobrą sprawę z twojego też powinnam nim być.

– Jesteś – odparł cicho, a potem wskazał orchideę. – A mimo to przyniosłem ci kwiaty.

– Bo?

– Bo zło jest fascynujące, pociągające.

– To jeden z najgorszych komplementów, jakie kiedykolwiek usłyszałam, Wern.

Potarł kark i na powrót zobaczyłam tego samego Damiana, który pędził przez pół kraju w pogoni za okruchami informacji na temat swojej narzeczonej. Nieskażonego tym wszystkim, co go później spotkało.

– Zastanawiałaś się kiedyś, dlaczego zło tak się wszędzie wyróżnia? – odezwał się. – Dlaczego elektryzują nas bardziej nagłówki o brutalnych mordercach niż o wolontariuszach w ubogich afrykańskich krajach?

Pokręciłam lekko głową, nie odrywając od niego spojrzenia.

– Bo dobro jest wszechobecne – wyjaśnił i się uśmiechnął. – Tkwi w nas i nas otacza. To banalne, ale tak jest. Zło natomiast stanowi odstępstwo od normy, wyjątek. I dlatego jest takie ciekawe.

Odpowiedziałam mu bladym uśmiechem.

– To wciąż niezbyt udany komplement.

– Dążę do tego, że jesteś wyjątkowa – odparł, patrząc mi prosto w oczy. – I doprawdy nieodgadniona.

Gdyby jego spojrzenie uciekło choć na chwilę, mogłabym sądzić, że w jego słowach jest drugie dno. Ukryty sens, który miał prowadzić do jakiegoś niezrozumiałego dla mnie celu. Tak jednak nie było. Wern patrzył na mnie ze szczerością. I z wyczekiwaniem zupełnie nowej przyszłości.

Zaczynała się dla nas obojga właśnie teraz.

Bez względu na to, czy Damian dojdzie do takiego samego wniosku jak Ewa.

POSŁOWIE

Pisanie książek w narracji pierwszoosobowej ma tyle samo zalet, ile wad. Zazwyczaj pozwala wsiąknąć głębiej w psychikę postaci, ale zawęża też perspektywę opowieści. Sprawia, że łatwiej się ją snuje, ale tworzy niebezpieczeństwo zbytniej potoczności – wszak pisarz posługuje się wówczas tą formą wypowiedzi, której używa w codziennym życiu.

Największym atutem jest dla mnie jednak zawsze to, że sam narrator może okazać się niewiarygodny. Zawsze bowiem wiemy tylko tyle, ile osoba, z punktu widzenia której obserwujemy rozwój akcji. A przecież może ona kłamać.

Jak było w przypadku Kasandry? I czy podobieństwo słów „Kajman" i „Reimann" jest przypadkowe?

Na te pytania każdy musi odpowiedzieć sobie sam. Kasandra w obydwu książkach przedstawiła nam swoją historię. Mamy więc wszystkie fakty przed sobą i – tak w jak w życiu – na ich podstawie pozostaje nam podjąć decyzję: wierzymy jej czy nie?

Jej obawa, która pojawia się na końcu opowieści, może wynikać z tego, że coś rzeczywiście jest na rzeczy. Równie dobrze jednak może być zwyczajnym niepokojem o to, czy Wern sobie czegoś nie ubzdura.

Jeśli o mnie chodzi, nie mam wątpliwości, która wersja jest tą prawdziwą.

A Ty?

Jakakolwiek jest Twoja odpowiedź, w tym miejscu należą Ci się podziękowania za to, że wspólnie się nad nią zastanawiamy. Nad tą i wieloma innymi, od lat tworząc wspólnie kolejne światy, postacie i opowieści.

Podziękować chciałbym też wszystkim tym odważnym kobietom, które po lekturze *Nieodnalezionej* zdecydowały się zadzwonić pod podany na jej końcu numer. Wraz z organizatorami akcji „Kocham. Szanuję" nie spodziewaliśmy się tak ogromnego odzewu – a każdy taki telefon to dla mnie potwierdzenie, że to, co robię, ma sens. Gdybyśmy żyli w idealnym świecie, nikt nigdy nie musiałby go wykonywać. Ale tak nie jest. Prawie milion kobiet rocznie w Polsce doznaje przemocy domowej, a co czterdzieści sekund dochodzi wobec nich do aktu przemocy.

Cokolwiek zrobicie, jakąkolwiek decyzję podejmiecie, pamiętajcie, że nie jesteście same. Jeśli potrzebujecie pomocy, pod numerem **801 109 801** zawsze czeka ktoś, kto jest gotów wyciągnąć pomocną dłoń.

Jak zawsze dziękuję także moim Rodzicom, przyjaciołom, znajomym i współpracownikom, którzy pomogli mi przy tworzeniu tej powieści. Mimo że pisanie to dość samotna robota, bo trzeba zamknąć się w gabinecie (i swoim świecie) na parę godzin każdego dnia, żaden autor nie tworzy w pustce. Sam akt przelewania myśli na papier jest tylko ostatnim elementem kreatywnego procesu, który w dużej mierze zachodzi poprzez interakcje z otoczeniem.

W wypadku historii Kasandry to nabrało dla mnie szczególnego znaczenia, bo interakcje te dotyczyły poznawania historii kobiet, które doświadczyły przemocy domowej. Dziękuję Wam za to, że zdecydowałyście się o nich opowiedzieć, i za to, że swoją odwagą wyznaczacie drogę innym.

Remigiusz Mróz
Opole, 23 lipca 2018

PS Większość miejsc opisanych w książce istnieje naprawdę. W Kaiseki i w Tulsi właściwie nie da się źle zjeść, a loft Wernera mieści się w kamienicy przy placu Daszyńskiego, w której mieszkałem przez całe dzieciństwo (o ile wiem, tamtejszy strych nie jest zaadaptowany). Kappa stanowi wytwór mojej wyobraźni, sama kapliczka zaś istnieje naprawdę – wygląda nieco inaczej i znajduje się kawałek dalej, ale związana z nią legenda jest prawdziwa.